本书系国家社会科学基金项目“新时期基本文学理论观念的演进与论争研究”（项目批准号：10BZW011）相关成果，并受教育部人文社会科学重点研究基地山东大学文艺美学研究中心与山东大学高层次人才学科建设经费支持

时代精神与文艺创造

谭好哲　著

山东大学出版社
SHANDONG UNIVERSITY PRESS
·济南·

图书在版编目(CIP)数据

时代精神与文艺创造 / 谭好哲著.—济南:山东大学出版社,2021.6

ISBN 978-7-5607-7017-8

Ⅰ.①时… Ⅱ.①谭… Ⅲ.①文艺创作－研究－中国－当代 Ⅳ.①I206.7

中国版本图书馆 CIP 数据核字(2021)第 106371 号

策划编辑 狄思宇
责任编辑 郭凯迪
封面设计 刘 燕

出版发行 山东大学出版社
社　　址 山东省济南市山大南路 20 号
邮政编码 250100
发行热线 (0531)88363008
经　　销 新华书店
印　　刷 济南新科印务有限公司
规　　格 720 毫米×1000 毫米 1/16
　　　　 25.25 印张 440 千字 插页 2
版　　次 2021 年 6 月第 1 版
印　　次 2021 年 6 月第 1 次印刷
定　　价 108.00 元

前　言

作为恢复高考制度后的首届大学毕业生，我的求学与治学经历基本上与新时期以来的中国当代历史及其文学和艺术的发展一路同行。对于后者，我既是一个见证者也是一个参与者。收入本论集的文章，算是对这一路上见证与参与的一个微末但不无意义的记录。

自留校任教以来，尽管主要从事文艺理论和美学的教学与研究工作，但我一直没有完全放弃对于当代文学和艺术创作现象的关注。之所以如此，是因为在我看来，文艺理论的基本功能及其发展盛景在于其对文艺创作的推动与引领，在于其与后者的有效互动。一个理论研究者如果能够同时搞创作那最好，如若不能，也应该关注文艺实践的现实发展，保持对于文艺潮流和审美风尚的敏感，否则，理论研究就会不接地气，缺乏灵气，流入空疏，导致枯燥，失去理论对于文艺现实的真切体验和把握，从而弱化甚至失去其对于文艺现实的解释能力和评判效力。正因为有这样的认识，于是便有了论集中的这些相关文章，这算是我从新时期以来自中国当代文学发展的潮起潮落中捕获的一朵朵文艺浪花甚或散落的文艺飞沫吧。自然，这浪花，这飞沫，都经过了我的眼睛的观看，我的心灵的体验，我的思考的过滤，是属于我的文艺观潮与思想影像。正因如此，所以面对这些过往的文字，虽然多有觉今是而昨非的不满足感，但还是不由得牵扯出一种剪不断理还乱的思绪，甚至感到有一些亲切的意味存在其中。

本论集命名为《时代精神与文艺创造》，也含有我对文艺的一点基本认识。古往今来，有过各式各样的文艺创造，也产生了多种多样关于文艺的理论学说，但无论其间有多少差异和不同，一个基本的事实是难以否定的，即文艺是时代的产物，是时代精神的凝聚与升华。19世纪俄国革命民主主义思想家、美学家、文学批评家车尔尼雪夫斯基在《果戈理时期俄国文学概观》一书中曾经批判说："那种崇拜纯艺术理论的人，向我们强说艺术应当和日常生活互不相谋，他们不是自欺，就是做作。”[①]他进而指出：“文学也像其他一切值得注意的智力或者道德活动一样，就其本性来说，它不能不是时代愿望的体现者，不能不是时代思想的表达者。问题只在于，文学所应当服务的思想是怎样的思想，是这种由于在时代生活中没有重要的地位，就使受到它们限制的文学带上空虚、无聊的性质的思想呢，还是为推进时代前进的思想而服务。要回答这一点是不必犹豫的：只有那些在强大而蓬勃的思想底影响之下，只有能够满足时代底迫切要求的文学倾向，才能得到灿烂的发展。”[②]鲁迅先生1932年在与鼓吹文艺自由的胡秋原、苏汶论战时所作的《论“第三种人”》里也指出，人是生活在他所处的时代的，因而其文学创作便不能离开了他的时代。他说：“生在有阶级的社会里而要做超阶级的作家，生在战斗的时代而要离开战斗而独立，生在现在而要给与将来的作品，这样的人，实在也是一个心造的幻影，在现实世界上是没有的。要做这样的人，恰如用自已的手拔着头发，要离开地球一样，他离不开，焦躁着，然而并非因为有人摇了摇头，使他不敢拔了的缘故。”[③]所以，文学艺术与时代生活是绝难分离的。一方面，它总是时代生活的产物，在归根结底的意义上要反映文艺家所处时代的状况，这也就是刘勰《文心雕龙·时序》里所谓“时运交移，质文代变”，“歌谣文理，与世推移”的道理；另一方面，那些优秀的文艺作品又总是以其对于时代思想和精神状况的升华性提炼与表达而成为时代生活的引领与塑造力量。正因如此，文学艺术才能成为人类社会前行的精神灯火，具有斯达尔夫人所要求的那种在“振动人心”之外还有“照亮人心”的作用，也才能如勃兰兑斯所期待的那样使文学艺术史成为人类历史的精神心理学。对于时代与文艺的这两方面关系，鲁迅先生曾经概括说：“文艺是国民精神所发的火光，同时也是引导国民精神的前途的灯火。”[④]这句话简明扼要地概括了文艺创造与时代生活、时代精神的辩证关系，其理论意蕴是值得我们永远记取的。

本论集以时代精神与文艺创造的关系为基本理论聚焦点，将所收文字分编为四辑。第一辑“与世推移：文学主潮的历史流变”，对新时期之初至20世

---

① [俄]车尔尼雪夫斯基：《果戈理时期俄国文学概观》，《车尔尼雪夫斯基选集》(上)，三联书店1958年版，第548页。

② [俄]车尔尼雪夫斯基：《果戈理时期俄国文学概观》，《车尔尼雪夫斯基选集》(上)，三联书店1958年版，第549页。

③ 鲁迅：《论“第三种人”》，《南腔北调集》，《鲁迅全集》第四卷，人民文学出版社2005年版，第452页。

④ 鲁迅：《论睁了眼看》，《坟》，《鲁迅全集》第一卷，人民文学出版社2005年版，第254页。

纪 90 年代初期中国现实主义小说创作的历史流变、作家作品、文化底蕴、时代精神风貌等作了整体性系统性的论析；第二辑“乱花迷眼：变革时代的多彩影像”，对近四十多年来诸多作家作品，尤其是浸润着齐鲁文化成长起来的山东作家及其创作，作了跟踪性评论，算是对中国当代文艺的个案性现场性观察；第三辑“质文代变：价值重建中的文艺思考”，从价值重建的角度对近四十多年来中国当代文艺发展中的一些理论性问题作了宏观性综合性思考；第四辑“守正创新：时代境遇中的文论创新”，则从时代境遇角度切入当代文艺理论研究的时代特质与思想创新，本辑中涉及的狄其骢、陆贵山、童庆炳等学界前辈在近四十多年中国文艺理论发展中的代表性意义自不必说，至于其中研究到的吕荧先生，虽非新时期理论人物，但其文艺理论和美学思想至今仍有影响，成为新时期以来思想对话与理论创新的一个重要资源，从中依然可以见出当代文艺理论的某种精神面相。

概括言之，本论集的一、二两辑对新时期以来的文艺创作尤其是现实主义创作的发展作了多方面的论析，从思想、内容与审美诸方面彰显了中国当代文艺开放、进取的时代精神特质与多元、包容的盛大文化气象；论集的三、四两辑则在新时期以来社会文化转型的历史语境中，对中国当代文艺发展涌现出来的一些重要理论问题，诸如文艺创造与时代精神、人文精神、价值重建、文化自信等等的关系作了具有现实针对性的学理思考。因此，如果要说本论集还有什么值得一提的特点的话，那就是在宏观分析与微观探讨、文本研读与理论思辨的结合中切入了中国当代文艺发展的时代蕴含与精神特质之中。其中的理论言说卑之无甚高论，但涉及的所有文艺问题都是基于时代语境而真实发生和存在的，甚愿读到本文集的读者能够对此有所体认。因为正是这些真实发生和存在的问题构成了近四十多年来中国当代文艺的内在时代特质与精神张力，也构成中国当代文艺研究的主要精神指向与创生动力。

谭好哲

2019 年 9 月 14 日于济南千佛山下

目　录

第一辑　与世推移:文学主潮的历史流变 ………………………………（1）

第二辑　乱花迷眼:变革时代的多彩影像 ………………………………（59）

《红高粱》阐释:理想与反思 …………………………………………（61）

让我们都宣泄一下吧!

——读《你无法真实》…………………………………………（63）

“祖宗崇拜”与莫言文化选择的偏执 ………………………………（66）

有意味的荒诞

——评电视文学剧本《白色山岗》…………………………………（76）

谁家新燕啄春泥

——《时代文学》创刊号印象 ………………………………………（78）

浪花自有浪花的魅力

——评孙春亭电视剧作选《野蔷薇》………………………………（80）

寻觅人生的支点

——评戴恩嵩长篇新作《舞星情泪》………………………………（83）

人生因真情而美丽

——读苗长水中篇新作《南北之梦》………………………………（88）

苦难的升华

——读《侯贺林短篇小说选》………………………………………（93）

诗意的深沉

——张宏森电视剧作风格略论 ……………………………………（96）

生命本真态的激情叙说 ……………………………………………（100）

感悟生命

——读左建明的散文新作 …………………………………………（102）

生存之惑的诗性沉思 ………………………………………………（104）

张炜的意义
——写于“93张炜文学周” …… (106)
由“何不游戏人间”说开去 …… (113)
轮回与转换
——评刘玉堂中篇小说《人走形势》 …… (115)
消殒了理想之后 …… (117)
用真情的诗心感应美丽的风景
——读刘功业散文集《寻找湖泊》 …… (120)
写出乡土生活的本色来
——评修祥明两部农村题材新作 …… (122)
评杨文学长篇纪实文学《穷官》 …… (124)
英雄叙事的新收获 …… (127)
一部大气而又平实的好作品
——我看《别无选择》 …… (129)
创造出一个属于自己的天地
——王涛小说的意味与特色 …… (131)
苦涩中的明快与凝重
——北晨小说创作综论 …… (138)
矗立于荒原上的英雄丰碑 …… (145)
《闯关东》:一部恢宏雄健的平民英雄史诗 …… (148)
侯林散文的风格与体式 …… (151)
一部有教益的用心之作 …… (154)
自然真诚的人生书写 …… (157)
《你在高原》书写出中国当代文学的新高度 …… (162)
沂蒙精神的生动演绎与深情礼赞 …… (164)
由批评引发的文学交往 …… (168)
满怀哀伤的人性追思
——评孟中文散文集《佳人难得玉精神》 …… (173)
洗涤灵魂的主题美术创作 …… (178)
张炜文学创作中的思想探求 …… (181)
长篇小说的观察点与莫言的《蛙》 …… (191)
新松恨不高千尺 …… (203)
抗战文学中的一部出新之作 …… (206)

历史镜像中的人性善恶与文化蜕变
——评牛余和长篇小说《老镇》 …………………………………… (208)
张炜创作中的伦理情怀及其当代意义 ……………………………… (221)
雄心、地气与探索精神
——谈叶炜的长篇小说创作 ……………………………………… (233)
有诗的远行是幸福的
——读李金昆诗集《简囊远行》 ………………………………… (237)
《人类世》与赵德发文学创作的“三级跳” ………………………… (241)

第三辑 质文代变:价值重建中的文艺思考 ……………………… (245)

从文学的本质看改革文学 ………………………………………… (247)
九十年代的文学精神 ……………………………………………… (250)
从困惑中走向深层次的反思 ……………………………………… (253)
用新的眼光审视经典 ……………………………………………… (256)
关于“文艺创作中的英雄主义”问题 ……………………………… (259)
奏响爱国主义的时代之音 ………………………………………… (262)
走出“形象”的遮蔽 ………………………………………………… (266)
始终坚持文化建设的先进性 ……………………………………… (273)
先进文化论的理论创新 …………………………………………… (279)
把文艺的生动创造寓于时代进步的运动之中 …………………… (283)
文艺应有自觉的道德担承 ………………………………………… (288)
精神价值重建与当代文学艺术创作 ……………………………… (292)
价值的紊乱与缺失是文化病症之源 ……………………………… (297)
价值传承与价值创新的文化自觉 ………………………………… (300)
用文学为精神“补钙” ……………………………………………… (304)
新时代的文艺创造要“无愧于时代” ……………………………… (306)
在增强自觉自信中弘扬中华优秀传统文化 ……………………… (311)
充分发挥文艺在中华优秀传统文化转化与创新中的作用 ……… (317)

第四辑 守正创新:时代境遇中的文论创新 ……………………… (325)

超脱与执着
——记狄其骢教授 ………………………………………………… (327)
沉思于浪漫之旅
——青年评论家王光东印象 ……………………………………… (330)

对山东文艺理论与批评的反思和展望 …………………………… (332)
开放视野·实践品性·问题意识
——新时期文艺理论研究的宏观审视 …………………………… (340)
狄其骢文艺学研究的理论贡献与学术意识 …………………… (346)
中国当代马克思主义文艺理论研究的一面大旗 ……………… (358)
崇敬与期待 ……………………………………………………… (361)
吕荧先生的人格精神与学术思想 ……………………………… (364)
朱德发先生的学术贡献与学术精神 …………………………… (380)
根底 情怀 自信
——童庆炳先生的学术风采与启示 …………………………… (385)
新时代语境下中国文论研究的若干新变 ……………………… (389)

第一辑

与世推移:文学主潮的历史流变

小　引

新时期小说创作思潮迭起,流派纷呈。不同流派和思潮的创作以其多样化的风格探求和存在风貌,在中国小说史上书写下色彩斑斓的一页。而无论是从反映生活的深广度上,还是从在读者中引起的轰动效应上,抑或是从对于新时期政治、文化进程的影响上来看,都可以肯定地说,现实主义是新时期小说创作的主潮流和主色调。现实主义小说的勃兴和发展,体现了新时期文学潮流的性质和方向、成就和力量,从而成为新时期文学中最为引人注目的文艺现象。

一、民族劫难后的血泪控诉

新时期小说创作是从生活与文学的双重废墟上艰难地迈动前进步伐的。一方面是“十年动乱”造成的民族大劫难创伤犹在,血泪未干,一方面是自五四时期由鲁迅等现代文学先驱初创并一直延续到中华人民共和国成立后前17年的革命现实主义文学传统丧失殆尽,而“文化大革命”期间逐渐猖獗起来的反现实主义文学则独霸文坛、杀尽百花,这就是刚粉碎“四人帮”之后文艺家们面临的双重现实。因此,破除“四人帮”之流为文艺创作制定的种种清规戒律,直面十年浩劫时期的生活真实,恢复现实主义的优秀传统,当时便成为文艺家们最强烈的要求和呼唤。小说创作即由此而走上了现实主义的复归之路。

“文化大革命”的十年,在动荡不安的华夏大地上演出了数不清的人生悲剧,中国人民尝够了极左路线的苦头。尽管1976年10月的春雷结束了这段泯灭人性的残酷岁月,但昨日的噩梦却似巨大的磐石依然压迫着亿万人民未定的惊魂。于是,在经过了一个短暂的调整时期之后,一大批以控诉罪恶、展示伤痕为主要内容的伤痕小说便纷纷涌现出来,并以此为起始而拉开了新时期小说创作的序幕。伤痕小说发端于刘心武发表于《人民文学》1977年第11期上的《班主任》,成名于卢新华次年8月在《文汇报》上问世的《伤痕》,作为小说创作的主导潮流勃兴于1978年与1979年的文坛,流风余韵一直延续至20世纪80年代初期。作为新时期小说创作的第一幕，伤痕小说勇敢地正视生活真相，真实地多方面地再现了“文化大革命”期间荒唐而又严酷的现实。其中有反映“十年动乱”给亿万人民尤其是普通人和家庭带来灾难和悲剧的《“不称心”的姐夫》《我应该怎么办》《家庭悲剧》《惊心动魄的一幕》和《大墙下的红玉兰》，也有表现老一辈革命家、基层领导干部、公安战士以及普通群众与林彪、“四人帮”之流进行不屈不挠的斗争并付出沉重代价的《小镇上的将军》《将军吟》《神圣的土地》《弦上的梦》《愿你听到这支歌》和《土牢情话》；有表现青少年一代心灵创伤的《班主任》《伤痕》《醒来吧，弟弟》《最宝贵的》和《铺花的歧路》，也有表现知识分子和文化人才横遭摧残的《抱玉岩》《从森林里来的孩子》《眼镜》和《我是谁》；有反映知识青年上山下乡运动中的不幸遭遇和悲惨命运的《在小河那边》《聚会》《杨柏的“污染”》《蹉跎岁月》和《生活的路》，也有表现极左思潮对农村经济和农民生活造成严重摧残和破坏的《李有才之死》《老二黑离婚》《阴影》《张铁匠的罗曼史》与《许茂和他的女儿们》……这些作品从不同的题材和角度、不同的广度和深度、不同的艺术手法和语言风格上，将“十年动乱”所造成的中国社会的大悲剧一幕一幕地重现在人们面前。

从总体上看，伤痕小说的基本题材是苦难和创伤，情感基调是感伤与悲愤，主要意向在于揭露和批判。因而，可以毫无贬义地称之为“暴露文学”或“感伤文学”。尽管其中有一些作品也满怀激情地塑造了面对林彪、“四人帮”之流的淫威进行不屈不挠斗争的英雄形象，歌颂了刚正不阿的老一辈革命家、正气凛然的公安战士、威武不屈的知识分子和善良正直、是非鲜明、有着美好情操的普通人民群众，但展露“十年动乱”中极左思潮给党、国家和人民带来的巨大破坏和创伤，控诉林彪、“四人帮”的法西斯罪行，则是伤痕小说的主要倾向和特点所在。不少作品在揭露罪行、述说不幸上，都达到了令人触目惊心的程度。《班主任》通过品行端正的好孩子谢慧敏和品质低劣的小流氓宋宝琦这两个不同类型的中学生形象，深刻地揭示出林彪、“四人帮”反革命集团所施行的封建专制和愚民政策不仅从肉体上，而且从心灵上给青少年一代留下了深深的创伤，并由此及时而勇敢地发出了“救救被‘四人帮’坑害了的孩子”这一震人心弦的呼声。《伤痕》则通过下乡知青王晓华的家庭和爱情悲剧，揭露和控诉了反动的血统论在受害者心头刻下的难以弥合的伤痕。郑义的《枫》和冯骥才的《铺花的歧路》通过卢丹枫、李红钢、白慧、常鸣、郝建国等不同类型的热血青年在“文化大革命”期间的殉道惨剧和人生歧路，痛切地揭露了现代迷信是酿成人生悲剧的祸根。王亚平的《神圣的使命》、从维熙的《大墙下的红玉兰》和齐平的《看守日记》等则通过白舜、葛翎、王公伯、毛乾坤这些诚实正直、敢于坚持真理的知识分子、革命干部和老公安形象,反映了"十年动乱"期间权奸当道、冤狱遍于国中的严酷现实,揭露了"四人帮"把人民民主专政蜕变为封建法西斯专政的累累罪行,提出了如何坚持人民民主专政、健全社会主义民主与法制、防止历史悲剧重演这样一个重大的社会政治问题。此外,更有《许茂和他的女儿们》《老二黑离婚》和《我应该怎么办》等这样一些小说,从普通人的日常家庭和婚恋生活角度,深刻地揭露了极左路线给人民带来的深重灾难和难以忘却的伤痛。这些作品既描写了"十年动乱"中的人生悲剧,又以此提出了比较重大的社会问题,令人震惊又促人惊醒。

伤痕小说的出现不是偶然的或人为造成的现象,而是"十年动乱"的历史回声,是时代的要求和人民心声的体现。它的满含感伤的沉痛倾诉是浩劫之后民众怨愤情绪的自然发泄,它的指向明确的批判锋芒是与党和人民的要求与愿望相一致的。因而,许多作品一经发表,便触动了成千上万人的隐痛,激起人民思想与情感上的深深共鸣。但是当时也有人以"歌德"派自居,攻击伤痕小说作家是"善于在阴湿的血污中闻腥的动物",对"河水涣涣,莲荷盈盈,绿水新池,艳阳高照"的"美好的社会主义"怀着"阴暗的心理",是背离社会主义文艺原则的"缺德"派。[①] 这种指责当然是没有道理的,它是在极左思潮毒害下僵化了的文艺心理的体现。在社会主义文艺中,歌颂与暴露,并不是彼此对立的、互不相容的,而是一个问题的两个方面。既然我们的社会生活中有光明面也有阴暗面,那么有什么理由只要求作家们歌颂光明而不准许暴露阴暗呢?毛泽东曾经指出:"一切危害人民群众的黑暗势力必须暴露之,一切人民群众的革命斗争必须歌颂之,这就是革命文艺家的基本任务。"[②]这个要求,对社会主义时期的文艺创作还没有过时。正如周扬当时在批驳对伤痕文学的指责时所指出的:"人民的伤痕和制造这种伤痕的反革命帮派体系都是客观存在,我们的作家怎么可以掩盖和粉饰呢?作家们怎么能在现实生活的种种矛盾面前闭上眼睛呢?"[③]将"文化大革命"这样一场深重的民族灾难和人民痛切的内伤外伤,真实而深刻地反映出来,不仅是现实主义的内在本质所必然要求的,也是现实主义作家义不容辞的历史责任。因为将"文化大革

---

① 李剑:《"歌德"与"缺德"》,《河北文艺》1979 年第 6 期。

② 毛泽东:《在延安文艺座谈会上的讲话》,《毛泽东选集》第三卷,人民出版社 1991 年版,第 871 页。

③ 周扬:《继往开来,繁荣社会主义新时期的文艺——在中国文学艺术工作者第四次代表大会上的报告(1979 年 11 月 1 日)》,《文艺报》1979 年第 11、12 期。

命”这样一场浩劫记录在案，不仅有利于当代人，也有利于子孙后代吸取严重的历史教训，从而防止历史悲剧的重演。实际上，伤痕小说当时就以其对于“文化大革命”期间黑白颠倒、鬼蜮横行的社会生活的沉痛回忆与愤怒控诉，参与并推动了揭批林彪、“四人帮”的封建法西斯专政，彻底否定“文化大革命”的政治进程，为新时期初期实现拨乱反正的时代任务、推动思想解放运动的发展，发挥了披荆斩棘的开拓作用。它的这一个历史功绩是不能抹杀的。

伤痕小说的功绩还在于它在新时期文坛上首次高高举起了久已倒下的现实主义大旗，促进了新时期小说创作向现实主义的复归。这类作品一扫“文化大革命”期间“瞒和骗”文学的伪浪漫主义风习，睁了眼睛看社会看人生，勇于揭露和反映社会矛盾和痼疾，不在人民的疾苦面前闭上眼睛，展示出生动真实的社会生活图景，提出并回答了一些人们普遍关注的尖锐迫切的社会问题，激动并赢得了读者的心，恢复了文学与人民群众的密切联系。此外，长期以来，尽管我们的社会生活中演出了那么多人生悲剧，有那么多极左路线的受害者和现代迷信的殉道者，但由于极左文艺政策的禁锢，社会主义时期有没有悲剧，文艺能不能反映我们社会生活中的悲剧，却一直是在理论上不敢深究、在创作上也不大敢涉足的问题和领域。文艺工作者对悲剧望而生畏，生怕一个“悲”字，似乎写了悲剧，便真的丑化了社会主义制度，背离了生活的主流。伤痕小说勇敢地冲破了这个禁区，将悲剧人生、悲剧意识引进了社会主义的文坛，为社会主义文艺百花园增添了新的艺术花朵。悲剧意识是新时期现实主义文学精神中的一个重要构成因素，溯其渊源，实自伤痕小说始。

但是，伤痕小说毕竟属于新时期现实主义小说的开创期。它的产生有其特定的历史机缘，而这种特定的历史机缘又决定了它不可避免的历史局限性。首先，作为政治上拨乱反正的伴生现象的伤痕小说，其重要的功能在于民众情绪的发泄、人民意愿的表露，因而大都是将文学的社会批判价值置于艺术审美价值之上。它更多地追求对伤痕、对罪恶即生活之真相的展示和暴露，而较少地注意对社会、对人生作文化的审美的观照和把握。其次，伤痕小说的反映对象即取材范围是“十年动乱”期间的社会现实，特定的取材范围与拨乱反正的政治意向相结合，就使得伤痕小说虽然也是在回叙历史，但囿于政治评判而缺乏一种更为深广的历史感和更为深邃的文化感，显得作品的思想内容不够深厚、气度不够恢宏。同时，由于沉湎于回叙昨日的生活，作品也缺乏一种追踪新生活现实的当代感、新颖感。最后，尽管像《神圣的使命》《班主任》和《许茂和他的女儿们》这样一些优秀的作品在展示社会灾难和人生苦痛时，力求从各种尖锐的社会矛盾和冲突中揭示历史发展的必然性趋势，从阴暗中透露出光明,从创伤中发见出希望,从而使作品显示出一定的乐观精神,在无情地鞭挞黑暗的同时也给人以鼓舞的力量,但大部分伤痕小说确实又仅仅停留在对生活表面伤痕的肤浅描写上,沉湎于哀伤与悲愤之中不能自拔,有的甚至被生活中的阴暗遮住了眼睛,失去了对生活对未来的应有信念和希望,对读者产生了不好的负面影响,致使批评界的不少人发出了文艺应该振奋精神"向前看"的呼声。这些局限使得伤痕小说渐渐不能适应和满足急速前行的时代生活的要求和广大读者的审美期待,而一些敏于生活和富于探索精神的作家从主观上也逐渐意识到了这些局限。于是,新时期现实主义小说创作便走向进一步的深化,步入了反思小说与改革小说双美并举的新阶段。

二、痛定思痛的历史反思

如果说伤痕小说是千万人的血泪凝结成的艺术之花,是经历了一场大劫难的民族集体痛苦的大发泄,那么反思小说则是痛定思痛的产物,是痛苦与理智双重结合的美学升华。不可否认,确实有不少优秀的伤痕小说在其苦痛、血泪、创痕等富于刺激性、震惊性的感官效果和感情冲动内里,蕴含着辨黑白、争是非的"理性启蒙"精神,显示出较强的思想深度和美学力度。但同样不可否认的是,它们的理性启蒙精神主要表现在对"文化大革命"中林彪、"四人帮"之流反革命罪行的批判揭露上。《班主任》所发出的"救救被'四人帮'坑害了的孩子!"的呼声,正鲜明体现了伤痕小说的锋芒所向。尽管伤痕小说对后来彻底否定"文化大革命"作了情感、舆论上的先导,但是由于在新时期的最初几年里,"两个凡是"观点还处于支配地位,严重束缚着人们的头脑,林彪、"四人帮"所赖以生存和肆虐的"文化大革命",仍被当作一场反修防修的革命加以肯定,因而就政治评判来说,大多数伤痕小说还不可能全盘否定"文化大革命",更不用说对造成这场内乱的原因作出深刻的理性剖析了。1978 年 5 月开始的对思想文化界造成巨大震动的关于"实践是检验真理的唯一标准"的大讨论,尤其是同年 12 月具有深远历史意义的党的十一届三中全会的召开,在举国上下鼓起了思想解放的阵阵春风,也成了小说创作进一步走向真实的历史和人生、走向现实主义深化的强大动力。小说家们逐渐解除了极左路线在他们头脑里的思想桎梏,与党和人民共命运同思考,写出了一大批具有清醒明确的"反思"意向的反思小说。

从时间上看,反思小说是在伤痕小说还在兴盛之时的 1979 年开始登场的，但很快就取代了伤痕小说的地位，掀起了一股比伤痕小说更有思想深度、影响也更大更深远的创作潮流。反思小说承续了伤痕小说的悲剧格调，大部分作品依然是围绕着悲剧人生组织故事、抒写情怀和开掘主题的，其悲剧意味的浓烈和惊心动魄比之伤痕小说毫不逊色。但反思小说确实又有与伤痕小说不同的特点。反思小说以一种对我们民族当代生活中的悲剧和痼疾进行认真的反顾性思考的态势介入生活，对历史和人生作出了更加完整的反映和更为深入的开掘。伤痕小说着重于描述伤痕，并以此控诉罪恶，揭露阴谋，反思小说则着重于对灾难的回顾，总结历史教训和人生教训，因而在如何认识林彪、“四人帮”造成的“十年动乱”和灾难，探讨这伙鬼蜮得以肆虐成灾的根源，研究和防止历史悲剧重演等方面进行了极有深度的理性思考。冯骥才在其反映“文化大革命”期间知识分子悲剧的中篇小说《啊！》的结尾写道：“绚烂的春天的色彩，已经耀眼地出现在人们生活中。……谁总想回味那寒彻肌骨的严冬？谁总想去盯着那结了痂的疤痕？然而，没弄清根由的灾难，仍是埋伏在道路前边的陷阱。虽然它过去了，却有可能再来。为了前程更平坦、更笔直，为了不重蹈痛苦的旧辙，需要努力去做，更需要认真深思……”这种为了将来而必须认真深思过去的主体认识和艺术心态，正是反思小说的基本创作动机所在。许多反思小说在揭示现代迷信、极左路线是酿成人生悲剧和社会悲剧的根源这一历史教训的同时，还意味深长地提醒每个从政治运动中走过来的人应当做一点自我反省、自我解剖，从中吸取一点人生教训。张弦的《记忆》、金河的《重逢》和韦君宜的《洗礼》，都通过复职老干部的反省乃至痛苦的忏悔表明了这种创作意向。《重逢》提醒人们，在回顾过去时，不能只用一句“自己也受过‘四人帮’迫害”来文过饰非，也应该想想自己的过错。在《洗礼》中，终于从迷惘中觉醒过来、对自己过去所犯的“左”倾错误进行了痛苦自省的王辉凡也认识到，自己固然受了伤害，但也曾伤害过他人，所以，“受了刑的我，不能不想到我亦曾刑人”。《记忆》里的秦慕平更通过自己和方丽茹深受现代迷信之苦的遭遇，得出了这样极为沉痛而又弥足珍贵的历史教训：“在我们共产党人的记忆中……应该永远把自己对人民犯下的过错、造成的损失，牢牢地铭刻在记忆里，千万不要忘记。”因此，反思小说既有回顾往昔的沉痛感触，更有立足于今日的冷静思考，它试图用痛苦制造出医治痛苦和预防痛苦的良药。这就使得反思小说不再像伤痕小说那样仅仅以其惨痛之“悲”来引起读者情感上的强烈共鸣，而是以其“悲”中之“思”来撞击读者情感与理智的双重心灵闸门。

反思小说的生活涵盖面比起伤痕小说来更加深广。从题材范围和人物形象的属类上看，从城市到农村，从工业题材到农村题材，从知青生活到军旅生活,工、农、商、学、兵,几乎涉及各个领域各个阶层。而从审美意图的展露和审美空间的构筑角度来看,反思小说的“悲”中之“思”主要是在历史和人生两个不同的层面和维度上展开的。就历史层面而言,反思小说的艺术触角一般不仅局限于“文化大革命”期间林彪、“四人帮”的罪恶,而是力图从更大的范围和更长的历史跨度中挖掘“十年动乱”的思想根源和历史根源,从而使作品的思想蕴含升腾起一股悠长深邃的历史纵深感。通过对历史生活片段的巧妙剪裁,反思小说不仅暴露了危害我们党、国家和人民命运的种种祸患,而且深刻地揭示了这些祸患并非从天突降的偶发事件,而是在政治生活中长期存在的极左思潮的必然性产物。张弦的《记忆》将记忆的屏幕由眼前的“文化大革命”拉回到“四清运动”,通过方丽茹在“四清”和秦慕平在“文化大革命”中的相似遭遇揭示了现代迷信对人生的戕害。南丁的《旗》、茹志鹃的《剪辑错了的故事》、刘真的《黑旗》和张一弓的《犯人李铜钟的故事》等,则将镜头推向放高产卫星、刮共产风的1958年“大跃进”和随后的三年困难时期,真实地描写和反映了搞浮夸虚报、瞎折腾、穷过渡给农村带来的从饥荒到死亡的巨大灾难,以及对在长期的民主革命战争期间培育起来的党与人民群众患难与共血肉相连的密切关系所造成的严重损害。鲁彦周的《天云山传奇》、李国文的《月食》、王蒙的《布礼》、茹志鹃的《草原上的小路》等,则从不同的角度表现了反右斗争扩大化所造成的种种不幸后果。这些作品通过罗群、冯晴岚、钟亦成、毕竟、伊汝等坎坷的遭遇,深沉地反映了从1957年就开始产生并愈演愈烈的“左”倾思潮,是造成我们党背离自己优良的传统,脱离群众,堵塞言路,致使一些别有用心的阴谋家赖以产生、得以肆虐成灾的根源。有些作品历史跨度更为久远。高晓声的《李顺大造屋》通过忠厚质朴且有几分逆来顺受的奴性的普通农民李顺大在新中国成立前后近四十年的造屋史,以史诗般的笔墨艺术地概括了当代中国农民性格和命运的演进史,透视了埋藏在农民心中的苦衷。李顺大三起两落的造屋梦及其坎坷命运,不仅反映出新旧社会的本质区别,而且显示了中华人民共和国成立后实行正确路线与错误路线给农民生活造成的不同结果。在旧社会那种艰难困苦的生活境遇中,李顺大当然只能存一个造屋的梦,但在造屋梦想有了实现的经济可能性之后的新中国,李顺大的造屋梦为什么又几度幻灭?原因即在于30年中我们遭到“大跃进”和“文化大革命”十年两次灾难,而两次灾难都是党的路线出了毛病,是“自家人拆烂污”造成的。正是这个毛病害苦了李顺大,害苦了农民,害苦了整个国家和民族。方之的《内奸》也是从20世纪40年代初期写起,通过一个“不干不净”却又讲义气守信用、在危急关头能分清是非曲直的小商人田玉堂从抗战到“文化大革命”结束几十年间的曲折经历,显示了谁是真共产党谁是假共产党这样一个根本问题。这个在20世纪40年代拥护党的抗日统一战线政策、为新四军做过好事的爱国商人，在“文化大革命”那个丧失理性的年代却变成了牛鬼蛇神，被扣上“漏划富农”“特务内奸嫌疑”的帽子，被押回原籍劳动改造。在受刑讯时，他曾质问道：“死我一个不要紧，今后打起仗来，还有谁敢掩护你们工作同志呢?”这质问何其真诚，又何其沉痛啊！

在反思小说中，李国文的《冬天里的春天》与古华的《芙蓉镇》是两部最显深度的长篇创作。前者以某大型军工动力厂党委书记兼厂长于而龙回到阔别30多年的游击根据地查找暗杀自己妻子芦花的凶手为线索，通过他回故乡三天之间的经历、见闻、联想和回忆，着重展现了1937～1947年游击队生活和“十年动乱”时期的斗争生活情景，在凝聚着深沉的历史感与强烈的现实感的故事描述中，揭示了“春天，在人民心里，党，也在人民心里”这样一个道理，为作者“深深眷恋着的人们”唱出了一曲无比深情的颂歌。后者以湖南山区芙蓉镇上的“芙蓉姐”胡玉音的命运为主线，通过对1963年党的经济政策调整后农村经济的活跃、1964年“四清”运动的开展、1969年的社会动乱和十一届三中全会拨乱反正后四个不同历史时期风云变幻的农村生活现实的描写，深刻地揭露了“左”倾路线的错误和危害，热情赞美了山里人善良的心灵和纯真的爱情。作品寓政治风云于风俗民情图画之中，借人物命运演绎乡镇生活变迁，既具有浓郁的乡土气息和鲜明的地方色彩，又具有较大的生活容量和较深的思想蕴含，在改编为同名影片后，曾产生过广泛的社会影响。

我们知道，直到1981年6月，党的十一届六中全会通过《关于建国以来党的若干历史问题的决议》，给党、国家和人民带来深重灾难的“文化大革命”才遭到彻底的否定，被宣布为在理论上和实践上都是完全错误的。也是在这个决议里，党对建国以后至“文化大革命”前在经济、政治、思想文化工作的指导方针上的严重失误，尤其是反右扩大化、“大跃进”“社教”“四清”等运动中的“左”倾错误，进行了实事求是的认真反省和理论上的总结。可以说，反思文学是以具体的创作实践参与了“决议”的写作，或者说，“决议”吸收了反思文学的某些思想成果。在总结历史教训、揭示“左”倾错误的历史根源上，反思小说写下了光辉的一页。

三、人性的呐喊与人生的审视

随着揭批“四人帮”斗争和思想解放运动的深入发展，人们越来越清楚地认识到：造成当代中国诸多人生灾难的根源，除去愈演愈烈的极左思潮外，不尊重人、不关怀人、不讲人性和人道也是一个重要原因。可以说,十年“文化大革命”的最大祸害就是对人的无情摧残。伤痕小说中的大多数作品都围绕人生悲剧而展开,这绝非偶然。宗璞的伤痕小说力作《我是谁》,写备受摧残的女知识分子韦弥觉得自己和周围的知识分子都变成了一条条大大小小的毒虫。韦弥在如漆的夜色中投湖自尽时,从黑色的天空中发现了一个由飞翔的大雁组合成的、凝聚了日月光辉的“人”字。这由人到虫、由虫到人的变幻,象征性地概括了在一个摧残人、不讲人性的时代里,人们对人性和人的尊严的神往,也表明了文学对人性和人道主义的热切呼唤。如果说,“人”在伤痕小说里还只是处于低沉的呻吟中的话,那么,到了反思文学阶段,“人”便逐渐演变为一曲嘹亮的交响乐了。当一些反思小说致力于从不同的人生际遇反顾历史真相、重新认识历史之时,另外一些作家则更多地将反思精神由历史转向具体的人生问题,以同样富有情感热度和理性力度的笔墨,对当代中国人的现实生存状态作了观照和透视。与前一类反思作品将艺术的聚焦点落在历史和社会问题之上不同,后一类反思作品则更多地落在人生和人性之上。人生反思小说不再像伤痕小说那样在大的政治视角下触及人生的苦乐悲欢,而是超出了政治视角的囿限,开始从个体生命存在和社会伦理道德角度,多方面、多层次地写人,写人的生存价值与意义,写人道的温暖与力量,写人性的美丽与丑恶、崇高与卑下、舒展与压抑。这些小说冲破了长期以来极左文艺思潮在人的问题上设置的一个又一个禁区,既表现和歌颂了正常而健康的人性美、人情美、人格美,又对人性美、人情美、人格美的沦落和毁灭表达了深深的痛惜和激烈的控诉,充盈着沁人心脾的人道主义激情。它们不仅恢复了文学与人学的血肉联系,在新时期小说创作中掀起了一股人学复苏的热潮,而且以艺术的形式参与并推动了 20 世纪 80 年代上半期思想理论界对人性、人道主义和异化问题的大讨论。

在审视人生问题的小说中,爱情在人生中的位置和意义是许多作品着力探讨的问题。在阶级斗争年年讲、月月讲、天天讲的日子里,爱情,这人类创世纪里最最美丽的生命现象,也失去了它在生活和艺术里应有的位置与光彩。因此,当刘心武继《班主任》之后,以《爱情的位置》发出对于爱情的第一声呼唤后,这种久遭压抑的人类情感便似一股冲决堤坝的洪流,以不可遏阻的势头滚滚流淌于新时期文坛了。应该说,许多伤痕小说,如《伤痕》《“不称心”的姐夫》《眼镜》《墓场与鲜花》《抱玉岩》《神圣的使命》《姻缘》《我应该怎么办》《枫》《老二黑离婚》《张铁匠的罗曼史》等,都涉及或者直接描写了爱情,但这些描写,不论是写爱的专一与甜美,还是写爱的变异与苦涩,都是与强烈的政治评判意识紧密结合着的。在伤痕小说里,几乎所有的爱情都是以悲剧的形式出现，作品借爱情悲剧探讨的并非爱情对于人生和生命自身的意义，而是爱情生存的外部环境，主旨在于控诉"文化大革命"和极左路线对美好爱情的扼杀和吞噬，爱情的价值是在对于极左路线的控诉与否定中间接得到肯定的。到反思小说阶段，作家们对于爱情的表现，不再仅仅着眼于政治因素，而是融入了更为广泛的思考。靳凡的《公开的情书》写出了在"文化大革命"这样一个泯灭爱情的年代，年轻一代仍在痛苦的生活中学习和探索，对真、善、美的追求，对幸福爱情的追求依然是照耀在他们人生之路上的明媚阳光。宗璞的《三生石》以对于"十年动乱"中面临政治与病魔双重威胁的大学女教师梅菩提与方知、陶慧韵之间感人至深的爱情与友谊的描写，揭示出正是爱情与友谊给苦难的人生带来了美好与希望。刘心武的《如意》通过老校工石义海和"天潢贵胄"的末代"格格"金绮纹两人没能如意的爱情故事，不仅揭示了极左政治运动的强暴对人性、爱情的压抑和摧残，更开掘了存在于普通劳动者身上朴实无华的美好人性与人情。张弦的《被爱情遗忘的角落》，描写了母女两代三种不同的爱情和婚姻，尤其是存妮和小豹子蒙昧而令人心酸的恋爱悲剧，艺术地揭示了愚昧和贫困也就是精神荒芜和物质贫乏对于合理的合乎自然本性的爱情的压抑和吞没。茹志鹃的《草原上的小路》、张抗抗的《悠久的钟声》、达理的《无声的雨丝》、戴厚英的《锁链，是柔软的》则抨击了爱情与婚姻关系上的封建门第观念。而更能标志反思阶段爱情题材小说特征的是张洁的《爱，是不能忘记的》《方舟》，张弦的《未亡人》《挣不断的红丝线》，谌容的《杨月月与萨特之研究》《错，错，错》，问彬的《心祭》，航鹰的《东方女性》《枫林晚》等作品。这些作品从伦理道德和人生价值角度审视和描写爱情生活，触及爱情与婚姻的关系、爱情与人们的情感生活的关系、爱情和婚姻与事业追求及人生价值的实现的关系，以及爱情生活中的理智与情感、世俗与理想、责任与自由，甚至第三者插足及情爱生活中的灵与肉、情与性的关系等等这样一些敏感的问题。这些作品大都不再将批判的锋芒指向政治，而是指向陈旧的反人道的观念，指向人们精神世界尘封日久的历史积垢，渴望将爱情从陈旧的道德世俗观念的窒息中解放出来，把美好的爱情还给自由选择的男男女女，将婚姻置于爱情的基础之上。但是，作者大都没有对现实生活中的爱情作理想化的处理，而是真实地坦露出人们在情爱生活中面临着的种种难以驱遣、排解的矛盾和难以厘清、消除的困惑。从这个意义上说，《爱，是不能忘记的》中那个"痛苦的理想主义者"钟雨是一个极有概括意义的形象。一方面对爱情怀着理想主义的深情，另一方面又深深地陷入难以自主抉择的爱的痛苦之中，这不正是中国的许多男女在情爱生活中面临着的两难处境吗？

当然，爱情绝非人生的唯一内容。正如礼平《晚霞消失的时候》中的南珊所认识到的，爱情只是人生内容的一部分，还有比爱情能给人生带来更巨大更持久的幸福。所以，反思人生的小说，也绝不仅限于爱情一个方面。刘心武的《我爱每一片绿叶》提出应该正确对待个性和个人生活的秘密，他的《立体交叉桥》则充分展示了由于生存空间的狭小而导致的人的精神空间的褊狭。王蒙的《悠悠寸草心》《蝴蝶》，李国文的《月食》，鲁彦周的《天云山传奇》，韦君宜的《洗礼》等，在反思历史的同时，也对现实生活中人的地位与意识的变异过程作了展示。这些作品注意到了个人品质对历史的影响，深刻地揭示出在向旧生活告别时，需要调整的不仅仅是外部的现实和政治经济决策，也包括当事人自身的思想、情感、个性、思想方式和处世态度等。尤其是在《蝴蝶》里，作者还通过主人公张思远对历史和个人的生活充满自责的痛苦反思，提出了生命存在的轻与重、空虚与充实、自我与非我及人生价值的实现这样一个更具人性深度的问题。而张贤亮的《灵与肉》和《绿化树》则通过许灵均与章永璘这两位落难的知识分子形象的塑造，着力表现了“痛苦中的欢乐，伤痕上的美”，歌颂了那些在痛苦的遭遇中顽强不屈地向更高的精神境界飞升的灵魂的美丽与崇高。许灵均和章永璘既是社会灾难的不幸承受者，又是人生意义的苦苦求索者。胡辛的《四个四十岁的女人》写了 4 个 20 年前怀着美好理想各奔前程的女性，到中年时分由于爱情、婚姻和事业上的困顿所带来的人生烦恼和惆怅。邓刚的《迷人的海》则借老少两代海碰子与大海的搏击，歌颂了人的意志与力量，在浪涛滚滚的大海上塑造出了一个崇高、博大的人的形象。此外，张抗抗的《夏》和《北极光》，陈建功的《飘逝的花头巾》与《迷乱的星空》，张辛欣的《在同一地平线上》和《我们这个年纪的梦》以及石英的长篇《同在蓝天下》等，也都从追求有意义的人生这一角度结构篇章，较为深入地描写了当代青年复杂多样的精神世界，通过不同类型青年的人生心态和人生选择，对人生意义和自我价值问题作了富有现代意义的思考。

在审视人性和反思人生状态的作品中，戴厚英的《人啊，人!》、谌容的《人到中年》和路遥的《人生》这三部标有“人”字的中、长篇，曾激起过较大的社会反响。长篇小说《人啊，人!》以大学生活为背景，通过男女主人公何荆夫和孙悦曲折的爱情故事以及他们周围的一些知识分子的悲欢离合，控诉了“左”倾错误与是非颠倒的政治斗争给国家和人民带来的深重灾难。小说没有停留在一般的思想政治意义的批判上，而是借助新奇大胆的内心独白叙事方式切入人物的精神领域和灵魂深处，以深沉、凝重、富于思辨色彩的格调展示了 1957 年反右至粉碎“四人帮”之后这段时间内一代知识分子心灵的痛苦与追求、彷徨与奋进、失望与觉醒。作品针对极左路线践踏人性、扭曲灵魂、破坏家庭、压制人才的无情现实，发出了应当尊重人、尊重人性的呐喊，为人性、人情与人道唱了一首热情的赞歌。尽管作品对人性、人道的礼赞和思考还带有某种抽象化和理想化的色彩，而作者企图让她的主人公把人道主义作为“改善现实，提高现实”的治世良方则不免显出某种空想与无力，但作品对造成一代知识分子坎坷命运的社会原因的揭示却是具有强烈现实针对性的。作品还形象地展露出，在同样恶劣的政治环境下，有些人的灵魂被扭曲了，人性泯灭了，而另一些人却保持了心灵的纯洁，一直在用不屈的灵魂与丑恶的现实抗争，这是现实生活的实相，也表明了心灵与人性自我净化、自我改造的必要性。

如果说《人啊，人!》对人生的审视还偏于过去时，且带有几分抽象性的话，那么，《人到中年》和《人生》则更注重现在时，从当前实实在在的日常生活中展示普通人的生存状态与生存心态。《人到中年》通过中年女医生陆文婷一心埋头事业，长期超负荷运转，以致险些丧命的命运轨迹，以撼人心魄的笔墨向我们展示出拨乱反正、百废待举时期中年知识分子面临的艰辛处境。作者怀着深深的崇敬之情，真实地反映了陆文婷“忍辱负重、困且益坚”的无私奉献和她在社会上家庭中所承受的种种难以言说的困苦，并由此发出了“救救中年人”的急切呼喊。同时，作品又含蓄地剖示了围绕中年知识分子问题所反映出的种种社会疾患：陆文婷病倒了，傅家杰提前变老了，姜亚芬夫妇出国定居了，而与此相对应的却是根深蒂固的传统观念和习惯势力，尤其是“十年动乱”所造成的对知识分子的鄙薄和偏见，对他们生活处境的漠视和无动于衷以及新形势下的官僚主义和不正之风等等。作品从生活的真情实感出发，挖掘出日常生活中的悲剧意蕴，展示出中年知识分子问题的严重性和解决这一问题的急迫性，从而激起了千千万万读者的共鸣，一度在社会上掀起了一个“人到中年”热。

路遥的《人生》则通过农村知识青年高加林一段曲折的人生道路，深刻地揭示了改革浪潮冲击下城乡交叉地带政治、经济、文化、思想意识、道德观念上的冲突与嬗变。高加林是一个出生于传统乡土的母体又企图割断与乡土相联系的脐带的农村知识青年。他追求美好的爱情，向往更富于创造性的新生活，并为此而雄心勃勃地奔波于城乡交叉地带。高加林与痴情于他的农村姑娘刘巧珍和城里姑娘黄亚萍的爱情波折和事业上的波折，显示出高加林在追求有意义的现代生活过程中的徘徊、困惑和选择上的矛盾。这种徘徊、困惑和矛盾正是改革初期的特殊社会现实和城乡交叉地带的特定地理位置决定的，其中蕴含着极为深刻的社会历史内容。尽管高加林的奋斗目标比较含糊，他还不是能够用明确而有力的思想把握自己人生航向的强者，但作为一个新的人生的追求者，他身上却闪现着一种他的父母辈绝无仅有的浪漫而富有理想意味的光彩。所以，他虽然绕了个由黄土高坡到充满现代节奏的城市再回到黄土高坡的圆圈，却不会白白地走过这一遭，不会在灰心丧气中再退回他父母辈那种生活心态中去；相反，他会吸取教训，少一份狂热，多一点冷静，用更理智更富于人性的眼光打量生活和审视自己，重新好好开始生活，继续钻研那深奥的人生课题。或许，这也就是高加林的命运之所以引起众多读者尤其是农村青年的强烈共鸣，并被评论界称为“可喜的农村新人形象”的原因所在吧！

四、一代知青的梦和现代军人的魂

反思精神推动了新时期现实主义文学的深化，使反映各种生活领域的小说创作都显示出新的面目。除去上述反映城市生活、农村生活和知识分子生活的诸多优秀之作外，反思知青生活小说的勃兴和军旅题材小说的新变，也是这一时期引人注目的创作现象。

“文化大革命”的结束也终止了与它相伴的十几年的知识青年“上山下乡”运动。但是，那些曾经怀抱着热情和理想，在贫穷而愚昧的广阔天地里接受再教育的一代知青却没有结束他们对这段生活的记忆，而是由此产生了由原野回归城市的人们讲述的“知青文学”。在伤痕文学时期，这场轰轰烈烈的“上山下乡”运动，是作为荒唐岁月里一个不堪回首的噩梦而加以描述的。卢新华的《伤痕》，孔捷生的《在小河那边》，竹林的《生活的路》，甘铁生的《聚会》，阿蔷的《网》，叶辛的《我们这一代年轻人》《蹉跎岁月》，都是以展现这段生活带给知青们的灾难和不幸为主旨的。至反思阶段，知青小说开始从新的思想高度和审美层次上重新审视和回顾过去。王安忆的《本次列车终点》，孔捷生的《南方的岸》，张承志的《绿夜》《黑骏马》，张抗抗的《塔》《红罂粟》，史铁生的《我的遥远的清平湾》，肖复兴的《抹不掉的声音》等，都不再仅仅把知青当作被欺骗、被耽误、被抛弃的一代加以描写，不再以否定和诅咒来对待那段艰难岁月，而是从愤懑和伤痕转向回归与寻求，努力从过去了的岁月，从他们曾经耕耘过、收获过的南疆北国，追寻生活的馈赠，领悟人生的真谛，寻找生活的位置。在《本次列车终点》里，那个刚刚回到城里的陈信由于空间的逼仄与人情的纠葛，突然开始怀恋起那偏僻遥远而又空旷明朗的北方天地。在《南方的岸》中，主人公甚至毅然回到了当年的橡胶园，仿佛城市生活倒使他找不到自己的位置。《我的遥远的清平湾》则如一首浓郁的充满乡土气息的陕北信天游，作者以娓娓而叙的笔调，绘出了一幅淡淡的农村风俗画，为他曾经生活和战斗过的地方献上了一曲无限深情的恋歌，在片段的回忆中充盈着动人的暖意。

反思阶段的知青小说对生活的反映渐渐突破了个人主观情绪的局限，而趋向客观与辩证。知青生活里有失落也有收获，有困苦也有欢乐，此时几乎成为知青作家的共识。于是，他们的作品便渐渐地从失望、阴郁与愤懑中透露出了拓荒的豪迈与理想的光芒。在这一方面，最具代表性的当属梁晓声的《这是一片神奇的土地》和《今夜有暴风雪》。在这两部作品里，作者既不回避生活中的苦难和阴暗，又以火一样的激情，真实地再现了知青们在开发祖国边疆过程中艰苦卓绝的努力、不无悲壮的献身热情和在冷峻的逆境中追求精神升华的心灵历程，在苍茫悲壮的背景上唱出了一曲自尊自强、闪烁着理想之光的青春颂歌。作品以雄浑的笔触、悲壮的基调，描绘了一幅可歌可泣、可悲可叹的北大荒垦荒图，在广大读者心中为千百万知青竖起了一座历史的丰碑。

军事题材小说，作为革命斗争历史题材的一个部分，在中华人民共和国成立后的文学创作中一直占有重要的地位。新时期早期的军事题材作品，如孟伟哉的《昨天的战争》，魏巍的《东方》，邓友梅的《追赶队伍的女兵们》《我们的军长》，周立波的《湘江一夜》，除去在人际情感的描绘上有一定突破外，基本上沿袭了以往军事题材小说的写作模式，着重从正义与非正义、革命与反革命两种力量的较量与厮杀中，表现人民军队与人民群众团结一心共同对敌的鱼水情深关系，颂扬我军将士的革命英雄主义，同时暴露敌对势力凶恶残暴又虚弱无力的本质。1980 年，徐怀中反映对越自卫反击战的《西线轶事》，揭开了军事文学新的一幕。这篇作品在严峻的战争背景上，借助富有表现力的生活逸事，塑造了六个女电话兵和一个男步话兵的英雄群像，展示出新一代军人丰富、美好的内心世界。作者没有沿袭以往军事文学的旧轨，而是独辟蹊径，作了别开生面的新开拓。作品没有按照作战过程去结构一个首尾完整的作战故事，而是有意识地避开对于战场的正面描写，在战场和社会、现实与历史的交织中展示我们的军队和战士，既反映了战争中的牺牲，又写出了战争是在怎样特定的历史条件下发生的，使读者从作品中能够身临其境地感触到 10 多年来社会矛盾的激流，富有强烈的现实感和深沉的历史纵深感。作品中精心刻画的步话兵刘毛妹是个具有相当概括性的艺术典型。这是一个带着“十年动乱”的创伤奔赴战场的战士，有一些放荡不羁，不太遵守军纪，外表冷漠，言语中还常带有讥讽，但又正视现实，勇于思考，忧国忧民，清楚地意识到自己作为一个军人的崇高职责，在战斗需要的时候，毫不犹豫地献出了自己宝贵的生命。刘毛妹身上丝毫没有以往军旅英雄塑造中常见的人为拔高和雕饰。作品成功地塑造出一个闪现着纯真的本色美的新时代军人形象，丰富了军事文学的人物画廊。

《西线轶事》开辟了军事文学社会化的新思路，也带来了军事题材小说创作的新转机。自此以后，一大批具有深沉凝重的思考意识和新鲜浓郁的当代军旅生活气息的作品纷纷涌现。其中，既有敢于直面现实矛盾，将深广的社会历史内容和深刻的历史反思精神有机融合起来的革命悲剧性作品，如《高山下的花环》和《山中，那十九座坟茔》（李存葆），更有一大批展示和平时期军营生活，对和平时期军人的自我牺牲精神及其社会价值作出深入开掘的作品，如《射天狼》（朱苏进）、《天山深处的大兵》（李斌奎）、《女炊事班长》（简嘉）、《沙海的绿荫》（朱春雨）、《雪国热闹镇》《啊，索伦河谷的枪声》（刘兆林）、《三角梅》（王中才）、《兵车行》（唐栋）、《秋雪湖之恋》（石言）等。这些作品大都力图从总体上把握生活，既敢于正面揭露军人生活中的种种困苦与矛盾，又把军营与社会连为一片，将对军旅生活的审视与对社会历史问题的思考有机地融合起来；既展现了当代军人崇高壮美的灵魂和气质，又写出了他们内心深处的七情六欲和情感波澜。

在军事文学社会化的拓展上，李存葆发表于《十月》1982 年第 6 期上的《高山下的花环》作出了重大贡献。作品围绕一支边防连队攻夺与扼守 364 高地的战斗历程，既写出了战争的严酷与军人的牺牲，也写出了缠绕、扭结于军事生活中的种种社会因素。作品以充满生活气息的笔墨，成功地塑造出了梁三喜、靳开来、赵蒙生、薛凯华、雷军长、梁大娘、韩玉秀、吴爽这样一批血肉丰满的当代军人和军人家属形象。尤其是对于梁三喜、靳开来、赵蒙生三位军人形象的塑造，为当代军事文学人物画廊增添了新的光彩。这是一些平凡而又伟大的战士，他们或是带着生活的重负，或是带着满腹的牢骚，或是带着雪耻的决心而走上战场，最终都在战火的洗礼中，用鲜血和生命雕塑出了风骨凛然、崇高博大的英雄形象，编织出了感人至深、永不褪色的荣誉花环。作品不仅以其深沉凝重的革命英雄主义和爱国主义激情猛烈地撞击着读者的情感闸门，同时以其对于军内外各种矛盾和问题的尖锐而深刻的揭露，引发了读者理智上的震惊和深思。梁三喜那张染血的欠账单，隐含了极左思潮给农村带来的极度贫困；“将门之后”薛凯华令人惋惜地死于两发“批林批孔”时期制造的臭弹，深刻地显示出接连不断的极左政治运动对于军工生产的严重破坏和对战斗生活的恶性影响；赵蒙生的“曲线调动”和他母亲吴爽的战时“外交”，则表明了社会上的不正之风对军队生活的严重侵蚀；无私无畏的英雄靳开来的死而“无功”，也从一个侧面反映出军队生活中某些值得深思的问题。作者毫不掩饰地描述和反映了军队——社会层面和人生——精神层面的种种矛盾和问题，显示出真正艺术家的胆识与气魄，也使得这部作品成为一部意蕴丰厚、分量沉重的优秀之作。此外，朱苏进的《射天狼》塑造了袁翰这样一个于平凡中闪射出英雄气质的军人形象，他是一个有着自己独特的经历和遭遇、思考与苦恼的人物，他的身上既打着军人的烙印，又染着社会生活的色彩。这篇作品进一步推进了军旅小说社会化的思路，并且在塑造和平时期的军队新人形象上作出了新的开拓。《沙海的绿荫》则以揭示道德的力量作为生活的开掘点，显示出人物在道德天平上的崇高与卑下，在军旅小说里有着独具一格的韵味和魅力。总之，这些小说展示了当代军队生活和军人内心世界的丰富性与复杂性，使军事文学对生活的反映由单纯变为复杂，由单面转向多面，更真实更完整地贴近了生活现实。它们从不同角度、不同侧面、不同层次对当代军旅生活作了富于立体感和质感的真实描绘，为当代军人留下了一幅幅闪现着时代光彩的新画像。

五、城市改革的凯歌与忧思

与反思小说一同登上新时期文学舞台的是改革小说。党的十一届三中全会作出了把全党工作的重点转移到社会主义现代化建设上来的伟大决策，自此以后，党就着手在农村和城市进行经济体制和政治体制改革，改革的大潮一浪高过一浪地在神州大地上滚动与喧响起来。与改革大潮的声浪相呼应，在伤痕小说余波未平、反思小说方兴未艾之际，蒋子龙在《人民文学》1979 年第 7 期上推出了轰动一时的《乔厂长上任记》，吹响了文学向社会改革主题进军的第一声号角。这篇作品以遒劲的笔触、雄浑豪迈的风格，将一个披荆斩棘、大刀阔斧地进行改革的优秀企业家形象推向读者的视野，令人耳目一新，精神为之一振。同时，作品又将国民经济刚开始恢复和体制改革初期满目疮痍、积弊如山、百业待兴的现实局面，以及由此产生的“千奇百怪的矛盾、五花八门的问题”真实地展现出来，使人震惊，令人焦虑。此作及时地回应了改革的社会现实，表达了人民的期待和心声。随之，一股以反映城市和农村改革生活为题材的创作思潮勃然而起，并逐渐汇集成一股巨大的创作潮流，与反思小说思潮双峰对峙、双水分流，共同推进了新时期现实主义小说创作的深化。

相比较而言，反映城市改革生活的创作比起反映农村改革生活的创作显得先声夺人一些，创作阵容更为整齐，作品数量更多，标举的旗帜也更加鲜明。《乔厂长上任记》之后，蒋子龙又陆续推出了他的“开拓者家族”系列：《开拓者》《一个工厂秘书的日记》《狼酒》《拜年》《人事厂长》《赤橙黄绿青蓝紫》《锅碗瓢盆交响曲》。此外，还有柯云路的《三千万》，闰水的《竞争者》，水运宪的《祸起萧墙》，张锲的《改革者》，焦祖尧的《跋涉者》，张洁的《沉重的翅膀》《条件尚未成熟》，张贤亮的《龙种》《男人的风格》，陆文夫的《围墙》，李国文的《花园街五号》，程树榛的《春天的呼唤》，陈冲的《小厂来了个大学生》《厂长今年二十六》，邓刚的《阵痛》等一大批反映城市改革题材的小说相继问世，壮大了改革文学的阵容。这些作品塑造出一大批改革者形象，为改革时代的英雄树立了一座闪烁着时代精神光辉的群体雕像，其中，既有老一辈革命家的代表，如郑子云(《沉重的翅膀》)、车篷宽(《开拓者》)、丁猛(《三千万》)，也有中青年改革者的动人形象，如曾淮(《开拓者》)、徐枫(《改革者》)、刘钊(《花园街五号》)、陈抱帖(《男人的风格》)、陈咏明(《沉重的翅膀》)、解净(《赤橙黄绿青蓝紫》)、季明(《竞争者》)、马而立(《围墙》)、牛宏(《锅碗瓢盆交响曲》)、李向南(《新星》)等。这些处于不同地位和岗位、有着不同经历和性格的改革者，以他们不同的作为和追求、各异的奋斗与境遇，映照和折射出改革洪流在社会生活各个领域所造成的巨大变化以及在人们心灵中激起的剧烈骚动。

城市题材改革小说对改革生活的认识和反映是有变化的。初期的改革小说以侧重描写改革进程中的具体矛盾为特征。大部分作品都是通过乔光朴式具有大刀阔斧的气魄和铁腕式手段的英雄形象的塑造来反映改革事业艰难曲折的历程，以突出个体力量对改革的促进的描写来呼唤改革。作品虽然比较尖锐地触及和揭示了种种令人触目惊心的社会积弊和矛盾，诸如管理混乱、人心涣散、效益低下以及较为严重的官僚主义作风和令人忧虑的社会风气不正等，但基调大都是乐观的、富于理想化色彩的。作品表现了旧有的政治经济体制已经不适应现代化要求这一主要矛盾，又通过具有火样的激情、雄大的气魄的改革者形象大有作为的努力，为人们展示出一幅改革必胜、曙光在前的光明远景。在艺术构思上，多数作品都围绕改革与守旧这一大框架编织故事和展开情节，以引发矛盾始，以解决矛盾终。不同的路线与方案之争，是早期作品常见的内容。这种构思因袭了以往反映社会问题小说的旧有思路和模式，对生活作了相对简单化的处理。随着改革进程的深化，人们越来越认识到，改革是一场涉及社会方方面面的整体性社会大变动，不仅涉及经济和政治体制的改革，还涉及人们观念意识和深层文化心理结构的变革，前者可以通过政策法规等行政手段去推进，后者则不是任何外力所能强制并在朝夕之间就改变得了的。同时，改革的每一个具体方案、具体措施的出台都涉及不同阶层具体的经济与政治权益的再分配，这必然引起一些人自觉或不自觉的抵触和非议。因此，改革绝不会是一帆风顺的，不会是一首“忽如一夜春风来"便"千树万树梨花开"的抒情小诗的速就，而是一个古老的民族在阵痛中艰难的起飞，是一部隐含着重重阻力、伴随着失败与痛苦的悲壮史诗的生成。基于这种认识，改革生活在小说家们的笔下变得愈来愈复杂、沉重起来，它不再是一曲高歌行进的快板、一条滔滔东流的大河，它的曲调中多了几分沉郁和悲凉，它的流变中多了一些曲折和回旋，主观的激情和理想化的色彩逐渐消退了，代之而起的是更清醒的理性剖示和更实在的生活描绘。艺术构思和人物形象的塑造方面，不再是围绕改革与反改革或改革与保守的简单模式对人物作壁垒分明的归类，而是更加注重描绘人们思想意识和道德观念的冲突，着重从政治和经济体制的变化带给整个社会结构和人们的心态与生态的冲击和震荡，来开掘人物的灵魂世界和他们所作所为的深层动机。从这种作品中，我们看到了改革的必然性，更体味到改革的艰巨性。

从不少改革作品中，我们看到，出于现实的和历史的种种原因，那些时代的落伍者、患得患失的既得利益者、思想意识陈旧僵化的大小官僚主义者、追权逐利的投机者以及各种各样的蜕化变质分子，在改革的征途上设立下了道道障碍座座陷阱，撒下了重重难以突破甚至足以致人死命的灰色关系大网。乔光朴式一往直前、快刀斩乱麻的改革做法显得越来越力不从心。在《一个工厂秘书的日记》里，想站稳脚跟、有所作为的新任厂长金凤池，不得不在复杂的人际关系网里玩弄自己都感到痛苦和不安的"聪明"圆滑的手腕；在《人事厂长》中，改革者被冷落，受到了排斥；在《祸起萧墙》《拜年》《悲剧比没有悲剧好》里，改革者不仅在权力角逐中败北，有的甚至变成"罪犯"被带上法庭。不仅如此，除去体验事业上、权力角逐上的困窘与失败的滋味之外，改革者往往还要承受来自家庭和情感生活的失意和孤独的打击。金凤池、郑子云、刘钊、陈抱帖、牛宏，或是有一个暗淡的家庭生活，或是在情感生活上遭受了挫折和磨难，甚至在情场角逐中被孤立而陷于失败。陆文夫的《围墙》则以一个带有几分寓言或象征意味的造围墙的故事，概括了我们现实生活里另一种奇而不怪的现象。某建筑设计所的围墙倒塌了，就如何修复围墙问题，所里的"守旧派""现代派"和"取消派"加上所长展开了不休的争执，久议不决。当围墙在一个年轻干练的行政科长马而立领人修好并受到权威人士的好评后，所长和各派却纷纷以"功臣"自居，伸手来摘桃子。作者的创作用意是通过"造一堵有形的墙"来"拆一堵无形的墙"，即拆掉那些紧紧困住我们的陈规陋习和那奥妙无穷的推诿扯皮。正因为作者认识到并艺术地表现出这"一堵无形的墙"，作品才显示出一种毫不造作的透视深度和表现力度，被人誉为一篇真正“搔到了生活的痒痒筋”的“小说妙品”。[①]

反映城市改革题材的小说中，还出现了一些反响大的长篇力作。小说家们以他们发自内心的对我们的时代、事业和国家的未来发展的强烈关注和责任感，用一种鸟瞰式、全景性的艺术图景揭示了改革的势在必行和改革进程中涌现出的种种新矛盾和新问题。《沉重的翅膀》是我国新时期小说里第一部反映“四化”建设中工业改革的长篇，作者以此“献给那些为着中华民族的振兴而忘我工作的人”。作品围绕国务院所属重工业部副部长郑子云和部属曙光汽车制造厂厂长陈咏明从重视人的价值、发挥人的作用、改变已经过时的思想政治工作方法着手进行工业经济体制改革时，与顽固地维护既得的权力地位、坚守陈腐思想观念的部长田守诚和副部长孔祥等发生的矛盾冲突，写出了改革的迫切性和艰巨性。作品将哲理性认识的阐发与故事情节的展开有机地融合在一起，把机关、工厂、家庭、社会联结为一片，在相当广阔的社会生活画面上反映了改革的大趋势在各类人物心底激起的波澜、造成的震荡，展现了新旧观念和不同道德灵魂之间的剧烈撞击，使人们从中领悟到这场大变革超出经济领域的全局性意义。此作具有高屋建瓴的气势，对改革大趋势的宏观把握和对社会矛盾清醒而深刻的自觉意识显示出相当的理性深度。另外两部长篇《改革者》和《花园街五号》则分别围绕C城和临江市委书记的角逐，提出了谁来掌握“四化”和改革事业的领导权这样一个至关重要的现实问题。尤其是《花园街五号》，以“花园街五号”近半个世纪以来五易其主的时代变迁，通过谁将成为这幢俄式别墅的第五位主人的选择，展现了领导体制改革中尖锐、复杂、微妙的斗争。作品以象征着权力和地位的“花园街五号”为纽结，在历史与现实的交叉结合中，展示了韩潮、刘钊、丁晓、吕莎、欧阳慧、韩大宝、许杰及其他各种人物不同的命运、性格和心态，具有深刻的历史感和强烈的现实感。这些长篇力作的出现，标志着改革小说达到了一个新的高度。这些作品不仅大大展拓了生活涵盖面，而且对改革现实的认识更为深化了。它们不仅描绘和揭示了种种传统的阴影和现实的矛盾，而且将改革与反改革、进步与保守的现实冲突置于权力的迁移，也就是物质利益和政治特权的再分配之上。无论是在《沉重的翅膀》里，还是在《改革者》和《花园街五号》中，人们都看到了一张为维护既得利益和争取更多私利而结成的权力关系网，这张关系网上下贯通、左右交错，构成了一个利害相关、互为依托，一损俱损、一荣俱荣的“统一战线”。每一个触动他们利益的改革举动和步骤都会刺痛许多人的神经，使他们发作起来，反扑过来。正如有的论者所言：“这些

① 参见王蒙：《读八三年一些短篇小说随想》，《文艺研究》1984年第3期。

新型改革家所面临的，往往是一个被权力角逐和市侩主义所污染了的社会面，他们必须以巨大的勇气和智慧，来冲决各种势力和利害关系所缠结的无形之网对生产积极性的束缚和对一切革新的阻碍。”①这样一种以现实权益为纽带而结成的关系网，又经常是与习惯势力和传统意识，甚至是与僵化、教条化了的“马列主义观念”和“党的政策”交织在一起的，这就更加显出了它的巨大威力和破坏性。因此，改革者的对手既是有形的，又是无形的，正如张洁在《沉重的翅膀》里所写到的，改革者面对的不是一个人或几个人，几乎就是整个的世界。实际上，也正是从这里，人们才分外地意识到改革的艰难和沉重，分外地生出对于改革的忧思和焦虑。

但是，中国必须改革，不改革就没有出路，已经成为全国人民的共同认识。因此，当人们对现实中改革步伐的迟缓甚至某些令人忧虑的回旋、失误而不满的时候，当非英雄化的鼓噪日渐导致了文学中崇高意识的失落和淡漠时，《新星》的出现再次激起了人们对改革进程和改革文学的关注热情。一时间，全国形成了“新星”热，李向南和顾荣也成了街谈巷议的人物。《新星》之所以如此走红，正是由于作者以贴近生活的艺术感受真实地揭示了新时期社会矛盾的某些本质方面。发生于古陵县的这场改革与反改革的斗争在全国来说具有相当的典型性。领导干部的违法乱纪、盘根错节的权力网、对改革势力的抵制和压制，绝不是古陵县才有的现象。作品着力塑造的年轻县委书记李向南这一形象的意义，主要不在于他究竟在多大程度上触动了顾荣们的权力网，而在于这一形象体现了一种激情，一种素质，一种效率和步伐，一种义无反顾地冲决罗网的奋进精神，而这一切正是我们时代所需要的。曾经有人批评这一形象有些理想化和概念化，其实只要真正关注现实，就可以看到李向南这种人物在现实生活中并不鲜见。如果不是有众多的李向南在改革第一线拼搏，中国怎么会有目前这种繁荣发展的大好局面呢？也有人曾批评李向南“相当缺乏自觉的现代政治意识”，他“仍然是实行人治而非法治的一个典型”，“仍然只是一个旧式的‘青天’、‘清官’的形象”。② 这种批评倒是过于理想化了。须知，《新星》描写的生活背景是 20 世纪 80 年代初，当时的中国还处在法制不健全，甚至有法也未必全依的局面，改革正处于探求阶段。在这种情况下，用“法治”与“人治”的区分来否定李向南的存在价值，不是过于脱离了李向南活跃于其中的那个“真实的社会关系网络”了吗？况且，在我们这个封建传统依然有着深厚根基和影响的社会中，清官和清官意识的存在并

---

① 王春元：《老干部的新形象》，《十月》1981 年第 4 期。

② 何新：《〈新星〉及〈夜与昼〉的政治社会学分析》，《读书》1986 年第 7 期。

不是完全过时的东西,也是社会依然需要的。此外,即使在一个完全实现了现代法治的社会里,还会有清官与昏官、贪官的对立的存在和区别,法治终究还是要"人"去实施的。所以,全然否定李向南这一形象的意义,从哪个角度上说,都是不能完全讲得通的。在新时期改革题材小说中,《新星》所引起的巨大社会反响或"轰动效应"只有改革文学的开山之作《乔厂长上任记》能媲美。从乔光朴的誉满中华到李向南的家喻户晓,充分表明了大刀阔斧、勇往直前的改革者正是我们时代所需要的开拓者,是人们心目中所崇敬的时代英雄。

六、田野里吹来清新的风

或许是长期以来极左路线的折腾更为厉害、所背负的传统更为沉重的缘故吧,祖祖辈辈在土地上劳作与生息的广大农民感受到改革的气息似乎比城里人晚了不少时辰。然而,青山遮不住,改革的春风毕竟在长期冷冻、板结的广漠原野上吹响了新的哨音。自党的十一届三中全会以后,党不断地调整和改革农村经济体制,采取措施纠正长期以来农业战线上"左"的错误,并制定和实施了一些适合农村经济发展需要的新政策、新法规。尤其是 20 世纪 80 年代初开始实行的以家庭联产承包为主要形式的农业生产责任制,大大调动了广大农民的生产积极性,解放了农村生产力,蒙着几千年历史积垢的广大农村在经过若干年的停滞、穷折腾之后,终于开始了充满生机的复苏与发展,亿万农民在痛苦与欢乐、困惑与希望的交织中开始了他们向旧生活诀别向新生活迈进的历程。

农村经济体制改革犹如春日和煦的阳光在古老的大地上洒下了一片温暖,长期处于磨难与困顿之中的农民们迎着阳光挺起了庄稼人的脊梁。何士光的短篇《乡场上》最早把这一令人振奋的变革信息从边远山区带到了文坛。作品以老农冯幺爸为因两个小孩吵架而惹起的纠纷作证这样一个十分平常的事件,表现了农村改革给农民精神世界带来的新变化。同一个冯幺爸,过去他失去生计自主权的时候,是个"连狗不如"的顶没价值的庄稼人;现在,改革政策使他摆脱了求借度日、任人拿捏的窘迫生活。因而,面对着以势压人的曹书记和"贵妇人"罗二娘的诱导和威逼,他虽然几经窘迫、犹豫、沉默,但最后到底勇敢地道出了事情的真相,理直气壮地为任老大的女人作了证,怒诉了罗二娘的无理。乡场上的这一幕显示出,党的政策不仅解决了农民的温饱问题,更重要的是使他们从受欺凌的现实地位和受压抑的精神枷锁中摆脱出来，恢复了做人的信心、勇气、尊严和力量。

继《乡场上》之后，何士光又以清新、淡雅的笔调，写出了多篇反映巨大的历史转折时期古老宁静而又充满了新的生机的梨花屯人苦乐悲欢的短篇新作。此外，张一弓、高晓声、张石山、赵本夫等也怀着满腔热情，为读者奉献出反映农业生产责任制的实施给农村带来新变化新气象的作品。从他们的作品里，我们看到：农民的家境日渐好转了，诚实、勤劳的光棍汉终于喜滋滋地娶上了新媳妇（张石山：《镢柄韩宝山》），家庭关系包括难以相处的婆媳关系变得惬意欢畅其乐融融起来（何士光：《路悦》），种包谷的老人终于用自己的辛勤汉水换来的劳动果实还清了不知何年欠下信用社的 32 元贷款，又为 20 年前空手出嫁的女儿补上了一份嫁妆（何士光：《种包谷的老人》）。与此同时，更高层次的精神追求也开始萌动、勃发起来：靠养兔挣了第一笔可喜收入的黑娃在热热闹闹的中岳庙会上，脱掉了补丁小袄和沾满汗污的布衫，换上西服系上领带，潇潇洒洒地照了一张英俊、富有、容光焕发的未来的黑娃的相（张一弓：《黑娃照相》）；新娘白雪花在洞房花烛夜发出了“俺是人，是人”的呐喊（张一弓：《流泪的红蜡烛》）；年轻寡妇黑嫂也能够自主地左右自己的爱情和再婚选择了（赵本夫：《“狐仙”择偶记》）。更令人难忘的是，那个出现在高晓声的系列小说《“漏斗户”主》《陈奂生上城》《陈奂生转业》《陈奂生包产》中的主人公陈奂生和王润滋《内当家》里的李秋兰。在高晓声笔下，陈奂生这位在极左政策折腾下穷得连精神都木然了的老实巴交的农民，不仅受改革政策之惠摘掉了“漏斗户”的帽子，而且为了给自己买一顶新帽子，悠悠然从乡下跑到城里“卖油绳”去了。进城的奇遇不仅使他回乡后好一阵风光，还被人利用稀里糊涂地为社办工厂当了一次自觉不光彩的采购，最后又在良心的自责与迷惘中回到土地上来，干起了他自以为正道的“包产”活路。作者通过陈奂生这样一个安于现状、吃惯了“荫下饭”、带有几分阿 Q 相的小农形象，生动地概括了 1978 年后中国农村政治经济的新变化和一代农民的心灵嬗变历程。在《内当家》里，我们看到了一个具有强烈主人翁意识的新型农村妇女形象。李秋兰心性刚直又深明大义，坚信共产党的天下不会翻个个儿，也理解住屋“土改”前的主人现在侨居日本的地主刘金贵回乡探亲时想“看看老住屋”的心情。她用打井的“炮声”轰走了责令她填井迎客的县政府办公室孙主任和他送来显示社会主义新农村幸福生活的新式家具，又以主人的身份真诚待客，将刚刚打出的第一瓢井水端给了解放前她做使唤丫头时曾用水烟袋在她额头上留下伤痕的刘金贵，用人情美和相互谅解的泪水化解了因苦难历史遗留下来的恩恩怨怨。

尤其令人可喜的是，改革的春风不仅使广大农民的日子殷实红火起来，在广漠的原野上荡起一片新绿和金黄，而且从这片新绿和金黄中也走出了农民自己的改革家，走出了富有理想和开拓精神的新型农民。在李叔德的《赔你一只金凤凰》中，我们看到了一个充分体现了“责任制”时代精神的理家有方的新媳妇董舜敏；在梁晓声的《张六指的“革命”》里，我们则看到了一个大胆进行从养 6 头奶牛到养 40 头奶牛的“革命”的张六指；在叶辛的长篇小说《基石》中，我们看到了一个有知识、有抱负、立志推行生产责任制，改变山寨贫穷面貌的年轻带头人景传耕；在鲁彦周的长篇小说《彩虹坪》里，我们还看到了一个决心在实践中摸索出一条农村改革路子的省委书记钟波的形象。更加引人注目的是，随着农村状况的进一步改善，随着商品经济大潮对传统的小农经济日甚一日的冲击，一种新型的农民企业家形象开始带着清新的原野之风走进作家的视野。在老实巴交、安分守己的陈奂生们将辛勤的汗水洒向他们承包的土地，恢复了农民与土地的亲缘关系的同时，另一些思想解放志向远大的农民却冲破几千年来沿袭下来的小生产意识的重重束缚，昂然地离开他们日出而作日落而息的“热土”，到乡镇企业或个体工商业中寻找自己的人生方位了。从古老的黄土地上，走出了靠炼硫黄而成为“两万元户”的郭亮（张一弓：《火神》）；走出了决心兴办果品加工厂、带领农民走商品经济致富路的红旗公社党委书记马新如（周克芹：《桔香，桔香》）；还走出了养鸡专业户马腊腊（楚良：《玛丽娜一世》）和个体户司机杨春妞（张一弓：《春妞儿和她的小嘎斯》）。尤其是马腊腊和杨春妞这类在城市改革题材小说里少见的新女性形象的出现，为新时期文学中改革者家族画廊增添了新的风采。不过，从总体上比较，新时期文学中农村改革者形象的出现比城市改革者形象的出现要晚，并且没有后者的阵容庞大，知名度也低。唯一的例外是蒋子龙在《燕赵悲歌》（《人民文学》1984 年第 7 期）中着力塑造的“当代怪杰”武耕新这一形象。在这部黄钟大吕式的力作中，蒋子龙以报告文学式的笔法和刚劲雄健的文字描写了贫困多年的大赵庄在武耕新带领下乘改革之风起飞的历程。武耕新是一个堪与乔光朴媲美的改革者形象，具有强烈的现代意识，浑身透露着胆识和气魄。他从地处盐碱窝的大赵庄长期的贫困中悟出“要想发富光靠修理地球，土里刨食是不行的”，须得“农牧业扎根，经商保家，工业发财”。于是，他大胆地实施了自己的改革方案，先是对土地实行专业承包、联产到户，继之又以农工商联合公司取代原有的小农经济，终于在四年内改变了大赵庄贫困落后面貌，使之成为黄河以北最富的村子。以武耕新为代表的大赵庄人不再是仅用两只眼睛瞅黄土地的旧式农民，而是睁开了“第三只眼睛”——智慧的眼睛的新型农民。武耕新的改革尽管遇到了传统观念和小生产狭隘心理的干扰，并且遭到了以县委书记李峰为代表的保守势力的非难，甚至引起了省里高干谢德的反感，却受到了农民的衷心拥护，代表了中国农民的发展方向。

应该说，像《燕赵悲歌》所表现的这种农村改革中新旧观念的冲突以及改革者面临的巨大阻力，在不少作品里都得到了角度不同、深刻程度不一的表现。如果说对新实行的农村经济政策，陈奂生们还只因吃不准是否“凿定了”而不敢轻易举步，孙三老汉也只是被政策要“收”的传言弄得先是“三分恐慌”，后又“七分恐惧”的话（赵本夫：《卖驴》），那么，那个发明了“联户才能联心”，促成了“联户到劳力的田间管理责任制”的赵镢头，则成了农村生产责任制推行过程中新旧势力斗争的第一个殉道者（张石山：《赵镢头的遗嘱》）。与此同时，我们还看到了一些在新生活面前感到失落和惶恐的农民形象。这里有“在历史迷雾中走错了方向”的老贫协主任老霜在允许个人发家致富形势下的“苦闷”（矫健：《老霜的苦闷》），也有认准了“集体——社会主义！个人——资本主义！”这个死理的老支书巩大明面对合了起来的集体农业重又分开的时势而生出的烦恼与痛苦（金河：《不仅仅是留恋》）；甚至还有比老一辈更有文化、精神境界更高的新一辈年轻人的惶恐与忧虑（周克芹：《山月不知心里事》）。但是，改革终究是难以抗拒的历史潮流，党的农村改革政策结出了累累硕果，也赢得了最讲实惠的广大农民的衷心拥护。从张贤亮《河的子孙》里我们看到，那个被几十年的政治风雨和情感纠葛弄得心力交瘁的村支书魏天贵，终于在相邻大队掀起的包干到户高潮的不断冲击下，从迟重犹豫中摆脱出来，恢复了他雷厉风行、精明强干的个性，带领乡亲们走上了改革之路。魏天贵的选择，正反映了历史的必然性。

正像城市改革生活的进展一样，农村的改革生活也在不断地掀开新的一页。随着时间的推移，仅仅是围绕推行生产责任制而展开的改革与保守之争已不再能吸引读者的注意力，不再能概括生活所达到的历史深度了。于是，一些对生活更为敏感、思想更显深邃的作家开始将笔墨转向改革所引起的广大农民的道德伦理和价值观念的嬗变与农村改革中涌现出的新问题新矛盾上来，对改革中的农村生活作了更深一个层次的开掘。在贾平凹富有秦川山乡风俗画特点的《小月前本》《鸡窝洼的人家》和《腊月·正月》等作品里，我们看到，维系在小农经济基础之上的乡村生活的宁静、人际关系的和谐正在被逐渐打破，世世代代因袭流传下来的传统道德观念和人生价值正受到日甚一日的冲击。新的生活浪潮、新的生产方式正冲刷着广大农民尘封在历史沉垢中的心灵世界，推促着他们向新的人生境界迈进。《小月前本》写了聪颖敏悟、灵秀多情的小月终于解除了与老成忠厚、迂拙朴讷的才才的婚约，将感情移向头脑灵活、敢作敢为、能适应新生活潮流的门门身上。《鸡窝洼的人家》

则从禾禾、门门、烟峰、麦绒这两对男女、两个家庭的情感骚动与婚变离合中，传达出农民心灵的嬗变，显示出农村经济变革巨大而深刻的力量。而《腊月·正月》则通过商州四皓镇的新乡绅韩玄子与专业户王才“斗法”失败的故事，为顽固地阻碍农村变革的旧思想旧势力唱了一曲送葬的挽歌，揭示出先进的、文明的思想观念和生活方式终究会战胜落后的价值观念是不依人的主观意志为转移的客观规律。

如果说贾平凹侧重于表现农村经济体制改革进程中新的道德观念和人生价值的萌芽与成长、旧的道德观念和人生价值的衰败与失落，从而对农村改革中的新生活现实倾注了衷心的喜悦深情的赞美的话，那么张炜和王润滋等山东作家则对农村改革进程中某些传统美德的失落和沦丧表达了辩证的思考和深沉的忧虑。早在1980年，王润滋就发表了他新时期第一篇广获好评的短篇精品《卖蟹》，张炜则推出了他的处女作《达达媳妇》。这两篇作品都以清新、淡雅的笔墨对深藏于我们民族灵魂深处的传统美德作了讴歌，并对与此不相协调的生活现象表达了厌恶之情，显示出两位作家对生活作道德化审美思考与评判的独特艺术追求。这种追求的进一步深化，使王润滋写出了《鲁班的子孙》，张炜则写出了《一潭清水》和《海边的雪》。这几部作品以富有浓郁乡土气息的真实生活图景，展示了新旧生活嬗递中围绕道德观念和人生价值的冲突而形成的复杂的人际纠葛。作家在欢呼责任制的实施和农村生活的新进展的同时，又对新时期巨大的历史进程中某些人在私欲、金钱的诱惑下道德水准的下降表达了深切的焦虑，提醒人们不要丧失了做人的良心，弄混了人与人关系里的那“一潭清水”。《鲁班的子孙》发表之后，有人曾批评作者以道德原则评判历史过程，犯有“将历史道德化”的错误倾向，说作者为了宣泄道德上的主观义愤而“牺牲了社会冲突蕴含着的历史内容”，“在政治上是不正确的”。① 由这种类似的批评，批评理论界还提出了一个貌似辩证的所谓“历史原则与道德原则的二律背反”或对立的命题。这样的批评和命题，实际上是将历史与道德的关系简单化了。道德生活是人类历史生活的一个重要方面，历史的前进不仅是指生产方式和物质生活的发展，还包括人们的道德意识和精神生活向“善”的提高。历史进步一方面必然要淘汰那些不适应新的经济关系和社会关系的陈旧道德观念，一方面又必然要在新的历史条件基础上发展与之相适应的新道德观念。但这种新道德观念与传统道德观念之间绝不是非连续性的中断，而是连续性扬弃的过程。也就是说，历史进步并不是笼统地不分青红皂白地否定一切传统道德，只是否定不能适应新生

---

① 参见曾镇南:《也谈〈鲁班的子孙〉》,《文艺报》1983年第11期。

活现实的传统道德。从这个意义上来说，尽管小木匠黄秀川顺应历史潮流，自开木匠铺赚了钱，但他那为了发财不惜投机倒把、贿赂当权者以及偷工减料坑骗乡亲的做法，无论如何都不应该予以肯定；而老木匠黄老亮尽管在变化了的新生活面前有无所寄托的惶惑和苦闷，但他身上体现出的那种善良、勤劳、靠手艺凭良心吃饭的传统美德却是历史进步不应抛弃的东西，反而应该在新的历史条件下发扬光大。人类历史追求的目标不是恶而是善。正如王润滋自己所言："改革应该使我们的人民变得更善良、更文明，而不是相反。"[1]面对着现代生活逐渐取代古老的生活方式，王润滋并非像有人批评的那样表现出对旧生活的依恋和对新生活的迷惘；相反，他是在为社会进步而欢呼的同时也将随着历史进步的潮流俱下的污浊与泥沙指点出来，他的创作心态其实是十分清醒的。作者没有在经济发展与道德进步之间简单地画上等号，而是敏锐地看到了社会物质生产发展与精神生活发展之间的某些不平衡现象，真诚地期待社会进步与人性完善之间在更高层次上实现新的协调和平衡。这正显示出作者卓然不群的胆识，也体现了作者对人性完善的美好期待。

在对经济大潮冲击下出现的道德意识的迷乱给予关注的同时，一些作家还对改革进程中出现的新问题新矛盾作出了独特的发现和有力的揭示。矫健的《老人仓》通过已退居二线的原西峰县委书记郑江东回沟子公社调查研究期间的耳闻目睹，尖锐地揭露了现实生活中某些基层干部目无党纪国法、为非作歹的恶德劣政以及他们所结成的以权谋私、坑害百姓的关系网。这张网中有广收贿赂盖私房的公社书记，有借实行生产责任制盘剥乡亲、成为新时代恶霸的大队书记，还有仗势欺人、横行乡里的"五虎将"。尽管在作品中，这条以揭露现实生活中的矛盾冲突为主的情节线只是作为郑江东精神历程的引线而存在的，而且对矛盾冲突的解决，也只是在郑江东内心反省的基础上，通过两次党员大会便轻松地实现了，未免把复杂的生活简单化了，在一定程度上削弱了作品的思想深度，但作品对现实问题和矛盾的暴露，却具有振聋发聩的现实意义，使人们不能不睁开眼睛看看现实，静下心来思考一些问题。同样，张炜的《秋天的思索》和《秋天的愤怒》通过老得与王三江、李芒与肖万昌的矛盾与斗争，在深刻广阔的现实生活背景上揭露和抨击了借改革之机浑水摸鱼的"黑暗的东西"们。恶霸工头王三江和接过富民政策口号欺压盘剥百姓的肖万昌这两个形象，具有深刻的现实针对性，这两个形象警示我们：在改革进程中，种下龙种收获跳蚤的事情也是有的，"改革"这片鲜红旗帜

---

① 王润滋：《从〈鲁班的子孙〉谈起》，《山东文学》1984年第4期。

实际上也会遮盖一些“黑暗的东西”。尤其是肖万昌这个形象，具有较大的典型性。这是一个全身裹着炫人眼目的红色外衣的新权贵。他是老党员、老支书，昔日是“抓阶级斗争的模范”，而今又成为“发家致富的带头人”“新时期的先进人物”。然而，他实际上却是一个阴险、冷酷、贪婪的封建大家长。他正是利用自己手中的权力和爪牙干尽了伤天害理的勾当，制造了一出出悲剧，他又借改革之机欺压群众，聚敛财富，鱼肉乡里。这个霸道的村支书肖万昌正是农村破坏改革的势力的代表，只要改革的领导权掌握在他们手上，改革就会变成满足某些人私欲的工具，就会背离为民造福的宗旨。这是不能不引起人们警惕的。尤其令人欣慰的是，张炜在他的作品里塑造了老得和李芒这两个别开生面的改革者形象，这是两个有头脑、有思想、敢斗争的觉醒了的新型青年农民。从他们对历史与现实的深沉思考和对现实中“黑暗的东西”们的愤怒与抗争中，张炜写出了他对历史与现实的认识，也寄托了他对一种新生活和一种新的人格理想的热切呼唤！

七、开放性分流中“纪实”的勃兴

进入 20 世纪 80 年代中期以后，新时期文学开始面临与以往大不相同的社会、文化与艺术背景。这时，拨乱反正工作基本结束，全面改革的社会进程已经开始。但是，改革尤其是体制方面的改革，不时出现这样那样的失调，遇到各种各样的挫折，有时甚至陷入困境和停滞不前，这既引起人们的急切焦虑，也促使人们对造成这一切的现实的与历史的原因进行深入的思考。与此同时，思想文化领域出现了中华人民共和国成立以来空前未有的活跃局面，人们的精神世界呈现出比以往更为丰富、更为复杂也充满了更多骚动与追求的面貌，从思想观念、思维方式到思维空间都得到极大的拓展。尤其是伴随着对马克思主义关于人的学说的重新认识和文化问题的大讨论，人们的人性意识和文化意识得到了极大的张扬。就文艺领域自身来看，新时期文学已经走过了近十个年头，一方面以往的文化实践既提供了可资借鉴的经验，也留下了引以为戒的教训；另一方面随着对外开放进程的加快而导致的异域文化和艺术的大量输入，也不断地给予以往基本上是自足存在与发展的中国文艺界以极大的冲击和影响。这一切，自然而然地就造成了新时期文学在观念、形态和格局上的新变化。一个最为突出的现象就是，随着现代派文艺、具有后现代意味的先锋派文艺以及在商品经济大潮裹挟下涌现出的俗文化潮流的涌动与冲击，新时期开始以来现实主义一统天下的局面被打破了。现实主义成为多元中的一元，面临着激烈的竞争和严重的挑战。不过，现实主义并没有就此而式微或走向衰落，成为一种“过去时”的存在；相反，它不仅经受住了这场竞争和挑战，而且无论是从作品的数量，还是从作品反映历史和人生的深度及引起的社会反响来看，都可以说现实主义小说依然是新时期小说创作的主潮流。

当然，现实主义小说创作也有新变。20 世纪 80 年代中期以后的现实主义小说创作在保持和发扬本身原有的美学特征的同时，又吸取和借鉴了其他创作流派和思潮中的精华以丰富和滋养自己，从而呈现出一种开放性或多样化发展的新态势。这种开放性发展的态势首先表现于存在形态的分流倾向上。从反映生活的不同层面、作者的审美意向与艺术思维空间的差异等角度来看，开放性发展阶段的现实主义小说创作大致上是以五种不同的形态来呈现自身的。第一，是传统现实主义或与传统现实主义相关联的形态。这类作品无论是再现已逝的历史还是反映当前的现实，在编排故事、铺陈情节、营造人物、展示矛盾、结构篇章等方面，基本上保持了以往现实主义小说的基本特点。迄今为止，大部分现实主义小说依然属于这一类。像浩然的《苍生》，朱晓平的《桑树坪纪事》，甚至贾平凹的《浮躁》等都属此类。第二，是文化现实主义形态。贾平凹以长篇小说《商州》为代表的“商州系列”，李杭育的“葛川江系列”，李锐的“厚土系列”，周大新的“豫南小盆地系列”，李贯通的“微山湖系列”，侯贺林的“女子世界系列”，张石山的“仇犹系列”，以及郑义的《远村》和《老井》、王安忆的《小鲍庄》等都属这一类。这些作品尽管各有各的开拓天地，但都在对于现实人生或历史掌故富于地域色彩、乡土气息的真实描绘中，透露着一种浓郁丰厚的文化底蕴，是深刻的现实主义精神与自觉的文化观照意识的结晶。它们既是文化小说潮流的主脉，也是开放期现实主义小说的一个重要分支。第三，是新写实主义或生态现实主义形态。刘恒、方方、池莉、刘震云等人近几年来引起人们广为关注的《伏羲，伏羲》《狗日的粮食》《风景》《烦恼人生》《你是一条河》《新兵连》《单位》《一地鸡毛》等，构成了这种形态的主要景观。它们以平平淡淡、漫不经心的叙事语调传达出一种庸常、琐细、卑微而缺乏诗意的人生经验，从生活的底层和生命的原生态中摄取人生的真相，显露出一种令人悲哀的生命存在的烦恼、无聊与失重的情状。第四，是纪实现实主义形态。第五，是历史现实主义或新历史主义现实主义形态。这些不同形态的现实主义小说争奇斗艳、竞相媲美，使开放性发展时期的现实主义小说创作显示出骚动不已的活力、热闹纷繁的气象和包容阔大的境界。

纪实现实主义小说的勃兴，构成了 20 世纪 80 年代中期以后现实主义小说的重要一幕。纪实现实主义小说就是一般所谓的“纪实小说”，或称之为

"报告小说""报告体小说""新闻小说""新新闻体小说""不完全非虚构小说"等等。此类小说的产生有其社会的与文学的双重原因。80年代中期以后,随着社会改革进程的持续和不时出现的一些停滞、胶着与回旋,以前从未有过的大量社会问题和人生问题带着它们的新鲜与沉重纷纷扬扬地曝光在作家的视野之中,使人有应接不暇之感。这种状况从客观上促成了报告文学的繁荣,特别是促成了报告文学由微观的写人、写事和散文化向宏观的全景式、问题式及学术化、系列化形式转变。像《唐山大地震》《中国农民大趋势》《神圣忧思录》这样一些作品,都将直面现实的社会责任感和历史使命感与对某些全局性、焦点性问题的全面透视和深入剖析有机地结合了起来,以主题的重大性、问题的尖锐性和大信息量的汇聚在社会上激起了强烈的反响。这种主要由非文学导致的社会轰动与滚滚而来的俗文学潮流一起,对纯文学构成了强有力的冲击和竞争局势,致使不少纯文学作家产生出知音日少的冷落感、孤独感和生存危机感。面对这样一种局面,再加上受国外非虚构文学浪潮的影响和启示,一些不甘冷落、对社会生活有着强烈参与意识的作家,便自觉地选择了纪实小说这样一种在反映生活上具有"短平快"特点的文体,以便更迅疾地应对生活的急速变化,表达自己对社会与人生问题的观察、感受和思考,并迎合读者对现实事态和问题的关注热情。

较早的纪实小说大概要算1983年出现的《女人的名字是弱者吗?》和《中国心》,作者刘亚洲自己称之为"报告小说"。此后,蒋子龙有意追求"报告文学效应"的《燕赵悲歌》和遇罗锦以"实话文学"自我标榜而被人批评为借文学发泄私愤的《春天的童话》,都为作为一种新文体而被评论界正式认可的纪实小说的诞生起了桥梁与催化的作用。纪实小说的正式亮相和引起轰动是在1985年,这一年刘心武推出了为人称誉的《5·19长镜头》和《公共汽车咏叹调》,张辛欣与桑晔合作推出了他们的"口述实录体"文学《北京人——一百个普通人的自述》。发表于《人民文学》1985年第7期上的《5·19长镜头》,以1985年5月19日中国足球队在世界杯足球赛亚大区预选赛中,在北京以"1比2"负于中国香港队,失去进军世界杯的资格而导致北京球迷闹事为背景,通过26岁的工人滑志明这一完全虚构的形象,对"5·19"骚乱事件的原因进行了深刻的社会与心理的剖析。小说一方面大量引用新闻报道材料,增强了作品的即时性和纪实感,另一方面不拘泥于真实的事件、人物和人物的外在言行,而是将笔触深入事件的社会历史原因和人物的心灵意识,达到了一般报告文学作品所不能达到的思想认识深度和艺术感染力。将这篇小说与理由发表于同期《人民文学》、反映同一事件的《倾斜的足球场》相比较,便不难发现,严格实录事实的报告文学缺乏的正是深入人物灵魂所带来的深刻社会批判意识和强烈的感染力量。《公共汽车咏叹调》以当今大城市普遍存在的乘车难为网结，展示了城市各界人们的烦恼与幽怨，更加拉近了文学与人们日常生活的距离。城市乘车的具体意象其实象征着面临无数困难的整个国家的现状。但作品较多的道德化讨论与象征性过于突出了作品的虚构性与思辨性，相应地就削弱了其纪实性，从而显得不如前一篇作品成功。《北京人》如实地展示了各行各业普通人的价值追求、生活理想和人生态度，以多量的生活信息，在极大的深广度上表现了中华民族的现实生存状态与心态，具有较强的当代意识，被人称为“结构庞大的‘时诗’”。作品采用口述实录体，具有实况转播的真实感，极大地缩小了文学与读者、文学所表达的内容与现实生活原型之间的空间距离，更贴近生活，更具有纪实味，在文学如何以最为简捷的方式切入社会生活方面作出了成功的尝试。

上述几篇作品突然轰动、令人刮目相看之后，“纪实文学热”持续升温，许多文学刊物纷纷刊载纪实小说。刘心武和张辛欣继续进行着他们在这一文体上的实验。前者相继写出了“私人照相簿”系列和《王府井万花筒》等，后者则陆续发表了《香港十日游》《在路上》《灾变》(与桑晔合作)、《寻找合适去死的中年人》等。此外，梁晓声的《京华闻见录》，冯骥才的《一百个人的十年》和《续一百个人的十年》，还有《忌日》《信从彼岸来》《往事》《冰河》《路易斯女士在中国的奇闻异历》《无冕皇帝》等作品，都以其对于社会人生问题的近距离观照，产生过程度不等的接受效应，但艺术成就和社会影响似乎都不能与《5·19长镜头》和《北京人》比肩。直到1987年6月，老鬼的《血色黄昏》由工人出版社出版后，纪实小说才被推向了一个新高峰。这部长篇纪实小说以刚劲粗粝的语言、沉雄悍野的笔调和竭力再现生活的原生状貌的白描手法，描述了一个怀着满腔热血到内蒙古建设兵团当知青的林鹄，在“文化大革命”的炼狱之火中由一个崇拜海狼的拳头主义者变为一个理而情、刚而直的人民赤子的苦难经历。作品着重展示了林鹄被打成现行“反革命”后所经历的无情批斗、残酷的劳役、可怕的孤独、难堪的羞辱以及单相思到近于变态的“恋爱”等遭遇，还有他同自身狂热的红卫兵气决裂的精神蜕变历程，同时一并扫描了“文化大革命”期间的种种社会丑恶和灵魂畸变：知青集体惨嚎，清查“内人党”的血腥株连，政委和主任等当权者之流的权势欲和性疯狂，私设牢狱的惨无人道，68名知青在森林大火中被烧成黑炭，虔诚洁白、无私正直的刘英红不见容于世，被牧民们称为“北京来的神医”的老知青罗湘歌无以排遣的苦闷，齐淑贞为了入党不惜出卖自己的肉体，如此等等。作品把血色黄昏里草原地平线上血红的夕阳比作“挂在寒冷的天边”的“一块青年的热血心肝”，以此作为统摄整部作品的总体意象，在“热血青年”与“寒冷岁月”的强烈对比中，写出了一个残酷荒谬的时代中的知青生活史，以其赤裸裸的真实和带血的反思，强烈地震撼着读者的心灵。

纪实小说是一种在纪实与虚构之间有一定游移性与延展性的两栖文体，纪实性使之能够直面现实，比较迅捷地、近距离地反映正在运行着的生活中的某些惹人关注的社会与人生问题；虚构性又在一定程度上弥补了新闻与报告文学由于完全非虚构而抑制作家丰富的想象力和创造力的局限。这一特点，使作家在写作中获得了一定程度的自由度。但尽管有了像《5·19长镜头》与《血色黄昏》这样成功的艺术创造，纪实小说在它不算太长的发展历程中也逐渐衍生出一些关涉其生存发展与艺术品位高低的问题。比如，究竟应该如何处理虚构与纪实的关系，尤其是在反映具有政治敏感的社会问题和真人真事上如何把握文学与非文学的界限，以避免像《无冕皇帝》和《荣誉十字架》等作品所引起的那种人事纠纷乃至法律官司，已成为一个尚待解决的问题。另一个不容忽视的问题就是，纪实小说在追求反映生活的即时性和文学接受上的大众化效应时，应如何保持"高雅"的文学格调而防止媚俗或鄙俗化倾向的侵蚀。除去少数作品外，群起效尤的大多数顶着"纪实小说"之名的作品不过是以名人隐私、言情传奇、凶杀案件、奇闻逸事等等刺激读者的好奇心理，而缺少对重大严肃的社会与人生问题的关注，这确实是不能否认的客观事实。就此而论，纪实小说面临着一个"清理门户"、提高美学品位的任务。

八、悠久历史的新回声

如果说纪实小说与此后走红的新写实小说主要是对我们民族的当代生活作了一种近距离观照的话，那么新历史主义现实主义小说则是站在当代意识制高点上对我们民族过去时代的生活作了一种远距离的透视。

我国是一个具有几千年文明史并有着优秀史传文学传统的国度。但是，受极左思潮设置的种种禁区的限制，1949年后至粉碎"四人帮"之前近三十年中，除去革命历史题材小说在50年代出现过繁荣景象，产生过《保卫延安》《红旗谱》《红日》《红岩》《青春之歌》《三家巷》和《苦斗》等优秀作品外，一般历史题材小说创作一直处于沉寂和冷清的局面。进入新时期以后，众多作家在民族历史这片有着丰富素材却久已荒芜的土地上辛勤耕耘，使历史小说创作成为新时期小说中一个相当活跃的门类。这种活跃第一表现在有了一个相当规模的创作队伍，产生了大量的作品，尤其是数量可观的长篇作品；第二表现在一般历史题材和革命斗争历史题材都得到了广泛而深入的开掘；第三表现在历史小说作家随着文化氛围的变化也在不断地调整、改变着自己的创作观念，并相应地作出了新的艺术探求。大致说来，历史小说创作的发展与现实主义的总体进程一致，也以 20 世纪 80 年代中期为界分为前后两个阶段。在第一个阶段，仅长篇小说，就有写春秋战国时期“吴楚”和“吴越”纷争的《吴越春秋史话》（萧军），反映秦代历史生活和农民大起义的《秦时月》（刘亚洲）、《忆秦娥》（杨书案）和《陈胜》（刘亚洲），写唐代农民起义的《风萧萧》（蒋和森）、《九月菊》和《长安恨》（杨书案），写明末农民起义的《李自成》（二、三卷）（姚雪垠），反映太平天国兴衰的《天国恨》和《大渡魂》（顾汶光、顾朴光）、《天京之变》（李晴），写清末农民起义和抗洋教斗争的《义和拳》（冯骥才、李定兴）、《神灯》（冯骥才）、《星星草》（凌力）、《庚子风云》（鲍昌）和《莽秀才造反记》（巴人），描写古代知识分子命运遭际的《醉卧长安》（马昭）、《戊戌喋血记》（任光椿）、《白门柳》（刘斯奋）、《曹雪芹》（端木蕻良）以及反映宋、辽、金民族战争与民族融合的《金瓯缺》（徐兴业）等。在一般历史题材长篇小说之外，我们还读到了反映民主革命时期尤其是新民主主义革命时期革命斗争生活的《黄河东流去》（上）（李準），《长江三部曲》（《旋流》《巴山月》《沧海浮云》）（鄢国培），《宝姑》（王莹），《求》（德兰），《爱与仇》（珠珊），《旋风》（杨佩瑾），《土地三部曲》（《火花》《自由》《曙光》）（叶君健），《瀑布》和《狂飙》（陆地），《吉鸿昌》（周骥良），《东方欲晓》（杨沫），《淮海大战》（寒风），《刘志丹》（李建彤），《彭大将军》（黎静），《山菊花》（冯德英），《第一个总统》（上、中、下）（黄继树、赵元龄、苏理立）等等。这些作品，上自春秋战国下迄新民主主义革命，上下几千年，纵横数万里，将中华民族波谲云诡、云蒸霞蔚的生存斗争史艺术地展现出来，给人们许多历史教益和审美享受。

不过，就总体情况而言，尽管上述革命历史题材方面的小说在题材领域和艺术表现上都有不同程度的新开拓，但无论在思想深度和艺术质量上还没有超过“文化大革命”前同类题材创作已经达到的美学高度，社会影响也大为逊色，致使人们有“三红”（《红旗谱》《红日》《红岩》）之未见、“五老峰”（老题材、老人物、老主题、老故事、老写法）之难以跨越的慨叹。然而，似乎是对 1949 年以来一种长期存在的历史缺憾的补偿，一般历史题材小说的创作却达到了空前的繁荣，取得了巨大的成就。不少作品具有建立在历史真实基础上的艺术真实，又善于用时代精神去烛照过去的历史，使历史与现实相沟通，具有了史诗的规模和气度。尤其是《李自成》和《金瓯缺》这两部鸿篇巨制，都是积作者几十年史海探求与诗情孕育的呕心沥血之作。它们以全景鸟瞰的宏大气魄、多线条交织的复式结构，展现出民族生活广阔而深邃的历史画卷，塑造了众多栩栩如生的人物形象，为历史小说的新发展提供了许多极为宝贵的成功经验。

进入20世纪80年代中期以后,随着统一于纯粹而完整的意识形态的文化范式的渐次解构,一种新的历史意识进入了历史小说创作领域,致使新时期前期与后期的历史小说在文化精神上显示出令人瞩目的差异。新时期前期的历史小说创作大都力图用马克思主义的历史唯物主义观点为指导,尽可能客观地反映出历史生活的真实面貌,并从中揭示出某种历史规律或历史发展的必然趋势。历史真实与艺术真实相统一,艺术真实依附于历史真实,是作家们自觉遵循的美学原则。虽然作者有时也能“跳出历史”,大胆进行艺术虚构,但目的依然在于“深入历史”,如实地再现历史。无论是典章制度的交代、生活场景的描绘、人物形象的塑造、民族风情的调度,都统驭于严格的现实主义精神之下。海外华文报纸赞誉《金瓯缺》“写宫廷生活则俨然宫廷生活,写里巷琐闻则宛如里巷琐闻;写官僚之间的倾轧,尔虞我诈,如见其人;写小民之间的闲谈,娓娓动听,历历如绘”[①],这正典型地体现了新时期前期历史小说的严格写实风格。而新时期后期的新历史主义现实主义小说创作则不再将对于历史材料的亦步亦趋作为自己的追求目标,而是极大地张扬创作主体的能动性,根据作者对历史与人生的认识和理解,“写我心中的历史人物和历史事件”[②]。因而,历史不再是躺在史书记载上的死材料,人物也不再是历史的简单道具或载体,它们都获得了活力和灵性,成为熔铸了作家新的美学发现的心灵创造物。美国历史学家多米尼克·拉卡普拉称传统历史学为“纪实”历史,称“新历史主义”历史学为“文辞”历史。这个分法可以横向移植来概括新时期前期与后期历史小说创作的不同特点。前期的历史小说创作多的是“史学家眼光”,追求的是建立一种与历史图景相一致的镜映式或影像式想象关系,社会政治与经济的唯物主义分析是切入这一想象性关系的基本视角,其创作理想的最高目标是“史诗”;后期的创作多的是“文艺家眼光”,力图在富于独特性的个人话语中建立艺术与历史,以及当代与古代的创造性沟通,社会政治和经济的分析为更为宏观的文化分析和微观的逼近人物心态和命运的人生观照意识所代替,其创作追求的完美境界是“诗史”。前期的创作大多是通过历史来写人,注重揭示历史规律性和历史环境对人的必然性制约;后期的创作则注重“从人生去发现历史”(王火语),历史不再依赖历史事件自身去说明,而是在个别人物的性格和命运中得到体现,历史真正成为人的历史,成为人的情感史、性格史、人生奋斗史、人际关系史,历史规律性不再

① 冯英子:《好书〈金瓯缺〉》,《文汇报》1981年4月11日。

② 凌力:《路漫漫其修远兮》,《文学评论》1992年第1期。

只是在必然与偶然的决定性、确定性关联中得到验证，而是在必然与偶然的非决定性、非确定性关联中得到显示。试比较黎汝清的《皖南事变》和凌力的《少年天子》与 20 世纪 80 年代中期以前的历史小说创作，甚至不妨把《少年天子》与凌力自己前一段的《星星草》相比较，便不难见出上述的分别。《皖南事变》也是以实事求是、尊重历史为前提，但作者并没有囿限于某些现成的历史结论，而是独立思考，以真正艺术家的勇气，对历史作出了自己的重新发现。作品一方面对围绕这一事变所展开的政治的、军事的、党内外、国内外各种错综复杂的矛盾关系作了全景式客观扫描，另一方面又始终将人置于艺术表现的中心地位。在塑造新四军政委兼副军长项英这一形象时，作者没有将他作简单化的处理，而是把历史悲剧与人物的性格悲剧、心理悲剧交织在一起，着力开掘其性格深层的文化心理和传统积淀，写出了一个性格复杂、血肉丰满，既有不少错误和缺点又不失英雄本色的失败英雄。通过这一形象，作品既反映了社会环境对人物命运起落沉浮和人物性格发展跌宕的制约，又表现出一定的性格对个人命运和一定的个人对于历史进程的影响，从而揭示出个人不仅仅是历史事件的承担者或载体，更是历史事件的参与者和动因，是历史进程之有意识或无意识的参加者和推动者，个人通过他的选择和作为对历史负有责任。《少年天子》也是一部自出机杼、意蕴深厚的长篇力作。在塑造福临这个少年天子形象时，作者始终将他置于是"敬天法祖""勤兵黩武"，固守落后的游牧文化传统，还是"文德绥怀""满汉一体"，向先进的农业文明看齐这一激烈的政治斗争漩涡中心，并贯穿着他与董鄂妃乌云珠刻骨铭心、惊世骇俗的炽烈爱情，在朝政波澜与爱情悲剧的双重纽结中写出了作为一个威严帝王和作为一个有着鲜活的生命和人性渴望的青春少年的命运悲剧。福临从英明有为、积极治世到看破红尘、万念俱灰，在这种大跨度大起落的命运浮沉中，政治风云、文化气韵和富有内在深度的心理结构层面相得益彰地熔铸渗透在一起，在哲理和人生的层次上，深深地激动着读者的情思。李凖以探索中华民族几千年来赖以生存与发展的精神支柱和生命力量为主旨的《黄河东流去》(下)，宗璞反映抗战时期人情世态的《南渡记》，以及回族女作家霍达的《穆斯林的葬礼》，无不充溢着浓重馥郁的文化氛围和令人深长思之的人生意味。杨书案的《孔子》，塑造出一个深蕴着民族情感体验、具有中国古代文化色彩的孔子形象，显示出作家可贵的历史识见和美学追求。在革命战争历史题材方面，魏巍描写中国工农红军长征的《地球的红飘带》，刘白羽反映人民解放军渡江南下战斗历程的《第二个太阳》，以及老作家李尔重的 6 卷 340 余万字的《新战争与和平》，都比以往的战争小说有新的开拓。

更加鲜明地体现出新历史主义小说创作特征的是莫言、乔良、周梅森、张廷竹、苗长水、刘玉堂等一批中青年作家的创作。在这些20世纪80年代中后期才走红文坛的作家的历史题材小说创作中,史家的意识进一步淡化或弱化,文学家的自主表现意识得到进一步的强化与张扬,因而他们的创作都完成了由写“历史的人”到写“人的历史”的创造性转换。莫言的《红高粱》,以土匪抗战的题材高扬生命意志的奋发,乔良的《灵旗》从战争年代的残酷厮杀作人性与人生命运的深沉反思和体味,都表明作者在努力实现对现实世界的超越。历史不再是一个由权威话语规定、需要亦步亦趋的再现性客体,而成为一个自由想象可以驰骋其间以作出新的发现的广袤无边的精神生活空间。同样,周梅森表现民国时期民族工业和矿工生活的中篇文集《历史·土地·人》(包括《沉沦的土地》在内的5个中篇)与长篇小说《黑坟》,以及他的《军歌》《国殇》和张廷竹的《黑太阳》《支那河》《酋长营》等反映国民党军队抗战的作品,也都超越了暂时的局部的正义与非正义的判断和对于人物的阶级归类与政治褒贬,也不以开掘民族战争内含着的爱国主义、革命英雄主义及军人的理想信念与牺牲精神等为主要目的,而是将人置于严酷的环境甚至生死存亡的悲剧境地,通过个人的不同选择与奋斗来揭示人性的本质及个人与历史关系的真实内涵。尤其令人注目的是,这些作家极善于写苦难与死亡。苦难与死亡成为他们观照人生、洞察历史的一扇窗口,斑斑驳驳的人生、形形色色的人性便在这扇窗口里闪爆出不同的光彩。在他们笔下,苦难与死亡为各种生命冲动和生存意志开辟了一个驰骋奔突的古战场,美丽与丑恶、善良与邪恶、文明与野蛮、开化与封闭、清新与污浊、新生与衰朽、常态与变态在这里对峙着、冲突着,日复一日地展开着有声与无声、有情与无情的厮杀。人性就在这厮杀中苏醒或沉沦,历史就在这厮杀中前行或回复。总之,历史的有序运动就是在这种个体的无序选择中排列起自己的轨迹。同样是从历史生活中寻找素材,苗长水在《冬天与夏天的区别》《非凡的大姨》《染坊之子》《犁越芳塚》和《南北之梦》等中篇小说中,则全身心地投入对于人性之美的探寻、开掘与张扬之中。他从自己所坚持的人生信念和情感价值出发,以朴实平淡的笔调将经受了长期的革命战争洗礼的沂蒙山区人民那心地品格之美、性灵情感之美与精神气韵之美尽情尽致地展现出来,开拓出一个令人神往的人性、人情美的世界。作者力图把历史的情感转化到情感价值日渐淡漠的现代人的心灵中来,实现了历史生活与创作心境的契合,也促成了历史传统与现实生活在审美上的沟通与创造性转换。此外,刘玉堂反映20世纪50年代中后期农村由初级社向高级社过渡和“大跃进”那段生活的作品《温暖的冬天》和《秋天的错误》等,也超越了简单的政治评判及政治评判中特有的情绪上的激烈与偏执。作者在平缓温和的叙事语调中反顾历史,把有着光荣革命传统的沂蒙山人在那个特定时代里的热情与浮躁、虔诚与愚昧、乐观与盲动、真诚与幼稚写得那么轻松幽默、那么情趣盎然,又那么辛酸沉重、那么令人深思,给人一种与前一阶段历史反思小说中的同类题材作品全然不同的审美感受。当然,新一代历史题材小说家虽然比老一代作家更注意对历史的诗意开掘,却也显露出在史实把握与再现上的乏力和欠缺,致使许多作品显得空灵有余而深厚不足,缺乏大家手笔所应有的博大精深,这是应该引起新一代作家警觉的问题。

九、历史与现实交汇中的文化底蕴(上)

20世纪80年代中期以后现实主义小说的开放性发展,不仅表现于存在形态的分流上,更重要的是表现于艺术观念和审美境界的新拓展上。这个时期,创作主体日渐摆脱了前一时期那种或政治或道德或人性的单一审视角度的局限,开始对社会和人生采取一种大文化观念的全方位观照。这样,作家对于社会生活的反映便由简单趋向复杂,由表层逼向深层,由单色调演变为多色调,时代和人生在文学的镜子中则日益显示出它多方面、多层次、多维度、多音色的立体景观。从存在形态的分流到艺术观念的拓展,现实主义小说创作以其多姿多彩的存在风貌和令人注目的创造成就,向人们显示出它已经跃入了一个审美创造的新境界。借用唐诗“欲穷千里目,更上一层楼”来形容这种飞跃,当不会有过誉之嫌。

具体来说,80年代中期以后现实主义在艺术观念上的新拓展,在如下两个方面表现得尤为突出。

首先,许多近距离观照社会和人生的作家已经超出了改革题材的囿限,从写时代的改革转而写改革的时代,多方面、多角度、多层次、多主题地反映出改革时代的人生世相,尤其是出现了不少专门探求变革时期复杂多样的生态心态和心理冲突的作品。王蒙的《冬天的话题》以一场近乎荒诞的早晨洗澡好还是晚上洗澡好的沐浴学之争,烛幽显隐地揭示出现实生活里人际关系中存在着的某种病态和畸形的人心世态。王蒙的《名医梁有志传奇》和陈建功的《鬈毛》,则从个体心理与群体心理的错位中显示了当今时代各种价值观念和人生信念共同存在、交互作用的复杂局面。李心田的《流动的人格》,以农民企业家杨洪山在不同场合下的人格变化,概括了当代人性格的复杂性和人格的流动多变性。陈国凯的《摩登阿Q》与穆牧的《穆牧以及其他》则以颇具喜剧色彩的笔墨,夸张地展现出在经济改革和对外开放形势下某些文人追名逐利的世俗举动和近于变态的心理反应。李晓的《机关轶事》《继续操练》和《关于行轨的闲话》等，将冷峻客观的叙事技巧与幽默调侃的语言风格有机地结合起来，对机关、学校与经济部门存在着的某些病态现象与阴暗心理作了淋漓尽致、纤毫毕露的讽刺性展示。铁凝的《六月的话题》围绕一封匿名信事件，反映了人们对不正之风既恨又怕的复杂心理。金河的《打鱼的和钓鱼的》通过在同样的“库规”面前打鱼与钓鱼的受到不同对待的对比，揭露了我们社会中存在的官僚作风、特权思想和不正常的干群关系。程乃珊的《当我们不再年轻的时候》、陈世旭的《马车》、钟道新的《有感于斯文》和王小鹰的《一路风尘》等，则将镜头对准学校和科研机构等文化人成堆的地方，既表现了一些知识分子的进取与贡献、创伤与磨难，也表现了一些知识分子追名逐利、嫉贤妒才、钩心斗角的丑恶心态，从而透视出知识分子之间或高尚或卑下、或高洁洒脱或鄙俗无耻的灵魂世界。

尤其令人注目的是，一些从前在创作中表现了对美好、崇高的人生信念和人生境界的执着追求的作家，也开始调整或转换自己的创作心态和人生、人性观念，写出了一些愤世嫉俗，表现人生的缺憾和不完满，揭露现实人生丑态恶相的作品，对生活和人生流露出一种无奈甚至无望的低沉情绪。谌容的《懒得离婚》通过中国社会普遍存在着的难以离婚且懒得离婚只好“凑合着过”的婚姻现状，揭示出现代家庭和社会中人们的慵懒心理和疲软状态。在这部作品中，先前在《永远是春天》和《人到中年》里有过的那种理想主义激情颓然消殒了，代之而起的是一种向无法超越的新旧规矩屈服、向一无进取的平庸生活认同的心理。陆星儿在《天生是一个女人》这一总题目下，写出了《迷失》《在同一片屋顶下》《黄昏》等表现当代女性人生缺憾与无奈心境的作品。航鹰的《寻根儿》以一个在养母临死时突然知道自己是个日本人的侯根男寻根儿（寻找自己是日本人的证据）前后的心态变化和社会角色变化，展露出落后的国民性以及小市民庸俗而势利的心理和处世态度。蒋子龙的《收审记》以一桩错案受害者收审前后的经历和内心体验，揭露了我们社会中依然存在着官僚主义和封建主义的阴影，并展示出人性中恶的因素的集结、膨胀和繁衍及其对人的文明、尊严和善良的笼罩、压制与吞噬。张洁似乎走得更远，从她的《他有什么病》《鱼饵》《横过马路》《红蘑菇》等中短篇与长篇《只有一个太阳》中，人们再也难以见到钟雨（《爱，是不能忘记的》）和曾令儿（《祖母绿》）那样一些具有理想光彩的美丽形象和铭藏于她们心中的那种对于爱情和幸福的美好记忆，代替那“无穷恩爱”的只有生活中形形色色的丑恶和人性、人格的令人恶心的畸变。作者以冷峻得让人觉得可怕的现实主义精神烛照世俗人生，揭露出某些人的渺小、卑鄙、庸俗和衣冠禽兽的本相。

其次，与前一方面相联系，现实主义小说创作的题材范围得到了进一步的拓展，一些先前不曾被人注意或涉及不多的生活现象进入了小说家们的视野，题材意蕴也进一步得到了多方面的开掘，同样的题材在不同的主体心灵拥抱中被灌注了不同的创作意旨，显露出多样的审美意味。这又主要表现在如下四个方面：

一是知青题材小说又有新的跃变。20 世纪 80 年代中后期的不少知青题材小说都超越了题材本身的直接社会关联所显示出来的社会意义，不再仅仅从个人的遭遇和情感体验出发对知青“上山下乡”运动的是非功过和利弊得失作社会学层面上的认识和评判，而是以知青题材为显在框架，从中透视特定历史时期和特殊环境中的人生状态和人性、人格的变异，在真实具体的形而下描绘中寄寓了富于哲理和人性深度的形而上探求。孔捷生的《大林莽》描写了“文化大革命”时期一个知青分队在海南大林莽中的可怕经历和悲惨结局。作品借助具有本体象征意味的美丽、神奇而又多变、冷酷的大林莽，既刻画出方向似乎没错、出路却永远找不到的极左路线对人性的扭曲，对生命的摧残，又形象地揭示出在人与大自然的严酷对峙中，在生死存亡关头，人类终将抛开狭隘的私利和无谓的嫌隙，恢复其作为人的纯真本性。像前已述及的《血色黄昏》一样，陆天明的《桑那高地的太阳》也是一部以强烈的当代意识重新审视和评价知青生活历史，“真正面对人的全部复杂性和社会生活的全部复杂性”①的作品。以谢平等为代表的一批上海知青生命价值的丧失毁灭、人性的异化与沉沦，沉痛地揭示了知识青年“上山下乡”接受再教育运动实际上是改造与被改造、教育者与被教育者关系的颠倒，谢平等人折射着时代悲剧，其体现的不是文明对愚昧而是愚昧对文明的胜利。张抗抗的《隐形伴侣》更是一部借知青题材的框架揭示人生心态的出新之作。作品以肖潇、陈旭、郝爱军等知青在特定时代和政治环境中说违心话办违心事的生存经历，揭示了每个人的“显在自我”深处，还有一个不为人知的“隐在自我”像“隐形伴侣”一样跟着他们。作者以无情地拷问自我灵魂的自审勇气，对人性、人格的两重性作了富有哲学意味和精神分析色彩的思考，戳穿了现实生活里人皆有之的假面具。

二是军事题材小说进一步由社会化向心灵化演进。20 世纪 80 年代中期后，军事文学创作继续涌现出一批引人注目的好作品，如朱苏进的《凝眸》和《第三只眼》，韩静霆的《凯旋在子夜》，江奇涛的《雷场上的相思树》，周大新的《汉家女》，张波的《圣土》，海波的《黑草》等中短篇以及长篇《两代风流》和《铁

---

① 陆天明：《致刘彪的信》，《文论报》1987 年 1 月 1 日。

床》等等。这些作品既发扬了前一阶段由《西线轶事》和《高山下的花环》等所开创的军旅小说社会化的思路,又将人的心灵世界的丰富性和流变性作为艺术思考的聚焦点和艺术描写的侧重点,对军人复杂的内心世界作了多方面的开掘。周大新的《汉家女》塑造了一个既泼辣大胆又带着封建意识、遵守男女之大防,既善良而充满柔情又带着私心杂念的女性农民军人形象,读来真实而又亲切。刘亚洲的《两代风流》以富于感情色彩的笔墨,描写了我军一位高级将领心灵世界的种种隐微。海波的《铁床》则对一个极不起眼的导航台上三个普通军人的灵魂世界作了细致入微的开发。尤其突出的是《第三只眼》,这部作品在剖析军人复杂的内心生活时,也睁开了"第三只眼",对军队生活和军人内心世界中一些阴暗面作了暴露,具有惊世骇俗的思想力量。作品已经远远超出了一般军旅小说所包含的思想意蕴,对人的本性作了具有文化哲学高度的探求。它使我们认识到,军人也是人,在复杂的社会中,军人的自身性格也必然具有复杂性。在军人的性格和精神世界里,当然有美好的、光明的一面,但也会有丑恶、阴暗的一面。勇敢地承认这丑恶的、阴暗的一面,并努力克服它们,人性就能向更高的境界升华。如果说朱苏进还只是用"第三只眼"来看和平环境中军人的内心世界,那么周大新的《走廊》则把"第三只眼"对准了战争环境中的军人。这部作品通过对南疆前线我军 341 高地失而复得的战斗过程的描写,在浓厚的战争硝烟和生活气息中暴露出当代军人灵魂的不同底色。作品对副团长富厚的形象刻画和心理透视尤其令人震惊。富厚自私自利,为了自己的功名声誉,对战士的牺牲麻木不仁,甚至为了掩盖因指挥错误而付出的鲜血和代价,竟卑鄙地答应从 341 高地上跳崖后死里还生的战士潘荪带着重伤重上战场,以便让最后一个人证消失。从这个形象中,我们看到了战争环境里人性、人格的另一副面目。

三是文化寻根热潮带动了文化现实主义的兴起和深化,不少作家开始将笔触伸向对民族生存状态和文化心理结构的探求方面,奉献出众多文化底蕴丰富的新作。刘心武的长篇小说《钟鼓楼》以对北京北城钟鼓楼附近一座四合院里发生的一系列平凡琐细的生活事件的描述,展示出历史文化与现代文明复杂交织中北京市民的生态与心态,十分耐人寻味。霍达的中篇小说《红尘》以发生在北京一条普通胡同里的故事,揭示了中国人传统的文化心理所造成的善于嫉妒、恃强凌弱、长于诽谤等人格对善良的弱者的巨大戕害。王蒙的长篇《活动变人形》则以一个家庭的悲喜剧,通过对倪吾诚、姜静珍、姜静宜等的荒谬人生与变态人性的描述与刻画,揭示出传统封建文化顽固的封闭性和酱缸般的巨大腐蚀力。在封建文化这座精神地狱中,人们的灵魂和生命除去被扭曲、摧残和变形之外,别无他途。深厚的封建文化积垢就像一层层厚厚的黄酱，“每一代新豆子都放置在老黄酱上，于是乎迅速发酵和腐烂，都变成了一样的味道，一样的稀泥稀糊状的物质”。就是在这不断的发酵和腐烂中，民族精神的刚健气度逐渐趋向衰微，个体生命也难以展现出鲜活跳荡的活力，而只能走向萎靡、困顿和死寂。

我国是一个以农民为人口主体的农业大国，世世代代繁衍生息于土地之上的农民身上，淤积着更为深厚的历史传统和民族文化血脉。因而，更多的作家将探索的笔触伸向了农村，以求从农民的生存状态与心态中获得对于民族精神和性格的文化观照或感悟。矫健的《天良》以严峻的现实主义手法讲述了一个由个人恩怨卷入政治斗争漩涡的农村青年，最终因偷枪复仇被击毙的悲剧，反映出世代农民所受的政治压迫和心理压迫，以及他们心中蓄积的仇恨。王兆军的《拂晓前的葬礼》则塑造了身为农民的田家祥这一个奋斗者的形象。田家祥依靠他的机谋、灵活与奋斗登上了自我实现的顶峰，又因他的难以逾越的局限而最终走向蜕化、堕落和异变。从田家祥惊心动魄的曲折人生经历中，作者对农民性格和心理作出了深度的开掘和有力的展示。尤凤伟的《山地》写了老农五爷在狠割资本主义尾巴的年代为“拉巴”后代偷偷垦种了几亩荒地的故事，一方面反映出极左路线对人们生活境遇的摧残，一方面从中揭示出中国农民对灾难的韧性承压力和潜藏于他们身上的历史积习的劣性。这种劣性和他们的美德在时代的扭曲中交叠形成一种性格畸形：正直的愚昧、善良的软弱、麻木的坚韧、勤劳的惰性，并由此而对民族肌体造成了严重的“自伤”。李佩甫的《红蚂蚱绿蚂蚱》以新鲜而浓郁的风俗画展示了作者童年记忆中的农村生活场景，写出了农民生活与性格中的崇高与卑俗、善良与愚昧、美丽与丑恶、深爱与大恨，尤其显示了传统的幽魂对农民精神与命运的沉重束缚。张宇的《活鬼》塑造了侯七这样一个像游蛇一样狡黠地、机变地浮沉于生活中的人物形象，活画出了我们民族性格的另一侧面。朱晓平的《桑树坪纪事》沉重地描述了浸染着历史风霜和黄土地色彩的中国农民生存的艰难和与之相适应的性格及心理。作品精心地塑造了李金斗这个具有极大包容量的深刻而又复杂的农民形象。他质朴、坚韧、勤俭、克己奉公、吃苦在前，具有中国农民传统的美德，在极左路线横行的年代里，他不失为桑树坪的一个好干部、好当家人；但他又狡黠、残酷、自卑、渺小、冷漠无情、畏官凌弱，是一个导演了彩芳和其他不少人悲剧的封建意识特浓的宗法头领。李金斗的性格和命运在一定程度上是中国农民生活历史的缩影。此外，李锐的《厚土》《合坟》，张石山的《甜苣儿》，铁凝的《麦秸垛》和《棉花垛》等等，都从不同的角度对中华民族特别是农民的生活与心态作了深刻的透视。

四是对人性的审视突向了“性”禁区。受传统的道德化人格理想和极度蔑视个人价值的极左思潮的深度影响,在当代文学中,性生活一直是文艺家们不敢涉足的禁区。假若作品涉及了性,那必定是与不正派、邪恶、坏人相关联的。直到新时期最初几年,当爱情生活以一种受压抑被屈辱的面目出现,人与爱的关系被作为政治批判的手段加以肯定之后,人与性和爱与性仍处于相分离的状态。20世纪80年代初期以后,由于在"人性、人道主义和异化"问题的大讨论中,包括性生活在内的人的自然本性受到不少人的肯定,再加上弗洛伊德的性本能学说恰逢其时地在国内流行开来,这便激发和促成了一些作家对性问题的关注。他们迅速地将注意力从关于没有爱情的婚姻是否人道的思考转向了性与爱之关系的探讨,在传统的爱情生活描写之外又出现了对性爱生活的描写。于是乎,性生活终于堂而皇之地进入了审美观照的视野。在一些比较早涉及性的小说里,作家们或是借着对性问题的描写,来揭露传统观念对情爱的压抑,如邵振国的《麦客》,或是在性心理状态的刻画中寄寓着对于特定的社会历史氛围和人生、人性的深刻反思,如张贤亮的《男人的一半是女人》。至1986年、1987年,由于某些评论家和作家的有意倡导和鼓噪,性探索成为一种时尚,文坛上一度卷起了汹涌的性大潮。这期间,一些继续以严肃的态度探讨性与人生关系的小说出现了,如王安忆的"三恋"即属此列。《荒山之恋》《小城之恋》和《锦绣谷之恋》这三部作品,或写男女之间的自由性爱不为环境(社会和家庭)所容,或写性冲动中引发和显示出来的灵与肉的矛盾冲突,或写性爱与生命的启发意义和对生存的促进作用。作者不是孤立地写性,而是将性问题与人生、社会和文化联系了起来,把性作为审视社会道德、反思政治历史、探求人生意义的切入点。

但是,此时也出现了不少艺术把握上失控和原本就情趣低下、有意求"黄"的作品,这些作品从写婚前性关系到写婚外性关系,从表现性萌动到写性蠢动,从写性错乱、同性恋到写乱伦,从群交写到变态交乃至人兽交,乌七八糟,不一而足。在这些作品里,人性的丰富历史文化内涵不见了,剩下来的只有一个"性"或"色"字,似乎只有在性交中才有充实的人生,才能找到人生的真谛,这显然走火入魔了。马克思曾指出:"诚然,饮食男女等等也是真正人类的机能。然而,如果把这些机能同其他人类活动割裂开来并使它们成为最后的和唯一的终极目的,那么,在这样的抽象中,它们就具有动物的性质。"①某些涉及性的作品正是这样把人还原到了动物的生存水准和状态。其中人们看到的不是对于人性的肯定和对更为美好的人生境界的追求与张扬,

---

① [德]马克思:《1844年经济学—哲学手稿》,刘丕坤译,人民出版社1979年版,第48页。

而是对于人性的贬低和对丑恶不堪的动物性色情津津有味的欣赏。它们污染了文坛,也毒害了读者的心灵,是涉性文学中应该予以堵塞的一股浊流,也是一切具有社会责任感的作家不能不予以唾弃的。否则,文艺家就有愧于"人类灵魂工程师"的称号。

十、历史与现实交汇中的文化底蕴(下)

现实主义小说在艺术观念上的开放性新拓展,还突出表现于改革题材的创作中。进入 20 世纪 80 年代中期以后,改革依然是现实生活中最为激动人心的主潮流。但是,随着人们对现实与改革的认识深化,小说创作对改革生活的反映也进入一个新的层次。作家们不再主要通过改革与保守的冲突,或是现代意识与传统道德观念的冲突来写改革的必然性,而是将笔触探入民族文化心理深处,对改革进程中民族生态与心态的变化和新涌现出来的种种问题作了更深一个层次的审视和揭示。

在城市改革题材方面,谌容的《走投无路》、蒋子龙的《阴差阳错》、柯云路的《夜与昼》等都是有代表性的篇什。在《阴错阳差》中我们看到,科学家布天隽、马弟元夫妇有着卓越的贡献和忘我的献身热忱,却遭到知识分子内部无情的打击排挤,在单位里被包围于一种足以寒彻肺腑的冷漠、麻木和疏离气氛之中。他们是国家的宝贝,但他们的知识却不为环境所重视,他们的行为规范和生活理想更得不到他人的理解和尊重,反而与环境中潜在的传统心理构成了剧烈的冲突。在巨大的习惯势力和排他性的个人权利所构筑的庞大而又无形的铁壁合围之下,他们或被免职,或被分权。作者已经从先前对改革生活的政治和经济视角的审视转向了对现实生活中潜隐着的民族文化心理结构及其缺陷的透视和研究,这样,作品就深入到一个更广大更深厚更难摇撼的层次,"它似乎在说明,作家已经意识到光有政治体制和经济措施的改变还不足以彻底改变社会和人民的精神风貌,只有同时从历史积淀的深处,从改造文化心理构成的高度着眼,才能找出'病苦',开出更加深切的改革之路"[①]。应该说,蒋子龙创作观念和对生活的审视角度上的这种变化,是非常有代表性的。

不过,类似《阴错阳差》这种反映城市改革生活现实的作品不算太多。相比之下,从民族文化心理结构这一更为宏阔深邃的角度审视农村变革现实的

---

① 雷达:《他们没有错——读〈阴错阳差〉所想到的》,《小说选刊》1985 年第 11 期。

作品取得了更为丰硕的成果。仿佛是对王润滋在《鲁班的子孙》中所提的问题的回应，张一弓的《流星在寻找失去的轨迹》、于德才的《焦大轮子》和庞泽云的《夫妻粉》等，都从不同的生活故事和人生经历中深刻展示了当代亿万农民在商品经济潮流中心灵世界的剧烈震荡和变化，尤其是表现了他们在金钱的冲击下道德意识的失落和他们在痛苦的经验与自我反省中，重新走向致富与道德完善、精神升华的新的平衡的心路历程。李贯通的《洞天》、韩石山的《斑斓的秋色》、田中禾的《五月》和谢友鄞的《窖谷》等，也从不同生活侧面切入了农民心灵世界的嬗变。《洞天》从"算盘大"的方洞里透视"改革中的人情"，从人情的流变中显露出民族心态的骚动与新变。《五月》也以朴素自然的笔墨，写了农民生存的艰辛及艰辛中的前进，特别是对当前农村青年在爱情与人生道路上的自觉选择与执着追求的描写，反映出农民价值观念的嬗递与社会生活的复杂化。邹志安的《支书下台唱大戏》和乔典运的《满票》分别写两个村干部下台的故事，也颇耐人寻味。前者写村民们自己出钱请县剧团为被以权谋私的乡党委书记撤了职的好支书李润娃演戏；后者则写品德高尚、一贯廉洁奉公、以往选举都得满票的老模范何老十在村长选举中仅得两票而落选。这两个故事中的农民都已不再是畏官畏权的卑微草民，而是对人、对事、对历史真正能够作出自己的评价和选择的主人公了。尤其是那个认准了天下是穷人的天下，穷就是最大的理的何老十的落选，寓意尤为深刻。他的下台，表明农民正通过他们自觉的选择与以往的旧生活诀别。虽然这种选择和诀别不无痛苦，甚至是"背良心"的，可这是一种伟大的"背良心"，是迎接新的生活所必须付出的情感代价。

在长篇小说里，矫健的《河魂》、贾平凹的《浮躁》和张炜的《古船》是标志着新时期农村改革题材小说创作新阶段的佼佼之作。这几部小说不仅善于在历史与现实的交叉扭结中深入开掘，写出这场改革的历史必然性，具有强烈的现实感和深厚的历史感，而且都将艺术思考的触角从社会、历史层面推进到复杂的民族文化传统和心理结构层面，对这场社会变革的意义和深层本质作了更广阔更深邃的透视和整体性观照。《河魂》围绕南河之滨的柳泊村一条大坝的修筑和三任支书的交替，反映了农村由封闭到开放、由自然经济到商品经济的变革进程。从老根爷、牛旺、彩彩这些人物形象中，我们看到了已经逝去的悲剧时代和悲剧时代的人生，而从小磕巴和河女这两位80年代新型农民的人格范型身上，我们则听到了一个崭新的改革时代扣人心弦的前进的脚步声。作品将现实放在历史的长河中加以表现，把个人命运融入地域和民族的传统中加以描写，意蕴深厚，达到了相当的思想深度。老根爷靠了政治权力、宗法观念和人格力量在柳泊村构筑起来的权威神话，终于在以小磕巴为首的村民们的自觉挑战中解构与崩溃；小磕巴不再像牛旺那样重踏盲目筑坝的覆辙，而以新的符合实际的致富与治水决策赢得村民的拥护；河女终于摆脱了大山的压制，勇敢地冲出封闭狭窄的天地到外边的世界去寻找新的生活。这些不同的人生轨迹，不仅历史地展现出中华人民共和国成立后农村生活的沿革画面，而且反映出改革之后农民价值观念、道德标准、人生理想等内在精神世界和心理结构的蜕变，从而显示出历史发展的必然逻辑。

如果说较早问世的《河魂》还较多地带有前一时期小说特有的那种对极左思潮进行政治性反思的意味，文化意味还相对薄弱的话，那么较晚出现的《浮躁》与《古船》则进一步强化了文化观照与反思意味，在整个封建宗法文化传统的背景上，对变革中的农村生活现实作了具有哲学文化高度的分析性描述和剖示。不论是贾平凹笔下的商州大地，还是张炜作品里的胶东农村，显示的都是一片被封建性的、呈闭锁状的、盘根错节的宗法制农业文化，以及植根于这一文化土壤的人际力量所凝固与板结了的“冻土带”。千百年来所形成的丰富而又沉重的文化传统不仅在政治和经济上的家族统治中得到惯性延续，而且深深地积淀在农民的文化心理和性格结构里，普遍渗透于社会意识和乡风民俗的各个领域中。从《浮躁》里我们看到，尽管新民主主义革命的胜利已经结束人剥削人、人压迫人的制度有几十年之久了，但是从仙游川村到两岔镇乡到白石寨县直到整个商州地区，却依然处在田有善、田中正、巩宝山这些新权贵们的家族统治之下，商州地带的贫穷、落后与封闭，以及农民们的愚昧、不开化、乐天安命和甘做草民的生态和心态，都与这种封建的宗法制文化以及在这种文化基础上借着政治力量崛起的新权贵们的家族性统治有丝丝缕缕难以剥离的联系。在这里，新权贵们可以无偿地剥削村民们的劳动，可以借改革之机将肥水流进自家田地，可以轧姘头、勾引作践良家妇女，可以因为家族树碑立传而使打野味招待首长的福运丧命熊掌之下，也可以收受贿赂，以权谋私，甚至能够轻而易举地将人投进监狱并随意将人处死……而被贫穷穷苦了的乡民们虽然也有怨有恨，但“恨天，怨地，巩家田家人骂不得，倒日娘捣老子的把牛骂得有板有眼”。更有那姐姐给人当姘头殉情而死、自己却依然狗一样依附于人的陆家儿子，也有那因为和田书记睡了觉，感觉到底和自己的死鬼男人不一样而洋洋自得地对人现谝的豹子媳妇。但是，改革的春风毕竟吹到了州河两岸，长期处于贫穷与封闭状态的州河人民也开始了对新生活的向往和追求。于是，商州州河这条“全中国最浮躁不安的河”上也鼓荡起一股激动兴奋与困惑迷惘相伴而生的新的时代情绪——浮躁。从这种浮躁中诞生了两个极富文化意味和时代色彩的人物形象：雷大空与金狗。如果说雷大空的形象体现了主体意识尚未完全觉醒的州河子孙对新生活现实急功近利、不择手段的追求，是时代的浮躁朝着浅薄、盲动、失去理性的方向发展的代表的话，那么金狗则是时代的浮躁向着深沉、理性、趋于完善的人生境界飞跃的代表。金狗是一个从传统的重围和重负中艰难地突围、冲杀出来的改革者。在他身上，那种难以遏制的激情和血性逐渐与自觉的社会生活理想和历史使命感汇聚起来。理性与激情的结盟赋予他以冲决罗网、吞云吐月的人格力量，正是凭借这种力量，这个矮子画匠的儿子在权势者们的眼里才真正"成人了"，才有力量将商州的既成权力秩序搞乱，成为两败俱伤的巩、田两家人诅咒的"活鬼、恶魔""一个白脸曹操式的乱世奸雄"。不仅是在痛苦的浮躁中一步步走向成熟与完善的金狗，矮子画匠、韩文举、麻子铁匠、七老汉、小水这些善良纯朴的农民也开始了他们由安于现状，做稳了草民到不满于现状，做够了草民，与现实抗争的转变。他们生存心态的转变，更使人真切地感受到商州这片"冻土带"正在松动，一种由时代变革带来的新的生存方式正伴随着金狗们河运事业的兴旺发达崛起于州河两岸。

像《浮躁》一样，张炜的《古船》的深刻之处首先也在于毫无掩饰地触及和描写了现实生活中存在着的封建宗法关系。作品以洼狸镇土地改革到农村改革 40 余年的变迁，形象地概括了农民生存的社会史与心态史。新民主主义革命的胜利并没有从农村大地上彻底铲除封建宗法势力，相反，封建宗法势力却与连续不断的极左政治运动共生共存地集结在一起，制造出一幕幕令人震惊的人生悲剧。老隋家的败落与老赵家的崛起，不仅体现了表层现象上的一个阶级对另一个阶级的胜利，更体现出宗法文化家族争斗的残酷与血腥。从土地改革开始，四爷爷赵炳取代隋迎之而登上洼狸镇的权力宝座，赵多多对茴子兽性大发的侮辱，到经济改革时期赵多多与隋见素围绕粉丝厂承包权而展开的明争暗斗，都是家族斗争在不同政治环境中的特殊表现。正是与政治、经济上的矛盾和冲突融为一体的封建宗法制文化环境，造成了赵炳这种融极左政治思潮与封建文化传统于一身的现代农村统治者，造成了赵多多这种泯灭人性、具有可怕的破坏力的现代流氓无赖之徒，也造成了茴子的纵火自焚、含章的受尽凌辱、李其生的惨遭毒打以及其他许多人的悲剧性灾难，并造成了历史之舟始终在"三十年河东，三十年河西"的来回摆渡中难以前行的局面。《古船》通过富有道德义愤和道德批判激情的历史反思揭示出，传统的封建宗法文化以及与这种文化同形同构的民族生存心态是一种历史的惰性和痼疾，与现代文化的生活进程是相背的，不割断和抛弃这种文化和心态，社会改革就难以获得预期的效果。在作品的结尾，作者让那个一直在老磨屋里忏悔与反思的隋抱朴，从苦难的重压与自我的怯懦中摆脱出来，决心为大家的美好生活接过粉丝工厂的承包权，正是上述题旨内在地决定了的。隋抱朴充满了孤独与痛苦的精神探索及其富有时代特征的最后裂变，从一个侧面反映了我们民族生存心态的跃变。我们的民族犹如一条年代久远的古船，承载过太多太多的苦难，但是这些苦难在理性的烛光照耀下能够转化为生命的智慧和力量，靠着这智慧与力量，古老的民族之船便能够驶出河湾，奔往理想的境地。

上述作品之外，浩然的《苍生》和路遥的《平凡的世界》也以历史转折时期普通人的生活命运为透视窗口，为改革时代的社会生活作了一个历史的记录，并摄取了一些心灵与精神的面影。《苍生》以婚姻伦理情节为引线，切入党的十一届三中全会后农村的历史性变革，既反映了经济改革给农民物质生活与思想观念带来的可喜变化，又以直面现实的勇气，对改革进程中的某些现实积弊，特别是封建家长专制和权力崇拜作了揭露与批判。《平凡的世界》进一步发扬了《人生》在"城乡交叉地带"透视历史变动与人生命运的特点，以"文化大革命"初期到"文化大革命"后期这一当代中国的历史转型期为背景，全景式地反映了当代城乡色彩斑斓的社会生活，并从新旧观念的碰撞与交替中展示出普通人的人生轨迹和心路历程。更为可喜的是，这两部作品分别塑造出田保根(《苍生》)和孙少平(《平凡的世界》)这两位新人形象。他们是从传统的泥土地里孕育出来的农民的儿子，但都在改革之风的吹拂下，勇敢地告别了父辈们的生活方式，在脚踏实地的奋斗中去选择和寻找自己的人生方位。从这些有着新的婚恋观、幸福观和人生价值观的新人身上，我们更为显明地感悟到转型期中国政治、经济大势的变动和民族精神与文化心理的嬗递。

十一、艺术新变中的独特精神风貌

纵观新时期文学发展历程，现实主义小说创作的确取得了光彩耀目的成就，在新时期小说园地里开放出数量最多的芬芳花朵。形成这种繁盛局面的根本原因在于，现实主义小说创作真正恢复了它与现实生活之间真实而又生动的美学联系。它紧紧追随着时代前进的步伐，与人民同呼吸共命运，以积极主动的态势介入新时期政治、经济和文化的发展进程。从伤痕小说到反思小说、改革题材小说再到开放期现实主义小说多形态多声部的合奏，现实主义小说创作不仅多方面、多侧面、多角度地反映了新时期社会生活的历史进程和人民群众的思想情绪，塑造出许多闪烁着时代精神特质、蕴含着历史和人生思考智慧的艺术形象，从而成为新时期光辉历史的忠实"书记官"，而且真正焕发出直面现实的艺术勇气，以富于历史主动精神的艺术思索和审美评判,大胆地干预社会问题,深刻地揭露社会矛盾,真诚地面对人生难题,从而又成为新时期社会与文化进步的积极推动力量。就取得的成就与产生的广泛而深刻的社会影响来说,将新时期现实主义小说创作称为20世纪二三十年代现实主义小说高峰后的又一个高峰,是毫不为过的。

然而,新时期现实主义小说与20世纪中国现实主义文学的其他发展阶段有着不同的社会条件与文化氛围,它是在社会生活和社会心态急剧变化与西方文化思潮和创作流派潮水般涌入的双重冲击下发展起来的,因而就不全是以往各阶段现实主义文学的简单复归,而是在复归中有新变,在继承借鉴中有新的创造。在面向生活、如实地反映社会生活的真实这一点上,新时期现实主义小说创作与此前的现实主义是一致的、共同的。但是,在究竟应该如何认识生活、表现什么样的真实、怎样建立文学与生活的审美反映关系等方面,新时期现实主义小说创作又超越了以往现实主义创作成规和模式的局限,表现出了自己新的追求、新的素质。从总体上看,新时期现实主义小说创作主要从四个方面显示出自己的独特精神风貌。

首先,是面向真实的艺术勇气。自从现实主义登上中国20世纪文艺舞台之后,"真实"就成为真正的现实主义作家努力追求的艺术创造境界。早在五四文学革命运动时期,鲁迅先生就曾大声疾呼中国作家中能产生几个睁了眼看人生的凶猛闯将,冲出中国作家深陷已久的"瞒和骗的大泽",取下假面,真诚地、深入地、大胆地看取人生并且写出他的血和肉来,从而开辟出"一片崭新的文场"。[①] 而他至今仍闪耀着无比辉煌的《呐喊》与《彷徨》,正是这样睁了眼看人生的现实主义杰作。自20世纪40年代开始,受政治功利的干扰,现实主义逐渐渗入随机应变的政治实用主义成分,对20世纪二三十年代严格的现实主义创作精神有所偏离,但直至50年代中期,写真实,依然是作家和理论家们认可的最高艺术原则。1949年后至反右以前,周扬、陈涌、胡风、冯雪峰、秦兆阳、周勃等从"真实是艺术的生命"这一共识出发,对现实主义与写真实的血肉联系作了理论上的阐明。许多作家也把写真实视为社会主义现实主义的生命核心。然而,自50年代后期开始,随着对"现实主义广阔的道路论""现实主义深化论""写中间人物论"以及"干预生活"的作品的批判,"写真实"也逐渐被打入资产阶级和修正主义文艺思想之列,到"文化大革命"期间,"写真实论"更被列入"黑八论"之首。至此,文艺创作在"高大全""假大空"模式中再度跌入"瞒和骗的大泽"。直到1977年11月,在一位文学界权威人士所写

① 鲁迅:《论睁了眼看》,《坟》,《鲁迅全集》第一卷,人民文学出版社1951年版,第220页。

的批判“文艺黑线专政论”的文章里，“写真实”仍被称为“资产阶级和现代修正主义的反动观点”，并且在批判“写真实”问题上与“四人帮”争功。由此即可想见，此前的文艺创作在真实性上该是何等贫弱了。

因此，新时期文学以伤痕文学为开端向五四以来我国进步文学的现实主义传统的复归，首先即是向艺术真实性的回归。真实是艺术的生命，没有真实，就没有艺术的生命。新时期文学就是从这一由痛定思痛得来的真诚艺术信念出发，告别了“假大空”与“瞒和骗”的文学阶段，开始了一个真实与真诚的文学时代。在“写真实”艺术观念的引导和激励下，现实主义小说创作勇敢地挣脱了“四人帮”封建文化专制主义以及由此派生的各种文学观念的束缚，冲破了一个又一个从前不敢问津的艺术禁区，对当代生活和历史生活作了全方位、立体化的艺术观照和反映，对我们民族的性格和文化心理积层进行了深入、充分的开掘和表现。尽管一些控诉“四人帮”滔天罪行的伤痕小说和一些干预现实矛盾、抨击现实时弊的问题小说，一度引起过以“歌德派”自居的人的批评指责，但是现实主义小说创作却最终以其对社会历史真实的生动再现，赢得了广大读者的欢迎和评论界主流的褒扬。

新时期现实主义小说的真实性，首先表现在对于生活真相毫无掩饰的如实描绘上。真实，不再是按照某种政治需要和虚假理想人为地截取甚至有意美化或丑化了的生活片段或虚相的艺术泡沫，而是生活本真状态的艺术呈现，现实生活的主流与支流、现象与本质、光明与阴暗、美丽与丑恶、崇高与卑下，全在文学的镜子中映照出了它们的色调与形质。现实主义作家以他们关注生活的热情，敏锐地捕捉新时期现实生活的每一次新的律动，描绘出新的生活场景和新的人物形象，为生活中的真、善、美唱出了最为真诚的颂歌。工厂里的乔光朴，乡场上的冯幺爸，医务岗位上的陆文婷，领导机关里的郑子云，血洒疆场上的刘毛妹，为乡镇企业奔波操劳的武耕新……这些形象都以其闪现着的时代与人生中的美质深深地激动着广大读者的心灵，鼓舞着人们在新生活的创造中去实现新的人生价值和追求。与此同时，现实主义作家也不避讳生活里的矛盾、阴暗甚至血污，人生中的颓唐、困顿乃至丑恶，而是将这一切如实地展示出来，使人们感受和认识到社会、人生和人性的复杂性，从而在震惊中伸张开社会与人生思考的翅膀。这不仅在伤痕小说、反思小说及一些表现民族愚昧、落后、封闭的生态心态的作品里是如此，就是在表现改革生活的小说里也是如此。《一个工厂秘书的日记》《沉重的翅膀》和《新星》等通过人际矛盾和冲突显示出来的现实生活中的痼疾与弊端，《老人仓》《浮躁》和《古船》等对于盘根错节地渗透于我们社会生活肌体和民族心理的封建宗法势力和文化传统的展示与剖析，无不具有触目惊心、振聋发聩的艺术冲力。

现实主义小说的真实性不仅表现在对客观生活真实的如实描述中,还体现在对作家主观世界的真诚表现上。现实主义作家不满足于对生活作静态的、滞后的实录,而是力求在与行进着的生活的并行甚至超前的动态交往中,建立起与生活的能动性关系,从而在反映生活中干预生活的进程,在客观真实的描述中展露富于独特个性的主观人格精神和价值追求,辐射出一种与现实相搏击的人格力量。正是从这个意义上,《伤痕》《班主任》和《神圣的使命》等作品以其血泪的控诉推动了揭批"四人帮"斗争的发展,《剪辑错了的故事》《天云山传奇》和《犯人李铜钟的故事》等作品以其沉痛的反思,在一定程度上对《关于建国以来若干历史问题的决议》作了形象化的阐述,《人到中年》《人啊,人!》和《爱,是不能忘记的》等作品以其感伤的呐喊参与了"人性、人道主义和异化问题"的大讨论,而《活动变人形》《浮躁》《古船》和《平凡的世界》等作品则以其宏阔深邃的历史意识、文化意识和人生意识,将民族生态与民族文化心理的反思推进到一个新的高度。新时期现实主义创作就是这样将生活现象真实、历史本质真实与恩格斯赞许的"真正艺术家的勇气"[①]及思想家的气度和深刻有机地统一了起来。这是 1949 年后其他时期的小说创作所少见的。

其次,是愈益深沉的反思精神。从最基本的文学精神上讲,20 世纪中国文学就没有间断过对历史的反思。从远距离上看,现代文学的第一股大潮——五四新文学运动就滥觞于对绵延数千年的中国传统文化和封建礼教制度的批判性反思。鲁迅的小说、郭沫若的历史剧,以及以鲁迅为代表的许多杂文创作,都是新文化运动的主将们,在他们所处的新时代文化制高点上,对中华民族既往生存历史深刻、痛切的反思的实绩。就近距离而言,标志当代文学早期创作成就的扛鼎之作,如《三家巷》《红旗谱》《青春之歌》等,无一不是反映新民主主义革命时期艰难历程和革命斗争业绩的作品。这些作品用饱含着革命热情的美学笔触,回顾性地展现了已成往昔的那段艰难岁月和在这岁月里中华民族所经受的风雨洗礼、所发生的心灵嬗变。进入新时期之后,一方面,一场荒谬的灭绝人性的动乱虽然结束了,但是动乱留给人们的外伤与内伤却促使人们不能不认真追问一下造成这场动乱的原因;另一方面,社会生活中一些难以革除的痼疾、改革进程中不断遇到的一些新的困难和挫折,也促使人们从历史与文化的深处来寻求社会文化机制与民族心理机制上的根源。由此,新时期的反思精神再度复兴,人们希望从对历史与人生的反

① [德]恩格斯:《致玛·哈克奈斯》,《马克思恩格斯选集》第四卷,人民出版社 1972 年版,第 461 页。

思中总结经验教训，以获得民族前行与振兴的动力。就是说，反思精神如同作为新时期作家关注热点的改革热情一样，也是新时期时代生活继往开来的特点自然造成的。

从具体创作上来看，新时期文学深化时期的反思文学曾作为一股重要的创作思潮，以其偏重于政治反思和人生反思的定向性思考，为新时期的拨乱反正作出过不可磨灭的历史贡献。其后，又有轰动一时、硕果颇丰至今仍余音绕梁的寻根文学，将反思的触角由政治和人性层面，扩展到深广的民族文化传统和民族心理领域，使文学的反思回归到五四时期的视野和水准上来。新时期现实主义小说创作的反思精神，并不仅仅体现于反思小说与文化寻根小说中，伤痕小说辨黑白争是非的启蒙理性精神里，即已蕴含了反思的意向。在众多的改革题材小说创作中，尤其是像《沉重的翅膀》《花园街五号》《河魂》《浮躁》《古船》这样一些长篇力作，对现实矛盾的披露和展开是与对历史、文化及人生的深刻反思紧密纠结在一起的。正是这种深刻的反思意向成为小说宏阔构思的艺术支撑点，扩大了作品的生活含量，增强了作品审美意蕴上的历史厚重感与人生沉重感。此外，新历史主义小说创作，不论是写实型的还是虚构型的，作家们都越来越不满足于仅仅去追忆、再现历史，而是力求用现代意识烛照往昔岁月，从逝去的生活片段中回味、发掘出点什么东西来，像黎汝清的《皖南事变》、周梅森的《黑坟》与《军歌》以及苗长水的“沂蒙山系列”小说都是如此。即使是将聚焦点落在中国人现实生存状态上的纪实小说和新写实主义小说，其思维空间也绝不是封闭狭窄的，许多这类小说不仅蕴含着深刻的哲学、人类学、社会学思考，而且将思维的触角或隐或显地伸向了历史的古往今来和文化的玄幽深处，在写实中依然闪烁出悠远凝重的历史文化的折光。总之，由对一场浩劫引发的政治性反思为开端，到对民族历史与人生全方位的文化性反思，由在一种特定的文学思潮中亮出反思的旗帜，到把反思精神扩展、普遍渗透于不同类型的创作中，新时期现实主义小说的反思精神就这样一步步趋向深刻、走向深广。

受特定时代条件的制约，滥觞于五四时期的文学反思精神并没有贯穿现代文学的始终，而1949年后的回顾性作品中的反思精神只是内容上显示出来的一种意向，并没有成为当时作家的一种自觉意识和主动艺术追求，同时其反思意向也渐渐失去了五四时期鲁迅等革命文学先驱们那种对传统文化劣根性和不良国民性的批判精神和忧患意识；相反，却愈来愈多了颂扬与乐观的情调，革命历史题材创作尤其如此。新时期现实主义小说创作中的反思精神不仅是自觉意识层面上的主动追求，是作家自觉创作动机的一个重要构成因素，并恢复了五四时期文学反思的批判精神和忧患意识，而且贯穿于新时期文学的全过程,渗透于新时期各种类型的小说创作之中,在反思的深广度上,至少是在广度上,已远远超越了此前的各个时期。反思,确确实实已成为新时期现实主义小说创作具有标志性特征的文学精神之一。可以预料,随着历史即将告别20世纪而跨入21世纪,从历史转折关头人类必然会有的瞻前顾后的心态来说,就为中华民族在新世纪的发展作好思想上精神上文化心态上的准备而言,反思精神,或者说世纪末反思和跨世纪反思,将会在不太短的一段时期内继续伴随着现实主义小说的发展而前行。从具体现实上看,在中国未来一段时期内,改革仍将是社会生活的主旋律。而改革要继续下去,就必须不断进行历史反思。反思与改革的二重组合,将继续成为现实主义小说最基本的内在结构。反思以改革为潜在的目的,改革以反思为潜在动力,这种内在结构将继续驾驭着审美的现代意识,制约着现实主义小说创作的演进方向。

再次,是日益高扬的人道主义情思。如果说反思与改革双向思维流程的二重组合,构成了新时期现实主义小说创作富于张力的心理场的话,那么日益高扬的人道主义情思则是洒在这片心理场上的一抹鲜丽而又凝重、悲凉而又和煦的阳光。长期以来,不断升级的"左"倾思潮将人性、人情、人道这些标志着人之为人的属性打入资产阶级和修正主义的"冷宫",特别是"文化大革命"对人的权利、自由、价值、尊严、情感乃至生命施予了无情的践踏与戮杀,人,在文学中逐渐被挤压成一个干瘪的、失去了生命的鲜活与美丽的政治符号。由此,粉碎"四人帮"之后,人性、人道以及人与文学的关系问题便尖锐地提到了现实主义创作面前。伴随着对现实人生的重新思考和"文学是人学"这一理论命题的重新确认,现实主义作家们以空前的热忱,呼吁着人性、人道和人情,呼唤着人的权利、尊严和自由。从伤痕小说发出苦难人生的第一声呻吟与呐喊,反思小说怀着哀怨、悲凉的心情将目光投向普通人的生存境遇开始,人道主义情思便如一道潺潺清流在新时期文坛上流泻、奔涌开来,以至于人的重新发现与民族灵魂的重铸成为新时期现实主义小说创作的一条基本线索、一个基本主题。

概而言之,新时期现实主义小说的人道主义情思主要体现在如下三个方面。

从反映对象上看,新时期现实主义小说创作由对社会政治问题的热衷逐渐转向了对人的生存状态的关注。以往的现实主义作家多是面向政治,把人仅仅作为政治斗争中的工具和显示符号;新时期现实主义小说创作则关注人的命运,重视对人性和人生价值的美学思考,悲剧意识、生命意识、性意识乃至审丑意识等都是其体现。比如《人到中年》,虽然写了一个广为人知、已成为现实生活中某些人共名的“马列主义老太太”秦波,但作者的用心却不在于借此形象思考与评判政治是非,而是以这样一个形象从一个侧面显示出社会上对陆文婷这类知识分子生存困境的漠视以及对其人格与价值的蔑视。即使像《剪辑错了的故事》《犯人李铜钟的故事》《天云山传奇》《布礼》和《人啊!人》这类反思“大跃进”、三年困难时期和反右斗争扩大化的政治性很强的作品,作者也没有局限于政治上的拨乱反正,而是将笔墨集中于展示人生命运以及在不同的命运轨迹中显示出来的人格、人性与道德灵魂的不同面目。

从人物形象塑造上看,新时期现实主义小说创作由对人物外部斗争行为的叙述转向了对人物内在精神世界的开掘。在许多作品里,作者不再仅仅把人物及其性格置于人与环境、人与人的情节关系及人的外在因果性行为链条上加以塑造,而是进一步注重对人性、人格、人的复杂而曲折的心路历程的审视,对人的深层直至无意识——个体无意识与集体无意识——层面心理结构的剖析,更重要的是对人的观念发生了变化。人物形象不再单纯是政治观念或道德伦理的寓言化的抽象品,而是获得了其活生生的个人存在的个别性、具体性。好人与坏人、英雄与笨蛋、强者与弱者,都成为食人间烟火、有七情六欲的活人、真人。不仅被“三突出”创作模式涂上了神圣光圈的英雄形象,实现了由“神”到“人”的回归,反面形象的塑造也突破了公式化、脸谱化,完成了由“鬼”到“人”的还原。不仅如此,人物性格和人物本质的复杂性在现实主义小说创作中也得到了艺术的确证。在以往的小说里,人物与人性大都是按好与坏、美与丑、善良与邪恶、正义与非正义等形而上学划分加以描绘与刻画的,因而都是纯一的单色调,而新时期现实主义小说则创造出杂多的复色调的形象与性格,像刘思佳(《赤橙黄绿青蓝紫》)、刘毛妹(《西线轶事》)、田玉堂(《内奸》)、福临(《少年天子》)、高加林(《人生》)、老根爷(《河魂》)、雷大空(《浮躁》)、隋见素(《古船》)、李金斗(《桑树坪纪事》)等这样一些人物及其性格,都是很难用单一的政治尺度、道德尺度或人性尺度予以评判的,在他们身上,人性的亮点、美质与黑点、劣质是浑然交织在一起的。

从创作主体角度看,新时期现实主义小说创作由主体意识的淡漠与泯灭趋向主体意识的复苏与强化。以往的现实主义作家往往满足于做时代的“书记官”,满足于如实描述客观事象,而创作主体的自我表现欲望却极为匮乏,以致人们很难从作品里听到作者的声音。随着主观真诚的恢复和反思精神的萌生,新时期的现实主义小说家在其与现实生活的反映—建构关系中越来越自觉到自己的精神主体地位,越来越注重自己的人格力量和价值追求的实现。他们开始追求以一种更富于人性的眼光透视社会,探索人生,并且开始超越传统的认识—反映模式的囿限,由注重文学的认识性转向强调创作活动的生命体验性质,追求以一种独特的属于自己的话语来建构小说的审美时空,把小说创作作为感悟人生、创造自己生命家园的一种经验形式。这就使得人道主义情思不仅流注于小说反映的生活对象和塑造的人物形象上,而且涌动于作家的创作流程中,从而使新时期现实主义小说创作流溢出此前少见的主体生命激情与生命活力。

最后,新时期现实主义小说的精神风貌还突出地表现在艺术观念的开放性上。新时期现实主义作家没有固守某些传统的成规与模式,没有自我封闭、作茧自缚,而是在改革开放的大文化背景中自身也呈现出一种动态的开放性态势。这种开放性态势突出地表现在如下三个方面。

其一,在文学思维心态上,逐渐摆脱了以往政治型思维定式的束缚,走向了对生活的全方位自由思考与观照。我国的新文艺运动一开始就与政治结下了不解之缘,以往的某些作家往往自觉或不自觉地成为某种政治观念的单纯传声筒。这种思维心态在客观政治形势的不断强化下,就使得现实主义的道路越走越狭窄。至"文化大革命"期间,竟至出现了像《牛田洋》那种按"三突出"创作原则写作、全部意图旨在论证《五・七指示》所提出的建军思想正确性的作品,以及一大批反映与"走资派"斗争的"阴谋文学"作品。在新时期文学的最初几年里,作家们一方面对以往将文艺捆绑在政治尤其是阴谋政治"战车"上的做法痛心疾首、心有余悸,另一方面却仍未摆脱依附于政治的心态,政治仍然是文艺活动和文艺构成中一个居支配或主导地位的因素。比如,几乎所有的伤痕小说、一些反思小说甚至后来改革小说和军旅小说中的一些作品,还是靠引起人们政治神经的紧张、兴奋和颤抖而成就其"轰动效应"的。1979 年、1980 年,由一篇小心翼翼地"为文艺正名"的文章引发的"文艺是否从属于政治"的大讨论,将理论批评界的思考重心由文学与政治的关系导向了文学与生活的关系。以此为契机,作家们开始了对自己思维心态的调整。1981 年初,高晓声在一篇文章里指出:"我们现在搞的现实主义,太拘泥了,放不开,很多地方不及传统。"他认为造成这种局面的原因即在于无论人们对"文艺属于政治"的观点赞成还是反对,弄出来的作品却一样地都是单一的政治观点,构成其观点的只有政治的因素,没有其他的因素。他在文章里表达了作家们想从政治这条船上跳出来,"上得岸来"即回到广阔的生活中来的愿望。[①] 此外,刘心武、蒋子龙等也分别表达了超越政治型思维心态的愿望。他们提出小说创作最要紧的是需有一种与政治眼光、经济眼光不同的"文学眼光",小说家应以文学眼光来观察、分析生活,到生活里去接触、去观

① 参见高晓声:《扎根在生活的土壤里》,《文艺研究》1981 年第 1 期。

察、去研究各种各样的人,去展示人的命运,剖示人的心灵世界。① 正是随着这种思维心态的自觉调整,在以往单一的政治视角之外,道德伦理的、人性的以至大文化全方位观照的视角才不断地被引进现实主义小说创作中,生活也才渐渐地显出了其多样化、立体化的存在景观。

其二,与思维心态的调整相联系的,是对于小说艺术特性和艺术功能的认识上的变化。随着主体意识的觉醒与强化、思维心态的渐趋开放与自由,小说的艺术特性不再被仅仅置于反映论模式中作单一化的提炼和概括。作家们越来越不满足于恪守"生活(刺激)—小说(反映)"这一线性图式,把认识或反映生活作为小说主要的甚至唯一的特性,而是注重从生活与小说的双向互动关系中理解小说的艺术特性。他们一方面并不否认和排挤小说艺术的反映特性,不放弃做历史生活的文学"书记官"的努力,另一方面又把小说创作作为干预或介入生活的形式,作为建构自己的人生经验和生命体验寓所的动态化生存方式。相应地,以往的现实主义创作极力强化的小说的认识功能、教育功能,简言之,它的对于政治的简单化服务功能,随着时日的推移,也逐渐弱化了,而小说艺术的人性重塑和人生愉悦功能,也就是其审美功能却得到了愈来愈多的认同。尤其是在 20 世纪 80 年代中期以后,随着先锋派文学所发起的文体实验的冲击波越来越强,再加上不断涌入的国外创作与批评潮流的影响日甚,在一些作家那里,小说的政治意识渐趋淡化、消解乃至完全消失了,以至于在传统的政治文本或准政治文本旁边正儿八经地诞生了另一种文本:语言文本。语言文本不再将某种外在的功利性的东西作为自己的聚焦点,而是更多地聚焦于审美,聚焦于审美思情的载体——话语、叙述即文体特性上来。与他律的政治文本相反,语言文本强调自律性,它以回归小说艺术的话语本性为追求,极大地张扬了小说作为艺术的审美属性和审美功能。小说创作格局的这种总体性变化,在现实主义小说中也得到了清晰的体现。新时期文坛上颇有影响的现实主义作家邓友梅在总结自己对小说的认识时写道:"小说所以成为小说而不是别的,恐怕主要是因为小说能提供美的欣赏,从文字到形象都可以成为欣赏对象。"②这种观点在新时期现实主义小说家中也是比较有代表性的。

其三,艺术表现形式上的多样化探索也是新时期现实主义小说文艺观念开放性的一个突出表现。新时期现实主义小说创作对以往的现实主义小说

---

① 参见刘心武:《我掘一口深井——生活问题随想》,《文艺研究》1981 年第 1 期;蒋子龙:《跟上生活前进的脚步——创作笔记》,《文艺研究》1981年第 3 期。

② 邓友梅:《略谈小说的功能与创新》,《北京文学》1983 年第 4 期。

创作经验并不忽视,如路遥、张石山等西北作家对赵树理、柳青及“山药蛋”派创作风格的继承就是一个明显的例子。新时期许多小说在语言风格的朴实自然,故事情节的生动曲折,细节描绘的细腻逼真,形象刻画的精确传神等方面,比之以往的现实主义创作都是毫不逊色的。但是新时期现实主义大多又不满足于轻车熟路地运用旧有的表现方式和手段,而是大胆地吸收和借鉴国内外别的创作方法甚至别的艺术领域中可以为我所用的成分,在艺术表现观念上显示出一种兼收并蓄、求新求变的气度与气魄。就总体表现方式上的差异而言,以往的现实主义主要运用说明性的故事统领全局,结构是线状的,手法比较单一,为了避免将故事的讲述过程变为令人乏味的流水账,常见的艺术技巧不过是来一点倒叙或插叙。新时期现实主义则不仅更加注重作为语言艺术的小说的话语性或叙述性,多数作品还把故事进程的叙述与心理进程的描绘呈块状结构交织起来,并且引进了象征、幻觉、意识流等现代小说创作方法和电影中的蒙太奇、音乐上的对位法、戏剧中的场景设置以及报告文学的“报导体”等其他文艺门类的表现方式。王蒙、茹志鹃等人对于意识流技巧的成功移植,《花园街五号》《古船》《河魂》《浮躁》《减去十岁》《活动变人形》《冬天的话题》等作品对象征、隐喻、魔幻、荒诞、变形、时空交错等手法的大胆运用,都大大地拓宽了艺术表现上的自由度,并强化了作品的思想意向,甚至增强、扩展了作品的审美蕴涵,从而给人以新颖、陌生而又丰富、深刻的艺术感受,这样的艺术感受是阅读 20 世纪 40 年代以来其他时期的现实主义作品所得不到的。刘勰《文心雕龙》有言:“夫设文之体有常,变文之数无方……名理有常,体必资于故实;通变无方,数必酌于新声;故能骋无穷之路,饮不竭之源。”此数语正可用来概括新时期现实主义小说创作。正确地处理“通”与“变”的关系,在继承传统的基础上兼收并蓄,在兼收并蓄中创新求变,正是新时期现实主义小说创作在艺术表现上的特点。

总之,现实主义小说以其枝繁叶茂、硕果累累的创作成就与透露着时代风骨的崭新精神风貌,在新时期文学史上书写下光彩夺目的一页。它不仅以其与时代生活紧密而又生动的联系赢得了广大的读者群体,而且成为新时期历史——文化进程中的一股积极主动的推动力量。它经受住了剧烈变动着的社会生活与文化氛围及纷呈并举的多样化创作思潮的冲击和挑战,以自己创新求变的新开拓证明了现实主义仍然具有强大的艺术生命力。现实主义不是像有些人断言的那样已经“过时了”,而是正在走向更高远更具魅力的境界。可以预料,现实主义将会随着生活的发展而进一步发展,在未来的岁月里唱出更为嘹亮更为深情的时代歌音,绘出更加宏阔更加迷人的生活画卷!

[第一辑全文原以“现实主义：追随着时代前进的步伐”为题收于魏绪玉主编《新时期小说思潮流派论》，百花文艺出版社1992年5月出版。其中第九、十两节修改后以《历史与现实交汇中的文化底蕴——论80年代中后期现实主义小说的开放性发展》为题发表于《山东大学学报》（哲学社会科学版）1993年第3期，中国人民大学复印报刊资料《中国现当代文学研究》1993年第12期全文复印；第十一节以《新时期现实主义小说的精神风貌》为题发表于《文史哲》1994年第1期]

第二辑

乱花迷眼:变革时代的多彩影像

《红高粱》阐释：理想与反思

影片《红高粱》打破了我国电影几十年来在求真求实中再现人生的单一模式，将不无传奇色彩的朦胧故事和惊心动魄的浪漫激情注入完全陌生化的电影语汇，创造了一个超凡拔俗的人生境界。观赏影片，我们既体验到从未有过的自由与快意，又品味到难以抹去的沉重与伤感。这双重感受并非无端而生，乃是基于影片的双重审美意蕴：对理想人生的自由畅想和对现实人生的深刻反思。

《红高粱》叙述的故事和故事的组织结构体现了一种意蕴，这就是：人应该痛痛快快地活，痛痛快快地死。影片有两个尽管时序上有先后但结构上是并列的叙事段落，即"我爷爷""我奶奶"求爱情的故事和"我"爷爷奶奶们打鬼子的故事。两个叙事段落表面看来并不连贯甚至似乎风马牛不相及，却有内在的统一性，对于主题的展示来说缺一不可。前一段落体现的是痛痛快快、自由自在地生，后一段落体现的则是痛痛快快、无畏无惧地死。两段故事交相辉映，共同托出了一个至为壮美的理想境界：敢爱敢恨、敢生敢死的自由人生。追求自由，是响彻全片的主旋律。因此，说《红高粱》是编导者对人生理想状态的一种探寻，并非玄虚之论。

为了强化并凸显灿烂的自由人生境界，影片在极其粗疏、凝练的故事叙述中自始至终释放出一股野性，不仅那精灵般俯仰有情的百十亩高粱是"野高粱"，而且那环绕烧酒作坊的荒漠背景，不时响起的歇斯底里的嚎歌，以及那张狂至极点的颠轿、惊天动地的野合、混蛋无赖的撒尿、慷慨悲壮的血战，也无不迸发出一股野性，而在这股野性中狂放着的是热血沸腾的生命活力，是生命意志的剧烈扩张。面对这一切，我们的心灵仿佛被提升到另一个世界，人生仿佛为我们打开了另一扇大门，在其中我们感受到的绝非什么野性的情绪和原始的人性，而是生命的美丽、可爱、崇高、伟大。这种感受使我们震惊、狂喜，禁不住要像浮士德博士那样幸福地高喊："你真美呀，请停留一下！"

不过，《红高粱》的审美意味不仅仅在于它唱出了一曲人生自由的颂歌，还在于与实际人生形成了强烈的反差，内含着深沉的反思。实际上，《红高粱》的“意义阈”可以划分为两个层面：对人生理想状态的探寻和对中华民族以往生存状态的批判性反思。中华民族在历史上有过辉煌壮丽的生命历史，但宋代以降，在日渐定型化的封建政治制度和伦理纲常的重压下，在不断侵入的强敌的踩踏与奴役下，中华民族原有的心态被严重扭曲了，代替那豪放舒展人生的是女人的重负和男人的萎缩，以至直到今天，政治家和思想家们还在高喊着“振奋民族精神”的口号。但在影片里，“我爷爷”的行为举止，从高粱地里的劫持、野合到对着酒篓撒尿再到在众目睽睽之下硬闯进奶奶房内，发乎性情却不止乎礼义，随心所欲到了无法无天的地步。而“我”爷爷奶奶们打鬼子也全没什么胜与败的计较、生与死的顾念，只是由着情感的导向而行动，这是多么壮丽的人生！这种我行我素、毫无矫饰的人生，与银幕之外被种种礼法规范和理智思虑压抑得萎靡不振、索然无味的现实人生相对照，给人震惊，促人深思，让人知道人生还可以有另外一种活法。只要想想我们民族的以往历史，看看我们自己的现实处境，就不难体会到上述对照的沉重分量。

由于《红高粱》的创作动机建立在对民族生活的批判性反思基础上，因而绝不能笼统地将影片说成是对民族精神气质的歌颂。尽管影片展示的人生在某种程度上也可以看成是对我们民族曾经有过的光荣的回忆，但它主要是在召唤，它在召唤着现实生活中所缺乏的一种人生态度和生存状态的来临，它在为人生自由而招魂。换言之，影片的主旨不在于发掘并颂扬我们民族精神中的优胜和伟大之处，或是要发扬什么民风民俗，而在于解放我们民族长期以来被压抑着的生命冲动和自由意志，在于民族心态的改造与重塑。这才是影片的真正立意所在。这种立意是深刻的，具有深厚的历史感和强烈的使命感。从这种意义上看，《红高粱》是被压抑的自由意志的诗意升华，是沉重人生的精神补偿和心灵解放。这朵醉人的理想之花，开得美丽而芬芳，却又不无忧伤与苦涩。

（原载《电影评介》1988年第8期，发表时有少量文字删节）

让我们都宣泄一下吧!

——读《你无法真实》

读罢刘玉堂的《你无法真实》,我不禁产生了一种强烈的冲动,一种几乎难以抑止的宣泄的冲动——也想拉几位哥们喝上一壶,而后醉醺醺地炫耀一番自己先前干过的恶心事儿,如果没干过,那就当众编它一个,且要编得天衣无缝,越恶心越好。这样活一霎该多带劲!

大凡我们凡夫俗子谁不曾有过这样的冲动,可我们全都不说也不做,全装得像正人君子,好似没有七情六欲一般。而刘玉堂替我们说了,他借ABCD四人之口让我们得到宣泄。ABCD所述之事到底是真是假无关紧要,重要的是在那样一种环境里,他们全都卸下了正人君子的人格面具,各人讲述了一件有违社会规范的令人恶心的事儿,而且讲得那样如痴如醉、心摇神驰,那样进入角色,以致讲不出来的小C都觉得自卑、感到羞愧。那种气氛,那些个津津有味叙说的事情,不能不使我们也被感染,并从中获得一种宣泄的快感。

无须仔细分析即可看出,老A老B小D们讲述那些个恶心事的心态和他们做那些恶心事时的心态(假如做过)已大不一样。14岁的小A偷吃禁果以后,觉得恶心、后悔,竟至与毛校医反目为仇。而今天的老A重温旧梦,记忆最深的则是那种第一次偷吃禁果时的新奇、快乐和紧张,以致睹物伤情。注视着毛校医相赠的钥匙串上的小金鱼时眼睛竟湿润了。小D则更甚,当年他负心抛弃焦耳,良心的敲打曾使他数年不得安宁,而今天他津津乐道的又是什么呢?是他怎样将手伸到焦耳的衬衣里在她那汗湿的柔润的脊背上挠痒痒,是他怎样触摸到她那结实的乳房并因而犯了跟她亲吻的小错误,是他怎样在窝棚里和她偷情,至于讲起如何处心积虑地想点子一步步蹬掉她,也颇带几分炫耀的色彩。说到老B的艳遇,我们宁肯相信他确实是在胡吹乱侃,即便真有,他在"使用"那位偶然相遇的姑娘时也未必不心虚气短,绝不会像他在炫耀时那般轻松愉快。

这种心态的差异蕴含了值得深思的寓意。正是在这里,作者以他那敏锐的艺术感悟触摸到了我们人类最复杂的心理世界。我们都是社会的一分子,都被圈在一定的人生舞台中扮演某种不论喜欢与否的角色。因此，我们一言一行都要注意不逾越社会规范的樊篱，都要努力使自己成为别人眼中无可挑剔的正人君子。用弗洛伊德的术语表示，我们时时处处都要受到“现实原则”的约束。“现实原则”使我们谨小慎微、生气殆尽；使我们文质彬彬、装腔作势；使我们爱慕虚荣、文过饰非；使我们瞻前顾后、步履艰难。我们如果与别人偷情，会感到后悔莫及；抛弃了一个善良的人（虽然并不爱她），就会在良心上负疚；在某处偶有艳遇，则会胆战心惊……我们的心灵终日被文明、规范挤压得扭曲、变形，被道德、良心捶击得疼痛、难受。我们生存得艰难、沉重，甚至常常因沉重得透不过气来而遭窒息。然而，正因为我们是有七情六欲的人，我们的天性又总是倾向于追求快乐。我们的潜意识深处总有那么一股被称为生命本能的东西在翻腾着、骚动着，它们不愿承受现实原则的钳制，而把追求快乐作为自己奉行的唯一准则。这是我们心灵结构中的另一层面，是我们在人格面具背后另一个隐在的“我”。这另一个“我”总是那么不安分、那么蠢蠢欲动，在它的驱动下，我们常常想冲破甚至真的冲破社会规范所设置的种种禁忌，找一点属于自己的小快乐、小自由，尝一点孙猴子造反无法无天的滋味。作品里的 ABCD 就是这样，他们关起门来，将社会规范堵在门外，在追忆或想象中寻求着虚幻的满足与自由。其时，他们从自己的“劣迹”中获得的是一种类似于审美的愉悦或享受。像这样在自我炫耀中获得享受，不就是对于匮乏的一种意念的补偿吗？不就是弗洛伊德所谓无意识欲望的升华吗？当然，宣泄过后是清醒。一觉醒来之后，ABCD 四人一个个争相反悔，皆称自己所述之事纯属瞎编乱造。这时，他们又不得不匆匆带上人格面具，在既定的人际关系中扮演自己符合规范的角色了。总之，一方面是津津有味地炫耀为礼义廉耻所不齿的各种并非虚妄的真实欲念和行为，是生命本能快乐的宣泄；另一方面却又将这些欲念和行为称为“恶心事儿”，把“良心审判”“忏悔意识”“犯错误”之类语词夹杂进叙事语序之中，并且以毫不含糊的言辞否定着这些欲念和行为的真实性，这就是作者以富于力度的笔墨为我们描述出的人格与人生真相。从 ABCD 四位人物的人格两重性中，我们不难体味到社会文明对人类本性的异化，体味到现实原则对快乐原则的压抑。

进而言之，小说表露了现实原则对快乐原则的压抑，也就展示出人类生存状态的这样一种荒谬性：人们所向往的不敢发自真心地承认它，所厌倦的却又不能随心所欲地摆脱它。小说最后所写各位作家的反悔，显然是一种谎骗，或者说是一种心照不宣的自我蒙骗！为什么会产生这种自我蒙骗？这种自我蒙骗又说明了什么？按照萨特在《存在与虚无》中的分析，谎骗行为是以一种预设为前提的，“它预设我的存在以及他人的存在，我为他人而存在，以及他人为我而存在”。而欺骗的本质,则意含着谎骗者实际上完全具有它所隐瞒之物的真相,因此自我蒙骗行为乃在于建立“我不是我所是”。这就是说,在自我蒙骗者用语言对某事物加以否定(并且否定这种否定)时,他实质上是在自身之内肯定着事物的真相。萨特的分析同样适用于《你无法真实》的立意。正是意识到“我为他人而存在”,即作为社会一成员而存在,习惯于过分地热衷和沉湎于自己所扮演的角色,ABCD 最后才竞相否认自己所述事件之真实性。人们多么乐于维护自己的人格面具,使之不沾上任何污点呵!而在各位“我不是我所是”的表白中,则又明明白白地隐含了“我不能成为我所是”和“我不能摆脱我所不愿是”的可怜境况。生存的荒谬如斯,生存的悲哀亦复如斯!

刘玉堂以往的创作,比如《钓鱼台纪事》《一个人的海滩》《福地》《帮忙》《滑坡》等,都极善于以平凡的故事、幽默的语调展露难以捉摸的人生境遇。但是能够在一种具有普遍性意义的层次上揭示人生、人格的两重性和不无荒谬的人生状态,《你无法真实》确实是第一篇。就此而言,可以将该作视为刘玉堂的创作跃入一个新境界的标志。这篇新作,既让我们得到片刻的宣泄,又使我们体味到人生难以逃避的荒谬与悲哀。因此,该作绝不仅仅是几个巧妙连缀的如实道来的写实故事,而是一个蕴含深刻的象征。作者用一组真假莫辨的人生故事构筑了一个富于哲学意味的艺术境界。我相信有着不同阅历和思想的读者,都会从中体验到不同的人生感受。就个人而言,我愿重申我是真想像小说中的 ABCD 那样痛快地宣泄一下。

人生,何其艰难。让我们都宣泄一下吧!

(原载《当代小说》1989 年第 1 期,《作品与争鸣》1989 年第 5 期选载)

“祖宗崇拜”与莫言文化选择的偏执

当西方列强的大炮轰碎了天下一统华夏中心的迷梦，睡眼蒙眬的中国人猛然间从被炸开的国门中看到了一个更为强大又虎视眈眈的外部世界时，民族生存的危机感便一直像一个巨大的梦魇沉重地困扰压抑着先觉者的心灵。时至今日，尽管古老的东方巨龙已经挣脱黄土地的困囿开始游向蔚蓝色的海洋，然而由历史造成的沉滞落后仍然在加剧着这种危机感，如何改正国民的文化心理素质以使贫困颓唐的中华民族重新崛起仍然是今天的思想家和艺术家们必须苦思苦索的基本文化主题。作为“文化寻根”派的后起之秀，莫言以他极其敏锐的感悟和意蕴深厚的创作切入了这一主题。他以对“种的退化”的忧虑表现了民族共有的危机意识，又通过“祖宗崇拜”提出了自己独特的救世良方。然而，尽管莫言独具情韵的作品给了我极大的审美享受，他在作品中表现出的痛苦也激起了我在情感上的强烈共鸣，但在理智上我怎么也不能与他在“祖宗崇拜”中所张扬的人生理想和作出的文化选择产生苟同心理。

文艺创作是作家生命情感的升华与投射。我们将批评的触角深潜到莫言创作心理的动力层次和其作品的意蕴层次时，便会发现在他的生命情感中翻腾着一股绵绵不绝、勃勃有力的主导情致，这就是对高密东北乡往昔的人生故事的无限神往，尤其是对祖父母辈的传奇经历和豪强气息的极端崇敬。这样一种情致，我称之为莫言的“祖宗崇拜”情结。莫言曾经说过：“红高粱是高密东北乡的图腾。”[①]作为高密东北乡的儿子，“红高粱”也是莫言的图腾。同时，从文化人类学的观点看，图腾崇拜与祖宗崇拜是紧密相连的文化现象，在图腾种族中，图腾常常就是祖先的象征。况且由于以原始的自然的血缘亲伦关系为基础的社会结构一直没有得到根本的改造，我们栖息其上的这片国土偏偏又正好是滋生祖先崇拜文化观念的肥沃土壤。[②] 因此，莫言对于挺拔

---

① 莫言：《〈奇死〉后的信笔涂鸦》，《昆仑》1986 年第 6 期。

② 参见[德]卡西尔：《人论》第七章，甘阳译，上海译文出版社 1985 年版。

豪迈的纯种红高粱的崇拜也就是对那些曾在红高粱地里生过、死过、相爱过、厮杀过的爷爷奶奶们的虔诚崇拜。季红真曾在其体察入微、见解精到的评论中将莫言作品里的人物归纳为三代人：一是祖父母辈的人物，他们几乎都是能人好汉，几乎个个魁伟美丽、活力充沛、性情剽悍、血性钢骨、情感奔放，带有浓烈的豪强气息；二是父母辈的形象，他们大多是被最基本的物质生存需要耗尽了生命光彩的形象，他们贫困、卑屈、潦倒、懦弱、愚昧、麻木、保守、苟且、自轻自贱、自私残忍；三是孙子辈即与故事叙述者同辈的形象，他们一落地就背负着父母辈带给他们的贫困而沉滞的生活，沉重的人生、贫乏的经历以及由此而催发的对新生活的向往，造成了他们忧郁的性情和复杂的心绪。[①]确实，在三辈人中，活得最有光彩最有滋味的是祖父母辈。爷爷奶奶们的形象不仅是莫言构筑人物关系展示故事寓意时不可缺少的一个序列和环节，而且是寄托其审美理想和人生理想的载体。莫言自己也承认，那散溢着苦涩微甘气味的红高粱，那无边无际汪洋如海的红高粱地是他向往着的美的极境，而且在高粱地里演出了一幕幕悲壮舞剧的爷爷奶奶们则是他向往着的人的极境。爷爷奶奶们即是生命活力的象征、自由人生的代表。

“祖宗崇拜”情结的艺术升华，赋予了莫言小说独特的情韵与魅力。首先，是气韵贯通、浑然苍茫的时空感。莫言的小说多以第一人称或实际上的第一人称为叙事视角，以作为孙子辈的“我”来述古道今，同时这个“我”又常常是以受过新的文化教育甚或接受过城市文化熏染的青少年身份出现的（如《红高粱家族》《大风》《红蝗》等）。因此，他的小说便将历史与现实、传统与新潮、死者与生者、乡村与城市等有机地结成一体、熔为一炉，给人以悠长久远的时间感和浑然阔大的空间感。这样的时空感，不能不使读者对人生、历史产生一种新的体验与感悟。其次，是对人生极境的自由畅想。莫言使昔日的游魂复活，将往昔的荣耀召唤出来，塑造了一群光彩夺目的人物形象，《红高粱家族》里的爷爷余占鳌、奶奶戴凤莲和罗汉大叔、二奶奶、三奶奶们就不必说了，《秋水》里的爷爷、奶奶、黑衣汉子、紫衣女人，《大风》中的爷爷，《老枪》中的奶奶和《红蝗》里的四老奶妈等也无不具有刚勇、坚韧、敢爱、敢恨、敢生、敢死的英雄本性。这些形象都是当代文学人物画廊里少见的，借他们的疯狂表演，莫言唱出了一曲人生自由的颂歌。再次，与上述两点紧密相连的是，莫言借历史的场景和祖辈的精魂抒发了自己被僵死的传统规范与虚伪的现代文明压抑着的生命激情。奇异的场景、陌生的人物、传奇的故事、浓烈的激

① 参见季红真：《忧郁的土地，不屈的精魂——莫言散论之一》，《文学评论》1987 年第 6 期。

情，再加上民俗风情的穿插点染和扑朔迷离、主观性极强的高调叙述等，相互交织、化合，使莫言的小说释放出一种民族民间的浪漫主义情致。这种浪漫主义情致别开生面、耐人品味，大大地拓展与扩充了当代文学的审美天地，丰富了人们的审美欣赏经验。因此，“祖宗崇拜”之于莫言的创作有着举足轻重的意义，难以设想失去了爷爷奶奶们的形象，莫言还能构筑起自己的艺术天地，确立起自己的独特风格。那样的话，我们看到的必将是个毫无光彩的莫言，用莫言自己的话说，他会显得像个饿了三年的白虱子一样干瘪。当然，在莫言的创作中有一些作品没有直接写到祖父母辈的人生，但就在这类作品中，当作者以极端厌恶的心情描写父母辈的人生时，在其潜意识的深处，所悬的理想人生标准仍是祖父母辈的人生。

只要细读莫言的作品便不难发现，作者在讲述具有勤劳勇敢精神的爷爷奶奶们的雄奇经历时的心情与一个从大人那里听来了一个有趣的故事的孩子在向其他不知道这一故事的孩子们转述故事时的心情是绝不相同的，这里没有任何自我炫耀的成分，同时在莫言的讲述中也找不到任何类似于文人雅士发思古之幽情那样的闲情逸致。莫言的祖宗崇拜是与他的忧虑他的痛苦纠结缠绕在一起的。在《红高粱》的开头部分，莫言写道：“生存在这块土地上的我的父老乡亲们……演出过一幕幕英勇悲壮的舞剧，使我们这些活着的不肖子孙相形见绌，在进步的同时，我真切感到种的退化。”这里，所谓“种的退化”即民族性格和民族精神上伴随着生命活力的消失而产生的委顿颓废、懦弱苟且的现象。“种的退化”不仅有辱一个泱泱大国曾经有过的荣光，也难以在变化迅速的现代世界中置身于强国之林，与域外的先进民族争强斗胜，真是自觉窝囊，愧对列祖列宗，心怀危机，怯于瞻望未来。作为一个在贫困生活的苦水中泡大的忧郁的爱沉思的孩子，莫言不能不为此而感到深深的忧虑。正是这种对“种的退化”的忧虑以及与此相关的对乡土文化衰败的伤感和对现代文化所造成的人的异化的痛心疾首，造成了莫言内心深处的痛苦纷扰及其小说的情绪基调。

有痛苦便有痛苦的补偿与升华，于是产生了莫言充满浪漫激情的追忆与回想，产生了他对游荡在高密东北乡无边无际通红的高粱地里的英魂与冤魂的诗意召唤。作者将半个世纪前那些活脱脱的生灵召唤到20世纪80年代的生活舞台上来，目的在于让今天的男女们对着祖宗的真容照一照镜子，认清自己可怜、孱弱、颓废、丑陋的“尊容”，从而从祖宗们红高粱般充实饱满的灵魂与人生中吸取到我们孱弱的躯体亟须吸纳的精神元阳。《红高粱家族》的最后一节十分清楚地点明了这一点。莫言这样描写作为故事叙述者的“我”在逃离家乡十年之后又一次站在二奶奶坟前的幻觉：

二奶奶从坟墓中跳出来,手捧一面金黄的铜镜,厚嘴唇两侧竖着两道深刻的冷嘲纹,说:“并非我生的孙子,照照你的尊容吧!”

……

这时,一个苍凉的声音从莽莽的大地深处传来,这声音既熟悉又陌生,像我爷爷的声音,也像奶奶、二奶奶、三奶奶的嘹唳的歌喉。我的整个家族的亡灵,对我发出了指点迷津的启示:

可怜的、孱弱的、猜忌的、偏执的、被毒酒迷幻了灵魂的孩子,你到墨水河里去浸泡三天三夜——记住,一天也不能多,一天也不能少,洗净了你的肉体和灵魂,你就回到你的世界里去。在白马山之阳,墨水河之阴,还有一株纯种的红高粱,你要不惜一切努力找到它。你高举着它去闯荡你的荆榛丛生、虎狼横行的世界,它是你的护身符,也是我们家族的光荣的图腾和我们高密东北乡传统精神的象征!

这一段“我”的幻觉,实际上即是莫言自己的幻觉,是他面对现时代的文化冲突所公开发表的宣言。纯种红高粱的图腾就是高密东北乡传统精神的象征,莫言就是要借祖宗亡灵的复活来发扬光大这种传统精神,从而为今日退化了的男男女女注进新的生命活力,可谓用心良苦呵!所以莫言绝不是一个玩感觉、玩文学的作家,而是一个背负着沉重的使命意识的作家,其创作精神与五四以来整个新文学的发展主潮是一致的。套用友人李新宇的说法,莫言应属于在新文学先驱鲁迅开辟的道路上艰难迈进的作家之列。

但是,尽管莫言的“祖宗崇拜”产生于一种高尚的心灵痛苦和值得肯定的创作意图,并且给他的创作带来了别样的人物、别样的情调、别样的魅力,我却认为莫言企图以此来拯救“种的退化”只不过是一个美丽的梦幻而已。这个梦幻虽然美丽,美丽得极富诗意,但终究是梦幻,梦幻得难负重任。因此在这一梦幻中,包含了莫言在文化选择上的偏执。

偏执之一表现在莫言对传统与现实关系的取舍上。我们知道,“寻根”派文学思潮是以重建中国文化为自己的历史使命的。在“寻根”派作家看来,由于近现代以来中国社会一直处于动荡不安之中,再加上五四新文化运动对民族文化采取虚无主义的态度,因而造成了中国文化传统的断裂。他们的使命就是要从对过去的典籍文化和现在残存的民间乡土文化的阐释引申、弘扬光大中重新构建中国文化,以便“跨越文化断裂带”。[①] 因而“寻根”派作家一般都对原始、过去充满了浓厚的兴趣,倾注了巨量的热情,在给已逝或将逝的传

① 参见阿城《文化制约着人类》、郑义《跨越文化断裂带》和李杭育《“文化”的尴尬》等文。

统文化(包括典籍的和民间的)以过多的肯定和赞美的同时,对现实和新兴起的现代文化则采取了否定和批判的态度。莫言也不例外,在莫言的人物象喻系统中,祖父母辈是传统文化的象征,父母辈则是文化断裂层的象征,而叙事者"我"所代表的孙子辈则是文化反思精神的象征,也就是"寻根"派作家们的艺术化身。在"我"的心中宿命般地纠缠着祖父母辈和父母辈两种生存状态的内在冲突,前者犹如太阳,给"我"心中洒下一片光辉,后者恰似乌云,给"我"心中投下一片阴影,在两者之中,"我"自然地选择了太阳的光辉。

由于莫言选择了传统文化,因而他给予过去的更多的是爱,给予现在的更多的是恨,涉及过去时他就春光明媚、兴致盎然,涉及现在时他便昏天黑地、心灰意冷。如在《罪过》中,只有三爷讲的那个鳖精的故事才能启迪人的心智,让"我"(故事中的大福子)着迷,而围绕弟弟小福子的死所引发的一切只让"我"认识到父母与村人的愚昧无知与凶残丑恶,感受到现实人生的孤独痛苦与不可留恋。《罪过》并非一个特例。莫言说过:"高密东北乡无疑是地球上最美丽最丑陋、最超脱最世俗、最圣洁最龌龊、最英雄好汉最王八蛋、最能喝酒最能爱的地方。"(《红高粱》)检视一下他的这番评论我们发现,这并不是对高密东北乡的共时性评价,而是一种历时态评价。在上述各概括性短语中,前半都属于高密东北乡的过去,后半才属于它的现在,而最后一个短语"最能喝酒最能爱"则全属过去。由此便产生了作者对于过去"极端热爱"和对于现在"极端仇恨"这种情绪上的分裂与对立。诚然,我丝毫不怀疑在历史的某些重大转折关头,历史的创造者们常常穿上古人的服装演出现代的戏剧,我也并不一概反对用昔日的荣耀激发现代中国人的热情。然而,中华民族走向未来的真正契机在于现在而不在于过去,只有把现在的中国真正认识清楚了,中国人才能甩掉身上所背负的不必要的东西,找到自己走向未来所真正需要的东西。而莫言呢?由于他对过去的人生有着近乎宗教徒之于上帝般的崇拜、迷恋与颂扬,而对现实人生和现在的中国人有着几乎无以复加的鄙视、厌恶与仇恨,这种情绪上的偏激使之既不能对往昔的生活作出真实的揭示与呈现,又难以对现代的中国人及其现实生活作出客观的冷静的艺术解剖。严格地说,莫言作品中那个流彩溢金的过去只不过是莫言的一个审美幻觉,是其审美理想的升华,而其作品中描绘的那个阴暗愚昧的现实也是被其偏激情绪浸泡得变了形的现实,其中虽然包含了相当的真实,但终究不是完整的现实人生全景图画。实际上,中国近现代的社会动荡在造成"种的退化"现实的同时,也造就了无数先觉者,孕育了国民精神的复苏,使得古老的封建帝国加快了社会变革的步伐,推进了中华民族由封闭状态向世界历史的发展潮流的融汇。这同样是一种现实的真实,这是中国的现在比过去更美好的方面,但莫言却明显地撇开了这一层真实。因此,莫言在传统与现实、过去与现在的选择上的偏执,使我们只能从其作品中看到一个历史发展的抽象演绎,却不能从中看到关于中国历史及其文化发展的正确描述,当然就更不用说会从中找到一条中国人得以走向"种"的强化与复活的道路。迄今为止,莫言写得最有光彩的还是那些涉及往昔的回忆的作品,而直接描写现实生活的作品却常常因缺乏一种富于力度的分析精神而显得暗淡失色,究其原因,不能不说与上述的偏执有着内在的联系。鲁迅先生从文之初曾企图以异域的摩罗诗力之声唤醒国人的沉睡,振奋国人的精神,后来却走向了对现实人生严加解剖的清醒的现实主义创作之路,鲁迅的这种转变,我认为是值得莫言及其他"寻根"派作家加以琢磨的。

与在对待传统与现实关系上的偏执相关联的是莫言在乡土文化与都市文化选择上的偏执。就实质而言,乡土文化即农业文化,也就是必然要逝去的旧的文化,它代表了历史的过去,都市文化即工业文化、科技文化,这是已经发生并正向更高阶段发展的新的文化,它代表的是历史的现在与未来。正如在过去与现代、传统与现实之间选择了过去、传统一样,在乡土文化与都市文化中莫言明显选择了乡土文化。莫言是一个被乡土社会的泥水泡大而后又被都市生活的自来水冲洗过几年的作家,他对乡土文化十分熟悉,对都市文化也深有感受,但他对前者的熟悉留下的多是眷恋,对后者的感受产生的却只有厌弃。他对乡土文化的情感偏向在《红高粱家族》中表现得特别明显。我们看到,作为作者人格投射的那个"我"从乡土文化的价值标准出发,像田地里的耕夫一样挥舞着手中的皮条鞭子狠劲地鞭打着都市文化这匹"劣马"。嘈杂混乱的都市生活不仅毒化人的灵魂,也毒化人的肉体。"我"离别家乡十年,不仅被传染上了机智的上流社会特有的虚情假意,肉体也被都市生活的臭水浸泡得每个毛孔都散发出扑鼻恶臭,以致只有按祖宗的启示,到家乡的墨水河里浸泡三天三夜,才能洗净自己的肉体和灵魂。家乡的泥水是圣水、灵药,城市的自来水则是臭水、毒液。"我"痛恨都市文明的虚伪,也痛恨与都市文明不可分割的现代科技文化,这种痛恨以"我"站在二奶奶坟前时对"杂种高粱"的感受与抨击淋漓尽致地发泄出来。那从海南岛交配回来的、围绕着二奶奶的坟墓、覆盖着高密东北乡黑色土地的杂种高粱,空有高粱的名称,却没有往日纯种高粱的挺拔和血一样红的辉煌颜色,缺少红高粱的灵魂与风度。这些占据了红高粱地盘的杂种高粱七长八短、丑陋不堪,以它们狗尾巴一样晦暗不清、模棱两可的狭长脸庞污染着高密东北乡纯净的空气,并以其苦涩的味道造成了无数人的便秘和所有百姓的面如锈铁。尽管从作品本身来看,"杂种高粱"也是"人种退化"的一种象征,但作者恰好以杂交高粱这种现代科技文化的产物作这种象征的载体，我认为这并非一种偶然，而正是作者潜意识深处的乡土文化固恋情结对于现代文明的拒斥与反抗的表现。

以都市文化为代表的现代工业文明一方面带来了生产力的极大进步和物质财富的急剧堆积，一方面也造成了物欲的膨胀及传统道德和价值体系的沦丧、崩溃与混乱，由此而加强了文明的压抑和人的异化。对于这种历史进步的二律背反，许多近现代的大思想家和艺术家都痛切地指出过和表现过了。因此，莫言以艺术家的心灵对现代文化带来的弊端予以抨击，是有合理性的。但问题的实质不在于这种抨击，而在于莫言仅仅以现代文化造成的弊端与乡土农业文化的优长相比较，这就不能不显出他的偏颇。这种偏颇导致莫言对以往的乡土文化和乡土生活作了过多的美化，而不能对之采取一种分析的批判的态度。以小农经济为依托的乡土社会及其文化是中国长达几千年的以血缘亲伦关系为基础的封建社会的基础，而几千年来过着面朝黄土背朝天生活的广大农民则是乡土文化的创造者和乡土社会的维持者。翻开历史不难看出，乡土社会的生活天地和文化心理背景决定了中国的广大农民仅可归结为两种类型：一种是做奴隶的农民，一种是为匪为盗的农民。那些个从农民出身的皇帝不过就是抢占了更大地盘的大土匪而已。乡土文化能够孕育出无数能工巧匠、工艺大师，却永远甭想出哪怕一两个哥白尼、伽利略；乡土社会可以产生千千万万个余占鳌，却永远也造就不出个鲁滨孙来。余占鳌们在强寇面前投入了生死攸关的大厮杀，表现出勇武不屈的民族血性，这固然可歌可泣，但是在没有强寇相犯的情况下他们又能干什么呢？难道不就是干一些打家劫舍、杀人越货的勾当吗？因此，要彻底改造中国的社会结构，就必须从根本上改造中国广大的农民和他们赖以生存老死的乡土社会，以现代工业文化取代乡土农业文化。然而，尽管莫言在描写他理想中的那些爷爷奶奶们的雄奇经历时确确实实也在一定程度上再现了乡土社会的经济生活方式和社会组织结构，如家族式的经营方式与帮会性的社会组织及仕途经济中官本位的上层建筑等，但我们一点也看不出作者对这一切的批判。相反，作者由于把祖父母辈写成自由人生和理想人格的象征，倒是给人一种印象，似乎乡土社会更有利于产生自由的人生和理想的人格。莫言在作品中所表现出的对乡土文化的上述态度，是不是爱屋及乌所造成的一种偏执呢？

文化问题说到底是人生问题。因此，谈论莫言的文化观就必然论及他的人生观。实际上，莫言创作的真正契机与旨归也就在于解决人究竟应该如何生，或者说什么样的人生才是理想的人生这一问题。如前所述，那些被呼风唤雨般召唤到我们眼前的爷爷奶奶们的人生是莫言所向往的人的极境，是自由人生的象征。由此可见，自由是莫言理想的人生境界。这是为评论家们所公认的。但是仅仅从最抽象的意义上来认识祖父母辈的形象所蕴含的人生境界，似乎过于空泛了些，不足以真正显示莫言对人生的理解。实际上，莫言对人生自由的理解是有限定的，有具体内容的。我认为，祖父母辈身上体现的也是作者所神往的乃是一种感性人生。所谓感性人生，也就是全凭生命本能的驱使，与情感的漂泊、召唤相追随的人生。你看《红高粱家族》和《秋水》中那些具有响马精神的爷爷奶奶们，爱起来如洪水决堤、青春激荡，恨起来白刀子进红刀子出、你死我活，他们自由自在、我行我素、英勇无畏、狂放不羁，有耗散不尽的力气，有永不枯竭的热情，发乎性情却不止乎礼义，何其痛快、何其洒脱！季红真说由情爱引起的血亲仇杀几乎贯穿在莫言小说中所有涉及祖父母一辈人们的故事中，这不正说明作者所神往、所歌颂的是一种感性人生吗？感性人生的狂放，就是莫言理解的人生自由。我们知道，齐鲁大地是中国正统文化规范儒教的发祥地。儒教文化作为中国封建社会的官方文化，曾经对维持中国的统一和支撑中华民族的人生信仰起过有益的作用，但是严密的礼教规范也曾极大地束缚了中国人的创造精神和生命活力，并且直到今天中国人仍在承受着由儒教文化造成的消极影响。儒教文化虽然也注重主体的心性修养，但其基本特点在于重群体而扼个体，扬理义而抑情感。宋明理学倡导"存天理，灭人欲"，更把上述特点发展到了极端。因此，莫言强调生命本能或生存意志的扩张，赞美野性与匪气，张扬个性与情感，用一种来自民间的质朴悍野的人生与被礼法规范压抑得萎靡不振、索然无味的人生相对抗，乃是对于规范儒教的一种有益的反拨，是值得赞赏的。

但是，当莫言完全正确地抨击了儒教文化对个体生命本能的压抑时，他自己却又走向了另一个极端，这就是一味地张扬肉体生命的本能冲动，而完全否定了自觉理性精神对于人、对于人生的作用。在《红高粱家族》和《红蝗》里，莫言将城市的人生和乡村的人生进行了对比，他攻击城市人家兔般的玲珑精致和虚情假意，攻击城市人在温情脉脉里隐藏着的丑陋不堪的情欲，而赞美乡间人的粗俗悍野，赞美乡间人发自本能的真情真爱。比如在《红蝗》里，那个衣冠灿然的伦理学教授用甜言蜜语骗取姑娘的贞洁，而高密乡间的男人却不惜大打出手争夺自己所爱的女子；那个黑纱裙里穿鲜红裤衩的城里女人因道德忏悔而死，而高密乡间的女人却至死也绝不会为自己的委身脸红。[①] 在这里，当莫言由衷地欣赏着生命的原始意味而鄙夷着一切文明的伪饰时，他也以不加掩饰的态度嘲弄了人生所应遵循的某些基本道德规范和文

---

① 关于这种对比，参见夏志刚的批评文章《红色的变异——从〈透明的红萝卜〉、〈红高粱〉到〈红蝗〉》，《上海文论》1988 年第 1 期。

明准则,这种嘲弄显示了他对理性人生褊狭的拒斥。试问中国人活得窝囊、憋气,缺乏光彩,难道仅仅是由于缺乏感性冲动吗?当亿万中国人在“文化大革命”中疯子一样狂呼乱叫着制造动乱、械斗与惨剧时,有谁能说中国人缺少感性冲动呢?恰恰相反,那时我们缺乏的正是真正的人生不应缺少的自觉理性精神!已逝的无情的历史,不仅造成了中国人感性冲动的极度压抑,也造成了中国人理性精神的相当贫乏。因此,今天的中国人要在人生上补课,就既要解放被压抑的感性冲动,又要发展极贫弱的理性精神,感性冲动和理性精神乃是欲自立于世界先进民族之林的中国人的双重生命支柱。文明准则和道德戒律等等,当它们建立在人的自觉理性精神的基础上时,也是构成人生的一个不可缺少的因素,是使人生焕发出光彩的内在驱动力量。仅有感性冲动,我们可能毫无愧色地成为余占鳌们的子孙,却永远也成不了真正的“现代人”或“世界公民”,不过是多为中国的山河增添一批响马头儿土匪种罢了。如此这般,必定仍然逃脱不了亡国灭种的灾难。举一个大洋彼岸的人种为例吧,你看外国电影和小说中的那些北美的红头发红皮肤的印第安人,具有何等原始、彪悍的生命活力,但他们的实际命运如何呢?当黄头发白皮肤的欧洲移民以枪弹开路把铿铿锵锵的铁路铺设到他们的家门口时,除了做仆役或逃往划定的深山老林之外,历史还能给他们别的选择吗?所以,仅仅是感性人生的狂放,挽救不了生存危机,不会给中国人带来真正的幸福与自由。对感性人生的崇拜和迷恋,不仅带来了莫言人生观上的偏执,也对其创作造成了消极的影响。他常常在作品中津津有味地描写尸体、污垢、伤口、脓血、死亡,不厌其烦地穿插撒尿、大便、放屁,甚至在《红蝗》里为像贴着商标的香蕉一样美丽的大便没有成为人们的颂扬对象而大鸣不平,这种感性的泛滥或艺术感知的变异,难道不正是一味地强调感性人生所造成的弊病吗?

以上是我对莫言创作中的文化意识的一种理解。我认为,文艺家不同于政治家和思想家,因而不能以评判政治家和思想家的尺度来衡量艺术家。一个文艺家,只要他以敏锐的心灵捕捉住时代潮流的回声,感受到时代生活的矛盾,并诗意地传达出回声,揭示出矛盾,就足够了。对他们来说,关键在于他的故事、他的人物、他的情绪、他的形式中是否具有诗意。因此,对于文艺批评来说,所关注的主要问题应是文艺作品的艺术性和审美价值,至于作品中表现的观点是正确还是错误,是全面还是偏执,倒在其次,批评家甚至不必为此说三道四。但是,既然莫言在其创作中提出了一个当今文化界共同注目的问题,甚至可以说提出了一个与中华民族的命运与前途相关的问题,那么从批评的角度讲,我们也就有了与莫言进行对话的理由,也可以说问题本身的严肃性赋予了我们就此问题抒发己见的权利。不过,我觉得在中、西、古、今的各种思想文化相撞击大交汇的今天,诸如社会、人生、文化之类问题无不如一团乱麻结成的疙瘩,要想对这类问题理出个头绪,找出个答案,谈何容易!况且,由于历史发展有它自己以偶然性堆积为条件的客观逻辑,而我们自己不论是以自信还是以困惑的语气来谈论社会、人生、文化这类问题,所谈的又不过是基于自己的智力水平和生存情境所表达的一种理解、期待和向往而已,这决定了任何人都不敢夸口说中国人的命运和中国文化的前途已经预先装在他的脑袋中。所以,我在对莫言的文化选择所作的分析中表露出的看法,也不过是一己私见而已。我期待着批评。

(原载《文学评论家》1989年第1期)

有意味的荒诞

——评电视文学剧本《白色山岗》

一个娶不上媳妇的放羊光棍汉亲手掐死了爱上他并刚跟他做过爱的漂亮寡妇，而这幕悲剧的导演却是寡妇已命归黄泉的死鬼男人，这故事着实够荒诞，荒诞得犹如天方夜谭。然而，掩卷深思，又觉得这荒诞意味丛生，其中晃动着历史的影子，潜隐着某种力图冲破故事外壳的意念。

似乎可以将《白色山岗》看成一个政治性的讽喻。你看，行将就木的村支部书记兼民兵连长田木根在临终之际口授遗嘱，不仅将村中要职一一委任妥当，而且连续弦妻子的“后事”也分别作了私密安排。然后，剧情便按照死者的设计一幕幕排演下来，活着的人只是诚惶诚恐地按死人的交代办。凡是熟悉中国几千年来封建政治历史的人，恐怕都不难体味出上述故事的讽喻意味。

然而，如果对本文的破译到此为止，则未免无视了作者的良苦用心。从剧中，我们看到，田木根虽已归天，其阴魂却仍徘徊不散：村街房舍破败如旧，毫无生机的村庄犹如一座死寂的孤岛；田木根生前的威严连同乌鸦不时响彻天空的不祥鸣叫，像一个巨大的阴影笼罩着全村，挤压着每个人的心灵；受命监视寡妇的田三月虔诚地相信坟内的死者会听见他的话，几片飘舞的纸钱，几声鸟的鸣叫都会使他恐惧地回想起田木根惨白的、可怖的脸，于是便只有尽忠尽职地如实汇报，只有机器人一样按指令行事的残酷凶杀，只有肃穆地向着天空的乌鸦敬标准的军礼。唯有寡妇李青草像《大雷雨》中的卡捷琳娜一样是这“黑暗王国里的一线光明”，唯有她在看透田木根的真面目后，敢于将他坟头的祭品从白面馍馍换成窝窝，敢于无视他的“遗嘱”而从自己的自然人性出发去追求自己之所爱。但卡捷琳娜是在不堪忍受婆婆的虐待和失去爱情的痛苦的境况下投河自尽的，她自觉地选择了死来向“黑暗王国”抗争，而李青草则最终死于丈夫的“遗嘱”，在自以为“光明”已经到来因而连抗争方式都来不及选择的情况下被谋杀。因此，作者编撰《白色山岗》这个死人抓住活人、死人左右着活人命运的故事，让死者与生者之间展开一场无声的厮杀，绝不是为了卖弄机智，其寓意也不止于政治讽喻。实际上，这个死者与生者之间的故事，是一个味深长的象征，它象征着过去对现在、传统对新生的纠缠、拒斥与压迫。李青草的悲剧向人们展露出一个并不过于玄妙却足以令人心惊的道理：在沉重的历史积淀中生活的人们想自由地迈出新的一步是何等艰难，需要付出何等惨痛的代价！

有惹人掉泪逗人发笑的艺术，有让人品味令人揣摩的艺术，前者让人得到情感的发泄，后者使人得到思想的启迪。从总体上看，《白色山岗》无疑属于后者。

（原载《影视文学》1989 年第 2 期）

谁家新燕啄春泥

——《时代文学》创刊号印象

在缪斯女神彷徨迷惘、出版发行步履维艰之际，能否创办出一份高扬文学精神大旗的严肃刊物，多多少少是有些令人疑虑的。然而当《时代文学》创刊号带着她特有的风采和芬芳飘然步入我的审美视域，弥漫心头的除印证了期待的审美感受外，先前的忧虑却荡然无存了。应该说，创刊号创出了一个漂亮的开端。漂亮就漂亮在她出手不凡，一出手就为海内外文学朋友献上了一席“盛宴”。

这席“盛宴”花色多样且风味各异。其中，八个中短篇小说无疑是编辑们精心安排的八道“主菜”。翻开目录，刘恒、洪峰、周大新、左建明、苗长水、杨争光、叶兆言、格非，一溜烟排下来的全都是时下文坛上叫得响的名字，令人不能不刮目相看。当然，更重要的是不仅招牌硬而且货色新。八位作者都拿出了体现自己艺术追求的得力之作，篇篇有值得品味的美滋殊味，有引人入胜的山光水色。

按时下文坛的格局，叶兆言和格非属最为新潮的作家。叶兆言的《绿色咖啡馆》用清清楚楚的语词符号清清楚楚地讲述了一段李谟君的艳遇或奇遇，然而读起来你却感到什么都不清楚。非但不清楚，而且实实在在真真切切地有些模模糊糊神神秘秘。故事很短，但留给读者猜想的时间却很长很长。愿意较真的读者，不妨去试一试自己的智力。格非的《黎明之轨》也是一篇令人颇费猜想的短篇佳构。不同的是，《绿色咖啡馆》的令人猜谜源于李谟感觉的实幻难辨，而《黎明之轨》的令人猜谜则是由于故事情节和人物关系的扑朔迷离。聪明的读者能不能像古希腊传说中阿提刻的王子忒修斯一样，把小说的提示当作“阿里阿德涅公主”抛给的线球，顺利地从“格非迷宫”中逃出来呢？这也是一场考验智力的有趣游戏。

给人以猜谜的乐趣，或许即是上述两个短篇的主要美学效应。对于六部中篇小说，读者恐怕就需要转换一下审美视角，调整一下鉴赏标准了。作为早期先锋派的干将，洪峰在《星期二的故事和过去进行时》里依然如故，用现身说法的叙事方式和多少有点唠唠叨叨的会话语言,讲着爱与死的故事,追索着生命存在的意义。不同的只是,这一篇似乎写爱,写男女之间的不同结合多于写死。“洪峰”(叙事人)的几位哥儿们都因了一段故事在小说里露了露相,爱瞧热闹的读者大概不会过于失望。周大新的《旧道》则一如其《紫雾》,仍在导演一幕冤冤相报的悲剧,尽管变换了场景和人物。这种构思上的重复意味着什么?意味着一种民族痼疾的难以祛除吗?读者自会明断。杨争光的《霖雨》用一种阴暗的灰调子描绘出一团丑陋得有些令人恶心的原生态人生事件。在作者笔下,人生的丑陋是与极度的愚昧共存的。从中我们不难感悟到中华民族古老的生存方式在它的承载者身上刻印下的命运轨迹。《海蚀》是左建明在经过一段沉寂之后的新曝光。细心的读者不难体察出作者的艺术思维触角正向着一个新的境界伸展。在八道主菜上,很难断言刘恒的《两块心》和苗长水的《非凡的大姨》是最好的两道,但确实是笔者本人最喜欢的两道菜。《两块心》截取了两位老同学在人生途程中一段多少带点偶然性的纠葛。他们的际遇就像镜子一样反射出现代人生难以超脱的两大诱惑:性的诱惑和权的诱惑。作者将芸芸众生的两大欲望以略带含蓄的叙事方式揭露和展示出来,显出了深邃,也显出了笔力。《非凡的大姨》则以另一种笔墨,塑造了另一种人生境界。李大姨珍藏心底的那段孕育于残酷岁月的感人至深的经历,足以叫太多的人比照出自己确确实实是白白地活了一辈子,毫无收获地到世界上瞎转了一遭。

八道“主菜”各有各的独特风味,几道“配菜”也有值得称道处。创刊号的诗作虽缺少新潮派诗人或第五代诗人感觉的喧嚣,却不乏诗情的优美。至于本期的评论,拜读过鲍昌同志《对山东省文学的几点期望》以后,山东作家也当会默默地鼓足攀登艺术高峰的勇气,以新的冲刺新的奉献回答这位山东老乡的殷殷期待,告慰逝者九泉之下的精魂。

创刊号在雅俗结合上也迈出了可喜的一步。师东兵和佑村的纪实文学《决定中国命运的二十八天》实录了“红太阳”陨落后中国最高领导层的政治决战内幕,读来惊心动魄,热衷于政治的人们必会从中多有领悟。

“几处早莺争暖树,谁家新燕啄春泥。”但愿《时代文学》就像一只衔着春泥而来的新燕,为有些寥落的文苑带来几多盎然的春意。

(原载《作家报》1989 年 4 月 7 日)

浪花自有浪花的魅力

——评孙春亭电视剧作选《野蔷薇》

在生活的海洋里，不难见到奔腾咆哮的阵阵惊涛，但更常见的则是如雪飘舞的朵朵浪花。小小的浪花，虽无惊涛骇浪的气势与威严，却有诱人的情韵和魅力。电视剧作家孙春亭新近结集出版的电视文学剧作选《野蔷薇》，让人深深地感受到了这一点。

孙春亭的创作不以帝王将相的丰功伟绩、英雄侠士的传奇故事和才子佳人的情场纠葛之类更容易制造“轰动效应”的题材来博得观众青睐，而是作出了与此不同的艺术追求。《野蔷薇》写到了战争，但没有立马横刀的威武将军；写到了改革，却没有大刀阔斧的改革闯将；写到了爱情，也没有卿卿我我、郎才女貌。吸引作者注意力的全是无惊天动地之举的普普通通的小人物。通过对这些平凡人物的生活和命运的展示，作品为我们呈现出一幅幅既色彩斑斓又真实亲切的生活画面。十四部剧作，不仅以真人真事为素材的《王德理》和《姊妹魂》散发着浓郁的生活气息，其他各部作品包括写人狐之恋的《青凤》，也无不飘溢出撩人心扉的人间烟火味。作者乐于为普通人的生活写照，也极善于从普通人身上捕捉发自真情的心灵闪光。如《青凤》中耿生与青凤爱情的执着，《他从香港来》中海龙湾人大家庭般的温暖，《友情》里修鞋姑娘自愿助人的美德，《那雾，渐渐散去》里周小牛弥留之际勇于道出“滚雷”真相的诚实，《野蔷薇》中市长之子张涛抛弃世俗偏见的爱情选择等，都显示出人间自有真情在，使人感受到生活的美好与可爱。

与平凡生活的贴近，与普通人心灵的贴近使《野蔷薇》中的大多数作品具有天然去雕饰的品格，从而诱使读者的艺术感知于不知不觉中融入作品所构筑的审美天地，非常切近地感受到剧中人物的欢乐与忧愁、幸福与悲哀。如《野蔷薇》一剧，当待业青年肖燕和雷丽丽等批下营业执照办起“青春风光照相服务部”时，我们会情不自禁地与他们一块儿兴奋不已；而当他们的化妆照相无端地受到歧视与禁止时，我们又会感同身受地与他们一道儿激愤难平。这些在失意与苦恼中奋进着的青年人，以他们的追求之火燃烧起青春的热情,也燃烧起读者的审美激情。

当然,我们脚踏的这片黄土地还不是自由与幸福的乐土,这里有排解不开的现实矛盾和斗争,也有各不相同的人生挫折与苦恼。如果说孙春亭1986年以前的作品大多执着于描绘生活的美好与可爱,明显地带有轻松、愉快的牧歌风味的话,那么他近两年的创作触角则较深地卷入到现实生活的激流与漩涡之中,对人生的感悟具有了深沉、凝重的悲剧色调和现代意味。《春雪》《天车》和《古窑》,可以看作这一转变的标志。在这几部作品中,作者着力于展涌澎湃的改革大潮对当代中国普通人心灵的撞击,以及由这撞击激起的希望与失意、振奋与失落、欢乐与痛苦,并由普通人心灵的激变折射出近几年来像幽灵一样徘徊在中国大地上的种种时代矛盾。《天车》通过泰山挑夫高大峰对修建空中索道的抵触,象征性地揭示出科技进步与古老的生产方式、现代化的迫切要求与凝固化了的生存心态的矛盾。《古窑》借李强承包古窑厂前后的婚姻选择和所作所为,表现了时代进步与道德传统、生活目标与选择手段和情与理等的矛盾冲突。《春雪》则进一步扩展了《古窑》中已涉及的婚姻与爱情的矛盾,反映了存在于不少人生活中的失去爱情的婚姻与婚姻之外的爱情这样一种现实。这种婚姻与爱情不能兼得的无情冲突,曾给多少男女造成了精神上的困扰与创伤。这些矛盾冲突的展露,拓展了作品的生活涵盖面。

在《天车》《古窑》和《春雪》中作者能够从一种或多种矛盾冲突的对立方面着眼,对剧中人物进行多视角、全方位的审美透视。对人物,作者力求从不同角度给予设身处地的理解,而不是进行简单化的艺术褒贬。如《春雪》中,作者对春雪丈夫与骑摩托车姑娘的婚外恋,借春雪的思索和选择给予了理解。而《天车》里的高大峰,作者对他顽固抵制修建空中索道并因此差点失去恋人,也深怀理解和同情。对《古窑》中的李强也是如此。李强为达到承包古窑的目的,背叛了所爱之人,在婚姻上违心地选择了主管工业书记的残疾女儿惠贞。从道德上讲,他的这种行为,无疑该受谴责,但李强敢于出头承包窑厂,只是迫于现实考虑才采取了不光彩的手段。他还在生产和销售中做了一些不光明正大的事。从促成他这样做的现实生活背景看,他身上确实又有某些值得肯定和需要理解的东西。正因为这样,曾将爱情和贞操一同献给他的荆花,不是一味地恨他。最后,在惠贞提出离婚、窑厂被人砸毁的窘况下,呼吸过城市空气的蓉蓉毅然决然地来到了失败的李强身边,决心和他“一道走下去”。这一结尾虽然有点突然,但作者的用意恐怕正在于表明李强并非“失道寡助”。由于作家能够对剧中人物作多角度透视,写出了人物相互关系的复杂性和人物性格内涵的多解性,因此作品便使我们从剧中人物身上体验到许多难以用单一的审美尺度加以判断的人生蕴涵和审美意味，进而使我们从这些平凡人生所扬起的生活浪花中倾听到改革时代新潮与旧潮撞击时发出的轰鸣之声。就对当代生活的开掘深度而言，这几部作品表明作者在艺术十八盘的攀登中又跃上了一个新台阶。

《野蔷薇》之所以能给人留下深刻印象，除了作者善于从平凡的生活中展现美好心灵的闪光，能够从古老传统与现代新潮的汇流与撞击中捕捉富有时代特色的生活浪花之外，还在于作者在电视剧的艺术表现性方面作出了富有特色的探索。电视剧艺术是一种需要导演、演员、摄像等有关人员在戏剧脚本基础上进行再创造的合作型艺术。因此，一般的电视剧脚本往往满足于交代剧情背景，叙述故事情节，写明人物举止和话语，令人不可卒读。而孙春亭却不满足于此，他的作品都是将一般电视剧编剧所作的上述工作连同景物与画面的设置、气氛与情调的渲染一块儿构成一个有机的艺术整体，呈现在读者的面前。尤为突出的是，作者有意识地将其他艺术品种的表现特性融会到电视剧创作中，使其大多数作品除了具有电视剧艺术的直观影像性之外，还具有诗的韵律和意境、散文的哲理和洒脱以及绘画的色彩感和音乐的流畅感。比如以《生活的浪花》为总标题的五个短剧，每一部都像一篇剪裁精妙、富有哲理的散文，又如一首节奏鲜明、情景交融的诗篇，同时好似着色鲜明的绘画和韵律悠扬的乐曲。这些特点大大增强了作品的可品味性，给人以余味悠长的审美享受。

任何作品，作为一种过去时态的创作成果，恐怕都有其可以挑剔的美中不足之处。同样，我们肯定《野蔷薇》在选择素材、塑造人物以及表现形式上具有比较鲜明的风格特征，但并不意味着其中的作品均已完美无瑕。从总体上看，选集中的大部分作品在题材上分量还不够重，因此在反映生活的深度与广度上便不可避免地受到一定程度的局限，致使作品难以在读者心中掀起较大的波澜。近两年的创作虽有较大的改观，然而作者在展示生活矛盾时又往往轻易地送给卷入矛盾漩涡的主人公一个圆满的结局。《天车》中的高大峰最后终于悔悟，《古窑》里的李强在内忧外困之际意外地赢得了新的知音，《春雪》里的贤惠妻子春雪为使丈夫的爱情之花结出幸福之果心平气和地决定离婚让“贤”，这些大团圆式的结局冲淡了作品本应加以强化的悲剧意味，削弱了现实矛盾与冲突的力量，不能不使人感到些微的遗憾。当代西方美学家马尔库塞说过：“幸福的结局是艺术的对立物。”对此，不知作者是否也有所意识？

（原载《山东视听》1989 年第 4 期、《作家报》1989 年 3 月 22 日，另经删节后以《从生活的浪花中捕捉诗情》为题发表于《大众日报》1989 年2 月11 日）

寻觅人生的支点

——评戴恩嵩长篇新作《舞星情泪》

说实话,当朋友介绍我们读一读《舞星情泪》时,我们曾因小说题目的通俗文学相而显得有点漫不经心。然而我们一页页地读下去,阅读心理却渐渐地起了变化,非但没从书中得到看一般通俗小说所获得的那种刺激性快感,反而是一点点地伤感起来,进而不由地唏嘘感慨起米。读到终了,则不能不彻底修正最初的印象了。《舞星情泪》实为一部用心良苦之作,小说通过对芭蕾舞星金玉玲一段独特生活经历的描写,显示了一个令人在沉重中进入思索、在思索中愈加沉重的严肃题旨,即寻觅人生的支点这样一个大问题。

人人都神往于幸福,幸福是人生的目标和归宿。而走向这目标、这归宿,则需要一个坚固的支点,这支点是落脚点也是起跑线。正犹如高楼大厦不能矗立在虚空中,海市蜃楼的显现也需要有大海和沙漠一样。就现代社会而言,人生的支点归根结底只有两个:一曰爱情(包括婚姻),二曰事业(包括信仰)。《舞星情泪》就是紧紧抓住这两个支点,切入全书中人物的动态生命历程,敷演出一段寻寻觅觅的爱情追求和坎坎坷坷的改革故事。

我们应当承认,激荡人类青春热情的根本动因之一,就是蕴含在人类性灵深处的自然天性——情与欲。这是一块人类的圣地!无论对直观的心灵还是对思辨的头脑来说,世界上最自然最壮观的关系,毕竟是那种令人心旌摇荡难以自持的男女关系。不论男人的一半是女人,还是女人的一半是男人,都不能体现为真正意义上人的界定,真正独立完整的生命个体,应当是"他自己的实现表现为内在的必然性"①。而情与欲的完美契合与内在统一正恰如其分地体现为这种人类自我实现的内在天性。只有在这种情境之下,男女的结合才能在血肉的冲动和人类的再创造中高高飘扬起人类生命意志、生命意识的大旗,我们也才能在清醒的理性之光照耀下给情与欲以适当的现实

---

① [德]马克思:《1844年经济学哲学手稿》,《马克思恩格斯全集》第四十二卷,人民出版社1979年版,第129页。

位置。《舞星情泪》的精湛与深刻之处，就在于作者恰切地把握住了金玉玲情感生活中情与欲的尖锐对立与内在联系，并给予了十分合理的艺术阐释。不能否认，人类爱情的本质就是性爱，情与欲作为性爱内容的基本因素，千百年来一直内化为人类情感生活的两大焦点，而追求其中的和谐与完善便成为人类孜孜以求的目标所在。皮相地看来，金玉玲与邱翰的结合似乎是美满幸福的，因为这种婚姻模式契合了中国人在中和传统文化心理左右下对郎才女貌的审美期求。但是，如果我们仔细分析一下他们婚姻的情感构成，就会沉重地发现，在这种令人艳羡极为合理的婚姻背后蕴藏着一种极为深刻的悲剧，这种悲剧集中体现为婚姻生活的内在支点游移，即婚姻中情与欲的严重倾斜。这种倾斜由于笼罩在极为美满的表象之下而显得尤为残忍。年轻漂亮的芭蕾舞星金玉玲在险遭歌舞团团长的蹂躏后，为了摆脱险恶的环境和实现自己艺术上的追求千里投亲只身来到临海市。初到生地与亲友同事的隔膜造成了她心理深处的情感焦灼与期待，而邱翰的情感生活一直处于真空地带并由于用非所学更渴望异性的抚爱，又加上他们的顶头上司文化局局长李忠儒的客观撮合，两人的结合似乎成为一种无法抗拒的必然。但是应该看到，他们的结合基础仅此而已，情感因素并没有十分突出地跃居于他们性爱生活的首位，并与感性欲望协调发展。因而，当他们真正步入漫长的婚姻生活时，矛盾的产生乃至离异便显得十分自然，只是时间早晚的问题。

男女关系首先是一种自然关系，它构成了人类种的延续，同时它也作为一种社会关系而存在，因为婚姻是构成社会组织的一个最小细胞。但婚姻不仅仅体现为组成一个法定意义上的社会单位——家庭。婚姻也好，家庭也罢，只不过是男女关系的一种最基本的表现形式。两性关系的真正内涵，不在于有没有采取社会性形式，而在于有没有完成双方互相创造的社会内容。这种创造就是建立在情与欲内在统一基础上的男女双方血肉和灵魂的创造，只有在这种创造的洗礼中，男女双方才能各自获得自我的本体性证明。但是，金玉玲与邱翰表面美满的婚姻生活并没有达到这种情感高度，缺乏理解、情感的婚姻不可能走向新的升华，特别是当世俗杂务的种种琐碎烦恼和现实生活的诸多功利争斗开始介入两个人的家庭生活时，抱怨与苛责便成为他们走向离异的导火线。当金玉玲离异后重新走向新生活走向事业时，她也在不可避免地走向情感，特别是当按摩大夫姜玉美信誓旦旦、风流潇洒地闯入她的生活时，她强烈地感受到了自己的存在，体验到了与邱翰相处时无法体验到的一种朦胧神奇的生命激情和力量。于是，她以整个身心选择了姜玉美。单向地就金玉玲来说，这种选择是合情合理的，因为这种选择完整地体现了她情与欲的内在融合。令人遗憾的是，金玉玲的这种真诚选择和情感投入并没有获得相应的回报和圆满的结果。她在果敢的选择中忽视了对象世界的一个基本前提,这就是姜玉美情感选择中的需要原则。他第一次与农村姑娘小兰的纠葛毋庸置疑地体现了他完全来自生理上的欲的焦渴和需要,而对金玉玲的追求,也仅仅出自对女性肉体美的膜拜与占有欲,需要仍然是他追求金玉玲的内在支点。纵然对金玉玲美丽的肉体的追逐与占有,曾经唤醒过他自我的忏悔意绪,但欲的渴望始终是其中的主旋律,所以当金发女郎蓦然出现在他的眼前时,世俗的抉择就显得极为必然。

生命作为个体的存在形式,不仅仅在男女关系即性爱生活中获得表现,也在对事业的追求中获得展露。如果说男女关系集中地实现了个体的情感欲求的话,那么对事业的追求则较多地显示了个体的理性欲求。情感与理性构成了人性结构的两大层面,区别只在于情感欲求更多地偏重于内向的品位,理性欲求更多地偏重于外向的扩张。在小说中,金玉玲对爱情的苦苦寻觅是与她对艺术的执着追求紧密交融在一起的。作为一名曾在全国大奖赛中夺得头奖一举成名的芭蕾舞明星,她不甘心离开舞台,希求重展舞姿,并欲成立歌舞团。尽管情感生活的坎坷和身居高位的领导不开绿灯,使其精神倍受损伤,计划屡遭挫折,但她百折不回,承受着种种非议、打击,坚定地朝着既定的目标走去,终于冒着风雪去乡间找到了资助人,使歌舞团初具规模,为临海市保守、单调的文艺生活引进了一股新的激情,孕育了一个新的希望。她困难重重而希望瞳瞳的艺术追求,从一个侧面反映了在传统与新潮、僵化与开放的对峙中进行文艺体制改革的艰巨性及其不可逆转的发展趋向。作者选择文艺体制改革这样一个局部来展现20世纪80年代席卷神州大地的改革大潮,自然是有其非常积极的现实性意义的。

但是,对我们来说,引人注目的不是书中揭示的改革不可逆转这样一种客观发展趋势,而是这改革潮水所冲刷出来的各种不同人物的心态。前任文化局局长李忠儒保守僵化又不乏虚伪,排斥新潮艺术,处处以正统自居,似乎是革命艺术趣味和事业的捍卫者,实质上他真正关心的只是一个“权”字。他未及离休,已将接班事宜精心安排妥当,免除了自己和家人的后顾之忧。最后也终因綦海敢于冒犯他局长的“龙颜”,气急败坏急火攻心一命归天。他弥留之际留下的最后一句话“不要……不要芭蕾……对青年……不利,邱翰……好……”是书中绝妙的画龙点睛之笔。这是李忠儒对自己的总结,也是其权欲心理的最后曝光。新任局长邱翰虽想有所作为,却又不敢违背老局长的遗训,不愿打破临海市文化工作的旧有格局,畏首畏尾、患得患失,终于在别人的冷箭下跌落“宝座”。其他如演出公司经理綦海的进取精神、血性气质,局办公室主任秦新的卑鄙伎俩、小人心思,王艳的纯洁深情、幼稚软弱,马丽的虚荣受骗、终生饮恨，还有那位市委副书记的凡欲难除、道貌岸然，等等，都给人留下较深的印象。金玉玲就像一个“导游”，导引我们遍览了芸芸众生的世相与心态。

在书中描写刻画的各色人物中，老政工科长是最有性格最有深度最令人难忘的一个。他年逾花甲，又无学历，不在提拔范围之列，但他资格老，收入也大大超过正局级，因此对升迁也就不是很计较了，而是一门心思用在出谋划策、维护各任局长的权力统治上。他老奸巨猾老谋深算胸有城府肚里撑船，深谙为官为政之道。局里的每一个方案、每一个决策、每一项人事安排，无不渗透着他的心血，但他从不出头露面，甘当每位局长的影子。无论谁干局长，他都尽忠尽职全力效命。他既会保己又会保人，既能保人又能整人，决策行事局局有着落又时时留退路，进能攻退能守，步步有算计又处处不露痕迹，上下行得通，左右玩得转，无论政治上刮东风还是刮西风、天晴还是天阴，无论是谁上台谁下台，他永远正确永远没有过错也永远牢牢地坐在局里的前几把交椅上。在外人眼里，他不是主要角色，实质上他才是权力核心，是真正的局长。他不仅仅玩弄权术到了炉火纯青、出神入化的地步，实质上已经到了将玩权术作为一种艺术创造来加以品味和欣赏的境界。他就像一个手段高明的魔术大师，能不断地玩出种种新花样，神秘兮兮地让你不得不叹为观止。他确乎有点神神秘秘，但又确实非常实实在在。他实实在在，倒总让人觉得神神秘秘。这一人物的形象内涵已经远远地超出了他在小说的特定情节设计里所扮演的角色的意义。在中国数千年的封建政治生活中，历来都存在着这样一个特殊的阶层：他们或被视作策士，或被称为军师，或被叫作谋士、幕僚，如此等等。这些人在权力角逐中不占有为首的或显赫的地位，但他们却是推动权力机器正常运转或交相更迭的一股不可缺少的力量。串联于上下，奔走于内外，策划于密室，从来都离不开他们。从刘乾身上，我们分明看到了他们的身影。实质上，他就是一个盘踞在现代社会权力机器中的现代谋士，既是我国传统政治权力结构延伸的产物，又是滋生于现代官僚政治生活中的特有现象。这种人，尽管口头上永远讲着现代的革命的语言，在为现代权力机器的正常运转尽职尽责地耗费着自己的心血，却不是正常的现代政治生活的代表。临海市文化局文化决策工作的不民主与违背民心民意，是不能与他的存在分开的。他的存在，本身就是对临海市文化体制改革的一个严重的障碍。因此，作者在描写为临海市的文化体制改革作不懈努力的金玉玲、綦海等人物形象的同时，精心地塑造刘乾这样一位现代谋士形象，是寓意极深的。

目前的中国小说界正发生着雅与俗的两极大分化：雅的太雅，或哲学意味太浓让人难人承受，或意绪性太强使人难悟所指；而俗的则过俗，或太真太实让人嚼蜡，或低级下流令人作呕。而戴恩嵩同志的《舞星情泪》则力图在雅与俗之间寻找一种更契合于中国绝大多数读者的文学形式，小说既情节生动、悬念迭起，有较强的可读性，又寓意较深，力避浅薄，其良苦用心和刻意努力是可喜可嘉的。但是，在肯定作品所取得的艺术成就的同时，我们也不想否认该作还有种种缺憾。就创作主体而言，我们从作品透露出的浓郁生活气息中可辨析出作者把握当代生活敏锐的艺术悟性，但是作者这种敏感的艺术悟性未能在高层次上与渗透着现代精神的审美理性和人学意识相融合，强功利的艺术社会需求与褊狭的社会生活大潮过快地渗入作者的精神构造中，影响了作者审美理性的确立，致使作者尚未找到一块净土置放与过滤自己的思想。这就导致了整个作品流入瞬间的把握，但当瞬间成为历史时，作者就无法展开久远的历史跨度，从历史的动态过程中来把握现实。此外，作品的结尾为邱翰所设计的人生选择似乎也很不尽如人意。尽管邱翰被推上局长“宝座”是有违初衷，但他毕竟已经上了“官道”；虽然他遭受秦新的诬陷险遭撤职、查办，但毕竟诬陷很快被戳穿他又官复原职。如果他当初为了做官能忍心与娇妻分手的话，就很难设想他会在应当用好权力为自己重新树立形象的时候弃官不做。尤其是他竟回到金玉玲身边，一同去到一个私人资助前途未卜的歌舞团里充当“真正的男子汉”。按他的性格逻辑来说，按一个“真正的男子汉”的血性与自尊来说，这多少是有点不可思议的。这或许是传统的大团圆式故事结构和破镜重圆式的美好愿望在作祟吧？

尽管有诸如上述的缺憾，但我们还是愿意重申，《舞星情泪》提出并加以展示的寻觅人生的支点这样一个严肃题旨，是极有意义、令人深思的。金玉玲是一面镜子，她使我们每个人从中照见了自己。如果说金玉玲的爱情寻觅以情感的失落收场却终于以事业上的成功获得了某种精神补偿的话，那么我们呢？你、我、他，我们每一个现实中的人们有怎样的爱情又有怎样的事业呢？金玉玲肯定算不上一个幸福的人，可我们是幸福的吗？

（本文与胡家福合作，原载《当代小说》1990 年第 6 期）

人生因真情而美丽

——读苗长水中篇新作《南北之梦》

人生如梦，这是多少文人墨客面对幻灭了的人生发出的一句无可奈何的悲叹。然而，正像他已发表的几个中篇一样，苗长水在其中篇新作《南北之梦》里，却从别人认为平淡无味的地方开掘出美丽，在别人感到灰暗无光的地方采撷到明媚温暖的阳光。这篇小说，故事不甚新奇，情节难言复杂，辞藻也绝谈不上华丽，却有着感人至深的艺术魅力。从林凤珠的故事中，我们似乎第一次感悟到，幻灭了的人生之梦，虽然苦涩而悲怆，但由于有了真情，却能够显得美丽而富有诗意。

用真诚的笔调叙说人生的真情，在情感的凝聚和突进中刻画人物，安排结构，组织情节，描绘细节，是《南北之梦》艺术表现上的一个鲜明而突出的特点。从小说的基本格局看，前半部分主要写林凤珠与赵玉生在战争魔影下纯洁动人的爱情。一个是从异国他乡的飘零中回归祖国的南国华侨女儿，一个是由沂蒙山的煎饼养大的北方军旅男儿，偶然的机遇使他们相识并相爱了。深深的爱情使赵玉生这个北方男子汉的生活更加充实，心灵得到升华。他不怨恨出于真心的上级领导对他与林凤珠恋爱的反对、对其婚期的推迟，也不在意王景义因好打小报告而顺理成章地抢去了本该属于他的营教导员的位置。除去履行一个军人报效祖国保卫人民的天职外，占据他心理空间的就是林凤珠这个小姑娘了，其余一切人生的杂念和世俗的荣辱都不在话下。虽然林凤珠精矮瘦黑，仿佛全部的成熟只在一双水灵灵深沉沉的黑眼睛里，但他同情她、怜悯她、喜欢她、爱她。在遇到挫折的时候，他觉得自己有责任以一名男子汉的勇气来保护她，决不使她受到欺负或委曲。他身上有着男子汉的力的刚强，也不乏情人的爱的温柔。同样，深深的爱情也使林凤珠这个身处贫寒的华侨女感受到了人生的幸福和美好，她像一只小鸟寻找到了自己可以安然栖息的枝头，像一只既不能战胜老虎也不能战胜鳄鱼的小矮鹿找到了自己可以整天耳鬓厮磨的忠诚护卫。爱成了她生命的全部。早日结婚，建立起一个属于自己的家，就像小鸟筑一个属于自己的窝，就是她由爱而生的一个最迫切最热烈的渴望。呈现在作者笔下的爱情是那么纯洁、神圣,闪耀着人性最生动最美丽的色彩和光辉。赵玉生与林凤珠乘着渡船过海,踏着月光登上鼓浪屿岛约会那一段描写就像一段优美的舞蹈、一支撩人的夜曲、一首如画的诗歌:

> 月色照耀的沙滩十分明亮,而她则像个动人的黑色小精灵。赵玉生也坐下揽住她的腰,她便又软软地向后弯去,一直将脑袋弯到地上,秀发散入沙滩,从下向上,用大大的黑眼睛凝视着他。他也蹙起眉心,用那一对黑纽扣似的眼睛看着她。然后他抬起一只手,去摸摸她那小乳房,硬邦邦的,只隔了一层很薄的衣服。
>
> 最后他把她抱起来,又背到背上,向月色下的日光岩那儿走去。对他来说,她很轻。她很温柔地趴在他的背上,有甜甜的泪水流下来,湿着他的脊梁。远处又有些强光和巨响,像是炮,也像是施工的海堤。但那钢琴声仍在优美地流淌,流入那四面浩浩的涛声。

这是怎样的一种天人合一、情景交融的审美境界啊！多少情多少爱都在其中了。这种优美得叫人嫉妒的文字怎能不使人观之动容、闻之动心呢?

然而,“人有悲欢离合,月有阴晴圆缺,此事古难全”。林凤珠与赵玉生美丽的爱情并没有结出甜蜜的果实。意外的炮袭夺去了赵玉生的生命,留给林凤珠的只有一个温馨的、甜蜜的爱情的梦,这个梦伴随着她走向苦涩、孤寂的漫漫人生之路。小说的下半部分围绕林凤珠先后两次回沂蒙山,以深深的爱情为贯穿轴线,又写出了浓浓的亲情、绵绵的乡情,从而将林凤珠的情感生活推上了一个更宽广也更深沉的境界。或许是作者对沂蒙山这方土地、对这方土地上的人民怀着巨大而深沉的感动和敬意的缘故吧,我觉得小说的下半部着力刻画的亲情和乡情比上半部的爱情更浓郁、更深沉,也更感人肺腑。林凤珠来到沂蒙山赵玉生的家是在玉生死去一年之后,这个家很快用温暖的亲情融化了这个南国女儿苦寒的心。小说里,凤珠回家后吃上的第一顿煎饼卷萝卜小豆腐饭,飘溢着多少山野人家的融融亲情呵,那暖烘烘的自己家的气氛,别说林凤珠终生难忘,作为看客的读者也不能不感受到一股暖流的冲击。尤其是凤珠坐在大哥的手推车上随大哥一同到临沂城里集市上买瓜干的那段情节,写得何等精彩绝妙！油条锅前大哥的“掏”钱和凤珠的阻挡,买农具时的对话,买完瓜干后大哥又买一只苍山泥哨让她一路吹着赶回家的种种情境,显示出的不正是兄长对小妹妹的关怀与宠爱吗？还有,那芦花荡漾的大苇地以及大苇地里的种种野趣,豁达而不记前仇的冯豁子的歌声,庄里人对凤珠这个赵家媳妇的认同和与日俱增的尊重,这一切从不同侧面共同构织出了一种能够抚慰一个受过创伤的心灵的和谐而温暖的氛围。小说在写凤珠

第一次回家时，两次写到了凤珠的梦，两次都是写凤珠梦见自己与玉生在一起的幸福情景。就个体心理而言，这是由于战争的魔爪夺去了玉生的生命，凤珠的爱情受到无情现实的压抑，因而其爱的幸福与追求只能转移到潜意识的梦境里。而从生活环境的角度看，则未尝不可以说，只有在幸福的环境中才能做出这种幸福的梦。先后梦境的时空背景的转换正说明了这一点。第一个梦是在凤珠刚回家的当天晚上做的，她梦见自己又回到了她跟玉生初次相识的张清河花园，他们一同骑在马上，她轻轻地向后弯了腰，在他的怀中接受着他的爱抚。第二次做梦，则是在凤珠与赵家一家人共同生活劳动了一段时间之后，这时的梦境依然是她与玉生在一起，但地点却转换成她与侄儿们抓鱼的河边上。尽管梦中景象的消失带来的是悲伤、迷惑，但北方乡村的浓郁家庭气息却又使她感到温暖、获得慰藉，使之能够在心中荡漾起一种甜甜的感觉。这就难怪当生活的艰辛逼得亲切随和的大哥不得不启齿劝凤珠回她上过学的南京去寻一条好一点的生路时，凤珠是多么不愿离开这个家了。这只四处漂泊的小鸟终于找到了一个属于自己的窝，一个给她温暖给她荫蔽的窝，她怎么愿再从这个得来不易的窝里飞出去漂泊呢？因此，如果说林凤珠第一次戴着重孝来到沂蒙山，是为了报答玉生的一番真情，向世人表明尽管玉生死了，但她“还是他的媳妇”；那么在香港像机器一样操劳了几十年，成为一个小老太太后第二次重回沂蒙山，就不仅仅是怀着对玉生不渝的爱，还有那时光之流永远冲淡不了的对北方的温情的眷恋。

因此，尽管与作者以往的几部中篇相比，《南北之梦》不再仅仅拘囿于写战争岁月里沂蒙山人的生存与死亡、情爱与仇恨，而是将故事的地理背景由北方的沂蒙山一直延伸到南国的厦门和香港，主人公也由南国的华侨女替代了标准地道的沂蒙山人，并且这种变化确实扩大了作品的审美空间，给予读者新的审美刺激，但故事主角的变化和审美空间的扩大并未转换作者审美追求的基本方向。努力从普通人的生存和命运中发掘人类天性里的真善美，将人与人之间那种忧郁而苦涩、温馨而甜美的真情之歌质朴自然地唱出来，从而为读者奉献出一个天然去雕饰的崭新情感世界，仍是《南北之梦》的主导情致。正是这种主导情致的贯穿，使《南北之梦》显示了罗曼·罗兰所赞赏的客观的写实主义与温暖的心灵的抒情主义的结合。客观的写实主义使作者不回避生活的艰辛和沉重，能够如实地再现人生的真相和原色，而温暖的心灵的抒情主义又使作者能够从生活的表层向下潜沉，开掘出人类情感生活至真至善至美的一面，从而使人在阅读时不知不觉中获得情感的净化、灵魂的升华。

最近几年，文坛上走马灯般地变换了不少艺术旗帜，小说领域也掀起了一波又一波创作新潮，文化小说、风俗小说、新潮小说等各呈异彩，交相更迭。然而，在文化小说对某种传统的或现代的、土产的或舶来的文化观念的图解中，在风俗小说对城市的或乡村的、已经消逝的或遗迹尚存的民风民俗的描摹中，在新潮小说对形式技巧、叙事方式和语言文字的迷恋中，人们虽见识了作者们传播知识的热心、搜罗民俗的用心和玩弄形式的慧心，却也感到其中失落了小说应有的艺术之心。这种艺术之心就是在审美激情涵盖下对人生真情的体验，这就难怪它们在争先恐后地制造出“轰动效应”之后，又悄然无声地失去“轰动效应”了。在标举着各种旗帜的小说创作渐次失去“轰动效应”之际，苗长水的创作愈来愈引起文坛的注目，这正说明文学不是无情物、唯有真情才动人这一并不新潮的美学观念至今并未失去其意义。

相比较而言，《南北之梦》比作者以往的几个中篇在客观叙事上更沉着、更老练，在对人与人之间情感关系的表现上更细腻、更凝重，在对人生的观照上也更多了几分悲剧意味和空幻迷茫意绪。对此，本文不想作细致的比较。这里，想进一步点明的是，苗长水对人类情感的刻画描摹绝不仅仅为了创造某种审美情境，达到某种审美效果。艺术创造是作家生命意识、人生理想的对象化，在苗长水对情感生活的刻画描摹中也蕴含了他对人类生存状态的理性思考和理解，而这种理解在相当大的程度上是理想化了的。人生因真情而美丽，因真情而幸福，这是《南北之梦》向读者显示出来的，也是作者向往、赞美的人生境界。在新近几年的文化讨论和文学评论中，不少论者片面地滥用“历史进步的二律背反”“历史尺度与道德尺度的对立”这类命题，似乎今日中国要走商品经济和工业化之路，就必须以传统道德的陨落和人欲的横流为代价。他们忘记了历史的进步要以既往的资料为营养，人生的动力也需要从对美好情感的回忆和培养中来汲取。苗长水的作品就向人们显示，回眸逝去的历史和人生时光，有多少美丽动人的情感在那里闪耀着璀璨的人性光芒，这种光芒无论在什么时候都不应消失，也不会消失。人生需要真情的滋润，就如同大地需要太阳的照耀。进而言之，人生就像匆匆的过客，像倏忽即逝的流星，一切的一切都会归入寂灭，唯有真情是永不熄灭的火焰，是永不陨落的太阳。在《南北之梦》里，“家”这个字眼和人需要一个家就像小鸟需要一个窝这一比喻一再出现，这绝非偶然的无意识的重复，显然体现了作者有意识的用心。“家”与“窝”就是温暖的象征，而人生的温暖正来自人与人之间发自内心的真情。足球比赛中，存在“没有进球的比赛，就好像没有太阳的夏天”之说，同样，缺少真情润泽的人生，不更如没有太阳照耀的季节吗？或许正是基于对人生的这种理解吧，现实生活表象在苗长水那里并不具有同等分量，而是有选择有遗弃有强化有淡化的。作者在开拓、捕捉人物心灵美好的一面时,常常有意识地遗漏、淡化丑陋的一面。比如赵玉生的老搭档王景义,他是个好打小报告的人,后来就是因为他要去打赵玉生的小报告遭到敌人炮袭,致使想救他的赵玉生献出了生命。但作者却用这样的笔调写他:“指导员王景义也是个好人,但却是个很想升官的好人”;“老王是个好人,就是喜欢汇报,这也难怪”。在这微带揶揄的笔调里,流露着的是对人的理解,是宽容的人道主义温情。这种温情虽在一定程度上弱化了由人性的尖锐冲突构成的艺术张力,但更加强化了人生的美好和作品含蓄蕴藉的艺术风格。

最后,我想说《南北之梦》开掘和描写的人生真情是丰富的又是神圣的。对那些喜欢将性作为两性关系甚至人与人之间关系的基础,作为爱的源泉的新派作家来说,《南北之梦》所写的情和爱肯定够不上有滋有味,与“爱得一塌糊涂”的境界扯不上边。但是,人类的情感生活岂是一个“性”字所能了的!把人类最丰富的情感仅仅归结为爱情,又将爱情仅仅归结为性的快感,这不独将人类的情感狭窄化,也把人生粗俗化了。在近几年的小说创作中,很有一些作家在那儿费劲地从性欲冲动中发掘“人性意识”和“文化意味”,然而许多作品除去对“人性”和“文化”实际上的嘲弄外,剩下来的不过就是“人即动物”这一事实罢了。但在苗长水的笔下,人物的情感却是以多样的姿态多样的色调显现出来的。海涅曾说他的心胸是德国感情的文库,我虽还不能将这种说法套用在苗长水身上,但是敢肯定地说他确是在为建立起一座中国人感情的文库而向情感的丰富性努力地延伸着他的笔触。我们期待着他的成功。

(原载《时代文学》1990 年第 5 期)

苦难的升华

——读《侯贺林短篇小说选》

侯贺林君新近结集出版的短篇小说选，为我们展示了一个“女子世界”，一个“男子世界”，一个“老人世界”，另有一个“大千世界”。而这多侧面多维度的艺术世界又是以同一种材料构筑成的，那就是人生的苦难。选集仿佛一条由艰辛和血泪汇成的苦难大河，将我们的情感连同思想席卷而去，不由得不感受到苦难的重量、苦难的意味和苦难的巨大撞击力。文学就是苦难的升华，这或许便是作者借作品极真诚地宣示出的艺术信念吧！

对我们这个民族，尤其是对中国农民来说，苦难构成了他们个体的生命史，也填充了群体的生存史。在某种意义上可以说，描述历史必须写到农民的苦难，描述了农民的苦难也就写出了历史。侯贺林深刻地感悟到农民、苦难、历史三者之间的这种近乎宿命性的关联。于是，作为一位脱胎于农民的作家，他咀嚼着由生活赋予他的对苦难与艰辛的滋味，自然而然地把笔触伸向了苦难的农民和农民的苦难，从而也就自然而然地深入了浸染与弥漫着人生血泪和沉重叹息的农民生存史。他的文学之魂始终盘桓于鲁南那片“圣人”曾经到过的风情独特的乡土地，在这片乡土地所搭起的一方舞台上，作家那些劳作于斯生息于斯的祖祖辈辈糊糊涂涂地演出着一幕又一幕的人生悲剧。蚂蚁觅食般忙碌，老牛负轭般沉重，贫困、愚昧、死亡、沉滞、自然灾害、兵荒战乱、由穷折腾穷过渡人为造成的荒年凶岁……复合成了书中主人公们基本的生存环境、生活节奏和生命色调。正如《紧日子》里的“我”那苦楚至极的人生感叹“人活着咋这么累呀”所点明的，活得累、活得苦，这就是作者为他的农民乡亲们写照出的生存本相。

侯贺林并未仅仅停留在照相生活的苦难上。他把苦难当作观照人生、洞察历史的一扇窗口，斑斑驳驳的人生、形形色色的人性便在这扇窗口上闪曝出不同的光色。他让我们看到，苦难为各种生命冲动和生存意志开辟了一个驰骋奔突的古战场，美丽与丑恶、善良与邪恶、文明与野蛮、开化与封闭、清新与污浊、新生与腐朽、常态与变态在这里对峙着、冲突着，日复一日地展开着有声与无声、有情与无情的厮杀。人性就在这厮杀中渐渐苏醒，历史就在这厮杀中缓缓前行。赌棍的老婆上吊死了，她以死雪了丈夫与人赌看自己光腚的大辱，维护了自己人格的尊严(《赌徒》)；在饥荒岁月里像筋巴巴豆芽一般还是孩子的“济公”终于石破天惊地闯关东去了，他不再愿意忍受嫂嫂的虐待，不愿再过偷百家拿千家这样老鼠一般不明不白的日子，而要去人样地“活活个挺顺的，死死个明白的”(《紧日子》)！其他如《苦女》中的哑巴女子，《高山顶，女人家》里的年轻寡妇，《心祭》中的女初中毕业生，《闺女大了》中的老生闺女，《拉魂腔另传》中的魂痒痒，《桥》里的刘张氏等等，或以离家出走，或以自杀身亡，或以紧要关头的不俗举动，表现了对苦难与邪恶的抗争、对幸福与美好的追求。正是他们的抗争与追求，使静如死水的生活泛起了点点微澜，使沉寂无声的岁月炸响了声声惊雷。也正是在对这种抗争与追求的叙说中，侯贺林表露了他对农民生活诚挚的理解、温情的批判，表达了他对美好人生执着的渴望、深情的呼唤。所以，他的作品虽然写了苦难的悲哀，悲哀中却寄寓着幸福的憧憬；虽然写了苦难的沉重，沉重里却峥嵘着血性的坚强；虽然写了苦难的阴暗，阴暗中却透露着些微的亮光。史达尔夫人说过，好的悲剧应该先把心撕碎，然后再使它更坚强。侯贺林的小说正具有这样的艺术效果。

侯贺林的小说引人注目之处还在于他将一种自觉的反思精神融进了对农民苦难历程的叙述中。他的作品将深沉的历史感悟与清醒的现代意识有机地嵌入人物性格与习俗风情的刻画与描摹之中，既入乎其内，又出乎其外，从不同侧面深刻地揭示了造成中国农民苦难命运的种种根源。那些出于各种各样原因以各种各样方式死去的女人、男人、老人、孩子固然悲极惨极，令人触目惊心、魂魄战栗；而那些苟延残喘于艰难时世之中的男男女女老老少少，也使人感喟万千、难展舒眉；即使那些已经跨进了新生活门槛、已解决了肚里温饱身上衣寒的人们，依然抹不掉躲不过苦难的往日投下的长长阴影，让人心有余悸、不寒而栗……如此这般的描述，作者的用意不仅仅在于对读者的情感造成巨大的冲击和震撼，而且意在撞击和启开人们理智思考的闸门。为什么中国农民活得特别苦特别累呢？这是作者在思考也是作者期望读者去思考的问题。作者以其别具用心的场面描写、情节组织、结构安排、人物塑造形象地揭示出，这与物质上的极端匮乏有关，也与精神上的极度愚昧有关，更与强大的封建传统尤其是礼教规范的无情压抑有关。选集中的许多篇章，如《鸭五爷》《紧日子》之于贫困，《赌注》《心祭》之于愚昧，《十三双绣花鞋》《高山顶，女人家》之于传统的重压，都蕴含着一种使人心惊、使人落泪、使人深思再三的深刻与力度，显示出含蓄蕴藉、凝重深沉的审美品格。

侯贺林不仅有一颗敏于观察、感受和透视苦难人生的心灵，而且善于调度不同寻常的艺术手段将自己的观察、感受与透视简捷、饱满地传达出来。他的小说构思精巧奇妙，文字简约凝重，故事多带出人意料的传奇色彩，颇有中国古典笔记小说的遗风和韵味。

（原载《作家报》1991 年 8 月 7 日）

诗意的深沉

——张宏森电视剧作风格略论

文艺创作中往往有这种情形：有的作家在第一部或头几部作品中便显示出自己风采独具的创作个性，就像演奏家一开场就找到了自己的感觉，演员一上舞台就进入了自己的角色。张宏森就是这样一位作家。作为电视剧创作队伍中的后起之秀，张宏森的剧作从一开始就明显地刻印出风格化追求的履痕。从《无雪的冬天》到《大交叉》《梁子》《苦夏》到最近的新作《车站》，他的各部剧作无不蕴蓄着一种深沉，一种富有诗意的深沉。这深沉使其剧作充盈着格调不俗的美学意味，辐射出扣人心弦的艺术冲力。

仅就题材而论，张宏森的电视剧作是富有现实感、时代感的。他作品中活动着的人物、展现着的事件，都是从20世纪80年代的改革生活中采撷而来的。可以说，没有20世纪80年代西方现代文化思潮的东渐，就不会有《无雪的冬天》里那一群青年大学生的心灵骚动；没有铁路现代化的现实发展，就没有《大交叉》中围绕古老破旧的169号蒸汽机车而发生于秋天的那一段令人伤感的故事；没有对外贸易的大发展和工厂内部机制的改革，也就不会有《苦夏》里那些在超高温超负荷下运转的丝绸织机和抛洒血汗的纺织工人。与现实生活的贴近，使得读者和观众能够轻易进入作品的时空环境和生活氛围，并与剧作人物发生心灵上的共鸣。然而，尽管有此特点，张宏森的剧作却又与那些满怀着政治激情去颂扬改革生活、塑造改革英雄，或是揭示改革生活中的矛盾和斗争的主旋律片大不相同。张宏森的艺术追求在于展现改革生活大潮中各种普通人的生存状态，在于透视沉潜于普通人的生存状态中的心灵激荡和嬗变。他的审美视角聚焦于此，其剧作的深沉和凝重也由此而生。

20世纪80年代的中国，是一个新旧经济体制、生活方式、价值准则及人生理想大冲突大融合大交叉的时代。在这样一个变化着的时代里，守旧与创新、传统与现代、沉寂与骚动、单调与变化、倒退与前进、回忆与向往等等的碰撞与交替，必然搅起人们多种多样的生存意志和情感冲动，从而使人生显示出各不相同的风貌与色调。这里当然会有追求、有奋斗、有成功、有快乐，却也自然会有迷茫、有消沉、有失败、有痛苦。张宏森的剧作似乎更多地将笔墨倾注于后一方面。读他的作品,会感到其中的人物个个都活得很累,全没有流行作品中那满世界的浪漫和潇洒的情调。这种累主要不是体质上的疲劳,而是精神上的疲惫。比如在《无雪的冬天》里,那群大学生,按年龄来说,正该是风华正茂、焕发出生命活力和理想憧憬的青春好岁月,然而剧中人物的心灵却普遍遮掩在阴郁、沉闷的影子里。他们渴望读懂世界和人生这本大书,渴望活得潇洒、活得本真,但他们在这本大书里获得的却只是迷茫、困惑,是剪不断理还乱的惆怅,是驱遣不掉、摆脱不开的压抑和苦闷。

本该是少年不识愁滋味的青年学生尚且如此,其他人当然就更不会活得轻松自在了。在《大交叉》里,司炉汉子想进大学继续深造但没有钱也得不到领导的批准,杨立秋渴望被人爱却得不到理解并终失所爱;在《苦夏》中,陆小亚将全部心血奉献给祖国的纺织事业,虽赢得了荣誉和“虚名”,却失去了丈夫的理解和家庭生活的欢愉;在《车站》里,小火车站上的职工们终日在“一、二、三、四、五、六、七”的报数声中开始他们单调乏味的工作,黑子在沉重的世俗道德压力下总不敢将对豆花的同情转化为无所顾忌的爱情,刘铁终究没能在外边的花花世界里闯出个李闯王来,最后在抢救铁路塌方时撇下他刚能吹出个“1、2、3”的口琴,献出了仅有19岁的生命,躺在了他曾经拜别过的父亲的坟冢旁;在《梁子》中,小警察梁子整日在外紧张、劳累,没一丝多余空隙地奔跑,却在事业和爱情上屡遭挫折,连求一间小屋结婚都不可得,最后当云霞终于觅得一间14平方米的小屋时,他却没来得及看上一眼就倒在了凶犯的刀口下。这种人生的苦涩、艰辛、不圆满和遗恨,使得张宏森的剧作没有一部给人一种轻飘飘的感受,而是给人沉甸甸的撞击。他的作品仿佛有千钧重量,将我们的情思坠落到生活的深处,让我们通过被太多的大众文艺弄得甜腻、圆润、霓彩斑驳的生活表层,而窥视到人生状态的另一面。

从致力于表现实际生活和生命体验的苦涩与悲凉一面看,张宏森的电视剧作与目前文坛上颇受青睐的生态写实主义小说有相似之处。但与生态写实小说不同的是,张宏森并不沉溺于对生活中的苦涩、悲凉甚至单调、沉寂、琐细的把玩,并不企图以此表明人生的荒诞和无意义性;相反,他正是要从这种带有悲剧色调甚至不无荒诞意味的生活中展示并揭示出生活的本真面目和人生的意义。他以严肃的执着的态度对待人生,并不放弃对真、善、美的追求。因此,他的作品不是自然主义地描摹和再现散文式的日常生活现象与故事,而是以一颗敏感且善于思考的心灵去感应生活、洞察生活,力求从生活的不同色调、不同层面中发现和捕捉人生的亮点。在他的人物画廊中,大多是背负着各不相同的生活压力而默默地为革命、为祖国的建设事业贡献着自己全部光和热的平凡人物。日常的繁重生活带给了他们无尽的烦恼、磨难和痛苦，却也成就了他们的执着追求与刚强。尽管史书上可能连一笔也不会为他们留下，但他们却真正是民族的脊梁，历史的航船就驮在他们挺直的或弯曲的脊背上前行，他们身上闪现出的各种美好品质化作流动的诗意，使作品所展现的生活激扬起悠远韵味，焕发出美丽的光彩。因而，张宏森的剧作虽表现了人生的沉重，但并不使人颓唐，而是使人从这种沉重中感悟到生活的真谛和人生的价值，从而获得奋力前行的精神动力。黑格尔曾经说过："生命是向否定以及否定的痛苦前进的。"张宏森的剧作似乎也正是在向人们昭示这样一个深刻的人生哲理。

张宏森剧作风格的形成不仅仅得力于他对生活的独特审视角度和对人生真谛的哲理性思考，也得力于他在艺术表现上的精心经营和有成效的探索。他的剧作不靠大起大落大开大阖的情节取胜，往往没有贯穿首尾的中心事件，而是十分注重情绪的渲染，尤其注重某种具有象征意味的生活氛围和审美意象的创造。那个"无雪的冬天"和大学生们对雪的期盼(《无雪的冬天》)，那台落后、老旧、疲惫的169号蒸汽机的运行和退役(《大交叉》)，那沉闷的燠热的夏天(《苦夏》)，那夹在山与山的缝隙间的孤零零的小火车站以及小站上那经常响起的报数声(《车站》)，那全部倒下去的一长排自行车(《梁子》)，都有着浓重的寓意和象征意味，它们往往不仅成为剧情展开和发展的现实根据，而且成为不同心态得以展现、得以交流甚至得以相互冲突的中心枢纽。同时，张宏森的剧作不追求表现一个有头有尾的故事，而致力于心态的表露和剖析，因而他的作品大多是从不同侧面、不同层次、不同关系上构建矛盾冲突，以便借助多种多样的纠缠碰撞表现人生、人性和人格的不同方面。特别令人瞩目的是，他不仅善于围绕题旨安排各种外部摩擦和冲突，而且善于在人物心灵中展开内部冲突，使人物在内心冲突或灵魂的搏斗中走向成熟和人格的确立，在颜山水、杨立秋、梁子、黑子等人身上，我们都能强烈地感受到这种内心冲突所迸发出的生命强力的震颤。

此外，张宏森的剧作在人物设置上也颇显用心。在《大交叉》《梁子》和《车站》中，我们看到了三个老头的形象：司机老李头、打流队老队长和老站长。他们文化水平不高，脾气都很暴烈，甚至喜欢骂人，都有着来自家庭的负担或自身身体上的痛苦，然而又都是由坚强的信念铸成的革命螺丝钉，对工作、对事业有一种雷打不动的痴情和执着，并且对属下、对徒弟怀有慈父般的疼爱心肠。在一定意义上可以说，他们是传统人生规范和生活秩序的代表。他们身上既有某些因袭传统的保守倾向，又闪烁着许多中华民族优秀传统美德的光辉。与老头们相对立的是青年一代，他们有较高的文化素养，有更敏于感受时代的心灵,有更大的抱负和志向,因而他们的心态中便更多了一份骚动或不宁静。对青年一代,作者也是用对照、对比方法加以展示。梁子、杨立秋、陆小亚属于一类,他们在磨炼、痛苦和奉献中锻造出一副英雄的骨架;丽丽、强子、阿敏属于一类,他们从人生的失误和坎坷中走向自尊、自强和自立。《无雪的冬天》里的大学生、《大交叉》里的洁、《车站》里的陈美菱似乎又属于另一类,他们的文化水准比前两类青年更高,他们更多的是带着知识分子特有的敏感、清高、优越感和自命深刻而走向人生的自我选择、自我设计和自我完善。在正面的形象之外,作者还在某些作品中连带地表现了某些灵魂受到扭曲甚至近乎变态的形象。如此这般的人物设置,不仅凸显了生活的多维性立体性,而且展露并透视出人生心态的多样性复杂性,从而使作品的整体审美意蕴更显出一种深刻、一份厚重。

(原载《影视文学》1991 年第 6 期)

生命本真态的激情叙说

由于艺术结构的复杂性、生活蕴含的丰富性，再加上小说题目自然标示出来的强烈诱惑性，《九月寓言》无疑为批评家们提供了一个能够借以进行多种意义具体化的审美文本。在这一文本所构筑起的世界里作灵魂的“探险”，批评家们必定会有各不相同的收获。在我看来，从与时下小说创作的总体态势及张炜自己以往创作的比较中，当会更能显示出这部小说魅力不凡的创造性品格，以及它因此所具有的某种突破性意义。

激情的丧失是我们时代生活的特点。世俗化生活潮流日益侵蚀着我们的精神家园，使我们对世界、对人生、对过去、对未来、对经验与记忆中的一切无不投之以灰色的冷漠，似乎除了圆溜溜的鹅卵石一样的物欲和功利的理智计较之外，任何感情上的微风斜雨、波纹皱褶都成了无意义的人生奢侈和浪费。在相当不短的一个时期里，我们的文学也患上了同样的病症。其中充斥了太多的主义和思想、太多的实验和时髦，唯独太少对生活和人生的情感化观照与理解。于是，我们不能不陷于双重的失望之中，无论是面对生活还是面对文学，我们常常会生出些无头无绪的迷惘、失落与无聊的感觉。而在我们的内心深处，却焦灼着一种渴望，一种对情感化人生经验的渴望。我们多么期待着哪怕是仅仅在文学中找回在生活中失掉了的东西。在这样的失望与期待心境中，《九月寓言》所给予我们的阅读经验，便恰如久旱的田禾受到雨露滋润一样的感受。它那真实而又陌生的人生故事，细腻兼且灵动的激情叙说，挥洒出一个诗情迸发、意韵悠长的人生世界！作品不是用理性、理智去解剖人生，而是用燃烧着的激情去拥抱和融化人生。不仅每一个人生故事，每一段生活场景都是一出抒情的咏叹，而且每一幕夜色的降临，每一片草叶的摇动，每一丝微风的吹拂，每一只小动物的吱吱叫响，甚至可以说每一句叙述，每一个文字，都是一个令人震颤的音符。流泻的情感深深地激动着作者，也深深地感染着读者。为了情感贯通与发泄的需要，作者不时地从第三人称的叙事语调中跳开，直接站在人物或叙事人的角度抒发胸臆。这种人称与视角的交错变换不仅不使我们觉得突兀和别扭，反倒觉得它是那样合理与自然,觉得作者附丽于人物与叙事人所发出的声声叹息和呼喊,也正是作为读者的我们所欲叹息、欲呼喊的。这种感情与感情的呼应与交融,是我们阅读时文很少能够经验到的。

可以说,不是刻意的匠心营构而是饱满酣畅的激情将《九月寓言》灌注成了一个生机勃勃的艺术整体。整部作品犹如一条激情奔涌的大河,把我们载往一个活跃着本真姿态、闪烁着本真色调的现实生命世界。作者不再像他早期的作品那样,抱着美好的人生信念对笔下人物作道德化的透视与审判,也不再像在《古船》里那样,从家族仇恨与政治斗争的腥风血雨中揭示人性的畸变,而是将艺术视角直接移向生命与人性本身,让生命的种种姿态、色调和情状毫无虚饰地跳荡、闪耀、定格在乡村九月的秋色画面中,以生命的本真状态来显示人性,从人性的自然勃发中描绘生活。尽管你不能再固守某种道德的或政治的尺度去量度这些乡民的生活以及对这种生活的艺术描绘所具有的意义,但是在这鲜活、真实地叙说出来的乡民生活中绝不缺乏值得体验的人生况味。这里有男人们的粗鄙野蛮,有光棍们的性欲饥渴,也有女人的苦叫呻吟;有生活的贫穷与苦楚,有麻木的知足与达观,也有痛苦的希望与追求;有郁结在爱情、婚姻、人际关系和生活环境中的遗恨、残酷与伤感,也有跳荡在夜色中的青春活力和生命冲动,有飘溢在茅屋小巷和山野里的欢悦与希望。作品中的每一个人物都有一个显现出来或是没有显现完整的故事,而在所有这些人物和他们的故事中都冲动着发乎人性自然欲求的生命冲力,不同生命力的冲突与交汇就编织出了这个小小村落独特的生活节奏和气韵。这种独特的生活节奏和气韵是如此具有吸引力,以至于我们不能不为那些生命力向下的堕落与死寂而伤感,又不能不为那些生命力向上的喷发与热烈而振奋。神游其中,我们似乎从这小小村落的九月秋色中窥见了中国亿万农民的生存心态,又似乎从中看到了在茫茫夜色中渐渐升起的希望之光。

在艺术中,最具体的也就是最丰富的。《九月寓言》尽量淡化故事发生的时空背景,而把笔墨集中于具体地描述山村人自然生存的动态流程。对于批评来说,这阻隔了对于小说意蕴的直接、浅露的社会学分析,但并未因而便局限了小说含义的多维度生成。相反,由于它是对于生命本真状态的具体化激情叙说,因而种种可以意会亦可言传和只能意会难以言传的审美情味便弥漫其中了。它是艺术的,所以值得你用艺术的心境去意会、去品味。

(原载《作家报》1992 年 10 月 3 日)

感悟生命

——读左建明的散文新作

作为一种自觉的自我呈现的形式，左建明近期的散文创作给人留下了突出印象。他用散文向读者展示自己的人生历程，敞亮自己的人格情怀。散文之于他，真正可以称之为有意味的生命形式了。

建明的散文新作大多是人生阅历型的。他写访缅旅俄的见闻感受，写记忆深处的少年生活，写嘹亮而又潇洒的春雷对自己青春生命的振奋，写在清柔雨夜里对人生与艺术的孤独遐思，但无论是在徐缓有致的述说中领略异域的风情，还是在情绪记忆的定格中展露人生的片段，他的笔绝不沉滞于浮光掠影的现象描绘，不自足于采撷人生的飘飘花絮。其每一篇作品都跃动着沉思的灵魂，他把满蓄激情的沉思精神注入纯然自我的人生经验，尽情恣意地挥洒出一片独具情味的审美天地。而在这片审美天地中凸显着的，则是作者全身心全人格的生命投入和生命感悟。

就人生理想而言，在骨子里，建明心仪的是一种古典和谐的人生境界和人生心境。他对伊洛瓦底河畔那“静谧而又热烈，恬淡而又充实”的和谐生活的由衷赞美(《南国行》之七“鲜花在实皆”)，他那拥有一所有林子、有小河的庄园，在山水田园中体验生命情调的浪漫向往(《飞越俄罗斯》)，正是其人生情怀的写意。因此，那远离了尘俗的喧嚣与纷争的山野、河流和森林纯净天然的美丽，那人与自然、人与人之间亲密谐和的欢悦，总是令他流连令他迷醉。读他的“访缅散记”系列和“旅俄散记”系列，再迟钝的人也能感受到，他写眉苗灵秀娇媚的自然景致，实皆谐和宜人的田园诗意，茵丽湖上感人至深的胞波情谊，写阿穆尔河青黛无澜的丰熟冷艳，大森林启人遐思的茂密苍茫，飞机上空姐夺人心魄的妖艳光彩，其中无不闪动着作者欢畅明丽的生命体验和人生憧憬。这是一种气质的沟通，一种心境的契合。只有对生命、对生命的崇高与美丽充满了深情挚爱的人，才会写出这样的文字、这样的篇章。这样的深情挚爱，赋予了建明的散文以动人的诗情韵律和闪现着理想辉光的浪漫情愫。

当然,这种颇具古典意味的人生理想和心境与现代人匆忙而物化的世俗生活显然有些隔膜。但是,这种隔膜不正映衬出现代人审美心境的弱化与丧失这一生存缺憾吗?实际上,对这种隔膜,建明自有其自觉的意识。从这种隔膜中,建明对自己,从而也对全人类生命存在中理想与现实相悖的境况作了颇具深度的审视和反思。他知道自己那让上帝把人类投入一个竹筒里摇匀,然后撒向地球,于是人类便再也不分肤色、不分种类,彼此用友爱与善意在心灵中演奏出崇高和美的音乐的念头,不过是一个"荒诞"的梦想,就连他自己都处于意愿与行为相悖的境地不能自拔,更遑论全人类?他也清醒地意识到,那诗意迷蒙的田园生活,那拜佛敬神、修行求善的虔诚信仰,实际上隐含着某种生活的死寂和人生的软弱。善良总是与软弱相连,而强者行善则多为施舍。于是建明便不能不时时有一种生的困惑、生的沉重甚至生的无奈横压心头。他甚至从那专供游人骑驭的大象眼睛里看出了"忧郁",当那陆地上最大的哺乳动物为便于游人骑乘而訇然跪下时,作者不禁"为那庞大的驯顺,伟岸的卑屈"感到强烈的心悸。这种困惑、沉重与无奈不仅仅是建明外向审视的发现,也是他内向自审的体验。"到缅甸好。心理容易平衡,自尊不致受害。西洋人个子太高,腰包太满,到那儿紧张压抑,自惭形秽。瞧,南国风光,多么棒!我们飘然而落。仰光到了。"(《南国行》之一"飞往仰光")这样的文字,有谁能掂得出其中隐寓的生活意味的实际分量呢?

建明的散文时有轻松、明丽之笔,这无疑是其古典和谐的人生理想和心境的投射。但其散文更多的是深沉、凝重的意味,有时显出一种直戳人心的力度,这恐怕就直接生发自他对生存悖论的沉思与体验了。意愿与行为、理想与现实的悖论是生命存在的一个难以解开的结,是人生的无奈也是人生的挑战。如何面对并化解这种困境,各人自有各人的选择。建明似乎更多地倾向于从切合心境的自然中,从难以忘怀的生命经历中吸取人生的启迪和前行的动力。就此而论,他必定会十分珍视《远去的春雷》《金色麦地》《雨飘飘雾飘飘》在他自己生命链条展开中所具有的意义。然而,人生的意义不仅显现于个人一己的生命中,更多的是显示于个体生命与群体生命的交融中,因此,作为读者的我们便分外地看重了他在《清柔雨夜》里的下述感悟:"宽容以做人,激情以作文。"这也许就是建明的人生宣言,是他对生存悖论的一种态度和选择吧?在一个竞争激烈、狡智盛行的时代主张宽容、张扬激情,你能说建明不是一个具有现代意识的人道主义者,一个具有现实精神的浪漫主义者吗?

(原载《作家报》1993 年 10 月 9 日)

生存之惑的诗性沉思

杨志鹏的小说写得很有意味和激情，而其意味其激情，皆出自他对人的生存情状的深切关怀。读他的作品，不仅想起米兰·昆德拉的见解：小说乃是关于存在的诗性沉思，其使命即是在不灭的光照下守护人的生活世界。志鹏的小说之所以具有一种令人激动不已回味无穷的艺术魅力，正源于此。

志鹏对生命存在的关怀，更多的不是社会学意义方面，而是在生命本体方面，不是终极意义上的，而是此在时态的。作者把艺术的透视镜聚焦于现代人生，力求在极其个人化的生活流程中展露出蕴含活力的个体生命与强大僵硬的文化规范之间的天然矛盾。这种矛盾内化为感性欲求与理性自我的永恒冲突，并现实具体地显现为事业与婚姻、婚姻与爱情、情爱与性欲以及理想与现实、愿望与实际、目的与手段、激情与理智等等的失谐、错位和背离，从而使人的生命追求染上一种难以超脱的悲剧意味。在作者笔下，文化规范是历史的传统的，也是当下的生成的，是外在的有形的，也是内在的无形的，它改造着人提升着人，使人变得崇高强大，有教养有抱负有自尊，也压抑着人扭曲着人，弱化着人的生命欲求的鲜活与灵动。在《雾障》里，作者借沈浅浅之口评论三失所爱的摄影艺术家吴宏达："他是一个好人，可是，他被自己的观念抛弃了。"确实，人生之"雾障"在许多情况下也就是由文化、由无所不在的文化内聚而成的人生观念和信仰造成的。人虽然能够从理智上认识这些"雾障"，但是不能完全超越它。在文化规范所设定的生存空间中，为感性欲求所驱动的生命本体必然要面对种种外在与内在的迷乱诱惑。有诱惑便有希求有选择，也便有希求与选择中的犹豫和无奈，以至于难于选择、无可选择的退隐逃遁和逾越常规的非理性发泄，有面对这一切的生存困惑。这是人生的"宿命"，而悲剧即寓于宿命之中。

为了凸显作品的立意，志鹏小说的人物设置及其关系大都是简化了的，它们几乎都可以称为"男人与女人的故事"。作者把自己的第一部小说选集命名为《玄黄》就大有深意。在中国传统文化中，玄黄者，天地也，男女也。在天玄地黄的宇宙洪荒中立着的是一个"人"字，而人是男人和女人构成的一个复合体。《迷乱的诱惑》中的三个中篇，都是由一个男人与几个女人的故事结构成篇的。尤其是《宗教的礼拜天》，开头引进了中国神话传说中哥哥妹妹创世纪的故事，结尾更奇想天开地把中华民族的始祖皇帝幻化为一个美得无与伦比的女人，想象着人类将在皇帝的子宫内还原生命的原生态，积蓄新人类再生的力量。在这种简化了的、具象化了的构思与描绘中，无疑包裹着丰富的、思辨的思想内涵。在作者笔下，男人更多地承载着文化的规范与重负，女人则更多地象征着爱与美的天然与召唤。在男人与女人不甚复杂的故事中，在阳刚与阴柔两种生命力的交融旋舞中，作者艺术地还原了生命存在中感性与理性、自由与必然、意愿与实际的矛盾及深陷矛盾的生存困惑，也在对困惑的展露中朦胧地表达了作者对一种人生境界的神往。作者自言："爱是一种境界，信仰是一种境界。真正的人生是需要一种境界的。"然而，境界隐含于人生困惑的感悟求解之中。惑，生于爱，生于信仰，意味着人在感受、在思考、在希冀、在追求。就此而言，无惑的人生也会是无境界的人生。这或许就是志鹏的小说给予我们的人生启示吧？

（原载《作家报》1994 年 2 月 19 日）

张炜的意义

——写于“93 张炜文学周”

19 世纪法国著名批评家丹纳说过，伟大的艺术家连同其创作的全部作品，都不是孤立的现象。他们既是其时代环境的产儿，也是其隶属的同时同地的艺术家家族的代表，犹如百花盛开的园林中的一朵更美艳的花，一株茂盛的植物的“一根最高的枝条”。因此，只有在与社会生活环境以及艺术家家族的总体关联中，才能真正深入地认识一个作家，并理解其作品的社会蕴涵和审美价值。这样一个批评原则，在今天也并未过时。在中国当代文学史上，张炜正以其创作成就和独具特色的艺术追求证明着他是一位有重要代表性的作家，并相应地赢得了在当代中国文坛上难以替代的地位。这里，我想依据丹纳的批评原则，对张炜的创作之于当代文坛所具有的价值和意义，作一些概要的分析。

一

齐鲁大地有着博大丰厚的悠久文化传统，也产生过许多光辉灿烂的古典文学大师。然而，在中国新文学历程的前 17 年中，山东文坛并没有再造古典的辉煌。当时风靡文坛的一流作家作品，很少出自山东。这种状况只是到新时期才有所改观。从 20 世纪 70 年代末期至今，山东的新老作家各领风骚、迭发新声，共同酝酿了齐鲁文坛的好气候。这好气候的标志之一就是“鲁军”的形成。除去小部分五六十年代甚至更早即已成名的前辈作家外，“鲁军”是以张炜、矫健、王润滋、李荐葆、左建明、尤凤伟、李贯通、苗长水、刘玉堂等新生代为建军主体的。新生代成员虽然有的从 20 世纪 60 年代末 70 年代初就已开始创作，但其成名无一例外是在新时期。可以说，正是新生代的崛起，才使山东作家真正在全国文坛整体格局中占有了一个与人口和经济大省相称的显著地位。无论从哪方面看，张炜都堪称“鲁军”新生代中的代表。

正如有的评论家所言，山东作家有着一种在深层的历史文化土壤中凝聚的沉重灵魂，一种对大地和人民深情依恋的赤子之心。确实，山东作家对祖国、对人民、对他们生于斯养于斯的黄土地有一种割舍不断的依恋与挚爱。这种依恋与挚爱化作他们对现实人生的深切关注与执着参与，也成就了他们艺术笔力的雄沉凝重与博大丰厚。山东作家很少"为艺术而艺术"的高蹈派，几乎都是入世型写实型。他们的眼睛和心灵，他们的感知和思维、情感与想象，从不离开这块充满了苦难也孕育着希望的土地，不离开这块土地上生生不息的父老乡亲。为人生而艺术，关注普通人的命运，用朴实自然的艺术展露人生的真相和真理，是山东作家共同的艺术追求。张炜的创作鲜明地体现了这一点。在其走向文坛的早期，张炜说过："我厌恶嘈杂、肮脏、黑暗，就抒写宁静、美好、光明；我仇恨龌龊、阴险、卑劣，就赞颂纯洁、善良、崇高。"(《芦青河告诉我・后记》)从 80 年代初期发表的短篇《达达媳妇》《声音》《一潭清水》《海边的雪》，到稍后的中篇力作《秋天的思索》《秋天的愤怒》，直到两部轰动一时的长篇《古船》《九月寓言》，张炜的创作可说是"吾道一以贯之"。他用他的笔描写人生的苦难、人生的困惑、人生的缺憾，抨击生活中的假恶丑，也用他的笔展示人生的欢乐、人生的思索、人生的希望，赞颂生活中的真善美。张炜从不把自己的作品弄成凌空蹈虚的空中楼阁，总是通过艺术的创造让读者重新面对社会、面对人生。因此，读他的作品，我们不仅会融入一种本真状态的生活经验之中，认识到生活确乎就是如此，还会听到一颗富于主体精神的艺术心灵的剧烈搏动，感受到一种强烈的社会责任感和人生使命感，一种深切动情的忧患意识和发乎心底的理想追求。而这正是张炜的作品具有震颤人心的情感力量和开启心智的思想深度的原因。

张炜的创作体现"鲁军"特色的一个主要方面，是他对生活现象和人生选择的道德评判倾向。从《达达媳妇》起，张炜就表现出对生活作道德化审美思考与评判的独特艺术追求，他后来的不少作品都对此有所加强。当一些作家着重于表现新旧体制交替中新的道德观念和人生价值的萌芽与成长、旧的道德观念和人生价值的衰败与失落，从而对改革进程中的新生活现实倾注着衷心的喜悦深情的赞美之时，张炜和王润滋等山东作家则对改革进程中某些传统美德的失落表达了深深的忧虑。他们对某些人在私欲、金钱的诱惑下道德水准的下降和沦丧发出了正义的责难，也对在邪恶压抑下人的美好天性和才智不能得以舒展和发挥发出了愤怒的呼喊。有人曾批评张炜、王润滋等人的创作以道德原则评判历史进程，犯有"将历史道德化"的错误倾向，有人甚至为此批评制造出一个貌似辩证的所谓"历史原则与道德原则的二律背反"命题。其实，这样的批评和命题，恰恰是将历史与道德的关系简单化了。道德生活是人类历史生活的一个重要方面，历史的前进不仅是指生活方式和物质生活的进步，还包括人们的道德意识和精神生活向善向美的提高。新的历史条件必然要求着与之相适应的新的道德观念，但新道德观念与传统道德观念之间绝不是非连续性的断裂，而是连续性扬弃的过程。就是说，历史进步并不笼统地不分青红皂白地否定一切传统道德，而是要在合理吸取传统道德美质的基础上创造新的道德观念。张炜敏锐地看到了社会经济生活发展与精神生活发展之间的某些不平衡之处，真诚地期待社会进步与人性完善之间在更高层次上的新的协调和平衡。因此，在张炜的道德审视与道德评判的内里，蕴含着的是对人生完美、社会和谐的美好境界的向往与追求。这正是张炜的深刻辩证与真诚动人之处。我们怎么可以责备作家的这种美好的向往与追求呢？

二

张炜的创作不仅在“鲁军”的形成中有着举足轻重的意义，而且在新时期小说创作的发展历程中也具有代表性意义。

新时期小说创作的发展繁荣大致可以从三个方面加以描述。从存在形态上看，尽管随着文化上的西风东渐，国外各种现代美学观念和创作思潮对中国创作界的影响愈来愈大，新时期文坛上产生了意识流、荒诞派、新感觉派、结构主义等各种具有现代先锋派意味的小说创作，但现实主义一直是新时期小说创作的主潮流。而在现实主义小说创作的历程中，20 世纪 70 年代末 80 年代初主要是短篇竞放异彩，80 年代初至中期中篇更加引人注目，80 年代中期以后则是高质量的长篇陆续问世、不断引起巨大反响的时期。纵观张炜的创作，不难得出这样一个判断：他的小说是构成新时期主潮流小说洪亮交响的强音之一。张炜为文坛所瞩目也是由短篇而中篇而长篇，这恰与新时期小说繁荣发展的整体格局的流变相吻合。从表现形式上看，新时期小说创作包括现实主义小说创作没有固守某些传统的成规与模式不放，而是呈现出一种多样化探索的开放性态势，创作者们大胆地吸收和借鉴国内外各种创作流派中可以为我所用的表现方式和手段，有一种兼收并蓄、求新竞变的气度和气魄。张炜的创作亦是如此，他在艺术上追求的是充盈着诗意而又能够展露真实抓住本质的朴素。他的作品，常常是在娓娓叙谈中将读者引进散溢着生活的原色原味的艺术世界，从不用故弄玄虚的所谓形式探索将读者阻隔于作品之外。从总体上看，从艺术精神到艺术表现，他的作品都是现实主义的。但正如张炜自己所言，艺术上的朴素不等于“通俗”，不等于失却个性迎合世俗。张炜的创作既深受屠格涅夫、托尔斯泰、高尔基等现实主义大师以及我国现当代优秀现实主义创作的深刻影响，也深受马尔克斯、福克纳等现代文学大家的影响，如长篇《古船》和《九月寓言》在写人叙事方面基本上运用了传统的现实主义手法，但在谋篇布局和结构组织上又常常引进象征、隐喻、时空交错、内心独白等现代小说技法，这就大大拓展了艺术表现上的自由度，并强化了作品的思想意向，甚至增强、扩展了作品的审美蕴涵，从而给人新颖陌生而又丰富深刻的艺术感受。只要将张炜的这两部长篇与“文化大革命”前17年的长篇名作相比较，甚至与新时期路遥的《平凡的世界》、浩然的《苍生》等作品相比较就不难看出，张炜在艺术表现上是富有探索和创新精神的。另外，新时期小说作家在艺术观念上的一个很重要的方面就是开始注重小说作为语言艺术的话语性。在这方面，张炜也非常突出。他的小说语言质朴而有韵味，洋溢着一派天然的诗意，极富语言个性，这在新时期作家中是很少有人能够相比的。

当然，张炜在新时期文学发展中的代表性意义主要体现在其小说创作的思想意蕴方面。从思想取向上看，新时期小说创作最早是以伤痕文学的痛苦呐喊和改革文学的热切呼唤而震撼人心、引起轰动效应的。自70年代末80年代初开始，随着政治上拨乱反正和思想解放的深化，人道人性和历史反思的观念开始进入并启动作家的艺术心灵，从而推动新时期文学走向了现实主义深化之路。从80年代中期开始，一种融文化透视与人性、历史反思于一体的大文化全方位观照的艺术观念进一步取代了早期那种沿袭自传统的政治型思维心态和思维模式，致使社会和人生在文学的镜子中敞开了它多方面、多层次、多维度、多声色的立体化景观。张炜是80年代初在文坛上崭露头角的，他的创作一开始就避免了伤痕文学、改革文学那种政治型艺术思维定式的局限，而是用富于人性的眼光和胸怀观照社会、拥抱人生。他的作品不论是短篇、中篇还是长篇，都充盈着一种人道的激情，温暖着一种人性的光辉，同时蕴含着一种深厚的历史文化底蕴。其长篇小说《古船》比之同类作品的深刻有力之处，就在于作品强化了文化观照与反思意味，在整个封建宗法文化传统的背景上，对变革中的农村生活现实作了具有哲学文化高度和人性思辨深度的分析性描述与剖示。作品以洼狸镇从土地改革到农村改革40余年变迁中的一幕幕令人震惊的人生悲剧，深刻地揭示出极左政治只是诸多人生悲剧的显在原因，而在政治和经济上的家族统治中得到惯性延续的封建宗法文化以及与这种文化同形同构的民族生存心态才是这些人生悲剧和种种社会痼疾与弊端的深层根源。不割断和抛弃这种文化和心态，社会改革就难以获得预期的效果。《古船》所达到的这种穿透历史和人生的思想深度，是新时期文学成就的突出实例。在强化人性与文化意识方面，张炜的《九月寓言》

更为突出。这部力作将自然、生命、文化、历史水乳交融地结合为一体，营造出一个意蕴丰厚的艺术世界。比之张炜的其他小说，这部作品似乎更值得言说又更难于言说，究其原因，恐怕就在于这部作品的意蕴更加丰厚，难以用一得之见寥寥数语中其肯綮、牵其大端。

三

如何处理文学的民族性与世界性的关系，一直是困扰本世纪中国作家的一个极为重要的理论与实践问题，在新时期也以不同的话题一再被人提起并加以讨论。有人把“越是民族的就越是世界的”作为一个防御性口号，以捍卫民族性的名义拒绝任何外来文学的影响；有人则在“走向世界”的口号下亦步亦趋地模仿外国文学，唯洋为是，食洋不化，断然割绝与民族文学优秀传统的联系。对这两种倾向各自的偏颇，张炜有着自己清醒自觉的意识。对那种仅从外国大师和名家那里学来一点皮毛，便东施效颦地玩弄时髦的“新潮”游戏的做法，张炜多次表示了自己的淡漠与轻视，说那些刻意模仿他人的作品有的甚至连名字都非中国化了，实在不能算是创造，不过是一种抄袭，是一种缺乏自尊心的伪制。与此相反，他主张“一部作品仅仅有中国名字还不够，而应该饱和着这个民族的气韵”(《周末对话》)。他的作品，从生活到人物到语言，都深深扎根于民族生活的土壤之中，闪烁着民族的精神和智慧、民族的气质和神韵。不过，张炜追求创作上的民族化色彩，也不拒绝民族文学与世界文学的正常接轨。从积极意义上说，在民族文学走向世界的过程中，民族文学与世界文学存在着两种正常的沟通与联系方式：一是民族文学接受外来文学的有益影响，以此提高民族文学的水平，向世界文学看齐；二是民族文学通过富有民族特色的创造，以及对人类共同性与共通性的生存问题、人性问题的揭示，来丰富、充实世界文学。关于张炜创作中对外国古典与现代文学的有益借鉴和吸收，前面已有所涉及，此不赘述。这里，我想着重从对人的生存的关注和对纯文学的捍卫两方面，谈一下张炜的创作及其艺术追求在民族文学与世界文学接轨上所作出的贡献和具有的意义。

如何生存、为何生存的问题，是20世纪东西方共有的一个重大文化和文学主题。如前所述，张炜是80年代初期跻身文坛的，而这正是思想解放和社会改革打开了人们自觉意识与自我意识的闸门，人性、人道主义问题成为思想文化界关注的热点之时。或许与这种大的历史文化背景的潜在影响有关，张炜的创作始终把人生问题作为其艺术聚焦点。概括起来说，张炜主要是从两个角度切入人生问题：一是人与社会的关系，一是人与自然的关系。就前者而言，张炜着重于道德视角的审视。如前所述，张炜把道德审视与道德评判作为自己展开社会与人生评判、抒发社会与人性理想的主要视角，其基本用心在于人性的完善、人与社会关系的和谐。张炜也并没有把道德审视孤立化绝对化，在他的一些中短篇及长篇《古船》和《九月寓言》里，于鲜明的道德评判之外，还自觉地融入了历史反思和文化反思的精神，这使张炜的人道主义精神和人性透视建立在一个更为深厚广大的基础之上，从而使其作品更具深度和力度。与对人与社会关系的艺术思考相映照，张炜对人与自然关系的审美之思更显出其人生观照的独具情韵之处。张炜早年写作成名后才陆续发表和近几年新创作的许多短篇，如《钻玉米地》《石榴》《玉米》以及长篇《九月寓言》和《融入野地》等随笔作品表明，他对自然与生命、自然与艺术的关系有着独特的感悟与理解。在他看来，自然即生命，生命即自然，而美和艺术又是与自然和生命相通的。有人将张炜这方面的思考称为他的"自然哲学观"，而"自然生命观"与"自然美学观"是其自然哲学观的两个基本方面。相比较而言，张炜这方面的思考比之他对人与社会关系的思考似乎更多一些对人的存在的终极关怀性质，而更具形而上意味，更具诗性，同时富有当代性。栖居于我们这颗星球上的当代人类已愈来愈清醒地认识到，人类生存的幸福和完满与否是与人类生存其中的自然环境的完满、和谐与否息息相关的。在当代生活中，完全"融入野地"也许只是一种幻想，但"融入野地"的审美之思难道不是一副疗救日益鄙俗化的市井人生的清凉药剂吗？难道不能够促使人们更加关心、爱护我们生活其中的大自然，以及人类发乎自然的美好、纯真天性吗？没有人与自然关系的和谐，也就没有人性发展的和谐，这就是张炜的许多作品告诉我们的。当然，张炜切入人生问题的两个视角并非互不关联、相互排斥的。比如在短篇《声音》和长篇《九月寓言》中，这两种审视角度就是水乳交融地结合在一起的。所以，对《九月寓言》的阐释，无论仅仅从人与社会的角度还是仅仅从人与自然的角度，都难以穷尽其中的人生意蕴。对张炜来说，人生的完善，不仅是指自我的完满与充实，还需要人与社会的和谐、人与自然的和谐，这两种和谐缺其一，人类都不能说得上是完善的存在。

与对人的生存关注相联系，张炜对待纯文学与俗文学(严格意义上是张炜所指的"恶俗文学")的不同态度，也使他的艺术追求在自觉意识层面切入了20世纪文化理论与文学实践所面对的一个时代性课题。在西方，现代先锋派艺术不仅是以与传统艺术相决裂，而且是以与大众流行艺术相对立的姿态出现的。大部分激进的文化和文艺理论家，比如法兰克福学派的霍克海默、阿道尔诺、马尔库塞等人，都对大众流行艺术持严厉的批判态度，认为这类艺术是以大众传播媒介为流通载体的文化工业的产物，实际上起着消泯人的主体性和个性，压抑人的真正的需要和自由，从而维护资本主义一体化统治的意识形态功能。在我国，随着商品经济的发展和文化领域泛商品化观念的渗透与扩展，以通俗文学和流行音乐为主体的大众流行艺术也如一股汹涌的洪流，对文化艺术领域形成了猛烈的冲击。然而，在理论上人们并没有对这类艺术现象作出相应的深入研究，只是在区分雅与俗的名分下界定这类文艺现象，并常常以接受者的不同需要为借口对这类艺术的泛滥作辩护。事实上，大众流行艺术虽能够给人们提供惬意的娱乐，但在娱乐的背后也往往隐含着极为严重的负面价值和影响。由于片面地追求娱乐功能而淡化艺术的使命意识，这类艺术往往易于流入对低级庸俗趣味的认同和对鄙俗阴暗的污浊心理的发泄，性的泛滥就是突出的一例。这样的艺术不是将人提升，把人导向丰富充实美好崇高的生命境界，而是把人贬抑，将人导向平庸鄙俗，使人在"潇洒"的名义下逃避乃至嘲讽神圣的责任感、使命感、崇高感，致使人生在失重失范也失去意义取向的漂移中渐渐堕入轻松、虚浮乃至下作。张炜将具有此类负面价值的文学称为"恶俗文学"，并以纯文学捍卫者的姿态出现，与恶俗文学进行着势不两立的英勇抗争。这种抗争与 20 世纪世界精英文化的精神是相通的。就问题的实质而言，在今天捍卫纯文学就是在捍卫文学固有的人文价值，具体说就是在捍卫文学的人性塑造功能，捍卫人生向美、向善的理想追求。在平庸贬斥崇高、狡智压抑真情、势利侵蚀人格、物欲放逐精神已成为司空见惯的生活现实情势下，张炜的抗争难道不是令人钦佩的悲壮之举吗？大道不孤。但愿张炜也不是孤独的。

（原载《理论学刊》1994 年第 5 期）

由“何不游戏人间”说开去

近些时日,有一部灯红酒绿、虹霓闪烁的大部头电视连续剧正在每晚的黄金时间里消费着观众的精神智力。且不说自鸣得意的编导们把故事编排得多么平庸拙劣,也不说拿腔作势的大牌明星们的表演何其令人腻味,但就主题歌中那句“何不游戏人间,管它虚度多少岁月!”的词儿,便让人十二分的不舒服。玩小聪明小把戏,将观众当傻瓜糊弄一番倒也罢了,偏偏还要用这种故作潇洒实则颓唐的人生说教为观众指点人生迷津,这就不免令人有骨鲠在喉的感觉了。

当今的中国正处于新旧体制交替的社会转型期,传统的价值规范和人生信仰也愈来愈失去往日的动人色调和人生塑造威权。在平庸贬斥崇高、狡智压抑真情、势利侵蚀人格、物欲放逐精神已成为司空见惯的生活现实的时代情势下,与生活的多元流向相适应,也必然衍化出人生希求和人生选择上的多样性,会有各种各样的生存之道和人生活法。为国为民而兢兢业业是一种活法,为私为己而蝇营狗苟也是一种活法,开拓进取积极向上是一种活法,混世度日游戏人生又是一种活法。不言而喻,活法虽可各异,但其人生价值并不相同,这里存在着高尚与卑下、进取与堕落、有益与无益的区别。今天的中国需要的自然应该是家国荣辱感和人生进取心,是能够推促社会和人生向善向美发展的积极进取精神,而不是相反。游戏人生既不是我们这个时代的主导人生取向,也不应该是加以倡导的人生态度。假若中国人真的个个都虚度岁月、游戏人生,我们这个民族这个国家恐怕要族将不族国将不国了吧?其实,“游戏人间”的潇洒之举,说穿了不过是置国家民族于不顾而酣歌醉舞及时行乐的末世思想的漂亮包装而已!

问题还不仅仅在于现实中有一些人确在游戏人生,而在于这种消极的人生态度反被文化人借最最大众化的传媒堂而皇之地加以宣扬。包括文艺家在内的文化人本以充实和净化民族魂灵为安身立命的根本,负有对生活流向加以制动和引导,对不同的人生价值和人生行为加以评判,从而使社会和人生向更加美好的境界提升的使命。然而,近些年来,随着社会使命感的淡化以及某些人“玩文学”“玩艺术”的鼓噪，文艺的人生批判和社会导向意识愈来愈模糊以致退隐了。不少创作，尤其是一些大众流行艺术创作，往往片面地甚至过分地强调艺术的娱乐功能，以至于在追求娱乐中流入对低级庸俗趣味的认同和对鄙俗阴暗的污浊心境的发泄。这样的艺术不是将人提升，把人导向丰富充实美好崇高的人生境界，而是把人贬抑，将人导向平庸鄙俗，使人在“潇洒”的名义下逃避乃至讥嘲神圣的责任感、使命感、崇高感，致使人生在失重失范也失去意义取向的漂移中渐渐融入轻松与虚浮。“何不游戏人间”之类即是如此。制造这种“艺术”的人一般都是十分厌恶别人提艺术的教育功能或人生导向的，但他们自己却正在用自己的操作解构着一种人生价值，同时在建构着另一种常常并不那么好的人生价值。这难道不是一个值得文坛警惕和深思的问题吗？卢卡奇曾经说过，任何哲学一旦形成就会产生或好或坏的思想影响，因此没有“清白无辜的”哲学和世界观。同样，我们不是也可以说，没有“清白无辜的”艺术吗？

（原载《齐鲁晚报》1994 年 1 月 22 日）

轮回与转换

——评刘玉堂中篇小说《人走形势》

刘玉堂的小说里特喜欢用“罗罗”这个词，而他新近于《上海文学》上推出的中篇新作《人走形势》就是一部罗罗得极其耐看的作品。说它耐看，是因为作品的叙事结构、人物关系以及作者对某些关键话语的反复强化似乎都在暗示读者，在作品那怪有情趣也挺带戏剧性的故事表象中蕴含着某种需要读者费心思加以领悟的东西。虽然作者依然在用感同身受的方式和温馨而幽默的笔调客观展示沂蒙山区那原汁原味的民间生活与民间智慧，但是没有仅仅停留在对生活现象的表层声色的把玩上，而是由现象表层潜沉到本质深层，从本质层面切入了民间生活的轮回与转换问题。向民间生活深层本质或内在维度的切入，不仅使得这篇作品分外地显出了意蕴上的深厚，而且格外地增添了其审美上的诱惑力。

该作截取的是从抗日战争到改革开放期间内的一段民间生活流程。在这样一个较长的历史跨度内，作者刻意经营起一种相互映衬的叙事结构，于纵横交织的人物关系中着重描述以王汉元、温大炮为代表和以王锦江、温小蒙为典型的新、老两代人的生存历程。在这种经营与描述中既展示出历史的可以指证的沧桑与巨变，也表现了人生的某种无奈的困顿与轮回。这种生存的轮回首先体现于新旧生命历程的重复叠合中。除去这种何其相似乃尔意义上的人生轮回外，更令人震惊的是那种三十年河西三十年河东意义上的轮回：解放前逃往海外的汉奸的儿子在改革开放的新形势下凭着金钱的力量荣归故里，成为倍受欢迎和礼遇的外商，而打鬼子打汉奸起家，直到“文化大革命”期间仍威震八方的老革命温大炮却在新形势下被人视为思想僵化、观念陈旧的典型，成为改革开放的绊脚石；更有甚者，温大炮的女儿温小蒙不仅没有女承父业，做个令老父满意的好革命接班人，反而辞掉公职下了海，心甘情愿地做起了汉奸儿子的助手与情妇，成为新时代“傍老外”的“女汉奸”，活活将老父气了个心肌梗塞，命归西天。革命者与被革命者及其子女的社会角色与社会位置轻而易举地被历史颠倒与互换，温大炮的一生追求似乎也成为一个难以自明的自我反讽。

那么，人生就只是一辈又一辈地回归旧辙，历史就只是画着圆圈做周而复始的回归起点的运动吗？当然不是如此。在《人走形势》中，作者不仅写出了历史与人生的轮回，更写出了这种轮回中历史与人生的转换。刘乃厚的糊涂中隐含着的是保全村人更是保全自己的"活命哲学"，而刘曰庆的糊涂中则隐含了某种对于极左思潮的消极抵制；王汉元与何淑贤们对危及生命的战乱和辱及人格的批斗采取的只有逃避与忍受，而王锦江与宋惠莲们对于不公平的命运选择的却是奋斗与抗争。这种不同的人生态度与生存选择，显示出历史的某种进步和人生的某种自觉。在表现这种转换方面，王锦江的人生历程是十分具有代表性的。这个姥爷当过保长，姨父是个外逃汉奸，社会关系复杂的农家子弟在"文化大革命"期间做人自然窝囊，并且必然要常常生出些自卑的情绪与自惭形秽的感觉，但他却并未因此而放弃了人生之向上的追求。王锦江把陶瓷厂办得红红火火，造福一方，赢得了"上靠党中央，下靠王锦江"的美誉，但他以家族统治式的方式管理企业，并有着"一条狼狗，两个服务员，三个打手"之类的"群众反映"，以至于当他时不时绕口令式地罗罗接班人五条标准的第五条时，你就不免觉出了其中那份"幽默"。温小蒙更是一个具有典型性的人物。她出身革命干部家庭，根红苗正，"文化大革命"期间是造反闯将，毕业后当过乡革委会副主任，在改革开放后又率先下海，再次"走在时代的前列"。她"傍老外"，为外商出力，算计国内的厂家；她替人办假合资手续从中收取可观的佣金和担保金。王锦江在合资失败、工厂被银行抵押后大骂她"典型一个卖身投靠的当代女汉奸"。然而她却有一套假合资虽坑国家却对老百姓有利的高论，说得王锦江心服口服，不得不佩服起她的"水平"来。王锦江、温小蒙们身上，浓缩了某些具有典型意义的社会与人生现象，作者的高明之处在于他并没有自作聪明地对历史转型期的这些现象妄加评判，只是借助这些现象的浓缩写出了民间生活的转换中寓示着的时代进步以及与此相关联的某些人生困惑。对一部中篇来说，这其实已足够了。

（原载《联合报》1995 年 2 月 16 日）

消殒了理想之后

应当感谢《当代小说》推出“新都市小说系列展”这个栏目,它为读者观照现代都市人生风景开启了一扇新的窗口。就已展出的作品而论,不少篇章还是颇为耐读的,《女儿墙》(1995 年第 1 期)即是其中之一。

初读该作,感到这不过就是一个风雨丽人的一段人生故事而已。构思似乎也不算新颖,这商场叠合着情场的写法让人联想起以往那种革命加恋爱的叙事模式。但细细品味,又觉得并不如此直白浅显。在作品多少有点从俗的叙事策略中,作者实际上融入了对于现代都市人生的一种独特感悟与理解。跟同期展出的另外两篇作品参照来读,便不难发现,尽管三个作品都意在逼近滚滚红尘中都市人活在当下的境遇与心态,但取景角度却大不相同。如果说《夜色斑斓》着力描绘的是都市人生命追求与体验中的漂移与荒凉,《那天凌晨有流星雨》刻意揭示的是都市人对眼前与身外任何重大事件、变故的无动于衷与麻木冷漠,那么《女儿墙》则着重写出了都市人在理想消殒、生命流入世俗化之后的一种内在失落与焦灼。《夜色斑斓》带有年轻主人公们特有的情绪体验色彩,激起读者情感上的共鸣;《那天凌晨有流星雨》富有象征意蕴,给人以理智上的启迪;而《女儿墙》则于纪实性铺排中满蓄戏剧意味,给人以情感与理智上的双重撞击。

试想一想,在高楼林立、熙来攘往的都市荒郊,银辉四射的月光下傲然矗立着一段年代久远的古城墙,而古城墙上有着凸凹不平的女儿墙,正是年轻的男男女女们挥洒情爱编织美梦的所在,这该是一幅多么令人神往的人生风景啊!事实上,作品中的主人公阿妮的确在当上电影演员之后,与充当替身演员而不乏英雄气质的摩托车手康凯,在这段古城墙上度过了几个惊心动魄的夜晚,并在这样的夜晚编织过属于他们自己的人生美梦和理想。然而,当康凯为玩惊险电影动作而丧命,当阿妮也屈从于媚俗的势力刮掉了康凯留下的血脉之后,古城墙上的女儿墙连同女儿墙上曾经有过的那份美丽与浪漫,便被世俗的人生拼搏与挣扎挤压到了并不时常闪现的回忆之中。在离开电影界下海经商之后,阿妮有了自己的汽车自己的房子,有了事业上的成功与做老板的风光和气派，甚至有了与引人注目的外资企业老板吴荻不乏生理亢奋的肉体结合和婚姻归宿，然而她永远地没有了康凯，没有了回忆中那种与令人沉醉的风景相协调的生命激情和美好理想。消殒了理想与激情之后，剩下的就只有为竞争与算计、成功与占有所填充的世俗化生命过程了。

以世俗的眼光观之，阿妮在商战与婚姻上所取得的双重成功足令常人艳羡不已。从她出手大方地为老父治病，用以恶抗恶的手段整治打流氓电话进行骚扰的竞争对手何宝才，以及支持妹妹写文章批评吴荻非人道的企业管理方式等方面来看，她也不是一个被金钱异化得六亲不认的人，不是一个奸诈圆滑处世的人，不是一个毫无是非之心的人。然而，尽管如此，你还是觉得她身上分明缺了点什么。明白点说，就是缺了点做人的真诚，以及与这种真诚紧密相连的作为女人应有的温馨与诗意。她用挖墙脚收买内奸的方式整治走私水货、偷税漏税并捏着鼻子打电话要流氓的何宝才；她利用胡导演一心想讨她便宜的心理，答应主演胡执导的一部长篇电视连续剧，借此使自己的形象与广告在电视与报纸上频频闪光，不仅客户与财源滚滚而来，而且一心要得到她的吴荻也不敢小觑她，只得做出以退为攻的举措，不能一味地固执己见。这一切让人感到了一个都市丽人绵里藏针、以柔弱克刚强的手段与生存智慧，她和吴荻以结婚为目的的情爱活动与商业利益纠结在一起所产生的拒斥与吸引、控制与反控制的心灵冲撞，不仅让人觉得她是一个难以对付的商战能手，也是一个难以对付的情场高手。对读者来说，你钦佩阿妮的生存智慧，承认其工于心计的现实合理性，但你决不会觉得这是一个可亲可爱的人。因为在她那种从容不迫、游刃有余的筹划谋算中，看起来相当主动的人生选择，其实已经失去了人生本应固有和守护的本真。其生命过程的充实，是以人生真诚和生存理想的失落为代价的，这种失落实际上也褪尽了其生命的鲜活与可爱。

当理想不再是导引生活航向的灯塔，当真诚不再是执着守护的人生原则，人生就只能从成功与占有、从相互算计乃至相互倾轧中寻求刺激，寻求平衡，寻求戏剧性冲动了。按说在整治臭流氓何宝才这件事上，阿妮的助理白云清与那个充当了内奸角色的女人翠玉是出了大力的，但阿妮与他们并没有建立起同甘共苦、同舟共济的相互信任关系，也从没萌生过建立这种关系的念头，而是在利用他们并在物质上给予奖励的同时，在心里暗暗打定主意，一旦有一天他们有了某种妨碍公司的苗头，就要毫不客气地炒他们的鱿鱼。甚至连她大方出钱为老父动手术打点关系，在父亲手术成功后突然抱住手术台上出了大力的妹夫王海洋长长地吻了半分钟，你都能感到这不是出于一种发自内心的亲情与真情，而似乎只是为了报答父亲从她姊妹二人少时丧母之后含辛茹苦的养育之恩,为了履行奶奶临死前留下的那句"好好照顾你们的爸爸"的遗言。这就难怪被吻得满脸通红浑身颤抖的王海洋觉得是在"演电影",连读者也觉得确乎是在演戏了。后来,在利用演员形象和广告效应打开了生意上的新局面,且打掉了吴荻的狂傲与固执之后,王海洋再次以旁观者的立场指出阿妮是在"演戏"。尽管阿妮矢口否认这一点,但功利性的算计确确实实已经把她拖到戏剧表演的舞台上来了。既是演戏,那自然就有冲突有内容,有某种程度上的人生充实感。但由于消殒了理想,失落了真诚,这人生的戏剧不免自然主义地涌动起急功近利的世俗欲望,虽不乏生动的情节却毫无诗性的韵致。从一定程度上说,阿妮的成功与胜利并不表明她比何宝才们在精神上更为富有更为高洁。她的成功从根本上得力于其天生丽质的自然"资本",她不过是用自以为雅致的方式使这种"资本"增了值而已。阿妮为什么那么痛恨何宝才?难道不是因为后者用下流的语言点明了阿妮自己不愿从下流处正视的事实,从而打中了她的要害吗?她为什么那么想制伏他人,那么想与人打一架,那么渴望从生理快感中寻求宣泄,这一切恐怕都应从其内在的精神失落中寻找原因。

理想与世俗之间的反差,本真的自我与作为社会角色的自我之间的错位,构成了现代都市人的一种现实生存境遇。《女儿墙》的意味深厚之处,就在于借助阿妮的一段生命轨迹不动声色地展露出这种境遇。就揭示作品的主旨而言,《女儿墙》的结尾绝不是作者丢给读者的一个浅薄低俗的媚眼。当阿妮与吴荻在肉欲的疯狂中进入极度的亢奋,双双发出长长的号叫时,由于占有与征服的成功,他们自然都可以认为自己发出的是胜利者的欢呼。但在这宣泄式的号叫中,显示出的却是精神的失落与虚空。当阿妮 M 字般屈起的双腿像她回忆与幻觉中的那段古城墙上的女儿墙一样伸展开来的时候,阿妮从内心里知道她其实并没有寻找到"康凯第二",吴荻不过是她填补精神虚空、维持心理平衡的一个现实替代品而已。这就应了阿妮到医院堕胎时的那种感觉:媚俗的势力残酷不堪。小说的结尾可以说是画龙点睛,可以说是意味深长,总之是非常精彩。但愿阿妮们长长的号叫能像一阵凶猛有力的鞭子,抽打在都市人悠扬自得的生命琴弦上,颤抖出声声穿透灵魂的乐曲,唤回我们曾经有过相违已久的种种美梦,为世俗化的人生戏剧增添几分色彩与光亮,几分诗意与韵味。

(原载《当代小说》1995 年第 4 期)

用真情的诗心感应美丽的风景

——读刘功业散文集《寻找湖泊》

青年作家刘功业本是以诗歌创作步入新时期文坛的。继诗集《星星海》之后，百花文艺出版社最近又推出了他的散文选集《寻找湖泊》。选集共收入48篇散文，在这些作品中，作者依然以其真诚的诗心感应自然、社会和人生，用清新如画、情韵悠然的笔墨勾勒出一幅幅富于现代气息的审美风景。走进这片风景，我们不仅走进了生活的鲜活与流动、丰富与美丽，而且走进了作者的心灵世界，深切地感受到作者对真善美的人生境界的发现与体验、沉思与追求。

刘功业的散文一如他的诗歌，是从其内心深处，从其生命感悟中自然流泻出来的。其中没有世俗欲望侵蚀下的浮华与喧嚣，也没有故作深沉故弄玄虚的矫情与穿凿，有的只是一颗真诚的心灵在敏感地观察生活，细细地品味生活，不倦地求索人生的真谛与乐境。文集共分三辑，第一辑“乡思亲情”，以动情的笔触抒写了作者对故乡淄川深厚浓郁的怀恋之情。这里有对家乡清清小河水和童年快乐时光的眷恋，有对醇美温暖母爱的赞颂，也有对故乡的名胜、习俗、师长、风味饮食等情深意长的记叙、追忆和回想，更有对故乡由往古到而今、由贫穷落后到繁荣富裕的历史巨变的描述和喜悦。第二辑“野地游魂”，以开阖有度、舒卷自如的手法，摄录剪辑了作者在北国大地游历中的所闻、所见、所感、所悟。在作者笔下，内蒙古草原上沙丘地带孤独倔强的榆树、太行山里逶迤蜿蜒的山路、黄河两岸晋南豫北随处可见的泡桐树、北大荒黑土地上高高挺立的白毛杨、团泊洼的夏天、白洋淀的游船、居庸关外的龙庆峡、延庆冷陉山的古崖居、大西北黄土院里农家的“三炮台”茶、嫩江军垦农场上金灿灿的大豆，不仅联结着祖国山河的雄浑与博大，而且无不显示出历史和文化的积淀与灵性，展露着生命与创造的神奇与美丽。第三辑“都市情绪”，则以作者现今生活与工作其中的滨海城市天津为取景范围，描写与透视了现代都市生活和都市人生的繁华与喧闹、拥挤与竞争、疲惫与困惑、孤独与隔膜、烦恼与喜乐，用现代都市人的缕缕人生情绪抽绎剪接出一幅幅都市风尚图。这些散文，虽然取景不同、立意有别，但有共同的气韵、格调和品格，那就是始终固守着一腔真诚，凭真诚感知生命的诗意，奏响艺术的琴弦。作者写的是自己的真见闻、真感受、真性情、真思考，读者从中不仅欣赏到了生活的真实与美丽，也看到了一个真诚无伪的心灵，领受到了作者在人生求索中焕发出的诗性智慧和精神风貌。正如著名作家蒋子龙在序中所说，读了刘功业的散文集以后，“他是哪里人，他的爱好，他的情趣，他的心理世界，跃然纸上”。

刘功业是呼吸着改革开放的清新空气成长起来的青年作家，因而他的散文不论是记事还是写人，写景还是感怀，写乡野还是写都市，都是从一个当代人的眼光和情感着笔的，充溢着鲜活、灵动的时代生活内容和气息，这使他的散文读起来既清新，又亲切。但是，当代人的眼光和情绪，并没有使作者的笔囿限于对眼前生活浮光掠影的浅薄点缀，他写的是当下的景、当下的人，却总是把这景、这人置于历史变迁、文化积淀、生命真义的思维框架中加以映显和展露。从淄川的山水、集市、人物、习俗中，我们了解了淄川的繁华与俊美，也感受到这繁华与俊美中寄寓的历史沧桑，并从作者浓浓的乡思情怀中解读出作者自己生命与心灵的成长。从作者的漂泊游历中，我们既领略了各地奇异多彩的风光、人情和习俗，也深深地品味出自然、历史和文化对于民族性格和心理的影响，感受到自然与文明的撞击，以及铜臭气的现代文明对自然纯真的人性和传统文化的侵蚀，也看到了当代人的伟大创造对自然环境和人类自身生存空间与方式的重新雕塑。自然与文明、历史与现实、当下与未来的叠合交织，给刘功业的散文平添了一种深厚蕴藉的意味。更为可贵的是，作者并没有在八面来风的多元价值取向冲击下迷失了自己的人生选择，用世纪末的情绪，用对美丽、良善与崇高的亵渎来显示自己的现代气派和潇洒风度，流入风靡文坛已久的恶俗“时髦”。作者自称“漂泊”者，决心在无忧无虑、狂放无羁的游历中寻找那片心灵的“绿洲”和“湖泊”，把漂泊的旅途变成求解生命真义的功课和享受智慧的佳境。作者所欲“寻找”的这片“绿洲”和“湖泊”也就是一种自由的生命境界，一种美丽的人生风景。正是对这种境界和风景的憧憬与追求，赋予《寻找湖泊》以感人的内在激情和诗化的艺术美质。

在书的代跋《漂泊是福》中，作者写道：“我注定远游，走遍天涯，去寻找一切新鲜、奇妙的风景。漂泊是福。只有漂泊，可以为我创造永久的梦幻。”但愿作者能在今后的漂泊中寻找到更多“新鲜、奇妙的风景”，为自己也为读者创造更多“永久的梦幻”，因为在这个物欲急遽膨胀的时代，现代人亟须更多美丽的人生风景来补救日益增长的精神虚脱，来调整日渐俗化的心理失衡。

（全文原刊发于《天津书讯报》1995 年 6 月 15 日，总第 11 期；另经删节发表于《大众日报》1995 年 3 月 18 日）

写出乡土生活的本色来

——评修祥明两部农村题材新作

青岛作家修祥明是以小小说创作知名于文坛的，而其中、长篇小说也多有精彩出新之作。他最近出版的两部长篇《庄户日子》和《庄户人家》，就以平淡而满蓄深情的语言，朴实而不乏曲折的笔法，点染勾画出了一幅乡土生活的感人图景，显露出同类题材作品中未曾有过的色调、意味与境界。

就像美国作家福克纳以虚构的约克纳帕塔法县来开掘自己的生活矿藏、构筑自己的艺术天地一样，修祥明以山东古城即墨县境内的和尚庄作为自己的开垦园地和描写中心。这两部以姊妹篇形式推出的作品，描绘的都是和尚庄山水田园的风风雨雨、春夏秋冬、耕种收获及和尚庄父老乡亲的生生死死、离合恩怨、婚嫁养育。《庄户日子》以农民尚世敬一家的命运转换为结构主线，反映出从“文化大革命”开始到20世纪80年代初农村变化的微澜，着重展现了与传统的历史重负紧密交织的极左政治强加于农民的生存艰辛与苦难，以及从艰辛与苦难中孕育萌发出来的生活希望和人性觉醒。《庄户人家》则以多线交织、散点透视的叙事策略，揭示了在商品经济潮流冲击下农村新旧生活方式和传统的交替与撞击，侧重呈示了在传统生活方式向现代生活方式转型过程中农民生存观念的矛盾与冲突、嬗递与回复，以及由此导致的生存心态的失衡与焦虑、迷惘与苦闷。在《庄户日子》中，我们不仅看到在新的历史转折之后农民的生活境遇有了较大的改观，而且看到老实巴交的尚世敬终于愤怒地举起猎枪，射倒了那个一直欺侮、敲诈他的村头杨间贤；在《庄户人家》里，我们不仅看到了商品经济大潮对古老田园的冲洗，而且看到了一位走即墨闯青岛，变成远近闻名的富户之后在乡亲们眼里渐渐变得为富不仁起来，自己也常常觉得歉疚和活得不踏实的农民商人尚世玉。从尚世敬那轰然爆响的枪声中，从尚世玉那与左邻右舍的矛盾纠葛与内心隐痛中，尤其是从尚相臼和尚青等年轻一代渐趋开放的生活心态与独立起来的生存选择中，我们分明感受到了时代进步的脉搏，作品也由此而艺术地充盈出丰厚的历史内蕴与思想深度。

与许多农村题材作品不同的是,《庄户日子》和《庄户人家》的创作主旨不在于通过农民生活的嬗变来裁决政治得失、历史是非,而是着重描绘和揭示特定社会历史情景和地域文化氛围中农民的生存状态和生存心态。回到实实在在的生活与实实在在的人生,写出乡村生活原汁原味的本色,是这两部作品共有的艺术追求和特色。在作者的眼里,庄户人的日子就是"睁开眼,他们看到的是锅碗瓢盆,锄镰锨镢,大人孩子,家里的营生要做,坡里的活要干,一堆一岭的,一天一天地往前熬呗"(《庄户人家·后记》)。因此,修祥明不虚拟大起大落的故事情节,不追求大喜大悲的戏剧效果,而是以平淡朴实的笔墨,娓娓叙谈零七碎八的生活琐事、平平常常的人物言行、乡味馥郁的民俗风情,在现实主义的如实描述中妆抹出即墨农村的生活风俗画,展露出农民们根于生存的悲苦与欢喜。对于笔下的乡村生活及父老乡亲,作者有其深切独到的观察与体验、敬重与理解。作品没有回避小农经济的落后与封闭,也写出了农民们源于历史惰性和现实重负的愚昧与守旧、狭隘与怯懦。但作者绝不将自己的笔仅仅停留在对这一切的描绘上,以此显示所谓思想上的"深刻"与文化上的"发现",而是更多地把笔墨倾注于农民日常生活的艰难困苦上来,从艰难困苦中表现他们的勤劳与坚韧、质朴与善良,以及对美好生活的执着追求与向往。在《庄户日子》的后记里,作者写道:"我的两部长篇小说之所以都用上'庄户'二字,一是表达我对庄户人和庄户地里的爱与敬重,二是还庄户人美好的本来面目。"应该说,作者的这个创作意图是圆满地实现了。书中的许多细节和场景之所以描述得那么激动人心,许多人物之所以塑造得那么令人熟悉亲切,而尚世敬的家里人相曰娘和尚世团的家里人秋华娘这两位对家人和乡邻有着博大无私的关怀、同情和爱与坚韧无比的吃苦耐劳精神的农村母亲形象,之所以那么让我们尤其是让出身农家的读者情不自禁地想起自己的亲娘,恐怕这一切都应归于作者对生他、养他的故土和乡亲的深情眷恋与挚爱,也正是这种眷恋与挚爱赋予这两部作品以亲切自然的风格与温馨真淳的诗意。

(原载《大众日报》1995 年 5 月 7 日,另载《文学报》1995 年 6 月 29 日)

评杨文学长篇纪实文学《穷官》

最近，大型文学双月刊《时代文学》1996年增刊号上以首要位置隆重推出了青年作家杨文学的长篇纪实文学《穷官》，为颇负盛名的山东纪实文学创作又增添了一道亮丽的风景。这部即将由人民文学出版社另行出版的力作，融纪实的真实性、立意的深刻性和艺术的感染性于一体，以飘洒的文字、磅礴的气势，谱写出一曲讴歌奉献弘扬崇高的壮丽颂歌。

《穷官》以长达15万余言的篇幅，讲述了蒙阴县委书记刘宗元率领51万革命老区人民奋力拼搏、脱贫致富的动人事迹。1992年岁尾，刘宗元离开已任职多年的市体改委主任和《改革天地》总编辑岗位，辞别深情眷恋着他的妻子儿女，孤身一人由临沂赴蒙阴任县委书记。当时的蒙阴，是临沂市经济特困县，财政拮据，民心动摇，悲观失望的人们甚至说出了县里干脆破产算了的气话。经过三个春秋，刘宗元硬是靠党的改革开放的政策和符合当地实际的科学决策，靠一个党的区域工作干部对人民、对历史负责的耿耿忠心和责任感，将全县人民涣散了的人心凝聚起来，将消沉下去的意志激发出来，抓住机遇，迎接挑战，艰苦创业，超常发展，使昔日贫穷落后的蒙阴大地到处展现出生机盎然、如诗如画的新景观。作者以激情涌动的笔墨，写出了刘宗元在蒙阴经济和社会发展进程中富于远见的规划、科学正确的决策、联系群众的作风和无怨无悔的奉献。这位党的区域工作的带头人和主要决策人，心里装的只有人民和责任，唯独没有自己和私利。想当初，他服从组织决定，抛却优越的工作环境和幸福的家庭生活，义无反顾地赴蒙阴去当全市各区县最穷的官；而今，蒙阴的老百姓都敢造小康楼了，他自己却仍旧住在被农民形容为比老婆腚大不了多少的小屋里，做着两袖清风的穷官。他曾经因为掏不出女儿下学期几千元的学费感到愧对女儿，更因为没有利用手中的权力安排亲侄和外甥的工作开罪了哥哥和妻姐。他把智慧和汗水挥洒到了蒙阴1600平方公里的原野中，也将一个共产党人的崇高形象永远留在了蒙阴人民的心坎里。作为读者，我们为他勤政爱民、勇于开拓的动人事迹所感动，更因其清正廉洁、崇高无私的精神境界而获得心灵的净化。

杨文学是怀着对那些为老少边穷地区无私奉献的干部们的崇敬与挚爱，同时带着对广大贫困地区如何甩掉“穷帽子”的焦虑与思考而为“穷官”刘宗元写照的。这部作品，通篇蕴蓄并流溢着一种深沉和大气，这既是得益于蒙阴大地悠久古老的历史传统和文化渊源，根源于刘宗元志存高远的改革大思路和取得的重大工作成就，也来自作者对于经济落后地区如何做好扶贫开发工作，与全国人民一同走上致富之路这样一个事关大局问题富于理性深度的宏观思考。作品不仅写活了一个刘宗元，而且通过刘宗元这个典型揭示出一个基本道理：落后地区要脱贫，关键在于有一个好的党政领导班子，有一个好的带头人。刘宗元与蒙阴县党政班子，不仅心系群众，有一股艰苦创业、实干苦干的革命劲头，而且勇于开拓，敢于按照市场经济的规律制定出既切合实际又着眼未来的发展思路和举措。基于蒙阴“千山之崮，舟车不通”的地理特点，刘宗元在深入调查研究的基础上，果断作出了以交通、邮电、电力、城市四大基础建设超常规发展来带动全县经济与社会快速发展的战略性决策。以四大基础建设为龙头，农村经济在山与水上做文章，工业经济则在改造骨干企业、培植新兴优势产业上下功夫。在开发蒙阴山水的自然资源和潜力以发展经济的同时，刘宗元还特别注重发掘当地悠久辉煌的文化资源，尤其注重宣传当地从古至今的历史名人和英雄楷模，以此对内凝聚人心、净化社会环境，对外来塑造形象、扩大活动舞台。这些做法，与党中央关于革命老区在扶贫开发工作中要把艰苦奋斗的传统精神与发展社会主义市场经济结合起来、要把物质文明与精神文明的建设同时抓好的要求是一致的，其成功的经验对全国来说都是具有典型意义和推广价值的。因此，阅读《穷官》我们既为蒙阴人民终于摆脱贫穷而感到由衷的高兴，也从中看到了全国广大农村贫困人口走上富裕之路的希望。正是在这里，显示出作者的立意深远之处，以及该著与一般歌功颂德之作在品味、境界和思想深度上的差异。

《穷官》在艺术处理上也有许多值得令人回味之处。作品将“穷官”刘宗元的一段人生历程与一方水土的古今变迁、与一个县的整体巨变有机地交融起来，历史与现实、个人与群体、经济与文化交相渗透，交相辉映，体现出作者驾驭题材的高超能力。在风格上，作者将恢宏与细腻、理性的思考与蕴含着激情、意趣的生活细节的描写有机地统一起来。对蒙阴的历史巨变，既有大思路、大框架的宏观铺展，又有典型事例、动人场景的微观描述；对人物形象，既有线条粗犷的简笔勾勒，又有精雕细琢的工笔刻画。宏观铺展与简笔勾勒给作品带来流动奔放的畅达气势，而微观描述与工笔刻画则给作品增添了情真意切的感人魅力。作品中的许多章节和段落，如开篇那个“狗贩子”张前科因别人无意中叫了刘宗元的名字而没有叫他刘书记差点与人动武的故事；还有那个高山林场的留守人冒着严寒、踩着封山的大雪，徒步下山赶到县城，将平时采集起的几斤香菇送给刘宗元，作为报答知遇之恩的礼物的故事，无不意味隽永、令人击节。这些故事形象地体现出刘宗元这个穷官在老百姓心中的位置，诗意地书写下了改革开放新形势下干群关系的新篇章。

（原载《作家报》1997 年 2 月 15 日）

英雄叙事的新收获

在目前思想文化和文艺创作的复杂背景之中,长篇小说《火凤凰》的问世有其特别的意义。在这部带有某些自传性质的新作中,魏巍一如既往地用满含深情的笔墨讴歌革命,塑造英雄,描述历史的真实,抒写人生的理想,这不仅是对诸如“告别革命”“躲避崇高”之类论调的一个正面回击,也是对那些一味地以无聊的人生和人生的无聊涂抹文坛灰色风景的私人化写作的强劲反拨。作品显示了一位革命作家对未来的坚定信念、对社会的使命意识和对崇高、美好的人生境界与艺术境界执着无悔的追求。该作给当下文坛带来的纯真刚健的气息和清新亮丽的色彩再一次表明,长于英雄叙事的革命现实主义文艺创作在今天不仅没有过时,而且依然有其强大的现实生命活力。

与现代中国革命相伴而生的革命现实主义创作自 20 世纪四五十年代以来,创造了许多英雄叙事的辉煌文本,它们成为亿万读者正确认识中国现代历史并从中获取人生教益和理想的一个深厚源泉。《火凤凰》无疑属于这种类型的文本创造。小说以富于诗意性和哲理性的形象创造和语言描绘,真实地再现了现代中国的历史进程,揭示了中国革命及其走向胜利之路的必然性与合理性,具有深广的认识价值;同时,小说对青年知识分子不同的人生选择和成长旅程的展示,为当代青年树起了一面人生的镜子。可以说,这不仅是一部进行革命历史观教育而且是一部进行革命人生观、价值观教育的形象化教材。更加可贵的是,该作不仅在思想立意上境界很高,在叙事结构上的开阖张弛,形象刻画的笔墨调度,尤其是在革命军民的群体雕像和知识分子的灵魂透视等方面,也取得了值得重视的艺术成就。作品带给我们的,不仅仅是历史认识上的深化、人生境界上的升华,还有强烈的艺术感染力。那交织在历史与人生中的光明与黑暗、正义与暴虐、深爱与血仇、忠诚与背叛、美丽与丑恶的厮杀和搏斗,强烈地撞击着我们的心灵,令人震颤,也促人深思。

从审美表现的角度来看,历史呈现的心灵化,是《火凤凰》文学叙事上一个引人注目的特点。《火凤凰》描写了从抗日战争经解放战争直到中华人民共和国成立这段辉煌壮丽的中国现代革命的历史,书中大背景的勾勒、小情境的描绘，都能给人以真实自然、如临其境之感。作为这段时代话剧的见证人和积极参与者，作者深知演出这幕话剧是为了人，而且这幕话剧本身也要由人来演出。因此，书中精心设计了四个主要人物，以从延安“抗大”毕业的四个青年知识分子在革命战争的血与火的考验中新生与蜕变的生命历程结构全书，贯穿这段历史的始末。这样，作品不仅以宏阔的笔触展示了这段历史的风云和冲突、现实和希望，而且将所有这一切内化为周天虹、晨曦、高红、高凤岗四个人物的人生选择和追求以及他们彼此之间精神世界的交流与碰撞，从而使得《火凤凰》的历史展现具有思想深度，也使得人物形象的塑造具有历史的底蕴和时代的纵深感。同时，书中的主要人物周天虹明显地带有作者自身的生命印记，因而作者描述的这段史实就更具有个体化生命体验与反思的意味，使作品在不同人物的悲、喜剧中展露出历史的质感和灵性。对于历史的这样一种呈示方式，以往的革命现实主义创作中是不多见的。

《火凤凰》文学叙事上的另一个显著特点是理想追求的现实化。该作在富于激情的文学叙事中，处处散溢着一种亮丽的理想辉光，其中既有民族的理想，也有个人的理想。如果说民族的理想就是在自己的家园里建立一个没有剥削和压迫、人民当家做主的自由而幸福的新中国，最终实现共产主义的话，那么作者所肯定的个人理想则是应把自己的人生追求融入民族大业之中，在民族理想的实现中展示个人的生命价值。周天虹、晨曦、高红等就是这种理想的艺术化身，他们身上体现着一代有志气、有抱负的热血青年为民族的解放和革命事业而献身的时代性精神风貌。他们辉煌的人生历程和英雄胸怀昭示今天的人们：人生应该有一种理想追求，但个人的理想必须与时代的要求、人民的利益统一起来。理想的实现不能是自私自利的、个人英雄主义的奋斗，而应走与人民大众相结合的道路。为人民服务，为人民的利益而献身，是实现个人理想也是实现民族理想的唯一正确的道路。因此，在《火凤凰》中，民族的理想和个人的理想都不是抽象的，也不是虚假的，而是根植于作品所展现的这段历史的深厚土壤之中，建立在全民族的奋斗与新生以及个人自觉的人生选择与努力的基础之上的。这样的理想是诗意化的也是现实化的，是可憧憬的也是可追求的，是美丽的也是真实的。理想与现实、诗意与写真的辩证关联和融合，既大大拓展了作品历史叙述的审美时空，也增强了作品人物形象的内蕴深度，从而使得《火凤凰》不仅成为如实地描写历史与人生的一部革命现实主义的力作，也在革命浪漫主义与革命现实主义的有机统一方面作出了可贵的努力和探索。

（原载《高校理论战线》1997 年第 12 期）

一部大气而又平实的好作品

——我看《别无选择》

10集系列片《别无选择》是一部制作得大气而又平实的好作品。作为一个山东人，我为片中展现出的山东改革开放20年所取得的巨大成就而骄傲而激动，同时作为一名观众，我也为制作者们把这样一部在内容上无异于工作总结的片子处理得如此动人而感佩不已。

《别无选择》无论从立意的高远、蕴涵的丰厚还是思考的深度等方面来看，都有值得称道之处。从总体上看，该片给人印象深刻之处，首先是它的大气。全片以总览全局的广阔视镜，全方位、多层次地描述了山东改革开放20年来从农村到城市、从农业到工业、从经济发展到精神文明建设等各个领域各个方面经历的历史巨变和取得的光辉业绩，时间跨度之大，涉及领域之广，涵盖内容之多，在各省级台制作的同类专题片中还是很少见的。在展现这些内容的时候，编导者们不仅时时注意从20年前与20年来以及近20年间不同年份的醒目对比中凸显片子所欲阐扬的基本主题——"穷则变，变则通，通则久"，而且以放眼寰宇的胸怀和视野，处处以全国改革开放的大背景和世界经济一体化的大格局着眼作出自己的观察和思考，这就在时间与空间的交叉中，立体而又富有深度地揭示出山东改革开放的历史境遇和必然，以及在20年前进历程中遭逢到的困难与机遇、累积下的经验与教训。内容的丰厚与思考的深广赋予了全片一种大气充盈、思理纵横的气势，令人有所感亦有所思。

作为一部全面勾勒山东20年改革开放历程的系列片，该片在主题的定位、题材的选择甚至包括作者政论性的议论等方面，无疑都是从"大"处着眼的，但全片"大"而不空、"大"而不假，且丝毫不给人政治说教的感觉。究其原因，在于内容的丰富而具体和整体风格的细致而平实，这是该片给人的另一个突出印象。尤其是它的平实，着实为该片增添了不少的魅力。其平实，既得益于片中准确地选择运用了大量翔实的历史资料（包括历史画面和数据等），细致地编排剪辑了一些实感性极强的采访镜头，更得益于编导者们以一种平民化的眼光审视历史。编导者们不是高高在上地评点历史，而是从平民百姓的生存与体验中感受时代脉搏的跳动，追寻历史前进的脚步。片中精心选择与编辑了大量对普通人物的采访镜头，借此编导者们形象地揭示出改革开放与国家的富强、民族的振兴相关，也就是与普通民众个人事业的成败和人生命运相关。改革开放所启动的历史变迁中，既镕铸着普通民众的汗水和奉献、追求和牺牲，也镕铸着他们的困惑与思考、欢乐与辛苦。编导者们将历史聚焦于普通人的生存和命运，或者说将历史还原为普通人经历过、体验过而且可以回首反顾与思考的对象，这就无形中拉近了片子与观众的距离，使得片子所展现所议论的一切成为与观众息息相关的事情，因而观众欣赏片子的过程，也就成为重新体验与回味自己走过的一段不平凡的道路的过程。可以说，正是这种平实的风格和平民化的审视角度，使得该片的纪实性有了普通人乐于亲近的饱满生活气息和丰厚时代韵味，也使其政论性有了入情入理、直扣心扉的思想穿透力和逻辑说服力。这一点，也正是我最为看重的。

（原载《大众日报》1999 年 2 月 5 日）

创造出一个属于自己的天地

——王涛小说的意味与特色

毕业于山东大学作家班的王涛，在山东的小说创作队伍中，算是较年轻的一位。在不到10年的时间里，他就发表了数百万字的中短篇小说，由此足见其勤奋。王涛真正令人刮目相看之处，还不在于其创作的数量之丰，而在于他那些优秀篇章中飘溢着的特殊审美意味，以及这意味中蕴含着的独到生命感悟和显示出的独特艺术追求。他的数次获奖，便很好地说明了这一点。

从叙事时态上看，王涛的作品大致上分为两类：一类是现在时态的，一类是过去时态的。其现在时态的作品大都具有较强的生活实感，也比较明显地蕴含着作者的人生思考和价值取向。如《别人的城市》写主人公因为搬家找不到新住址而开始街头流浪并经历一系列不幸遭遇，揭示了现代人无家可归的生存状况和人生的荒诞本性（这一切也许仅是主人公的精神幻觉）；《野地的鸡》以鸡场技术员"眼镜"与纯朴的农家姑娘春姑一段失败的恋情写出了文明人对田园和人性纯真的隔膜、惶恐与逃遁；而《最后的乡村》则以一个儿近荒诞的征婚故事喻示了在现代文明挤压下田园净土的瓦解，与田园净土相连的纯真人性的堕落，以及无根的城里人失却"家园"的生存困境与烦恼。类似的作品还有《无诗年代》《人间天使》《城市情感》《城市梦幻》《远方的山林》《休闲时代》等，这些作品的触动人心之处，就在于表现了城里人尤其是那些来自农村的城里文化人虚浮失重的散文化人生，以及他们精神流向中无根可系、无家可归的漂流之感，从而从不同层面和不同程度上揭示出现代城市生活的"休闲"本色和"无诗"境况。这类现在时态的以乡村生活为背景的小说还有很多，如《红蛇》《到海边去》《猫眼》《温柔之乡》《金色豆地》《天路历程》等，都在一定程度上描画了社会的沧桑变幻和人世的悲情欢爱，透出了作者关注现实把握人生的艺术指向，读来令人感怀不已。

尽管王涛叙写现在时态的作品程度不同地闪现出作者的见识与才情，立意和表现上也不乏新颖独到之处，但比之其叙写过去时态的作品似乎在总体上要逊色一些。王涛真正写得富有灵性和光彩也常令读者回味不已的是后一类作品，如《春夏秋冬》《古桐树》《花神》《枣树行》《金鸟》《红棺材》《遗址》《榆钱儿》《收麦三题》《收秋三题》《苍龙》《鱼人河童话》《牧鸟人》《金发少年》《饥饿年代》《莫邪山传奇》《猱》《烟》《蜜蜂之家》等。这类作品大都以“乌龙镇”为背景，以传说和回忆的形式编织故事，既具有前一类作品那种浓郁切实的生活气息，又比前一类多了一层新奇陌生的审美意味。其意味，就在于故事的某种神秘性和与此相关的意蕴象征性。单就故事本身看，这类作品也说不上多么复杂，无非是叙写普通、平常的乌龙镇人的生老病死而已，但这些平常且不甚复杂的人生故事却多多少少带有几分神秘的成分和色彩。比如，作者写得颇为出色的《古桐树》，以一个回忆中的孩子的亲历为本事，那南厅北正的四合院，那古桐树下孩子们抢吃桐籽时的心机、喧闹与说笑，那孩子们面对奇怪的八爷和厉害的大姑时的恐慌与惧怕，无不显露着让人熟悉的农家风味，以及农家风味里特有的亲切与温馨、朴实与本色。然而整日坐在太师椅里不言不语地出现于黑洞洞的门洞里的八爷何以活得那么长久，以至于连大人们也弄不清他的实际岁数？他何以会在大雪压塌房屋之后连尸首也不见了？被人强暴后从此便摆弄起猎枪的不幸的大姑何以偏偏死于自己的猎枪之下？不知来路的幺叔何以就能做出那么一手好针线？又何以要成年累月日复一日地为八爷缝制寿衣而最后却裹着自己做的寿衣死去？那只有南方热带雨林里才能生长的古桐树究竟怎样来到了北方的乌龙镇？又凭着什么样的机缘与四合院里李家的盛衰纠结到了一起？这些令乌龙镇人也弄不清道不明的生命现象和自然现象，以及自然而然地发生于那古老而终究败落了的四合院里的故事，染带上了几分浓郁的神秘气氛和意味。是生活本身就如此这般，还是记忆与想象的变形？恐怕连作者也难以给出确切的回答。但唯其如此，也就更能激发读者的阅读兴趣。

显然，在王涛的“乌龙镇”系列中，种种神秘成分的设置绝非故弄玄虚，而是服务于作者营构氛围、串联故事或寓示题旨的创作需要的。同时，它们也不给人突兀游离之感，而是与古老的乌龙镇，与乌龙镇上那些真假莫辨、虚实难分的传说与回忆水乳交融地结合着的。这样一种故事形态，从一方面说可视为作者有意为之的叙事策略。因为一味地写实，作品可能会失却魅人的意味，陷入味同嚼蜡的境地，而加进一点神秘，故事就会显得扑朔迷离起来，作品所构筑的审美时空就会变得神奇陌生起来，读者那原本乐于探奇览胜、寻根究底的好奇心就会被调动起来。对于王涛，除了叙事策略外，这样的写法也隐含了他对于生命存在的独特感悟。或许他想凭借平常与神秘的联系、融合展示出生命存在的一种富于张力的结构。平常，显示着人生中显明的、可以言说可以理喻的一面；而神秘，则显示出人生中隐秘的、通常理智难以参透和言说的一面。为什么那个小学教师良才会在梦中预见到后来在鱼人河边遇到的女子“小白鱼”？为什么他会在与“小白鱼”相遇后浑身渐渐长满了坚硬的鳞片，直至后来听到“小白鱼”已经嫁人后才从鳞甲硬壳里脱出自己细软嫩白的身子？（《鳞甲》）为什么鱼老师于难得的闲暇时分精心饲养而后又放飞了的那只不知其名而在乌龙镇史书上被称为“鵊”的鸟，会在鱼老师临终前引回庞大的一群，密密麻麻地聚满鱼老师家的屋顶？（《牧鸟人》）为什么寻着法儿去死的兄嫂明秀总也死不成，而与男人总是在过“蜜年”的弟媳云凤却会突然莫名其妙地死去？（《交界》）为什么蝲蝲种下了豆子却长出了菟丝子，而这些奇怪的植物会漫山遍野、铺天盖地地疯狂蔓延并最终缠绕包裹了蝲蝲和蝈蝈？（《金色豆地》），如此等等。这一切或许是难以说清道明的，却不是毫无意义的。相反，正是这带点神秘的东西，敞开了生命存在的另一维度，开启了读者逾越常规的想象空间。它们可能意味着由偶然填充的人生宿命，如《交界》；也可能象征着某种灵性的沟通与美丽的永恒，如《牧鸟人》；也可能寓示着其他的什么。即如《牧鸟人》来说，或许鱼老师为了美丽的地主女儿“罗敷”甘愿放弃自己的大好前程，而自己却在与美相伴的生命之旅中走向平庸走向失落，从中显出了美的可怕性，它也在销蚀着人生（作品中“我”对小罗敷的拒绝只能以此求得解释）；但那与远去了又归来的“我”相伴而行的、飞去了又飞回的鸟儿，不又在昭示着美的感召性，以及美的追求对生命存在的超越性吗？当然，作品中的神秘成分不是都可以破译猜解的。比如，《红棺材》中爷爷难道真的如人所说是死了后又归来的吗？《莫邪山传奇》里老柏汉既渴望见到又不无恐惧的神物究竟是什么动物？《山神》里那个让人见了就能不死的“山伯”到底是否存在？《遗址》中那个诱惑了纯真的小学教师红卫的怪人蛮二居然只是个古代的幽灵？《烟》中那头突然出现在李家坟地并最终将老八残酷地送上人生归宿的红毛猪，究竟如莫邪山人传说中的那样是玉皇大帝的女儿所变，还是老百姓常说的催命鬼？如此之类，似乎难以确指。尽管如此，它们在作品中的作用却是无可置疑的。仅从结构上来说，那头作者最终也没有给我们交代清楚的神物却是进入柏汉一生命运之门的枢纽，无论少年、中年还是老年，它都构成了柏汉生命轨迹的客观对应物（尽管事实上它也可能仅是一个心造的幻影）。而那头红毛猪则分明成为老八一家及其个人命运的关节点。与此同时，虽然难以说清它们的寓示，但你可以肯定在这神秘成分的背后必定隐藏着什么东西，它们诱使你用尽了全部的想象和心智去意会、领悟和猜解，这就分外增添了作品的魅力。

与神秘成分的渲染相联系，王涛的不少作品还成功地运用了现代小说特有的意识流叙事技巧。如《莫邪山传奇》就是以老柏汉的意识流动为视点将其一生命运串联起来的。而在展示人物的意识流动时，作者又善于描写人物的心理幻觉。如《鳞甲》中小学教师良才关于梦中女子的幻觉，《温柔之乡》里大兴针织厂厂长老敢与城里来的女秘书钟沛做爱的幻觉，《文化三题》里老班、老黑、老滕三位头人的幻觉，以及《鱼、蛇和龙》中女文化研究者的幻觉，都写得很精彩。借助于幻觉，作者既写出了人物为某种渴望及由之引发的失望和焦虑所交织、笼罩的心理时空，也在幻觉与真实的映衬和交融中营构出一种似真似幻的生存境况，并从中折射出人物的某种心理状态。为了增强故事本身的迷离情状和读者阐释文本意义的难度，在飘飘忽忽的意识流动和幻觉描写之外，作者还有意识地在叙事角度和叙事方式方面做了许多实验和探索。有的作品中，作者与人物、叙事主体与行为主体是交叠合一的，如《无诗年代》《人间天使》《最后的乡村》《别人的城市》《休闲时代》等；有的故事与作者并无直接或间接的关联，但叙事主体也是由写作者“我”来担承的，如《烟》《猱》《饥饿年代》《苍龙》《蜜蜂之家》《温柔之乡》《金色豆地》等；有的故事本有时空序列上的连贯性，作者却故意将其拆解为不同的片段，而后代之以时空片段的重新拼接，如《莫邪山传奇》《石榴花》《猫眼》等；更有甚者，对同一个故事，作者往往借助不同人物的视角展开复式叙述或多重叙述，如《温柔之乡》中老敢对他与钟沛关系的叙述和钟沛自己的叙述是不同的，老敢对他如何杀死雀斑女人(自己的老婆)的自供和按照公安局所做的结论来看雀斑女人自杀的情状也是不同的，再如《蜜蜂之家》中李老五之死，又分别有叙事者的祖母、祖父和妻子三个不同的叙事版本。这样一些富于创新和探索意识的叙事策略和技巧的运用，无疑大大增强了作品在结构上的张力和意蕴上的丰厚，显示出作者不甘俗套和平庸的艺术用心。

与山东的大部分小说作者相比，甚至与自己叙写现在时态的作品相比，王涛叙写过去时态的许多小说都写得不那么现实也不那么老实，他的创作态度是严肃和严谨的，而其创作心态和运思理路却是开放与活跃的。由于上述一些尝试和探索，加之象征、变形、荒诞等手法的大量运用，王涛的作品往往不能让人一眼即看穿其主旨和意味，意味与表现形式一样显得扑朔迷离。虽然如此，王涛却绝非一个为新奇而新奇、为探索而探索的艺术至上主义者，事实上他期望通过表现形式上的探索寻求到一条通往生命之存在和存在之真实的途径，由此而艺术地展现他对于人生意义的洞彻与思考，其中叙写乌龙镇过去时态的生活影响的几篇作品尤其突出，如《古桐树》《鱼、蛇和龙》《枣树行》《春夏秋冬》《石榴花》《文化三题》《莫邪山传奇》《烟》和《蜜蜂之家》等。在这些作品中，背景都是那座莫邪山、那条鱼人河、那个乌龙镇，虽然演绎的故事各不相同，但每个故事背后都隐匿着耐人品味的人生之思、人性之思。你看，在《金发少年》里，那个活现于莫邪山人想象世界的金发少年的故事何等美妙而诱人，金发少年无疑就是美与爱的化身。然而现实中那个迷恋金发少年故事的农家少女囡囡，她的人生却又是多么凄惨而不幸，这个花朵一般美丽娇娆的农家少女不仅没有找到自己心中幻想的金发少年，反而在情爱渴望遭受重创后陷入疯癫。生命之花因幻象的滋润而勃发，又因现实的摧残而枯萎，这是多么惊人心扉的生存景象呵！在美丽的幻象与严酷的现实的鲜明对比中，显然寄寓着作者对某种生存境况的深切感悟。

像阅读《金色少年》一样，《烟》中老八的故事同样令人伤感和深思。少年时代的老八像大多数在篱笆院内打发生活的农家之子一样，也有过生存的迷茫和心灵的躁动。他不安于像父亲老九一样，守着三间草屋混日子，却又想不出任何一种新的生活方式，于是陷入一种深刻的迷茫以及由此而引生的莫名的恐惧。终于有一天，背负着对于父辈的反叛心理，他跟随土匪老大进了乌龙山，成了威名显赫的“烟杆八”，在打家劫舍的土匪生涯中走进他一生的辉煌岁月。然而最终他却为了一个抢劫来的姿色一般的胖女人二丫走出莫邪山，回到乌龙镇，重新过起了老婆孩子热炕头的生活。老八最后死在了屠宰场的猪栏里，死于由神秘的红毛猪引致疯狂的猪们的啃啮撕咬。整个故事的叙述固然有其结构上的需要，在讲述故事的农民们的潜意识里，这或许是他早年打家劫舍勾当的因果报应吧。但他这时的死不过是肉体上的死罢了，其实正如叙事者所感叹的：“那个威名显赫的人早在他从莫邪山上走下来的时候就死掉了。”因为早从莫邪山上走下来的时候，老八就已经完成了他作为一个农民的人生轮回。他的下山表明，他从自己的生命追求中又回复到如父亲老九一样的老旧生活常态，这种回复正是他作为个体生命实际上的死亡。老八终于还是一个农民，他后来的理想不过是使自己的傻儿子老七像自己一样娶妻生子、传宗接代。这才是老八的人生悲剧所在。老八的故事，不正是长期以来中国农民世世代代的人生写照吗？迄至今日，我们不是仍然能从许多人身上看到老八的影子？

《文化三题》继续了《烟》通过个体生存揭示族类本质的创作思路，不过写实的意味稍淡，而象征的意味更足了。该作依次写了三个前后接任的头人。在第一题《法典》中，头人老班是一个有着强烈征服欲和性欲力的强人。他以强力征服他的臣民，同时以通常的规矩受用领地里他看着顺眼的女人。然而，他绝不容忍自己的权威和尊严受到哪怕一丁点损害。他因为在自己的幻觉中怀疑臣民在他看上的小白身上撒种，残忍地将已怀孕的小白活活踩死；因为怀疑儿子黑子串了别人的种，怕将来大权旁落，便以教习捕捉鱼虾为名，企图把黑子骗进河湾里淹死，结果自己却葬身水底。在第二题《教义》里，继任头人老黑始终为一个难以解脱的谜而苦恼着，这个谜就是：自己的爹是谁？究竟是谁在他娘的肚子里撒下了种子？受这个谜的煎熬，他对女人失去了兴趣，只是偶尔在不自觉中玩几下手淫的把戏，但转而就会为自己的行为羞愧得无地自容；他也对权力失去了兴趣，最终将权力移交给滕子，空着两手，独自往山林深处寻求谜底和解脱去了。在最后一题《兵法》中，头人老滕又回复到老班对臣民、对女人那种暴虐统治状态。然而，老滕空有娶老婆睡女人的疯狂淫欲，那东西却不中用。为了反抗死亡和耻辱，他残忍地将新娶的第九十九个老婆小红煮了，让其他老婆吃她的肉，而后便不断地娶、杀，娶、杀，无数次地上演这种戏剧。性无能与绝后的恐惧，使他不断地变换新花样，绞尽脑汁地设计出更加残酷骇人的手段来，最后终于因为争着接管他的江山，臣民之间发生了一场大屠杀。那最后一幕具有令人惊恐的强刺激效果："臣民们锻造了锋利的武器，一照面便杀到一处，杀了即吃。老滕的瘾头子也越来越大，更加强烈的欲望冲撞着他的神经，支配着他的手脚，他要用刀毁灭这最后的江山，这最后的世界。这天，当日头从东方升起时，老滕扒光了衣裳，叉开两腿，一手提住那根无用的东西，一手挥起刀片，飞快地砍下去。那东西从他身上齐展展地下来。老滕随手一扬，那无用的东西便飞出去，在空中划出一条光芒四射的亮线，直朝远处飘去了。老滕挥起大刀，迎着血红的日光，开始了他对世界的挑战。……"像这种富有强烈造型感和表现性的文字，在当下的小说创作中还是不多见的。显然，《文化三题》通过三位头人的人生轨迹，构筑起了一个由性与种、男与女、权力与暴虐错综交织的"神话"世界，读者可以依据各自的人生经验和智慧从中把玩出不同的审美意味，看到关于我们的民族、历史和文化的某种影子。鲁迅先生当年以小说的形式揭示出一部中国史就是一部"吃人"史，《文化三题》不也隐喻着同类性质的历史、文化与人性的体认吗？当然，《文化三题》揭示的绝不仅是一个人吃人的问题，富于审美才能和洞见智慧的阅读者，必定会从中读出更多的东西。

一个年轻作家是否在文坛确立了某种名分是不重要的，关键要看他是否具有对人生的独特感悟，是否具有对艺术的独特追求，是否具有进一步发展的潜力。应该说，既有的创作成绩已经显示出王涛底气十足的创作实力，并且初步形成了异于大部分以现实主义创作为本色的山东作家的审美追求。今后的路如何走，值得王涛深思。一个小说家，需要有能够穿透人生表象而导向存在之深的理性思辨，但更需要有一种异于他人的独特审美感知方式。正确的道路应是找对自己的感觉，跟着感觉走，在自己的感觉中孕育深刻，而不是本末倒置，从深刻中去寻找感觉。《牧鸟人》中的外出青年有几句自白："故乡的山水、风物和人物……是无论如何也无法舍去的。随着岁月的流逝，随着年岁的增大，反觉得那种精神的联系越发地紧密了。我终究无力摆脱记忆的纠缠……"这恐怕也正是王涛的自白吧？果若如此，那么王涛就算是找对了感觉。为什么一写到乌龙镇的风物人情，王涛的作品就显得思绪联翩、激情喷涌、言语飘逸、想象无羁，给人以灵动饱满、意味绵绵之感，难道不正是其感觉使然吗？尽管"乌龙镇"以及"莫邪山""鱼人河"都是王涛虚构出来的，但在这虚构出来的山、水、村镇中显然熔铸了作者对故乡山水人情的浓浓思情。美国现代作家福克纳不断地写"家乡的那块邮票般大小的地方"，终于"创造出一个自己的天地"，构筑起一个"约克纳帕塔法世系"，这对于王涛应该是一个启示。他能否酝酿再酝酿，开掘再开掘，也为我们贡献出一个"乌龙镇世系"呢？愿王涛有这份雄心。

（原为《王涛小说集》序言，中国文联出版社 1999 年 3 月出版；全文系由发表于《作家报》1994 年 11 月 1 日的《神秘出意味：王涛小说创作片论》一文补充扩展而成）

苦涩中的明快与凝重

——北晨小说创作综论

张炜兄向我推荐北晨发表的部分短篇小说，嘱我阅后为其即将付梓的选集作序。对此我颇多犹豫：一是自感见识浅薄，笔墨朴拙，恐不足以为他人创作锦上添花，故除去个别例外，很少为人写序；二是对北晨创作缺乏了解，生怕万一由于一己之见曲解了作者本意，误导了读者不说，还有可能误导了作者今后的创作，那样，岂不是违背了作者和朋友的初衷？但念及朋友的嘱托，尤其是在初步阅读之后，觉得北晨小说文本所构筑的审美世界确实值得品味与说道，最终还是不揣浅陋应承下来。

像大多数山东作家一样，北晨的小说创作取向也属于本色派。所谓本色，就是说，作者主要是在经验性记忆和立足于经验性记忆基础上的合理想象中，再现世界与人生的本真状态和自然形貌，同时始终将一个真真实实的自我投射、融入他所描绘和创作的生活化艺术世界之中，在富于个人气质的感觉和体验中，释放自己的欢乐与悲苦，展示自己的经验与思考，表达自己的思想和信念。在北晨创作的小说中，很少有或者说基本上没有 20 世纪 80 年代以来先锋派作家热衷的那种怪诞的人生事象和迷离的叙事技巧，尽管他也是在 80 年代初期开始走进文坛的，但他显然不属于这个群体。北晨小说的题材、主题、人物和文学都是从现实生活的河流中自然而然地流淌出来的。从他的作品中获得的阅读快感，不是来自怪诞的、叛逆性的人生和艺术理念，也不是来自考验读者智力和耐力的复杂的文学编码技巧，而是来自他对生活的真切观察和体验，来自他对人生的真诚叩问和思考。他的作品也不乏新奇或浪漫的成分，但它们同样生自集体的或个人的经验性现实，并且依据合理的想象依附于这一现实，而不是来自怪诞的理念，更没有编码于怪诞的世界。当然，由于个性气质、文化教养和生活阅历等的不同，同是本色派的作家，其艺术上的追求和风格也不会是全然相同的。或许是出身农村，并且人生经历也并非一帆风顺的缘故吧，再加上出生于新中国历史上极为困难的 20 世纪 60 年代初期，而步入文坛之时又正值伤痕文学与反思文学风行的 80 年代初期，这种种的际遇便在北晨的创作中烙下了特有的痕迹，使他的作品在总体上滋生出一股苦涩的基调和意味。他的小说，无论是写少年男女的初恋情怀、平民百姓的平常日子，还是写小城官场的蝇营狗苟、书画人生的哀乐悲欢，从中都散溢着某种人生的惆怅和失意、生活的艰辛和沉重，这种种的惆怅、失意、艰辛和沉重便在读者的心头或淡或浓地酝酿、氤氲出某种令人难以释怀的苦涩滋味，这便是北晨小说给人的一个最为突出的阅读感受。

北晨的创作起步于80年代初期，至今已走过了近20年的创作历程，其间时代生活在变，人生阅历在变，对世界的感受和对文学的理解也在变，因而他不同时期的创作自然也在发生着变化。尽管同是以苦涩为创作的基调，但他80年代的创作在苦涩中透露着几分清新与明快，或者说在清新与明快中隐蓄着几分淡淡的苦涩；而他90年代的创作却愈益暗淡、凝重起来，同是苦涩，但浓度以及对人生命运的体验深度、对生活世界的穿透力度却大大不同了。北晨早期的创作，大多以表现青春男女的情爱为主旨，尤其善于刻画少男少女们的初恋情怀，把他（她）们情窦初开时微妙的心理世界描写得楚楚动人。他的这些作品虽然写到了基于封闭、保守的传统意识和社会身份识别而汇聚成的舆论和习惯势力对爱情的压抑（如《早市》《初雪》《深谷》《槐林》《村野恋歌》等），甚至写到了邪恶势力对生命的无情摧残（《清潭》），但总体上还是在展示初恋和爱情追求的美丽、甜蜜与幸福。尤其可贵的是，作者惯用映衬的手法，将故事置于美丽的乡村风景之上，让源出自然人性的恋情和爱情在如诗如画的风景中孕育与成长，让自然的美与情爱的美、人性的美交相映照、同溢芬芳。如《初雪》中，在曾有过一对恋爱中的青年男女因不为世俗所容而双双殉情的小小村落里，当一对初恋中的少年男女决心在僻远的乡村世界里树一座爱的碑，抱着挑战和抗拒世俗的心态一同走回村子时，小说以这样的描写结尾："此时竟然雪停了，西天露出了一抹玫瑰红。一蓝一红，两个少年男女往回走。那蓝格生生的是少年，那红格艳艳的是少女。他们并肩走着，踩得路上的冰雪咯吱咯吱响。"在这里，雪后的世界与恋爱中少男少女的心境一样的美丽、洁净，相映生辉。类似这样的描写在北晨的早期小说里有很多。如《深谷》，当那对被捉奸拿双的村民逼入孤峰的青年男女终于克服艰险，赤裸着身子从孤峰走回村子时，作者以令人动情和陶醉的语言描写道："一男一女两个赤裸的身子向回走，走向那个弯弯小路连着的小村落。他们的身上，涂满了灿烂的阳光，也涂满了神圣……一阵清风吹来，好凉爽。"再如《十七岁》，当情窦初开的漂亮中学生茹静与班级里的好学生小男生冲破家庭和学校的约束，再次来到他们曾游玩过的红岛上时，小说这样写道："红岛不大也不小，够他们玩的。十七岁的少男少女，刚刚被发觉的情欲如同红岛上的每一棵树木绿草一样旺盛,但又被红岛的每棵树木绿草还有整个大自然的蔚然风光所淡化,只在心底留下一丝朦胧的痕迹。透过这朦胧的痕迹,心,却比初始更纯洁,更晶莹。”最后,当两个心灵越来越近的少年男女准备从红岛离开时,作品以“红岛美丽如画”戛然作结,留给读者一个难以忘怀的美丽回想。从这些作品中,读者分明可以感受到,尽管愚昧、封闭、保守、落后的东西仍未从乡村的荒野上褪尽,仍能激起阵阵袭人的风寒,但终究再也难以窒息植根于自然情欲之上的情爱之花的绽放。从情爱之花不可遏止的自然舒展和勃然开放中,作品为我们透露了时代进步、人性苏醒的信息。在北晨早期的作品中,《二傻和他的媳妇》算是少数的例外之一。这篇作品写的不是少年男女,而是一对青年夫妇的情感纠葛和居家生活。小说中二傻的媳妇翠翠是一个对人生有更高追求的俏媳妇,但在世俗利刃的击斫下,在关于她和巧生有不正当男女关系的流言中伤下,最终变成了一个夫唱妇随的普通农家媳妇。尽管她的变化中也显示出某种生存的无奈与伤感,但给我们深刻印象的却是她那不安分的个性,是她那在人生追求中释放出的生命活力。即使最后被流言击伤,在二傻的自我感觉中恢复到二人刚结婚时所具有的心理平衡与和谐,但从小说结尾那“他们有时候说话,有时候不说话”的暗示中,读者依然可以感受到深埋在翠翠心中的某种不安分的东西,一旦环境改变,这种不安分的东西还会焕发为勃勃的生命活力,美丽如初地喷发出来。

进入 90 年代以后,在继续展现农村生活、刻画农村新人的同时,北晨又开始将笔触向其他领域延伸,从更广阔的生活图景上来观照人生命运,叩问生存真义。他这时反映和描写的生活不仅仅局限在现时性的维度,而且有了历史的维度,并且经常将历史与现实的不同维面有机地交融起来,从而使他此期的作品有了较为深广的内涵,同时在主体创作意识上也比早期创作多了几分反思和批判的意向。《空碑》通过当了两年八路的燎壶老人的回想,若断若续地讲述了从军妓女“一枝梅”舍生忘死、与二十几名日本鬼子同归于尽的传奇故事,然而由于她的妓女身份,几十年之后人们虽已弄清真相,但为她建造的嘉奖性纪念碑却是空的,没刻上任何文字。“空碑”隐含的这段故事,既从一个侧面展示出不同层次、不同身份的中国人不畏强暴、不惜以身殉国的民族气节,也反映了民族文化中某些劣根性的东西依然未从我们当下的生活中涤除。整天站在空碑前“一个劲地傻呆状”的燎壶老人,绝不仅仅是在回想那段迷离的历史,在他那无限悲凉的心境中,也肯定在思考着空碑所隐含的那令他茫然的某种属于故事以外的东西。其他如《裸画》,从“县城小,小得容不下一幅裸画”的故事中,意味突出地揭示了保守、陈旧的传统意识与人生理想、艺术理想的冲突问题;《虎王》则以朝鲜从军慰安妇朴顺玉被日本鬼子残酷杀害的故事为中心线索,剪出王佩之 60 年画虎经历中的几个相关片段,在战争、人性与艺术的交织中写出了岁月流逝中历史的沧桑,更写出了一个堂堂正正的中国人永远葆有的那一种威武不屈、贫贱不移的铮铮骨气。另外一组小说,《榕树·红伞》《顽症》《年关》《开会迷》等则从不同侧面活画出中小城市小官场的种种人生世相。这里有从骨子里既贪财又恋色的局长(《榕树·红伞》),有不顾廉耻、想方设法为个人升迁打通领导关节、最终堕入性心理变态的小职员(《顽症》),也有为了讨领导欢心以把“代理”二字去掉而不顾工人死活,以计谋阻止工人上访并不惜出卖带头组织上访的岳父大人的信访办主任(《年关》)。在这类作品中,作者显然加大了社会批判的力度,以亦庄亦谐、亦嘲亦讽的文字,辛辣地揭露了官本位意识和特权思想影响下的种种官场弊端,以及由此而造成的人生、人性、人格的异化状态。这类小说,可称为当今时代的《新官场现形记》,其深刻的社会批判意识、人性剖析意识和人生警示意义,使之与那些专注于生命中不能承受之轻的私语性写作显出了截然不同的质地。这些具有重量和力度的小说是为那些同样富于社会责任感和人生使命感的读者而作的。在这一时期,同样是写农村生活题材的小说,已逐渐脱去了前期作品所秉有的那种清新与明快,而转入了令人压抑的“灰”色调叙述。作品《灰树》之“灰”字,恰是北晨此期小说基调的表征。在这篇小说里,作者通过百岁老奶奶关于灰树的传说和年轻寡妇与她善良的小姑再次被偏见和流言杀死的悲剧,写出了某种历史的轮回。这出新的悲剧发生在农村实行联产承包责任制之后的新时期,就更加突出了这种轮回的可怕和世俗的可恶。此外,《失火》《宴请》两篇则从另外的侧面表现了新的历史条件下干群关系的紧张和矛盾,显示出乡村生活中令人痛心的不和谐的一面。这与作者写小城官场人物所彰显的创作动机是一样的,旨在揭出社会生活中阴暗的一面,以引起疗救的注意。在此期的作品中,先前创作中那些时常漂浮在田野上空的美丽幻想消失了,甜蜜、幸福的感觉也没有了,代之而起的是失望与激愤,是与失望、激愤相伴而生的对社会良知和人生正气的强烈呼唤。

在北晨近 20 年的创作历程中,其最近的创作倾向极为引人注目。在《日子》《牛倌儿也是官儿》和《馒头》等作品中,早期创作中常见的那种富于主观性的激情化叙事已完全被一种不动声色的纯客观化叙事取代。《日子》讲述了从县城下放到农村接受改造的右派分子老毕一生的故事。作品中的老毕习惯了在农村改造时不断挨批挨斗的日子,在平反回到城里后,反倒觉得生活平平淡淡、无滋无味,失去了意思,甚至渴望再来一次政治运动,以便自己能再站到台子上接受批斗。当感觉再也不可能有这样的日子之后,他便以上吊自杀了却了无为的一生。作品写出了特殊的政治形势和历史岁月对正常人生和人性的戕害和扭曲，给读者心灵以剧烈的冲击。从老毕畸变的心理历程中，我们体验到一种生存的悲哀和人生价值的失落。同样，《牛倌儿也是官儿》写了沂水人老龚平平淡淡而又令人深长思之的一生。老龚年轻时因佩服牲口经纪李宪林的本事，来到一个叫前李家庄的村子为李宪林做长工，当上了牛倌儿。解放后入社，又在社里的饲养院干起了牛倌儿。他尽职尽责，爱惜牲口如自己的性命。他在吆三喝四驯牲口的气派中，自得地体验着翻身做主人后的扬眉吐气，这是他生命中最辉煌的时刻。然而，实行土地联产承包之后，生产队里分田分牛到户，随着生产的发展和生活的富裕，有的人家甚至把分到家的耕牛宰杀了，然后从县城买回拖拉机。这时候，老龚便一天天失落了，感到失去了自己在前李家庄生存的位置和价值，最终在村人们“毕竟牛倌儿不是官儿呀”的感叹中，乘着牛车离开前李家庄返回沂水老家。老龚的一生，闪现着亿万普通农民的影子，也隐含着时代进步的信息。我们为时代的进步而欣慰，也为老龚淡然出场的一生而伤感。每一个来自农村的读者恐怕都不会对老龚的形象感到陌生，也不会对其命运漠然无感。我们广大的父老乡亲、兄弟姊妹们不正如老龚一样，在少有的一点点人生欢愉和满足中悄无声息地度过他们困厄而艰辛的一生吗？如果说《日子》和《牛倌儿也是官儿》是带有外向性或他视性视点的经验记忆之作，那么，《馒头》则是一篇带有内向性视点的经验记忆小说。小说中的岑因为出生在遭遇饥馑的困难时期，故被父母取了个土里土气乳名“馒头”，指望他将来能够吃上馒头，过上好日子。“馒头”这个名字以及这个名字所浮现的食物意象，成为一种幸福生活的象征，也成为像岑一样的农家子弟发奋努力以求脱离贫苦的农村生活的人生动力。作品中对岑少年求学时代艰辛生活的回想，是大多数来自农村的读者会忆起的经历。其中关于岑翻山越岭到姨家借粮的故事以及情窦初开时岑与校长女儿琴之间那种特殊情境下短促的“触电”经历、“触电”前后与馒头相关的心理体验和联想，都写得细致动人、令人回味。

从北晨的来信里得知，北晨在其创作生涯中先后得到过浩然、张炜、刘锡诚等著名作家和批评家的关怀与帮助。实际上，从其作品中的确不难看出他所受当代名家的影响，如浩然和张炜对乡村、对苍生一往情深的关注与北晨浓烈的乡土情结之间就有直接的亲缘关系。在具体的艺术表现方式上，北晨也从浩然、张炜的创作经验中获得不少借鉴，如张炜善于以某种客观物象映衬人物心理和命运的写法就给予北晨不少启迪，这只要把张炜的《一潭清水》与北晨的《清潭》稍作比较便可明了。这种以名家作品为创作借鉴的做法，是许多年轻作者惯常的写作策略和入门途径。北晨能够以浩然、张炜这样的当代名家为师，表明其创作一开始就站在一个很高的起点上，有自己很高的艺术追求境界和目标。当然,借鉴不等于简单的模仿,北晨的创作也是在不断地追求、形成着属于自己的艺术风格和特色。尽管目前还不能说他已完全实现了自己的追求,但其创作确已形成了某些值得注意的特点。除前已论述过的总体基调上的统一性和前后期表现内容上的差异性之外,北晨的小说在表现方式上也有可观可赏、可圈可点之处。大致说来,与表现内容相应,北晨早期的小说叙事简练、明快,语言清新且富于诗性,主观激情的灌注溢于言表,20 世纪 90 年代特别是新近几年的创作则叙事趋于繁复、沉实,语言质朴,追求生活化,主观激情隐于不动声色的客观化叙述之中。而在叙事的方法和视角上,北晨也作出了多方面的探索和努力。从叙事角度来看,他的小说总体上属于经验性记忆一类,其中属于集体性经验记忆的一般是由作者以全知视角加以客观化叙述,而属于个体性经验记忆的则由作者或主人公直接出场,以有限视角作主观性叙述,有时是以"我"或"我"的某种化身讲述故事,如《天河》《日子》,有时又侧重以主人翁的视角展开故事,如《空碑》《馒头》。视角的选择一般是与叙事内容相吻合的,服务于内容的展露和人物心理的透视。从叙事方法上来说,北晨的小说大多按一维的时间流程作顺叙式的客观化故事编码,但也常常在顺叙中融入人物打乱时空正常序列的回忆和幻觉(如《空碑》《猎狐》),以此揭示人物的某种心理状态;也有不少篇什采取新故事中隐含旧故事的方式(如《槐林》《初雪》),在双重故事、双重时空的叠合中揭示某种历史与文化的蕴含。此外,还有几篇作品采取了反讽式的叙事策略,《日子》的开头一句是:"那一年的春天,老毕从县城下放到岑的村庄里的时候,是一个阳光灿烂的日子。"全篇结束又写道:"岑记着,老毕自杀的那一天也是一个阳光灿烂的日子。"这里,自然时空中先后两个"阳光灿烂的日子"与这两个日子框架中老毕暗淡、畸变的人生形成了强烈的对比和反讽,更加突出了老毕没有"春天"、没有"灿烂阳光"的悲剧性人生,也将老毕的生存悲剧直接在感性层面呈现于读者的视野。在《馒头》中,当少年求学时代的农家子弟岑饥一顿饱一顿地吃着菜团子、喝着地瓜粥时,他是不敢也自觉无资格追求有着圆挺的馒头般乳房的校长女儿琴,只能将美好的初恋情怀视作非分之想,并将之压抑在无望的心头。时光流转,当岑也成了吃馒头吃大米一类人的时候,当他因偶然的机会,怀着重温抑或补偿少年时的初恋情怀的心境,出差来到也成为成年人的琴所在的城市时,琴却已经下岗,在"馒头一条街"上卖"下岗馒头"。在往日,馒头是一种幸福生活、一段美好恋情的象征;而在此时,馒头又成为一种人生困顿、一种情感失落的标志。主人公岑最后那"馒头啊馒头,可爱的馒头,可恨的馒头"的复杂感受里,隐含着多少对世事沧桑、生存悖谬的真切领悟和体验啊!应该说,总体叙事和语言特点的历时性变化,以及叙事视角和方法上的灵活多样，使北晨的小说避免了简单的自我重复，也使读者获得了多样的解读快感，这也正是北晨不断超越自我、追求艺术创新的表现。美国小说研究的权威性人物伊恩·P.瓦特在其所著《小说的兴起》里指出：现实主义是小说的本质，而“小说的现实主义并不在于它表现的是什么生活，而在于它用什么方法来表现生活”。可以说，不仅仅注重写什么，更注重怎样写的问题，是一个现代小说家应该具有的自觉艺术意识。可惜的是，许多本色派的作家往往相对地忽略或轻视这个问题，致使他们的创作往往难于臻达更高的艺术境界。而北晨却具有这种自觉艺术意识，这或许正是其以往的创作能够取得如许成绩的主要原因，也是人们有理由期待其以后的创作会有一个更好的发展前景的主体根据。

当然，北晨还年轻，就其目前已有的创作成果来说，还存有不少缺憾，比如不少作品立意尚嫌浅显，缺乏更为丰厚的历史与文化蕴涵，在语言和叙事上也没有真正形成自己独特的风格，尤其是尚未写出足以震动文坛的佳篇力作。然而，只要能够正视自己的这些缺憾与不足，沿着既有的创作轨迹不断地努力下去，不断地寻找属于自己特有的艺术感觉、特有的人生理念、特有的表现方式，相信北晨能为本色派的齐鲁小说园地耕耘出一道风姿独具的亮丽风景！

（原为《北晨短片小说选》序言，中国文联出版社 2000 年 3 月出版；2000 年 10 月发表于《宝石城文艺》总第 8 期）

矗立于荒原上的英雄丰碑

就像石油工人执着地在荒原和沙漠中探测并开采石油一样，胜利油田作家周绍义近30年来也执着地在石油工人的创业经历中开掘文学叙事的矿藏，寻找激发灵感的源头活水，写下了许多与石油有关的优秀小说，全景式描绘油田生活的长篇小说《指挥》，就是其中一部代表性作品。这部作品最初以《指挥之死》为题刊于《中国作家》杂志，发表后反响极佳，先后荣获了第二届"中华铁人文学奖"和第二届"齐鲁文学奖"。经过多年的精心修改之后，作品又以《指挥》之名由山东文艺出版社于2006年5月出版，再次引起文坛瞩目。这部具有史诗品格的大气磅礴之作，如同一座矗立于荒原上的英雄丰碑，以其直面人生的沉实叙事、张弛有度的激情文字和烛照灵魂的理想光芒，深深地吸引着读者，感动着读者的心灵，也撞击与开启着读者社会与人生思考的闸门。

刻写在《指挥》这座英雄丰碑之上的主人公是濒临东海的一座大型油田——齐阳油田的副指挥，姓秦名万夫。在共和国最为困难的年代，年轻的秦万夫响应祖国召唤，离别新婚娇妻，从大西北来到齐阳油田，与工友们一道在一片荒原之上开始了他们可歌可泣的创业历程。在几十年的岁月沧桑中，齐阳油田从依赖钻井大会战找油采油到依靠高科技成果找油采油，由陆地采油到向海洋进军，由空手起家自力更生到走出国界走向世界，逐渐发展成为中国石油工业的一个大型骨干企业。与此同时，秦万夫也由年轻而年老，由一名司钻钻工成长为一名有数十万平方公里土地可以驰骋、有十几万人可以指挥的油田高级领导。他把自己的青春和理想，把自己全部的生命挥洒在这片富有个性的荒原之上，最后于风暴潮来临之时，为保住海上钻井平台，像一棵伐倒的大树一样倒在海边的指挥所里。《指挥》借秦万夫的形象塑造生动地展示出中国石油工业从无到有、从小到大的发展历程，同时在历史的风雨中借岁月的雕刀刻画出一个在荒原上叱咤风云、威风八面的指挥形象。像这样以一个人的命运展示一个关乎国民经济命脉的行业几十年历史变迁的工业题材小说，在当下的文坛上还是不多见的。

然而,《指挥》的成功绝不仅仅在于它写出了一个具有行业代表性意义的符号性人物,而在于其对秦万夫这个形象的描写与刻画真实而又丰满,达到了高度个性化与典型化的程度。“指挥”这个具有浓厚军事化色彩的头衔,很容易使人联想起古代的将军。而“秦”者,秦地之秦也,乃横扫天下一统六合的秦始皇的老家也;“万夫”者,取“一夫当关万夫莫开”之意也。“秦万夫”的名字加上“指挥”这个头衔,就使小说主人公有了一种豪气、霸气、英雄气。展现在我们眼前的秦万夫就是这样一个具有英雄气概的人物,他敢想敢做,勇于进取,总是在最困难的时候、最需要的地方能上得去、顶得住。用他自己拖着病躯从医院赶往海边指挥所前的话说:“我最烦那些关键时候打退堂鼓的孬种!”齐阳油田前任主要领导卜天越从领导岗位上退下来时,写给秦万夫的辛弃疾那首《贺新郎》词中有“男儿到死心如铁。看试手,补天裂!”的词句,这正是秦万夫的生命写照。这个秦万夫在工作中威严无比,说一不二,性情耿直,疾恶如仇,不讲情面,但是对工人、对油田、对油田的事业却充满了无限的深情。为了安置死去的职工、安慰活着的工友,他不惜得罪主要领导刘自同而力主建造陵园;为了油田未来的发展,他勇于承担海上钻井任务,并且在欧洲考察归来之后,大胆地提出了一个集产油与旅游观光于一体的“海上人工岛”设想,直到临死都对这个设想的实现充满了希望和激情。秦万夫的成长经历就像中国石油工业的发展一样,充满了太多的传奇,他一生做下了许多感天动地的大事情,令人崇敬感佩;他又相对缺少温和柔情的一面,有时性格偏执得不近情理,始终不理解也不支持妻子孙桂英带领家属在盐碱滩上开荒种地的举动,认为是不务正业,不允许并且压制妻子带领生活困难的老职工上访,也不能够很好地处理与儿女甚至再婚妻子的家庭关系,甚至在出国期间面对巨额商业贿赂一度有过动摇,就连他力主建造陵园在内心也主要是为还清所欠罗川水的情感宿债,如此等等。作品对其性格不同侧面的这些描写张弛有度、极有分寸,并没有损害秦万夫英雄形象的主导性格;相反,其生命远行中投下的这些阴影却与其风骨凛然、光芒四射的英雄气质一道,构成了一个复杂的、更加令人可信的立体化的形象,令读者在惊奇连连的阅读中不时生出喟然叹息的人生感念。可以说,秦万夫这个当代文学画廊中十分罕见的人物形象,饱含了太多值得品味的时代与人生况味。

毋庸讳言,在当前这个物欲盛行、崇拜自我、追逐时尚与偶像的时代,叙写过往岁月的创业艰辛,张扬奉献精神和英雄气概,是多少有点背时的。但正是这种背时之举,使《指挥》具有了精神高蹈的意味,并具有了特别的思想价值。《指挥》的真正动人之处,就在于作品主人公秦万夫和他指挥下勇于与荒原、大海抗争的油田职工们,始终洋溢着一种如火的激情,坚守着一种远大的信念。为了事业和理想,他们不惜奉献自己的一切,包括自己的血肉之躯。作品中的许多场景和细节描写,诸如油田创业初期钻井工人在寒冷的冬天住地窝子,严冬里泥浆淋到身上将司钻工变成泥猴和把棉衣冻成盔甲,孙桂英带领家属们固执地在荒滩上开荒治碱种粮的故事,以及风暴潮来临之际秦万夫在指挥所抱病指挥海上钻井平台上的人员战胜风暴的场景,读来无不令人荡气回肠,顿生无限敬意。英雄主义的气概和理想主义的光芒,甚至使得秦万夫的性格与生命中的偏执与缺憾之处也成为可以理解和原谅的。秦万夫之所以对妻子孙桂英在荒原上治碱种粮不以为然,正是一个石油人对打井采油的使命感使他偏执地认为,只有探油采油才是正业。他有时候好骂人,好跟人争强斗胜,也是他对自己所为之献身的事业有着深厚的挚爱之情的缘故。同样,那个心怀野心和抱负而暗地背叛了对自己有知遇之恩的秦指挥的油田中层干部许山夺,在海上钻井平台以及平台上的几十条生命危在旦夕的时刻,也能挺身而出,冒着生命危险将钢缆挂上拖船,并且以痛心疾首的喊叫在电话里亲口向秦万夫坦白了自己举报他的小人行为。而秦指挥的儿子秦海北,曾经因为与父亲的矛盾,离开钻井工人的岗位下海经商,并且不无荒唐地搞了一个鬼怪出没、乌烟瘴气的地府酒店。但是他忠于爱情,最终也原谅和理解了自己的父亲,在父亲死后按照父亲的心愿毅然捐献出自己的经商所得,重新回到了父亲终生为之奋斗的采油事业。人物性格的多面性与复杂件,增强了人物形象的真实性和可信度,并没有使读者产生负面的感受与评价,因为对事业的忠诚、对理想的执着,使他们的生命始终焕发出夺目的光彩。这正印证了鲁迅先生所说的,有缺点的战士终究是战士。他们是在荒原上打造精神家园的英雄,其感天动地的创业之举,荒漠胡杨一样顽强不息的生命活力,似黄钟大吕一般撞击着我们因浮华世俗的生活而日渐滑入平庸的心灵,使我们在震撼中惊醒,在震撼中提升,在震撼中领悟着那超越于世俗之上的人生理想和意义。

(原载《中华读书报》2007 年 4 月 11 日)

《闯关东》:一部恢宏雄健的平民英雄史诗

无论从哪个意义上说,《闯关东》都是一部少有的大制作。这不仅在于该剧涉及的历史背景大、时代跨度长、演员阵容强以及剧情展开的集数多,更在于该剧以波澜壮阔的戏剧情境展示出深广的历史内容、丰富的文化意蕴和撼人心魄的人生命运。该剧形象地演绎了中华民族在一个特定的时期所特有的一段历史真实,也揭示出中华民族生生不息的生存意志与生存智慧。可以说,这是一曲令人一唱三叹的悲壮长歌,一部给人力量催人振奋的恢宏雄健的平民英雄史诗。

以山东人为主要代表的关内人闯关东史实在中华民族的发展史上是具有重大意义的事件,《闯关东》以这一历史事件为故事架构的本源,本身就决定了该剧的史诗品格。从八国联军入侵京津到清帝逊位前后日本帝国主义逐渐侵占东北,20 世纪头二三十年中国广大北方地区处于风雨飘摇之中,军阀混战,外敌入侵,天灾匪患不断,数以千万的百姓抛离家园,到东北的白山黑水间寻求生路。《闯关东》以山东章丘人朱开山一家坎坷迁徙与艰难求生的历程生动地再现了这一历史真实,不仅朱开山一家的命运在这样一种背景上展现得跌宕起伏,剧中的许多场景,比如难民在龙口港乘船过海的场景、金夫们淘金的场景以及排帮们在松花江上放木排的场景等,都具有强烈的视觉冲击力,其艰辛困苦令人触目难忘。苍茫大气的史诗架构与品格,使这部大剧具有了阔大的舞台背景和深广的历史内容,经历过和没有经历过这段历史的人们都可以从中感受到中国近代史上那一页的悲凉与沉重、壮烈与豪迈。

史诗历来是需要英雄做主角的,《闯关东》也是一部充满浓烈英雄气概的史诗。不过,剧种的英雄不是帝王将相,不是豪门贵族,而是像我们闯关东的爷爷奶奶辈儿一样的平民百姓。该剧的成功首先在于创造了一大批具有英雄气质的鲜活平民形象,他们有追求、敢担当,讲道义、重气节,各自在迥异于他人的生存选择与命运抗争中显出自己独特的个性与风采。朱开山一家人是这组英雄群像中编导者们着力塑造的人物。为了过上一种更好的更有体面的生活,他们敢于和命运抗争、与邪恶斗争,在国难当头之际,不惜抛却自己的家业、牺牲自己的性命以捍卫民族的利益和尊严。朱开山、鲜儿、朱传武都是些敢爱敢恨富有血性的男女，观感之下，令人顿生壮怀激烈之情怀。其他如二龙山土匪头子镇三江、排帮头儿老独臂爷爷、商行老板夏元璋甚至霸市欺人的潘五爷等，也从某些方面显示出硬朗硬实、敢作敢为的英气与豪气。正是这种回荡全剧的英雄气息，使这些生活在白山黑水之间的平民百姓演出了一出出荡气回肠的历史大剧，也使整部剧作有了一种悲怆苍凉、激越豪迈的风格与色调。

作为一部优秀的大制作，《闯关东》的成功之处还在于它具有充盈大气的文化韵味。该剧的表现主体是山东人，集中体现了山东人身上所具有的那些中华民族的优良品性和文化禀赋。山东人的勤劳、善良、仁义、厚道、勇毅、豪爽等，都在这部剧中有着充分的表现。正是诸如此类的优良品质，使山东人易于和他人相处，在任何地方都能够顽强地生存下去。此外，源远流长的中华文明和文化，特别是其中为中华民族所共同继承和拥有的那些优秀优良的文化成分，比如生生不息、自强不息的生存观念，不畏艰难、不向命运低头的人生态度，谦和忍让、和为贵的邻里相处艺术，重信守诺、诚心待人的人生修养，不畏强暴、勇于抵御外侮的民族尊严，集体本位、个人生死服从国家利益的道义选择等，也在这部剧中通过各种各样的山东人形象得到了生动深刻的艺术表现。像剧中朱开山为了一个“和”字而对潘五爷一再做出的忍让，镇三江为了报答朱家父子的两次救命之恩而为保护朱家的利益甘愿英勇赴死，不仅故事本身编得热热闹闹、有声有色，而且非常具有文化意味，让人在酣畅淋漓的故事观赏中深深地体味到传统文化中那些非常具有现实生命力的东西。传统文化的浸润，或者说编导者在文化意蕴上的自觉开掘，使这部好看的大剧成为一部真正有看头的大剧，观众从中享受到的不仅是一场视觉的盛宴，更是一场文化的盛宴。

《闯关东》作为一部具有丰富历史内容和文化蕴含的平民英雄史诗，在艺术表现上也有诸多可圈可点之处。择其要者言之，有两个方面最为突出：一是故事情节的曲折生动、戏剧冲突的精心设计和人物性格刻画的有机统一。作为一部 50 多集的长篇连续剧，该剧之所以能始终保持很高的收视率，故事情节的曲折生动、大开大阖是一个很重要的因素，但编导者并没有为编故事而编故事，故事情节的演进和戏剧冲突的推出都是为了合理地更好地展示人物命运，刻画人物形象而精心设计出来的。在一个又一个陌生奇特有时令人压抑窒息的尖锐冲突中，剧中的各色人物经历着他们的浮浮沉沉、生死恩怨，观众也在一波又一波的强烈视觉冲击中感受到人生的悲苦与喜幸、悲凉与希望。二是传奇性与写实性的完美融合。《闯关东》中所有个性鲜明的人物，其人生故事几乎都有很强的传奇色彩，这无疑增强了剧作的可观赏性。但无论是朱开山从塌陷的淘金井中破土而出，还是鲜儿的沦落为匪，都不使人觉得虚妄怪诞，而是有现实的可能性和人物性格命运的必然性。尤其是编导者特别善于生活场景和故事细节的处理，使该剧在传奇与写实的结合中既始终笼罩着一种浪漫的氛围与情愫，又具有很强的生活质感，从而使剧中普通百姓的人生故事既具有超越凡俗的英雄基调，又具有浓郁的生活气息，不脱离生活的实感，最终使一种一般意义上的历史书写艺术地活化为一种激情迸射、高潮迭起的英雄叙事。

（原系2008年1月31日在山东省委宣传部、山东省广电局、山东省文联主办的“《闯关东》热播座谈会”上的发言稿）

侯林散文的风格与体式

以前和侯林接触不是很多,但是一见面就感到非常亲切。每次见到他,我都会有两个相当明显的感觉:第一个是他非常的自然,不造作;第二个是他相对沉默,好像总在沉思默想一些东西,身上有一种很强的书卷气。

看了他的散文之后,我就更加认可了古人"文如其人"这样一个命题。我觉得《倾听风吹过树梢的声音》这本散文集非常好地体现了他做人方面的一些特点。当然,人和文不同,又是紧密相关的。文是人的人格、性情、智慧的一种透视,是另外一个世界。从文中我们看到了侯林的心语,同时它又独立于侯林之外,成为一个让我们去体验、去思考的对象化的东西。对于这部作品,我觉得有三个方面让我感受颇深。

第一,和他做人相对应的是,自然散淡的语言风格的追求。一个散文作家,要达到一种境界,必须形成自己比较稳定的有特色的语言风格。侯林的散文已经形成了自己特有的语言风格。谈到散文的时候,他认可形散,但他不认可神不散,他特别认可"散淡"这两个字。由此可知,自然散淡的确是他追求的一种语言上的审美风格。这种自然就是率性而为,他的作品一点也不造作,行云流水一般。他在谈到散文时用了几个词:行云流水、珍珠漫撒、顾盼生辉。我觉得这几个词用来形容他的散文语言,也完全适合。这个珍珠是自然生成的,不是因风仰势的,体现了作家非常自然的性情。侯林写山写水写树写风,写身边的人事,写现实的人物或者回忆中的事情,写得那么有情味,都是因为他把一种真诚的东西流贯其中,让人感到就像我们身边真真切切发生的事情一样。他不追求浓烈的、铺张扬厉的东西,没有刻意用一些词句表达浓烈的情绪或所谓深刻的思考,只是在平实的叙述中把他的所思所想所感所悟一一体现出来。我很喜欢这样一种风格。

第二,我觉得他的散文和一般的散文的确还是不一样的。他的散文体现了一种富有智慧的生存追问。这种生存追问,看起来很感性,其实背后总是有一种超越性的东西:是一种理性,但又不是思辨理性,而是一种诗性智慧所体现的理性。这种理性体现了作家对人的可能性生活的一种超越的或者说超迈的或者说自由的境界的向往与建构。他用语言文字去体悟、去传达这样一种东西，我觉得这一方面表达得非常好。我们读过许多当代散文家的作品，有各种各样的写法、各种各样的题材和主题，但是像侯林这种做法并不多见。尽管他在集子中把作品分了四类，但每类作品都体现了他的这种生存追问。他喜欢海德格尔的一个命题："可能高于现实。"所以他会那么重视感觉。某种可能的东西不是由必然建构的，它有它的偶然性；由于有偶然性，其中就有多种多样的可能性，这种偶然的东西是自然发生的而非刻意追求的。这样，他的这种哲学追问，和他的自然的、率性而为的、强调自然散淡的风格追求又恰当地吻合起来。所以，他的每一篇文章让我们读了以后总是有所思有所想，而不是简单地叙事，写他的母亲、他的兄长，让人感受到一些亲情，仅此而已。我觉得，他试图通过这样一些东西、这样一种文字所构筑起来的形象化世界和有意味的生存体验，去表达我们如何更好生存的那样一种可能性、那样一种更为深层的东西。这是我对他的散文第二个感受深刻的地方。

第三，我觉得他在散文的写法上也有自己的追求。他说他喜欢利奥塔把文学称为"试验"，而他也醉心于这种试验。作为试验之一，他的作品中始终有"我"与"你"的一种交流存在。一般地讲，散文是最具有个性化的、最直白地体现作者个人性的文体，但是他把散文设置成一个写作者的"我"和"我"的另外一个审视、观察的对象之间的交流。这个审视、观察的对象是"非我"也好，是"你"也好，它可以是一片风景，也可以是报纸上的或者文学作品中的人情故事，也可能是另外一位诗人、另外一个思想家。他的作品中大都贯穿着这种很强的交流对话的意识。我想，这应该和上述的第二个特点，即他重视生命智慧的表达也就是生存意义和生存可能性的智慧性的追求和建构有关系。从他的散文中可以看到，他就像一个都市冥想者，经常观察一段段风景，从风景中领悟一些人生的东西。侯林是很有艺术感觉的，他有几次写到他窗外的风景，写窗外的树，还有树在风沙沙地吹过来时那样的一种感觉，写得非常到位。我们整天面对自己的生存环境，却不能发现身边事物的美。这是他的敏感的特质，他很有艺术感。但他又不是停留在这样一种艺术化的描写上，不是仅仅为了展露他的艺术才力，而是通过这样一种描写，去展示自然的生命和人的生命的某种关联，体现了人和物、天和人的一种交流对话的意识。有时他干脆把从报纸上或文学作品中的某些人物或者作品引入他的散文叙事过程，一开始就是"他""你"等等，让"他"和"你"与写作者的"我"，构成一种交流对话的关系，以此展开关于某种生存智慧的探讨。这样一种散文体式，不能说没有先例，但是在中国目前的散文创作中，还是非常有独特性的。

从上述几个方面可以看出，侯林在散文创作上确实形成了自己的某种风格和特定的价值追求，同时在某种程度上或者说在相当程度上，实现了他对生命和生存的智慧性探索这样一种目的。因此，读这样的散文，我们能得到美的享受，还能获得人生的启迪。这是我们作为读者应该非常感谢作者的地方。

（根据在侯林散文作品研讨会上的发言录音整理而成，原载《济南时报》2009 年 7 月 26 日）

一部有教益的用心之作

读了林天佐先生的纪实文学作品《婚姻走过三千年》一书，我深感这是一部有教益的用心之作，故不揣浅陋写下以下文字。

从某种意义上说，上天把人类造成男性和女性两类，就是让他(她)们互相为对方而生的。互为对方而生的男男女女需要找到一种形式走到一起，婚姻即提供了这样一种形式。按照为马克思和恩格斯所认可过的美国人类学家摩尔根在《古代社会》一书中的研究，相对于人类社会发展史从蒙昧时代到野蛮时代再到文明时代的次第进化，人类的婚姻主要经历了三种制度形式，即蒙昧时代的群婚、野蛮时代的对偶婚和文明时代的单(或专)偶婚。除去某些进化相对落后的民族和某些特殊宗教观念影响下的婚姻在当今时代还保留着某些群婚和对偶婚的类似形式之外，文明社会的男男女女们实行的大都是单偶婚，也就是通常所说的一夫一妻制。在一夫一妻制的社会中，婚姻关乎着个体的发展和生活的走向、生命的质量；而对于整个社会来说，由婚姻而组建起来的家庭是社会的基本细胞，这个细胞生长状况对整个社会的发展来说也是至关重要的。所以，不论对于个体还是社会，婚姻确乎是一件大事情，也是一个大问题。

就科学的社会史角度而言，婚姻形式的形成，是社会经济制度的产物，就单偶婚来说，它与私有财产的形成和阶级统治的产生有着直接的关系；而从当下在东、西方广泛流行着的女权主义批评话语来看，单偶婚又是建立在男性权力对女性权力和自由的压抑基础之上的。由于文明社会的婚姻制度与私有财产、阶级统治、性别权力这些制造不平等关系的社会因素紧密相连，因而婚姻从来就不意味着即是迈向人生幸福的天堂，尽管在婚礼上人们总是这样来对新人表达祝福和期望。实际上，一部文明社会的婚姻发展史，充满了太多的淫欲、暴虐、罪恶和不幸，也浸透了无数男女尤其是女性的哀伤、痛苦、绝望和仇恨。在中国古代，男尊女卑的社会文化观念和“三从”“四德”的女德规范，决定了女性在家庭以至社会生活中的从属地位，以及受支配、受摆布、受压抑、受欺凌的命运。尽管个别时期、个别女性的命运会有不同,但在总体上古代社会女性的命运是与文明社会的"文明"二字不相称的,也可以说是对文明的反讽。中国古代如此,西方社会也好不到哪里去,否则就不会有当今时代风起云涌的女权主义批评思潮了。

当然,作为一种社会制度,作为男人和女人之间共同打造的一段生活经历,走进婚姻的殿堂也不一定就意味着走向人间地狱。由婚姻建构起来的家庭,以及连接起来的男女两性关系也有其温暖、深情、幸福、美好的一面。无论是中土还是西洋都不乏夫妻之间相敬如宾、恩爱情深、琴瑟和鸣的典型。中国后汉时期梁鸿的妻子孟光给丈夫送饭时总是"举案齐眉"的故事历来为人们所称道,此外所谓"夫唱妇随"也是形容夫妻和谐相处的。像古代社会一样,在现代社会,男女之间向往的理想性爱或曰爱情,通常是在婚姻之前或婚姻之外的。婚姻可能是爱情的结果,但往往不是爱情的土壤和摇篮,很多情况下倒是爱情的牢笼和坟墓。尽管如此,社会毕竟在进步,建立在相互平等和个体自愿选择基础之上的婚姻事实上是愈来愈多了,婚姻与爱情的统一不再是昙花一现、凤毛麟角的人间传奇了。更有甚者,有些人不仅通过婚姻收获了真爱,而且婚姻的双方还成为事业上的志同道合者,携手共进,比翼齐飞。婚姻与爱情、事业的完美结合,显示出人类文明的真正进步,是人性之花的灿烂绽放,这在俗尘滚滚的人世中是弥足珍贵的。

总之,婚姻作为一种社会制度形式,从宏观上涉及历史和人类文明的演化,从微观上涉及交织进婚姻之网中的每一个作为个体的男人和女人的生活和命运。因而无论从哪个角度来看,对其加以文学上的形象展示和学术上的理性研究都是绝对有必要性的。婚姻的面貌,就是人类历史和文化的面貌,也就是作为男人和女人的集合体的人类自身生活和命运的面貌。展示和研究婚姻,就是展示和研究历史与文化,就是对人类自身生活和生命的自我观照和反思。就此而言,林天佐先生的这部新作将思维的触角探向这样一个领域,是极有价值和意义的。说到本书的优点,至少有两点:其一,这是一部花费了力气的用功之作。林天佐先生不是学界中人,而是一位自学成才的作家,现已步入老年人之列,能从中外上下三千年的浩瀚历史中爬梳、搜捡出如此多形形色色与婚姻相关的故事,需要付出多少体力和精力,是旁人很难想象得到的。这种用功用力做事的精神首先就令人敬佩。其二,这是一部有所隐喻的用心之作。该作对婚姻故事的叙写是有所选择的,书中写得较多的是一些不正常不健康以致充满了畸形的邪欲、不赦的罪孽的情事。作者写这些显然不是为了展览人性的丑恶，以迎合读者的眼球和低级恶俗趣味，而是希望人们从反面获得殷鉴和警戒。书中还写到了一些显示真爱的美好婚姻佳话，其初衷当然更是为了给读者确立一个人生的高标和楷模，希冀读者能像他们一样走健康、道德、有真爱的婚姻之路。

（原为林天佐《婚姻走过三千年》序言，山东文艺出版社 2010 年 1 月出版；刊于《山东作家》2011 年第 3 期，发表时有删节）

自然真诚的人生书写

一

我在阅读师承瑞散文的过程当中感到非常亲切。读他的散文,没有像看高山瀑布跌宕起伏或看长江大河浪涛滚滚的那种感觉,而是感到在一个草木丰盛的山头上有一汪泉水在汩汩地流淌,清澈得见底,小鱼小虾在水里面自在地游着,水草在微风中轻轻摆动着,让人一下子回到大自然的本真状态里去了。这是我的一种真切的感受。

这种感觉的形成可能是因为我们二人在经历上有相似的地方。作者是从农村出来的,我也是从农村出来的,他作品里面有很多的描述勾起了我的回忆。他描写了很多农村过去岁月的生活,比如看露天电影啊,我们胶东农村过去也看;还有母亲擀面条啊,一家人在月夜下切地瓜干啊,以及他家里和乡村中发生的许多故事。特别是描写那个走街串巷的货郎卖货的故事,让人觉得非常亲切。那么我就想,师承瑞能把这样一些事情描述得这么亲切动人,根子在什么地方呢?我觉得,若用中国古人的话来说,就是他做到了外师造化、中得心源。文学从根本上说是对于生活的记录和回忆,所以外师造化是十分重要的。但生活中的东西要成为文学,必须经过心灵的升华,要把外师造化的东西拿到自己的心灵感受当中过滤之后才把它写出来。师承瑞的散文之所以能像山泉一样汩汩地流淌,就是因为有其活水源头,这个源头就是他对生活的那一种真心和爱心。应该说,他对他生活的故乡、土地,对他生活过的地方的一草一木、各色人物,都怀着这种发自真诚的观察、体验和爱心。我们看他那篇《窗外的风景》,还有很多其他的篇章,都是如此。作者虽然长期为官,却一点也不浮躁。这使他能保持这样一种心境,面对生活中的种种情景物事始终保持一种平和淡定的心态,充满一种真心和爱心。这是他的作品非常能够打动我们心灵的地方。

师承瑞的散文写出了生活中那些美好的令人怀想和珍视的东西。当代文坛有一个很奇怪的现象，也可以说是面对当下的文坛，我个人形成了这样一种阅读感受，就是当代文坛上的很多小说（当然也不是所有的小说），过多地描写我们现实生活当中那些黑暗的、阴暗的、钩心斗角的东西，以至于读后让我们顿生颓废，感觉到活着没有劲，生活没有意义。这是我读很多小说时的真实感觉。而当代的诗歌呢，也很奇怪，总觉得像玄言诗，尽在诗歌里面思考那些抽象的哲学道理。我们有些诗人就像是在拧紧脑门揪着自己的头发琢磨哲理。诗歌不应该是这样的。我们读唐诗宋词，很多都是从生活中流淌出来的东西，它可以让普通人来传唱，能够让普通人的心灵来体验它，但是我们现在的很多诗歌却变成了这样一种令人难以琢磨的东西。说得直白一点，读当代的小说让人颓废，让人提不起劲来，读当代的诗歌使人发疯，老是让你琢磨它的文字背后到底要表现的是什么东西，以致我们觉得自己的智力跟不上这样一些诗人的思维，琢磨不透他们那些玄言诗的念头。读很多的当代散文却没有这种感觉，只是在阅读许多当代散文的时候我们才感到人生中还有很多美好的东西，很多令人亲切和留恋、回想起来很温馨很温暖的东西。这是我们从当代散文中获得的，而读当代小说是引不起我们这样的感觉的。这样我就想到，真正能够给予当代人以情感慰藉的东西，可能需要从散文当中去寻找。

我想说，中国当代很多散文包括师承瑞的散文，其实传承了中国传统文化命脉和艺术命脉的许多东西。中国传统文化命脉的基点之一，就是人和大自然非常亲近。我们现在称中国文化是“天人合一”的文化，就是讲人本身和大自然不是对立的状态，应是和谐统一的。现在很多的散文写人和自然和谐相处，师承瑞的这部散文集对这方面的描写也非常多。对于这种文化上的传承，他并没有用一种抽象的理论把它宣讲出来，而是在艺术的描绘中很好地把它表现出来了。他很好地传承了我们中国传统文化提倡的人和自然、人和人之间的和谐，也包括人与自我的和谐。他的这部散文集有三类作品：一类是对故乡的回忆性作品，一类是旅途当中写景抒情的作品，还有一类是记述身边的人和事的作品。但无论哪一类作品，他都没有用那种剑拔弩张的、充满了怨愤和嫉恨的文字去写人纪事。有的作品，比如说写他起初对舅舅的一些做法不理解，但后来还是理解舅舅了。其他一些作品也是一样，没有让人感到心里有很不平的东西，没有激愤之辞、怨怒之情，他的心境非常平和、淡泊沉静。他不仅对自然充满了爱心，对其他人充满了爱心，对自己的人生也是非常珍惜的，把自己的生命作为一种和谐的东西融入生活世界和宇宙自然的大和谐中，从而引起我们一种很亲切的人生感受。

以上是从传统文化命脉方面来说。再一个就是传统艺术的命脉。中国古代的诗文非常讲究情景交融，讲究主客体之间的和谐，交融与和谐就会生成一种艺术的境界。我们常讲中国古代文艺理论最有价值的东西就是“境界说”，而“境界说”讲的就是情景交融、主客统一。师承瑞的散文有许多的篇章都是纪游之作，诸如游泰山，赏菏泽牡丹，以及其他的一些风景名胜。这一类的散文他写得都非常好，完全是娓娓道来，纪游写景，可是你却能感到景致描写当中流露出来的那种浓淡不已的情愫。我特别留意到师承瑞有很细的观察之心，细到一片叶子上滴落了一个小水珠，或者一只小蜜蜂在花蕊上转来转去。这样细致的景物描写体现了他对自然的一种爱心，流露着他的一种情感。我觉得读他的散文，就好像夏天喝了一杯清凉剂。换句话说，我们生活在世俗当中，读他的散文能让我们产生一种高雅的念头，产生一点诗意的感觉。现在我们搞文艺理论的人，做教育工作的人，都在提倡一种艺术化的人生，我觉得师承瑞的散文其实在这方面做出了很好的努力。当代的艺术家、当代的文学家，包括当代的散文家，都应该用自己的创作来印证、体现理论家、教育家所呼吁、所倡导的这种人生，让读者从作品中去体会感受艺术的生活、诗意的生活，这样我们的人生境界才能不断提高。正因如此，我读师承瑞的作品很受感动，读了一篇还想再读下一篇，一点没有看很多小说时的那种厌倦感。实事求是地说，我们开过不小的小说研讨会，入会者往往读作品读得很费劲，把生活写得那样乌七八糟，实在提不起多少阅读兴趣。其实我们想一想，生活当中发生的许多事情本来没有界限分明的黑与白、对与错，生活当中的人也没有一色的丑与美、善与恶，生活当中好的东西与不好的东西、诗意的东西与非诗意的东西，是很难分得那么清楚的。用一种审美的诗意的眼光去观察去体验，可能你就会处处发现美丽捕捉到诗意；而用一种阴暗的心理混浊的眼光观看人生体验世情，就可能看到的都是丑陋与阴暗。两相比较，我倒更欣赏师承瑞的处世心态以及体验与表现世界和人生的这样一种艺术选择和追求，这是能让读者的心灵获得慰藉，让人们感到美好、温暖和诗意的东西，只有在美好、温暖和诗意之中，人们才能真正获得安身立命的精神家园！

二

总的来看，师承瑞同志的散文创作，应该是他行走在人生之路上的文学书写。这种书写和他的人生履历是紧密相连的。就时间维度而言，这种书写涉及其生命历程的过去、当下与未来。虽然文中涉及未来的部分表现得不多，但这种指向未来的维度是存在的。他在文章中说，要通过写作给自己的人生寻找一种更有意义的生活方式。这种寻找就是指向当下更是指向未来的。意义的寻找,使他的所有文字脱开了琐细生活的局限性,而有了一种内在的精神气韵和不同流俗的格调。所以,他的作品,看起来写得都很实,却蕴蓄着一种令人回想和琢磨的意思和意味。值得读,有读头,因为他的写作是有所寄托的。

当然,他的这种书写,从已有的文字来看,更多的是回头看,是回忆和回望,或是他当下人生的记录。书写内容更多来自他的经历、阅历、游历。"三历"当中,他的纪游散文虽然不乏清丽与优美的文字,但总体上看相对写得弱一些,而表现其经历和阅历的篇什写得更好些、更加耐读、更值得品味。他作品中记述、描写的许多生活场景和细节,能让像他一样有农村生活经历的读者感同身受,比如一家人在月夜下擦地瓜干、推小车、推石磨等。对年轻一些的读者来说,他的作品展示了另一种历史与生活的印记和景观,也会产生一定的阅读兴趣,并会从中获得一定的历史体认和人生感念。总起来看,阅读师承瑞的散文,有如下三点明显的感受。

一是自然亲切的生活记忆。师承瑞擅长述说那些已经成为历史、留存于记忆深处的生活往事,且总是以第一人称视角,从自己的观察和感受出发,用一种自然亲切、缓缓道来的语气和语调。他的这类作品,无论写人还是纪事,都不会给人一种剑拔弩张、怨天尤人、心气不平、令人紧张的感觉,而是用一种平常的心态面对过往与当下、历史与他人。由于自然亲切,所以与读者的距离就被拉近了,我们在不知不觉中自然而然地进入他的生活世界和心灵世界,追随着他的脚步和眼睛去历览乡村生活的婚丧嫁娶、生老病死以及风雨阴晴、时代变迁,同时分享着他的感受,去体会人生的喜怒哀乐,寻觅生命的价值意义。

二是温馨真诚的情感表达。师承瑞的作品述说的生活往事多与土地和农村相关,其中不乏艰辛和困苦。即使对艰辛和困苦,他也总是将其作为自己人生成长中不可分割的一部分而加以处理,并且带着一种温馨真诚的情绪记忆,透出浓浓的情感韵味。这种温馨真诚的情感韵味让人感觉这是一个正常的人在用一种正常的态度或者说很阳光的心情面对人生,抱持着对生活的感恩之心,对生命有一种敬畏,对他人有一种尊重、宽容和理解。比如写舅舅那一篇,写了自己和舅舅之间因为舅舅被错误地打成"坏分子"之后有过的相互疏远,以及由于舅舅的早逝来不及恢复应有的亲情而给自己带来的悔恨和遗憾,写得很直白,没有对自己的任何矫饰,非常真诚。这种直白真诚正是最打动人的地方。

三是平实从容的语言风格。文如其人,读师承瑞的散文,便不禁想起他的为人。在我的印象中,师承瑞做人内敛温和,对人实在重交,做事则务实而有章法。这些特点显示于他的创作中,便形成了其平实从容、不事铺张的语言风格。他的大部分作品,都不太讲究谋篇布局,文字的流程就是他所述说的生活流程,自然流露,有点如苏轼所说的如平地水涌、行于所当行止于所当止的味道。除去少数篇章在文字上有雕琢和用心之外,他的大部分文字质朴平实,与其前两个特点十分匹配。可以说,师承瑞的散文有一种"清水出芙蓉,天然去雕饰"的纯正美、自然美。朱光潜先生写过一篇谈美的文章,最后一句是:"慢慢走啊,请欣赏!"这句话用在师承瑞身上也很合适。他的散文就是他在人生行走中一边行走一边欣赏写出来的,走得从容写得也从容。他有一种欣赏的心境,因而才能写出这么多蕴含着真和善也蕴含着美的文字!

最后,如果要提一个建议的话,就是师承瑞可以多去找一些像自己一样写作类型和风格的中外散文名家的作品读一读,比如梭罗的《瓦尔登湖》,从中获得一些文学滋养和借鉴,以丰富、拓展和充实自己的写作风格。

(第一部分据2007年6月20日在山东省作协创联部和《时代文学》联合于济南主办的"师承瑞散文作品集《故乡的明月》研讨会"上的发言录音整理而成,收入师承瑞散文集《行意绵绵》附录部分,上海文艺出版社2009年3月出版;第二部分据2011年4月12日在山东省文联文艺创作研究室、莱芜市文联联合于莱芜市雪野旅游区航空俱乐部举办的"师承瑞散文作品研讨会"上的发言录音整理而成)

《你在高原》书写出中国当代文学的新高度

张炜的《你在高原》荣获第八届茅盾文学奖，实至名归。这部皇皇巨著书写了中国当代文学的新高度，是一部与我们所处的这个波澜壮阔的伟大变革时代相匹配相辉映的大书。这部大书写出了时代的广度和人性的深度，并具有时代精神的高度。

近百多年来的中国社会风云变幻，大潮起伏，有多少伟大的历史事变和历史事件，又有多少起落于历史大潮中的历史人物等待文学来书写，值得文学去书写。然而，细数百年文学史，能够堪称历史书写的大作力作少之又少，这不能不说是文学对于历史的一个亏欠。《你在高原》以其宏大恣肆、集多种艺术手法于一体的史诗性书写弥补了这一亏欠。该作承续了巴尔扎克、托尔斯泰等19世纪伟大小说家做历史"书记官"的崇高传统，恢复了小说的历史记忆功能，以20世纪50年代出生的主人公宁伽的家族性历史追寻和个人涉及广泛的人生游历，再现了中国社会百多年来的林林总总，展示出社会生活的五光十色，创造出生动各异的人物群像，其时代生活的展示广度，在当代文学中罕有其比。张炜在这部作品的自序中指出："时代需要伟大的记忆！"这是张炜对于当代文学创作的一个期许，也是其创作原则的宣示。《你在高原》真正可以称为我们时代的一个"伟大的记忆"。

伟大的作家和作品从来都不仅是历史的记录者，更是人性的解剖者。因为历史是人来创造的，人对历史的创造凝聚着人性的斑斓色彩、人性的美好与丑恶。张炜的作品从来都不缺乏对生活中的美好和人性中的美丽的赞颂，《你在高原》也是如此。这部作品讴歌了品质清纯的革命者，颂扬了矢志不渝的科学家，写出了追求正义和自由的年轻一代，更刻画了各个代别和类型的美丽女性形象。他们对于理想和事业的执着，对于自由和正义的追求，对于爱情和德行的坚守，无不令人肃然起敬、怦然心动。与此同时，张炜对于历史巨轮碾压下人生的破碎和凌辱以及人性的堕落和污浊也毫不回避，而是在历史叙事和人物刻画中给以深刻的揭露与洞察。与一般作品中以善、恶二元对立的人物设置和意蕴结构方式不同，《你在高原》不仅以鲜血淋漓的笔触大量地写到了历史罪人和恶人的人性之恶，而且以或直接或含蓄的描述袒露出革命者理直气壮地以革命之名施行的有违人性之恶，以及权势者冠冕堂皇地以建设和发展的大局为借口对他人的打击、摧残和对自然的蹂躏、破坏，这种以正义、公益之"善"掩藏和施行的恶，触目惊心，直抵人性的黑暗深处。由此，《你在高原》揭示出人生与人性纠葛万千的复杂性。

《你在高原》当得起一部"大书"的称谓，还在于其所达到的精神高度。这是一部有思想的写作，一部有自己的精神阳光照射的写作。作者对历史的展现与评骘，对人性的洞视与楬橥，时时处处渗透着关爱自然、感恩自然、人与自然息息相关美美与共的生态意识与生态情怀。在作者看来，历史的进步应该以人类和自然更加和谐美好的相处为目标，破坏自然的历史进步不是进步，是造孽是罪过。因而从作品里我们看到，那些正面的形象，那些正直、良善的好人，通常都是热爱故乡，眷念故乡的山水，与自然亲近，与大自然中千千万万美丽、可爱的动植物为友的人；反之，那些糟蹋自然、无故乡情愫、与动植物为敌的人，通常没有正常的人性，往往是历史之恶的施动者。人性之美与自然之美，在张炜这里是交融一体的，其历史书写的诗性品格、人性剖析的诗性气质，与其生态意识和情怀密不可分。正是这样一种意识和情怀，使《你在高原》在当代文学画廊中独树一帜、韵味特具，并使之能够进入世界文学殿堂，获得与当代世界文学的大家之作交相媲美、互动对话的精神底蕴。

（原为 2011 年 8 月 28 日在山东省文艺评论家协会组织举办的"第八届茅盾文学奖获奖作品《你在高原》座谈会"上的发言稿，刊于《山东作家》2011 年第 3 期）

沂蒙精神的生动演绎与深情礼赞

写出过《穷官》《苍山三农》等知名作品的作家杨文学，最近又推出了由山东文艺出版社出版的长篇纪实文学新作《沂蒙长风》。该作一如其先前的创作，依然将笔墨倾注在故乡八百里沂蒙山区的那些人和事，山水背景依旧，讴歌对象未变，但人生叙事的历史厚度、主体投入的情感深度，却比先前的作品有了很大提升，从而将其系列化沂蒙书写推向了一个新的高度。可以说，这部作品是沂蒙精神的生动演绎与深情礼赞，既用真实确凿的历史叙事演绎和呈现了沂蒙精神的真髓和内涵，又在对沂蒙精神的深情礼赞中艺术地揭示出沂蒙人民的大义大爱与人性之美。这种演绎和礼赞凸显的是作者对一种崇高的民族精神的张扬和守护。

《沂蒙长风》以杨文学作为从沂蒙山区走出来的作家半个多世纪的生活积累和人生体验为基础，以其多年来的深入生活实地采访为依据，以精心选择的大量历史事实和人生故事为血肉，用历史的长镜头全景式地展现了沂蒙人民自抗日战争至今为国家、为民族同时为他们自身而展开的生存抗争与选择。在作者笔下，一代又一代沂蒙人的抗争与选择，无论是战争年代为了民族解放的牺牲，还是和平时期为了摆脱贫穷的创业，都那么不同凡响，给人惊天动地、撼人心魄之感。在这一长镜头的远景端，神采飞扬地立着的是那些在烽火连天的战争年代，以“红嫂”“红哥”之称而获得历史命名的平民英雄群像。这些“红嫂”“红哥”为了求解放救中国的大道大义，不仅送子打鬼子、送夫上战场，而且做军鞋、磨军粮、拥军支前、救护伤员，义无反顾地投入伟大的时代洪流之中，用她（他）们或纤弱坚韧或质朴刚硬的肩头扛起了民族解放和革命胜利的旗帜。作品不仅让我们再次领略了在扩军大会上勇敢喊出“谁带头报名参军，俺就嫁给谁!”的“识字班”班长梁怀玉，将未婚夫送上战场而终生守候在婆家的李凤兰，以及 18 岁就被推为支前拥军模范直至晚年仍坚持拥军的胡玉萍这样一些红透全国的“红嫂”们的动人风采，而且如数家珍地细细讲述了一个又一个尚未被人挖掘、深埋在社会底层的“红嫂”“红哥”们的动人故事，让我们记住了用自己的乳汁救护重伤员却长期不被人知的哑女明德英,将八路认作自己的男人却把自己的男人留在日寇屠刀之下的普通农妇单学花,让媳妇将寄养在自己家里的八路孩子奶大养胖却致自己的女儿病饿早夭的村支书李德,为了保护村民和藏在山中的八路伤员及物资而故意将鬼子骗上崮顶、抱着鬼子跳崖身亡的村支书武善同,以及那些有名和无名的奔赴战场的担架队、小车队、挑工队队员们。书中还专辟一章记述了高廷光、王保胜、宋美续、孙波、待振玉等农民出身的沂蒙草根英雄富有传奇色彩的光辉业绩。而今,尽管战争的硝烟早已消散,生命的荣辱亦成烟云,然而记忆不老,这些“红哥”“红嫂”与草根英雄们的丰功伟绩,他们用一腔热血激扬挥洒出的绚丽生命之舞却永远地定格在了中国革命历史的壮美画卷之上,光彩照人,历久弥新。

在《沂蒙长风》历史长镜头的近景端,活跃着的是和平建设年代和改革开放新时期沂蒙山人的典型。尽管历史的风雨几度变迁,战争不再,由残酷的战争引发的大规模死亡威胁不再,然而由于国家利益的需要,为了摆脱贫穷过上幸福生活,沂蒙山人在不同的时期依然面临着严峻有时甚至严酷的生存选择,以及由此选择所带来的强力生存抗争与生命喷发。1960 年前后,沂蒙山人为让邻省人民少受洪水之害,过上丰衣足食的好日子,响应领袖一定要把淮河的事情办好的伟大号召,在国力虚弱的困难时期,靠激情燃烧,靠仅有镐头、铁锨、手推车等简陋的工具,靠肩挑人抬车推的原始劳动方式,在八百里沂蒙山上大兴水利,建起了几百座水库,包括多座库容几亿、十几亿的超大型水库。从作品中我们看到,当时兴修水利是按照军事管理的制度组织民工队伍的,任务艰巨,条件艰苦。许多人因为在寒冷的冬天里赤脚站在冷水里挖土施工落下了严重的烂腿、烂裆病,不少女性则因经期在冷水里施工而终生不孕,还有施工放炮和居住工地失火等引发的更为严重的伤亡事故。这一切,沂蒙山人民都以他们对党的绝对忠诚而心甘情愿地面对了。但大型水利的一个直接后果就是,许多山区村镇的优质粮田被滔滔库水无情吞噬,许多家庭不得不开始痛别故土、转投他乡的移民生活,以至于备尝生活的艰辛。为了保护水源,让临沂城区人民喝上干净的库水,2009 年,蒙阴库容 7 亿多的特大型水库——云梦湖又停止了库区人民赖以发家致富的网箱养殖,一向以奉献著称的老区人开始了第三轮奉献。作者以沉实而又不无凝重的笔触,既写出了沂蒙老区人民在坚决执行修建水库和保护水源的上级决定时舍小家为大家的奉献,也没有回避由此而带给他们自身的生存困境与苦楚。然而,有着光荣传统的沂蒙人民无论是在战争年代还是在和平年代,都没有把自己的付出作为向党和国家伸手的资本,而是努力以自己的奋斗和智慧改变自身的生存处境。《沂蒙长风》的最后一章,写了费县南部山区朱田镇宁家沟村老支书孙士元、名扬全国的平邑县九间棚村支书刘嘉坤、沂南县界湖镇南村村主任李凤德带领村民脱贫致富的新时代传奇,为壮丽的沂蒙画卷增添上一道道新的风景。尽管时代变化了,实现人生价值的途径和方式也不同了,但与他们的先辈英雄们相比,这些新时代的沂蒙人的典型流淌着同样的精神血脉,他们的惊人业绩同样感人至深。

《沂蒙长风》用历史的长镜头拍摄下的是一些顶天立地的沂蒙人,他们浑身土气,泥土气味厚重,却又无不散发出一股沂蒙人特有的精神气质,这种特有的精神气质就是沂蒙人的无私奉献精神。从抗日战争时期沂蒙人民与中国共产党结下鱼水情深的不解之缘至今,虽然沂蒙精神也在与时俱进地不断充实、扩展、丰富着自己的内涵,但其核心一直都是无私奉献,这一点是毋庸置疑的。杨文学在《沂蒙长风》中着意演绎和深情礼赞的正是这种精神。无私奉献就意味着付出乃至牺牲,意味着付出不图回报,牺牲无怨无悔。你看,丈夫和唯一的儿子先后牺牲在解放战争和抗美援朝战场上的刘家河村烈属刘杨氏刘大娘,从未向上级提过任何物质方面的要求,仅希望下乡来的领导能到她家里坐一坐拉拉呱儿;家在蒙阴北部的小脚农妇张葛氏翻山越岭地给区中队报信活捉了鬼子铁路勘探团的十几个鬼子,晚年却不认为自己立过什么大功,不仅不愿参加"红嫂"评选,甚至不让孙子提这事儿;黄石崖村女民兵排长兴修水利时正逢例假,跳进冰冷的河水里施工导致终生不育,在回答作者采访提问时却表示,即使当初知道有这样的后果一准儿还会下水;沂南县界湖镇南村的李凤德在成为成功的企业家之后,在乡亲们的请求下回村干起了村主任,带领全村人走上共同富裕之路,他不仅不拿村里一分工资,还经常无偿拿出自己的资金投入村办企业,村里的企业发展好了,自家的企业则因无暇顾及 6 年少收入 1 个亿,而他却说"值,牺牲自己的 1 个亿,换取集体的 11 个亿,这买卖做大了"。这些可敬可爱的沂蒙人身上,显示了多么宽广宏大的人生胸怀,多么高远超俗的人生境界啊!自然,在现实生活里,无私奉献有精神觉醒后的自觉选择,也有不那么自觉与主动的被动选择,《沂蒙长风》在述说不同的人生故事时,是注意到了其中的差别的。即使后一种选择,依然是可歌可泣、美丽动人的。

在当下这个物欲膨胀、无私奉献被有些人视为"傻子"的时代语境中,读一读《沂蒙长风》,近距离地感受一下沂蒙人身上由无私奉献而鼓荡起来的持久不衰的崇高精神热度,广大的读者特别是那些关注和思考生存意义、人生价值的读者,肯定会有所收获、有所教益。同时,对于那些脱离现实历史和人生,喜欢玩弄穿越游戏,一味追求娱乐化和私人化写作的文坛写手们来说,《沂蒙长风》提出了一个尽管有人无视却依然尖锐的问题:文学应不应该切近它的时代及其人生,做时代和人生的歌者,彰显其"寓教于乐"的社会功能?显然,杨文学以自己的一部力作,一部心血之作,给出了肯定性的回答。

(原以《历史镜头中的人性之美》为题发表于《光明日报》2012 年 6 月 26 日,发表时有删节)

由批评引发的文学交往

我读莫言的作品，始于他 1985 年发表的中篇小说《透明的红萝卜》和第二年的“红高粱系列”，而与之相识，则是在 1988 年。鉴于莫言的一系列作品在文坛引起的爆炸性影响，当时主编《青年思想家》的贺立华、杨守森二位好友发起并组织的全国首次“莫言创作研讨会”于 1988 年 9 月 6 日至 8 日在莫言的故乡高密举行。来自全国各地近百位专家、学者、青年文学工作者、新闻记者以及莫言本人出席了研讨会，除了山东的一批中青年文学研究者赴会外，还有解放军艺术学院的张志忠、《光明日报》的潘仁山、作家出版社的张懿翎等人赴会。为参加这次会议，我赶写了《“祖宗崇拜”与莫言文化选择的偏执》一文，并作了会议发言。

大学毕业留校后，我的教学科研专业是文艺理论和美学，很少涉足当代文学研究与批评，这篇参会论文可以说是我的一次“越界”行为。基于对莫言作品的阅读感受和理解，我将文章立意定位于文化批评。我在文章里指出，近代以来，如何改造国民的文化心理素质，使贫困颓唐的中华民族重新崛起仍然是今天的思想家和文艺家们为之苦思苦索的基本文化主题，作为“文化寻根”派的后起之秀，莫言以他极其敏锐的感悟和意蕴深厚的先锋性创作切入了这一主题。他以对“种的退化”的深切忧虑表现了民族共有的危机意识，又通过“祖宗崇拜”提出了自己独特的救世良方。在文章里，我一方面从气韵贯通浑然苍茫的时空感、人生极境的自由畅想、被压抑的生命激情的迸发、富于浪漫色彩的追忆与回想等方面分析了“祖宗崇拜”情结的艺术升华所赋予莫言小说的震惊性艺术魅力；另一方面指出，尽管莫言独具情韵的作品给了我极大的审美享受，他在作品中表现出的痛苦也激起了我在情感上的强烈共鸣，但在理智上我却不能认同他在“祖宗崇拜”中张扬的人生理想和作出的文化选择，并从重传统轻现实、重乡土文化轻城市文化、张扬感性本能否定理性精神三个方面分析和批评了莫言小说中文化和人生选择上的偏执。这篇会议论文发表于《文学评论家》1989 年第 1 期，之后还获得过山东省社会科学优秀成果三等奖。由于我是“越界”发言，对自己的文学判断不够自信，再加上当时会议上对莫言基本上是一片赞扬之声,我的批评也引起过与贺立华兄的争鸣,所以心里一度有点忐忑,怕莫言觉得我对他不尊重而生气。但莫言在会议结束时对大家的鼓励与批评一并表示了感谢,并未对会议中和学界的批评之言作出解释或反驳回应,似乎对我的批评并未在意。后来进一步的长期交往使我明白,我当时的担心确实是多余的,莫言有倾听批评的雅量和包容批评的胸怀。

这次会议是我与莫言相识相交的起始。出于我自己从事的专业的缘故,此后有 10 年的时间,虽然多少也关注一点创作界的动态,知道一些围绕莫言新作如《天堂蒜薹之歌》《红蝗》《丰乳肥臀》等等引发的争论甚至风波,但与莫言本人并没有直接接触和联系。大概是 1999 年底或 2000 年初吧,贺立华兄向我建议说,莫言的女儿要报考山大外语学院,可借此聘请莫言做山大文学院的兼职教授。当时,我刚刚担任文学院院长,也在思考文学院今后发展中的一些问题,觉得这个建议可行,就于 2000 年下半年,借莫言探望在山大外语学院读书的女儿之机约见了他。记得当时的校领导在山大总校北门的一个酒店里宴请莫言和张炜兄,由我作陪。莫言兄还签名惠赠我两部新出的作品集,一是由香港明报出版社出版的《2000 年文库——当代中国文库精读》莫言卷,一是由解放军文艺出版社出版的"小说六家新作丛书"之一《师傅越来越幽默》。这次见面,使我对莫言的朴实平和、真诚宽厚以及其少年时代的家世和后来的文学成长经历有了更多的了解,从而对其为人和文学成就有了更多的理解和尊敬。尤其是与他一样,我自己也出身于一个上中农家庭,有过与他类似的备受歧视的经历和体验,所以自己感觉在心灵深处与他具有共鸣共振。由于同年出生,他正月出生,是羊头,我十二月出生,是羊尾巴,从此便真诚地称他为莫言兄了。这次见面后,我又先后收到了他签名惠赠的"莫言小说精短系列"三种(《初恋·神嫖》《老枪·宝刀》《苍蝇·门牙》)和长篇小说《檀香刑》等。

1994 年前后,当时文坛上多位名家如贾平凹、王安忆等被相关大学聘为兼职教授,叶辛和金庸还分别被聘为上海大学和浙江大学的文学院院长,这种状况一度引起学界和媒体的关注。与莫言在济南相见不久,《中华读书报》的记者就此采访了包括复旦大学的陈思和与我在内的一些高校文学院学者,了解学界的反应,并以《名作家当教授的越来越多了》为题在这一年 11 月 30 日的报纸上发表了采访结果。在采访中,我回答说山东大学文学院在解放前有聘请著名作家当教授的传统,现在我们也准备聘请创作势头好、能履行兼职教授职责的中青年名家任兼职教授。但我也委婉地表达了不赞成把聘请名作家当教授作为办学中的一种炒作行为。基于高校是培养学者不是培养作家的传统理念，此前围绕要不要聘作家兼职教授一事，我们院内有不同的意见，所以院里此前没有聘过任何人。我的这个采访表态，算是提前放了一个试探性的口风。在征得时任学校领导的同意后，决定先聘任莫言，视情况再聘任其他作家。正式聘任仪式是 2001 年 6 月 4 日上午在校长办公室里进行的。这次受聘仪式选定的时间不是很巧，当时莫言创作的第一部话剧作品《霸王别姬》在北京轰动一时，并被外交部作为国际交流节目选派到“开罗戏剧节”演出，他本应随剧组前往，但为了这次山大之行而推掉了。恰好文学院学生话剧团当时也在排演《霸王别姬》，在一天紧张的安排中，他特意抽出时间去看望了正在紧张排演的同学，晚上又亲自到现场观看了同学们演出的《霸王别姬》。记得演出结束后，我和贺立华兄陪莫言带着几位研究生一块驱车到了千佛山下的一个茶馆里饮茶畅聊，气氛热烈，好生快乐。

正式受聘为山东大学文学院兼职教授后，莫言兄与贺立华兄合作招收研究生，很好地履行了他的职责，为山大文学院特别是现当代文学专业的研究生打开了一扇瞭望当代文坛最新最美风景的窗口，使山大的众多学子受惠无穷；同时，我与他的交往也多了起来。2003 年 11 月 12 日，我还在山大总校文史楼三层文艺美学研究中心的报告厅里为他主持了一次关于当代文学创作状况的学术讲座，100 多座的报告厅里，坐的、站的济济一堂，人头攒动，场面十分火爆。在报告和现场问答中，他对当代文坛的创作状况、他自己小说的电影改编、他的戏剧创作以及如何理解余华等同辈优秀作家的作品等问题发表了自己的看法，并提出他自己认为正确的创作态度应该是“背对文坛，正面苍生”，得到了在场学子的热烈掌声。他还回答了同学们提出的关于中国人与诺贝尔文学奖等问题。2004 年初，我从文学院调到校研究生院任职，虽然离开了文学院，但因为文学会议、文学活动或朋友聚会等情况，仍然和莫言兄保持着联系，在北京和济南多次晤面。近十多年来，莫言兄的创作愈臻大家之境，他在我心目中的文学形象也越来越高大了，从心底里为他的文学才情所折服，也为与之交往所带来的兄弟般的情谊所温暖。2011 年 8 月 20 日，得知莫言兄的长篇小说《蛙》荣获第八届茅盾文学奖的消息后，我立即用短信向他表示了祝贺，并与诸多好友一道，再次建议由杨守森、贺立华二位出面与高密方面磋商，借 2011 年第二届中国（高密）红高粱文化节举行之机，于 9 月 25 日在高密市召开“莫言茅盾文学奖获奖作品《蛙》研讨会”。山东省内高校、省作协、省文联、省社科院以及省内媒体单位的专家、学者、记者 40 余人应邀与会，我自己也在认真准备的基础上作了会议发言。会后，在与莫言兄打过招呼之后，我将山东师范大学李衍柱先生和山东大学丛新强副教授的参会论文先后发表在了我任主编的《时代文学》2012 年新开设的“当代名家作品评论”栏目中（栏目文章主要为茅盾文学奖获奖作品评论）。2011 年 11 月24 日，在北京召开的中国作家协会第八次全国代表大会上，莫言兄高票当选为副主席，作为出席代表大会的代表，我由衷地向他表达了祝贺之意。

2012 年 10 月 11 日，莫言兄荣获诺贝尔文学奖。当这一喜讯传来的时候，我正随中国作协作家采风团在老家栖霞市参加“果都之约——2012 全国著名作家果都行”活动。当时在一起的，有中国作协副主席陈建功，八一电影制片厂副厂长、茅盾文学奖得主柳建伟，辽宁省作协副主席孙惠芬，电影《山楂树之恋》的编剧肖克凡，电视剧《激情燃烧的岁月》的编剧石钟山，中国作家出版社社长张陵，《啄木鸟》杂志主编杨桂峰，还有著名作家赵本夫、刘庆邦、衣向东以及中华文学基金会的几位领导。晚上 7 点整，当大家在市领导举行的欢迎晚宴上获得喜讯后，全体欢腾，一齐鼓起掌来。大家无不感到高兴异常，认为这不仅是莫言个人的光荣，还是中国作家的光荣。晚宴后，柳建伟、衣向东几位活跃人物便开始通过手机接受媒体的采访，兴奋不已地对莫言获奖表示祝贺，并大谈莫言获奖的意义。当晚，我自己也接受了两家山东媒体的采访。在回答《大众日报》逄春阶的采访时，我指出：“莫言获得诺贝尔文学奖，对中国文学来说，具有里程碑式的意义。这是世界文学界对中国文学高度认同的体现。它表明，随着中国国力的不断增长，中国文化和中国文学正得到世界的广泛认同。这既是莫言以其出色的创作成就所应该获得的一种奖励，同时也表明中国文学在经历改革开放之后真正走向了与世界的双向交流，并且在这种双向交流过程中得到了他人的认可。”我还说道：“莫言语言上的张力，汪洋恣肆的才情和想象力，在中国作家中比较少见。同时，莫言还是一位放眼世界的作家，他从创作之初就主动向西方一些大师学习。他的这种学习，并不是去简单地模仿，而是把从西方大师那里学来的东西很好地同我们的民族文化传统有机结合在一起。因此，莫言的作品，既是民族的，也是世界的。”在回答济南《都市女报》记者采访时，我也说了大致类似的话，认为这是西方文学界对中国文学的认可，是对以莫言为代表的中国作家的认同，是中国文学走向世界文学前沿的一个重要标志。我还指出：“莫言是一个有着艺术个性和文化底蕴的作家，文学天赋了不起。他深受福克纳与马尔克斯的影响，其作品在传统与现代之间有着很好的融合，极富张力，中短长篇都很精彩，获奖是对莫言所有创作的一个世界性认同。”而说起在山东大学带研究生、上课的情况，我表示他是个很不错的老师，口才很好，对学生来说，既可以见到名家又可以听其讲课，是幸福的事，如此等等。当天晚上，我还与杨守森、贺立华兄打电话，表达由衷的祝贺。我从他们那里了解到有的地方领导在没有见到北京的官方消息前不敢主动向莫言表示祝贺后，即与山东大学党委宣传部李平生部长通了电话，建议宣传部出面以学校名义向莫言发一个祝贺信，后来学校经研究决定由文学院出面发了一个贺信。我觉得莫言作为山东大学的研究生导师，获得诺贝尔文学奖，也是山东大学的光荣。这份光荣足以书于校史，传至永远。考虑到莫言兄的手机那几天可能会被打爆了，而我的祝贺之意通过媒体已显示于报端和网络媒体，想必他早晚会看到，所以我并没有通过手机给他发短信致贺，我以为莫言兄不会觉得我不够朋友轻慢了他。

岁月像流水一样匆匆而过，与莫言兄相识至今已有25年了，四分之一个世纪，不是太长，也不太短，我为能在既往的生命历程中与这样一位世界级的作家因为文学而相识相交感到三生有幸。出于各种不同的心理，莫言获得茅盾文学奖特别是诺贝尔文学奖之后，有不少人公开或私下说了很多不以为然甚至人身攻击的话，他依然以宽容平和的态度对待，这使我对他更生敬意。25年前，他能够平心静气地听取一个如我一样同辈人的批评已属不易；在今天的盛名之下，他能够继续平心静气地对待他人的批评，甚至忍受一些比他年轻得多的各类人物的非议直至极其不友善的攻击之辞更为不易。这是一种处世态度，更是一种人生境界。有容乃大，莫言能够成为一代文学大家，不是偶然的。其实，什么样的批评能够矮化、诋毁得了一个伟大作家应有的文学成就和声望？相反，一个作家善于倾听批评，能够把他人的批评当成自己为文、做人的一种历练，则肯定更能够成就其大。瞻望人生前景，莫言与我，还有可能再活四分之一个世纪。我相信，再一个25年，莫言兄肯定会攀上文学殿堂的更高等级；我也期望，在未来的岁月中能有更多与莫言兄以茶会饮、把酒言欢的机会，以便留下更多以文会友的美好生命记忆与回想！

（原载徐怀中等著《乡亲好友说莫言》，山东大学出版社2013年5月出版）

满怀哀伤的人性追思

——评孟中文散文集《佳人难得玉精神》

以小说创作成名于文坛的“70后”女作家孟中文，近些年又转向散文随笔写作，先是出版了颇获好评的随笔集《天使的声音》，新近又推出以历史名人为主要品读对象的文化散文集《佳人难得玉精神》。如书名所示，在这部新作中被作者从历史的尘埃中激活、娇娇娆娆地走到读者面前的多为佳人，而这诸多佳人中，除去少数外国历史和文艺作品中的人物与形象之外，又主要是中国历史和文艺作品里极为有名的女性。她们有的贵为皇后、宠妃，有的为一代才女，有的为秦淮名妓，也有潘金莲这种古典名著中的典型形象。这些真实历史与文艺作品里的佳人，曾以各自不同凡俗的个性才情与命运遭际点缀或改写过文化书写的历史版图。《佳人难得玉精神》中的不同篇章，以作者深厚的历史文化素养为底气，以一个女性作家特有的细腻笔触以及女性作家的沉静理性结缘各位佳人，在一种满怀哀伤的文字中叙写生命的繁华与凋零，追思人性的美丽与丑陋，揭示精神的光亮与黯淡，剖断生活的有情与无情，诗性氤氲而又意味深厚。

人类的一半由女性构成。女性在社会生活中的地位和命运如何，标志着历史发展的文明程度。而如何书写女性的历史往往又在一定程度上显示着文学的性质、境界和人文深度。20世纪中叶之后兴起于西方的当代文化批评特别注重从阶级、种族、性别三个关键词来分析历史和文化现象，努力以此透视和彰显历史的不公与正义问题。几乎在同一时期异军突起的女权主义文学批评也十分强调性政治、种族政治和女性存在的不可分离。这两种批评思潮有一个共同的认知，即以往的历史都是男性专权的历史，以往的历史书写也是男性建构起来的。与此相应，无论在真实的历史中还是历史的书写中，女性都是弱者，是受压迫者，而这正是当代批评和文艺创作应该加以批判与解构的。孟中文的创作理念与此极为契合。她早前出版的两部小说集《味道》和《水过留痕》，就总是从弱者的角度和立场出发来思考人性、剖析生活，其作品的主人公多为生活中的弱者，尤其是女性。《佳人难得玉精神》依然延续了这样一种角度和立场。在孟中文的笔下,《水浒传》里那个使女出身被人任意买卖、玩弄、杀死的虚构人物潘金莲是弱者,其惨痛的命运不能不令人叹息(《千年的叹息》);而那些名存史册甚至光艳照人、风光一时的真实历史女性也多是现实生活中的弱者,即使像卓文君、苏惠、管道昇等有着高贵出身和一定社会地位的女性(《闪烁在历史的天空》),在婚姻、爱情及家庭中也是弱者;而其他的女性,更是遭伤害、被侮辱、受欺凌的对象。如夏花般绚烂一显的秦淮名妓马湘兰、李香君、寇白门、卞玉京,虽然个个风华绝代、忠于爱情,却没有一个能够真正跨出秦淮河畔,嫁得如意郎君。再向上回溯,大唐才女薛涛、鱼玄机,曾信守爱情向往婚姻的幸福,却都难逃始乱终弃的命运,最终前者道袍束身凄然离世(《简约道袍不掩情》),后者则在不得所爱后敞开道袍在咸宜观里诗酒风流玩世不恭(《易求无价宝,难得有心郎》)。在文学史上留下《胡笳十八拍》等著名诗篇的汉末美貌才女蔡文姬更因被南匈奴掳为人妇的屈辱遭际而终生不得释怀(《云山万重归路遐》)。即便贵为皇后,也风光不到哪里去。南唐美丽的小周后因为在少女时代被动地与姐夫李煜发生了“红罗小亭”的故事而被世人和后人诟病,在江山易帜之后更是惨遭北宋皇帝赵光义凌辱,在后主李煜被赐酒毒死为之守灵一月后自杀绝命(《南唐鬓角上的一朵梨花》)。追求爱情、向往幸福的婚姻,是这些美丽聪慧的女性曾经共有的生命冲动,然而弱者的地位却使她们殊途同归于“红颜薄命”的不二宿命。《易求无价宝,难得有心郎》《南唐鬓角上的一朵梨花》《千年的叹息》《哪堪重问绛纱灯》《人间离合难期》《琴声如昨爱已逝》……仅仅从这些篇目,就不难感受到作者对其所写到的这些美丽女性不幸命运的深深悲悯与痛切哀伤。《人间离合难期》里这样写道:“但就是这样一个风华绝代佳人,自幼不幸沦落风尘后,宿命让他一直待在风尘里。不甘为妓,却一生为妓!直到香消玉殒。”《哪堪重问绛纱灯》一文最后又有如此感叹:“只可惜,高洁大气、粉黛香艳的绝世佳人最后流落乐籍郁郁病死,让人心生凄然。”类似这样的哀伤之语,在整部作品集中随处可见。除少数述说幸福、成功女性的篇目如《得此缘不虚此生》《梅花香自苦寒来》之类以外,哀伤,构成了该著多数作品的情感基调,尤其是那些品读古代女性的篇章。

内敛执着的孟中文不是一个媚俗趋时的作家,也不是一个凭经验与感觉写作的作家,她对于文学的人生担当有着自己的追求与自觉。《佳人难得玉精神》以哀伤之情抒写往昔女性的不幸命运,既不像众多当代大众文艺写手普遍做的那样,将之作为猎艳媚俗的素材,以热辣刺激的艳情故事博取读者的眼球,也不像古代文人那样,只是把她们作为咏叹寄兴的本事,借此发几声肤浅的人生感叹。在孟中文这里,之所以有哀伤,是因为有美丽的生命存在,是因为有美丽的生命之花的绽放与残败。她把这些或真实或虚构的女性作为自己的同类,以当代西方女权主义文学批评家所主张的"姊妹情谊",以"同为一个女人"的性别站位,朴直真诚地述说与体察对象,对她们的美貌与才情不吝赞美之词,对她们之于爱情、婚姻、人生的追求与向往给予感同身受的体认,对她们在国难之际表现出的崇高精神气节寄予深深的敬意,而对她们的人生悲苦以至悲剧命运则表达了痛切肺腑的由衷悲悼与感怀。在《琴声如昨爱已逝》里,作者这样评赞秦淮八艳之一卞玉京:"出身于官宦之家的卞玉京,虽因父早亡和妹妹卞敏共同沦落为秦淮歌妓,但骨子里的那份高洁孤傲永远存在,宁可玉碎不求瓦全的心性永远不失。"类似的评赞在其他各篇中多有所见。可以说,展现、褒扬笔下人物生命和生活中一切真善美好的品质是孟中文这一文化散文集创作的主旨,而且她与笔下的人物常常达到了同欢乐同哀痛的情感互动与心理感应境地,这样的写作立场和心态是许多古代男性文人和当代貌似新潮的大众文艺写手所不具有的。不过,这种性别站位并没有让孟中文止于物伤其类、为女性歌哭的心理心态,同时她还有意识地划开历史的帐幕,站在当代知识与思想视野的高度审视自己笔下的人物,在鲜活地呈现出一个个佳人的独特命运、气质与性情的同时,又力图客观地指陈其各自生命轨迹中所展现的不同人生取向,彰明其人性维度上的不同色泽,从而获得对于人生和人性的多维透视与多面理解。比如,对于因狂妒杀人而获罪处死的鱼玄机,作者一方面写出了她被休后对于当年的状元郎、她曾经的夫婿李亿念念在兹依依难舍的一片痴情,细述了她不得其爱难遣其怀的一片悲苦,一方面也写了她在咸宜观里"诗文候教"后的自我麻醉的放任与堕落,并在与南宋的严蕊和明清易代之际的李香君的对比中指陈其性格缺陷。严蕊因朱熹以"风化之罪"六疏弹劾唐仲友而遭抓捕,在遭受百般鞭笞几经生死之后,在公堂上不畏强权、义正词严地为唐仲友和自己辩护,以"体弱骨不瘦"的精神赢得了人们的称赞与仰慕,后来嫁入赵宋宗室,修得正果。而秦淮八艳中的李香君对爱情的忠贞以及国难当头时的民族气节更是彰显出冰清玉洁的高贵品质。文章的最后,是这样一段点评:"二十六岁,还是花一样绽放的年龄,却因一场风雨,在阳光下迅速枯萎了。其实,她的经历之于李香君、严蕊等,根本不算什么,说到底还是性格使然,间或与'长安娼家女'的家庭出身有关。可相似的美貌与才气,相似的生活环境,她身上怎么就没有李香君、严蕊那样的坚贞与气节呢?倘若有,她的生命轨迹一定是另一番光景。"(《易求无价宝,难得有心郎》)这番点评中,有悲悯有哀伤,也委婉地传达出作者基于人生理想与人性理解的褒贬寓意。

生命如花,生长于历史的土壤之上。而生命之花呈现出的人性颜色,也总是不脱历史土壤的质地。对此，孟中文有着清醒的理性自觉。因而，她在叙说佳人的性格命运，指陈人性的善恶美丑时，又总是将其置于具体的历史语境之中，对其性格与命运的特定走向加以历史的解释。在涉及各位佳人的负面人性、生命痛楚以至人生悲剧时，作者没有回避其自身性格方面的原因，但更多地则是指向社会的批判剖析。在作者笔下，元稹之于薛涛（《简约道袍不掩情》）、李亿之于鱼玄机（《易求无价宝，难得有心郎》）、王稚登之于马湘兰《人间离合难期》、朱国弼之于寇白门《哪堪重问绛纱灯》、吴梅村之于卞玉京《琴声如昨爱已逝》，从唐到清，才子佳人们一遍遍上演始乱终弃的历史故事，根本上还是由于出身、门第、等级制度、世俗偏见等强大社会力量。在强大社会力量的威力与重压之下，再炽烈的爱情、再执着的追求也会碰得头破血流，至于那些依恃强权对于女性的强暴如赵匡胤之于花蕊夫人、赵光义之于小周后之类就更不用说了。强大的社会力量不仅施威施暴于女性，而且常常把女性尤其是美丽的女性污名化，历史书写中吕雉的狠毒、文艺创作中潘金莲的淫荡，几近家喻户晓，而"秦淮八艳"之所以声名远播恐怕首先也正在于她们"妓"的身份、"艳"的色相。权贵们以及奔走仕途欲挤进权贵豪门的文人们，可以与才女、妓女们花前月下、诗酒往还，以显其风流倜傥，可以狎昵她们的肢体，称赏她们的才情，而一旦说到谈婚论嫁，涉及仕途前程，往往会屈从于社会等级、习俗偏见等强大社会压力，将爱着他们、他们也爱过的女性弃之如敝屣。基于这样一种理性的社会认知，孟中文在叙写各位佳人的性情、命运时，往往与交织进她们生命中的男性相对比，并且褒贬分明地地将赞美、理解、同情倾注于女性，而将批判、讽喻、厌恶指向男性，男性往往成为社会强力或屈从社会强力的表征。不仅如此，她还在一些篇章中，或对有的历史女性的负面人性表现给予了客观的说明与分析，或对有的历史和文艺作品中的女性人物和形象作了去污名化的重新解读。比如，在《易求无价宝，难得有心郎》中，作者就对鱼玄机由洁身自好到玩世不恭的社会与心理原因作了比较贴近实际的分析，使读者能够对鱼玄机的性格变化与悲惨命运产生同情的理解。《未央宫里的博弈》之于吕雉，《千年的叹息》之于潘金莲，则意在去污名化。在《千年的叹息》里，作者从施耐庵笔下潘金莲的一段段人生故事说明她心性单纯、平和仁厚，本质上是一个安分守己的人，不是好吃懒做之辈，怨只怨她没摊上一个理想的丈夫，若有一个心仪的丈夫，她一定不会红杏出墙。潘金莲的人生悲剧不是因为她是一个天生的淫妇，而是由于社会的不公，由于她不能掌握自己的命运。在文章最后，作者明确直言："其实，书中的不公和无奈也正是现实生活的真实反映！这个社会就是如此让人感叹！让人无奈！"在《未央宫里的博弈》里，作者从戚姬在后宫里恃宠夺爱、政治上的夺嫡野心到缺少隐忍一意复仇诸方面，在对比中设身处地地揭示了吕雉发明“人彘”之刑对付戚姬的根由，同时更以大量的笔墨写了吕雉如何与刘邦同患难、如何做一个尽职的妻子、如何感情专一，以及其不凡的政治智慧与功业。针对历史的片面记忆，作者如此感叹说：“吕雉虽然在‘人彘’的事上做得过了，但她也为此付出了代价，如今两千多年过去了，人们没记着她的政绩，没记着她贤良的一面，却常常拿她的狠毒说事，而《舂米》歌却成了人们纪念戚姬的一种方式。按说，她们之间只是后宫两个女人的博弈，但现实生活中的人们，总好人云亦云，而不是先拂去历史的尘埃后再说话。”正是这种“先拂去历史的尘埃后再说话”的理性自觉，使作者的人生品读具有了深刻的社会批判指向，也使各篇作品充盈着一股理性思辨的气息。

好的文化散文，自然首先需要写出文化的意味，但也应是令人“悦读”的美文。孟中文的这部散文作品，在思情表达的艺术性审美性方面也多有可圈可点之处。她的文字或简约秀美，或自然洒脱，有一种新丽清爽的诱人美感。每一篇作品都蕴蓄着饱满的情感，或意绪绵绵、情景交融，或心有块垒、胸臆直抒，有很强的感染力。表达情感则爱憎分明，分析说理则畅达明快，没有矫揉造作之态，也没有故作高深之论，然而其感同身受的体认之情足以令人动容，其直指人性的追思之意又平添了诸多思想理趣，促人掩卷沉思。文章的结构也颇具用心，各篇文章以品读一个人物为主，但几乎每一个人物都有与其生命相交织的异性人物作映衬或对比，有的还有与同性人物的对比，在两两相对的映衬和对比中，人物的生命轨迹和命运遭际得以复述，其个性特质也愈加彰显。此外，在人物性格和命运的展示上，作者还大量运用了小说的写法，如场景的设计、景致的描写、气氛的烘托、情绪的渲染等，使得各篇散文的文学意味更加浓郁。正是有了这样一些艺术审美上的追求与特色，孟中文才把一个个风韵各具的佳人写得如此令人心醉抑或心碎。能以诗性充盈而又兼具理性的文字将大历史中女性的命运和人性的斑驳写出令人一唱三叹的效果，显示了孟中文不凡的才情和笔力，也显示出其文化散文创作可观的潜力与颇可期待的前景！

（原为孟中文散文集《佳人难得玉精神》序言，中国文联出版社 2014 年 10 月出版；发表于《百家评论》2014 年第 6 期）

洗涤灵魂的主题美术创作

以真实人物为原型的《沂蒙六姐妹》系列肖像绘画，将鲜活的沂蒙"红嫂"形象立于画作之中，重续了红色记忆，弘扬了沂蒙精神，堪称一组洗涤灵魂的主题美术创作，必将引起当代画坛的广泛关注。

蒙阴县野店镇烟庄村的张玉妹、伊廷珍等六姐妹是革命战争年代在沂蒙老区涌现出来的一个女英雄群体，她们拥军支前、忘我奉献的事迹广为流传，成为沂蒙"红嫂"的典型代表，也是中国革命历史红色记忆中一道亮丽的风景线。新时期以来，六姐妹的事迹被写进了文学，拍成了电影，编进了电视剧，获得了较为广泛的艺术传播，但在绘画领域尚未得到完整全面的表现。张淳、梁文博等山东艺术学院的画家们以对历史负责的态度、为英雄存像的使命意识面对这一重要历史题材，认真挖掘历史资料，深入采访相关人物，满怀敬仰之情地沉潜于沂蒙山水、历史记忆和人物心灵之中，精心构思，倾情创作，成功地实现了创作意图和构想，以直观形象的肖像画创作再次展现了沂蒙六姐妹的动人风采。

这组系列肖像在创意与构思上颇为用心，在审美表现力上也达到了相当的高度。沂蒙六姐妹主要是以拥军支前的事迹而闻名的，至于她们的真实生平影像并不很多，有的甚至没有留下一张清晰的生活照，而且目前健在的仅有两位，这无疑给肖像创作带来很多困难。为此，创作者别出心裁地在总体构思上以油画和国画两个系列展开，油画塑造六姐妹的老年形象，国画展示六姐妹的青春风采，各完成系列肖像作品 6 幅。在这两个平行并列而又相互关联的系列中，表现老年形象的油画创作显然尽可能地利用了可资借鉴的一切历史与艺术影像资料，每幅肖像的创作都达到了与真实人物形象高度逼真的程度，而国画创作也依据六姐妹的老年形象，在合理的想象中反向推测她们年轻时的身姿和相貌，同样达到了形似之真的艺术效果。同时，绘画的人物虽然相同，但两个系列所表现的生命时段又是不同的，国画着重表现六姐妹年轻时可亲可爱的一面，油画全力透视六姐妹老年时可敬可仰的一面，这就以两个不同的生命节点接通了历史，在青春与老年的相互映照中延展了肖像人物一贯而又多样的生命样态,给人以更为丰富的艺术联想。此外,两组作品均采用站立式构图,但都不是 6 幅人物肖像的简单排列。油画以沂蒙山浑厚凝重的山景和常见的村舍小屋等为背景,凸显人物形象,努力以相关背景隐喻性或象征性地表达人物神态与气质,达到了人物与背景融为一体的境界。国画组以六姐妹手持不同的物品来指代纳鞋底、舂粮、巡视、送饭等不同的革命生活场景,物象的运用起到了以实代虚的作用,在虚实相生之中拓展了人物的生命时空,点化出人物特有的革命底色。这些别具深意的艺术处理,不仅避免了单幅肖像构图和形象群组布局上的单调,而且在景象、物象与人物肖像的相互映衬之中,水乳交融地呈现出典型环境中的典型人物,丰富并拓展了沂蒙"红嫂"艺术创造的视觉画廊。

作为历史记忆性的肖像画创作,形象的写真是很重要的。不真不像,观赏者尤其是那些熟悉人物生平的人们就不会买账。但是,仅仅达到形似之真也是不够的,止步于此,不过是将绘画的功能简化为照相的作用而已。肖像绘画的大家之作、上乘之作都在形似之外还有着更高的追求,这就是传神。因此,晋代画家顾恺之"传神写照""以形写神"的绘画思想历来备受推崇。令人可喜的是,这组沂蒙六姐妹肖像的创作者们也没有仅仅满足于形象的逼真,止步于立此存照,而是把鲜活传神作为创作追求,也的确在形似之真的基础上颇具内涵地传达出六姐妹特有的精神气质。从各幅肖像中可以看出,创作者把平易、质朴作为六姐妹肖像创作的精神基调,又力求从平易中透出崇高,在质朴中现出刚强。平易、质朴的基调与沂蒙山农村女性的身份相符,而崇高与刚强却是一般农村女性所不具备的,这来自她们的特殊革命经历,来自历史风雨的洗礼。六姐妹不是普通的农村女性,她们是属于沂蒙山区的,又是与革命密切相关的。这些从识字班里走出来的妇救会会员、女民兵们是接受了革命教育的一代人,她们的心中装着一个关于未来生活的美好理想,存在一个革命必将胜利、新社会定将到来的坚定信念。正是理想和信念提升了她们的人生境界,赋予她们的人生以特殊的精神气质,使她们在战争年代能够不畏艰难地承担重任、拥军支前,在中华人民共和国成立之后还能矢志不渝地爱党拥军、继续奉献。应该说,对于这种由理想和信念点燃的精神之火、凝聚而成的精神气质,创作者们是很好地把握到了,也通过背景映衬、形象构图、衣着装束、线条色彩等的精心设计,尽可能地发挥油画和国画两种不同绘画语言的表现潜力,在富有生命激情和历史沧桑的鲜活人物造型中有力地传达出来了。每一幅肖像大致上都较好地展示了原型人物的精神气质,是互不雷同的"这一个"。对基本隐去历史场景与事象的肖像绘画来说,能够做到这一点,殊为不易。

习近平总书记在去年十月文艺工作座谈会上的重要讲话中，期望中国当代文艺家通过创作更多有筋骨、有道德、有温度的优秀作品，书写和记录人民的伟大实践与时代的进步要求，彰显信仰之美、崇高之美，为历史存正气，为世人弘美德。《沂蒙六姐妹》系列肖像画创作正是对总书记这一讲话精神的回应，也是对文艺为人民服务创作方向的践行。这组肖像创作，对近年来那些消解以至诋毁革命历史、调侃甚至丑化英雄人物的不良创作风气作了有力的艺术回击，对于增强画坛以至文坛的正能量大有裨益，同时对于培养艺术观赏者正确的历史观、人生观和健康的艺术观、审美观，也将起到积极作用。这种具有净化精神空气、洗涤思想灵魂的优秀创作及其体现出来的艺术创作精神，应该加以大力提倡和弘扬，因为这才是人民和时代所真正需要的。

（原载《大众日报》2015 年 8 月 28 日）

张炜文学创作中的思想探求

一

20年前,在参与山东大学和山东师范大学等单位联合举办的“93张炜文学周”活动期间,我曾以《张炜的意义》为题写过一篇评论文章。这篇文章从三个方面论述了张炜之于中国当代文坛的意义:一是其早期小说创作对生活现象和人生选择的道德评判倾向在文学“鲁军”创作特色形成中的举足轻重的作用;二是其《古船》等长篇创作深邃的历史透视和清醒的社会文化批判意识所彰显的雄厚思想意蕴在新时期文学发展中的代表性价值;三是其《九月寓言》《融入野地》等作品对人的生存的关注和对纯文学的捍卫在民族文学与世界文学接轨上的贡献和具有的意义。[①] 于今而论,过去从文学角度所作的这种概括分析,现在依然不算过时,但就“意义”阐发而言,似乎存在一个很大的不足,这就是思想史审视角度的欠缺。

文学是一个由形象与情感构筑起来的审美世界,也是一个深藏着历史记忆与精神风云的思想世界。综观中外文学史,优秀的文学从来都不仅仅停留于感性化的审美之维,而是力求由感性审美跃升至理性化的思想之维,以思想的光芒照亮文学的天空,以思想的力量折服读者的心灵。思想性的强弱、高低从来都是衡量文学优秀与否、伟大与否的重要尺度。19世纪丹麦大批评家勃兰兑斯在其文学史巨著《十九世纪文学主潮》中把文学史看作一种心理学,认为可以通过一个国家的文学来研究这个国家某个时期所共有的思想感情的一般历史。近年来,在中国学界有着较大影响的苏联学者尼·别尔嘉耶夫的《俄罗斯思想》,也从思想史书写的角度再次印证了勃兰兑斯的文学史观点,因为在尼氏对19世纪末至20世纪初俄罗斯思想发展的研究中,赫尔岑、别林斯基、果戈理、陀思妥耶夫斯基、托尔斯泰以及亚历山大·勃洛克、安德

---

① 参见谭好哲:《张炜的意义》,《理论学刊》1994年第5期。

烈·别雷等象征派诗人占据了那一时期俄罗斯思想舞台的主要位置，成为著者思想史论析的主要对象。勃兰兑斯的观点与尼·别尔嘉耶夫的思想史书写启示我们：文学的研究不能遗忘了思想的维度，而优秀的文学家一样能够跻身一个时代的思想舞台。然而，在中国学者的思想史书写中，文学领域往往是被排除在外的。同时，在文学批评特别是文学史的书写中，作家、作品的思想史价值和地位也常被无视以至湮灭无闻。在以往的中国现当代文学史研究中，论者通常只把思想史的审视极其吝啬地聚焦于极少数作家和作品，比如作为作家的鲁迅、巴金的《随想录》之类，而少见有人将思想史的审视作为现当代文学研究的一个贯通性研究视角，从而有意无意间看轻和降低了文学家在中国现当代思想史上的应有地位及其对于中国现当代思想发展和社会进程的精神干预和推进作用。

其实，且不论现代文学，就中国当代文坛而言，具有思想家气质的作家并不少见，张炜则可以说是其中最具代表性的人物之一。张炜是在20世纪80年代初期一举成名的，而且随着时日延伸，创作成就与日增大，反响声名愈益隆盛，而今已没有多少异议地跻身中国当代最重要作家之列。之所以能够如此，与张炜对于社会历史和现实生活进程始终抱持一种思想切入的创作立场有着紧密的关联。在《你在高原》的自序里，张炜说这部10卷本长篇巨作是其“盛年的举意”，是“茂长的思想，浩繁的记录，生猛的身心”那样一种状态下的产物。[①] 其实，“茂长的思想”正是张炜所有创作活动的一个突出特点。张炜数量惊人、内容丰赡的创作不仅以其浸润诗性的语言构筑起一个魅力十足的审美世界，也以其深沉、凝重有时不无锐利的思想探索与锋芒，展现着他作为一个思想者的存在及其不可替代的价值。这样一种创作立场使其作品蕴蓄一种强劲的的精神重力、冲力和动能，使读者在感受到文学之美的同时，也经受着思想的冲击和洗礼，不由自主地陷于理性沉思，在沉思中走向生活和人性的反思与追问、警醒与自觉。因此，探讨张炜的意义，绝不应该欠缺了思想史的审视与考量。

二

张炜极其看重思想对时代和人生的价值。在他的演讲和学术随笔文章中，思想以及由思想的力量支撑起来的心灵、精神，是常见的词汇，而且绝对

---

① 参见张炜：《你在高原·自序》，《张炜文集》第9卷，作家出版社2014年版，自序第2页。以下所引《张炜文集》皆为此版，不再一一注明。

是最能够表现其文学观念的关键性词汇。在万松浦书院2013年春季讲坛关于李白和杜甫的讲稿中，张炜把中华文明史上孔、孟一类伟大思想家的思想文化遗产比喻为“精神的太阳”，认为在人类的生存中就像不能缺少了现实的太阳一样，也不能缺少了精神的太阳，“它高高悬起，提供给我们生存的全部热能”①。由于社会条件的制约和文化的分层，思想文化的诠释和传承必须依赖那些闲暇的、富裕的精神贵族，而网络时代严重破坏了精英的身份，扫荡和搅除了文化的层次，致使当代文化以最快的速度滑向平面化、共识化和浅薄化，这不能不说是时代的不幸。为改变这种状况，当代的知识人不应鄙弃思想，不能讳言精神的高度。

张炜还从“杞人忧天”这个成语谈到思想家对于人类成长的重要性。在他看来，世界上的希望只能寄托在不自私的人身上，怎么催生和培养一大批不太自私的人，是一个时代最为重要的事情。思想家具有更强烈的危机感，思维的触角伸向各个方向，而不仅仅是考虑与自己有关的那一点，比较起来，他们是最不自私的一类人。因此，以利己主义的世俗之见嘲笑那些以天下为己任者的迂腐可笑是最危险的。不仅不应该嘲笑忧天的“杞人”，相反，应该尊重他们。“我们的文化中应该有更多的‘杞人’。他的忧虑是神圣的，是人类得以成长的重要动力，是探索的源泉。他在关心一些根本性的问题。”②张炜不仅一反传统的贬义而肯定了“忧天”的必要和“杞人”的可贵，在现实中他也常常自觉地进入忧天的“杞人”角色。他推重精神的魅力，但生活的潮流却使精神陷于沉寂，将其魅力冲刷得令严肃的知识分子只剩下尴尬、失望和焦虑。为此，张炜痛切地感叹：“好像人们已经对精神失去了期待……精神的高原走向沉寂，正在陷落。”当此之时，文学的命运可想而知，“真正热爱艺术和思想的人走入了一个艰难的岁月……这个时代开始弄不懂思想的价值”③。对于中国当代思想和精神之域已经发生的非常可怕的变化和混乱，尤其是这种混乱向大学校园、向本应该最具思想和理想情怀的青年一代蔓延，张炜在许多场合表达了深切忧虑。他指出，现代大学应该是现代思想的发源地，应该关心更本源更重大的命题，关心一个民族的精神状态。在一部分大学生身上给人的印象却是缺少理性，缺少独立和深沉的思想，缺少原则，缺少胸襟和情怀。为此，他提醒大学校园里纯洁的热血青年，现代人是靠思想站立的，应

---

① 张炜：《第一讲：李杜望长安·精神的太阳》，《张炜文集》第46卷，第16页。

② 张炜：《文学是生命的呼吸·更强烈的危机感/对“杞人”的尊敬》，《张炜文集》第30卷，第82页。

③ 张炜：《精神的魅力》，《张炜文集》第29卷，第257、259页。

该与流行性的东西、与时尚和物欲拉开更大一些的距离，关注思想和精神问题。[①]

在张炜看来，时代前行需要思想的动力，人生在世需要思想的支撑，文学也与思想不可分离，真正的作家也是思想家。他认为，一个人的重要性，表现在他与一个时代的关系上——他必须与所处的时代构成某种关系，而这种关系又具有某种深刻性和不可替代性。特别是一个思想家，更应该是这样。作家如果没有这样的特征，也是空有其名。那些真诚而深入地生活着、思索着的作家，敢于面对自己的时代，不盲目跟随，这样的人就与时代有了特殊的关系，他在某一点上找到了一个对应，这就变得很重要。“所有这样的作家，都是思想家，在本质上既是诗人，又是哲学家，这是真正的作家。”[②]基于这种理念，张炜不仅从思想的角度审视历史上的文化和文学，以此作为评价文化和文学精神高度的重要尺度，而且常常以此要求和反思自己的创作。他曾谈到自己的《古船》和《九月寓言》“两本书写法不同，把握思想的方式不同”[③]。而在反思自己的第一部中篇小说《秋天的思索》时他则说过：“今天看它有些生涩，思想的穿凿力也不够。”[④]由此可见，张炜是多么注重自己作品的思想生成和思想表达。

正是出于对思想性的重视，张炜甚至对人们通常深加厌恶的“说教”文学也重新作了自己的阐发。他认为，要害的问题不在于是否说教，而在于说教什么、作什么样的说教。人们所厌恶的非文学年代的说教是一个愚蠢时期的特别现象，它用奇怪的卑劣的管束方式使人们的创造能力严重萎缩，很多细胞是在那个时期死亡的，那时候的说教不够格，是最苍白无力的。此外，通常情况下胸无点墨的人也在忙于说教，这不妨视作幽默和荒诞，而真正的说教是与伟大的人、伟大的作家相关的。像伟大的托尔斯泰、陀思妥耶夫斯基的说教就是如此。“他们的激烈真切的声音与整个生命结为一体，掰也掰不开。那是用心血用灵魂结织和灌溉的，是诗中之诗。他们在说什么？他们在说人类亘古而然的东西，在说宗教，在说永恒的人道，在说不灭的上帝，在说自己的善恶观，在说怎样感受星辰的寒光——这一切能和我们那几十年的声音等

---

① 张炜：《期待回答的声音·纯洁的热血青年/独立和深沉的思想》，《张炜文集》第30卷，第116页。

② 张炜：《怀疑与信赖》，《张炜文集》第29卷，第309页。

③ 张炜：《期待回答的声音·〈九月寓言〉和〈古船〉/少一些叹息》，《张炜文集》第30卷，第141页。

④ 张炜：《周末对话（上篇）·葡萄园》，《张炜文集》第30卷，第12页。

同混淆吗?”[①]张炜指出,那些不属于自己的发现、自己独特声音的说教,可以教给别人的东西太少,而真正的说教是一种质朴的、大写的人的声音,没有这种声音,就没有辉煌的文学。恰恰因为这样的朴实无华、毫无顾忌,这样的真诚坦荡和率真,让你感受到的是一个生命全部的复杂性和神秘性,是无限的空间。作家面对一个世界,神情冷峻,短兵相接,需要的是双倍于人的勇气和智慧。他的整个生命化创作过程,总是深深地透出形而上的意味。所以,说教绝不属于技术范畴,不能模仿,“它最终还是由一个人的心灵是否博大来决定的。那是一颗伟人的心灵尽情关切和拥抱世界的结果”[②]。显然,在我们的时代,这样的说教不是多了而是少了。在评论界,有人曾因张炜关于思想特别是关于说教一类话题而暗讽他有做精神导师的欲望。其实,张炜说得很明白,真正的说教出自伟大的心灵,与宗教、上帝、人道、善恶,与人生的形而上价值和意义相关,是真正的思想性表达。应该说,能够做这样的说教正是一个作家的职责、光荣和伟大所在,这绝不是作家的耻辱;相反,人类应该为有更多这样的精神导师感到庆幸才是。

三

那么,人类的思想、作品的思想是从哪里来的呢?张炜的回答是,来自思索。思想总是与思索相关,思想是思索的产物。张炜说过:“人的主要特征是思索,因为没有思索就没有创造。”[③]中国当代的一些作家和学者非常喜欢引用西方哲学家关于“人一思索,上帝就发笑”的自嘲,对此张炜很不以为然。他反驳说,这话听起来聪明极了,“不过人如果不会思索或不去思索呢?如果这样,如果上帝轻薄而又顽皮的话,他会对人怎样?那样大概更不好。那样人类未免更尴尬了。所以思索是必须的,思索是人类的本能——用人间流行的计算方法来推断,思索也是合算的”[④]。张炜认为,作为人类的本能,思索并非理论的专利,也是文学的本分。文学的诸多功能之中,一个最重要的任务,就是唤起人类对一些根本问题的关注,以便给予人类以提醒或鼓舞。在人类生活和历史中,“有一些问题值得一代一代人去共同思考,这特别需要诗人和

① 张炜:《缺少说教》,《张炜文集》第 27 卷,第 248 页。

② 张炜:《缺少说教》,《张炜文集》第 27 卷,第 248～249 页。

③ 张炜:《青春的印记》,《张炜文集》第 29 卷,第 265 页。

④ 张炜:《忧虑的,不通俗的》,《张炜文集》第 27 卷,第 230～231 页。

哲学家一起去完成”[1]。他又说:“文学史上,有些作品是作为现象被记录的,而不是作为成就被记载的。作为一个优秀作品,如果真正表现了自己的见解,有着深刻的又是令人信服的思索,而不只是表现为一般的热情和冲动,就会难以埋没。”[2]在当代文学史中,张炜被称作“思索”型作家,这一概括符合他对文学的理解及其创作的特点。

张炜特别强调一个成熟的作家应该拥有自己的哲学,而思索则是一个作家形成自己哲学的不二法门。那么,什么才是一个作家的哲学呢?他认为作家的哲学高度并不是指某一篇作品中闪射和投放的哲理思考,不是对一个概念的阐释,而是贯穿于整个作品中的、对生活的深刻探求和不断思悟。作家的哲学有小、大之分:“一部作品完全可以用来阐发某一哲学流派的观念和意义,这只是‘小的哲学’;而一部作品里里外外渗透着作为一个生命自身对生活独一无二的感觉和把握,才算有了‘大的哲学’。”[3]张炜指出,我们的创作中经常可以看到那些所谓的“哲学高度”,其实只是攀附在一种“小哲学”上,他们并没有自己的哲学。一个作家要拥有自己的哲学,除了勤奋地读书创作,求助于书本上的“技术”之外,更重要的还是认真地、赤诚地在生活中探寻。他还提到一本传记上写到托尔斯泰曾经评价契诃夫有才华、完美,可惜没有自己的哲学,并说:“我尽量去理解伟大的托尔斯泰,觉得契诃夫完美的典范式的短篇小说,起码没有渗透着托尔斯泰那样极其个性化的、永不妥协的思索辩解和寻找。”[4]可见,从文学批评的角度来看,不是任何一个作家甚至是优秀的作家都会有自己的哲学,拥有自己的哲学,这对作家来说是一个很高的要求。

作为一个文学家,张炜对时代、人生和文学的思索有时是以讲演和学术随笔类文字体现出来的,但更主要的也是更有力量的则隐含于其文学叙事和人物形象之中。其小说中,经常可以见到思索型的人物形象,如《秋天的思索》中葡萄园里的老得,《古船》中老磨屋里的隋抱朴,《柏慧》里由城市返居故乡葡萄园小茅屋的主人公,以及《外省书》里晚年离开京城返居故乡海边孤屋的史珂等。这些人物的存在,使其作品的生活呈现和人生述说在诗意感性的触摸之外多了一种极具理性的体察,极大地增强了人生人性的精神质地与张力,拓展了作品蕴含的广度、厚度、深度与高度。在《古船》里,长于行动、敢打

① 张炜:《忧虑的,不通俗的》,《张炜文集》第27卷,第230页。

② 张炜:《一部作品》,《张炜文集》第27卷,第162页。

③ 张炜:《沉浸到艺术之中·哲学》,《张炜文集》第27卷,第114页。

④ 张炜:《沉浸到艺术之中·哲学》,《张炜文集》第27卷,第115页。

敢冲的血性汉子隋见素非常不解哥哥为什么在老磨屋里没日没夜地抱着那本薄薄的小书《共产党宣言》读来读去、点点画画，而不采取现实的行动。隋抱朴的回答是："你根本就不知道这是本什么书。父亲活着时一天到晚算账，直到累得吐血；还有后母的死、镇子上流的血。这里面总该有个道理啊，老隋家人不能老是胆战心惊，他得去寻思里面的道理。事情需要寻根问底，要寻根问底，你就没法回避这本书。从根上讲，你得承认几十年来它跟咱的洼狸镇、跟咱老隋家的苦命分也分不开。我一遍又一遍读它，心想我们从哪里走过来？还要走到哪里去？日子每过到了一个关节上，我都不停地读它。"见素不理解哥哥的行为，从中感受到的只是一阵苦涩的滋味，心想除了抱朴世上再也没有谁会痴迷地从一本书上去验证自己家族的命运了。评论界也有人不喜欢隋抱朴老坐在那儿，并以此为重要的理由批评《古船》。但张炜却不以为然，他说，行动的巨人太多了，而《古船》很重要的一个方面就是写了隋抱朴这样一个有别于他人、别人不能取代他的"坐着的巨人"。"他总是坐着，不是因为婴儿瘫，不是因为其他疾病，而是因为沉甸甸的思想。这人头脑特别发达，肢体却没有太多的行动力，甚至不能站起来。这样一个巨人不是很特别吗？他让我从中感受到人生的那份沉重，那份深不见底的苦和痛。"[①]从《古船》的描写和张炜的自辩中，我们不难发现寻根问底的思索和"沉甸甸的思想"之于张炜创作的重要性了。

此外，张炜的思索和思想表达在出场方式和精神指向上也与其他作家和理论家不同。就出场方式而言，除少数场合的讲演、对话之外，他多数情况下不是针对某个外国的思想家或中国当代那一种理论派别——诸如激进主义、保守主义、新自由主义、新左派等——的相关理论观点发言，而是以敏感的心灵和敏锐的思维触角直接切入时代进程中的矛盾、问题和人生人性的困境、异变，是面向现实的思想表达。这就使他的思想生成和表达具有强烈的现实性，并且在与世推移的思考、求索中显示出与时俱进的境遇性特点。正如张炜自己所指出的，以思想切入时代生活并与之建构起一种特殊对应关系的作家，有时看起来极少变化，但仔细研究则不然，"他的思想会在一个时期侧重到某一方面，而且还会发生重大的转折性变化"[②]。同时，张炜的思考、求索也不是被现实拖着走的，不是对现实的被动应对，而是有其自觉清醒的精神站位，有一个一以贯之的东西，这就是始终不灭的伦理情怀，是清醒自觉的道德

① 张炜：《我的忧虑和感奋·〈古船〉中的含章/坐着的巨人》，《张炜文集》第 29 卷，第 322 页。

② 张炜：《怀疑与信赖》，《张炜文集》第 29 卷，第 308 页。

意识和道德立场，是风骨凛然的道德激情与道德批判。在谈到作家创造生涯中的自省精神时，他说道："真正的自省需要非同一般的勇气。那将不仅仅是怀疑自己的力量、智慧、误解、犹豫、软弱之类；不能仅仅是这样。我们要求的首先是回到道德上来——我们一开始也许就要追究自身的道德问题。这不是很痛苦吗？然而一定要先回到道德上来。"[①]"一定要先回到道德上来"，就是张炜创作思想的起点、基点和聚焦点，是他彰显自我心灵和精神高度的特殊性之所在。他知道这种追究一定是很痛苦的事情，却认为这是一个优秀作家不能逃避、必定如此的精神修为。

有评论家曾将王润滋、张炜等为代表的山东作家的创作批评地概括为"道德理想主义"。张炜对此颇不以为然，反驳说，不道德并且没有理想显然是不好的。从一般的、基本的文学常识来说，越是好的作家，其道德批判力就越强。"文学作品的伦理高度不够，写作者缺乏道德热情，正是一个时期的精神处于渺小无聊的表征之一。所以在这个时代，一个作家要有勇气去强化他的道德感。"[②]嘲讽和批评作家作品的道德理想，正显示出我们时代的精神领域比较混乱，文学没有标准。也有人鼓吹文学的"超脱"，认为不"超脱"文学会显得"浅薄"。张炜则认为，"超脱"不是要超脱鲜活的社会生活，摆脱尖锐的社会矛盾，忽视底层的声音，这样文学会走向虚无主义，走向无病呻吟。"真实的情形是，一些作品之所以肤浅，除了其他原因，或许就因为作者缺乏道德义愤。每个人都热衷于自己的那一套，对社会痛痒没有了切肤之感。……作家缺少了作为一个人的道德冲动，缺少了愤怒和不平，更没有喜悦和感激，哪里还会有激动人心的创作。"[③]张炜把有没有这种道德义愤和道德冲动，视为一个作家有无责任心的问题。[④] 应该说，张炜从文学常识、时代状况、文学本体和创作责任对所谓"道德理想主义"批评的反驳是有道理、立得住的。

---

① 张炜：《缺少自省精神》，《张炜文集》第 27 卷，第 217 页。

② 张炜：《"大地"及其他・道德意识和道德批判/伦理成分与作品的艺术性》，《张炜文集》第 37 卷，第 324 页。

③ 张炜：《沉浸到艺术之中・责任心》，《张炜文集》第 27 卷，第 112 页。

④ 尽管张炜时常谈到道德义愤、道德激情之于优秀作家精神质素构成的重要性，但其创作并非简单地向时代向生活发泄他的道德义愤，其道德意识和道德批判是有着丰厚深刻的精神内容和清明豁朗的价值理想的。概而言之，其道德伦理的精神指向可以大致区分为人道伦理、大地伦理、文化伦理三个方面。三重伦理的有机融合，熔铸成张炜对生活作道德化审美思考与评判的独特艺术追求。对此，笔者将另文阐述。

四

新时期早期,王蒙先生曾针对当代许多作家知识素养较差、文化水准偏低的状况,提出过“作家学者化”的主张。随着高等教育的扩张性发展,中国当代作家的学历和文化水平普遍提高了,但文学创作的审美质量特别是思想含量未必都水涨而船高了。由于物质主义、功利主义和消费主义文化观念等等的盛行,严肃、崇高而神圣的思想探索在我们整个社会中还是较为稀缺的,多元化文化语境下原创性思想的贫困和精神价值的迷茫,依然是我们社会的大问题,而文学家在整个思想场域的声音也相对弱小得多。就此而言,张炜以及与之同类的一些作家如张承志、韩少功等,张扬思想、精神的价值,强调并践行思想性的创作,是文学重返中国当代思想角力场的标志,也是对“作家学者化”提法的发展和深化。有所学、有文化对作家来说肯定是有益的,但有文化的学者、学者化的作家未必有思想。对作家来说,有思想性的写作比有文化的写作,显然是一种更高的要求。张炜认为,真正的作家应该是以真诚、博大的心灵与时代构成特殊对应关系的思想家,重视思索在思想形成中的重要性,强调作家应该有自己的哲学、理想和道德基点,这对于文学重返思想现场,从而提升中国当代文学的精神品质是有不可抹杀的思想史意义的。

进而言之,张炜文学创作思想中以道德伦理为基本内核的精神指向,可以说逼近了我们时代精神生活的真实,也戳到了我们时代精神生活的疼处。尽管我们时代物质生活领域的贫困日渐减少,在很多地区很多人那里甚至早已进入丰盈和富裕的境地,但在精神生活领域,思想的贫困虽不能说是依然如故,却未见大的改观,道德秩序的崩溃和道德水准的下滑更是人人都能感受到的无情事实。20 世纪 90 年代初期一小部分知识分子发起的人文精神危机问题的讨论,并没有对整个社会精神品质的恶化甚至堕落起到遏制作用。鄙弃思想、贬低道德、躲避崇高、消解价值,竟然常常成为我们时代思想“新潮”“先锋”“解放”的标志,成为文化“英雄”们博取大名的利器和招摇自炫的资本。或许这在一定的意义上可以视为时代进步的表征,但从本质上讲,这并不代表时代精神的进步,相反,却正体现了时代精神的混乱。从这样一种时代生活和文化语境来看,张炜的精神追思和道德伦理情怀在许多人看来好像迂直保守、不合时宜,但这恰恰体现了张炜特异独立的人文品性。正是这种追思和情怀,使张炜的思想探索没有流入不切实际的玄虚和浮泛,也没有成为盲从外来哲学思想的跟风与追逐时髦之举,而始终是具体沉实通接地气的。

优秀的文艺创作历来都是人类精神价值包括伦理道德价值的捍卫者，从而能够成为一个民族乃至整个人类的精神旗帜与精神支柱。面对功利主义、利己主义盛行而导致的信仰缺失、价值迷乱、道德滑坡，面对在现代化和技术进步名义下对自然的掠夺性开发而引发的一个又一个生态危机和生态灾难，面对廉价新媒体技术和消费文化所制造的那些铺天盖地的低级、平庸以至恶俗的文化垃圾对伟大文化传统的祛魅、对当代思想文化的污染和对民众精神机体的腐蚀，批评界没有理由对张炜在审美化道德评判中对于人道伦理、大地伦理、文化伦理的坚守和张扬加以贬低、施以嘲讽。可以说，正是道德意识和道德评判，赋予张炜的创作以刚健沉实而又与众不同的思想气质，并成为我们社会以文学审美形式呈现出来并可以据以观察、疗救时代病症的文学良知。走近并理解、把握这种良知，是文学研究应有的本分，也是思想史书写不可忽视的一项重要工作。

（原载《东岳论丛》2015 年第 11 期）

长篇小说的观察点与莫言的《蛙》

今天我和大家一块来解读一下莫言先生的《蛙》这部作品，根据我重新阅读的感受和大家做个交流。在这之前，我想简单地说一下莫言这个作家。在座的大多是中学生，有的还是小学生，可能你们都知道一些动画中的人物，像莫言这样的人你们不一定很清楚。

莫言与我同年，是1955年出生的，20世纪80年代中期以《透明的红萝卜》和"红高粱家族"系列作品崛起于中国文坛。因为他是山东走出去的作家，所以在1988年的时候山东的一批批评理论家便酝酿给莫言开一个研讨会，地点就选在他的家乡高密。当时开个会很不容易，大家投入了很大的精力并动用了不少人事关系。那是有关莫言的第一个全国性研讨会，现在回想起来觉得还是很值得做的一件事。莫言当时已经是一个成名的文学家，但在全国并没有给他开研讨会的先例，我们山东的老乡发起首先给他在他的家乡开个研讨会，很有意义。出席这个会议的有40多个人，基本上都是对莫言的创作给予好评的，只有我一个人是批评他的。我在这里讲这个事不是说我比莫言还高明，不是这个意思。我在这里是想介绍一下我跟莫言简单的交往史，让大家了解莫言这个人。我的文章的题目叫《"祖宗崇拜"与莫言文化选择的偏执》，因为莫言当时在《红高粱家族》那一类的作品里面表达了一个基本的文化观念，就是在中国人近代以来的生命轮替中，父亲一辈赶不上爷爷一辈，而孙子辈不如父亲辈。孙子一辈也就是莫言在作品里以"我"为指称的一代人，他经常以"我"为故事讲述者而把自己带到作品里面去。莫言是一个作家，他张扬感性，作品写得铺张扬厉，非常富有才情，人物个性饱满，也非常张扬。我的文章前半部分对于他这样一种文学创作的风格和他对人生的描写其实并不反对，认为写得非常好；但是我的文章的后半部分则认为，莫言创作中透露出来的文化观念是可以探讨的，因为中国人应该变成什么样的人，中国文化应该向什么样的方向发展，是我们可以讨论的问题。我当时就是本着这样一种态度写文章，但批评的意味还是非常浓的，文章的题目就直接表露出批评性的意向。按理说莫言当时也是一个年轻的作家，在全国已经非常有名气了，好评如潮，突然一个人出来批评他，一般的人是没有这种修养和涵养能认真倾听的。我记得当时在那个会上，莫言对赞扬的言论没有显出沾沾自喜，对批评声音也没有特别的反感，更没有任何的反驳和自我辩解。这是我和莫言的第一次交往。2000 年9 月，我在做山东大学文学院院长的时候，又聘请他做山东大学的兼职教授，在我们学院中国现当代文学专业带研究生，此后的交往就多起来了。

莫言之所以能够走到今天，与他的才华、与这个时代特殊的历史机遇都有关系，但与莫言的心态、胸怀也有关系，他是一个听得了批评的作家。对自己的艺术观念过于自信，听不进别人的意见，对于一个作家的确不见得是个好事。但莫言不是这样。尽管他的名声越来越大了，但他对他人的批评依然能够认真地去听，对那些尖刻的、不很友善甚至是恶意的批评也能够容忍。从成名到现在，他从来没有像有些作家那样动不动就因为不满他人的批评而打笔墨官司。2011 年 9 月 25 日，在莫言的《蛙》获第八届“茅盾文学奖”之后，山东评论界又在莫言的家乡高密为他开了一个研讨会。莫言照样是过去那个样子，以谦虚的姿态说：“我这部作品写得并不完美，如果要今天再写，可能写得比过去更好。”这次研讨会上，也有几位批评家对于《蛙》的创作有些批评意见。莫言一如既往，都能认真听取，这就是一个优秀作家的胸怀。比较而言，莫言也算是我比较熟悉的一个作家了，我把与他的接触交流保留下来的一些印象说给大家听一听，意在从一个侧面说明：有容乃大。莫言能够走到今天，能成为今天的莫言，不是没有原因的。

下面，我们就来谈谈《蛙》这部与人类的娃有关的作品。这部作品写到了作为自然物的蛙，但更主要的是写人间的娃，写与人间的娃也就是孩子有关的历史事件、人生故事。我们应该怎么去看这部作品？在正式提出我的看法之前，首先想概括地谈一下我对文学，尤其是对长篇小说的看法。

我认为文学是没有一定之规的。在一般意义上讲，什么样的文学是好的优秀的？什么样的文学是不好的差劲的？这是可以有基本共识的。只要是一个有文学修养的人，他对什么是好的作品，什么是不好的作品，都会有自己的基本判断。但是，关于某个作品为什么是好的作品，怎样才能写出好的作品？大家又会有不同看法。尤其是对某种具体类型的文学作品来说，其好与不好的标准又是与此种文学类型的“类型”特性紧密相关的。类型不同，好与不好的评判标准也随之有所差异。譬如，在小说这个领域，一般把它分成长、中、短篇三种文体类型。三种文体类型的小说能用一个写法吗？能从一个标准或尺度去衡量什么是优秀什么不是优秀的作品吗？显然不能。对于那些不从事创作的人来说，可能用一种写法，标准也一样，但实际上不是这样的。

上海文艺出版社出版的莫言作品系列,在每一本长篇小说,包括这一本《蛙》的前面,印有莫言写的一篇作为代序言的文章,题目叫《捍卫长篇小说的尊严》。文章开头他便提出:“长度、密度和难度,是长篇小说的标志,也是这伟大文体的尊严。”莫言把长度作为长篇小说的第一个标志,是有他的道理的。他认为,所谓长度指的就是篇幅要长,要有 20 万字以上的篇幅,同时篇幅长并不单单是事件和字数的累积,而是要有一种胸中的大气象,一种艺术的大营造。这个看法我很同意。那么,长度究竟应该长在什么地方呢?我的想法是,首先应该长在历史生活的大跨度上。《蛙》是一部长篇小说,看长篇小说和中、短篇小说在题材上的差异,也就是历史叙事上的区别,就是看他的长度够不够,而所谓长度够不够就是历史的跨度大不大。我对长篇小说的第一个观察点就是看它怎么处理题材,也就是怎样书写历史。一个小说家是生活在他所生存的一定时空范围之内的,而这个时空范围连接着一个大宇宙、大世界,也包蕴着一种大生活、大历史。你怎么去展示你所生存、所面对的这个大世界的生活,就是你怎么去处理你和历史的关系。但放到具体的小说里面,这些东西都变成素材、题材了,不同的文体类型处理历史生活的方式各有不同。短篇小说一般是截取历史生活的一个断面或一个点而展开自己的艺术营构,中篇小说一般会将不同的断面和点串联起来写,但无论是短篇还是中篇都达不到生活的全景化描写与历史的大跨度叙述,只有长篇小说能够在对生活的全景化描写与历史的大跨度叙述中走进历史生活的纵深与悠长。

我对长篇小说的第二个观察点就是看它对于人生与人性的透视深度。历史不是空洞的,而是人的生活支撑起来的。20 世纪 80 年代有一个文学命题很有影响,叫作“文学是人学”。其实这个文学命题推出得很早,在中国是 20 世纪 50 年代由上海的文学评论家钱谷融先生提出来的,更往前还可以追溯到苏联时期的著名文学家高尔基那里。所有的文学归根结底是要写人的,要表达人的情感、思想、意志,人的七情六欲都可以在文学当中得到表达。这样一种人学属性,在长篇小说当中,应该体现得更加充分。概括而言,长篇小说是写历史的,历史是由人支撑的,所以长篇小说必定要写人,要关怀人的生存命运和人性发展问题。莫言在《捍卫长篇小说的尊严》里指出,一个具有“长篇胸怀”的作者,其外在的艺术表现是大家手笔,而其真正的内涵则是与人生、人性相关的大苦闷、大悲悯、大抱负、大精神、大感悟。一部小说与人生的痛痒没有关系,永远成不了好小说,更成不了伟大的小说。

要而言之,长篇小说要大跨度地表现历史生活,要写出人生的命运、人性的深度。然而,命运与人性的展开并不是在一个点上就可以表达出来的,而是要通过人生的起伏去展示,人生的起伏又伴着情感的起伏,展示这种起伏的过程就有一个艺术组织和表现的问题，就是你怎么把这么庞大的生活素材，把这种波澜起伏、跌宕错落的人生命运用艺术的方法呈现和表达出来。艺术方面的要求对长篇小说来说当然是多方面的。一个短篇小说家可以是某一方面的艺术能手，有某一方面的艺术技能和特长；一个中篇小说家可以是一个或某几个方面的能手；而一个长篇小说家应该是艺术表现上的多面手，光掌握一种技能并不能写出一部很好的长篇小说。文学理论教科书上讲到了许多艺术的手法，可以说都能够在各种长篇小说里得到验证，但是在艺术的各种技巧里面，长篇小说最先应该关注的是它的结构。一个短篇小说甚至中篇小说有时候是不大需要结构的，你抓住了生活的某一个片段，用艺术的语言加以描述，就可以了。但是长篇小说永远要处理众多的素材、众多的人物关系，要在你的叙述描写当中，保证整个的人物关系不乱，延展的事件既繁复枝蔓又头绪不乱，那就得有组织、有结构，先写什么、后写什么，哪个为主、哪个为次，都是结构要处理的。一部长篇要有一个总的结构，大结构之下还要有小的结构。正是结构将小说中不同的素材、人物和事件及其之间的关系联结、组合起来，共同筑成一座艺术的大厦。因此，结构又成为我对长篇小说艺术的第三个观察点。

今天就侧重从以上三个方面来看一看莫言《蛙》这部作品，看看他在处理题材，或者说他在展示历史方面有些什么用心？他在写人物方面又做了些什么样的努力？他在作品的结构上又有些什么样的创新？

首先看历史书写这个层面。每个作家都面对着他所生存的历史，面对着历史当中的生活，但是对于历史却会有不同的态度。有的作家用漠不关心的态度叙说生活于其中的这个历史，认为历史就是这个样子了，我如实地把它描述出来，如此而已。文学史上有没有这样的作品呢？有。19世纪后期的自然主义作家，往往就秉持这样一种态度。中国20世纪80年代中期有过一波小说思潮，叫作“新写实主义”，也持有这种写作态度。但是文学史上的更多作家、更多流派不是如此，他们力求将自己的感情、自己的喜怒哀乐带进创作。不过，放眼整个文学艺术史，中国的也好，外国的也好，真正因为歌颂生活、对生活采取认同态度而成为伟大作家的比较少。这是因为生活不像一个小孩子、一个年轻人所想象的那么单纯，不会经常使我们感到有幸福感；相反，人生往往是不如意的，充满了各种各样的挫折、痛苦，挫折和痛苦与各种各样的社会矛盾纠缠在一起，这些矛盾对有限的人生来说有时是极为残酷、难以克服的。所以人生的阅历越多，岁数越长，对生活复杂性、艰苦性、残酷性的一面的体会就越来越多，就越容易对生活采取另外一种态度，即反思性的态度，这是与对生活漠不关心或单纯认同不相同的第三种态度。

在《蛙》这部作品当中,莫言对于历史就采取了一种反思的态度,从反思的角度审视他笔下描述的历史和生活。《蛙》的题材是计划生育。计划生育是中国20世纪80年代以后实行的一项基本国策,根据这项国策,政府规定一户人家只能生一个孩子,多生育者要受到各种惩罚。《蛙》将计划生育基本国策实施过程中的相关生活作为描写对象,历史跨度很长,大致从20世纪50年代开始一直写到新世纪的2009年,写了60年左右的历史。20世纪50年代,中国还是提倡生育的,因为历经多年的动荡和战乱之后,刚刚获得解放的国家需要人才,需要人多,当时的一个口号叫作"人多力量大"。但是到了60年代就开始鼓励少生了,到了80年代后就是强制性要求一对夫妻只能生一个孩子,一直到莫言写到的2009年,计划生育还在进行当中。莫言是以计划生育这样一个重大的社会题材来贯穿这60年中国历史的。计划生育是一个主线,其中包含了其他一些重要事件和副线,比如说三年困难时期、"文化大革命"、改革开放之后农村的变化、城乡关系的变化。无论是写历史生活的主线,还是历史生活的副线,包括写相对次要的事件,所有介入莫言这部作品的生活都是反思性的,没有一样是歌颂性的,也没有一样是漠不关心的客观描写。在每一段历史、每一段生活当中,莫言都把写作者的感受与反思带进去,甚至把相关人物的感受与反思带进去。他尤其反思的就是计划生育。那时计划生育作为一项基本国策,一个没有勇气的作家,是不敢触碰这么重大而敏感的社会题材的。莫言获得诺贝尔文学奖之后,有一些人批评他,说他的创作不敢去触碰涉及我们这个社会体制和机制性的东西,意思是莫言也滑头,有自保心理。这样批评他的人可能对我们这个社会存在这样或那样的不满甚至敌视的态度,就希望一些作家能够骂骂这个社会,或者说敢用自己的作品去挑战这个社会。撇开他们自己的心理动机不论,单说莫言没有触碰社会敏感问题的胆量,其实就不符事实。莫言的很多作品是现实历史题材,他敢于触碰我们这个时代的一些在其他人看来是犯禁忌、犯忌讳的东西。比如他的《生死疲劳》,从"土改"写到今天,重大的历史事件一个一个地在作品中展现出来,很能触动历史的神经。再早一些,他的《天堂蒜薹之歌》更是直接叙写了一个轰动一时的当代社会事件,甚至招致事件发生地当权人物的强烈不满。因此,莫言历来是敢于触碰重大的敏感性的社会题材的。《蛙》也是一样。但是他对重大社会题材的切入视角是反思性的,他的反思不是一味地对社会现实进行批判,当然更不是违心地虚饰现实。

过去认为计划生育是对我们中国的发展有好处、对中国人的幸福有好处的一件事,也是对世界的贡献,这是我们过去的定位。所以,在这个作品当中,大家可以看到,莫言以姑姑这个形象的描写来表明,过去她并没有做错,她在计划生育工作中一切的作为，包括那些危害他人生命的行为，都是在为党分忧为国家分忧。可莫言还是以一种锐利的笔触，写到了在计划生育过程当中那些过激的做法给很多家庭带来的不幸。他通过一些触目惊心的故事描述，揭示出我们的计划生育政策由于其强制性，甚至是无所不用其极的强制性，其实是对人的生命的漠视，造成了很多家庭的破碎，给很多人带来了永久的精神创伤。想一想过去有多少作家敢这么一针见血地带着血和泪去写这样一个题材。莫言在书中又写国家必须搞计划生育，不搞不行，这是他的一种理性的认知。他一方面肯定计划生育必须得做，但另一方面又大量地写到了在实施计划生育的过程当中很多过激的做法、漠视生命的做法、不讲各个家庭的特殊性一刀切的做法对人们的生命财产造成的残害。这个反思的力度其实还是很大的，到现在为止，公开写计划生育的作品能达到莫言这样一种深刻度、尖锐度的还没见过。应该说，这种反思意识与近几年来国家和整个民族、整个知识界对计划生育政策的反思有一定的关系。这几年来，中国的知识界与当政者也在思考我们现行的计划生育政策是否走到头了？这个走到头了是有现实考虑的。目前，我们国家的劳动人口在急剧下降，而国家大量的工业建设又需要人，可是家庭人口越来越少，人口负担越来越重，整个社会的现代化还没有完成就快进入老龄化社会了。这种现实的社会原因，促使大家来反思中国的计划生育政策。最后各种合力就形成一个结果，我们的党和政府决定将现行的计划生育政策加以修正，正式终止了一户人家只能生一个孩子的规定。当然，我们现在还叫计划生育，国家并没有说废止计划生育，也没有说计划生育不搞了，只是说调整计划生育政策，从过去的一户一孩变成父母双独的可以生两个孩子，现在是变成全面两孩。

由上述分析可见，《蛙》叙写的确实是一个牵动整个国家大局、触动所有国人生存命运的大题材。莫言以极其尖锐的、力透纸背的笔力写出了计划生育实行过程当中存在的一些问题，特别是写出了它给我们国家很多的家庭和民众带来的种种难以抚平的伤害与创痛，我觉得他这种历史反思意识还是非常有勇气的。莫言在他的反思当中体现了其对社会、对历史的那种勇于担当的介入精神，单是这一点就很令人敬佩。那些患得患失、世故滑头的作家是不会有这种历史介入意识与精神担当的。

接下来，我们再看看这样一个历史反思的题材，莫言是用什么样的人物来支撑的。在《蛙》所展开的60年左右的历史跨度中，有一些贯穿人物，也有一些阶段性的人物。贯穿性的人物首先是“我”姑姑。莫言在现实当中就真有一个姑姑是做接生的，他的很多作品都是有原型的，进入作品后当然都会有或多或少的变化。姑姑这一生是个接生的。小说的叙述人叫蝌蚪，是姑姑接生的第二个孩子，蝌蚪到了晚年和他的第二个夫人小狮子生的孩子也是姑姑在现场接生出来的。贯穿的人物是姑姑和作者蝌蚪，姑姑这一代人有“我”的父亲、母亲以及与姑姑相关的人物，“我”这一代人是以“我”的同学为主扩散的这一拨人，还有下面一代人，他们都是围绕姑姑和蝌蚪这两个贯穿人物存活于作品之中的。莫言通过这些人去展示这段历史。小说不是单靠叙说历史真实去打动人，更是靠人生命运的曲折来打动人。作者对历史的反思不仅仅是通过“我”也就是蝌蚪来进行的，也是通过姑姑来进行的。姑姑对这个历史也有反思。

在这部小说中，姑姑的人生分为三段：她的第一段人生始于抗战时期，第二段是写姑姑解放后的接生和计生，第三段是写姑姑晚年的历史。作品通过捏泥人供奉泥人表明姑姑晚年的忏悔。姑姑晚年对她早期做计划生育这段历程既有自豪也有忏悔。所谓自豪，是上万人经过姑姑的手来到这个世界上，但她又残害了很多人，所以姑姑的晚年是处在自豪和忏悔这两种矛盾心理的纠缠当中的。当后来蝌蚪跟着姑姑给那些由姑父捏塑、由姑姑安放在东厢房里的泥娃娃下跪时，作品写了这么一段很能够体现作者对姑姑晚年行为态度的话：

> 我们跟着姑姑慌忙下跪。我不知道该祝祷什么，中美合资家宝妇婴医院大门外广告牌上那些姿态生动的婴儿面孔，像拉洋片一样，在我脑海里次第滑过。我的心中充溢着感恩之情，愧疚之情，还有一丝丝恐怖。我明白，姑姑是将她引流过的那些婴儿，通过姑父的手，一一再现出来。我猜测，姑姑是用这种方式来弥补她心中的歉疚，但这不能怨她啊。她不做这事情，也有别人来做。而且，那些违规怀胎的男女们，自身也有不可推卸的责任。而且，如果没人来做这些事情，今日的中国，会是个什么样子，还真是不好说。

这段话可以看出作者在处理这个题材、写这个人物的时候他那种矛盾的心理，一方面他看到姑姑晚年确实是这样做忏悔的，她有歉疚；但另一方面他又觉得姑姑不是全做错了，她的作为是否也有其历史的合理性的一面？一方面姑姑固然做过一些值得歉疚的事情，另一方面又觉得这个光怨姑姑似乎不公平，其他人难道都是无辜的吗？是否也负有责任？莫言在后来研讨会上说，写这个《蛙》的时候他在很多地方欲言又止，没法过多地写进去，因为当时这是个比较犯忌讳的题材，并说如果今天去写这个题材可能会写得更好一些。当时，莫言的确是冒着很大风险来写这个题材的，因而对姑姑在计划生育过程中那些个过激的、有时还闹出人命的做法，到底是应该肯定还是否定，姑姑的忏悔应该还是不应该，他在心理上比较纠结、比较矛盾。正因为有这种纠结与矛盾存在，所以作者已不是在简单地再现历史，不是简单地写一个人物，而是将人物写得很复杂，把历史再现得也很复杂。

作者蝌蚪也是作品中的一个贯穿性人物。蝌蚪这个人是姑姑接生的，他的媳妇王仁美怀第二胎的时候他一度决定不要这个干部了也要这个孩子，但是后来部队首长提示他说："你不错，你从农村出来奋斗不容易。"并暗示将来会进一步提拔他。他这时候又动摇了，最后听了首长和姑姑的劝告，让媳妇流产，结果他媳妇在流产的过程中死了。后来为了与第二任妻子小狮子要一个孩子，又利用了被姑姑伤害死的王肝的女儿陈眉作代孕工具，使因为火灾而严重毁容的陈眉再遭失子之痛。如果说姑姑需要忏悔的话，那么作为一个知识分子也是小说叙述人的蝌蚪应不应该忏悔呢？作者的回答是肯定的。在小说第四、五部开始蝌蚪写给杉谷义人的信里，他反复说自己要"为赎罪而写作"，要"忏悔自己犯下的罪"。在第四部开头的信里，蝌蚪写道："为赎罪而写作当然可以算作为自己写作，但还不够；我想，我还应该为那些被我伤害过的人写作，并且，也为那些伤害过我的人写作。我感激他们，因为我每受一次伤害，就会想到那些被我伤害过的人。"在第五部开头的信里，他又说他原本以为写作可以成为一种赎罪的方式，但作为作品第五部的剧本完成后，心中的罪感非但没有减弱反而更加沉重。他意识到王仁美和她腹中孩子的死有姑姑、部队、袁腮甚至王仁美自己的责任，"但现在，我却比任何时候都明白地意识到，我是真正的罪魁祸首。是我为了那所谓的'前途'，把王仁美娘儿俩送进了地狱。我把陈眉所生的孩子想象为那个夭折婴儿的投胎转世，不过是自我安慰。这跟姑姑制作泥娃娃的想法是一样的"。从这些忏悔里可以看到，对于作品里写到的历史的过错，大家都有罪，蝌蚪本身也有罪。不过，写别人的罪的时候比较好写，写到自己的罪时怎么深入下去，就成为一个问题。虽然蝌蚪写这部作品就是带着一种悔罪的心理去写的，但是真正的作者莫言后来认为并没有写到那个深处，还是没写好。

总之，莫言是抱着一种人人有罪、自己更有罪的意识来写《蛙》这部作品的。这就使他在塑造人物时不简单化，每一个人物都很复杂，用这种很复杂的人物去支撑这个历史。莫言在小说中关注人的痛苦和命运，在敏感题材中表现人的本性，展示人性的复杂性，从而使他笔下的人物丰富立体地"活"了起来。这里，我们要问，《蛙》既然是一部通过敏感历史题材写人生命运、人性复杂的作品，那么在这个小说当中他有没有试图表达关于人性、关于人的生命存在的一些更深层次的思考呢？我认为也是有的。

这部小说用《蛙》做书名，作品当中提到四种"蛙"：首先是与姑姑的工作相关的人间娃娃；其次是姑父、姑姑捏的泥娃娃；还有蝌蚪的同学袁腮搞了一个牛蛙养殖场,养牛蛙;最后,涉及中国神话传说中抟黄土造人的女娲。这四种"蛙"交织在这个作品当中,哪一种"蛙"是他要侧重写的呢?女娲是作品顺带出来的,没有去写,主要写的是人间娃娃,泥娃和青蛙是要强化作品的历史描写和人物描写而衍生出来的两种"蛙"。作品写那么多种"蛙",究竟想表达什么观念呢?学术界有的人认为,莫言的《蛙》从人类学的意义上讲,意在探讨人类生命问题,人类生命有生命的法则,有生命的伦理、规范。这个看法有一定道理。这部小说本身的名字叫《蛙》,写《蛙》的人叫蝌蚪,蝌蚪是能够变成蛙的,但是蝌蚪也是蛙产的卵生出来的,在蝌蚪和蛙之间有个生命的循环。莫言给他的小说命名,给他小说的主人公命名,肯定不是无意的,而是有所考虑的。蝌蚪和蛙之间本来是一种正常自然的生命循环,但是在小说里我们看到,本应正常自然的生命循环被很多人间的制度、管理、算计、强制而人为地破坏了、打乱了,以致造成那么多生命的痛苦、残缺、沉沦甚至死亡。为什么会造成这种状况?这种状况的生成有没有人性自身的原因?这恐怕正是作者要从中加以思考和揭示的东西。《蛙》是作者蝌蚪写的书,书就像自己的儿女一样,蝌蚪究竟生出了一个让他欢喜还是怨愤、高兴还是痛苦的蛙呢?无论对小说里的虚拟作者蝌蚪还是对小说的真正作者莫言来说,可以肯定,这两方面的感情都是存在的。因为这部作品里有他们所希望的东西,更有他们所不希望的东西。从人的这个层面上来讲,我认为莫言在表现这些人物的时候有两个指向:第一个是通过这些人物来支撑他所写的这段历史,通过这些人物来反思这段历史;第二个是通过这些人物去探讨生命的价值、生命的意义、生命的规则、生命的伦理。尤其是作品里蝌蚪晚年写的那一幕剧,这一幕剧可不是画蛇添足,因为作者在《蛙》里所要表达的忏悔主题主要是在这部剧作中集中表现的。

蝌蚪这个人物的存在,使《蛙》不仅成为一部介入历史、反思历史的作品,也成为一部透视人性、反思自我的作品。莫言的很多作品都是把自我带进去的,他不像有的作家那样去客观地呈现历史,通过人物故事自然地体现出对历史的评判,他对社会历史、人情世态的反映和评判往往是不加掩饰的,会自觉跳出来,让作品中某一个主人公作为他的化身去加以表现,在《蛙》中就是蝌蚪这个人物。蝌蚪是个有立场的人物,一个代表作者立场的人物,他最主要的主体意识就是当我们直面历史、反思历史的时候,不能反思完了就拉倒了。历史正是我们这些当事人造成的,历史的过错也有我们的一份责任,因此我们应该有一种自我忏悔的意识。忏悔主题在新时期以来虽然不断出现,但并没有很好地发展起来。莫言的这个作品集中讲忏悔,是很有意义的。作品里写到作家蝌蚪给日本作家杉谷义人写信,里面有莫言和日本作家大江健三郎友好交往的影子。当然，作品里的杉谷义人是虚构的。大江健三郎对中国很友好，是积极推动莫言获诺贝尔文学奖的日本作家，到莫言的家乡和莫言有过文学交流，而作品里面的杉谷义人是当年姑姑被日本鬼子抓进平度城里的那个日军司令杉谷的儿子。作品里的杉谷义人代他死去的父亲杉谷为当年的侵略行为向蝌蚪的姑姑、他的家族和他的故乡人民谢罪，蝌蚪则用了中国政府过去对日关系当中通行的说法，就是日本人民“也是战争的受害者”来回应。其实，如果要贯彻莫言在他的作品当中着力表达的忏悔主题的话，那就可以说侵略战争中的日本，人人都是有罪的，日本人民是受害者也是加害者，也应该忏悔。可见，忏悔的主题，不仅是由《蛙》这部作品中直接描写的题材引生出来的，而且是有其普遍的世界性的历史涵括的。不过，日本人对侵华战争的忏悔问题不是这部作品的关注点，莫言在作品里写到杉谷义人的代父谢罪，意在对比性点明一层意思，就是他人对你犯罪，人家都能谢罪能忏悔，而你自己犯下罪难道就不该谢罪不该忏悔吗？在此意义上，反思与忏悔，就体现出一种对历史、对人性的担当。由此我们可以说，文学创作中不是说一定要把作者自己带进去就好，但是把自己带进去，可以让读者直接体会到作者对时代是如何的爱之深恨之切，可以使他对一段历史、一个时代的人生、人性的描写更富有感情色彩和思辨意味。比如在《蛙》里，我们仿佛可以看到在历史的描述和人性的描写之外，一个优秀作家应有的、应该达到的那种真情和情怀的高度，以及那种触动灵魂、直刺人性的思想深度。

最后谈谈《蛙》在艺术表现方面，尤其是文本结构上的一些特点。《蛙》是莫言获茅盾文学奖的作品，也是他获诺贝尔文学奖的主要支撑性作品，后者还包括后来的《生死疲劳》。莫言自己认为《蛙》无论在思想深度还是在艺术表达上，还有很多他不满足的地方。但是我们要说，就艺术上看，莫言的这部作品是很有创造性的。新时期以来，由于改革开放的时代与文化变迁，尤其是受到西方现当代文学观念的极大影响，20 世纪 80 年代以后这 30 多年来中国的文学创作，在艺术形式探索上作了很多的努力。新时期很多作家、作品甚至某些流派之所以能取得成功，往往都和艺术技巧上的探索有关系。莫言的《蛙》这部作品在艺术上可谈论的东西也很多，这里只简要地分析以下三点。

首先是它的文本结构方式。这是该作品在艺术上最令人瞩目的一个方面。作品共分为五个部分，每个部分前面有一封作家蝌蚪写给杉谷义人的信，具有引言性质，后面则跟着展开一个正式的叙事文本，这就好像让一只小蝌蚪蜕变为一只大青蛙，由一个小生命来引导一个大生命的产生，这是书信的潜在作用。前面四封书信引出来的是四段叙事性的小说文本，最后一封信引出的是一部也叫《蛙》的九幕话剧，我认为该作品真正的重点或者说点睛之处就是最后的这部话剧。前面四封书信犹如一只青蛙的四条腿，它们导引出来的四个部分的叙事文本组合成了青蛙的躯体。如果作品仅仅写了这四条腿及其组合成的躯体，那么这个作品可能会有让我们不满足的东西。因为青蛙作为一种有生命的动物是会发声的，它借以彰显其生命活力的发声器官在哪里呢？在它的头部、在它的腹部。我觉得最后这个话剧就是这只青蛙的头和它的腹部。从作品的立意上讲，很多在前面没有表达清楚的东西，在后面这部剧作中都表达清楚了。前面各部分对姑姑故事的叙述，其实更多的还是带着一种历史的同情或从理解的角度去写的，可是到了后来，大家注意到没有，九幕剧本一开始出现的不是姑姑而是陈眉。前面说过，《蛙》这个小说的基本主题是忏悔，忏悔的主体人物是姑姑和蝌蚪，而陈眉从头到尾都是一个受害者的形象，她的出生伴随着母亲在计划生育过激做法中的惨死，后来在火灾中严重烧伤而毁容，最后又成为他人的代孕工具而失去本应属于自己的孩子。陈眉这个形象代表了作者所要表达的人生关怀，蕴藏着深刻的人性内容，具有直刺心灵疼处的力量。在前面几部里面，陈眉都是一带而过的人物，到了戏剧里面则成了一个主要人物了。这种人物角色的变化，对《蛙》这个作品主题的提升起到非常大的作用，使作品在人生的透视与人性的反思方面达到了一个新的高度。

其次是它的叙述方式。长篇小说创作中有两种相互关联的东西：一是内容上对历史和人生的认识和反映，二是对这些认识和反映内容的形象呈现与展示。形象呈现与展示的艺术手段和技巧很多，其中就包含着叙述与描写。所谓叙述，广义上讲就是讲故事。《蛙》这部作品，是莫言创作的，当然是他在讲故事，但莫言却让一个叫蝌蚪的作家在讲故事。蝌蚪给日本作家写信，给日本作家讲他姑姑的故事，最后那部也叫《蛙》的九幕话剧也是蝌蚪创作的。整个故事是蝌蚪在叙述，内文的许多故事是以“我”也就是蝌蚪的人称和视角展开的，但有时又会转换到其他人称或他人的视角上去，人物的人称与视角的转换、跳跃均无生硬突兀之感，而是如行云流水一样，非常自然。

再次是与叙述相关的艺术描写。《蛙》在叙述过程中有大量描写性的语言非常动人。比如，第一部开始写到了村里赶马车的车把式王脚与那匹拉长套的公骡的故事。这匹公骡脾气暴躁，能飞蹄伤人，好张嘴咬人，被视为一头疯骡，先后咬伤过两个孩子，一个是村党支部书记袁脸的儿子袁腮，一个是王脚自己的女儿王胆。王脚身高力大，又抽得一手神鞭，是一个令人敬畏而又敬佩的人物。疯骡头一次咬伤袁腮后，小说里是这样写的：“疯骡咬破袁腮头颅那次，他拉上车闸，双腿叉开，站在车辕两边，挥舞鞭子，抽打疯骡屁股。那真是一鞭一道血痕，一鞭一声脆响。疯骡起初还尥蹶子，但一会儿工夫便浑身颤抖，前腿跪在地上，脑袋低垂，嘴巴啃着泥土，撅着屁股承揍。后来还是袁腮的爹袁脸说，老王，饶了它吧！王脚才悻悻罢休。”而第二次疯骡咬伤他自己的女儿后，小说里则这样写道：“疯骡把王胆咬伤后，我们都期待着再看一场好戏，但王脚一鞭也没打。他从路边石灰堆上抓起一把石灰，掩在王胆头上，把她提回家去。他没打骡子，却抽了老婆一鞭，踢了王肝一脚。我们指指点点地议论着那头棕色的疯骡。它瘦骨伶仃，眼睛上方有两个深得可放进一枚鸡卵的凹陷。它的目光忧伤，似乎随时都会放声大哭。”这两段描写可谓精彩绝妙，令人过目不忘，不仅形象逼真地呈现出疯骡咬人事件发生后的现场情景，而且寓意深厚地刻画出农村特殊人际关系状况下王脚处理事态的不同心理与做法，他的令人敬畏以及对疯骡子的体恤。

再比如，第一部中写姑姑帮助蝌蚪家的老母牛接生下一头难产的小母牛后，有这样一段描写：“母牛调过头，舔舐着小牛身上的黏液。它的舌头上仿佛有灵丹妙药，舔到哪里，哪里就获得了力量。大家都感慨万端地看着这情景。我偷眼看到，姑姑的口半张着，眼神很慈爱，仿佛那老牛的舌头舔到了她身上，或者她的舌头舔到小牛身上。等母牛的舌头差不多舔遍小牛身体时，小牛抖抖颤颤地站了起来。”这段由牛及人、充满爱意的文字，从另一个方面生成了姑姑形象的丰满性，使小说中的姑姑形象具有了人性阐释的多样性与多面性。

《蛙》在艺术上可以谈论的东西还有很多，限于时间，这里就不再多讲了，大家自己回去后可以再细细地看、细细地品味。

（原系2016年1月9日在宁阳县文广新局主办的宁阳县第九期“名著周末”上的演讲，根据录音整理而成）

新松恨不高千尺

山东新时期以来的文学评论在全国占有重要地位。老一代评论家中以冯中一、陈宝云、任孚先、吴开晋、宋遂良、袁忠岳、朱德发、孔范今、牛运清等人为代表的当代诗歌和小说评论以及文学综合研究,曾极一时之盛。20 世纪 90 年代山东评论界有所谓“四大名旦”“四小名旦”的称誉,足见当时人才济济的状况。然而,前些年随着老一代人物逐渐脱离工作岗位以至病老谢世,已成国内评论界中坚甚至领军人物的“四小名旦”王光东、张清华、吴义勤、施战军也先后南下(上海)北上(北京),山东的文学评论一度进入低谷。这种情况下,签约评论家制度的实施为培育人才队伍、重振山东评论打下一针强心剂,尽管刚实施一年,却已很见成效。从 10 位签约评论家 2015 年发表的作品来看,数量不少,总体水平也不错,其中有一些质量较高的成果,在推介评论山东作家包括山东签约作家方面也较为尽心尽力。这些作品展现了 10 位年轻评论家各自不俗的学养和才情,从中透露出山东文学评论的新气象和新希望,这是令人欣悦、应予肯定的。然而,从更高的标准来要求,即使其中写得很好的几篇文章,像张丽军、房伟、张艳梅、马兵等几位公认已经站在或接近站在国内一线评论位置的人物,也大有进一步提升的空间。唐代大诗人杜甫曾有“新松恨不高千尺”的名句,寄寓他对新兴事物的由衷喜爱,这里我也借此诗句来表达对于 10 位签约评论家的真诚期待,并据此之意就他们今后的评论写作提两点建议。

第一点,我很赞成这些签约评论家今后的研究可适当地减少对个别作品的跟踪,多做一些综合性的研究和作家论,作家论也是对一个作家的综合研究。多做一些由点到面的综合研究,一些全国性、全局性、整体性的宏观文学现象研究,包括山东作家特别是 30 位签约作家的综合研究与作家论。这对于山东作家在全国文坛上的定位,对山东作家在宏观的比较的视野中把握创作的潮流、反思自己的不足可能更有助益一些,同时更有利于全国文坛了解山东作家和评论界的状况。跟踪性作品评论过多,每个作家一个作品出来,立马写一个几千字的短平快文章,虽然很即时,很有现场感,但见不出这个作家整体的创作状况及其长短得失，也体现不出批评家自己的水平。如果对一个大作家的作品、一个大作品、一个长篇，跟踪式研究是可以的，因为这样的作品本身就有较大的接受效应，需要评论家投入更多的学养储备、情感体悟、理性思辨，能够见出评论家的功力和水平，而且有水涨船高的效应，有利于扩大评论家自身的影响。但我省的签约作家以及其他大量中青年作家的创作，现在大多是中短篇和诗歌、散文，有一些长篇放在全国看，也没有那么高的评论价值。这种情况下，个别作品的跟踪对评论的作家以及评论家自己都不见得有多大益处，有时候可能纯属浪费时间和精力，所以还是多做一些综合研究为好。

第二点，这些年轻评论家有文学感悟力，有很好的素养和功底，有较为阔大的学术视野，也各有不同程度的理论综合能力，但从总体上观察，他们在理论思辨能力、批评理论和方法的掌握和运用等方面还应有所拓展与提升。仔细看他们的一些评论文章，觉得一般性的解读比较多，许多文章在跟着作家的命意走或沿袭自己习惯的套路写，新意不足，尤其是缺乏新的理论和方法的切入。比如，在当今新媒体时代的文学语境下，传媒对文学和艺术的介入，其实已经是很普遍的现象，也是一个挺重要的问题。现行的过于注重学科分野的学术体制造成了一些搞现当代文学、搞文艺理论研究的学生和研究者根本没有传播学的知识背景和素养，你叫他谈媒体，他可能只会像一般人那样仅从现象上谈，人云亦云，而对现代传媒理论的一些理论观点和方法根本不熟悉，也就不能由此切入文学研究和分析。有的人甚至会认为文学研究就是文学研究，只知道不同学科的相互区别，而看不到相互联系与相通之处。其实，学界讲20 世纪西方文艺理论的发展，其中讲到从作者到作品、再从作品到作者的转向，这个和当代传播学理论，从注重传播活动的施动者，到转向注重受众、注重效果，是完全相通的。传播学关于媒介研究、受众研究和效果研究的理论与方法都可以在文艺理论和批评中加以借鉴和应用。你不了解这一点，自然就不会将传播学的理论和方法运用到自己的批评和研究中。这只是一个例子，其实自 20 世纪 80 年代中期文艺理论研究和批评方法论热潮之后，直到当今后现代语境下文化研究的大兴，新理论、新方法层出不穷，几乎没有什么不是可以加以运用的。遗憾的是，从这些评论家各自的文章中能够看到的新理论、新方法不是太多，更不要说被一以贯之地加以实践应用从而形成显著理论取向和特色了。在山东文学评论的重新崛起上，10 位签约评论家首先负有自己的责任，需要确立更大的雄心，追求更高的目标，因此必须在学术视野上有更大的拓展。各位还年轻，不应那么少年老成，不要那么习惯于已有的思路和套路。在新的理论观念和方法的运用上，完全可以大胆一些、开放一点，勇于尝试，不怕生涩，敢于发出与众不同的声音，展示别开生面甚至陌生化的批评面孔，这样才能使文学解读的新意更多些，理论创新的气息更浓点。10位签约评论家虽说人在山东，但要知道只有立在全国的大格局中才能够显示出自己的实力与特色来。如何显示自己的实力与特色？你对具体的作家再熟悉，个人的感悟能力再好，如果没有一种深刻的理论指引、新颖的方法介入，也很难形成自己的实力派批评家形象，更不要说显示出大家气象了。

有大追求才会有大收获，知不足方有进步。只要这些签约评论家能够始终保有对文学的挚爱与敏感，记住批评的使命与担当，同时能对自己的不足和局限有所省思、提升和改进，他们目前良好的发展势头就会进一步持续下去，其前景也真的可以说是不可限量。

（原载《文艺报》2016年3月28日）

抗战文学中的一部出新之作

高凯民同志的长篇纪实小说《地下的太阳》以胶东八路军西海地下医院的抗战史实为素材，再现了一段富于传奇的真实历史，在黑暗与光明的搏斗中塑造了一群可歌可泣的热血儿女，是当下抗战文学中一部与众不同的出新之作，值得读者与批评界的特别关注与重视。在我看来，这部作品的出新之处主要有三个方面。

一是在抗战文学题材上作出了新的开拓。从以往的文学作品特别是电影《地道战》里，一般人早已知道华北平原上的抗日军民曾经与日寇展开过地道战，利用地道保护自己打击敌人，然而并不了解在多山的胶东一带也挖过地道，而且将战时医院办在地道之中。高凯民同志历经长期调研，拂去历史尘埃，将这段鲜为人知的抗战史实发掘出来，公之于众，又在此基础上写出这部长篇纪实小说，填补了历史记忆的空白，开拓出抗战文学的崭新领域。其新颖独特的历史题材不与此前任何一部作品雷同，这首先就容易引发读者一探究竟、欲观其详的阅读兴趣。

二是在抗战文学主题上作出了新的探索。抗战时期无疑是中华民族历史上一段充满屈辱、血腥的黑暗岁月，但也是民族复兴与中国革命走向胜利的历史转折点，在黑暗之中透露出光明的未来。作品以《地下的太阳》为题，富有象征意味。地下是黑暗的象征，寓意着抗战岁月的艰难困苦与流血牺牲；而太阳是光明的象征，正是有了抗战必胜、革命必胜的理想和信念这轮精神的太阳照耀心中，胶东西海区的抗日军民才能勇敢地面对强敌的围剿，智慧地创造出地下医院这种罕见奇迹，在富于激情的特殊抗战中写下了光荣的一页。作品既写出了抗战的残酷与艰难，也揭示出在血与火的考验中信仰的可贵与力量，是一部以历史真实为基础而又涌动着生命正气、理想光芒的作品，具有动人的崇高之美和信仰之美。

三是在抗战英雄塑造上作出了新的努力。这部作品从地下医院的产生写起，到最后走出地道取得抗战胜利结束，基本上完全按照真实历史的自然顺序展开故事叙述。基于这样一种叙事结构，作品在人物塑造上也别具用心。作者不是为了着意塑造每个人物而编织故事,而是依照事件的展开顺序把一个个人物自然地带出来。成就了地下医院这段抗战传奇的人物,没有像通常文学作品中的人物那样有主次之分,有的人物虽然贯穿始终却未必就是主要角色。可以说,作者刻意用群雕式的方法为抗日军民立传,每个人都有自己的来龙去脉,都有自己的性格命运,都在这段特殊的抗战岁月中留下了一道难以磨灭的生命印记。这种写法,深刻地揭示出一个道理:抗战的胜利,不是靠抗战雷剧中那样一些无所不能、战无不胜的超人夺取的,而是亿万军民的流血牺牲换来的,抗战的伟力存在于人民大众之中。

文学贵在创新。对抗日战争这样一个无数作家参与其中的题材领域来说,创新就显得更加重要。以上几个方面的出新,使得《地下的太阳》成为一部颇耐品味的作品,与我省新近几年出现的几部抗战文学作品相比,有其不可代替的特殊价值。

(原载《齐鲁晚报》2016 年 4 月 9 日)

历史镜像中的人性善恶与文化蜕变

——评牛余和长篇小说《老镇》

在山东2015年的长篇小说新作中，牛余和的《老镇》无论就思想内容深度还是就艺术表现力度来看，无疑都是其中分量较重的一部。该作以一个乡镇村落“文化大革命”前后的历史动荡和变迁书写了当代中国一个特定时期的乡村生活现实，有厚重的历史感和沉实的乡土底蕴。作品在政治与宗法的错综交杂中，写出了那一段时期生活的严酷和民众生存的艰难。但作品并未止于展示严酷与艰难的历史控诉，而是在历史叙事的进程中始终将笔墨聚焦于人物形象的塑造，聚焦于人性的美善与邪恶，同时在历史与人性的缠绕纠结中透彻地审视了乡村文化深厚绵远的生命力量与时代蜕变，是历史书写，更是人性的展示与文化的透视。

一

1000多年前一个初春的下午，南方三个造反的石匠兄弟逃避官兵追杀，辗转跑进山东章丘境内长岭山的一座光石岗上。当天晚上，就在差点让围困的官兵乱刀砍死之际，三兄弟被几个从天而降的和尚相救。劫后重生，为谢神明保佑，三兄弟在光石岗上围着唯一的一棵瘦硬荆树垒起一座三丈多高的绕树石塔，命名为滚石塔。为感念带头搭救的岳姓和尚，也为了隐姓埋名地过安稳日子，三兄弟分别改为岳、和、尚三姓，并在山谷里的一座寺庙遗址上盖起座庙，把岳和尚的塑像供奉进去，寺庙题名恩石寺。岳、和、尚三姓分别居住于长岭山脚下绿泉河北的上河村、下河村、河汊村，与绿泉河在河汊村相交汇的巴漏河南岸有一个由各色流动移民组成的小河南村。长岭山前其他村落的人把这四个村归在一起，统称为滚石塔镇。随着历史的变迁，河汊村的和氏日渐衰落，河汊村也演变为一个杂姓村庄，滚石塔镇形成了岳、尚两姓共治的乡土权力格局。《老镇》叙说的主要就是发生于这四个村落里的乡土人生故事。就作品所展示的时代生活内容来说，《老镇》无疑是一部具有反思意味、面向真实的历史书写之作，确切地说是一部有关“文化大革命”的乡村历史叙事。

这部作品写了从抗战时期直到新时期市场经济兴起之后几代人的生存，但“文化大革命”之前那些相关的事象只是在叙事进程中由不同的人物和场景随带着勾连出来的，“文化大革命”之后一段时期的叙事也主要是“文化大革命”故事的延续，或者说是为了作品故事结构的完整性和交代人物命运结局的需要才延展开来的，真正如实地细致叙写的还是“文化大革命”时期的那段历史。与有些反映这段时期作品不同的是，作者没有专意去写政治斗争对乡土中国的塑造与侵蚀，而是将国家的政治风云和村落的家族矛盾紧密地纠合在一起，既有宏观层面上政治风雨的翻翻覆覆，也有微观层面上由宏观政治风雨引爆的家族权力格局与人际关系的剧烈骚动。当“文化大革命”的狂风暴雨穿地而过，在乡村泥土地上搅起滚滚尘暴、涌起滔滔浊浪之时，滚石塔镇四个村落的家家户户、男男女女无不卷入其中，经受着时代风雨的洗涤与击打。那些被搅进时代风雨中的各种人物，不仅其自觉的行为动机，就是其情感冲动中，既有显性政治因素的激荡，也具有隐性家族或宗法因素的暗中导控，在许多场合与情势之下，甚至很难区分哪些是政治的哪些是家族或宗法的。其中，老一代人物中的岳翕若、岳绍前、梁家禄和后一代人物中的尚兴凡、梁亮、常继刚等等，都是富有代表意义的，他们身上既体现出“文化大革命”时期踏石留痕的酷烈真实，也共构出乡土中国多面复杂的生存状况。

深深沉陷于这段历史之中的第一个人物是小说叙事人岳凡的父亲岳翕若。他是滚石塔镇最后一位庄长，地主家庭且经过商，本是一位极受官方与民间敬重的开明乡绅。虽然抗战之后他倾力支持长岭山共产党游击队，自己及其家族为国家为革命作出重要贡献，弟弟牺牲，次子抗战胜利后参加了解放军，顶着烈属和军属两个光荣名头，“土改”时还早早地就把全部家产都交了出来。但是，资本地主分子的身份加上上河村岳姓家族的世俗领袖身份，使他和他的家庭背负上了政治上的“原罪”。“文化大革命”一起，在政治因素与家族因素的剧烈化合中，他便成为造反派、权力觊觎者以及当权自保者冲击与算计的首要对象，被批斗、羞辱、强逼扫大街，自己差点自杀不说，女儿和三儿子被退婚，四儿子因为没有了活路而逃往香港，小儿子连上正式小学的资格都没有，红颜知己简婶也被凌辱致死，已成为部队干部的二儿子为求自保不仅宣布与家庭脱离关系，其子女也改为妻姓，以至“文化大革命”结束之后都无颜在父母活着时回乡探亲。这样一个滚石塔镇曾经的首富之家，一个在战争和革命年代大力支持共产党的开明乡绅，却在一场“文化大革命”中被“革命”得大年三十吃不上一顿白面饺子。祖坟被掘，全家遭殃，自己差点被整死，最后连那一把关涉其乡绅脸面和人格尊严的大胡子也没有保住。这样的“革命”历史中隐含着多么荒唐悖谬的逻辑！

由于滚石塔镇起始于石匠三兄弟，且长期以来形成了岳、尚共治的权力和治理秩序，由逃荒要饭者等各色流民构成的小河南村一直是为镇里其他三个村所小瞧、蔑视的村居群落，处于极不平等的地位，连北三村的穷人见到小河南的财主都一脸的不屑，宁肯叫自家的孩子打光棍，也不许娶他们的闺女。日本人打过来之后，最早落户小河南村的梁家终于熬出了一位敢作敢当的人物梁家禄。他拉起杆子成了打鬼子的好汉，此后又出手整治村庄面貌，赢得了岳、尚两大家族的首肯，但并未从根本上改变小河南村受歧视的局面。在抗战胜利后的一个大年初一，小河南村的扮玩队伍在河汊村庄头被一伙老头老太太给挡住不准进村之后，领头人梁家禄曾冲着桥北头门楼子上黑洞洞的“蔑视”着小河南村的枪孔咬牙切齿地迸出了一句狠话：“小子们，给老子记住了，早晚有一天，小河南小伙子的鸡巴要捅了北三村的大闺女！”这句粗话，隐含的内容太多了，透视了历史深处的某些东西。受蔑视的地位自然使得小河南村萌生出改变现状的冲动，而战争、革命和政治运动为这种冲动的实现提供了现实的机遇与可能。“土改”时，梁家禄为了家族翻身，自告奋勇地当上滚石塔镇农救会会长，正准备出手收拾岳翕若时，因国民党还乡团的反攻而作罢。又由于强迫河汊村一位杨姓小地主把闺女嫁给自己儿子，导致杨家闺女投河自尽激起民愤而被赶回小河南村，滚石塔镇的行政大权还是落到了上河村游击队战士、“土改”工作队队长岳绍前手里。这个岳绍前此后长期任滚石塔镇党支部、党总支书记，就连“文化大革命”后期也是革委会副主任，没有离开过权力中心，成为与岳翕若一样令滚石塔四村村民仰视但比岳翕若更令人敬畏的人物。由于这个早年的挫败，梁家禄此后一直紧密注视着政治的风向，精心谋划着争夺滚石塔镇的执政权力，伺机向岳翕若、岳绍前发起进攻。岳翕若及其家庭成员的种种噩运，与梁家禄台前幕后的挑动、谋划有着直接的关系。可以说，小河南村以梁家禄为代表的一伙政治势力之所以从土地改革之后，一次次向滚石塔镇的执政者发起冲击，实际上就是企图以政治斗争的形式实现家族争霸的梦想，以此洗雪受压抑、被蔑视的屈辱。

相较于老一代的权力争夺，尚兴凡与梁亮这一代投入政治运动虽说依然带有家族争霸的隐性制动因素，但更多的是出于现实的考量与政治参与的热情与理想。像大多数那个时代的农村青年一样，尚兴凡虽然不乏真情与一定的是非判断能力，但总体上却是一个个性与政治修为都比较平庸的人，既不敢大胆地追求自己的爱情，顶住压力坚守与岳珊的婚约，也缺乏足够的政治智慧与行政能力，本事不大，魄力不足，始终不能走上滚石塔镇的权力高位，最终则不单失去爱情与婚姻，在政治上也不过成为岳绍前任意摆布的一枚棋子而已。与尚兴凡形成鲜明对照的是，小河南村梁家禄的侄子梁亮既在政治上敢作敢为，又敢于大胆追求自己的爱情。不过在生命底色上，他又与自己的叔叔梁家禄不完全相同。梁家禄发狠早晚要让小河南村的小子们捅了北三村的大闺女，是出于被蔑视者的复仇心理，而梁亮对岳珊的爱是发自真心的。虽然他出于自己的政治热情与算计揪斗过岳翥若，扇过他的耳刮子，拖延过与岳珊的婚姻承诺，伤害过与岳珊之间的爱情，但那些"造反"的小混混们羞辱岳珊和他的亲人时，他往往能给予明里暗里的保护，从而让受过他伤害的岳珊一度对他割舍不下。尤其不同的一点是，梁家禄的每一个政治动作都直接连接着家族崛起的自觉动机，而梁亮从拉起红卫兵队伍"造反"以后，斗争的动机似乎更加政治化一些，更多地出于"革命"的客观形势与自己自觉的"革命"热情。然而，在那场沸腾着其热血与理想的"文化革命"中，梁亮虽然没有完全为一心要实现家族崛起与复仇的叔叔梁家禄所左右，最终却被他一心要打倒并取而代之的岳绍前扫出了滚石塔镇的权力舞台，"文化大革命"结束后又被排挤回了县食品厂当工人。从根本上说，梁亮是被那场表面上具有富丽堂皇的名义的"革命"玩弄了。正因如此，当"文化大革命"的疯狂成为过去，与岳珊的爱情与婚姻也失去之后，他才会在与县食品厂的一个女工结婚的婚宴上拍打着床头上的红双喜字失声痛哭："这算是革的哪门子的命。"怀着满腔的激情投入"文化大革命"之中，最终自己也成为那场"革命"的牺牲品，甚至因为"造反"经历连恢复高考后报名考大学的资格都被剥夺。梁亮的命运其实正是"文化大革命"中千千万万一代热血青年的缩影与写照。

由以上的简要分析可见，《老镇》在历史记忆的真实性方面的确达到了相当的高度。不过，其在艺术上的成功并不只这一点，还在于作者以对历史负责的勇气，通过故事进程中的多个人物从不同侧面体现了人们对"文化大革命"的反思，富有思想的掘进意识。

如果说岳翥若、梁亮甚至和狗子这样的人物通过自己的遭遇多多少少意识到"文化大革命"的荒唐，体现出一点不太自觉的反思意识的话，那么小学老师、烈士常老二的儿子常继刚则是滚石塔镇梁亮那一代人中的一个异数。这个根红苗正、善于思考的年轻农村教师对镇里的政治运动的参与并不太多，但对波及整个国家的政治运动却存有疑问，对党和国家的前途命运存有忧虑，最终因为给中央写信、在北京各大学邮寄传单等行为而以诋毁伟大领袖的罪名被逮捕，在北京死于专案组的审讯中，至 1979 年其骨灰才由从滚石塔镇走出去的北大教授梁文语带回来。梁文语是"文化大革命"期间被遣返回乡接受贫下中农再教育的学者，是一个对"文化大革命"有着更多更深思考的人。他可以说是常继刚的精神偶像与思想同道，是他把常继刚对“文化大革命”给国家造成的灾难那带有农民烙印的疑虑引向了知识分子式的反思，并把知识分子的反思勇气传递给他。尽管梁文语实在不敢面对连累妻子、孩子一起受凌辱的后果，给自己留下了行动上的怯懦，但是在对国家政治形势的判断上、在思想上，他却是那个时代的清醒者，走在时代的前面。在作品中，作者主要通过这两个人物，体现出对“文化大革命”反思的一面。此外，作品中的一些当事人，比如二哥岳知琪、作品叙事人岳凡都在以不同的方式同“文化大革命”遗忘症抗争。二哥回乡探亲时给岳凡看的那个大笔记本上记录的有关“文化大革命”的种种数据，的确值得那些患上“文化大革命”遗忘症的人好好看一看。在作品里，二哥有意让岳凡看这些数字，实际上是作者有意识地在让读者看到这些数字。数字本身是抽象的，但当它们被嵌在岳知琪、岳凡这些“文化大革命”亲历者和受害人的生命历程中，并与作品所描述的那段严酷的历史关联起来的时候，这些数字就有了令人恐惧的力量。不可否认，《老镇》这种明确的反思意向，的确大大加强了作品的思想力量，使得这部作品在以人物命运刺痛人们情感的同时，也以思想解剖刀的锐利锋刃切割着读者的思想神经，让人们面对那一段民族浩劫时不止于疼，更要深切地思。为了民族悲剧不再重演，这是一段必须痛彻反思的历史。

二

历史是人创造的，历史的大厦是人生、人性支撑起来的，因而历史认知无论如何离不开人生、人性的观照与书写。要把历史写得真，就要把人生人性写透写实；人生人性写不透写不实，历史就成为一种符号化的东西，不会立起来、活起来、真实起来。《老镇》之所以动人的主要秘诀即在于它不是简单地叙说历史，而是通过人生人性的真切描绘与刻画来透视历史，把人生人性写透了，从而也把历史写透了写活了。

这部作品里的人物很多，除岳、和、尚、梁几个大家族之外，还涉及一些外姓的家族，如何姓、常姓等，涉及的人物很多，且都富有个性。老一辈的如岳绍前、岳蓊若、梁家禄、尚荣杞、尚丰年等，到年轻一代，如岳家的岳珊、岳知琛、岳顺、岳凡，尚荣杞的儿子尚成岭、尚成峰，以及梁亮、尚兴凡、老和尚会愚、傩疯子、和大家伙、天赦子、和狗子等等。无论男女，都写得个性鲜明，每个人有各自不同的性格和命运，有悲有喜，有善有恶，也有的善恶交织，难以绝对地区分好与坏。比如梁亮，其行为动机既有他叔叔那一代人一心要改变在村落、家族格局中不平等地位这样一种因素在内，这样一种东西与狂野的政治追求相结合，在他身上发酵萌芽，爆发出一些恶的冲动，但又有发自人性的纯真，这种纯真使岳珊对他存有割舍不断的感情。直到“文化大革命”结束，梁亮人生落魄之后，深受“文化大革命”之害的岳家小儿子岳凡甚至都对他“文化大革命”中某些暗中保护的做法深存感念。作者没有把这个人物写得简单化，而是写得非常立体多面。尽管他斗岳翕若、扇他耳刮子，但他并不是纯粹的坏人。

一场以民族浩劫为代价的政治运动必定要以人性之恶的爆发为内在动力。在《老镇》里，政治运动所催发的人性之恶也开出了一朵朵令人惊恐的恶之花。那个小河南村的黑军师梁家禄策动了一起又一起的整人、害人事件，为了家族的政治翻身用尽计谋不择手段，从“文化大革命”中的明枪暗箭，到改革开放后与辞职下海的梁亮在上河村南岸办化工染料厂，把沿河两岸环境糟蹋得不成样子，最终酿成工厂爆炸、十几个工人死亡、梁亮被捕入狱的惨剧，其一切行为的心理动机或许具有为小河南村特别是梁家争取平等、公道与出头之日的成分。但从人性向善与历史正义的角度来看，其狠毒的人性之恶还是令人惊心的。被梁家禄网罗在手下的小打手天赦子，则由里到外都是恶的典型了。他诬陷胖子尚成岭毁坏领袖像，致使其无路可走以死相搏，强奸胖子的未婚妻立春，挖岳家的祖坟并差点逼着常瘸子在掘开的岳家祖坟边剃掉岳翕若视为脸面的大胡子，凌辱逼死简小妹，如此等等。其所作所为，如同一条恶狗，令人恐惧，令人发指，令人不齿。在邪恶当道时，好人往往没有活路，尚成岭在拉响炸药包自杀前就曾痛彻无助地大声喊道：“大家都好好活着不行吗，为啥总是要变着法子把人垫在脚底下，硬往死里踩呀？”不过，恶的东西可以祸害一时，却不是向善向美的人类所追求的，终将作为人生之害被抛弃。正如常二婶子坐在岳家以防红卫兵做出伤天害理的事时对岳翕若所说的：“是人心就要装人情”，“不管谁掌滚石塔镇的权，就算他心理装着个天，也得放得下天理良心”。正因为有这种天理良心在，所以无论梁家禄如何折腾，用他自己的话说，终究“还是倒在了桥南头”，不能把基于复仇心理的政治投机在北三村转化为现实的统治权力，而那个作恶多端的天赦子最终也因为在尚成岭弟弟尚成峰的酒店里醉酒后掉入简小妹自杀的井里而死于非命。作者给他们安排这样的人生结局，意在彰明：天理昭昭，不容邪恶。这正是所谓诗性正义的体现吧！

应该指出，《老镇》虽从善恶的角度观察与描写人性，却没有把所有人的那些恶行都归于个人品行。面对得到过自己照顾的和狗子对自己的不敬和挑衅，岳翕若对着他离去的背影这样想道：“会愚常说‘善恶只在一念间’，狗子的恶可不是突然冒出来的，是叫这场人糟蹋人的运动硬给抠出来的。”这种认识体现出的不仅是岳翕若也是作者对人性与社会关系的通达。作者深知人性的善与恶是在一定的社会土壤上孕育、滋长起来的，因而作品中并没有把哪一个人写成天生的坏蛋。即使是对梁家禄、天赦子这类作恶多端的人物，作者也是把他们的作恶处理为出于其家族的或个人的特殊生存处境在特定政治环境下的应激反应，而不是他们本性使然。正因如此，所以在描写运动过程中祸害人、糟蹋人的种种邪恶乃至罪恶的行为及其表现出来的人性之恶的同时，作品也写出了严酷中的真情、艰难中的希望、黑暗中的光明，让人们看到了冷酷与邪恶，也感受到生活的温暖与人性的美善。在《老镇》里，尽管大家都处在一种不安定的甚至险恶的处境之中，却不乏真情与乡亲之间的关爱，人性的闪光与人生的温暖随处都能找到。我们看到，岳家在遭受各种磨难时，终会得到来自左邻右舍以及各个方面不同人的关心和帮助。岳翕若与尚荣杞这两个家族的头面人物，在解放前就相互较劲，解放后也多有争斗，但在尚荣杞家破人亡靠装疯卖傻以求自保、岳翕若一家也深陷苦海之后，他们却能够冰释前嫌，相互鼓励着活下去。就是尚淑珍和尚兴凡两家迫于时势，最终退掉了与岳家儿、女的婚约，作者也没有简单化处理，而是以辗转反侧的笔墨写出了兴凡娘与淑珍父亲尚丰年的不舍与愧疚，从中透露出人物本性的良善。再比如，“骚公驴”和大家伙，原先是岳家的长工，是个不怕事敢惹事而又具有是非观念富于同情心的人，极具性情。“文化大革命”开始时，因为误会对从前的东家岳翕若非常不友好，被天赦子、和狗子等裹挟着，带着报复心理和满腹怨气占住了岳翁若家正屋内三儿子岳知琛准备结婚的房子，但在误会消除之后则主动搬出了正屋。他对那些“造反”整人的人一直看不惯，多有抵触与冲突。因为同情、庇护岳翕若及其子女，出工劳动时由于没带领袖像章而被和狗子寻衅报复时，无意中说了一句可以理解为对领袖不敬的粗话，被诬为“现行反革命”，在冲突中把和狗子抛下山崖，自己也跳崖而死，临跳崖前还嘱咐老婆带好孩子，当天就从岳家搬回自己家里住。就是那个岳家原女佣的孩子和狗子，他参与斗人、打人、整人，但偶尔也会有人性发光的时候。比如在被和大家伙抡下山崖、瘫痪在床两年多后，在听到天赦子说要批判岳翕若恶毒攻击农业学大寨的罪行，还要让他女儿岳珊看着好好拾掇拾掇他时，让母亲偷偷捎信给岳翕若让他有个准备。和狗子他娘对岳翕若如此说道：“狗子让我跟你说一声。他瘫在床上两年出头了，自家琢磨过来了，说以前干的那些事跟疯了似的，要我替他跟你赔个不是。”和狗子这种良心发现，这种自我反省，比“文化大革命”之后许多政治人物甚至文化人的反省、反思要真切得多、真诚得多。

《老镇》还写到了大量的女性，除作品里作为贯穿性与结构性人物之一的岳珊之外，其他女性尽管出场不是特别多，写得也很有性格、有光彩。如烈属常二婶子，就富有正义感。因为常老二在抗战时经常得到岳翁若的资助，从知恩图报的简单心理出发，经常在危难之时帮助岳家。还有一个出自济南风月场中的简小妹，与岳蓊若清爽真纯的心灵相交，对女儿无比深沉的爱，都写得凄婉动人。作为红颜知己，简小妹对于岳蓊若是存有爱意的，但是她并没有逾越现实的规矩和尺度，而是将爱意藏在内心，转化为对岳蓊若和岳家儿女的无私关爱与默默精神支持，以至于岳蓊若的夫人始终对她心存敬意。她最后的投井而死是一个弱女子对恶势力的抗争，也是对自己的清白和尊严的维护。此外，尚荣杞新婚次日即开始守寡的侄儿媳妇杏花恣意放纵的爱情追求，岳家大儿媳妇忍辱负重地操持家务，尚成峰原未过门的"嫂子"立春婚姻的不幸，尚淑珍与岳家三儿子岳知琛解除婚约时的矛盾与后来补偿式地为他不要名分的默默付出，都让人难以忘怀。像岳蓊若、尚荣杞、尚成岭、和大家伙以及岳家的几个儿子岳知琪、岳知琢、岳知琛、岳顺、岳凡等男性人物一样，《老镇》中出场的女性大多也是"文化大革命"的受害者。如岳珊、简小妹、立春、杏花、淑珍等等，她们的不同性格与命运，全都体现出生命和人性中令人感怀的良善与美好之处，也令人感受到良善与美好横遭摧残时的锥心疼痛。

《老镇》里还有一个特别值得琢磨的人物，就是上河村的岳绍前。这个参加过共产党的抗日游击队、在外村搞过"土改"的老革命，"土改"后一直是滚石塔镇实际上的当权者。他是一个平衡政治斗争、家族关系的高手。就权力的掌控而言，整体情况下特别是关键时刻，他都拿捏得不错。红色的"革命"经历是他在权力争斗的搏击场上立于不败之地的资本。除此之外，他还有着极其敏锐的政治嗅觉和高超的政治操控技术与能力。比如，"文化大革命"第一年夏天，县城高中的学生刚一闹腾着"造反"，他就把尚兴凡叫回村里，让他当上滚石塔镇团支部书记，为镇里日后的政治斗争和权力配置设下伏兵，当自己不能站在权力最高处时，就把尚兴凡推上一线，做自己的代言人或者政治替身。不得不屈身时，他会忍辱屈身，该出头时则会无所顾忌地抢占政治高枝。他懂得利用错综复杂的政治形势和家族矛盾，达到自己的目的，玩弄他人于股掌之上。对于可以利用的人和事件，他会尽可能地加以利用；对于权力搏击场上的对手，如梁家禄、梁亮、天赦子等则是可拉就拉，该出手时就出手，在关键时候把对手踢出局或予以致命一击。即使对于表面上关系不错的本家侄子岳蓊若，为了体现自己的政治立场或者为了打掉后者在村民心中树立起来的士绅形象和民间威望，也多有政治性算计，甚至阴毒地以让人扒岳蓊若家的祖坟这种伤天害理之举来杀他的威风；为了不使权力落入小河南村的政治代表、造反者梁亮的手中，力主尚兴凡为了身份清白退掉与岳蓊若女儿岳珊的婚约。这个自土地改革以后就执掌滚石塔镇最高权力的人，虽然在“文化大革命”初期受到一定冲击，但从来都是滚石塔镇权力场上的一号角色，在农村的权力舞台上始终呼风唤雨、得心应手、左右逢源。他甚至能把自己工作中的重大决策失误——比如为了出成绩弄面子工程，不顾地理条件、不听岳翕若劝阻而修建起的大寨田被一场大雨冲毁——转化为打击对手、巩固自己权力的机会。正如“文化大革命”后重新沦为生产队二等社员的天赦子叫骂的那样：“操他娘，斗来斗去，倒斗得岳绍前成了土皇帝，谁也戳不得啦。”到了晚年，岳绍前也没有把镇里的大权交给尚兴凡，而是让自己的孙子当了总支书记，在后“文化大革命”的新历史语境下实现了乡村权力的家族世袭，打破了滚石塔镇岳、尚两姓共治的传统权力格局。用岳翕若的话说，就是“坏了祖祖辈辈的规矩，把滚石塔镇变成了岳家庄园”。以人性的标准来衡量，岳绍前也是一个正邪并立、善恶兼具、公私之心皆有的人物。在中国大大小小的权力场上，这样的人物肯定不在少数，其典型性也是不应忽视的。就对于“文化大革命”的认识来说，类似这样的人物特别值得解剖。他们是中国现代政治运动造就出来的一批特殊人物，反过来在一定程度上塑造了中国现代政治的特殊面貌。

总之，正是由于能够聚焦于人生和人性，写出了如上所述一个个鲜活灵动的人物，《老镇》里述说的历史生活才能够那样的具体、沉实而富于人间气息，就如同我们经历过的一样。

三

《老镇》通过人生关怀与人性透视所展开的历史反思不只政治运动层面，而是深入到文化的层面，对乡村文化深厚绵远的生命力量与时代蜕变有着多方位的描述与观照。这种描述与观照增强了历史书写的人文深度，使历史书写和其中的人物更厚重、更复杂，也更具审美意味。这种文化观照通过不同的物象与人物序列象征性或具象化地表现出来。物象序列有滚石塔、恩石寺、岳翕若的大胡子等，人物序列则有老和尚会愚、傩疯子、岳翕若、梁文语等。

在作品的开头部分和临近结尾部分，作者两次写到岳翕若与他人关于滚石塔镇究竟应该称作“古镇”还是“老镇”的探讨。早些时候，恩石寺里的老和尚会愚总觉得滚石塔镇的古旧味道透着股香火气，喜欢称呼它“老镇”。可岳翕若不止一次地订正他，是“古镇”不是“老镇”，因为老镇光熬日子就熬老了，古镇可不是仅靠熬日子熬来的。到了晚年，当从前岳家公司的经理、现在的亿万港商也是自己的儿女亲家牛占坤感叹几十年过去了这座千年古镇还这么精神时，岳翕若却说："老啦，不是古镇是老镇了。""会遇说老镇有股香火味。他是说镇子老了也会成佛。老镇好哇，还是叫老镇好，听着熨帖。"仔细体会这两段关于古镇与老镇的言说，其中还是很有深意的。古镇应该是有某种特殊的文化韵味在的，虽然镇子老了也会成佛，但那是时间成就的而不是文化成就的。

滚石塔镇本来是有文化的镇子。石匠三兄弟耗时多年在光石岗上垒砌而起的滚石塔和在山谷寺庙遗址上盖起的恩石寺，都是物质序列的文化象征物。在某种程度上说，滚石塔是岳、和、尚三姓的氏族图腾，这个图腾是北三村岳、和、尚三姓家族认同和亲情维系的纽带，是滚石塔镇民心凝聚的中心支柱。当"文化大革命"初起，红卫兵将恩石寺里的佛祖塑像砸碎之时，滚石塔就在暴雨中醉汉般摇摆不定，预示着这一方水土的人们将进入一个动荡不定的状态。果然，经历过"文化大革命"那场人与人相互厮杀的运动之后，这个图腾的纽带和支柱作用不存在了。在岳绍前的孙子小兵干了总支书记不到两年，北三村和小河南村就不再听招呼，闹腾了一年，把乡党委闹烦了，一纸公文就撤销了滚石塔镇党总支和行政设置，四个村都成为独立的行政村。千年滚石塔镇就此名存实亡，最后那千年的滚石塔也在历来就唯利是图的老尚家的二儿子尚成峰开山取石的炮声中轰然倒塌了。塔没了，滚石塔镇的魂也就没了。正如在作品的结尾部分，面对滚石塔坍塌后的一堆乱石，二哥知琪哽咽着在手机里对着老战友的儿子大声喊叫："你说得轻松。一座树石合一的千年古塔，树断了，魂没了，再用钢筋水泥把石头垒起来，也是一座死塔。"

与滚石塔的命运相仿，恩石寺也在"文化大革命"初就罹患大难，老和尚会愚被红卫兵打死，佛祖塑像被毁，会愚的三个徒弟返回家乡，此后便陷于荒废。会愚圆寂前的晚上，亲手挑选了一些他喜爱的书画和历代住持手抄的经卷，让徒弟藏进后山的石洞，嘱咐徒弟将来回来后把它们交给岳翕若，以免岳家的书脉断了。然而，当徒弟行智遵照师嘱在"文化大革命"后地里的庄稼种得五花八门的时候，回到寺庙找到石洞时，那些书画经卷却让老鼠啃成了碎片，滚石塔镇的书脉由此真的断了。尽管像会愚预言的那样，恩石寺被人重修了，又开始香火缭绕了，但书脉断了，会愚那样的大德高僧不在了，能够与会愚这类高僧切磋佛理的岳翕若一类乡绅也没有了，作为精神寄托之处的恩石寺不过像"文化大革命"后千千万万重修起来的道观庙宇一样，成为人们消闲旅游时烧烧香磕磕头的场所而已。恩石寺为什么要题一个"恩"字，向谁感恩，为什么要感恩，这一切就是滚石塔镇的人们也不会再去思考、再去追问了。没有感恩、没有思考、没有追问的生活，离"文化"二字相去甚远。塔毁了，恩石寺徒有其形了。当此之时，滚石塔镇与文化相关的古意不复存在，确实难以称得上一个古镇，只能叫作老镇了。

在滚石塔镇的人物谱系中，老和尚会愚、傩疯子、岳翕若、梁文语等都具有深度文化阐释价值。这几个人物中，老和尚会愚和傩疯子都是贯穿故事始终的人物。会愚尽管死得早，其精神影响却一直存在，以幻觉和梦境的形式活在岳凡、岳翕若等人的心中，影响到他们的精神走向和在世生活态度。这二人，一个智慧沉稳，能够给人生命的开悟，令人尊敬；一个神秘疯癫，能够穿透生死打通今往，使人惊异。他们一静一动，张弛有度地体现出滚石塔镇混杂多样的文化生态。比较而言，会愚和傩疯子毕竟不是普通的文化人，他们的文化身份是其职业身份与民间信仰共同赋予的，有先天的属性，因而也具有普遍性，所以离普通人还是远了些。而岳翕若、梁文语则不然，他们就是普通的从农村出来的有教养有见识而又具有一般人所不具有的特殊精神气质与优良人格品行的人，离普通人更近，却又令普通人仰视。不过，他们二人也有很大的不同。作为小河南村受岳家资助上了大学成为北京大学教授的人，梁文语不仅是小河南村也是整个滚石塔镇感到骄傲的文化名人。作为这部作品里的一个具象化文化符号，不在于他在滚石塔镇的民间文化系统中有什么位置，而在于他能够在遣返回乡后，站在时代的前沿，以一个学者的忧国情怀思考、分析有关国家前途命运的大问题，在一个非理性的政治年代作理性的政治思考。常继刚能够成为那个时代殉道的英雄，就与他的影响与鼓励分不开。他的思考就像他所具有的知识水平一样，是滚石塔镇里的人们远不可及的。作为这部作品的主要角色，岳翕若的文化身份更具乡土性和复杂性。岳翕若其实有两重身份：作为一个资本地主分子，他是一个政治斗争场域中焦点性符号化人物；作为一个开明乡绅，他又是乡村社会中公认的做人楷模。前一种身份使他负上政治原罪，成为阶级斗争与专政的对象，给他带来噩运；后一种身份使其人格身份大大增值，成为岳姓的民间领袖，给他带来尊敬。事实上，在很长一段时期内，滚石塔镇行政事务的管理权在岳绍前手上，而调解邻里纠纷、协调村民和家族关系等等的民间事务，则依赖岳翕若来进行。岳绍前抓村务，岳翕若管邻里，是滚石塔镇人的共识。即使是这后一种身份，带给他的也不纯是尊敬，因为它分散了镇里的权力，而当政治权力君临一切、无孔不入时，世俗权力的存在就显得多余、不合时宜了。这正是随着运动的展开，权力欲越来越强的岳绍前对他感到不爽，借着扒坟事件杀他威风的一个原因。岳翕若后一种身份所代表的乡村文化或文明在传统中国是具有普遍性的，但在中国现代社会随着阶级斗争理论的盛行和政治权力结构的强化与固化，尤其是经过“文化大革命”的彻底冲击后，便一去不复返了。正如梁文语带着常继刚的骨灰回到滚石塔镇时，对岳翕若所说的：“伤到筋骨了，这个国家。像滚石塔镇这样的乡村社会，历来是由多种因素和力量相互平衡共同维系的，乡土文明和宗族伦理也是一条重要的纽带，就这么拿阶级斗争的刀横七竖八地砍了几年，维系社会的经纬就散了，祖祖辈辈的邻里温情被敌视和割裂取代。好在又重提现代化建设了，人们会逐步感觉到，在一个现代社会里各阶层之间的温情是多么弥足珍贵。"这段话，是对岳翁若一类人物所代表的那一种乡土文明或文化已然逝去的挽歌，也是对一种新的乡土文明或文化重建的前瞻性吁求。

在《老镇》里，岳翁若的乡绅身份是由一把葳蕤的大胡子具象化地表现出来的。这把大胡子是岳翁若身份和人格尊严的象征，也是他倍加珍惜、视为生命一样的脸面，整个人的精气神就从这把古意盎然的大胡子中焕发出来，所以修理大胡子是他常做的功课，拢着大胡子说话是他的习惯动作。只有女儿岳珊撒娇时能拽拽它，连备受宠爱的小儿子岳凡也不敢乱捋"虎须"。在滚石塔镇，直到"文化大革命"开始前，一直被北三村的人当作滚石塔一样的圣物膜拜着。"文化大革命"来临时，岳翁若的家族领袖地位开始面临危险，公社书记刘文先和老和尚会愚都劝他剃掉那把招摇的胡子，老老实实地接受改造。但那时他还没有像刘文先提醒他所说的那样，意识到头上的天变了，还凭着他自己和他的家族对新政权作出的牺牲和贡献，认为人家不会一脚将他踹进贱民堆里，甩下"我这把胡子，决不会死在我前头"的硬话。后来，天赦子组织人扒开岳家的祖坟加以凌辱，面对祖宗的遗骨，他依然宁死也没让人剃掉它。然而，在女儿怀着梁亮的骨血嫁给老友何玉山的儿子后，痛不欲生的岳翁若尊严不再，他宁死也不肯割舍的脸面再也保不住了，凄然自剃胡须，一度中风痴傻。岳翁若剃掉胡须就如同滚石塔的倒塌一样，也是一种文化断裂或毁灭的象征。那把大胡子没有了，预示着一种文化人格或精神原型在民间的消失，在当今中国广袤的土地之上，岳翁若这样的乡绅形象再也难以寻觅了。岳翁若们的消失，使广大的农村只剩下种田过日子挣钱奔小康的农民，没有了凝聚人心提升民德的精神魂魄，这正是文化蜕变或剧变的又一个体现。

在整部作品的结语，二哥知琪在滚石塔坍塌后的乱世堆周边捡起把荆蒿树籽装进口袋，直起腰望着烟气缭绕的恩石寺，对小弟岳凡说道："昨天临明天，我做了个梦。爹坐在滚石塔下往光光的下巴上种胡子。他拿锥子，就是大嫂纳鞋底的那种，在下巴上捅开一个血洞种上一根雪白的胡须。掉出来的瞬间就被挂在塔顶的太阳烤焦了，收缩着卷成一根黑红的炭圈，弹出的火花噼噼啪啪溅落在胸前。种住的就摇曳葳蕤，迎风蓬散疯长，像冬天绿泉河里的水草那样碧绿得透亮。爹双手捧起绿色大胡子，平静地看着我，不说话。塔顶上雪青色的荆蒿化碎碎地落了他一身。"这个梦里，有二哥也是作者对一种新的乡村文化生态建构的希望。但就是在这个梦里，在下巴上种胡子，也是需要付出鲜血与疼痛的代价的，同样预示着毁坏一种文化生态是极为容易的，但要重新建构、生长出一种文化生态却是颇为艰难的。所以，此一梦境，既寄寓着作者殷切的希望，也隐含着作者深切的忧虑。

（原载《时代文学》2016 年第 3 期）

张炜创作中的伦理情怀及其当代意义

自20世纪80年代以来,作为新时期文学"鲁军"的主要代表人物,张炜的创作由始至今都体现出"鲁军"创作的一个显著特色,就是具有深切动人的伦理情怀,充溢着对于社会生活和人生人性的道德审视、道德激情与道德评判,用当下的主流语汇来说,属于"有筋骨、有道德、有温度"的作品之列。张炜创作中这样一种自觉的精神取向受到批评界的广泛关注,既为其赢得了文学声誉,也招致了一些诟病与非议。在社会生活领域里的道德滑坡已经成为一个不争的事实,在整个国家期望文艺家们在引导人们增强道德判断力和道德荣誉感方面发挥义不容辞的社会责任的当下时期,有必要对张炜创作中的伦理情怀及其当代意义加以再认识、再思考。这既有助于加深对于张炜创作中的思想与精神深度的把握和理解,也有助于澄清和校正文学创作和批评界关于文艺与道德关系上的某些糊涂之见、错误观念,从而使当代文艺创作真正成为传递真善美、传递向上向善的价值观的积极精神力量,以更好地引导广大人民向讲道德、尊道德、守道德的生活境界提升。

一

张炜于20世纪80年代初期即成名于文坛。当时伤痕文学、改革文学、反思文学等正大行其道,但张炜一开始就与这些受政治性艺术思维定式局限的文学创作拉开了一定距离,用一种富于人性的眼光和人道的情怀观照农村社会,审视农民生活,显示出一种具有强烈审美伦理意味的文学思想取向。这种文学思想取向显然与张炜的农村生活经历和体验以及张炜来自农村有着直接的关联。

党的十一届三中全会之后,以家庭联产承包责任制为起点,随着农村经济体制的不断调整与改革,背负着几千年历史重压的广大农村在经历了若干年的穷折腾与苦日子之后,终于开始了充满生机的复苏与发展,亿万农民在痛苦与欢欣、困惑与希望的交织中开始了与旧生活诀别、向新生活迈进的历程。与此同时,许多从农村走来、与生活浮沉的作家也将自己的文学思情洒向广袤无垠的土地与血脉相连的农民。张炜就是在这样的时代背景与文学语境下走向文坛的。在一炮走红的短篇小说《达达媳妇》之后,他很快又发表了《一潭清水》《海边的雪》等广具影响的中短篇作品。与当时的许多作家以满怀喜悦的心情反映农村生活的新变化、新希望不同的是,张炜以及写出了《卖蟹》《鲁班的子孙》等优秀作品的王润滋等山东作家却将他们的文学视像聚焦于农村生活发展与人际关系变动中的伦理道德领域,极为敏感而又适时地对农村改革进程中某些伦理失范、道德沦丧的现实状况表达了不无沉重的忧虑和锐利刺人的思考。在他们富有浓郁乡土气息的时代生活书写中,既描绘展示了农村的新变化新面貌,也敞然无蔽地揭示出新旧生活嬗递中围绕道德观念和人生价值的冲突而形成的复杂的人际纠葛与人性蜕变;在欢呼农村生产体制改革与农民物质和精神生活新变化的同时,又对新时期空前的历史巨变中某些人在私欲、金钱的诱惑下道德水准的下降表达了深切的焦虑,提醒人们不要丧失了做人的良心,弄混了人与人关系中那纯净美好的"一潭清水"。这样一种对生活现实进行道德介入、道德评判的写作立场成为张炜此后自觉坚守的精神站位,并且构成了《秋天的思索》《秋天的愤怒》《葡萄园》等中短篇小说和《古船》《柏慧》《家族》等长篇创作的重要思想基调与精神品格。因此,对于张炜的创作,撇开道德维度的思考,是绝不能深中肯綮、深入透视其深层精神意蕴的。

我们知道,伦理道德历来都是文艺表现的重要内容,因而文艺的价值系统中从来都不缺少道德价值的存在位置。由于强调"风以动之,教以化之",重视文艺在"经夫妇,成孝敬,厚人伦,美教化,移风俗"(《毛诗序》)中的作用,从先秦时代《诗经·陈风·墓门》中的"夫也不良,歌以讯之",到唐代伟大诗人杜甫的"致君尧舜上,再使风俗淳",从屈原的《离骚》到文天祥的《正气歌》,一股凛然浩荡的道德正气贯穿了上下几千年来的中国文学,成就了中国文学美善统一、尽善尽美的艺术理想。即使是对传统封建文化施以猛烈批判的五四新文化运动,虽然对于和吃人的封建礼教结为一体的旧道德给予无情的揭露与抨击,但也并不排斥文化与文艺创造中道德维度的建设,而是在破除旧文化、旧道德、旧文艺的同时瞻望着新文化、新道德、新文艺的诞生与建立。正如毛泽东所指出的,五四新文化运动作为一场彻底的反对封建文化的运动是有破又有立的,"当时以反对旧道德提倡新道德、反对旧文学提倡新文学为文化革命的两大旗帜，立下了伟大的功劳”①。作为五四新文化和新文艺运动伟大旗手的鲁迅先生，在其新文学的开山之作《狂人日记》里就发出了“救救孩子”这样一种极具伦理意味的呼喊。在此之后，对戕害人性的吃人礼教和旧的道德伦理的痛彻揭示与激烈批判，构成了鲁迅小说和杂文创作的重要内容，也深深影响了具有进步倾向的中国新文学创作的整体思想格局。然而，由于长期极左政治的干扰和影响，在中华人民共和国成立之后的一段时期内，现代新文学运动中文学与道德关系的那种丰富深广而又内在天然的审美反映和表现，被逐渐演化为政治化、脸谱化的褊狭道德分类，文学作品中人物的政治立场直接转化为人物的道德品质，文学与道德的复杂关系被简单、抽象的道德说教和道德审判取代。由此而来的理论反思，致使新时期的许多作家自觉拉开了艺术审美与伦理道德之间的距离，对道德问题避而远之。再加上改革开放后现实利益关系的调整和市场经济的发展对私利私欲的刺激与膨胀，以及各种不健康的甚至是错误的世界观、人生观、价值观的蔓延与污染，现实生活领域里的道德滑坡也日渐严重起来。在一些人那里，正邪不分、美丑不分、好坏不分，甚至黑白颠倒、以邪压正，成为生活的常态，这种状况无疑也加剧了文艺领域里伦理关怀的弱化和道德意识的淡漠。此外，理论和批评领域里的某些思潮和观念的流行，如种种非理性主义哲学、美学和文艺理论对人生人性的非理性解读与设计，自然人性论以及天使与魔鬼二重组合的人物性格理论对人的非社会性甚至反社会性生理欲望、自然本能、私利私欲等等的无限度肯定，特别是后现代主义文化和文艺思潮对革命、崇高以及一切所谓宏大文艺和理论叙事的消解，致使告别革命、躲避崇高、去历史化、道德祛魅，成为流行的理论与批评时尚，这一切更是对文艺道德价值的失落起了推波助澜的作用。

应该说，张炜及其所代表的“鲁军”文学创作，在重视文艺与伦理道德的关系这一方面，与中国古代文学的优秀传统，特别是与鲁迅为代表的中国现代新文学的传统，是一脉相承的。这在新时期文坛去道德化日渐严重的背景下，对当代文坛的精神生态起到了有力的制衡作用，本是应该予以充分肯定的。但是，批评界却有一些人把张炜等人的创作概括为“道德理想主义”，认为他们的创作是思想意识上的保守之举，犯有以道德原则评判历史过程从而“将历史道德化”的错误，批评他们为了宣泄道德上的主观义愤而牺牲了社会冲突蕴含着的历史内容。对于这类批评，张炜及其同道者并不认同，甚至很

① 毛泽东：《新民主主义论》，《毛泽东选集》第二卷，人民出版社 1991 年版，第 700 页。

不以为然。张炜曾经反驳说,从一般的、基本的文学常识来说,不道德并且没有理想显然是不好的。越是好的作家,其道德批判力就越强,一个时代的文学绝不能缺少了伦理的维度。“文学作品的伦理高度不够,写作者缺乏道德热情,正是一个时期的精神处于渺小无聊的表征之一。所以在这个时代,一个作家要有勇气去强化他的道德感。”[①]在张炜看来,时代的进步应该与人类道德生活境界的提升相协和,绝不应以牺牲道德为代价,嘲讽和批评作家作品的道德理想,这正显示出我们时代的精神领域比较混乱,文学没有标准。此外,文学界还有人主张文学应该“超脱”,认为不“超脱”就会显得“浅薄”。对于这种言论,张炜也明确指出,“超脱”不是要超脱鲜活的社会生活,摆脱尖锐的社会矛盾,忽视底层的声音,这样的话文学就会走向虚无主义,走向无病呻吟。直面道德问题只会增强文学的生活真实和艺术感染力,而不会使作品流入浅薄。相反,“真实的情形是,一些作品之所以肤浅,除了其他原因,或许就因为作者缺乏道德义愤。每个人都热衷于自己的那一套,对社会痛痒没有了切肤之感。……作家缺少了作为一个人的道德冲动,缺少了愤怒和不平,更没有喜悦和感激,哪里还会有激动人心的创作”[②]。正是基于对文学常识以及文学与时代关系的这样一些自觉理论认知,所以张炜在谈到作家创作中不可缺少的自省精神时才坚定明确、毫不含糊地指出:“真正的自省需要非同一般的勇气。那将不仅仅是怀疑自己的力量、智慧、误解、犹豫、软弱之类;不能仅仅是这样。我们要求的首先是回到道德上来——我们一开始也许就要追究自身的道德问题。这不是很痛苦吗? 然而一定要先回到道德上来。”[③]“一定要先回到道德上来”,这几乎可以视为张炜的文学自白或宣言。这个自白或宣言彰显出张炜自我心灵和精神取向的特殊性之所在,从中我们可以理解和把握其创作思想的起点、基点和聚焦点。张炜深知这种回到道德上来的自我追究和文学追究考验一个作家的勇气和良知,一定是很痛苦的事情,却认为这是一个优秀作家不可逃避、必定如此的精神修为,是优秀的作家和文学走进生活和历史、走近人生和人性的不二法门与路径。

---

① 张炜:《“大地”及其他·道德意识和道德批判/伦理成分与作品的艺术性》,《张炜文集》第37卷,作家出版社2014年版(以下所引《张炜文集》皆为此版,不再一一注明),第324页。

② 张炜:《沉浸到艺术之中·责任心》,《张炜文集》第27卷,第112页。

③ 张炜:《缺少自省精神》,《张炜文集》第27卷,第217页。

二

尽管张炜时常谈到道德义愤、道德激情之于优秀作家精神质素的重要性，但其创作并非简单地向时代、向生活发泄他的道德义愤，其道德意识和道德批判是有着丰厚深刻的精神内容和清明豁朗的价值理想的。概而言之，其道德伦理的精神指向可以大致区分为人道伦理、大地伦理、文化伦理三个方面。三重伦理的有机融合，熔铸成张炜对生活作道德化审美思考与评判的独特艺术追求。

所谓人道伦理，是指张炜创作中那种始终不灭的人道主义思想诉求和价值情怀。他分外珍视人与人之间美好的伦理关系，注重人物形象道德品质的刻画和对人物行为的善恶评价。1982 年，在为《芦青河告诉我》所写的后记中，张炜写道："我厌恶嘈杂、肮脏、黑暗，就抒写宁静、美好、光明；我仇恨龌龊、阴险、卑劣，就赞颂纯洁、善良、崇高。……我常常想：世界上如果全是善良正直的人多好啊！生活在前进，有很多伟大的目的，其中之一，就是不断剔除那些丑恶的灵魂。"[①]可以说，关于人性的这种道德分野和对于人间丑恶东西的道德批判，一直贯穿着张炜的创作。我们看到，张炜的作品在抒写人间的善良、美好与正义的同时，总是对某些人在私欲、金钱的诱惑下道德水准的下降和沦丧发出正义的责难，对在邪恶势力压抑下人的美好天性和才智不能得以舒展和发挥发出愤怒的呼喊。在张炜小说的乡野田园中生活着一些寄托着作者理想和向往的年轻人，如《秋天的思索》里的老得、《秋天的愤怒》里的李芒、《葡萄园》里的明槐、《古船》里的隋抱朴、《你在高原》里的宁伽等等。他们光明、美好、坦荡无私，通常又都疾恶如仇，与社会上那些霸道的并且掌握着现实权力的"黑暗的东西们"，诸如王三江、肖万昌、老黑刀、四爷爷赵炳及其走狗赵多多之流，进行着决不妥协的抗争。在人道伦理的书写方面，《柏慧》是一部特别值得重视的作品。在这部作品里，作者通过主人公——那个由城市返居葡萄园的人生思考者，把人分为"污浊的"和"纯洁的"两类，以此作为判断好人与坏人的标准，并由此进而思考什么是善与爱，什么是善与爱的死敌。在这位思考者看来，一个人只要是纯洁的，他就有可能胜任任何事情，他起码不会欺辱和出卖，不会背叛自己的母亲。基于对纯洁、对善与爱的人性理想的追求，作者通过主人公之口激烈地反驳了那些公开教导和倡议"原谅""宽容"之类论调的人们。书中写道："这个年头被喊得最多的就是'原

---

① 张炜：《秋夜四章》，《张炜文集》第 27 卷，第 3～4 页。

谅’和‘宽容’了，这类东西廉价得很。谁胆怯和亏心，谁就首先想到用‘宽容大度’的彩纸把自己先包裹起来，随时随地准备与罪恶的勾当联手。事实上他们已经那样做了。当有一天再不需要遮遮掩掩的时候，他们就会赤裸裸地显露。在一个特别需要苛刻、正义、立场和勇气的时代，有人却一再倡扬‘谅解’和‘宽容’，这就不得不让人分外警惕——他们极有可能是不怀好意的。”“那些流血的时刻，言必称‘宽容’的人又在哪里呢?”所以，“宽容”的论调后原来就是一个陷阱，人一不小心踏入了，就会被吞噬。应该学习那位伟大的老人——鲁迅先生的榜样，“一个都不饶恕”，对邪恶的东西绝不“宽容”。不仅如此，《柏慧》的主人公进而主张在“宽容”之前先学会“仇恨”：“不会仇恨的人怎么会‘宽容’呢? 宽容是指宽阔的心胸有巨大的容纳能力，而不是指其他，特别不是指苟且的投机。那些言必称‘宽容’的人还是先学会‘仇恨’吧，仇恨罪恶，仇恨阴谋，仇恨对美的践踏和蹂躏。仇恨有多深爱就有多深，仇恨有多真切爱就有多真切。一个人只有深深地恨着那些罪恶的渊薮，才会牢牢地、不知疲倦地牵挂那些大地上的劳动者。他们已被太阳炙烤着，像茅草一样，数也数不清——记住了他们才算真正的宽容。”也许，只有读懂了《柏慧》，理解了作品主人公对人性善恶的思考，我们才能够弄清为什么存在各种各样的非议和干扰，张炜却能够初衷不改，一直坚守着伦理关怀的写作立场，用他的笔满怀深情地展示人生的欢乐、人生的思索、人生的希望，赞颂生活和人性中的真善美，同时激烈冷峻地描写人生的苦难、人生的困惑、人生的缺憾，鞭挞生活和人性中的假恶丑。这种善恶两分的人性透视和爱恨分明的主体立场，赋予张炜小说的人生叙事以强烈的结构性张力，经常地给予读者混沌以至麻木的心灵以锐利的刺痛与沉重的撞击。

人道伦理之外，是张炜的大地伦理或曰生态伦理。从最初的创作开始，张炜就对人与自然的关系特别敏感，在其早期创作的《钻玉米地》《玉米》《芦青河边》《达达媳妇》《声音》《一潭清水》《海边的雪》等中短篇小说中，自然就常常成为鉴识人生冷暖、人性善恶的一面镜子。至10多年后宣言性的长篇散文《融入野地》和中国当代长篇小说中的另一部高峰之作《九月寓言》，张炜对于人和自然的关系有了更为深入和全面的认识，达到了以环境伦理学为哲学底蕴的当代生态学的思想高度。土地、大地、自然作为人类生存的根基和命脉所在，也作为文学茂长的土壤和母体，越来越带有了形而上意味的本根性和宿命意味的先在性。西方当代环境伦理学对生态有机体的解释有所谓“地母盖娅”的假说，在张炜那里，土地、大地就是人类的母亲，也是文学的母体。文学创作需要深入生活，而生活与土地则是不能分离的。在这个意义上，“深入生活”之说也就是要“扎根土地”。[1] 如果说融入野地是张炜大地伦理所表达的理想,那么保卫土地、爱惜大地、善待自然则是他的伦理立场。作者对历史的展现与评骘,对人性的洞视与槅橥,时时处处渗透着关爱自然、感恩自然、人与自然息息相关美美与共的生态意识与生态情怀。在作者看来,历史的进步应该以人类和自然更加和谐美好的相处为目标,破坏自然的历史发展不是进步而是造孽是罪过。因而从其作品里我们看到,那些正面的形象,那些正直、良善的好人,通常都是热爱故乡,眷念故乡的山水,与自然亲近,与大自然中千千万万美丽、可爱的动植物为友的人;反之,那些糟蹋自然,无故乡情愫,与动植物为敌的人,通常也没有正常的人性,往往是历史之恶的施动者。人性之美与自然之美、人道伦理与大地伦理,在张炜这里是交融一体的。有人曾把张炜的生态思想概括为“大地乌托邦”,突出“大地”在张炜生态思想中的关键词地位很有道理,但将其大地伦理称为乌托邦则不确切,因为张炜的大地书写从来都是与真实的历史和生活、与时代的精神状况和真诚的心灵体验紧密相连的。张炜笔下的大地,有生存论意义上的形而上意味,但从不缺乏自然的原生性、人间的烟火气和历史的现实感。

在以往对张炜创作的道德伦理取向的研究中,关于他的人道伦理、大地伦理或生态意识,人们已经有了较多的关注,但似乎还没有涉及其文化伦理问题。所谓文化伦理,是指文化人及其文化活动对时代、对人民所负有的责任,同时也是指文化人对民族文化的创造和民族文化精神品质向上提升所负有的责任,这两种责任通常是合而为一不可分离的。张炜在其讲演和学术随笔类文章中,经常从文化应有的精神高度、从文化人责任意识的有无来谈论和评判当代文化和文学艺术,并对其发展状况而焦虑不安。他激烈抨击物质主义、功利主义、犬儒主义的盛行对时代精神恶化的影响,从不掩饰自己对网络时代的流行文化时尚和通俗流行文艺的低视与警惕,而对其中的恶俗文化和文艺现象对民族文化和文艺的糟践以及对人民健康精神机体的侵蚀更是深恶痛绝。正因如此,他常常毫无顾忌地对我们当下文化进程中那些表征着道德滑落、思想贫困、心灵萎缩、精神迷乱、价值失序的现象加以指陈和批判。他还为当代大学生的文学阅读生态感到不安,指出很多大学生只是阅读一些不入流的东西,在文学讨论中反复提问的作品竟是非常粗陋低劣的东西,这非常可惜,不是好的兆头,由此令人看到了当今精神文化生活中的一个危险信号。为此,他希望大学生的文学阅读和探讨要“关心真正的思想,重要的事件。有哪些人,发出了哪些重要的声音?有哪些警醒的思路?他们及他们所

---

① 张炜:《土地、传统与读者》,《文艺报》2014 年 11 月 28 日。

代表的一切，意味着什么？对于那些哲学家、思想家、艺术家的名字，大学生们能再熟悉一点就好了。不能津津乐道于色情通俗读物"①。从这有点苦口婆心的劝导中，我们不难体会到张炜作为一个有责任有抱负的文学家面对现实文化状况的焦虑与痛苦，以及面向未来文化发展的理想和期待。而且，在张炜的中篇小说《请挽救艺术家》以及后来诸多长篇小说中的一些文化人形象身上，也都交织着这种焦虑与痛苦、理想和期待。正是基于自己的文化伦理，张炜倔强地以纯文学捍卫者的姿态傲立文坛，与各种宣扬负面人生价值的"恶俗文学"进行着势不两立的抗争。这种抗争与现代世界精英文化的精神是相同的。笔者曾就张炜的这样一种文学姿态说过："就问题的实质而言，在今天捍卫纯文学就是在捍卫文学固有的人文价值，具体说就是在捍卫文学的人性塑造功能，捍卫人生向美、向善的理想追求。"②这里，应该进一步指出的是，正是在这种文学抗争中，体现了张炜基于其文化伦理而自觉践行的主体责任。

三

张炜文学创作思想中以道德伦理为基本内核的精神指向，以及围绕与其相同倾向文学创作的批评，是当代文学与批评界的一个具有精神代表性的现象，它促使我们认真地思考与追究人生、人性、人类社会与伦理道德的关系以及文学艺术的道德价值问题。人类的社会生活和人性存在究竟能不能脱离开道德问题，审美化的文学艺术究竟应不应该包含与发扬道德价值，这绝不是一些无关轻重的小问题，而是涉及人类生活和文学艺术的社会本质和功能这样一些绕不开、抹不掉的大问题。

有人或许会认为，道德往往与世俗人生相关，与人类生存的理想以及文艺应有的高蹈而纯净的思想性关系不大，这是一个不小的误解。道德伦理是人类文明的体现。在人类社会演进与发展的漫漫历程中，具有道德意识和道德行为准则与规范，不仅是人猿相揖别的分水岭，是人类区别于动物世界的一个重要标志，也是人类生成和谐有序的人际关系和积极健康的人生规范的重要基础，因而也是衡量社会文明与进步的一个重要尺度。道德的人伦本性虽然使之不能脱离世俗化的人类生活本身，但与世俗化生活相关的道德问题

---

① 张炜:《文学是生命的呼吸·一个危险的信号/不能津津乐道》,《张炜文集》第 30 卷,第 89 页。

② 谭好哲:《张炜的意义》,《理论学刊》1994 年第 5 期。

却历来都是思想研究并且构成思想史的重要内容。殊不知，被雅斯贝尔斯称为人类思想发展的“轴心时代”的四位大思想家苏格拉底、佛陀、孔子、耶稣，这些人类思想范式的创立者，其思想无不包含着人类应该过一种什么样的生活的道德学说。由孔子开创的儒家学说更是一种可以用“仁义道德”四字加以概括的思想系统。可以说，在伦理关系、道德意识和道德规范中体现出来的对于善的追求，既是人类生活中与真、美并重的终极价值追求，也是文艺价值的内在规定之一。无论中外，有社会责任感的作家和批评理论家从来都是把是否符合道德伦理，是否有利于推动人类道德意识和道德关系的提升和发展作为衡量文艺价值高低、开展文艺批评与否的重要标准之一。早在中国的先秦时代，《左氏春秋》里就提出了“文物昭德”“乐以安德”的文艺主张。这一时代的孔子和大致同时代的古希腊的柏拉图，都从道德伦理的角度看待和批评文学。迄至近代，大思想家康德关于“美是道德的象征”的理论命题更是广为人知。康德之后，德国古典哲学的另一位重要代表人物费希特在其名作《论学者的使命　人的使命》中也指出，学者也就是广义上的知识分子、文化人，是“人类的教师”“人类的教养员”。他们只有以“一种大丈夫的道德学说”向民众的灵魂深处灌输一种防止其精神上麻木不仁的感情，在一切地方一切方面向人们传播“一种大丈夫的思想方式”，才算是担承起了自己的使命。① 应该说，张炜关于思想、关于道德问题的思考和观点，与中外思想史上这些伟大的传统在内在精神上是一脉相通的。

19 世纪中后叶以来，以尼采为代表的一些现代思想家以人性的名义批判道德，把道德主义变成一种名声不佳的东西。20 世纪以来的文化理论家也常常把道德问题当作令人尴尬之事来躲避。这实质上是一种很大的精神偏颇。其实，即使在现当代，对道德的关注，对善的追求，依然是许多伟大作家和思想理论家们不变的价值情怀。张炜心仪的伟大作家之一列夫·托尔斯泰认为，基于宗教意识的好与坏、善与恶、高尚与卑下，在现实生活中，实质上是一种基本的、形而上学地构成人类意识之本质的东西；而作为人类的一种交际工具的艺术，则负有使人类的情感更趋高尚也就是向善提升的使命。他说：“如同知识的进化，更正确的、更有用的知识排挤并替代错误的、无用的知识，通过艺术而实现的情感进化也是用更高尚的、对实现人类福祉更需要的情感

① 参见[德]费希特：《论学者的使命　人的使命》，梁志学、沈真译，商务印书馆 1984 年版，第 43～46 页。

代替低俗的、不太高尚的、对实现人类福祉不太需要的情感。这就是艺术的使命。"[①]托尔斯泰的《复活》《安娜·卡列尼娜》等不朽之作,其震撼人心的艺术效果都是与其蕴含着的力透纸背的道德评判力量密不可分的。托尔斯泰之后,俄国革命作家高尔基还提出了"美学是未来的伦理学"的著名论断。在当代西方理论界,英国新左派思想家特里·伊格尔顿则在其《理论之后》一书中指出,在结构主义、马克思主义、后结构主义以及类似的种种主义已经风光不再,而性、身体、大众文化成为研究时髦,一切"宏大叙事"均被解构的后现代文化语境之下,真正严肃的、为反省的人生奠定思想基础的理论研究还是必须面对诸如真理、德性、道德、革命、死亡、邪恶和非存在这样一些时代生活的基本问题。他特别强调文化研究在传统上与资本主义的对立性,指出"文化的概念是作为对中产阶级社会的批判而不是作为它的盟友成长起来的。文化讨论的是价值而不是价格,是道德而不是物质,是高尚情操而不是平庸市侩"[②]。对中国当代思想理论界和文学艺术界来说,重新回望和体认托尔斯泰、高尔基这些伟大作家的精神追求,认真倾听伊格尔顿这类严肃思想家的理论思辨,对于把握文学与思想的关系、思想与道德的关系一定是大有裨益的。

回到当下的社会和文艺语境上来说,张炜道德介入的创作取向可以说逼近了时代生活的真实,也戳到了国民精神的疼处。尽管我们时代物质生活领域里的贫困日渐减少,在很多地区很多人那里,甚至早已进入丰盈和富裕的境地,但在精神生活领域,思想的贫困虽不能说是依然如故却也未见大的改观,道德秩序的崩溃和道德水准的下滑更是人人都能感受到的无情事实。20 世纪90 年代初期由一小部分知识分子发起的有关人文精神危机问题的讨论,并没有对整个社会精神品质的恶化甚至堕落起到遏制作用。鄙弃思想、贬低道德、躲避崇高、消解价值,竟然常常成为我们时代思想"新潮""先锋""解放"的标志,成为文化"英雄"们博取大名的利器和招摇自炫的资本。或许这在一定的意义上可以视为时代进步的表征,但从本质上讲,这并不代表时代精神的进步,相反,却正体现了时代精神的混乱。在文学艺术领域,由于尼采之类现代思想的负面影响,新时期以来中国思想文化界和文学艺术界的一些人也常常以人性解放的名义和思想的纯洁与超脱的姿态自居,而羞于谈论

---

① [俄]列夫·托尔斯泰:《艺术论》,张昕畅等译,中国人民大学出版社 2005 年版,第 135 页。

② [英]特里·伊格尔顿:《理论之后》,商正译,欣展校,商务印书馆 2009 年版,第 25 页。

道德伦理问题，或者贬低道德伦理在人类生活和人性构成中的地位和作用，武断生硬地将其从文学表现领域剥离出去，从而严重割裂了审美与道德、艺术审美价值与道德价值的有机联系，致使许多的文学创作对时代生活的反映陷于极其褊狭、轻浮的境地，成为无根的文学、无心的文学，远离了人民大众的生活实际和冷暖痛痒，难以引起读者发自生命意识深处的精神呼应与情感共鸣。其实，人类生活从来没有缺少了道德生活的内容，时代的进步更不能缺少了道德进步的维度。在批评王润滋等山东作家时，有人提出过一个貌似辩证的所谓"历史原则与道德原则的二律背反"命题。这个命题人为制造历史原则与道德原则的二元对立，其实并不成立，反而将历史与道德的关系简单化了。实际上，虽然恶常常是人类历史前进的动力，但人类历史追求的目标却是善而不是恶。历史的前进绝不仅是指生活方式和物质生活的进步，也包括人们的道德意识和精神生活向善向美的提高，新的历史条件必然要求着与之相适应的新的道德观念的产生，要求着新的伦理关系与秩序的建立。正如王润滋在回应对其《鲁班的子孙》的批评而自我辩解时所说的那样："改革应该使我们的人民变得更善良、更文明，而不是相反。"[①]进一步讲，一个时代的道德观念也不纯是应时而生的，而总是包含了对优秀的传统道德观念的承继与发扬。所以，追求和呼应历史进步也不应笼统地不分青红皂白地否定一切传统道德，而是要在合理吸取传统道德美质的基础上创造新的道德观念。既然历史与道德的关系是这样辩证地显现着的，因而文学艺术创作也就绝不能无视道德价值，不应该弃道德而不顾。作为一个清醒的现实主义者，张炜没有在社会经济发展与伦理关系和谐、道德观念进步之间简单地画上等号，也没有一味欢呼雀跃于社会进步而无视现实生活中道德意识沦落的种种实况，而是敏锐地看到了社会经济生活发展与精神生活发展之间的某些不平衡之处，真诚地期待社会进步与人性完善之间在更高层次上的新的协调和平衡。在其道德审视与道德评判的文学叙事内里，蕴含着的是对人生完美、社会和谐的美好境界的向往与追求，这显示出了我们时代的客观需求和一个作家真诚的文学良知，是应该充分肯定与提倡的一种精神站位与写作姿态。

从现实的时代生活和文化语境来看，张炜持有的上述精神追思和道德伦理情怀在一些人看来或许显得迂直保守、不合时宜，但这恰恰体现了张炜特异独立的人文品性，而且正是这种追思和情怀，使其文学创作和思想探索没有流入不切实际的玄虚和浮泛，也没有成为盲从外来思想潮流的跟风与追逐时髦之举，而始终是具体沉实通接地气的，既有广博深厚的时代生活内容的

---

① 王润滋：《从〈鲁班的子孙〉谈起》，《山东文学》1984 年第 4 期。

生动反映，又有切近人生痛痒与时代气候的有力精神穿刺和深邃思想探索。由此可见，张炜能够成为中国当代文学高原上的诸峰之一，的确是有其自身内在的根据的，其创作上的成功或许也主要应当由此而获得解释。

（原载《中国现代文学研究丛刊》2016 年第 12 期）

雄心、地气与探索精神

——谈叶炜的长篇小说创作

今天能够参加这个研讨会，我是很感兴趣的。其实，前几年我就读过叶炜的作品《后土》，当时枣庄市评“榴花文艺奖”就是我和李掖平老师去评的。叶炜的“乡土中国三部曲”我都读了，先读的《后土》，再读的《富矿》，最后读的《福地》。所以，我就将这三部作品联系起来谈三点看法。

首先，我认为叶炜是一个很有雄心的作家。新时期以来，山东作家的创作在文坛上形成了“鲁军”队伍，独树一帜。可是联系“鲁军”的创作来谈，具体到每个作家又是不一样的。有的作家很有雄心，就像张炜，敢于写长篇，进行大部头、大跨度的写作，敢于去触摸一个时段的时代变迁，试图揭示这个时代变化中的人性蜕变。叶炜的创作也是如此。这在山东的青年作家里面是不多见的。叶炜这三部作品都涉及了乡土中国的民风民情，都涉及历史变迁。《福地》主要是写清朝灭亡以后近百年来的历史，《后土》主要写解放后的历史，《富矿》也是写解放后的历史。把这三部作品联系起来看，叶炜是通过选取不同的角度来体现中国近代社会的巨变。《福地》以一个家族为主干来透视历史变化，《后土》的侧重点是一个村庄权力关系的演变，《富矿》是从两种不同的生活方式来看开矿称不称得上一种文明？它作为一种新的生存方式进入乡村，使得原来的生存方式受到侵蚀。这三部作品的着力点不一样，《福地》主要贯穿一种大的历史线索，写出中国历史的巨变，肯定不是面面俱到，而是选择一些历史节点。《富矿》注重写人性的变化，笔墨的重点在女孩身上，在鲁南这样一个受传统文化浸染的地方，女孩们的变化比较贴近历史实际。这是我想说的第一点，叶炜很有雄心，想通过自己的笔来反映这100多年的历史，将它文学化。目前山东这样的作家还是比较少的，中短篇小说写得不错，但是长篇欠缺。这也是为什么近来省里在推荐“五个一工程”时，上报了很多作品，但最后还是推荐了《后土》这部小说代表山东去评奖。

第二点，我觉得叶炜的小说是非常接地气的。鲁南属于儒家文化圈，像刚才褚福干部长讲到的，出了很多名人，文化积淀丰厚，此外还有红色文化。

鲁南的土匪也很猖獗,这也是鲁南历史的一部分。叶炜现在从另一个角度将它表现了出来,有土匪的地方就说明这个地方的人有血性,可以借以从另外一个角度去看历史,看待地域文化。这样一种文化的丰富积淀,在这部作品当中体现了出来。这个作品之所以叫《福地》,首先是作品以老槐树的眼睛去看这个地方,它适合生存,条件好。但更多的是,在该地人民生活的背后,有一种很强的传统文化作支撑,有文化的脉络,有道家文化也有佛教文化。老万这个大地主代表的应该是儒家文化,其他各种各样的传统文化也汇聚在这部作品当中。新时期以来,很多作家都在写这样的作品,但是叶炜没有为了写这些文化而去高谈阔论一些纸上的东西,而是把这些东西完全生活化了。所以,你看青皮和万寿的师傅,他们的人生中既有一些神奇的因素,也有形形色色的生活面貌。这部作品涉及的人物还真不少,我觉得,在一定的框架之中写出一部人物形象鲜明并且具有文化底蕴的作品,实在是很难得的。这是我的一点感触。作品中的老万,如果从另一个角度去看,他代表的也是一种乡绅文化。其实他很开明,他要去保护麻庄,使这片土地永远成为一片福地。他的使命不光是要保护自己的儿女,也要保护麻庄。他有一种使命感,他要让自己的村庄成为一片福地。这也与主题相互契合,从大的角度上讲,也符合历史真实。这片福地,不仅是地域的自然赋予,也是这里的文化养育的。

这里的人虽然在具体的细节上有些小乱,但在民族大义等一些大的关节上不乱。包括万福,你看他对待日本鬼子的态度;还有陆小虎,他也是这样,大节不亏。有些作者人为地写人性的复杂,追求作品的张力。其实,这些人性的复杂不必过分渲染,过分渲染会将人物故事写得很乱。在叶炜的《后土》里面,这些人物多多少少有些乱的因素在其中,但是在大的环节上他们不会乱。我们的一些作家在写一个作品的时候,往往会把人物写得一半是海水一半是火焰,实际上在生活中,这样的人显得很不真实。好人不会一点坏处没有,坏人也不会一点好处没有,作为一个人,他首先既不能好得要命也不能坏得要命。20世纪80年代以后,有些小说出现过这样的情况。所以,对于人物的基本的定位是一个需要关注的问题。这部小说没有故意把人写成非常态的状况,而是非常贴合现实。这是我说的第二点。

我要说的第三点是,叶炜在艺术上也非常有探索精神。我最早看到《后土》的时候就觉得很惊讶,他用二十四节气作为小说每一章的标题。在《福地》和《富矿》当中,这样的表现也很突出。这看起来是一个表层的形式,但我想,对于一个作家来说,这种形式的背后肯定会有所追求。比如,当他选择以节令命名章节的时候,那么他就会考虑到与这个节气背后相关的细节。但事实上,在某种情况下,这也增加了写作的难度。在《福地》里,大槐树以它万能的眼来看待麻庄,这是一种新的叙述视点,可以说是一种新的探索。我觉得,一个好的作家应该有一种探索精神,虽然你的这些作品总体上还是现实主义写法,但作品中也有一些神神叨叨的东西,比如那些鬼魂、魔幻等等。这样的写作实际上增加了作品的丰富程度,艺术上的探索是比较突出的。我印象比较深刻的是作品中出现的儿歌。我本人作为在农村成长起来的人,总是记不清楚有些儿歌,但在叶炜的作品当中,这些儿歌的因素却被很好地利用了起来。有些儿歌不是编的,而是真实地传唱的。其实你看莫言,他的作品中也有儿歌,比如他的《天堂蒜薹之歌》之中,那个瞎子唱山歌。叶炜作品中的这些儿歌,也与作品人物的内心情感相关,非常生动。再回到山东作家,我们发现,山东作家创作的像这类的写实性作品就很少了。我觉得这也是应该加以肯定的。

当然回过头来看,刚才杨存昌老师也说了,还是要提一些意见。我觉得叶炜小说的不足之处有以下几点。

首先,我觉得叶炜的下一步写作应该考虑到,现在的写作是不是历史化的写作,是不是一定要用这种正常的跨度去写历史。比如写老万,跨度很大,历史节点也很多。坦白地说,我最喜欢《富矿》而不是《福地》。就是说,在处理这些不同的大的历史关系的同时,怎么来展现人与人之间关系的变化和人的心理变化。作品跨度太长,可能该着力的地方常常写不透,没有写够。这就涉及现在的大跨度的史诗性写作如何超越的问题。有了《白鹿原》之后,再去写历史,该怎么去超越它?我觉得这是中国作家需要思考的问题。与之相关,这些作品既然是写一个地方的人,我的建议还是要学学巴尔扎克,在一个地方写一个地方的历史,作家得有这样大的雄心,但是人物、故事最好有交叉。这一点张炜的作品做得比较好,有交叉。而叶炜的作品在写麻庄,但是作品中的人在同一个地方姓都不一样,可能就是个问题。如果是一部作品可能没有问题,但是把这三部作品放在一块,称为“三部曲”,恐怕就成了问题。现在看起来,三部作品各自在写自己的故事,没有交叉。

第二点,作家用不同的节气、年份作为章节,肯定有自己的用心,但反过来琢磨,一个读者知道作者用这样的形式之后,思考这样写作的背后意义时,也很难说出很多东西。因为故事寓意是从作品的具体内容当中体现出来的,但对于这些形式的东西,我怎么能够理解它与主题的关系呢?用一个甲申和一个乙未作为标题,很难引起读者的琢磨兴趣。而读者不去琢磨这个形式的时候,那么这个形式要达到的意义在哪里,就成了一个问题。我倒觉得,在以后的创作当中不妨多尝试一些新的形式,不要老用这样的方式去命名章节,要去探索其他的方式,让我们看到作品的章节题目就能记住作品的内容。这些抽象化的命名不容易与小说内容挂起钩来。

总之,叶炜现在已经取得了很不错的成绩,大家都对你寄予厚望,祝你在今后取得更好的成绩。有什么不当之处,就请姑妄听之,谢谢。

(原系2017年3月3日在山东师范大学文学院举行的“长篇小说《福地》与中国传统文化研讨会”上的发言,根据录音整理而成)

有诗的远行是幸福的

——读李金昆诗集《简囊远行》

李金昆先生的诗集《简囊远行》就要出版了，我有幸得到先睹为快的机会。细细品读下来，深感这是一部意象丰盈而又富含生命体验与存在之思的佳作，能够让人在愉悦于诗艺之美的同时，也对人生的价值和意义连同自然与生命绵延中那些难以道说的神奇、神秘、幽微、深奥有所凝思和参悟。于是，兴之所至、情不自禁之际，便有了一些感想生发出来，希望与诗集未来的读者们做个交流。

读《简囊远行》，不禁回想起汉代《古诗十九首》之《青青陵上柏》中那令人不无伤感的诗句："人生天地间，忽如远行客。"大约就是由此开始吧，抒写人生的远行，逐渐演化为中国历代诗文创作的一种基本题材，或者说一个恒久不衰的母题。搜看相关文献，单是古典诗作中直接出现"远行"一词的作品就有 200 多首，而现代作品中与此相关的诗文创作就更多了。从这些有关人生远行的诗文创作中，我们不仅了解了古今作者人生事象的点点滴滴方方面面，更感受到不同人物面对"远行"这一人类命定的在世经历而生发出的独异生命体验与多向意义叩问。金昆先生的诗集也以"远行"为思情聚焦点，这虽不见得就说明他是有意识地在向中国诗文的这一传统靠拢，但正表明其"文心"与中国的传统文脉是内在相通的。尤可喜者，金昆先生没有像许多以"远行"为题材的写作者那样，仅仅把它当成铺陈个人履历与多见博识的显摆，而是将其作为体察生活肌理、表达人生性情、彻悟自然化境、叩问生命真谛的契机。同时，他也没有流入古今多数远行诗文那种忧思伤感、感喟人生苦短的阴郁心境，而处处透漏出一种通达自然的爽迈情调。这就使得读者的"诗心"在与其营构的美妙诗境与意象相遇之时，既能向生命的深处沉潜，又能向生命的高处飞升。

从哪里来，又往哪里去？带来什么，又带走什么？这是每一个远行之人，每一个行走于生存世界的人需要面对、需要思考和取舍的问题。在这种思考和取舍中，体现出一个人的生活态度、人生志趣和生命理想。以诗集的开篇之作《简囊远行》为自己的诗集命名，我想其中必定隐含着作者的思考和寓意。由世俗的眼光观之，金昆先生可谓一成功人士，有过诸多荣光，见过大的世面。然而，在诗的世界里，他却宁愿将俗世的所有荣光连同附着其上的一切浮华与喧嚣搁置甚或抛却，不写自己的功名事业、春风得意，也没有官场的往来应酬、曲意奉迎，而将自己还原为一个回归本真、秉持初心的诗人，以本真的我、本真的心境抒写人生之旅中的因缘际会。“丢弃多余的物什/踏上远行的路/山林间/还原一个本我”，《简囊远行》一诗最后这几行诗句，正是作者对诗集命名的一个注解，从中也实诚简明地宣示出作者钟情神往的生命境界与生存理想。人生在世，常为“物什”之欲所累，物欲愈多所累便也愈重，而且近世之人较之古时之人尤甚，许多人至死也难以幡然醒悟。将这样的人生带入文学，便有了那么多的粗鄙俗气与轻浅浮躁。然而，在《简囊远行》里见不到这样的鄙俗生活与表达文字。从每一首诗中，读者可感受到，作者对自然、生活与历史的观察、体验、禅悟与省思都是真诚并且洁净的，因而其思想格调也是清正高雅的。读一读金昆先生的这部诗集，揣摩思忖一下作者何以企望简囊远行的用心，对深陷物什之累的人们来说，当是极为有益的。

《简囊远行》的思想意蕴主要指向对生命存在意义与价值的体悟，而这种体悟的载体与面向却是多向度的、丰富多样的。诗集共包括四个部分，由先至后，大致上分别抒写了作者对山水胜境的感遇、对乡愁滋味的回味、对自然禅意的体悟以及对往昔圣贤的追慕。这样的次第安排或许有其用心。人类本是自然的一部分，是从自然中诞生出来的，人生之旅再漫长再辉煌，比起大自然的恒久与壮美来，都要相形见绌。因而神往、迷恋山水胜景，将人生理想的“桃花源”寄托于山水之间，从自然的山水中体味生命的真意，直至祈望融入自然大化，与自然合一，历来是人类一种不绝的情愫。诗集一开篇，作者就直言要“简囊远行/离开这座雾霾的城市”，而他要去往的则是有桂花树、香樟树、红杉树、直泻千里的瀑布以及幽静的小溪等着他、有明月等他相邀的地方(《简囊远行》)。接下来，我们看到：在九华山上，他想象着“我像一团雾/在盛开的莲花上/凝成一颗露珠/霞光里/向莲心皈依”(《九华山》)；独坐山巅看大海，身心变得自由自在之际，“浑然间/我幻化成一块石头/周围/古树苍翠/绿草成茵/蝴蝶破茧而出”(《独坐山巅》)；春日登山，他感悟到的是“春心芬芳/没有忧虑/没有畏惧/不识宠辱/一任把一段生命历程/灿烂得如痴如醉”(《登山》)；游三清山，“寻众妙之门/却看见聊斋先生坐在那里/我想借用/崂山道士的法术/穿透人生/再也无羁无绊/在天地间/作逍遥游”(《游三清山》)。在这些心与物化、神与物游的诗境中，其天人合一、托物寄怀的心迹坦陈无遗、历历可察。

以个体的生命而言，故乡是人生远行的第一站。这人生的第一站为个体的生命注入基本的色调与气味，在岁月的蹉跎中郁积、发酵，便酿成一瓮醇厚绵长的乡愁老酒，其滋味是终生都品尝不完的。《简囊远行》的第二辑即以一首《乡愁》开篇，作者将乡愁形象地比喻为“一枚种在泥土便生根发芽的莲子”，在一首首诗作中深情地怀想、回望故乡的父老、亲人、大河、炊烟以及富有地域性文化与地理特色的时令、节日、花草、树木，真可谓“泥土的气息扑鼻而来”(《耕耘》)。其中，怀想父老乡亲的几首写得最为诚挚动人，那萦绕不绝的思恋、深沉浓烈的情感，沉重地撞击着读者的心弦。比如，在《祖父》里，他写自己常常“心里很疼”地思念故去的爷爷，最后写道：“秋深了/爷爷　别忘添加衣服。”这是活着的亲人之间常见的一句相互叮嘱之语，用在这里却将一种永难割舍的亲情推进到一种醇厚至极的浓度。再如《呼唤爷爷》：“我小的时候/你一喊我/我便回家/可我喊了二十多年/也未把你唤回/你这次出门/走得太远了/我的喊声/被重重叠叠/重重叠叠的山川/阻隔。”全诗在爷孙相互呼喊的自然对比中，用一腔深情超越了阴阳相隔的生死界限。此外，《表嫂》一诗写美丽如花、心地似水的表嫂在残酷的生存环境中生命的陨落，也让人深深感喟生命的残酷与伤痛。当读到“把哭开成笑/盐水淹咸的日子/夜里再用泪水浸泡”，“如今/她的坟冢/像人们的记忆/没入荒草”这样的句子时，仿佛只有“无语凝咽”四字可以形容内在的感受了。人物之外，这一辑中的《黄河短章》《黄河入海》《生命的驿站》《柽柳》《馒头柳》《桂花树》等等，不仅刻画出富有地域色彩的自然景观与事物，而且在比喻或象征的意义上揭示出一种坚韧、通达的生活态度与生命气质。

《简囊远行》的第三辑将思绪由故乡的回望拉近至当下的生活环境，以一个走过远路的旅人的眼光打量环绕自身生存的事事物物，在时光流转与花开花落中参悟、寻觅自然的禅意与诗意的灵韵，在生存的悲欢体验中反思生命的走向、应有的归路，努力在日常烦冗的世俗生活中澄明自己的心境，追求精神的超越。其中，《秋荷》《落叶》《排浪》《梦兰》《春夜》等等，都是值得细加品味的。在诗集的最后一辑，作者将笔触主要探向历史记忆中的圣贤人物及其与之相关的自然文化名胜。他写孙武、写老子、悼屈原、怀苏子、忆西湖、赞峨门，发的却不仅仅是思古之幽情，不仅仅是对过往历史人物的敬仰和追悼，依然处处交织渗透着对生命的价值和意义、短暂与永恒、有限与无限等等的思考，是一个走在远行之路的人对已经走到历史长河中的人物和生命的追思。每一个作为个体的远行之人终归要走进历史，如何走进历史，走进历史之后是成为过往的烟云还是成为后人的记忆，不全出于个体的选择，但又绝不是与个体的选择毫无关系的。而对后人的人生选择来说，走进历史的古人是一面绝好的镜子。“至今/那载着圣人的青牛/时时在我心头/踏出一片/玄境”(《老子出关》),这一片“玄境”正是作者从历史人物的文化魂魄中摄取的,也是映照其远行前路的精神光照。

《简囊远行》不仅在立意、格调上不同流俗,在艺术表达上也颇见用心,特别是在诗歌语言的锤炼、诗歌意象的营构上多有令人瞩目、启人遐思之处。中国古人作诗,讲究炼意、炼句、炼字,还有“诗眼”之说,即在一首诗中要用一句最出彩的诗句概括全诗的主旨,如此等等。这些追求,在《简囊远行》里都有表现。比如,将“几”字形流淌于北方大地上的中国母亲河——黄河喻为“慈母/婉转的柔肠”(《黄河意象》),用“那是一片圣洁的白与蓝”概括由湖水、雪山、蓝天、白云组合而成的纳木错湖的摄人心魄之美(《纳木错湖》),用“长髯一飘/就是半个宋的风骚”写苏轼洒脱豪放的文化形象(《怀苏子》),都隽永传神、意味深长。再比如,写清晨的九华山上所见:“一缕阳光/从东方/超度山岳而来”(《九华山》),简练的语句中传达出自然景色与宗教意蕴相融合而幻化出的壮美与神圣;写流到了入海口的黄河回望万里之遥的高原:“离开母亲怀抱时的/泪滴/开成朵朵莲花”(《黄河短章》),在比喻和象征意义上将人们对母亲、对故乡的眷恋表达得情真意切而又简约含蓄;写荷花:“荷在秋风里瘦了”,“菊花怒放时/荷却于深秋里禅定”(《秋荷》),而“蜻蜓似朝圣者/竟也/步步莲花”(《荷》),写活了自然生命的美丽、节律与诗性禅意;写敦煌石窟:“那是一坛神奇的千年古酿/凡尝过它的人便成了嗜酒的酒鬼/我还没来得及品尝/只是闻了闻/就沉沉地醉了/离开时还未醉醒/把魂魄落在层层的莲花里了”(《敦煌石窟》),酒与醉的比喻出人意表而又平易贴切,将敦煌石窟艺术恒久的魅力具象化了。此外,像“生命在拔节/五月踮起脚尖/翘望秋天的斑斓”[《五月(二)》],“远处隐隐有马蹄琴奏响/一轮月/在天上苍凉”(《梦里草原》)等等,都成功地构筑起富有韵致的诗歌意象,拓展与提升了诗作的审美含量。

金昆先生自幼酷爱文学,20 世纪 80 年代即开始发表作品,90 年代加入山东省作协,对文学的挚爱可谓终生不渝,其人生的精神旨趣不言而喻。应该说,在他简囊远行的生命之旅中,文学始终占据着一个不可取代的位置,这是值得钦佩的。人生与文学结缘是一种追求,一种品位,而有诗相伴的生命远行会是值得回味的美丽之旅、幸福之旅,愿金昆先生在这样的幸福之路上潇洒自由地走下去,走向生的极致,也走向诗的高地!

(原为李金昆诗集《简囊远行》序言,作家出版社 2017 年 10 月出版;发表于《时代文学》2018 年第 1 期)

《人类世》与赵德发文学创作的“三级跳”

我觉得今天在文学院召开这个研讨会,它的意义是多层的。赵德发是我们山大作家班的学员,是作家班里面最优秀的代表。山大的老师、文学界诸多人士,从 20 世纪 80 年代就关注他,跟踪他,一直到今天,我本人也是其中之一。今天我主要想说如下两层意思:

第一层,我觉得德发通过他这部《人类世》,很好地完成了其文学创作的“三级跳”。德发是从乡土文学《通腿儿》《蚂蚁爪子》那些作品开始起步的,那是一种历史记忆性质的写作,回溯过往时代的一些历史掌故、人物,从那里面来投射人生隐性的东西,体现了 80 年代初期、中期时代文学的一些特点。因为在经历了一个正常历史生活被打烂、人情人性被泯灭的时代之后,80 年代需要那个东西。后来,他的创作题材领域向外拓展,不是一般地关注个体人生问题了,而转向了中华民族的文化传承问题,这就有了他的所谓“文化小说三部曲”。再到今天这部《人类世》,他关心的已经不是某一个个体,也不是某一种文化,而关注的是整个人类所面对的世界性问题。就像大家所讲的,他的视野在逐渐地扩展。他对这个世界的认知,他的思想和情感切入的力度和深度都在逐渐地加强。可以说,他这个“三级跳”,跳得非常有力量,跳得也很远。他早期的作品是一种地域性的书写,其文化小说虽然也写到了美国,但总体上是在中国。《人类世》的视野就扩大到了刚才学峰书记说的,不仅仅是世界性的,而且是宇宙性的,因为这个地质学的概念确实是和宇宙学有关。他的视野在逐渐扩大,他的思想深度在逐渐加深,力度也在加强,我觉得这对一个从事近 40 年创作的作家来说,是了不起的。他能够不断地向前走,且每走一步都很有力量,这样的作家确实是不多见的。

第二层,我觉得这个作品用文学的形式反映了一个目前世界性的重大主题,尽管这个主题是地质学家引起的。德发曾给我介绍过他写这个作品的设想,我也老早就开始关注这方面的情况。你们看《参考消息》2016 年 9 月 1 号的第 5 版上,专家已经认定了,地球在地质上已经进入人类世。这个看起来是个地质学的问题,其实从文学的眼光来看,就是人和自然的关系问题,是人类生存状态的问题。德发抓到了这个时代的本质。过去靠自然力本身来改变自然，今天已经进入由人类来改变自然的阶段。人类在改变自然的同时，也在改变着自身，因为人类改变自然的一个最基本的动力是人类的欲求。小说中的主要人物孙参，他的欲求贯穿一生。他的出身，决定了他没有拼搏就没有后来的幸福时光。他打小就是从混混堆里打闹出来的，然后把这种拼命的劲儿，一直延续到他生命的最后。叔本华讲，这个世界的本质是意志，意志要表达自己，就得求助于各种各样的欲念。这欲念是无边的，就会产生痛苦，片刻的欲念满足之后，由于没有信仰，又会陷于无聊。所以叔本华说，痛苦和无聊是人生的两面。孙参在追求他的欲念的时候是不择手段的，是一种动物性本能的扩张，已经失去了人性的东西，没有一个人性的底线。他信奉成功神学，但那不是真正的神学，徒有一个神学的外表而已。在很多情况下，他就无聊，就要用性，用其他各种各样的欲望追求来填充自己的无聊。从这个意义上而言，孙参虽然是个中国人，实际上是有世界性代表的。因为人类追求欲念，用欲念来改变这个世界，改变自我生存的状况，从而造成了种种恶果。这不光是中国人造成的，而是整个世界性的问题，西方世界中像孙参这样的人物也不在少数。赵德发用一部作品、一个地质学概念，深入触及了这么一个当今人类生存的大问题、一个重大的时代问题。人类对于自然的改变，正面说是一种创造力，负面说就是向自然、向他人、向社会无限度的掠夺攫取，给人类自身和整个自然界带来了问题。

这部作品写得很有意味，许多人物栩栩如生，都记得住，以至吸引我看了两遍。结尾部分，孙参去接他儿子的时候死了，他的儿子要做火星的第一批居民，做先驱。我在想，他儿子是不是代表着人类的另外一种象征，把地球破坏完了，再去破坏火星？到火星上去做居民的话，那不又要去开拓新的自然空间，再给另外的自然空间打上人的烙印吗？所以说，我觉得这个作品看起来有个封闭的结尾，但他儿子这个形象又把作品给无限地开放了，让我们有很多的联想。小说里面有很多非常有意思的人物，比如说，柳秀婷信佛，她父亲杀驴，很有故事。三教寺里的三个人物，写得也很有意味。把这一块单独拿出来琢磨，也是很有意思的事情。三教在中国有融合，也有明争暗斗，三教寺在文化的意义上是一种象征。其实，三教在争那个教主的位置，何尝不是一种人类普通欲念的体现？如此等等，我觉得这个作品有很多值得我们去挖掘、阐发的东西。

我觉得，德发这部《人类世》的出版，对他自己有着重大的意义。后记上说，他要写这个作品的时候发了一条微博，说那是一个重要的时刻。确实，不光对他自己，对山东文学也是一个重要的时刻。这些年我参与山东作协的一些活动，深深感到，咱们的长篇小说创作很多年来都靠张炜和其他一些“50后”作家在支撑，整体的发力不够。这几年陆续看到好几部不错的作品，包括德发的这部作品，这是不是预示着我们山东长篇小说创作新的辉煌的到来呢？我想是这样的。

（原系2016年9月18日在山东大学文学院、山东省当代文学研究会举办的赵德发《人类世》作品研讨会上的发言，根据录音整理而成；原载《中国作家网》2016年11月15日）

第三辑

质文代变:价值重建中的文艺思考

从文学的本质看改革文学

综观目前对改革文学的讨论,我认为有相当多批评家对于文学与改革的关系作了狭隘而片面的理解,这突出地表现在对于改革文学的规定上。以为只有描写改革题材的文学才是改革文学,这仍然带有以往把文学当成运动工具的痕迹。

文学不是生活的镜子式的简单映照,它有自己的特殊规律和作用于现实的特殊方式。文学创作是一种富于想象的创造性活动,文学作品是一种具有审美目的的审美结构。从与生活的关系上看,真正的文学从来都不是建立在与现实认同的基础上,而是建立在对现实的离异或超越基础上。在艺术的审美结构中,蕴含着作家对已经发生的现实生活的认识与评价和对理想生活的追求与赞美。但是,以题材来规定改革文学的性质,就容易导致艺术创作与现实认同,这就不能不在理论和实践上带来诸多弊端。首先,这种规定将改革文学创作局限于真实事实的领域,排斥了文学的假定性,束缚了艺术家创造性的想象能力。按照这种规定,像《冬天的话题》和《减去十岁》这类产生了积极的社会影响却是用假定性手法写成的优秀作品就只能被逐出"改革文学"之列。想象是艺术生产力的基本构成要素,把文艺创作局限于真实的领域,无疑是对艺术创造力的压抑,对艺术生产力的破坏。其次,这种规定只强调了创作客体一面,明显带有题材决定论的特征,忽视了创作主体对文艺创作活动的主导作用。这给不少作家以错觉,以为只要写了改革题材,就把握到了时代的主旋律,就尽到了自己对改革的历史责任。因此,我们看到,有不少作家,满足于以见到或听来的素材编造故事,满足于从改革大潮中捕捉几个泡沫来代替富有创造性的创作灵感。在他们的作品中,不仅生活变得狭窄而单调,似乎地球只是在为那些搞改革的厂长、书记以及他们周围的男男女女旋转,除此之外,别无其他,而且也没有对生活素材的自由选择、审美思考与深入开掘。题材就是一切,题材淹没了主体的选择、分析及其灵性与个性。以《北京人》为代表的那类所谓"纪实小说",便是这种"题材崇拜"的极端形式,也是改革题材文学创作走进死胡同的一个鲜明标志。应该说,创作实践中出现的这种情况，除去文艺家们本身的原因外，批评家们也难以推卸自己的责任。在一定的意义上讲，批评是创作的“导航员”，如果导航出了问题，又怎么能保证行船会不偏离航道甚至出事故呢？

提出文学与改革的关系问题，提出创作“改革文学”的要求，基本意图在于使文学更好地发挥对于改革事业的推动作用。但从创作实际看，许多写了改革题材的作品，诸如“新官上任三把火”和“改革＋恋爱”之类的小说，却对认识改革、推动改革无所助益，更谈不上什么审美价值了。由此来看，题材本身并不决定文学的审美价值和审美功能，用是否描写了改革题材来判断一部作品是否属于改革文学是不全面的。因此，对于改革文学创作应该调整一下认识角度，由题材的规定转向功能的规定。也就是说，判断作家的创作是否属于改革文学之列，应该从创作动机与社会效果辩证统一的角度，看作家是否意在通过自己的创作对改革大潮起到推波助澜的作用，同时也要看其作品是否在客观上起到了这种作用。一部描写了改革题材的文学作品当然有可能是名副其实的改革文学，但也有可能是冒牌的改革文学，而一部并非直接写改革题材的作品倒有可能是真正具有改革意识的文学作品。

改革文学创作的功能上的规定，将会在维护艺术自由的基础上，解放艺术生产力，调动作家的积极性，从而最大限度地发挥文学对改革应尽的历史使命。具体说，功能上的规定会打破题材规定人为划定的圆圈，还给作家自由想象的权利和自由翱翔的天地。同时，这种规定将会打破对于改革素材的惰性依赖，使创作主体充分发挥自己的能动性。因为要使自己的作品真正对改革产生积极作用，艺术家们就必须严肃认真地对待自己的创作，慎重地选择和思考自己的创作素材，掂量并校正自己的创作动机。这样，他们就不会是消极、被动地跟在改革大潮后头，自满于沾染几点浪花，捡拾几个贝壳，而会积极、主动地沉浸到时代生活的深处，去观察、感受和思考。改革是在因袭着传统重负的社会历史条件下发生的，是一场有破有立的艰难变革。改革的目的是要建立起更适合于生产力发展的经济、政治体制以及与此相适应的精神文明，而要实现这一目标又必须破除种种旧的政治、经济体制，要反封建、反愚昧，改变被传统文化的消极成分严重毒害了的民族心理结构。因此，改革时代的文艺创作就必然具有两种不可缺少的品格：批判性与理想性。具有这种品格的作品才是深刻的富有时代感的改革文学。

改革文学创作不单单用改革素材来局限自己，这就使文学能够免于重蹈运动文学的覆辙。从艺术本体论的角度看，这就是艺术自由的实现，也是审美自主性的实现。因为创作的自由首先是以寻找和确定艺术活动的特殊规律即审美法则为标志的。对审美本质的追寻也成为新时期文学自身改革的一种标志。文学就以其自身的这种改革汇聚于整个社会改革的洪流之中,并在这种汇聚中,以其审美的棱镜来观照改革时代的生活现实,并以其审美的特性潜移默化地改造着民族的心理素质。因此,艺术自主性的确立不是使文学远离改革生活,相反是使艺术更好地确立在改革生活中的位置,发挥它应该发挥而且能够发挥的社会作用。相反,急功近利的创作,把文学当成改革生活的宣传手段,尽管也能博得一些人叫好,却是以艺术的庸俗化、以丧失自主性为代价的。

总之,对改革文学的功能规定是一种比题材规定更宽泛更符合文艺特性的规定,因此也是更有利于新时期文学健康发展的规定。

(原载《文史哲》1988年第1期)

九十年代的文学精神

展望九十年代文学的发展，无论是持过于乐观的想法还是抱极端悲观的念头，都将与真实状况相悖。就目前的政治文化背景和作家创作心态而言，设想未来10年的文学会进入一种乱花迷人、竞相纷呈并有大作家大作品崛起文坛的境界和局面，需要以某种社会文化政治的转机和作家审美心态的调整为内外契机，而这种契机产生的可能性目前看是相当渺茫的。因此，过分乐观的想法只是基于难以预测的未知数。但是，也没有必要过于悲观。九十年代文学虽然可能不像八十年代文学那样有声有色、新潮迭起，产生那么多轰动效应，却也未必定然比八十年代文学逊色许多。在经历了新时期10多年的探索和奋斗之后，设想未来的文学会全面倒退到往昔曾经有过的那种一花独放的局面和伪现实主义的泥淖，肯定是过于保守了。

在我看来，九十年代文学一方面将沿着近几年文学业已形成的轨迹平稳地向前发展，一方面将在平稳发展中渐渐地、自觉不自觉地推衍出一种新的创作流向：世纪末反思。这将是未来10年文学最有代表性的一种新现象、新色调。

20世纪的中国历史是一部内蕴丰富、翻检无穷的大书。由贫弱衰败的晚清到曙光初现的民国，由连绵不绝的军阀混战、民族血战、革命解放战争到以经济发展为主的和平岁月，由50年代的经济飞跃、60年代的政治动乱到新时期的改革开放，中华民族踏着荆棘，洒着血泪，一步一步艰难而又自豪地跨入了与世界各民族相交往相竞争的世界大舞台。然而，历史并没有就此画上一个圆满的句号。随着改革开放后民族精神清醒的“外视”和“内省”，随着世界范围内冷战结构的解体和东欧及苏联诸国政治体制剧变后世界社会主义运动处于低潮，民族生存的状况、社会制度的选择、未来理想的设计、价值观念的定位一系列涉及中华民族生存与发展的根本性问题，必然愈来愈成为令每个中国人感到困惑疑虑而又不能不面对的强大精神压力。因此，历史需要反思。现实生活本身提出了反思20世纪中华民族生存历史和历史选择的文化课题。这种反思既应由社会科学家在抽象的逻辑概念中进行，也需要文学艺术家在形象的艺术直观中进行。尤其是在即将告别20世纪而迈入21世纪的时候,仅从为中华民族在新世纪的发展做思想上精神上文化心态上的准备而言,这种世纪末反思就显得格外重要和必要。作为时代生活的传感器,面对这种历史的要求,文学不能不做出自己的美学回应。

从最基本的文学精神上讲,20世纪的中国文学就没有间断过进行历史的反思。从远距离上看,现代文学的第一股大潮——五四新文学运动就滥觞于对绵延几千年的中国传统文化和封建礼教制度的批判性反思,鲁迅的小说、郭沫若的历史剧以及以鲁迅为代表的杂文创作,都是新文学运动的主将们在他们所处的20世纪文化制高点上对中华民族既往生存历史予以深刻、痛彻反思的实绩。从中距离上讲,标志当代文学早期创作成就的扛鼎之作,如《三家巷》《播火记》《青春之歌》等,无一不是反映新民主主义革命时期艰难历程和革命斗争业绩的作品,这些作品用饱含着革命热情的美学笔触回顾性地展现了往昔那段艰苦岁月和在这艰苦岁月里中华儿女所经受的风雨洗礼、所发生的心灵嬗变。就近距离观之,新时期文学发轫期的反思文学曾作为一股重要的创作思潮,以其偏重于政治反思的定向性品格为新时期的拨乱反正作出过不可磨灭的贡献,其后又有喧嚣一时至今仍余音绕梁的寻根文学将文学的反思由政治层面扩展到深广的传统文化和民族心理领域,使文学的反思回归到五四新文学时期的视野和水准上来。因此,从某种意义上可以说,反思是20世纪中国文学一以贯之的艺术精神之一。今天,当历史本身把反思作为一个更为迫切的时代课题提到人们面前的时候,无论是从艺术思维的敏感性还是从作为华夏子孙的道德良心角度来看,文学的精灵都不会完全无视甚至背对这一时代课题。

如果我们冷静地环顾一下文坛全貌,作一点仔细的分析,就不难发现,目前的文坛已经显示出某种世纪末反思的征兆。目前历史题材文学创作(包括小说和报告文学)和新写实主义小说已愈来愈令人注目,成为共领文坛风骚的并蒂莲花。历史题材的创作包括写实型和虚构型两大类型,但不论是前者还是后者,作家都越来越不满足于仅仅追忆、再现历史,而是力求用现代意识烛照往昔岁月,从逝去的生活片段中回味、发掘出点什么东西来,像黎汝清的《皖南事变》和苗长水的沂蒙山系列小说都是如此。新写实主义小说,或曰新现实主义、生态现实主义、原生态现实主义、现代现实主义,这些不同的命名已经表明,这类创作虽然聚焦于中国人现实的生存状态,但其思维空间却绝不是封闭狭窄的,许多这类小说中不仅蕴含着深刻的哲学、人类学、社会学思考,而且将思维的触角或隐或显地伸向了历史的古往今来,显露出一种历史的纵深感。简言之,历史题材的创作越来越融合了现实感,而现实题材的新写实主义则愈来愈滋生出历史感。这两类创作从审美意向上看已显出了合流的趋势。而从现代意识和未来意识的思维高度把民族生存的现实向度与历史向度有机地结合起来，作世纪性的整体观照、把握、透视和表现，我认为，这正是世纪末反思文学所具有的一个基本美学品格。这样一种品格将使之既继承借鉴以往各种反思文学的优长之处，又有别于或超越于以往各种不同的反思文学，从而显示出世纪末反思的综合性与独特性。尽管目前还不能确切地把哪一部作品作为这种新文学流向粉墨登场的典型性例证，但我坚信，基于上述历史与文学两方面的理由，这不是作为一个文学流派而是作为一种艺术精神的世纪末反思文学的诞生将是一种势所必然的现象，它将为20世纪的中国文苑绽放出新颖的花朵，散溢出别样的芬芳。

（收于《九十年代的文学精神——九十年代文学发展趋向座谈会纪要》，原载《文学评论家》1991年第3期，发表时有删节）

从困惑中走向深层次的反思

假如可以对文学发展的未来走向作某种预测的话,我认为鉴于20世纪中国政治、经济和新文化运动雄壮辉煌而又艰难曲折的发展历程,鉴于新旧世纪交替之际人们自然会有的顾后瞻前之文化心态,九十年代文学可能会沿着业已形成的轨迹平稳地向前发展,并逐渐推衍出一种新的有代表性的创作流向:世纪末反思。反思,并不意味着从一种清醒的心境和已有明确结论的思想观念出发去归类已成既往的历史材料,而更多的是意味着对于历史已经发生的一切以及由此丛生的种种问题在某种程度上的迷瞪或困惑。或许,只有以困惑为起点,从困惑中走回历史,才会有真正深刻的反思。

人们还记得,在1987年前后,诸如创作的困惑、批评的困惑以及其他各种什么什么困惑,一度是文化圈里的流行话题。就当时多数言者而论,那确实是一种主体心境的真实表露。然而时间不过就向后推移了这么三两年,环顾今日文坛论苑,就像天气突然间多云转晴一样,一下子什么困惑都渺无踪影了。从前不言困惑的自不必说,就是曾经大言困惑的似乎也个个通达洞明于心,事事都清楚明白得要命了。此种心态的大转换,实有令人难解之处。实际上,不管人们承认不承认存在困惑,愿意不愿意谈论困惑,有一些困惑是必将伴随着文艺家们走向未来的。其中最难无视也最难回避的,恐怕就是对于真实的困惑和对于政治的困惑。

真实是艺术的生命。新时期文学就是从这一由痛定思痛得来的真诚艺术信念出发,告别了从前的"假大空"文学,走向现实主义的回归和现实主义的深化的。写真实,成为新时期文学最有感召力的一个艺术口号。但是,真实是十分具体的实际存在,又是极为抽象的概念符号。当文艺家们用"文化大革命"期间甚至"文化大革命"之前某些特定时期的人生惨剧来控诉"四人帮"之流阴谋家的血腥罪恶,揭露错误路线使祖国和人民遭受的创伤剧痛时,人们从未对这类作品的真实性产生过任何怀疑,而当文艺家的叙事时态由"过去时"转入"现在时",由展露、抚慰过去的累累伤痕转入对眼前生活的描画、剖析时,尤其是当现实生活在改革开放的飓风中旋转不定地变幻着方向和色彩，文化上的八面来风又使得文艺家们以应接不暇乃至疲于奔命的心态不断地调整着自己的艺术方位和审美追求时，作品是不是真实的，究竟何为真实，艺术真实与生活真实是什么关系，诸如此类的问题便接踵而至了。

大致说来，20 世纪 80 年代中期以前，文坛对于真实问题的看法还是有一些共识的，一般认为真实不等于事实，生活真实应当是生活的表面现象与深层本质的统一，艺术真实应是生活真实的升华，反映生活的本质真实应将主流与支流区分开来，如此等等。在这种真实观的规范和指导下，文艺家们尽管对真实都有自己十分具体的感悟，但他们的作品在整体态势上却显示着大致类似的美学品格。然而随着先锋派的异军突起、文化派的喧嚣鼓噪、纪实文学的风靡一时、新写实主义的后来居上和通俗文学的大肆泛滥，传统现实主义文学及其真实观一统文坛的局面便逐渐被打破了。对生活的反映多样化了，真实更具体化了；与此同时，生活也零碎化了，真实则更相对化了。现实生活在艺术的镜子中再也不是一个统一的整体的形象真实，真实、生活真实和艺术真实也失去了统一的认知规范和阐释标准。面对着缭乱不同的文本，读者和批评家再也难以用一种统一的真实观来整合、比较、取舍它们了。这种情形就使得真实虽非一个谜，却越来越像一个难以猜中的谜了。但是，由于我们又相信艺术是生活的反映，相信对生活的反映有真实与虚妄之分，因此面对着不同类型的文本，固执的理智和信念又必然促使我们追问什么才是生活的真实，哪一部作品哪一个作家更正确地反映了生活的真实。难于加以比较加以取舍却又不能不加以比较加以追问，这就不能不导致困惑了。由于处于世纪交替之际的现实生活越来越显示出它的多方面性和变幻莫测性，艺术也难再回到传统现实主义一统天下的局面，因而在相当一段时间内，文艺家们对生活对真实的困惑心境肯定会为客观情势所继续加剧。

与对于真实的困惑相关联的，是对于政治的困惑。我国的新文艺运动从一开始就与政治结下了不解之缘。尽管在新时期文学开始运作不久，就展开了文艺与政治关系的大讨论，对“文艺从属于政治”说以及“文艺是阶级斗争的工具”论和“文艺为政治服务”的口号作了否定和清理，但无须讳言的事实是，直到 20 世纪 80 年代中期，我国文艺界一方面对以往将文艺捆绑在政治尤其是阴谋政治战车上的做法痛心疾首、心有余悸，另一方面却仍未摆脱依附于政治的心态，政治仍然是文艺活动和文艺构成中一个居支配或主导地位的因素，从伤痕文学到反思文学、改革文学，从军旅题材到知青题材、知识分子题材，引起轰动的文学思潮、文学作品大多还是靠搞政治爆破，靠引起人们政治神经的紧张、兴奋和颤抖而奏效的。但随着先锋派文艺所发起的文体实验的冲击波越来越强，再加上不断涌入的国外形式主义文艺理论与批评流派的影响日甚,在不少作家那里,文艺的政治意识渐趋淡化、消解乃至完全消失了。如果说从前传统的作品大多是政治文本或准政治文本的话,那么现在却又正儿八经地诞生了另一种文本:语言文本。从创作心态上看,语言文本不再将某种外在的功利性的东西作为自己的聚焦点,而是更多地聚焦于审美,聚焦于审美思情的载体——话语、叙述即文体特性上来。与他律性的政治文本相反,语言文本强调自律性,它以回归文学的话语本性为追求,极大地张扬了文学的审美属性,从而也使阅读传统文本至今已觉不新鲜的读者获得了别有一番滋味在心头的新奇陌生的审美感受。

尽管语言文本的崛起赢得了一些批评家的阵阵叫好,但是它趋向极端的发展的确也带来了一些新的问题。在政治还是人们日常生活中的聚焦点、兴奋点的今天,语言文本不是有些过于无视、违迕了读者的接受心理吗?当政治文本在广大读者层掀起一个又一个轰动效应时,只在圈子里才会遇到三两知音听到几声喝彩的语言文本又怎么能不生出"守着窗儿,独自怎生得黑"的孤寂冷清之感呢?当政治还需要文艺坚守其意识形态阵地,而语言文本却丢弃阵地,背对政治作我行我素的浪游时,政治又有什么理由会不觉得它有离心离德之嫌因而对之加以排斥呢?语言文本在目前之所以显得愈加不合时宜,甚至自己都无精打采起来,原因恐怕也就在这里。那么,是继续自我流放于语言文本的孤寂之旅中呢,还是摒弃语言文本回到传统政治文本的写作模式之中,抑或是在政治与审美、他律与自律中寻觅某种新的接合部或沟通方式?恐怕在今后一段时期里还会继续困扰着相当一部分作家。

总之,文艺要反映生活,反思历史,揭示人生真谛,就不能不遇上一个什么是真实、如何表现和达到真实的问题,也不能不面对一个怎样对待政治在历史和人生中的地位和作用及其与艺术的复杂关系的问题,而在统一的艺术观念、统一的阐释标准失去权威性和效用性的时候,困惑必然就会成为迷离多变的创作情状与创作心态的伴随物了,这是想躲也躲不掉的。困惑是一种需要突破的境况,一种必须应对的挑战。从困惑中可能走向疲软,走向艺术情思的枯竭,走向追求之心的泯灭,也可能走向奋进,走向艺术反思的深层次,走向审美创造的新境界。我们的期待当然是不言自明的。

(原载《作家报》1992 年 1 月 25 日)

用新的眼光审视经典

经典是前人精神创造的凝聚，是具有空间扩展力与时间穿透力的权威性话语范本。对后代人来说，经典总是先在的，是属于过去时态的文化遗存物。因之，面对经典，诵读经典，实际上就是作为现时存在的后代人与传统文化的一种"相遇"。经典的价值与权威性，就在这不断的"相遇"中生成或消失、增长或衰减。也因此，经典的生命力便不仅取决于它切入社会和人生的广度与深度，而且取决于在这种"相遇"中接受主体的态度与选择，取决于接受者采取什么样的审视眼光。

从审视眼光的角度来回顾中国自古至今的文化演进历程，经典的命运似乎一直在两种极端的境地中摇摆：或是被绝对地加以肯定，或是被绝对地予以否定。接受者总是陷入肯定否定、非此即彼的二元对立模式中不能自拔。在古代，这种二元对立主要体现在经典与非经典的对立上。在主流意识形态操控下的文化接受与评判模式中，经典是至真至善的范本，是万世不移、永恒不变的绝对真理和终极标准，而经典以及模仿经典之外的文本则往往被视为谬误、异端、邪恶的载体。因此，非经典勿视，非经典勿听，非经典勿言，非经典勿动，则成为文化人自觉接受的当然戒律。近现代以降，守旧派、复古派依然抱持着传统的唯经典心态与观念不放，而激进的文化精英则又倒向了另一极端，对传统文化及其经典采取全然否定的态度和立场。在以达尔文学说和马克思主义为主要内容构成的社会进化论观念的强大影响下，二元对立模式得到了进一步的强化，以社会形态与阶级归属分类文化及经典文本的新与旧、进步与落后、有益与有害，几乎成为文化评判的通则。一个世纪以来接连不断的古今文化之争、中西文化论战，从五四时期的"打倒孔家店"，到"文化大革命"期间的横扫一切"封资修"文化，直至目前风靡学界的"第三世界话语""他者话语""后殖民文化批评""民族寓言"理论等等，无不深陷此种模式之中。这种模式无论对于我们认识经典、评价经典，还是对于我们创造性地转化经典，以便在新的历史文化条件下创造新的经典来说，都是不科学也不实用的。今天，在中国社会已告别古典形态而步入现代化的历程，世界已进入全球化时代的现实背景下，我们应该走出或超越二元对立的文化评判模式，转而采取一种新的有更大包容性与实用性的文化胸怀和立场，用一种新的眼光来审视各民族的文化及其传世经典。

所谓新的眼光，概而言之，就是历史的、建设的、世界的眼光。经典是一个民族特定历史生活的产物。它的产生，它的内容，它在一代又一代民族生活中的传布及其权威性的确立，都是由一定的历史条件决定的。而经典一旦产生，权威一经确立，就会在民族的精神与物质生活中发挥巨大作用，影响到民族文化心理结构的建构、民族性格的塑造以及民族精神文化创造特色的形成。因此，对待经典，绝不应采取超时代非历史的态度与方法。只有以历史主义的眼光，我们才能对经典有既入乎其内又出乎其外的静观默察与细研深究，才能厘正经典在民族精神生活中的位置与功能，既对其思想内容与历史价值有合乎情理的判断，在合乎理性的阐释与评判中弘扬民族的传统文化，同时又不至于以古非今或以今非古。

历史的眼光更多的是为了认识经典，但研究和认识经典绝不是为经典而经典，历史上也从来没有过为经典而经典的时候。从阐释学和接受美学的角度讲，经典存在着一个如何遇合接受者"期待视野"的问题，而对"期待"的遇合其实也就是一个"用"的问题。鲁迅说过，对待"国粹"及其他任何文化遗产，"第一义"就是要看它能否"保存我们"，"有无保存我们的力量"。毛泽东则提出了对待遗产的"古为今用"原则。对于经典，我们依然需要着眼于这个"用"字。经典为当下所用，自然是多种多样的，有肤浅的用，有深层的用。"半部《论语》治天下"，"文化搭台，经济唱戏"之类，是肤浅的用，功利性的用。功利性的用也是用，而且并非是无意义无价值的用。把经典作为一种产生经济效益的文化资源，在市场经济的条件下，将会变得越来越普遍，而且会越来越被人们重视。但对于经典的"用"，更应关注的是深层次的用。所谓深层次的用，就是通过对于经典的再认识、再评判，吸取精华，丰富和提高现代人的精神境界和创造水平，经过创造性的努力，把对于旧文化、旧经典的学习转化为对于新文化、新经典的创造，通过这种创造来应对和解决现代人所面临的社会与人生课题。这种着眼于深层次的用的眼光也就是一种着眼于当下文化建设的眼光。近一个世纪来的中国文化史，是批判多于建设、拿来多于创造的历史，现在该到了由批判转向建设的时期了。

最后，对于经典，我还主张一种世界主义的审视眼光。经典是特定民族生活的文化结晶，因此我们应从民族性的角度体味它的特殊文化蕴涵；但各民族的生活及其应对人生难题的文化方式又有其相同或相通之处，因此我们还应从世界性全人类性的角度审视经典的普遍精神价值。在市场经济和信息传播将世界带入全球化时代的今天，强调用世界主义而不是狭隘民族主义的眼光审视经典尤为必要。用世界主义的眼光来看经典，我们就能够把各民族的精神创造视为不同的文化风景，从这韵味各异、风格多样的文化风景中欣赏和领悟到人类文化创造的博大精深和无穷潜力。更重要的是，我们能够在各民族精神文化的相互比较中取长补短，从各民族文化中吸取于现实人生有所裨益的东西。这样，各民族的经典就会成为全世界人民的共同精神财富。就中国而言，将会避免陷入“中体西用”还是“西体中语”的语词争辩中不能自拔；就世界而言，将会避免亨廷顿所预言的那种各文明之间的对抗性冲突。尽管在国家与国家、民族与民族之间还存在利益冲突的当今时代，一定程度上的文化冲突仍是不可避免的，但文化创造的理想应该是世界各族人民的交流与沟通以及各民族文化的互补与融合，而不应是加深各国人民和民族文化之间的隔绝、分歧与对抗。真正的经典是各民族文化相交流的使者，相沟通的桥梁，相融合的黏合剂。因此，它是民族的，也应该是世界的。

（原载《文学世界》1995 年第 1 期）

关于“文艺创作中的英雄主义”问题

最近一段时期，伴随着中国人民抗日战争和世界人民反法西斯战争胜利50周年纪念活动，文艺创作中涌现出大量表现那一段血与火的斗争历程的作品。这些作品既让我们重温了那段艰难困苦的岁月，又通过对民族英烈顽强不屈、反抗侵略的英雄业绩的颂扬，使我们感受到一种富有英雄气息的阳刚之美、崇高之美。文坛上的这股主旋律激荡着我们的情感，也引发我们理论上的思考，这就是：文艺作品要不要塑造英雄形象？文艺创作应不应该弘扬英雄主义和崇高精神？对这一问题，理论界、创作界有着不同的认识。比如，前几年就有人提出“非英雄化”和“反崇高”的创作主张。我认为，这个问题不仅在理解人与历史的本质及其关系上，而且在理解文艺的本质和功能上，都有重要的理论与现实意义，值得深入研讨。

我认为对文艺创作与英雄主义的关系问题，应从历史哲学、人类本性和艺术精神三个方面加以辩证的思考。

首先，英雄都是历史活动中的英雄。马克思主义认为，历史是人民群众创造的，但人民创造历史的观点并不否定伟大人物、英雄人物在历史上的作用，人民与英雄并不是对立的或截然不同的两类人。人民群众是历史的创造者，而英雄就是在这种历史创造活动中涌现出来的最具有典型性的优秀代表。历史从来不排斥造就自己时代的英雄，因为每一个时代都有自己所要解决的历史任务，每一个时代也需要自己的“当代英雄”。马克思在《1848年至1850年的法兰西阶级斗争》里指出：“如爱尔维修所说的，每一个社会时代都需要有自己的伟大人物，如果没有这样的人物，它就要创造出这样的人物来。”可以说，时势造英雄，英雄由历史产生；英雄也推动历史，历史因英雄而生辉。我们不能设想，一个没有英雄的历史将会是怎样的一个历史。

其次，英雄行为与英雄主义正是人类自由自觉的创造精神和能力最典型、最充分的体现。人的本质或者说人生的美丽可爱之处就在于对自由和理想境界的能动追求。在改造自然、改造社会的历史活动中，人类的主体创造精神和能力能够迸发出巨大的社会能量，这种能量显现于个体身上就是英雄的诞生,凝聚于人类精神中便是英雄主义的形成。因此,英雄主义不是卡莱尔所谓神的意志的体现,而是潜存于人类本性、显现于人的奋斗与追求之中的。哪里有人类的能动创造精神,有对于自由与理想的不懈追求与艰苦奋斗,哪里就会开出英雄主义的生命之花。

再次,作为对现实的一种特殊精神掌握方式,文艺创作正是在审美的外观中自由释放人类的主体创造精神与能量的活动,自由是艺术之美的生命与源泉。由此来看,艺术活动与历史对英雄的客观需求和人类本性内蕴着的英雄主义潜质,实在有其内在的亲缘性与相通性。塑造英雄形象,不仅是艺术反映特性的自然显露,更是艺术的自由精神的内在需求。中外各国都形成了自己英雄主义的文学传统,我们应该充分肯定这种传统在发展人类的自由精神、激发人类的创造能量、鼓舞人类向更高的社会和人生境界迈进中的巨大精神作用和审美价值。

胡克在《历史中的英雄》里提出一个观点,即应该把道德上受到注意的人物排除于英雄概念之外,道德判断不能被当作评价英雄的标准。他认为历史上许多事情都是坏人做出来的,而研究者最关心的是历史的创造,却不管创造得好或坏、是福是灾。这个观点难以令人苟同。英雄主义精神包含一个很重要的方面,就是自我牺牲的奉献精神,这种奉献是对社会、对公众的利益而言的。从这个角度看,从英雄评判中排除道德意识是完全不可能的。我们之所以崇敬英雄,不仅仅是因为他做出的牺牲,不仅仅是因为他体力上、智力上比常人有更高的能力,而且因为他为了民族的利益、为了社会的利益作出了更大的贡献,作出了更大的个人方面的牺牲。如果失去了对英雄行为的道德评价,人民群众对英雄的敬仰就不大好理解。

由此我想到,在目前人文精神的探讨当中,对英雄主义问题似乎重视不够。人文精神的讨论,一个最基本的目的或现实出发点就是转型期中华民族精神价值的建设。民族精神价值的建设不是空洞的,应以培养和守护所有能激发民族的创造活力,促进社会与人的自由发展的美好的、崇高的精神为核心,并落实于道德意识、人生信仰和社会理想等各个层面。而英雄主义与此有着紧密的相关性。英雄主义难道不正是在追求更高的存在价值,实现更美好的人生理想与社会理想,在创造更加伟大的业绩中所迸发出的精神力量吗?目前,思想文化界包括文艺界有一种时髦,就是怀疑一切,解构一切,似乎已有的一切、现有的一切,都是虚假不可信的。其实不然,孔繁森难道不就是真实存在的当代英雄吗?对社会与民族的进步与发展来说,有一些东西是应该解构的,但民族精神价值中那些美好的崇高的东西就不能被解构掉,而必须像珍惜生命一样爱护它、守护它,一个“一无所有”的人和民族,会是一个不幸的人和民族。所以,我们探讨人文精神,谈论民族精神价值的建设,绝不能躲避与解构崇高,也不能躲避与解构英雄主义。躲避与消解了崇高和英雄主义,也就躲避与消解了个人对社会对民族应负的社会责任。

当代中国已进入市场经济发展阶段。在市场经济条件下,或工商技术时代条件下还要不要弘扬英雄主义?我想这有如下两个问题值得考虑。

第一个问题,社会主义市场经济下还有没有英雄?经济生活是现代生活中的一个主要方面,但它并不能等同于现代生活,现代生活中的其他领域一样在产生着现代的英雄,如徐洪刚、孔繁森等。即使在经济生活领域,照样可以而且实际上已经涌现出大量英雄人物。这里涉及功利与道德、"义""利"之辨的问题。对"利"本身应作具体分析。"利"有"私利"和"公利"之分,公有制企业的"利"实际上是为社会创造财富,这个意义上的"利"与"义"是不矛盾的。个人的私利当然也不可完全抹杀,每个人先要生存要生活才行。但集体的"利",他人的"利",才是社会公正即"义"所要求的。所以,如果我们合理地把握"利","义"与"利"在现代生活中是能统一的。

第二个问题,在大众传媒、大众文化越来越普及,各种娱乐形式铺天盖地而来的情况下,表现英雄主义的作品、带有英雄意味的作品与流行艺术是个什么关系?我们一方面提倡主旋律,一方面又注重多样化。现代人在紧张的工作之余,休闲娱乐,无可厚非。但对一个民族的精神发展来说,仅仅有这种娱乐形式是不够的。艺术精品与流行艺术不是一个概念,只有思想内涵和艺术表现力比一般作品高出好多层次才可称之为精品。从满足民族多方面的精神需求来说,特别是从提高民族的精神水准这个角度看,我们必须在艺术上有更高的追求,弘扬英雄主义和崇高精神的创作还是不能缺少。

(节选自《关于"文艺创作中的英雄主义"问题——山东大学中文系部分师生谈》,原载《文艺理论与批评》1995 年第 6 期)

奏响爱国主义的时代之音

伴随着香港的顺利回归，最近一段时期的影视和戏剧艺术领域，又涌现出一大批弘扬爱国主义精神的优秀作品，如《鸦片战争》《红河谷》《鸦片战争演义》《香港的故事》《归来兮》等。这些作品虽然在艺术上并非部部精美无瑕、无可指摘，但是都以浓烈的爱国主义激情深深打动着我们的心怀。它们把我们带回到历史的风雨沧桑之中，让我们记住那些不堪回首的屈辱岁月，也让我们感受到那些壮怀激烈的辉煌瞬间，使人激动，也令人思考。这些作品播映或演出之后，大都赢得了广泛的舆论赞扬、热烈的社会认同和较高的收视率及可观的票房收入。它们的成功充分表明：爱国主义仍然是我们时代的一面精神旗帜，弘扬爱国主义的文艺创作有其深厚的社会需求环境和广大的艺术接受群体。

在漫长的历史演变进程中，我们中华民族在思想和情感深处逐渐积累、培养并巩固和发展了一种对祖国真挚而深厚的爱。这种真挚而深厚的爱国情感具体表现为对祖祖辈辈生长于斯的生存家园的爱恋与赞美，对博大悠久、丰富多彩的民族文化的自豪与珍爱，对父老乡亲、同胞姊妹的热爱以及对他们的生存命运和前途的关怀。在民族生死存亡的危急关头，爱国主义更作为一种巨大的精神力量，把个人与民族和祖国生死相依的命运紧密地联结起来，把全民族的意志和力量凝聚起来，使我们的民族和祖国能够经受住困难的挑战和考验。爱国主义不仅构成了我们民族精神历程中的一个悠久传统，积淀为民族心理的一种集体无意识需求，也在文艺园地绽放出灿烂的花朵，成为中华文艺传统中最基本的艺术母题之一。从《诗经》中的“修我戈矛，与子同仇”到《楚辞》中的“鸟飞返故乡兮，狐死必首丘”；从杜甫的“国破山河在，城春草木深”，到陆游的“一心报国有万死，双鬓向人无再青”；从岳武穆的《满江红》，到文天祥的《正气歌》，爱国主义成为贯穿中国正宗文学发展史的一条线索。鸦片战争以来，随着民族存亡危机的加剧，爱国主义更成为近代文学的强音之一。张维屏的《三元里抗英》《三将军歌》，黄遵宪的《哀旅顺》《台湾行》，陈天华的《猛回头》《警世钟》以及邹容的《革命军》，秋瑾的《宝刀歌》等等,都是洋溢着爱国主义激情的著名诗篇。这些诗篇连同当时相同题材和主题的诗文一起,汇聚了中华民族愤怒的嘶吼和抗争的呐喊,唱出了时代强音与民族正气,像一股汹涌澎湃的大潮,把我国源远流长的爱国主义文艺传统推向了一个新的历史阶段。五四新文化运动以来,爱国主义的精魂也在启蒙与救亡的双重变奏中展现出动人的艺术魅力。在五四时期、抗战时期和中华人民共和国成立初期,优秀的爱国主义文艺创作组成了新文艺画廊中一道又一道绚烂的风景。可以说,爱国主义是我们的民族精神之魂,也是我们尤可宝贵的艺术精神之魂。

但是,新时期以来,随着对外交流的增多和中外文化之间碰撞的加剧,在爱国主义问题上逐渐产生了许多不应有的错误认识。在历史研究领域,有人将林则徐的销烟运动视为鸦片战争的根本原因,将义和团的反侵略运动视为盲目的排外运动,把爱国主义诬为狭隘的民族主义,甚至把近代以来的爱国主义生硬地与知识分子中比较普遍存在的封建君主观念、传统的“夷夏之防”观念和所谓“天朝中心意识”联系起来,武断地论定爱国主义是“反动落后政权的最后堡垒”。此类错误观念在文艺领域也造成了诸多混乱和消极影响。在文艺批评和研究中,不少人对爱国主义创作不感兴趣,甚至有意加以贬低;在文艺创作中,不少作家文艺家以维护艺术的自主性、纯洁性为名,有意无意地回避爱国主义题材的创作,似乎一涉及爱国主义就落入了“主旋律”的窠臼,就是政治代替艺术。这种情况在文学创作领域表现得尤为突出。尽管自鸦片战争以来我们的民族经历了无数血与火的洗礼,产生了无数为国呼号奔走的仁人志士,创造了无数可歌可泣的爱国业绩,但真正能与这段历史相称的史诗性的爱国主义鸿篇巨制,在文学中至今还没有见到,这不能不说是文学界的一个悲哀。好在影视艺术创作在一定程度上弥补了这一缺憾,先前我们就有了电影《林则徐》《甲午风云》,现在又有了《鸦片战争》和《红河谷》这类思想与艺术俱佳的精品之作。这些作品的出现既在一个特殊的有历史纪念意义的时刻重新接续了中国爱国主义文艺的光辉传统,也是对那些沉溺于风花雪月或一己的小情调、小感受的文学创作者的一个棒喝和警醒。当文学创作者们以“边缘人”的失落心态悲凉地体验着无人喝彩的孤独的时候,《鸦片战争》和《红河谷》等爱国主义影片却获得了巨大的成功,这个鲜明强烈的接受反差难道不值得我们认真思考一下其中的原因吗?当文艺工作者远离了人民大众的精神需求的时候,他实际上也就把自己从广大的艺术接受者那里自我放逐了,这个道理不是明摆着的吗?

这里有一些认识上的问题需要澄清。那些鄙薄爱国主义文艺创作的人们显然忘记了这样一些艺术史实:有着九死而不悔的爱国痴情的屈原正是中国文学史上的第一个成就非凡、影响深远的大诗人；正是像火焰一般燃烧着的爱国情志成就了陆游在中国诗史上的不朽地位；而在西方文学史上，托尔斯泰的长篇巨著《战争与和平》正是一部瑰丽宏伟的爱国主义史诗。可见，表现和弘扬爱国主义，不仅不意味着降低艺术层次，背离艺术精神；相反，正是对于祖国的深情眷恋和热爱，对祖国命运和前途的热切忧虑和呼喊，赋予了文艺史上许多作品震撼人心的永久魅力，成就了许多文艺家彪炳千古的大家或名家地位。从文艺的审美认识和教育作用来看，鄙薄爱国主义文艺创作也是没有道理的。既然爱国主义构成了民族精神生活的一个重要方面，不仅在历史上而且至今仍然是深深地积蓄于祖国亿万儿女心中的内在激情，那么审美地表现这种生活和激情，也是以反映社会和人生为首要任务的文艺创作所应承担的一份责任。而且，文艺作为塑造国民魂灵的重要文化形式，作为映照国民精神前行的灯塔，现时代的文艺创作仍然有义务把这种世世代代培养累积起来的美好情感发扬光大。应该通过艺术的创造，使我们的民族更团结、更具有凝聚力，并把这种精神上的凝聚力转变为创造历史的现实力量，以使我们的祖国更强大、更繁荣，更有尊严地屹立于世界各民族之林。在这一方面，具有广大受众的影视和戏剧艺术，有其更加不容推卸的历史责任，也更易于达到其预期的社会效果。像《鸦片战争》和《红河谷》这种既具有深刻的历史与文化内涵，又富有浓烈的爱国激情的史诗性作品，对于民族内在心灵的塑造、精神境界的升华，有着难以估量的作用。

当然，爱国主义的文艺创作不应是一种模式，也不应只是在某些特殊的历史时刻才掀起的创作浪头。在文艺界，有些人仅将爱国主义创作定位在某些特定历史题材创作上，这也是一种认识上的偏差。实际上，爱国主义在不同的历史时代有其不同的历史内涵。如果说近现代以诗歌为主的爱国主义文艺创作以反侵略、反投降、抗敌寇、雪国耻为基本主题的话，那么在当前，在我们的国家正变得越来越强大的今天，爱国主义的文艺创作则不仅应该从历史上寻求创作题材和激情，也应该从我们的现实生活中获得创作灵感和动机。爱我们的祖国，爱我们的生存家园，爱我们伟大的人民，展示祖国日新月异的新变化，塑造新生活创造中的英雄形象，增强全国人民的民族自信和自豪感，以此达到团结人民、教育人民的目的，鼓舞全国各族人民为更加美好的生活、为祖国更加繁荣和强大的未来而努力奋斗，这也是新形势下爱国主义在艺术中应有的表现。以前些日子济南成功上演的话剧《红绿灯下》为例，剧中所表现的那些爱岗敬业、爱民为民的英雄事迹，难道不正是新时期爱国主义的一种具体体现吗？所以，爱国主义的创作题材和范围是广阔的，不是狭隘的。它不会窒息创作自由，只会为文艺创作提供强烈的动机，开辟更加广阔的创造天地,将文艺创作与时代和人民更加紧密地联结起来。就此而言,奏响爱国主义的时代之音,不仅是时代和人民对于艺术的需求,还是文艺创作走向时代和人民的一个契机,是文艺工作者拥抱时代精神、外化使命意识的一种具有积极社会价值的艺术选择。作为观众和批评家,我们应为这样的选择喝彩!

(原载《戏剧丛刊》1997 年第 4 期)

走出“形象”的遮蔽

这是一个“形象”膨胀、人格退隐的时代。如同物质消费中人们更注重产品的品牌一样，文艺消费中的大众，关注和着重的也是一个作家的社会“形象”，是他所具有的知名度或名声，至于他这个人及其作品究竟如何则是无所谓的，关键是要有一种“形象”，要有名气。而作家们似乎也很容易为这种社会氛围所毒化、所同化。只要看看文坛上有多少人在那里练诗外功夫，在那里忙活着制造和包装自己的社会“形象”，在那里与靠炒名人吃饭的大小报记者费心筹划、制造热点，就可以晓得独持操守、超越流俗、出淤泥而不染是一件多么不易做到的事情了。

作家、文艺家社会“形象”的炒作，或直露张扬，或含蓄节制，或自觉热衷，或被动卷入，招数各异，方式多样，可谓各有千秋。概而言之，则不外乎两种套路或策略：一是歌女卖笑型，二是佳人自恋型。前一派文人以满足大众的狂欢为能事，从浅薄的情感、虚幻的梦想到狎邪的淫欲、疯狂的暴力，市场需要什么就奉送什么，只要做稳了大众的情人，便名利双收、红颜可求了；至于艺术的圣洁、做人的良知和社会责任等等，都是一些不值钱的玩意，统统可以不管不顾的。不仅地摊文艺的制作者大都如此，就是纯文艺领域的不少人也深谙此中门道。某些以私人化写作掠誉文坛的哥儿们姐儿们，不就是这样一些作者吗？在那些尚存自尊、自爱之心和羞耻感、道德感的读者眼中，某些持私人化写作立场的作者恐怕不是一些具有正常、健康的人性品性和道德情操的人，而是一些带着阴暗淫邪的眼光窥视他人隐私并津津乐道地暴露自己隐私的人。在这类作者那里，作为真的揭示者、善的维护者、美的塑造者的人类灵魂工程师的社会形象被极其片面和严重地物欲化、情欲化、本能化了。再看看大大小小报刊上尤其是通俗娱乐型报刊上成为舆论哄炒热点的角色，十之七八与轻薄无聊的私人生活特别是情欲生活相关，更可以感受到文人社会“形象”的鄙俗化已经达到何等触目惊心的程度了。如果说把生活丑陋化、把自身形象鄙俗化是这派文人及其创作的一个普遍特点的话，那么随之而来的就是人格的畸形化和人性的卑贱化。

与歌女卖笑型的“形象”塑造法相反的是佳人自恋型的自我包装方式。有那么一类作家、文艺家,他们以芸芸众生的精神导师和拒绝世俗的文化精英自居,经常以举世鄙俗我独雅的心态摆出种种高深莫测状、悲天悯人状、愤世嫉俗状、高雅圣洁状,仿佛是一些不食人间烟火的仙人或楷模人世的圣贤。而他们美轮美奂、冰清玉洁的“形象”外表下,包裹着的却依然是熏心的利欲、从众的媚骨。他们以反世俗的姿态招摇于文坛,但骨子里对功名利禄的渴望却比谁都厉害。而且他们虽以纯文艺的守护神自居,实际上却常以令人不知所以的玄思和卖弄心智的技艺将艺术之美的天然亲和性鼓弄得荡然无存。正如恩格斯批评席勒由混乱的现实逃避到不能实现的美丽理想中依然表现出一种庸人倾向一样,目前文坛上某些以精英自居的人,虽然显得高雅脱俗,实际上也不过是用一种高级的鄙俗代替了种种低级的鄙俗而已。当然,这并不是说天下乌鸦一般黑,文坛上就没有真的高人雅士了,就没有人在严肃地思考艺术和社会问题包括终极性人生问题了。真正的文化精英无疑是存在的,真正为艺术而献身,为思考所折磨,为人类的命运和前途而苦恼地追求着、焦虑着的人是存在的。这是艺术的希望所在,也是民族文化精神的命脉得以传承发扬的根基所在。但是,就像混乱的思想市场上总是冒牌货色多于正牌货色一样,文艺领域的佳人自恋型的“形象”包装者,也常常让人不经意地从他们高楼凭栏的红粉佳人状中发见出无异于丫鬟婢女的思春、思凡、思富贵的俗人本色来。他们故作清高地拉开与俗人的距离,在大众心中粉妆自己完善、高大的形象,但恰恰显出“皮袍下面藏着的‘小’来”,就像鲁迅先生在《一件小事》中所自嘲地剖示的那样。

上述制造和包装社会“形象”的方式和策略表明某些人登龙有术,却深深地寓示着当今文坛的悲哀。因为这类社会“形象”不断地生成,不断地引发轰动效应的过程,也正是艺术之美不断消亡、真实人格不断隐退的过程,“形象”的狂欢是以文艺田园的荒芜、人格境界的坍塌为代价的。无论是歌女卖笑型的“形象”塑造法廉价地倾销自己自尊自爱的独立人格,将人生、人性、人格流俗化、物欲化,还是佳人自恋型的“形象”包装法把自我和艺术“雅致”化、玄秘化,都是对真实、丰满的艺术人格的掏空,也是对自然、圣洁的艺术精神的亵渎和背离。在这里,倒真的应验了解构主义文论的一个说法:作者死了!不少文艺家曾因尼采说出“上帝死了”的名言而狂喜不已。今天,当人们指出在某些码字儿的人那里“作者死了”这一不容置辩的客观事实时,他们还会再度狂喜不已吗?对艺术的创造者来说,当美不再是他们守护的主要神灵了,当真实健康的人性品质不再成为他们艺术创作的内在支撑和活力源泉了,说他们已经死了,是一点也不过分的。这样的作者,自然也就没有资格让人对他们表示由衷的尊敬了。如此，则不仅仅是悲哀而已，简直可以说是文坛的堕落与耻辱了。

在近几年关于人文精神问题的大讨论中，不少论者认为人文知识分子(包括文艺工作者在内)的一项重要历史使命就是在人文失落、道德失范的社会转型期，对大众进行新的思想上的启蒙。其实，鉴于当前的实际，文坛的当下要务，还不是一个文艺家们如何拯救大众、向大众启蒙的问题，而是一个如何自我警醒、自我救赎的问题，也就是如何从“形象”的膨胀和泛滥中拯救艺术精神、拯救自我人格的问题。而重塑艺术人格，正是这种自我救赎的一个内在起点。所谓重塑艺术人格，就是要把文艺家的创造活动置于艺术审美的天地之中和真实人格的基础之上，在艺术人格化和人格艺术化的双向建构中，净化创作心态和创作动机，从而使文艺创作活动更加符合艺术的本性，更能体现出文艺家的人生情怀、人性底蕴和人格力量。拯救大众、启蒙大众固然是文艺所应具有的一种社会功能，但如果文艺家自身不具有一种健康、积极的人生情怀，不具有一种超拔、刚健的人格力量，他又怎么能保证这种外向救赎和启蒙的道德合理性与现实可接受性呢？欲救人者先自救，欲启人者先自启，这个道理应该是不言自明的。如果文艺家自己始终不能从对社会“形象”的迷狂中警醒过来，从“形象”假面的遮蔽中突围出来，他们任何治世救人的玄思妙想、宏言崇论都将流入虚伪，变得虚空无力。齐家治国平天下必自修身始，而重塑艺术人格正是文艺家不可缺少的修身之道。

在今天，提出文艺家的艺术人格问题，首要的一点就是应倡导对于艺术、对于美的一种虔诚，一种非物欲、非名利的挚爱。文艺家也是人，当然会有常人所具的七情六欲，有生活中常人所有的现实需要和功利欲求，作为一个生活在现实中的人，我们不应非难他有自己正当的需要和欲求。但文艺家之所以为文艺家，在于他们具有与众不同之处，其人生职责主要在于发现和创造艺术美，把美的艺术奉献给公众，用美来澄明世界和人生。济慈曾经说过：“对于一位大诗人来说，美感是压倒其他一切的考虑的，或进一步说，取消一切的考虑。”列夫·托尔斯泰也曾虔诚地对人说道：“我是一个艺术家，我的一生都在寻找美。如果您能向我展示了美，那我就要跪下来祈求您赐给我这最大的幸福。”一个真正的文艺家是出于春蚕吐丝一样的需要和天性来创作他的作品的，而构成其创作需要和天性的主要就是发现美和创造美的需要以及与此相伴的激情和感悟、认识和思考。利名心急，不能扫尽俗肠、澄明胸怀，文艺家就不能升华到审美境界，也就不能创造出并将读者引入流溢着自由生命意识的艺术境界。艺术的创造一旦染上物欲和名位的颜色，美便相应地失去其魅人的光泽。正是从这个意义上，老巴尔扎克曾将鄙俗的利禄之辈与真正的文艺家加以区分:利禄之辈或是为了爬上高位而在起床之后心中念念不忘攀龙附凤,趋炎附势,为个人的蝇头小利向上司献媚邀宠,或是像商人之流满脑袋里贪得无厌的就是财富金钱;而真正的文艺家却愿意停留在审美探求的美妙境界,孜孜不倦地为他们内心所追求的目标静思默想,沉浸于“忘我的喜悦”,在这种苦思冥想废寝忘餐的时刻,任何人间的牵挂,任何出于金钱和名位的考虑都不在他们心上了。伟大作家的创作无不印证了这一对比。也正是从这个意义上,马克思曾坚决反对将自由的文艺创作沦为一种行业,作为挣取钱财的手段,说“作家当然必须挣钱才能生活,写作,但是他绝不应该为了挣钱而生活,写作”。他又说:“诗一旦变成诗人的手段,诗人就不成其为诗人了。”可惜的是,对伟大艺术家和思想家们的这些至理名言和忠告,许多现代的文艺家早当作陈词滥调而将其抛到九霄云外了。当文艺创作成为展示无聊隐私的写真图画,成为渲染暴力与色情的庸俗读物,成为替某些大款大腕或权势人物扬名颂德的谄媚工具,如此等等,哪里又有美可言呢?艺术与美是相连的,当美消失了的时候,可能还有作者在,艺术则肯定是已不存在了。

当然,美并不存在于虚无缥缈的神仙境界,对美的发现和创作既非外在于文艺家生活世界的事情,也非文艺家借以从现实逃遁或隐逸的口实。美的世界是人的生活世界的审美展现,也是文艺家主体精神的审美投射,文艺创作活动的审美品格与文艺家的人格境界是密不可分的。西方文论讲“风格就是人”,中国古典文论讲“诗品出于人品”,都是强调艺术境界与文艺家的主体人格的关联。文艺家人格品质的清浊雅俗,往往成为其作品审美品格优劣高下的决定性力量。所以,重塑艺术人格,要倡导文艺家对于艺术和美的虔诚与挚爱,也断断不可忘记了“人格”二字,不可忽略了人格自身的涵养和培育。人格艺术化和艺术人格化,实在是一而二、二而一的事情。从主体人格的角度看艺术人格的建构,目前有三个方面是需要加以特别强调的。

首先,文艺家要涵养自己健康、积极的生活心态和人生情怀,使自我人格也使自己的艺术具有求真向善、质朴刚健的常人本色或自然本色。如前所述,迎合社会低级趣味的文人往往会包装自己的社会“形象”,从而把自己的人生存在物欲化、本能化,这自然是对正常人性和人格的一种异化和扭曲,是人性向下的堕落;而一味地标榜、显示自己的雅致脱俗,在心造的幻影中作所谓精神的逍遥游,或是在自诩的所谓艺术探索中弄一些连专家看了都头疼甚至莫名其妙的文字迷宫或鬼画符,也背离了艺术的人生本色。文艺家们几乎谁都欣赏和认同存在主义哲学家的这样一种观点,文艺是人类诗意栖居的精神家园。然而,假若这家园里只有横流的物欲和情欲、满目的阴暗和丑陋,又何谈“诗意”，人们又怎么会欣然栖居其中呢？同时，假若这家园里只有寂寞的嫦娥、孤独的月桂和陶然自醉的作家本人，只是让人顿生迷离陌生、高处不胜寒之感，它必定也不会是人们情愿栖居的所在。所以，文艺家既要有一种常人所具的自然正常的生活心态和人生情怀，这样，他和他的作品与读者大众才是可以沟通的，具有亲和性的；同时，他又不应满足于与任何什么人为伍，尤其是不能与鄙俗气同声相应、与恶俗气同流合污，而应从自然中升华，比一般人在人格境界上更高尚、更完美，更具有纯净自然的诗意和理想色彩。如此，文艺家的创作才能既源于生活又高于生活，既能为人民大众所乐于接受，又能使人民大众向更新更美的人生境界提高。“清水出芙蓉，天然去雕饰”，这是一种艺术的境界，也应是一种人格的境界。

其次，文艺家应培养自己基于人格独立意识的做人良知和社会责任感，从而使自己具有一种风骨特立的人生正气和化育人心、改造社会的艺术勇气。忘情于“形象”的自我包装的人，往往容易在从众从俗的物欲化潮流中丧失了自己守持的人生立场，湮没了自己独立的人格意识，从而失去了真正的自我。一旦失去了独立自在的人格意识，什么做人的良知、社会的责任等等，也就成为不屑一顾的物事了。然而，一个真正的文艺家是绝不会失去了这种独立的人格意识的，他不会人云亦云、随波逐流，不会把自己降低到一般人格境界之下，使自己成为某种身外之物的附庸和符号性工具。相反，他总是作为一个独立的创作个体参与到文艺进程中来，从自己特定的人生立场、固有的世界观和人生信念出发来观察和反映世界，表现和评判人生。在反映世界的同时，也表现自己，立足于现实人生之中，又超出于现实人生之上，这正是一个真正的文艺家所努力追求的人生创造境界。当然，具有独立不移的人格品质，不是为了佳人自恋、孤芳自赏，以自己的雅来显示大众的俗，也不是逃离尘世烟火，做游离于现实社会与人生的闲云野鹤；相反，这是为了不使自己沉沦于物欲和名位，是为了在自立的基础上立人，在自救的前提下救人。好的文艺具有参天地、赞化育、移风易俗、改造社会的能力。而自我人格的独立正是一个文艺家介入社会和人生的一个有力支点和起点。一个优秀的文艺家不会泯灭了自己的独立意识去迎合流俗，也不会空有做人的良知而放弃了自己的社会责任和人生使命。“己欲立而立人，己欲达而达人”，这是仁的境界，也是一个文艺家应追求的境界。然而，尽管目前随着现实主义的回潮，文艺创作反映现实生活、揭示社会矛盾、介入社会与人生问题的意识有所增强，但即使是那些被人们称誉叫好的作品，其对现实的剖视深度和干预力度还是很不够的。而更多的作家，是对现实的社会矛盾和人生处境体察不够、感受不多，有的甚至干脆在躲避崇高、游戏人生的艺术主张下对现实采取了无视或逃避的态度,以加括弧的方式将现实搁置起来,存而不顾了。因此,提倡文艺家站在人民大众的立场上,在理想之光的烛照下介入现实,以推动历史的进步和人性的升华,尽到一个时代之子应尽的艺术责任,在目前还是极有必要的。

复次,文艺家要培育自己的艺术个性,努力追求在新时代的文艺大合唱中发出自己的声音。列夫·托尔斯泰曾经这样说过:“实际上,当我们阅读或者思考一个新作家的一部艺术作品的时候,在我们的心里产生的一个主要问题经常是这样的:‘喂,你是个什么样的人呀?你在哪一点上跟所有我所认识的人有所区别?关于应当怎样看待我们的生活这一点,你能够对我说些什么新鲜的东西来呢?’……如果这是一位已经熟知的老作家,那么,问题就不在于你是什么样的人,而是:‘喂,你还能够对我说出些什么新鲜的东西呢?你现在是从哪一方面向我阐明生活的呢?’”屠格涅夫也认为对一个真正的文艺家来说,重要的是应拥有“自己的声音”。可以说,能否拥有属于自己的声音,是一个文艺家是否形成了自己富有独创性的艺术个性和风格的标志。一个文艺家发不出自己的声音,也就谈不上具有自己的艺术人格的问题。纵观新时期文艺的发展历程,毫无自己的独特追求和艺术个性,甚至在对时髦风潮的追逐附趋中丧失了自己的艺术个性和特色的情况是极为普遍的。时至今日,照搬模仿、追“新”趋“后”的浮躁心态依然是多数文艺家的通病,成为制约他们走向独特艺术创造天地的主体心理障碍。在不少文艺家的意识中,似乎他的创作只有汇入某种时兴的文艺潮流,或被批评家归类到某种创作主张或创作流派中才是有价值有意义的。如此,他才会有一种归属感、成就感,殊不知这可能成为消解自己艺术个性的开端。从一定意义上说,一个文艺家追“新”趋“后”地迎合潮流、归顺流派的心态越是严重,其创作就越可能没有价值和意义,至多只能作为印证某种现象的类属材料,因为这样的文艺家往往不能构筑起自己与众不同的审美时空,创造出蕴含独特的审美形象。而在艺术审美的领域,越是与众不同,越可能是具有价值和成就的。一个作家、艺术家要在文坛上拥有自己的声音,既要具有求新求变的创新精神,敢于冲破传统的艺术成规和固定僵化的审美风尚和趣味的束缚,有给予社会趣味一记耳光的勇气和胆力,同时也要敢于坚持己见,从自己的性情、素养、人生信念和审美理想出发探索符合自己个性特点的艺术创造之路,认准了的路要坚持不懈地走下去,绝不左顾右盼、三心二意。勇于新变和固持己见,这两个方面不是对立的,而是对立统一、相辅相成的。在许多情况下,后一方面对一个文艺家艺术个性的形成是更为根本的。一个有特色、有自信、有自持的人生和艺术理念的文艺家,要不惮于背负“偏执”“保守”等等的批评。在文艺领域,新与好并不完全是等同的概念。一味地追新求变往往正是没有个性、特色和艺术自信的表现，而“偏执”“保守”倒往往是有个性、有特点、有独特理念和追求的表现。独特的艺术人格也是以独特的艺术追求和艺术个性为支撑的，这似乎也并非什么特别深奥的道理。问题在于有些人往往忘记了这个道理，或是不肯下功夫下力气实践这个道理。文坛上那些追新猎奇的变色龙，常常就是这样一些人。

总之，当今的文坛，需要的是艺术人格的重塑，是艺术的人格化和人格的艺术化，而不是从众从俗的无灵魂无个性的“形象”的假面。什么时候文艺家们不再迷恋“形象”的虚饰，不再陶醉于“形象”的狂欢了，什么时候真正的艺术人格才会冲出“形象”冰山的挤压，在人生世界和艺术世界绽放出舒展自由、清新自然的美丽花朵。只有立足于艺术人格的重塑，美才能充盈于人生和艺术之中，才会有人生和艺术的大气格、高境界。这样的期待过于遥远吗？遥远，也不遥远。

（原载《山东文学》1998 年第 1 期）

始终坚持文化建设的先进性

经济、政治和文化，是人类社会赖以存续与协调发展的三个维面，三者相互联系、相互影响、相互作用，缺一不可。经济的发展提供人类生存与发展的物质基础，政治的进步构建人类趋向正义与和谐的生活秩序，而文化的创造则显示人类对于生存意义和精神价值的追问与探求，从而为经济发展和社会进步提供精神动力和智力支持。江泽民同志在总结中国共产党80年历史经验基础上提出的“三个代表”重要思想，不仅从宏观上阐明了经济、政治、文化三者之间的辩证关系，而且从建设有中国特色社会主义大业的现实需求出发，对文化建设的重要性作出了富有时代高度的科学论述。在“七一”重要讲话中，江泽民同志明确提出“我们党要始终代表中国先进文化的前进方向”(《在庆祝中国共产党成立八十周年大会上的讲话》)，这既是对中国共产党在新的历史时期开展文化工作的高瞻远瞩的目标定位，也是对以繁荣社会主义文化为己任的广大文化工作者的一个新的时代性的殷切要求。正确理解和把握“三个代表”重要思想中关于先进文化问题的科学论述，自觉地坚持先进文化的前进方向，以创造性的工作成果来繁荣社会主义文化，为有中国特色社会主义伟大建设事业提供思想保证、价值导向和精神凝聚力，是面向新世纪的广大文化工作者肩负着的一项崇高的历史使命。

从文化哲学的角度来讲，文化创造乃是人类超越自然、脱离野蛮而向人生、人性更高阶段迈进的文明生成活动。文化创造活动的承担主体是人类自身，它是由人来进行的，又是为着人自身的需求而进行的。在人类社会的早期阶段，文化创造活动与人类日常生活中的物质活动和物质交往紧密交织在一起，更多地带有实利的物质欲求的色彩；而随着社会生产水平和文明程度的不断提高与进步，人类在精神方面的需求日渐丰富和多样起来，并且逐渐超脱了物欲层面的束缚而成为人类需求的另一维度。越是开化与文明的民族，其精神文化方面的需求便越是丰富、多样和高级。因此，在通过大力发展社会生产力来创造丰裕的物质产品以满足人们日益增长的物质需求的同时，也通过大力发展文化事业来创造丰富的精神产品以满足人们日益增长的精神需求，简言之，使物质文明建设与精神文明建设齐头并进、协调发展，以推动社会的进步与人生的幸福和人性的和谐，愈益成为现代文明社会中国家和政府全力关注的事情。江泽民同志指出，在有中国特色社会主义的建设实践中，要通过发展健康向上、丰富多彩的，具有中国风格、中国特色的社会主义文化，来满足人民群众日益增长的精神文化需求，引导广大群众从思想上精神上正确武装和不断提高起来。这正表明了社会主义的文化建设是以人民群众的精神需求为目的和动力的，表明我党大力建设先进文化同大力发展先进生产力一样，同样是以实现人民群众的根本利益为归宿的。

立足和服务于人民群众的精神需求，历来都是马克思主义者和中国共产党人所坚持的文化建设宗旨。早在 19 世纪 40 年代初，当马克思主义刚刚开始形成的时候，马克思就在自己的著作中以富于哲理的思想语言庄严申明："哲学把无产阶级当做自己的物质武器，同样地，无产阶级也把哲学当做自己的精神武器；思想的闪电一旦真正射入这块没有触动过的人民园地，德国人就会解放成为人。""德国人的解放就是人的解放。这个解放的头脑是哲学，它的心脏是无产阶级。"(《黑格尔法哲学批判·导言》)100 年后，毛泽东在陕甘宁边区文化协会第一次代表大会上的讲演《新民主主义的政治与新民主主义的文化》中，与当时新民主主义的革命阶段相适应，提出了建设科学的民主的大众的新民主主义文化的理论，明确指出"这种新民主主义的文化是大众的，因而即是民主的。它应为全民族中百分之九十以上的工农劳苦民众服务，并逐渐成为他们的文化"(《新民主主义论》)。正是基于这种文化建设理念，毛泽东此后在延安文艺座谈会上的讲话中提出了文艺为最广大的人民大众服务的主张，强调"我们的文学艺术都是为人民大众的，首先是为工农兵的，为工农兵而创作，为工农兵所利用的"(《在延安文艺座谈会上的讲话》)。改革开放新时期，党中央根据邓小平同志的有关论述，在继承和发展《讲话》精神的基础上，提出了文艺"为人民服务，为社会主义服务"的重要方针。这是文艺工作的方针，其实也正是一切文化工作的基本方针。进入 21 世纪，江泽民同志又在总结历史的基础上，并着眼于新的现实与实践，提出要建设面向现代化、面向世界、面向未来的，民族的科学的大众的社会主义文化，要"唱响社会主义文化的主旋律，坚持为人民服务、为社会主义服务"(《在庆祝中国共产党成立八十周年大会上的讲话》)。这充分表明"三个代表"思想中关于先进文化的论述与马克思主义的传统文化建设理念和我党一贯坚持的文化建设方针是一脉相承的。

应当承认，受"左"的政治桎梏和文化思潮的影响，在以往的某些时期，我党为人民服务的文化方针并没有得到很好的贯彻。文化工作常常背离了满足人民精神文化需求的宗旨而沦为政治斗争的附庸。在国家生活转向以经济建设为中心之后,随着某些传统的或外来的落后、腐朽思想观念的浮起和侵入,拜金主义、享乐主义、极端个人主义等腐朽思想又在社会上沉渣泛起,并腐蚀着一部分文化人的精神世界。他们或者把自己从事文化艺术工作所拥有的一己之长作为追名逐利的手段,或者在一己之乐的浅唱低吟中孤芳自赏,从而忘掉了文化艺术工作与人民大众之间应有的血肉联系,忘掉了自己对国家、民族,对人民大众所应承担的历史责任。因此,在社会主义市场经济发展的当今条件之下,明确申明有中国特色社会主义文化的创造要为人民服务,要以满足人民群众日益增长的精神文化需要为目的和动力,就不仅仅是对历史经验的一般性理论总结,更是关于文化发展的具有极强现实针对性、具有价值导向意义的战略筹划。而且,江泽民同志还明确提出,满足人民群众的精神文化需要应着眼于促进全民族思想道德素质和科学文化素质的不断提高,着眼于引导广大人民群众从思想上精神上正确武装和不断提高起来,强调文化建设要坚持用科学的理论武器人,以正确的舆论引导人,以高尚的精神塑造人,以优秀的作品鼓舞人。这又对从哪些方面满足人民群众的需要、满足人民群众什么样的需要,作出了清楚的说明,提出了明确的目标,值得广大文化工作者深长思之,并勉力践行之。

如果说文化建设的宗旨在于为人民服务,在于满足人民群众日益增长的精神文化需求,那么从提高人民群众精神文化需要水平的角度来看,只有健康先进的、富于时代气息和理想导向的文化创造才能更好地满足人民群众的需要。改革开放以来,我们党逐渐认识到,社会主义社会是全面发展、全面进步的社会。社会主义现代化事业是物质文明和精神文明相辅相成、协调发展的事业。因此,在推动物质文明建设的同时,还必须努力推进社会主义精神文明建设,也就是要大力加强先进文化建设。在"七一"讲话里,江泽民不仅明确提出了建设当代中国先进文化的要求,也对何为当代中国的先进文化作出了明确的界定,指出:"在当代中国,发展先进文化,就是发展有中国特色社会主义的文化,就是建设社会主义精神文明。"(《在庆祝中国共产党成立八十周年大会上的讲话》)着眼于文化建设的先进性,充分表明了我们党和我们党的文化建设方针与时俱进的品质。

那么,应该如何来创造和建设当代中国的先进文化呢?当代中国先进文化的建设应该坚定地立足于建设有中国特色社会主义的伟大实践。文化作为精神现象,有其相对独立的发展规律,继承、发扬和借鉴古今一切优秀的文化遗产,也是文化发展的一条重要规律。但是,从本质上讲,一定的文化是一定社会的经济和政治在观念形态上的反映。任何一个时代先进文化的创生总是深深植根于人民群众改造自然、改造社会的经济活动和政治实践之中，植根于时代生活的土壤之中。离开了这块土壤，文化创造就不会真正开出绚丽的花朵，结出丰硕的果实。在经济全球化、政治多极化和知识经济初见端倪的当今时代，整个世界正在飞速地发生着变化，而以市场经济为基础的有中国特色社会主义事业也正在改变着中国的历史面貌。中国的发展正面临着新的机遇，社会主义现代化事业正为亿万人民开拓着新的生活天地。这种新的历史现实，为文化创新提供了坚实的基础、深厚的源泉、丰富的内容和阔大的前景。先进文化的建设只有紧紧追随着时代前行的步伐，与时俱进，努力创新，充分展现时代生活，体现时代要求，才能满足人民群众日益增长的精神文化需求。早在 1979 年，邓小平就在中国文学艺术工作者第四次代表大会上的祝辞中要求文艺工作者要深入四个现代化建设的火热现实，围绕实现四个现代化的共同目标，开拓文艺的新路子。他说："自觉地在人民的生活中汲取素材、主题、情节、语言、诗情和画意，用人民创造历史的奋发精神来哺育自己，这就是我们社会主义文艺事业兴旺发达的根本道路。"(《在中国文学艺术工作者第四次代表大会上的祝辞》)这是文艺事业兴旺发达的根本道路，其实也是一切文化事业繁荣昌盛的必由之路。在"七一"讲话中，江泽民同志又把努力体现面向现代化、面向世界的要求作为先进文化的基本规定性之一，强调先进文化建设必须"立足于建设有中国特色社会主义的实践，着眼于世界科学文化发展的前沿"，"必须结合新的实践和时代的要求，结合人民群众精神文化生活的需要，积极进行文化创新"。(《在庆祝中国共产党成立八十周年大会上的讲话》)应该说，面向现实的文化创新是保持文化先进性的根本，只有做到了这一点，才能使当代中国的文化建设富有改革开放的时代精神风貌，才能从时代的高度上把有着悠久深厚历史传统的中华文化提升到一个新的水准新的境界。然而，反观当下中国文化界的现实，不难发现，无论是文艺界还是其他文化研究领域，都程度不同地存在着空谈理论、脱离实践的倾向。人们习惯并乐于凌空蹈虚，做大而化之的空洞玄虚之论，却不善于面对改革开放的火热现实，从活生生的实践中去观察现实、发现问题、揭示矛盾，提出改革现实、完善人生的办法，从而不能真正在文化建设与现实实践之间建构起良性的互动关系，这种文化创造倾向是值得我们注意的。

在立足于时代现实的基础上，当代中国先进文化的建设还应该具有理想化的品质。由于经济关系和社会生活多样化的影响，中国当前的文化生产现实也呈现出多样化的态势。表现各种价值观念的文化产品，似乎都有一定的市场。这种状况导致了某些错误的文化创造观念。比如有人认为凡是存在的就是合理的，只要有消费市场，什么样的文化产品都可以生产。这里必须指出,说凡是存在的都是有缘由的,都是有其社会存在基础的,是对的,但有缘由而存在的东西其存在却未必都是合理的。出于历史和现实的原因,我们当前的社会中还存在一些带有迷信、愚昧、颓废、庸俗等色彩的落后文化,甚至还存在一些腐蚀人们精神世界、危害社会主义事业的腐朽文化。它们的存在不仅是不合理的,而且是极其有害的,是先进文化建设中必须努力防止并坚决抵制和清除的。与这类观念相联系,还有人大力鼓吹文化相对主义,以文化的相对性来否认和抹杀文化的先进与落后之分。其实,文化相对主义本是西方人类学研究中的一种学说,这种学说认为,人们的信仰和行为准则来自特定的社会环境,因而每一个民族、每一种文化都会产生自己的价值体系,不能主观武断地用一种文化标准去衡量另一种文化。文化相对主义反对西方某些社会学和人类学用民族自我中心或文化中心主义(主要是欧洲中心主义或西方中心主义)的偏见来比较不同民族的文化,反对把自己的文化看成优越于他人,并以自己的文化价值和标准评判别的文化的倾向。应该说,对消解文化中心主义的偏见来说,文化相对主义是有其合理性的。但是不能把文化相对主义的名目用来否定文化存在先进与落后之别。文化上的先进与落后是以历史进步为尺度加以区分的,是从能否推动历史进步的角度着眼的。历史在过去、现在与未来的时间维度中延展自身,与此相适应,文化的创造也会因其与不同的经济和政治因素的关联而显示出不同的价值和意义。一般来说,与新的社会生产关系和政治关系相适应,并且能够推动先进生产力的发展,能推动新的经济关系和政治制度朝更符合人生和谐与幸福的方向而发展的文化就属于一个时代的先进文化;反之,那些阻滞先进生产力的发展,与更符合人的全面和谐发展的社会经济制度与政治制度相抵触、相背离的文化就是落后的,甚至可能是腐朽没落的。而且,先进文化总是在与落后特别是腐朽、反动的文化相区分、相对立、相斗争中发展、壮大自身的。所以,抹杀与否定文化存在先进与落后之分是不正确的。

在当代中国,凡是能够推动有中国特色社会主义经济、政治关系的确立与发展,能够推动社会主义全面发展、全面进步的文化就是先进文化,也只有这种文化才能代表中国文化的前进方向,是应该唱响的主旋律。江泽民同志指出,当代中国的文化建设,应该牢牢地把握中国先进文化的发展趋势和要求,坚持以马克思列宁主义、毛泽东思想、邓小平理论为指导,以培养一代又一代有理想、有道德、有文化、有纪律的公民为根本任务。他特别强调加强社会主义思想道德建设的重要性,强调文化建设要帮助人们树立正确的世界观、人生观和价值观,坚定对马克思主义的信仰,坚定对社会主义的信念,增强对改革开放和现代化建设的信心,增强对党和政府的信任,增强自立意识、竞争意识、效率意识、民主法律意识和开拓创新精神。这一切，既包含对当代中国文化建设的现实性要求，也蕴含着对当代先进文化创造的理想化导向。相对于培养有文化、守法纪的公民来说，培养有理想、有道德的公民是当代中国先进文化建设应承担的更高的任务，也是衡量文化创造的先进性的一个更高的指标。马克思主义是一种有自己的社会发展理想和人生价值理想的学说，以马克思主义为思想指导的中国先进文化建设，当然不能泯灭了这束灿烂的理想之光。更重要的是，社会主义现代化事业是一项动态发展、面向未来的伟大事业，只有具备理想指向、面向未来的文化创造才能与这一伟大的事业相匹配、相媲美。淡化甚至排除文化建设的理想化的品质，文化生产就可能导向功利主义、实用主义，走向平庸乃至庸俗。这样的文化就难以构成民族的灵魂，难以成为照耀民族前行的精神火炬，从而难以为人类社会的全面进步提供精神动力。

如果说，以科技进步和市场调控为手段和途径的经济现代化和以民主法治为主要内容的社会主义政治制度建设为广大人民群众发挥主体作用、创造英雄业绩搭构了新的历史舞台的话，那么，有中国特色社会主义先进文化的宏伟工程，则为广大文化工作者发挥聪明才智、展示创造才情提供了难得的历史机遇。以有中国特色社会主义建设事业为辽远阔大的背景，有着悠久历史传统的中华文化正上演着自己文化复兴的新剧。在这出新剧中，每一位文化工作者都是演员。只要我们都有参与历史的热情、关爱人生的胸怀、追求真理的勇气、开拓创新的意识，并善于以世界性的眼光识解本土性的问题，以理想的光芒烛照变化着的现实，就一定能够演好这出民族文化复兴的新剧，能够代表历史前进方向的先进文化就绝不会成为一个空洞美好的乌托邦幻想。

历史前行的步履，在召唤着先进文化的创造。广大人民群众日益增长并不断提高着的精神文化需求，也在期盼着先进文化的创造。对历史的召唤、人民的期盼，文化工作者们，应该义不容辞地作出自己圆满无悔的回应。

（本文与赵冬苓合作，原载《文艺报》2002年10月29日）

先进文化论的理论创新

当今时代,随着世界范围内科学技术和物质文明的快速发展与进步,人们对精神文化的需求也在不断增长,文化在社会生活和国际竞争中的地位和作用日趋重要。优秀健康、繁荣发展的文化不但能够满足人们日益增长的精神文化需求,促进人的全面发展,而且能够推动经济的持续发展和社会的协调进步,增强民族的凝聚力和国家的综合竞争力。因此,重视文化建设、发展文化事业和文化产业就成为当代任何一个国家、民族和执政党必须直面和解决的严峻时代课题。面对这一新的现实境况,在世纪之交的历史时刻,以江泽民同志为核心的中国共产党第三代领导集体立足时代潮流,高度重视文化建设问题,在"三个代表"重要思想中明确提出了建设和发展有中国特色社会主义先进文化的理论主张。党的十六大以来,以胡锦涛为总书记的党中央又对"三个代表"重要思想和先进文化建设问题作了进一步的重要论述和阐发,并出台了一系列具有重大战略意义的文化建设举措。先进文化论不仅在实践层面上将发展和繁荣面向现代化、面向世界、面向未来的,民族的、科学的、大众的有中国特色社会主义文化作为我国社会主义现代化建设事业的一个重要方面,把能否代表和主导先进文化的发展方向直接与中国共产党的执政地位联系起来,而且从理论层面上对文化创新的指导思想、文化在社会全面发展和进步中的地位和作用,以及先进文化建设的方针、方法和政策等一系列相关问题作了科学的论述和探讨,是马克思主义与当代中国具体实践相结合的产物,是当代马克思主义文化理论的最新发展成果,它的诸多思想观念和理论主张都具有重大的理论创新意义。

首先,先进文化论把与时俱进的思想观念作为当代文化创造的指导思想,解决了文化创造怎样才能具有先进性、先进文化如何生成的问题。先进的文化首先意味着先进的思想观念,只有在先进思想观念的指导下,文化创造的先进性才能得到保证。我们党之所以坚持以马克思主义为指导,就是因为马克思主义是迄今关于人类社会发展的最为先进科学的思想理论。但是,对马克思主义的理解和坚持不能是僵化教条的。因为人类社会的发展日新月异，社会主义事业的建设也不断面临新情况、新问题，许多新情况都是马克思主义创始人没有预想到的，出现的新问题在经典马克思主义那里也不可能找到现成的答案。因而，社会主义文化建设乃至整个社会主义事业的建设都要求我们与时俱进，开拓创新，要求我们不断审视新局势，研究新情况，解决新问题，要求我们必须根据生产力发展和社会制度的改革与完善的需要而不断进行思想文化领域的创新。只有这样，才能保证文化建设的先进性，进而为社会的发展和进步指明方向、开辟道路。事实上，也只有坚持与时俱进的精神，不断进行思想文化创新，才能真正做到对马克思主义的正确坚守与科学发展。因为马克思主义本身就是与时俱进的理论结晶，马克思主义的每一次重大理论飞跃都是与时俱进、开拓创新的结果。马克思主义之所以具有强大的生命力就在于它能够根据人类社会发展的客观实践不断总结新经验，创造新理论，并用新理论指导新的社会实践。因而，与时俱进就成为马克思主义的基本理论品质。毛泽东思想、邓小平理论都是与时俱进地坚持和发展马克思主义的光辉典范。邓小平在新时期早期一再倡导的解放思想、实事求是的思想路线其实质也就是一种与时俱进的思想观念。先进文化论抓住了马克思主义的这一理论品质，指出只有弘扬与时俱进的精神，不断开拓创新，才能保证社会主义文化的先进性，这就为我国当代的文化建设提供了思想观念和方法论上的指导，无疑既是对马克思主义的继承和坚持，也是对马克思主义的发展和创新。

其次，先进文化论从科学发展观出发对文化在当代社会发展中的地位和作用作出了新的认识和阐发。科学发展观是党的十六届三中全会从新世纪新阶段党和国家事业发展全局出发提出的重大战略思想，它的基本内涵就是坚持以人为本的价值取向，强调经济社会发展的全面性、协调性和可持续性。科学发展观既科学阐明了经济社会发展的客观规律和价值取向，也深刻指出了文化在当代社会发展中的重要地位和作用。科学发展观认为，社会的发展是一个复杂的系统工程，单纯的经济增长不是衡量一个社会发展水平和文明程度的唯一指标，也不应当成为人类社会追求的唯一目标。当代社会应当努力追求物质文明、政治文明和精神文明的全面进步，谋求经济、政治、文化的协调发展和相互促进。可见，文化建设对于社会的全面进步和协调发展具有重要意义。同时，文化对社会的持续发展也有重要作用。文化虽然是一定社会经济、政治的反映，但它也对经济和政治施加强大的反作用力，能为经济、政治的发展提供思想基础、精神动力和智力支持。因此，要保证经济社会的快速持续发展也必须重视文化建设，发展先进文化。此外，文化在当代社会发展中的意义还在于它承担着提高社会成员人文素质的重任。人文素质代表了人的文明程度,也标志着社会的进步水平,无论对于人的发展还是社会的发展都有着重大的意义。科学发展观注重社会和人的全面和谐发展,便必然在重视科学教育的普及和社会成员科学素质提高的同时,重视发展先进文化,提高社会成员的人文素质,以促进人的全面发展,这是以人为本的发展理念的内在要求。只有提高社会成员的整体人文素质,才能更好地协调人与人、人与自然之间的关系,才能使社会发展走上公平合理、健康持续的道路。科学发展观依据当代社会发展的具体现实和未来趋势,深刻阐明了文化在当代社会发展中的重要意义,无疑是在理论上的与时俱进,开拓创新。

再次,先进文化论对文化在综合国力中的重要地位形成了具有时代特质的新认识。在当今时代,文化作为影响社会整体发展的重要精神因素,对一个国家的综合国力有着举足轻重的影响。文化的繁荣和发展不但能够为经济的发展提供强大的精神动力和智力支持,为政治制度的革新开辟道路、指明方向,而且有助于民族精神的培育和民族凝聚力的增强。因而,发展文化成为增强综合国力的重要途径,文化实力也自然和经济实力、国防实力、科技实力等一起成为综合国力的重要组成部分。随着信息社会的来临和国际竞争的日趋激烈,文化与经济、政治日趋交融,日渐一体化,文化增强综合国力的作用变得更加显著。作为文化与经济相融合的产物,文化产业在当代社会获得了飞速发展,并逐渐成为一些国家的支柱产业。这一现象充分表明原本作为软实力的文化正在转化为经济硬实力。美国在全球的经济扩张和政治扩张同时也伴随着文化上的扩张,而其文化上的扩张反过来又推动了其经济和政治上的扩张。可见文化实力和政治实力、综合国力是息息相关的。我们党深刻认识到文化在综合国力竞争中越来越突出的地位和作用,也清醒地看到目前我国文化建设的欠缺和薄弱,因而把文化建设问题提升到社会整体发展的战略高度加以思考。我们党指出,为增强我国综合国力的竞争力,必须大力发展社会主义先进文化,不断提高人民群众的科学文化和人文素质,并使他们始终保持昂扬向上的精神状态,从而为经济建设不断注入强大的活力;必须积极支持文化产业的发展,提高我国文化产业的整体实力和国际竞争力;必须努力增强社会主义文化的吸引力和感召力,坚持弘扬和培育民族精神,以增强国家和民族的凝聚力。这些新的认识和主张为我国在新世纪大力发展社会主义文化事业和面向市场的文化产业提供了思想认识上的保证。

最后,先进文化论对我国社会主义文化建设的方针、方法和政策等作出了切合实际的规定,尤其是把扶持先进文化、保护优秀文化成果提到了国策的新高度。文化有先进与落后、有益与有害之分。先进的文化能够丰富人们的精神世界,提升人们的精神境界,增强人们的精神力量;相反,落后的文化无论对个人的全面发展还是社会的整体进步都会起到消极的、负面的影响。基于文化建设的先进性的要求，我们党强调满足人民群众的精神文化需要应着眼于促进全民族思想道德素质和科学文化素质的不断提高，着眼于引导广大群众从思想上精神上正确武装和不断提高起来，强调要以科学的理论武装人，以正确的舆论引导人，以高尚的精神塑造人，以优秀的作品鼓舞人，以具有中国作风和中国特色的文化艺术作品为人民服务，为社会主义服务。在各种文化力量与文化思潮相互激荡的今天，我国的社会主义文化面临着西方强势文化的强大冲击，也经受着封建愚昧腐朽文化的顽强侵蚀。我们党充分认识到各种落后文化的消极性以及建设先进文化的严峻性，从而强调发展社会主义先进文化必须坚持马克思列宁主义、毛泽东思想和邓小平理论在意识形态领域的指导地位；必须在坚持“双百”方针的同时坚持“二为”方针；必须在提倡文化发展的多样性的同时大力弘扬主旋律；必须大力扶持创造先进文化的艺术团体和科研机构，扶持传播先进文化的媒体组织。总之，发展先进文化应当牢牢掌握先进文化的前进方向，充分保障先进文化的创造与传播。我们党还指出，发展先进文化必须重视对人类优秀文化遗产和文化成果的保护，应当既注意发扬民族文化的优秀传统，又积极汲取世界各民族文化的长处。因为先进文化的创造必然是继承基础上的创造，保护、继承优秀的文化成果能促进先进文化的创造。发展先进文化意义重大而又形势紧迫，充满机遇同时面临挑战，所以我们党提出，在文化建设的具体实践中，必须充分运用国家的政策去扶持先进文化，保护优秀文化成果。只有这样，才能保证国家文化、民族文化的先进性，保证有中国特色社会主义文化建设事业的健康发展，并通过文化事业的健康发展为我国社会主义现代化建设事业全面、协调、持续的发展提供价值导向、精神动力和智力支持。

（本文与尤战生合作，原载《文艺报》2004 年 8 月 31 日）

把文艺的生动创造寓于时代进步的运动之中

在中国文联第八次全国代表大会、中国作协第七次全国代表大会上的讲话中，胡锦涛同志从我国现阶段的历史任务和文化工作主题出发，要求一切有理想有抱负的文艺工作者都要担当起时代赋予的神圣使命，积极投身于讴歌时代的文艺创造活动，努力创作出符合时代要求的精品力作，为繁荣社会主义先进文化、构建社会主义和谐社会作出贡献。胡锦涛同志的讲话不仅着重提出了文艺与时代的关系这一马克思主义文艺美学的基本理论问题，而且从时代何以需要文艺、文艺何以具有生命力以及当代文艺家如何表现我们的伟大时代等不同层面，对文艺与时代的关系作出了富有新的时代内涵的阐发，其中的道理，值得广大文艺工作者深思之，并在自己的文艺实践中努力践行之。

作为人类文化创造活动的产物，文艺历来都是盛开于时代生活土壤之上的精神花朵，文艺创造的源泉和文艺创新的动力皆存在于时代生活的潮流之中。只有善于从时代生活的潮流中汲取营养，优秀的作家和优秀的作品才会产生，反之，文艺的创造就会变成无源之水、无本之木，文艺的花朵就会凋谢枯萎，这已是为中外文艺创作实践反复证明并且为文艺理论家们早已认识清楚的真理。在我国，南北朝刘勰在其文论名著《文心雕龙》中即已得出了“时运交移，质文代变”“歌谣文理，与世推移”的精辟论断，唐代大诗人白居易在其《与元九书》中更是响亮地提出了“文章合为时而著，歌诗合为事而作”的创作主张。在西方，产生于古希腊时期并对后世有着深远影响的“摹仿说”文艺观将文艺与时代生活之间的关系置于文艺思考的核心位置，文艺复兴时期的达·芬奇和莎士比亚等文艺大师都把为时代生活照一面镜子作为文艺的职责所在，19 世纪批判现实主义文学的杰出代表巴尔扎克甚至甘愿以变动中的法国社会生活的“书记官”而自居。达·芬奇、莎士比亚和巴尔扎克等人都是马克思、恩格斯至为赞赏的人物。基于社会意识是社会存在的反映这一历史唯物主义的基本观点，马克思、恩格斯终其一生都对能够真实地反映时代生活和历史进程的现实主义文艺创作潮流给予了高度的评价和热切的关注，他们并且期望在无产阶级登上世界历史舞台的时代，从进步文艺中能够出现一个新的但丁来宣告无产阶级新纪元的诞生。俄国革命的导师列宁曾将现实主义大作家列夫·托尔斯泰喻为俄国革命的一面镜子，并且认为真正伟大的艺术家一定会在自己的作品中至少反映出时代生活的某些本质的方面。在为中国进步文艺指明了前进方向的《在延安文艺座谈会上的讲话》中，毛泽东形象地将由人民大众创造的时代生活喻为文学"唯一的源泉"，并号召进步的文艺工作者在学习革命理论用以指导自己的创作的同时，还要学习社会，研究时代，认为唯有如此方能不断丰富自己的创作内容，找准自己的正确方向。由这些简单的回溯可见，重视文艺对时代生活的反映，不仅是中外文艺理论源远流长的优秀传统，也是马克思主义文艺理论的一贯理论特色。

从思想传承的角度来看，胡锦涛同志的讲话将文艺与时代的关系置于重要位置加以论述，既是对中外文艺理论优秀传统的继承，也是对马克思主义文艺理论基本观点的回归。不过，这里的继承，不是简单地回述传统，而是在继承中有所创新；这里的回归，亦非满足于征引经典，而是在基本观念的回归中隐含着新的阐发、彰显着鲜明的时代意识。其创新之处首先在于，胡锦涛同志的讲话以人类文艺发展的历史经验为借鉴，提出了进步文艺与时代进步的关系问题，阐明了时代何以需要文艺以及文艺家为什么应该投身于讴歌时代的文艺创造活动中的道理所在。他在讲话中指出："进步文艺，刻写着一个民族的希望，昭示着一个国家的未来，深深影响着一个民族的精神和一个时代的风尚。这是古往今来人们赞扬进步文艺、呼唤进步文艺的根本原因。"这是对文艺与时代关系的一个极为精辟、深刻的理论概括。一方面，作为时代生活的形象反映，优秀的文艺与它赖以生成的时代生活之间，也就是文艺本体与时代生活的历史存在本体之间，有一种同构的关系，优秀的进步的文艺家总是与时代同呼吸、共步伐，在自己的创作中记录着时代变迁的轨迹和历史前行的希望，从而成为时代进步和社会发展的精神标尺；另一方面，正是因为进步文艺显示着人类历史活动的精神向度，寄寓、承载着通往美好未来的理想和希望，所以进步文艺又总是能够对于民族精神的塑造和时代风尚的净化产生深刻的影响，从而成为民族精神的火炬和人民奋进的号角。如此来说，文艺是不能脱离开它所赖以生成的时代生活的，这是文艺的根系所在、生命本源所在。与此同时，时代生活也是不能缺少文艺的精神滋养的，时代需要文艺展示自己的历史形象和文明发展程度，更需要文艺以其精神的光亮引领历史前行的方向，提升民族生活的精神境界。时代进步为进步文艺提供了创造基础，进步文艺反过来又推动着引领着时代的进步。时代对于进步文艺的呼唤，表明了创造时代生活、推动时代潮流的人民大众不甘于平庸，有其向真、向善、向美、向精神的高处发展的历史追求。进步的文艺也从来不会忽视这种呼唤,因为对这种呼唤的回应正体现了文艺家的社会责任,也是文艺家永不割断与生活的联系、永葆源头活水的保证。

胡锦涛同志的讲话不仅从历史进步的角度阐明了时代需要文艺的客观必然性,还从文艺何以具有生命力、感召力的角度深刻论述了文艺听从时代召唤、反映时代生活的主体必然性。文章千古事,甘苦寸心知。作为自己精神劳作的产儿,任何文艺家都珍爱自己的作品,都希望自己的作品富有感召力,能够广为人们所接受,并有着久远的艺术生命力。然而,文艺作品的生命力、感召力究竟来自哪里呢?对此,直到今天,在不少文艺家那里还是存有不少模糊甚至错误的认识的。有人认为文艺的生命力仅仅来自形式技巧,因而片面追求形式技巧上的花样翻新,却有意无意地淡化乃至消解文艺的时代生活内容和思想取向;有人认为文艺的生命力在于主观情感的自我表露,因而一味张扬个人体验和自我表现而排斥对于社会问题和时代矛盾的真实观察和反映;也有人无节制地追求文艺的娱乐性、休闲性,因而淡忘乃至主动抛弃了文艺的社会认识和审美教育作用,逃避或者回避文艺对于提升民族精神境界、推进时代生活进步应该承担的社会责任。这样一些片面的、错误的认识导致了某些文艺创作中时代感与历史感的匮乏与缺失,对当代文艺的发展产生了消极的影响。胡锦涛同志的讲话,在总结历史经验的基础上从正面指出:"一切有成就的文艺家,都注重在时代进步的伟大实践中汲取创作灵感,都注重反映和引导人民创造历史的壮阔活动。只有与时代同步伐,踏准时代前进的鼓点,回应时代风云的激荡,领会时代精神的本质,文艺才能具有蓬勃的生命力,才能产生巨大的感召力。"这段话,明确地回答了创作灵感从哪里来、文艺生命力从哪里来的问题。文艺创作的灵感不能拜于神赐,也不是来自书本和古人,只能来自时代进步的伟大实践,来自时代生活的激发。文艺的生命力也只能来自对于时代风云的敏感回应和对于时代精神本质的深刻把握,此外别无其他的法门。同时,只有从历史深处生发出来,只有那些蕴含着丰富、生动的时代生活内容的文艺作品才会具有艺术的感召力,这无论是对同时代的接受者还是对后世的接受者来说,都是如此。背离了时代的要求,不能对时代进步作出自己的激情回应,文艺家只会浪费自己的艺术才华,难以创作出具有饱满的生命活力和生动的审美感召力的传世之作。

最后,胡锦涛同志的讲话还提出并阐述了当代中国的文艺家们应该如何正确认识当代中国现实、如何创造出无愧于当代伟大实践的优秀文艺作品的问题,要求当代中国的文艺家们要"坚持把个人的艺术追求融入国家发展的洪流之中,把文艺的生动创造寓于时代进步的运动之中"。在中国文艺发展的长河中,历代的优秀文艺家,都是把个人的艺术追求与国家、民族的发展和命运自觉地联系起来。从“长太息以掩涕兮,哀民生之多艰”的先秦大诗人屈原,到既有“穷年忧黎元,叹息肠内热”的人生关怀又有“致君尧舜上,再使风俗淳”的国家意识的唐代大诗人杜甫,再到鲁迅、巴金、冼星海、徐悲鸿等为代表的一大批现代作家、艺术家,无不如此。新时期以来,许多优秀的文艺家秉承了这一优良传统。但是,也有一些文艺家对如何处理个人的艺术追求和时代的关系、如何用自己的艺术创造来反映时代生活缺乏自觉的意识。因此,这里有三个方面必须加以着重强调。其一,为了艺术地反映当今时代,首先必须正确地认识这个时代,正确认识时代是艺术地反映时代的前提和基础。只有正确认识和牢牢把握我国当代社会的发展方向,深刻地体验和捕捉到时代前进的准确信号,敏锐地发现时代变革的风气之先,文艺家们才能自觉地响应社会发展的客观要求,才有可能刻画出当今时代的真实底色。其二,要在时代进步的运动中表现时代生活的理想追求和光明走向。我们所处的时代是一个开放进取的时代,一个洋溢着亿万人民奋进信念的时代,文艺家们应该以充沛的激情、生动的笔触、优美的旋律、感人的形象,满腔热忱地描绘出昂扬向上的时代生活画卷,展示出敞亮动人的理想前景和希望。尽管我们的时代也有着社会转型所带来的裂变与痛楚,有着物欲暴涨之后引生的种种生存冲突和丑陋世相,但走向进步、走向幸福、走向和谐,是中国当代生活的主流和本质所在。因此,中国当代文艺家也应该用发展的、变化的眼光辩证地观察生活,追踪时代进步的运动轨迹和历史走向。其三,时代生活本质上是由人民大众创造的,人们是时代生活的主人,强调文艺创造要听从时代的召唤,融入时代的发展潮流,也就是强调文艺创作要密切与人民群众的血肉联系,贴近时代生活与贴近人民群众本质上是一致的。贴近人民群众首先就是要贴近人民群众创作历史的伟大实践,在展示人民历史创作活动的伟大中成就艺术的伟大;贴近人民群众还要求文艺家们必须以人民群众作为服务对象和表现主体,体察人民的愿望,传达人民的心声,艺术地反映人民群众当代生活的生动图景。然而,当下的文艺界有一些创作喜欢表现过去的历史甚至是虚构的历史、伪历史,就是不愿表现当代生活,不愿表现亿万人民当下新的历史创造活动;也有一些创作把表现时代生活与人民大众割裂开来,写了各种各样的“生活”,就是让人见不到人民群众这个社会生活的真正主体。这两种倾向都是与时代进步对艺术创造的感召、与人民大众对文艺家的期待不相适应的。

历史是人民书写的,时代生活是人民大众创造的。只有面向书写历史的人民大众,面向人民大众创造的沸腾的时代生活,为人民服务,做时代的歌者,中国的当代文艺才能为今人所喜爱,也才能为后人所激赏。当后人透过历史记忆的帘幕回望我们这个伟大时代的时候,他们是会轻视还是会看重这个时代的文艺创造呢?这是当代每一个有理想有抱负的文艺工作者需要认真对待和思考的问题。

(原载《文艺报》2007年1月1日)

文艺应有自觉的道德担承

新时期以来的文艺创作在诸多方面取得了重大成绩和突破，在新时期文艺发展史上留下了异彩纷呈的一页，这已成为文艺界的共识。但是，从理论反思的角度来看，新时期以来尤其是当下的文艺领域，尚存有不少没有厘清和没有很好解决的观念认识问题，这也是无须争辩的客观事实。其中，文艺与道德的关系问题即是一个显例。在新时期文艺发展的早期阶段，曾经涌现出一大批优秀文艺作品如小说《鲁班的子孙》、电影《喜盈门》和电视剧《渴望》等，以对人与人之间道德伦理关系的生动表现和形象思考深深地打动和净化着亿万人民的心灵，产生了积极广泛的社会影响。然而随着时间的推移，这种盛况却日渐减弱难以复现了。迄至今日，不少文艺家在自己的创作中已经大大地淡化或弱化了本应具有的道德担承，有人甚至断然拒斥对人类道德伦理关系的艺术反映和表现，以不从道德上评判生活和人物作为自我标榜的创作宣言。这种状况，既有悖于文艺价值的内在规定，也是与时代和人民大众对文艺创作的客观需求极不相称的。

伦理道德是人猿相揖别的分水岭，也是人类生成和谐有序的人际关系和积极健康的人生规范的重要基础。在伦理关系、道德意识和道德规范中体现出来的对于善的追求，既是人类生活中与真和美并重的终极价值追求，也是文艺价值的内在规定之一。无论中外，有社会责任感的作家和批评理论家从来都是把是否符合道德伦理，是否有利于推动人类道德意识和道德关系的提升和发展作为衡量文艺价值高低、是否开展文艺批评的重要标准之一。早在中国的先秦时代，《左氏春秋》里就提出了“文物昭德”“乐以安德”的文艺主张，孔子更是在自己的文艺批评和文艺欣赏实践中把文质统一、尽善尽美作为最高的艺术准则。从中国美文学的开山《诗经》《楚辞》开始，历代优秀的文艺作品，无不以其对现实人生或温馨委婉或振聋发聩的道德介入，润泽或激荡着接受者的心灵，从而发挥着通政经国、移风化俗的社会作用。以鲁迅的《呐喊》《彷徨》和郭沫若的《女神》等为代表的五四新文学运动，正是以其对于旧道德旧文化的激烈批判和对新道德新文化的热情讴歌而奏出了时代的强音,成为五四新文化运动最为耀眼和经典的标志。在西方,古希腊时期的柏拉图、亚里士多德从艺术教育的角度着眼,特别重视和倡导那些能够表现伦理正义的文艺作品,而对那些在内容上有道德瑕疵的创作则予以指责和贬抑。同中国一样,西方各国历代优秀的文艺作品,也总是充满了感奋与刺激人心的道德激情和道德力量。以 19 世纪欧洲各国的批判现实主义文学创作为例,无论是巴尔扎克的《高老头》《欧也妮·葛朗台》还是托尔斯泰的《复活》《安娜·卡列尼娜》等不朽之作,其震撼人心的艺术效果都是与其蕴含着的力透纸背的道德评判力量密不可分的。正是意识到文艺与道德的不可分割,伟大的革命文学作家马克西姆·高尔基在其为《罗宾汉故事》所作的一篇序言中才明确指出:"在真正人民的创作中,美学——关于美的学说——一向是和伦理学——关于善的学说分不开的。"高尔基的这一论断是以他对世界文艺发展史的深入研究及文艺价值的深切体验为基础的,值得当今时代的文艺家们认真体会和思考。

认真思考文艺与道德的关系不仅仅有助于科学地认识和评价中外文艺发展史上的优秀作家和作品,也是快速发展着的当下现实和渴望提升自己的精神道德境界的亿万人民大众的客观社会需求。新时期以来,随着我们国家由以往的闭关锁国状态转向顺应时代潮流的改革开放,特别是经济生活领域由计划经济向社会主义市场经济的转型,道德观念和道德关系也在经历着时代之火的淬砺。20 世纪 80 年代初期,在这一历史转变刚刚启动的时候,一些富于社会责任感的文艺家就敏锐地觉察到市场经济对传统的人伦关系和道德观念的冲击和挑战,并以艺术的笔墨生动地描绘出这种冲击和挑战在人们的生活和心灵世界激起的微波或狂澜,并真诚地期盼着人与人之间的一种新型道德关系的重建。但是也有不少文艺家面对社会的发展,在时代进步与道德关系问题上产生了迷茫,形成了一些不正确的认识,认为市场经济的发展、商品观念的确立,必然造成道德意识的退化、道德关系的紊乱以至人伦亲情的泯灭。有的批评家甚至由此提出了一个所谓的"历史原则与道德原则的二律背反"命题。其实,这个命题从根本上讲是不能成立的。时代的发展,尤其是市场经济对商品观念和交换价值的确立和认同,的确会给不同关系之间的社会成员包括至爱亲属之间的利益关系带来新的调整,并进而对人们业已形成的道德观念和道德关系产生影响。但是,历史进步并不一定要以道德意识的沦丧和道德关系的溃败为代价。历史的进步不仅指生产方式的发展和物质生活的富裕,也包括人们的精神生活和心灵世界向"善"的提升。道德生活作为人类历史生活的一个重要方面,也有一个与时俱进的发展问题。市场经济所推动的历史进步一方面必然要淘汰那些不适应新的经济关系和社会关系的陈旧道德观念，另一方面又必然要在新的历史条件基础上形成并发展出与之相适应的新的道德观念。新的道德观念是优秀的传统道德观念和道德传统的继承和发展。历史进步并不是笼统地不分青红皂白地否定一切传统道德，它只是否定那些不能适应新的生活现实的传统道德，而那些历经不同时代广为人们所接受的优秀道德观念和传统，如尊亲、敬友、忧世爱人、乐善好施等传统美德和爱国、敬业、诚信、友善等道德规范，即使在今天依然有其现实生命力，是会随着时代的进步而得到发扬光大的。从另一个方面来说，正因为由市场经济确立起来的商品观念和交换价值观念有可能对人际关系中那些亲善、美好的东西造成一定的冲击和挤压，所以在当今时代人们对这些亲善、美好的东西就越是分外珍惜，越是对新的道德观念和道德关系的确立充满了热切的期盼与渴望。在经济发展、社会进步与人际和谐、人性完善之间取得更高层次上的协调与平衡，已成为当今时代历史发展的客观社会需求，而要满足这种社会需求，实现这种协调与平衡，道德建设是断断不可缺少的。以反映社会、服务人民为己任的文学艺术，没有理由不对这种客观社会需求作出积极主动的回应。

胡锦涛总书记在中国文联第八次全国代表大会和中国作协第七次全国代表大会上的讲话中指出："文艺历来是陶冶人们道德情操、抒发人类美好理想、丰富人们艺术享受、推动社会发展进步的一个重要领域。"为此，在繁荣社会主义先进文化、建设和谐文化与和谐社会的伟大实践中，要把加强思想道德建设作为一个重要方面，在弘扬以爱国主义为核心的民族精神和以改革创新为核心的时代精神的同时，还要形成符合传统美德和时代精神的道德规范和行为规范。党中央从和谐社会建设的时代要求出发，把道德建设作为思想文化建设的一个重要方面，把树立和践行以"八荣八耻"为主要内容的社会主义荣辱观作为社会主义核心价值体系建设的道德基础，这就为广大的文化工作者也包括广大的文艺工作者提出了新的时代要求，而这也是文艺工作者应该自觉加以承担的历史责任和使命。应该说，文艺在构建社会主义核心价值体系的道德基础方面发挥着不可替代的特殊作用。文艺作品在生动感性的形式中扬善惩恶、寓教于乐，比那些抽象、理性以至教条化的道德劝诫与说教更容易为读者和观众所接受，更宜于收到春风化雨、润物无声的效果。文艺工作者应该以高度的社会使命感，生动形象地弘扬中华民族的传统美德和社会主义的荣辱观，关心社会，关爱人生，讴歌真善美，鞭挞假恶丑，以优秀的作品使人民大众获得心灵的净化、情操的陶冶和思想的启迪，从而为营造新型的人际关系、形成全新的道德观念和道德关系、促进全社会和谐有序的发展，履行自己应尽的一份社会责任。近几年来，尽管许多文艺工作者在这一方面作出了很大的努力,但总体上来看文艺在促进社会道德建设方面所取得的成绩与时代和人民对于文艺的期望还是有相当差距的。由于种种错误观念和意识的影响,有一些作家艺术家在唯美主义的旗帜之下,不情愿涉足政治和道德领域,拒绝与政治和道德沾边,弱化乃至完全丧失了对于社会、人生的道德关怀和评价,从而大大减弱了其创作对于社会生活的反映深度和干预力度。更有一些作家艺术家以展示所谓人生的底色和原生态为标榜,不分善恶,泯灭美丑,在混沌灰色的人生描绘中丧失了基于社会理性和道德规范的价值评判,在价值的迷茫、混乱以至颠倒中对接受者造成了误导和消极影响,这就不仅背离了文学艺术之真善美的内在价值诉求,也是与文艺家作为人类灵魂工程师所应自觉承担的社会使命不相符合的。将道德生活和道德评判摒弃于自己的创作之外,不仅将弱化乃至掏空文艺作品丰富的时代内容和思想蕴含,也将大大地削弱文艺作品应该葆有的人文深度和思想力度,这样的作品不会在文艺史上占有重要的历史地位。只有那些勇于道德担承的文艺,那些直面社会、关爱人生、充满深爱与大恨的文艺,才能具有抚慰人心乃至直刺人心的艺术效力,才可能登顶于伟大而崇高的伦理境界和精神高度,从而才有可能成为流芳千古的传世经典。

（原载《人民日报》2007 年 11 月 8 日,发表时有删节）

精神价值重建与当代文学艺术创作

作为一个大国而崛起，重展中华民族在世界之林中曾有的雄风，已成为新世纪中国人共有的一个愿景和期盼。然而大国的崛起，不仅仅是科技的发达、物质的丰裕和军事的强盛，在很大程度上也应该体现为文化的崛起，而文化建设若是缺乏一定的精神价值体系作为支撑，就会陷入无秩序无方向的混乱局面，当然也就无法实现真正的崛起。就这一意义而言，作为文化建设重要组成部分的中国当代文学艺术创作，只有在明确基本精神价值取向的前提下，才有望对中国文学艺术的发展起到积极的作用，为中国文化的崛起作出与时代需求相应的贡献。

对包括文学艺术工作者在内的中国当代人文知识分子来说，精神价值并不是一个陌生的名词。对于精神价值的不懈追求既源自文艺本身对生命意义和终极关怀的固有向往，又与中国知识分子历来即有的兼济天下的使命意识密切相关。在多灾多难的现代中国，为了改造现实社会，重铸国民灵魂，文学艺术家们习惯从思想文化的层面出发去从事创作和批评，所以，在相当长的历史时期里，文学艺术每每和为社会、为人生的时代主题密切相关，精神价值的理想建构和意义追求当仁不让地占据着文艺活动的关注重心，并以此而有力地推动着文艺创作及批评的繁荣和发展。但是，随着极左政治和庸俗社会学的泛滥，这种精神价值逐渐走向窄化和僵化，最终被限定为特定阶级的世界观和远离实际的政治理想以至政治狂想，丧失了那种具有普适性的现实人文关怀。如此，在精神价值追求和社会现实存在之间便产生了一种紧张甚至断裂，这种紧张和断裂致使精神价值的现实合法性日益成为问题。正是在这一历史背景下，新时期以来，越来越多的人开始重新审视和思考精神价值追求的现实合理性与历史局限性问题。这其中，尽管也有许多人试图作出正面努力改变上述状况，如 20 世纪 90 年代初期关于人文精神危机问题的讨论，但是也有不少文艺家出于反拨心理，一度热衷于追求不带任何价值判断色彩的零度创作，在挣脱政治意识形态束缚的同时，明显淡化甚至疏离了社会批判意识和现实人文关怀，在他们那里文艺创作的精神价值追求似乎已经成了明日黄花。20世纪90年代中期以来,由于后现代思潮的推波助澜,精神价值的失落在社会和文化生活领域更趋普泛,在有些方面甚至走向价值虚无。主张多元和非中心的后现代主义思潮固然给文化和文艺的求新求变注入了一定的动力,有助于促进文化和文艺在价值取向上的多样化选择,但是,后现代主义摒弃历史、消解主体、削平深度、贬抑崇高的文化立场也不可避免地加剧了精神价值取向的虚无和文化评判标准的失落。随着后现代主义倾向在文艺创作和批评领域影响的扩大,再加上商业化大潮的涌动所自然冲击起来的种种历史污垢的浸染,这种虚无和失落所带来的负面影响越来越不容忽视:由于没有了方向的指引和标准的规约,在很多情形之下,抹杀现实关怀、消解思想内涵、趋同大众趣味、追逐商业利润,似乎成了一种必然趋向与合理选择。在价值失范和意义缺席的混乱状况之下,娱乐倾向与拜金主义趁势而上,挤占价值真空,推动当代文艺创作向着商业化低俗化的方向滑落。应该承认,娱乐功能作为文艺多元化价值取向中一个相当重要的方面,其自身原本无可厚非,但是由于商业机制的过度参与,这种娱乐功能已经向着畸形和病态的方向发展,使文艺和审美逐渐脱离了自身发展的应有精神轨道,沦落成商家赚取更多商业利润的工具。在商业资本的支配下,文艺的创作和接受成了一种欲望驱使下没有精神深度的意淫式幻想,创作者随心所欲,接受者耽于刺激,虽然经营者在商业利润上大有斩获,其文化上的收获却只有现实人文关怀的日益消退衰竭和文学鉴赏力的日趋轻浮浅薄。

不可否认,精神价值的失落以至缺失已经给中国当代文化包括文学艺术的发展带来了极为不良的影响,精神价值的重建已经刻不容缓。对于人文学界来说,如何改变这一不尽如人意的状况,重新寻回失落以至缺失的精神价值,实现精神价值的重建,的确是需要认真对待并好好作一番理论思考的大问题,这种思考既有其现实的急迫性,更关系着国家和民族的未来。谈到精神价值的重建,这里首先必须强调的一点是:当代中国亟须重建的精神价值,应该是社会核心价值观念的一种体现。大致而言,一个时代的精神价值按照其在社会价值观念体系中所处的不同地位可以分为两种:一为居于主流或主导地位的核心价值观念,一为处于边缘或从属地位的非核心价值观念。对于整个社会文化的形成和发展来说,核心价值观念可谓至关重要,它可以使全社会形成一种统一的精神力量,是支撑整个社会文化建设的基本价值观念,不仅决定着现实社会文化的基本境况,而且对未来的社会文明走向有着持久的影响力。核心价值观念的迷失会对整个社会的精神文化建设造成不容忽视的负面影响,故而,在社会发展的每一个历史时期,都有与基本时代任务相对应的核心价值观念,它居于社会价值体系的中心和基础地位,引领和主导着整个社会精神文化思潮的走向。但是，在核心价值观念之外，非核心价值观念也可以在边缘对社会精神文化的建构过程起着有益作用。如果说前者可以防止价值危机、信仰危机和道德失范，保证社会群体的凝聚、稳定和基本团结，那么后者则可以增强社会价值体系的内在活力，使精神文化建设朝多元化的方向发展，呈现出多姿多彩的活泼局面。以核心价值观念抹杀非核心价值观念的社会，或以非核心价值观念淹没核心价值观念的社会，都是不正常的社会。在社会价值体系的建构中，二者应该而且可以做到并行不悖。特别是在强调个体主体性的今天，大众的生活方式、思想观念和精神文化诉求都已经不可避免地趋向多样化，对于文学艺术创作而言，任何具有主导性的社会核心价值观念都不应抹杀文艺价值功能的多元发展。当然，核心价值观念的中心和主导地位也决定了它对于非核心价值观念具有强大的规约和过滤作用，若是核心价值观念过于僵化和狭隘，势必缩减甚至剥夺非核心价值观念生存和发展的空间。如此，对于正确处理通过文艺创作重建精神价值和鼓励文艺价值取向多样性之间的关系这一问题而言，核心价值观念的选择和理解就显得至关重要。从中国当下现实和未来发展角度考虑，我们认为，确立以人为本的核心价值观念将会有助于这一问题获得较为圆满的解决。

马克思主义的唯物史观早就科学地揭示了人既是社会历史活动的主体，也是社会历史活动的目的。进入新世纪以来，中国共产党在总结历史经验的基础上提出了将以人为本作为第一要义与核心内涵的科学发展观，这是对历史唯物主义及其内含着的科学人学观的当代发展，既是当代中国社会发展的科学理论基础，也是当代中国文化发展的重要方针原则。以人为本将人的全面发展与自由解放作为最终目的，既体现出对人类前途和命运的极大关注，又强调每一个个体存在维度的合理性，既崇尚人的理想特征，又重视人的现实需求。在市场经济向前推进的关键时期，人们的思想观念发生了很大变化，人性即欲望的观点大行其道，个人主义和享乐主义日益风行，人们的注意力更多地局限在自己的经济收入和身体感觉上，性情越来越自私，精神越来越封闭，在消解社会责任感的同时也渐渐丧失了对于现实公共问题的反思能力，这与人的全面发展方向是背道而驰的。确立以人为本的核心价值观念，将会有助于纠正这种对于人性的偏狭认识，深入理解人在一定历史时期的实际处境及发展需求，正视现实、反思现实、完善现实，培养和提升人的文明素养及思想境界，促进人的自由解放和全面发展。同时，以人为本作为价值理想的广阔涵容范围决定了它不仅不会剥夺社会上种种非核心价值观念的生存空间，而且能够在相当程度上论证和支持许多非核心价值观念的合理性，统摄和包容现代社会的多元价值取向，有效激发社会价值体系中潜在的创造性。如果说在精神价值的重建中,以人为本的价值观念能够在各种主导性、核心性价值观念与边缘性、非核心性价值观念之间起到很好的凝聚与沟通作用的话,那么,文学艺术则能够在这种重建中成为很好的文化载体,发挥极为积极的作用。作为精神价值的特殊生成方式,文学艺术与人的生存、生活,与人的精神生活诉求和社会精神价值的建构有着断然不能割舍的联系,能够而且应当为人的生存和发展营造自由的精神家园。就这一意义而言,将以人为本作为文艺创作的基本出发点和最终落脚点,一方面有助于抵制娱乐倾向和拜金主义的过分泛滥,增强文艺表达人文关怀的能力,通过严肃认真的文艺创作不断满足人民日益增长的多层次的精神文化需求,从而有效缓解精神价值失落给文艺创作所带来的混乱和无序;另一方面可以保证文艺工作者能够在相当广阔的范围内自由选择观察和表现生活的方式,从不同层面参与当代人的主体心灵建构,满足大众多样化的审美诉求,实现文艺价值功能的多元化取向。在文学活动中,这两个方面可以相互联结、相互贯通,共同构成辩证统一的有机整体,有效推动着当代文学的发展与繁荣。

对于处在转型期的中国社会而言,社会主义核心价值体系的建构是和谐社会建设的思想保证,而以人为本正是社会主义核心价值体系的重要构成内涵。胡锦涛总书记在党的十七大报告中指出:“社会主义核心价值体系是社会主义意识形态的本质体现。”这里的社会主义意识形态并不是远离现实生活的抽象思维模式,而是以现代生活实践作为基本出发点的,其要旨在于建立和完善对于现实生活的人文关怀。强调社会主义核心价值体系的主要目的即是“增强社会主义意识形态的吸引力和凝聚力”,最大限度地强化这种现实人文关怀。就这一意义而言,社会主义核心价值体系是一个相对开放的体系,它所面对的是人民群众日益增长的物质和精神文化需要,所勾勒的是致力于保障人民现实利益的意识形态蓝图,所强调的基本内容均以建构和谐社会、完善现实人生为目标图景,旨在营造宽松和良好的精神氛围,为人与社会的和谐发展提供强有力的思想保证,其中蕴含的不是政治化的抽象理念,而是现代公民社会以人为本的价值理想。所以,在文艺活动中落实和践行社会主义核心价值体系的关键即是确立以人为本的文艺创作理念,只有树立以人为本的创作理念,才能催生出符合人民根本利益、促进社会和谐发展的文艺作品,社会主义核心价值体系才能从根本上对当代文艺发展起到积极的指导作用,而不至流为文艺工作者的口号和空谈。由此可见,社会主义核心价值体系对文学艺术创作的现实指导意义之所以会成为目前文艺界及理论界关注和讨论的重点话题,并不是对政治意识形态的机械套用或是庸俗社会学的“借尸还魂”,而是期盼借助文艺活动进行精神价值重建的热望使然。巴金晚年曾经借助高尔基的名言表明自己的文学观:“一般人都承认文学的目的是要使人变得更好。”朴素的语言蕴含着深刻的真理:作为一个重要的人文创造领域,文学艺术归根结底是一门人学,其关注重心是人的精神,力图通过探寻主体的心灵世界、价值取向和理想追求,来促进人及其社会的进步、发展和完善。故而,只有在以人为本价值观念的指引之下,当代文艺创作才能真正担负起重建精神价值的重任,这是文学艺术本质特性的自然体现,也是以人为本的社会主义核心价值体系的时代诉求。

(本文与孙媛合作,原载《文艺报》2009 年 7 月 25 日)

价值的紊乱与缺失是文化病症之源

任何一位心智正常并具有担当意识的人都不难看到,我们当下的文化生活在很多方面可以说是生病了,而且病得相当不轻。功利化、娱乐化、低俗化等等是其明显可感的症状。官员们谈文化抓文化,眼睛盯的往往是GDP,想的是自己的政绩和升迁,于是乎就有了各地乐此不疲的文化节、庙堂热以及名人故里争夺战等等;媒体搞策划做节目,一心想的是吸人眼球,是收视率,是收视率带来的广告数量和经济效益,于是乎便有了报纸、期刊和各种媒体上铺天盖地的明星绯闻,有了网络上层出不穷的木子美们、芙蓉姐姐们和"兽兽"们的欲望化自我展示,有了小沈阳们的红红火火与天南海北的模仿秀,有了以戏说、搞笑为追求的各种让人娱乐至死的影视作品和选秀、征婚节目。表面上看来,文化生活热热闹闹,一派"繁荣"景象,但这种热闹和"繁荣"却常常是注了水、变了味的,让人看得怅然若失、心烦意乱,甚至达到反感恶心、抵制排斥的地步。此种状况的形成,有其多方面的社会和文化原因。仅从文化生产自身而言,价值的紊乱与缺失,乃是当下文化病症的主要根源所在。

英国当代新左派文化理论家特里·伊格尔顿在其新近出版的《理论之后》中指出:"文化是关于价值而非价格的,是关于道德而非物质的,是关于品格而非市侩的。文化是关于人类能力的陶冶的,是为了让人类成为目的本身,而不是发自某种可鄙的功利动机。人类的这些能力可以形成一种和谐的整体性:它们并不只是一堆专化的工具而已,而'文化'正意味着这种庄严的综合体。"伊格尔顿是针对西方后现代文化的乱象特别是后现代主义文化泯灭文化创造的价值和道德而说这番话的。可以说,这番关于文化的界定也可以用来丈量一下我们自身的现实。放眼当下中国,从文化工作的领导者、管理者到文化项目的实施者、文化行业的从业者,许多人乐此不疲的其实是"文化搭台,经济唱戏",真正关心的是究竟能够挣多少票子,带来多少实际利益,也就是伊格尔顿所说的"物质""价格",至于这些文化活动究竟会为社会带来何种社会效益,会为全社会的精神文明建设和人们的心灵世界带来怎样的影响,却常常是不管不顾。由于一切向钱看,钱挣得多少成为文化管理者成绩好坏的评价标准，成为文化从业者是否成功的心理体验，所以功利化的魔鬼从魔瓶里窜出来并横行世上，就是十分自然的事情了。一旦功利化盛行，娱乐化、低俗化、粗鄙化等等也必然就会浊浪翻滚、泛滥成灾了。

可以说，中国当下的文化生活领域，把文化当“工具”，用来博取功名利禄，以及搏出位、炒名声的大有人在。但是，文化使人类自我完善的崇高“目的”，文化超越、高蹈的精神“品格”和“庄严”气象，文化艺术工作者作为人类灵魂工程师的社会责任和使命，却早已被一些人抛到九霄云外，忘得一干二净了。由于抛却了文化的“目的”和文化人自身的使命，文学艺术作品和各种媒体上便有了那么多借文化之名混淆真假、颠倒美丑、泯灭道德的现象和事件，媒体上天天炒作明星绯闻，网络上不断有人以性感露点搏出位，银幕上充斥着暴力杀戮性爱错乱，文学作品中丰富多样的人性则被简化为赤裸裸的动物本能，而在此起彼伏的电视征婚节目和大款征婚策划中，媒体人沾沾自喜的文化“创意”使得婚姻、爱情成为众目睽睽之下可以用金钱现场买卖的东西。从这些纷乱喧嚣的文化景观中，你哪里还能感受到一丝丝将人向上提升的精神创造气息？弥漫其中的不过是重病之人的虚火上升、精神错乱而已。这样的热闹、“繁荣”，又如何能开出滋润、陶冶人类心灵的精神之花呢？

大凡人类历史上的优秀民族，从过去到现在，是没有不具有自己的优秀文化创造和价值追求的，越是优秀的文化创造越是不曾缺少了符合真、善、美最高标准的价值支撑，文化创造的优秀程度与其中蕴含着的人文价值的丰广和深度是成正比例的。这一点，按理说有头脑能思考的文化人，一般都是明白的，也是会认可的。但是，为什么在我们当下的文化生活领域里又会有那么多庸俗低劣、令人厌见的现象存在，有那么多与真、善、美价值相错位、相悖逆的事情发生呢？毋庸讳言，这首先与文化从业者自身的素质，与其自身的人生追求有关。试想，一个把金钱、地位、名利作为人生目标的文化人，恐怕是不会在脑子里装下多少与品位、庄严相关的精神性东西的，一个无视道德甚至鄙视道德的人，你也难以期望他在自己的作品中去表现道德的崇高与伟大。现在不大时兴提什么世界观的改造之类的话题了，但是假若艺术和文化工作者不能用先进的思想武装自己的头脑，用美好的理想充实自己的心灵，不能脱掉追求名位、利益的一身媚骨和俗气，澄明心胸，涤荡邪祟，欲求艺术的精湛和美好、精神的雅致和高蹈，就不过是缘木求鱼而已。由此可见，世界观的改造对文化工作者自身来说，还真不是一个完全过时的话题。文化领域价值观的建设，文化工作者自身精神价值的重建，当是疗救文化生活中价值紊乱与缺失的主要处方。

在疗救文化疾病、重建文化价值的进程中，文化理论研究和批评工作者，也就是一般而言的人文学术界,也负有一份不可推脱的责任。20 世纪 90 年代以来的中国人文学术界存在着一种非常不好的倾向,就是追求什么“价值中立”的学术客观性,有意无意地回避和逃避对时代大潮中泥沙俱下的精神文化现象和社会人生现象进行价值评判,人文关怀意识淡化,社会批判精神丧失,这是与人文学术和文化人的应有立场和追求极不相称的,文化生活中价值紊乱与缺失现象的滋生和蔓延,与人文学术价值评判的缺位也不能不说有一份关联。在整个社会精神价值的守护和生产中,人文学术、文化人有着首当其冲的责任。面对全球化的语境,中国如何作为一个大国而崛起,作为大国而崛起的中国如何创造具有时代特质和民族特性的精神文化,在精神文化创造中又应该张扬什么样的精神价值,这一切,都是当代中国的人文学术,是今天的文化人需要认真加以思考和回答的问题。不仅仅是要思考和回答这些大问题,而且必须要依据民族自身已有的优秀传统,依据基于时代进步的客观需求,依据合于理想的民族文化走向,对当下正在发生着的文化现象和现实做出符合当代主流价值观的理性评判,以使文化建设始终沿着健康向上的轨道发展。这样的工作,是人文学术的分内职责,是文化人的应有使命。今天的问题在于:人文学术是否尽到了这份责任,文化人是否愿意履行自己本应自觉担承的使命?

(原以《重建文化价值学术界义不容辞》为题发表于《中国社会科学报》2011 年 6 月 21 日,发表时有删节)

价值传承与价值创新的文化自觉

20世纪下半叶以来风靡西方学界而近十多年来也给予中国学界以很大影响的文化研究，将文艺与文化的关系问题提到了理论研究的前沿。从一般关系上来说，一方面文艺是文化的形象肖像，在文化的记忆、传承与传播等方面发挥着重要的作用，另一方面文艺本身即是文化的一个重要类型，体现着文化创生最具时代活力和人生底蕴的部分。在全球化大大加剧了跨国度文化交流的当今时代，一国的文艺创造就其对于文化的关系而言，一方面肩负着传承和发展自身文化的使命，同时也担承着向异域他国的接受者传播自身文化、建构自身民族文化形象的责任。而这两个方面又不是分为两截的，对外传播什么样的文化、展示什么样的文化形象，是与其如何认识自身文化、怎样对待自身文化，特别是如何创造自身文化贯通为一、密不可分的。

应该说，随着全球文化交往活动的增多，随着中国在当今世界和平崛起的现实可能性的日渐增强，自觉地有意识地借助于文学艺术的形式向国外传播中华文化，不仅已经成为许多知识学人和文艺家们的共识，而且也已列入国家有关部门的议事日程，这是历史发展的必然。综观古今历史，任何国家和民族在世界上的崛起，都不仅需要经济、军事等国家硬实力的强大支撑，也需要具有内向凝聚力和外向感召力的文化软实力相辅相成。中国的和平崛起，以及与之相随的民族自信心的增强，同样需要一种基于价值传承与价值创新的文化自觉，需要文化的光照与引领。但是，如果我们检视一下我们所已经做过的，看看我们对外文化特别是文学艺术传播的现实状况，则不能不说在这一方面还是存在不少问题的。比如说，我们与美国、韩国等发达和较为发达国家之间包括文学艺术在内的文化贸易极不平衡，引进远远大于输出；再比如说，我们的对外文艺传播的途径和方式与全球文化传播时代的传播机制和技术手段还很不适应；如此等等。然而，相较而言，这些问题都还不是最主要的，一个最主要的突出的问题在于：什么才是我们应该拿出去的东西？具体说我们应该创造什么样的文化产品，从而塑造何种文化形象，并将之提供和展示给他人观看与欣赏？这在不少文艺家们的心中并不都是清楚了然的,即使在那些有所意识的人那里,其认识也往往是极为不同的。前些年,有些批评家批评有的中国导演的电影作品是以展示中国人的贫穷、愚昧和落后来迎合和满足西方人的“东方”趣味和“东方”观感,因而不是以艺术的形式促进不同文化之间的交流,增进他国人民对中国和中国人的生存现状的感知和理解,反而是加剧了外国人尤其是西方人在中国认知上的误识和偏见,其实就已经从一个侧面切入这里所提出的问题。

无须讳言,尽管改革开放以来,我们的整个国家在各个生活领域均发生了空前的变化,有了巨大的发展和进步,但与西方发达国家相比还是存在不少差距的,而且由于各地区发展的不平衡,贫困、落后的现象仍比比皆是,并且愈是将观察的视野向既往的历史时代和边缘化的地区推移,这种状况就愈加突出。因此,在文学和艺术的创作中表现这些贫困、落后的生活状况和现象,并不应该成为禁区。问题不在于是否表现了这些东西,而在于这种表现究竟意图传达和张扬什么样的人生信念和价值理想,简言之就是要传达什么样的文化观念。人们对这类作品的不满和批评,很多情况下不是因为它们所展示的国人生活事象过于寒酸,而在于其所传达出的文化观念大有问题。进而言之,从所传达的文化观念角度看文学艺术创作,那些笔墨并不专写贫困、镜头并不聚焦落后,反而充斥着繁华富足的生活场景、流光溢彩的生存画面、卿卿我我的俊男靓女的作品,也并不一定就是值得肯定的。这后一类作品在当下的文坛艺苑其实很多很多,它们让人看到了灯红酒绿的人生、雍容奢华的事象、虚浮滥情的浪漫,却不能令其从中体验到深沉的人生况味,获得生存的启迪和理想的光照,内在的文化意味不仅极为肤浅,有的在人生观、价值观上还是经不起评断和批评的。在早前的时期,人们往往把中国当代文艺出不了大家大作归咎于对创作题材的人为限制,现在限制基本上不大存在了,为什么还是较少大家大作品产生出来呢?文化的贫困,内在文化深度的缺失,传统文化命脉的中断,不能不说是其中的一个原因所在。

优秀的创作,历来都是深深地扎根于时代生活的现实土壤之中的,同时也都是深深地扎根于民族精神文化的丰厚沃野之中的,文艺的题材、故事通常得自现实生活,而其风骨、韵致则往往受惠于民族精神文化的润泽,因而优秀的文艺创作通常既是优秀的民族精神文化的呈现者、传承者,又是优秀的民族精神文化的弘扬者、创造者。远的不论,仅就中国现当代文艺来看,那些经典之作往往都与中华民族最为优秀的文化传统血脉相连,即使是那些以反传统自居的文艺家也不例外,这一点只要想一想五四文学革命新潮中的鲁迅、郭沫若等人的文学创作即可明白。70多年前,鲁迅先生曾在《中国人失掉自信力了吗?》一文中写道:“我们从古以来,就有埋头苦干的人,有拼命硬干的人，有为民请命的人，有舍身求法的人……虽是等于为帝王将相作家谱的所谓‘正史’，也往往掩不住他们的光辉。”鲁迅先生将这些人称为“中国的脊梁”，并强调要论中国人，就要看看他的“筋骨和脊梁”(《鲁迅全集·且介亭杂文》)。正是这些有“筋骨和脊梁”的中国人创造了中华民族优秀的文化传统，成为中华民族精神的光辉代表。中华民族能够在这片大地上绵延不绝、自强不息地生存与发展，自立于世界民族之林，有赖于自身文化传统的滋润和支撑。可以说，这显示着中国人“筋骨和脊梁”的优秀文化传统既是历代中国人借以彰显生存意义与底色的价值之源、文化道统，也是当今时代的中国人、当代中国的文学艺术应该着力加以珍视、传承并在新的历史境遇中加以弘扬、创新的精神之魂、文化血脉。而恰恰在这一点上，我们当代的文学艺术创作做得很不够。我们的大量所谓历史题材的文学作品和影视剧醉心于展示宫廷的奢靡与腐烂、战争的血腥与杀戮、政治的狡诈与阴毒，而大量现实题材的作品则充斥着暴力凶杀、婚外恋情、官场腐败、人生颓唐，从历史题材中你感受不到汉唐气象的雄壮盛大，感受不到中华历史的波澜壮阔与中华文化的博大精深，从现实题材的作品中你也感受不到民族文化的悠久传统与新鲜活力，在很多作品中所展露出来的文化意味和色调与我们自身悠久厚重的文化传统和蓬勃奋进的现实生活确实是有着很大距离的。相比之下，我们的两个东邻日本和韩国，虽然现代化程度和水平都比我们国家要高，甚至高出很多，但无论日常生活还是文学艺术创作，其传统文化、民族文化的韵致却似乎都比我们要浓烈馥郁得多。日本、韩国的影视剧在本国的成功，以及在中国形成所谓“哈日族”和“韩流”等等，除去具有一定的艺术水准之外，其绵长、醇厚的传统文化韵味应该说为之生色不少。

自19世纪下半叶在西方列强的冲击、挤压下走进现代化的历史进程之后，中国的文化也在学习西方、改革传统的一次又一次冲动以至运动中经历着现代性的洗礼，晚清由器物到制度再到文化的西学引进，民国时期的五四新文化运动，新时期改革开放后的八九十年代，是几个重要的历史关节点。这些历史关节点一方面为传统文化的改造、民族文化的新生提供了巨大的历史推动力，有其不容否定的历史功绩，但另一方面也常常在一些人的心理意识中造成中国文化落后了不行了、传统文化应该死亡或已经死亡的悲观认识，从而产生种种民族历史和民族文化的虚无主义观念和论断。这样的认识、观念和论断在当今的中国文化界包括文学艺术界仍然有其一定的市场。应该说，这类认识、观念和论断既与理性的历史认知不符，也与当今时代中国的国力发展和民众需求脱节。从历史认知角度来看，古代历史和传统文化借中央电视台的《百家讲坛》风光一时，中国文学史上的传统经典名著《三国演义》《红楼梦》等等的一拍再拍，固然有商业操作的因素，但广大受众的文化体认、心理同构，事实上也是其收视率和投资回报的重要保证。这说明，优秀的传统文化在今天仍然是有其传承价值和历史认同的。从民众需求角度来说，正如一个个体的人在解决了生活上的温饱后必然会有精神文化上的需求，会追求更有尊严更有品位的人生一样，对于已经走上世界历史大舞台的中国人民来说，渴望从文学艺术的镜子中反观自身体面一些、文明一些、更有意义一些的文化形象，不仅使自己能够在博大精深、历久弥新的优秀传统文化和积极向上、丰富多彩的当代民族文化中获得光照，以滋养自己的精神心灵，陶冶自己的生命情怀，提升自己的人生境界，而且能够将自己健康一些、阳光一些、更加美丽一些的文化形象展示于当下世界，以增进各国人民之间的文化互识、心灵沟通和团结友谊，这应该说也是极为正常的需求。当代中国的文学艺术创作，又有什么理由背对自己的优秀文化传统和广大民众的时代需求呢？可以说，有一点文化上的自觉，对于当代文艺家来说是有益而无害的。如果这种文化自觉能够与价值传承和创新内在地有机地融合联结起来，那么这种创作将会更加的深刻厚重，更加的富有民族特色，也会更具自信地走向世界文艺的殿堂。

（原载《文艺报》2011 年 9 月 19 日）

用文学为精神“补钙”

习近平总书记在文艺工作座谈会上的重要讲话中指出，为了推动文艺繁荣发展，文艺工作者应该牢记作品是自己的立身之本，同时应该认真严肃地考虑作品的社会效果，以更多有筋骨、有道德、有温度的文艺作品奉献于社会和人民。何为有筋骨的文艺作品？人民为何需要有筋骨的文艺作品？这是每一个文学工作者需要深长思之的大问题。

放眼中外文学，有筋骨的文艺作品都是具有精神力量的作品。这样的作品，应该深深扎根于人民生活之中，与人民同忧患共命运，以富于人民性的思想和情感来体验和评判现实生活，以积极入世的人生态度干预时代发展的进程，具有强烈的现实品格和人生关怀意识；这样的作品，应该坚守艺术理想，将真善美的永恒价值熔铸于自己的创作，用真实揭露虚妄，用美善战胜丑恶，用光明驱散黑暗，用信仰照亮人生，彰显崇高的理想信仰之美。在数千年的中国文学发展史上，从先秦时代的《诗经》、楚辞到唐诗、宋词，再到元明清时代的小说、戏剧，历朝历代都不乏有筋骨的文学家和有筋骨的文艺作品，其中表现出的哀痛民生艰苦、系念国家安危、坚守美善理想的伟大情怀，绘就了中国文学永不消褪的精神底色，成就了中华文化正大刚健的风骨气象。五四新文学运动以来，以鲁迅、郭沫若为典型代表的进步作家更是以民众的启蒙和解放、国家的救亡和复兴为己任，以其对于旧道德旧文化旧生活的激烈批判和否定、对新道德新文化新生活的热烈憧憬和讴歌而奏出了时代的强音，成为中国现代新文学最为耀眼和沉实的经典标志。从古代文论对艺术风骨的强调，到毛主席赞扬“鲁迅的骨头是最硬的”，再到习总书记对“有筋骨”文艺作品的期待，正从一个侧面彰显了中国文学和艺术永续不衰的一种精神命脉，这种精神命脉值得当代文学家倍加珍视并发扬光大。

文艺之所以需要有筋骨，在于文艺创作历来对于时代、国家和人民承担着一份沉重的责任。有筋骨的文艺作品好比人体必需的钙，能够强健人民大众的精神肌体，吸收的精神钙质越多，精神肌体便越强健，而只有精神上强健的人民，才能够成就时代创造的伟大与国家民族的强盛。就此而言，文学创作者需要思考用什么样的作品来为人民服务。人民需要文学,但尤其需要富含精神钙质的文学来强筋健骨。因此,创作者不能仅仅满足于自己的作品有接受者,能够在低层次低水准上满足他人的需要,还必须认真考量和反思自己的创作对时代进步究竟有无引领和推进,对人民大众文明素质和精神境界的提升究竟有无助益。由于古今中外各种低俗、错误的思想文化观念和市场经济中追求金钱等负面价值的影响和侵蚀,中国当下社会生活和文艺领域里弥漫着种种颓废萎靡之风,不少人欠缺做一个堂堂正正的中国人的骨气、底气和人生正气。此种境况之下,有良知和责任的作家既要自觉地融入人民的伟大历史实践,追随时代前进的脚步,敢于为时代存正气、为世人弘美德,做时代风气的先觉者、先行者、先倡者,又要高扬社会主义核心价值观的旗帜,把爱国主义作为创作的主旋律,追求真善美,传递崇真求实向善向美的价值观,引导人民树立正确的历史观、民族观、国家观、文化观和审美观,在多元纷乱甚至景象迷蒙的思想文化语境中重铸民族生活的价值理想。只有如此才称得上是有筋骨的当代文学创作,也只有这种创作才能真正起到启迪民智、鼓舞民力、提高人民精神道德境界的化育作用,名副其实地成为铸造灵魂的工程,从而更好地发挥文学移风易俗、通政经国的应有社会作用。

“致君尧舜上,再使风俗淳。”唐代诗人杜甫曾以此诗句来表达自己一生追求的政治理想,这种政治理想赋予杜甫诗歌不朽的诗性力量,成就了其作为诗人的伟大。当代中国的文学家也应该具有自己的理想和抱负,勇于以文学来引领时代风气,提振民族精神,补足民众需要以至缺失的精神之钙,鼓舞中华民族以健康向上的精神风貌走向大国崛起的历史征程。这是时代的需要,也是人民的需要。

(原载《人民日报》2014 年 12 月 30 日,发表时有删节)

新时代的文艺创造要“无愧于时代”

习近平总书记在党的十九大报告中指出，经过长期努力，中国特色社会主义进入了新时代，这是我国发展新的历史方位。基于这一新的历史方位，习近平总书记从中国特色社会主义事业“五位一体”总体布局和新时代发展基本方略的宏观视野和战略高度，对坚定文化自信、推动社会主义文化繁荣兴盛作了内涵丰富的论述和阐发，繁荣发展社会主义文艺构成其中一个重要的方面。认真领会、贯彻报告中关于文化和文艺问题的论述和思想，在新时代的伟大征程中创造文艺的新辉煌，是当代中国广大文艺工作者应当自觉担承的一项光荣而又艰巨的历史使命。

历史进入了新时代，文艺工作也需要重新思考和定位与时代的关系。进入改革开放新的历史时期以来，从邓小平《在中国文学艺术工作者第四次代表大会上的祝辞》开始，党的历届领导人无不关注文艺与时代的关系问题，鼓励文艺家们要在时代进步的主旋律中谱写文艺繁荣发展的新篇章，习近平总书记在有关文艺问题的讲话中，更是对文艺反映和引领时代问题给予了极大关注。2014 年 10 月 15 日《在文艺工作座谈会上的讲话》和 2016 年 11 月 30 日《在中国文联十大、中国作协九大开幕式上的讲话》中，习近平总书记都着重提出要从把中国特色社会主义事业向前推进、实现“两个一百年”奋斗目标、实现中华民族伟大复兴的中国梦这个伟大事业的高度认识文艺的地位和作用，认识自己所担负的历史使命和责任，创作无愧于时代的优秀作品。在党的十九大报告里，他又明确要求广大文艺工作者要在深入生活、扎根人民中进行无愧于时代的文艺创造。文艺创造要“无愧于时代”，是习总书记对中国新时代文艺创作提出的一个极高要求，是对文艺工作者的一个期待和鞭策，广大文艺工作者应该按照这一要求审视文艺与时代的关系，选择回应时代的方式，践行对于时代进步的应负责任。

党的十一届三中全会以来，中国文艺在近四十年的发展中取得了极大的进步和成绩，为改革开放新时期以来的社会发展、文化繁荣注入了积极的精神能量，为时代精神价值的重塑、为人民大众文艺生活的活跃与审美境界的提升,发挥了不可替代的重要作用。但是,相比于中国文艺史上的那些"伟大"历史发展时期,特别是相比于改革开放的伟大历史实践,中国当代文艺还未能进入与"伟大"相称的发展阶段,而是在总体上处于有数量缺质量、有"高原"缺"高峰"这样一种状况,文艺创作中还缺少与改革开放的伟大历史实践相媲美的优秀作品,文艺作品里足以表征时代巨变和时代精神高度的典型形象还较为少见。不仅如此,受到各种错误思想和唯市场化的影响,文艺领域还存在着迷失文艺方向、偏离为人民服务宗旨以及热衷于"去思想化""去价值化""去历史化""去中国化""去主流化"的种种问题以至乱象,这就造成了一些人在文艺观念上的思想混乱、价值扭曲、善恶不分、美丑颠倒,在文艺创作中的粗制滥造、抄袭模仿、浮躁粗俗、娱乐至上,以及在文艺批评中的自我表扬、自我吹捧、圈子批评、红包批评,如此等等。这样一些状况,与新时期以来改革开放取得的巨大历史成就还是不完全对称的,某种意义上说,中国当代文艺还有愧于时代。对此,文艺界应该具有清醒的自我认知,同时应该在新时代寻求解决与克服之道。

文艺是时代生活的反映,是历史发展的产物,这是马克思主义文艺理论的一条基本原理。这一基本原理深刻概括了文艺发展的基本规律,也是新时代中国文艺应该大力倡导与发扬的一种基本精神品格。习近平总书记《在中国文联十大、中国作协九大开幕式上的讲话》中明确指出:"古今中外,文艺无不遵循这样一条规律:因时而兴,乘势而变,随时代而行,与时代同频共振。在人类发展的每一个重大历史关头,文艺都能发时代之先声、开社会之先风、启智慧之先河,成为时代变迁和社会变革的先导。"可以说,正是由于这样一条规律的作用,各个时代的文艺才具有了各不相同的时代气息、时代精神、时代风貌与时代气质,具有了不同时代的烙印和特征,成为不同社会生活和时代精神的形象写照。刘勰《文心雕龙》所谓"时运交移,质文代变","歌谣文理,与世推移",所谓"文变染乎世情,兴废系乎时序",讲的都是这个规律和道理。新时代的中国文艺要做到"无愧于时代",首先要遵循这个规律,把握这个被中外文艺实践证明了的文艺基本原理。要向伟大的古代诗人白居易学习,"文章合为时而著,歌诗合为事而作";要向 19 世纪伟大的现实主义作家巴尔扎克学习,诚心诚意做时代的"书记官";要真正像习总书记要求的那样,将文艺同国家和民族紧紧维系,将文运同国运相牵、文脉同国脉相连,把反映时代作为自己的使命,把握时代脉搏,承担时代责任,聆听时代声音,勇于回答时代问题,将文艺的生动创造寓于时代进步的运动之中,与时代同频共振。在当下的文艺创作中,特别是在网络文艺等新兴媒体创作与传播领域,消解历史、逃避时代,脱离历史和时代语境的客观规律和规定性而胡编乱造的创作现象多有出现,有的甚至达到十分严重的程度,这是有悖于文艺发展规律和马克思主义文艺理论基本原理的,应该引起批评理论界以及创作界自身的高度关注。

文艺对时代的反映不是被动的历史记录和照相式的复制,新时代的中国文艺要“无愧于时代”,必须认识和把握新时代的时代特点,积极投身于新时代的伟大历史实践之中,用具有时代精神特质的优秀之作、伟大之作来反映时代生活、回应时代风云、张扬时代精神、塑造时代典型,在推动新时代的伟大事业走向决胜中成就自己的伟大、绽放自己的美丽、赢得自己的荣光。中国特色社会主义新时代是一个为实现中华民族伟大复兴的伟大梦想必须进行伟大斗争、建设伟大工程、推进伟大事业的时代,将是一个风云际会的时代,也是一个英雄辈出的时代,而在这样一个伟大时代的宏阔时空舞台上,有文艺和文艺家们的重要地位和作用。着眼于“伟大”,创造与伟大时代比肩媲美、交相辉映的优秀作品、伟大作品,是新时代文艺家们必须承担的伟大历史任务。然而,优秀的、伟大的作品绝不会是历史的自然赋予,它要求着巨大的创造激情、巨大的思想迸发与巨大的情感投射,而所有这一切都只能源于时代生活的巨大激荡与碰撞。这就要求文艺家们积极投身于新时代的伟大历史实践之中,做时代的参与者、弄潮儿,不做时代的旁观者、多余人。只有在深入生活、扎根人民之中经历和体验这个时代伟大斗争的生活现场,全身心地融入社会生活的潮流与脉动之中,作家艺术家才能成为时代风气的先觉者、先行者、先倡者,文艺才能成为时代前进的号角,才能代表时代的风貌,才能引领时代的风气。离开火热的社会实践和奔涌的生活潮流,与时代处于疏离甚至隔绝的状态,在恢宏的时代主旋律之外茕茕孑立、喃喃自语,便只能被时代淘汰,被生活的潮流淹没。习近平总书记高度重视并一再强调文艺对时代的引领和对人们的吸引、引导、启迪作用,强调文艺要抒写时代、歌唱祖国、礼赞英雄,强调文艺要引导人们树立正确的历史观、民族观、国家观、文化观,强调文艺在时代精神的塑造尤其是社会主义核心价值观的弘扬和凝聚中的作用,强调文艺创作要坚持思想精深、艺术精湛、制作精良的统一,这些都是在于希望新时代的中国文艺能够奏出时代的最强音,以优秀的、伟大的作品为新时代的伟大事业提供最强劲的精神支撑和动力,从而以时代的伟大创造激活文艺的时代创新,又以文艺的时代创新推动时代的伟大创造,在相互的激荡与推进中共同构筑起中国梦的璀璨历史盛景。

历史是人民的创造,新时代是人民的新时代,与时代同频共振的新时代文艺必须始终坚持为人民服务的方向。要求文艺反映时代与坚持文艺的人民方向,二者是内在统一的。习近平总书记在党的十九大报告中明确提出,进入新时代之后,我国社会主要矛盾已经转化为人民日益增长的美好生活需要和不平衡不充分的发展之间的矛盾。这个基本判断,不仅符合我国经济、社会发展的现实,也符合我国文化和文艺发展的现实。新时代以来,中国文艺在坚持“二为”方向、为人民服务方面取得了很大的成效,但是总体上来看,文艺的创作和生产在满足人民日益增长着的审美文化需求上同样存在着“不平衡不充分的发展”问题,而如前面所指出的那些文艺发展中存在的问题甚至是与人民向往美好生活的需求正相反对的。因此,中国文艺绝不能满足于已有的发展和成绩,陶醉于某些领域某些方面的一时繁荣或表面繁荣,而是要充分认识到在新时代的未来发展中,人民对于文艺审美的需要将会越来越多、越来越高,解决与克服“不平衡不充分的发展”问题的任务也会越来越艰巨。为此,新时代的中国文艺,要牢牢铭记人民需要文艺、文艺更需要人民的道理,始终坚持以人民为中心的创作导向,把满足人民精神文化需求作为文艺和文艺工作的出发点和落脚点,把为人民服务作为文艺工作者的天职,为人民抒写、为人民抒情、为人民抒怀,描绘人民的生活,展示人民的斗争,传达人民的理想,展示人民对美好生活的追求与向往。坚持以人民为中心的创作导向,首先是要把人民作为文艺表现的主体,把人民作为艺术反映和表现的对象。人民是历史的创造者,是时代的雕塑者,新时代的文艺一定要拥抱时代、走入生活、热爱人民、贴近人民,像习总书记所要求的那样,坚持以强烈的现实主义精神和浪漫主义情怀,观照人民的生活、命运、情感,表达人民的心愿、心情、心声,既反映人民时代创造的蓬勃实践、英雄业绩,也反映人民现实生活的喜怒哀乐、真情实感,把反映时代的呼声与进步和展现人民的心声与命运统一起来。只有植根现实生活、紧跟时代潮流,文艺才能发展繁荣,而只有顺应人民意愿、反映人民关切,文艺才能充满活力。其次,坚持以人民为中心的创作导向,还要把人民作为文艺接受的主体,把人民作为文艺审美的鉴赏家和评判者。在新时代的未来发展中,随着人民物质生活水平的不断提高,对包括文艺在内的精神文化生活的需要也会快速发展和提高,这就要求文艺创作和生产必须以更多样的类型和风格、更高的质量和品位,满足人民多方面、多层次的需要。单一化的创作类型和风格满足不了人民多方面的艺术审美需求,而低俗、庸俗、媚俗的东西更与人民朝向高品位、高格调、高境界的审美文化追求难以相容。在新的时代,人民日益增长、日益提高的审美文化需求将会成为文艺发展的一股巨大推动力量和一种重要选择机制,躲在小楼成一统、疏离甚至漠视人民需要的文艺,是不会受到人民喜爱和青睐的,最终也难以经受住时代检验和历史汰选。

时代的进步与文化的发展历来如影随形,伟大的时代需要繁荣的文化作精神支撑。中国文艺在新时代的历史方位中还有一个更为直接的时代任务，就是建立文化自信、推进中华文化繁荣兴盛。在新的时代，要实现“两个一百年”奋斗目标，实现中华民族伟大复兴的中国梦，就必须坚定中国特色社会主义道路自信、理论自信、制度自信、文化自信。其中，文化自信是国家和民族发展中更基本、更深沉、更持久的力量。正如习近平总书记在党的十九大报告中指出的，文化是一个国家、一个民族的灵魂，文化兴国运兴，文化强民族强。没有高度的文化自信，没有文化的繁荣兴盛，就没有中华民族的伟大复兴。文化包含着多种多样的存在形态，文艺(包括各种文学和艺术类型在内)是文化观念的主要载体，也是各时代文化的核心存在样态，以感性化审美化样态存在的文艺既能以形象直观、直接动人的方式反映新时代生活的波澜壮阔与五光十色，又能以潜移默化、深入人心的方式保持和传播时代与民族的文化价值与文化理想，因而在推进中华优秀传统文化以及革命文化和社会主义先进文化的创造性传承与发展，在弘扬时代精神和社会主义核心价值观，在提高民族道德水准和精神境界等各个方面发挥着不可替代的作用。因此，着眼于建立文化自信，致力于为新时代的伟大事业提供伟大精神的支撑，以具有思想灵魂、文化魂魄的优秀文艺创作提供激励中国人民和中华民族不断前行的精神力量，也是新时代中国文艺义不容辞的时代责任和担当。只有抓住新时代中国文化的“灵魂”，使之大放光彩，成为引领时代进步和中华民族走进伟大梦想的火炬和灯塔，文艺的繁荣才是真繁荣，文艺的发展才具有“无愧于时代”的历史意义。

(原载《百家评论》2017 年第 6 期)

在增强自觉自信中弘扬中华优秀传统文化

当代中国正向着实现中华民族伟大复兴的宏伟目标奋勇前行,实现这一伟大梦想需要文化的繁荣兴盛,需要中华优秀传统文化的继承与发扬。而继承与发扬中华优秀传统文化又离不开文化自觉和文化自信。自党的十八大报告提出要“树立高度的文化自觉和文化自信,向着建设社会主义文化强国宏伟目标阔步前进”之后,党的十九大报告又进一步提出“全党要更加自觉地增强道路自信、理论自信、制度自信、文化自信”,并从新时代“五位一体”的总体布局对“坚定文化自信,推动社会主义文化繁荣兴盛”作出了规划部署。在近年来的一系列讲话中,习近平总书记更是一再强调传承传统文化的重要性,要求增强文化自觉和文化自信,从建设中国特色社会主义文化、构建社会主义核心价值观、实现中国梦的高度对弘扬中华优秀传统文化作出了具有新思想新境界的重要论述。深刻认识文化自觉和自信的理论价值和意义,大力弘扬中华优秀传统文化,是新时代中国文化艺术工作者的重大历史责任与使命。

增强文化自信与弘扬中华优秀传统文化

改革开放以来,我们党确立了以经济建设为中心的基本路线,社会生产力获得了极大解放,人民群众的物质生活水平有了很大提高。但是在物质文明进步的同时,精神文明的建设在不少情况下却受到不同程度的忽视和干扰,致使整个社会在精神文化方面产生了这样那样的消极现象和负面状况,道德的滑坡、信仰的危机、价值的失落等等,不断引生国人的心灵疼痛。时代的精神病痛需要健康的、先进的文化来疗救,于是重视文化建设在整个国家社会发展中的重要地位和作用,文化和精神文明的建设与物质文明建设两手都要抓两手都要硬,便逐渐成为全社会的共同性吁求,文化自觉论由是而生。以繁荣的文化建设满足人们的精神需求,培育社会主义核心价值观,凝结全体人民共同的价值追求,当是文化自觉的基本含义,也是文化自觉论提出的现实指向与诉求所在。正是在这一时代诉求中，传统文化隆重登场并扮演着一个极其重要的角色，而在思想理论的认识上便发生了文化自觉与优秀传统文化的对焦问题。

从文化自觉的角度审视传统文化，首先需要对文化发展中继承与创新的辩证关系具有自觉的认识和把握。这是从思想认识上解决为什么必须弘扬中华优秀传统文化的理论前提。当代美国著名社会学家 E.希尔斯在《论传统》一书中认为，传统的事物有其持久性，后人通常是生活“在过去的掌心里”。当代大诗人和批评家艾略特在《传统与个人才能》一文中也认为“过去因现在而改变正如现在为过去所指引”。这皆非妄论。马克思早就说过，人类的历史创造是在直接碰到的、既定的、从过去承继下来的条件下展开的，“一切已死的先辈们的传统，像梦魇一样纠缠着活人的头脑”(《路易·波拿巴的雾月十八日》)。恩格斯也曾指出：“每一个时代的哲学作为分工的一个特定的领域，都具有由它的先驱传给它而它便由此出发的特定的思想材料作为前提。”[《恩格斯致康·施米特的信(1890 年 10 月 27 日)》]中外文化的发展无不证明了马克思、恩格斯论述的这一历史和文化发展规律。西方近现代以来的文化发展，正是建立在文艺复兴对古希腊罗马时期古典文化和学术的“复兴”基础之上的。在我国，文学的发展也经常以“复古”的形式出现，早在南北朝时期，刘勰便以“参五因革，通变之数也”来总结文学发展的规律(《文心雕龙·通变》)。基于文化发展历史规律的认识，习近平在系列讲话中不仅从一般理论关系上提出“不忘历史才能开辟未来，善于继承才能善于创新”，要求“在继承中发展，在发展中继承”(《努力实现传统文化创造性转化、创新性发展》)，还一再强调中华优秀传统文化是中国当代文化十分可贵、不可多得的资源，因此“要对博大精深的中华文化有深刻的理解”(《在中国文联十大、中国作协九大开幕式上的讲话》)，并要求讲清楚中华优秀传统文化的历史渊源、发展脉络、基本走向，讲清楚中华文化的独特创造、价值理念、鲜明特色(《培育和弘扬社会主义核心价值观》)。这些观点和论述正是对于文化自觉的要求和阐释，也是对数千年中华文化发展的“通变之数”的深刻领会与概括。

从文化自觉的角度审视传统文化，还需要对中华优秀传统文化在中国当代社会精神价值建构中的重要作用有自觉的认识和把握。毛泽东对传统文化的思考和论述本来首先是着眼于为当下的革命运动所用的，即他所强调的“古为今用”，但后来人们往往主要关注他对文化继承的方法，只是记住了其“批判地吸收”(即剔除糟粕吸取精华)和“推陈出新”等论述，而且只是把这些论述置于文化自身发展的内部承继关系上来理解，这不能不说大大降低了弘扬优秀传统文化的实际意义。习近平的有关论述再次将理论思考的重心转向“古为今用”的方面,把继承和发扬中华优秀传统文化和传统美德作为涵养社会主义核心价值观这一凝魂聚气、强基固本的基础工程的重要资源和抓手。他明确指出:“培育和弘扬社会主义核心价值观必须立足中华优秀传统文化。牢固的核心价值观,都有其固有的根本。抛弃传统、丢掉根本,就等于割断了自己的精神命脉。博大精深的中华优秀传统文化是我们在世界文化激荡中站稳脚跟的根基。”(《培育和弘扬社会主义核心价值观》)在中国特色社会主义的伟大事业中,道路自信、理论自信、制度自信需要我们对核心价值观的认定作支撑,而核心价值观的培育和弘扬又必须以中华优秀传统文化为立足的根本,在这样一个基于现实需求的思想逻辑中,中华优秀传统文化便自然而然地获得了其进入当今历史舞台的逻辑合理性与现实必要性。这是习近平有关传统文化论述的精要和主旨所在,也是文化自觉的题中应有之义。

增强文化自信与弘扬中华优秀传统文化

文化自觉与文化自信是紧密相关的两个文化命题。文化自觉解决了为什么要建设繁荣兴盛的社会主义文化,特别是为什么要在当今时代弘扬中华优秀传统文化的问题。那么,中华传统文化能够作为当代社会主义核心价值观建设的立足点吗?它具有堪为当今时代所用的足够精神能量和资质吗?这就有了一个文化自信的问题。五四前后东西文化论战中的“全盘西化”论以及改革开放后的20世纪80年代产生的所谓中国需要做三百年殖民地的乖谬之论,都是文化不自信的极端表现。在全球化愈演愈烈、文化的世界性发展趋向对民族文化形成愈加剧烈挤压的当今时代,对自身民族文化的不自信也多有表现。所以,文化自信的提出也有其历史的与现实的针对性。正如习近平所一再指出的,中华民族有着深厚的文化传统,在绵延不绝的历史进程中创造了辉煌灿烂的文化成果,表现出无比强大的创造力和无比自信的精神气度,具有独一无二的理念、智慧、气度、神韵,我们应该为此感到无比自豪,也应该为此感到无比自信。

当然,文化自信不是盲目地崇拜,中华传统文化有值得我们自豪与自信的优秀资质。中华文化历经数千年而代代相传,在具有连续性的发展中显示出令人叹为观止的生命力与创造力,在世界各大文化谱系中是少有的,这本身就是值得自豪与自信的。更为重要的是,在长期的实践中,中华优秀传统文化积淀下了中华民族最深层的精神追求,在“仁者爱人”“民惟邦本”“天人合一”“和而不同”“大道之行也,天下为公”“天行健,君子以自强不息”“言必信，行必果”“天下兴亡，匹夫有责”“先天下之忧而忧，后天下之乐而乐”等等的追求和美德里，形成了富有特色的思想理念和价值理想。这些思想理念和价值理想已经作为最优秀、最核心的内容内化为中华民族最基本的文化基因和行为规范，成为中华民族的“根”与“魂”，不仅在以往的世代深刻影响着中国人独特的价值取向和思维习惯，而且在今天依然能够成为涵养社会主义核心价值观的重要源泉。尤为可贵的是，中华民族不仅在轰轰烈烈的伟大实践和润物无声的日常伦用中追求并践行着自己的思想理念和价值理想，而且在历史、哲学和文学艺术等的人文创造中书写下了这种追求。鲁迅先生在作于1934年的《中国人失掉自信力了吗?》一文中指出：“我们从古以来，就有埋头苦干的人，有拼命硬干的人，有为民请命的人，有舍身求法的人……虽是等于为帝王将相作家谱的所谓‘正史’，也往往掩不住他们的光辉，这就是中国的脊梁。”这些中国的脊梁为一代代的中华文化所书写，他们显示出来的光辉也正是中华优秀传统文化精神的典型体现和不朽写照。

正因为中华优秀传统文化是有思想有理想有价值追求的文化，而且植根于中国人的内心，影响着中国人的思想方式与行为方式，所以也是具有无比强大的精神力量的文化。在数千年的历史流变中，正是博大精深的中华优秀文化，为中华民族克服困难、生生不息提供了强大的精神支撑。其中，爱国主义是构成中华优秀文化的一个核心传统，也是给予中华民族最持久最强大的精神力量。“王师北定中原日，家祭无忘告乃翁”（陆游），“人生自古谁无死，留取丹心照汗青”（文天祥），“苟利国家生死以，岂因福祸避趋之”（林则徐），这些爱国主义的千古名句，鼓舞着多少人在国难当头之时英勇奋起、慷慨赴死。至今，爱国主义依然是社会主义核心价值观最基本的构成内容，为当代国人提供着凝心聚魂的精神力量。所以说，优秀的民族传统文化，蕴含着巨大的精神力量，我们应该在这个意义上理解习近平关于文化自信是更基础、更广泛、更深厚的自信，是更基本、更深沉、更持久的力量的论断。我们还要明白，今天之所以提倡大力弘扬中华优秀传统文化，就是要在新的时代接续这种力量。中外各国的历史和现实都表明，那些抛弃或背叛了自己历史文化的民族，不仅不可能发展起来，而且很可能上演一幕幕历史悲剧，中华民族自身也不乏这样的历史教训。就此而言，坚定文化自信，接续蕴含于传统文化中的巨大精神力量，的确是事关国运兴衰、事关文化安全、事关民族精神独立性的大问题。当然，这种精神力量的接续与传导，需要当代的“中国的脊梁”们的现实奋斗，也需要文化艺术工作者的责任担当。只有善于从中华传统文化宝库中萃取精华、汲取能量，“保持对自身文化理想、文化价值的高度信心，保持对自身文化生命力、创造力的高度信心”（《在中国文联十大、中国作协九大开幕式上的讲话》),文艺工作者才能创造出有骨气、有个性、有神采的作品,并使自己的作品具有激励中华民族奋力前行的精神力量。没有文化自信,就写不出这样的作品,因而也就不会有生命力和影响力。

在自觉自信中努力实现传统文化的转化与创新

对中华优秀传统文化的自觉与自信,不能仅仅停留在思想认识层面,还必须进一步延伸至实践创造领域,落实到民族文化的创新与发展上来。习近平强调,在当代文化建设工作中,应处理好继承与创造性发展的关系,"要善于把弘扬优秀传统文化和发展现实文化有机统一起来,紧密结合起来,在继承中发展,在发展中继承",要"努力实现传统文化的创造性转化、创新性发展"(《努力实现传统文化创造性转化、创新性发展》)。他又指出:"要处理好继承和创造性发展的关系,重点做好创造性转化和创新性发展。"(《培育和弘扬社会主义核心价值观》)这个要求,应是当代文化创造对于传统文化的重要遵循。从根本上讲,传统文化的继承、守护本身不是目的,继承是为了为当下所用,是为了民族和民族文化的更好发展,发展才是目的,也是更好的继承,而要发展就必须有新的创造。在历史维度上,当代文化的发展要以继承为前提,而在现实维度上,则应将继承置于文化发展的总体格局中加以对待,而把创新与发展作为重心。对此,我们不仅需要认识上的自觉,而且更需要以坚定的自信来书写当代文化创新与发展的新篇章。

做好传统文化的创造性转化和创新性发展,是当代文化繁荣兴盛的要求,也是中华文化守正出新、历久弥新的保证。传统文化虽然是当代文化建设的根基、源泉,但毕竟是既往不同时代经济、政治和社会生活的反映,其中有精华也有糟粕,不能全然否定、一概抛弃,也不能盲目崇拜、全盘拿来,而必须对丰富浩瀚的传统文化加以辩证取舍,深入挖掘和阐发其中优秀的思想文化成分,并根据时代生活的需要,有所选择地汲取有价值的思想营养为当今时代所用,使其最基本的文化基因与当代文化相适应、与现代社会相协调,并融会于当代价值观的建构之中。为此,要利用当代影视、文学、艺术以及各种新媒体等新的文化形式和传播方式将存留于历史典籍和传统生活方式之中的优秀文化加以创造性转化,激活传统文化的生命活力,使传统文化旧貌换新颜,更易于为人民大众所接受,更容易走进人民的生活和心灵。同时,还要基于当代生活的新发展、新特质,着眼于民族未来的发展理想,在新的文化艺术的创造中给中华文化增添新的内容、新的价值,使传统文化得以丰富、拓展。就文化创造的精神内容而言,在传统文化的创造性转化和创新性发展中，如何围绕我国和世界发展面临的重大问题，从中华优秀传统文化中发掘和汲取具有普遍性意义的思想理念和价值观念，提出能够体现中国立场、中国智慧、中国价值的理念、主张、方案，为中华民族也为整个人类提出正确的精神指引，是一个需要面对的时代课题。这是中华文化走向发展高峰的一个应有的追求，也是检验中国当代文化创造创新性程度的一个尺度。不能把当代中国文化的创造变成世界性的创造，把民族精神文化的价值变成世界性的价值，中国当代文化的创造就不能走进高峰体验的境界。

最后需要指出的是，文学艺术在中华文化的形成和发展中发挥了极其重要的作用，中国文化的辉煌与文学艺术的辉煌是分不开的，中华文学艺术还在其与中华文化同辉煌中以优秀传统文化中的思想理念和道德规范为文化基因，形成了中华美学精神。在走向中华民族和中华文化伟大复兴的新时代，文学艺术工作者更需要增强和坚定文化自觉与文化自信，在坚守中华文化立场、传承中华文化基因、展现中华审美风范中做好传统文化的创造性转化和创新性发展，以富有中华风骨、气度与神采的优秀作品将中华文化推向民族文化发展的高峰、推向世界文化舞台的中心。

（原载《文艺报》2018 年 9 月 5 日）

充分发挥文艺在中华优秀传统文化转化与创新中的作用

中华民族的伟大复兴需要当代文化的繁荣发展提供精神力量,而当代文化的繁荣发展不能脱离民族固有的文化基因和血脉,必须在继承和发扬中华优秀传统文化的基础上进行,这一点在当代中国已经成为普遍的共识。然而,在如何继承和发扬中华优秀传统文化方面,人们的认识以及实际的做法以至成效却各不相同、参差不齐,尚存在不少认识不到位、做得比较差的状况,其中一个比较突出的问题就是没有充分认识并发挥文艺在中华优秀传统文化创造性转化与创新性发展中的作用。

弘扬优秀传统文化重在创造性转化与创新性发展

在中国现代新文化的发展中,如何对待传统文化,不仅一直是文化界人士,也是中国共产党人在思考的一个大问题。这个问题关系到中国文化的命脉,也关系到中华民族的前途和命运,正所谓"文运同国运相牵,文脉同国脉相连"[①]。

早在1938年,毛泽东就在《中国共产党在民族战争中的地位》中指出,中国共产党作为一个指导伟大的革命运动的政党,要取得胜利,必须要有马克思主义的革命理论,要有对于实际运动的深刻了解,还要有历史知识,因为今天的中国是历史的中国的一个发展,作为马克思主义的历史主义者,我们不应当割断历史。所以,要"学习我们的历史遗产","从孔夫子到孙中山,我们应当给以总结,承继这一份珍贵的遗产"。[②] 毛泽东后来的《新民主主义论》

① 习近平:《在中国文联十大、中国作协九大开幕式上的讲话》,人民出版社2016年版,第5页。

② 毛泽东:《中国共产党在民族战争中的地位》,《毛泽东选集》第二卷,人民出版社1991年版,第533、534页。

(1942)、《在延安文艺座谈会上的讲话》(1942)、《同音乐工作者的谈话》(1956)等有关文化问题的重要论著中,无不贯穿着要"学习我们的历史遗产"这样一种文化观念。毛泽东还将他对传统文化的思考和论述明确地概括为"推陈出新"①和"古为今用"②两个简明表述。这两个表述长期以来一直是我国对待和处理传统文化的基本原则,并在当代文化发展中产生了积极的影响。

在改革开放以来的中国当代文化发展思路上,由于特别重视的是其"现代化"的取向,因此长期以来比较注重"面向世界"与"面向未来",这种现实语境便导致在文化的认识和实践方面,人们对于"洋为中用"的重视在很多情况下远远超过了对于"古为今用"的重视,而且在有些时候有些人那里,对于中国传统文化还形成了种种错误的认识和观点,以至于有人试图重新回到五四前后东西文化大论战时期的"全盘西化论"。20 世纪80 年代后期以《河殇》等作品为代表的对中国传统文化虚无主义的全盘否定思潮,就是一个明显的例子。这种思潮与反西化论者对中国传统文化保守主义的全盘肯定一样,都在文化发展的古与今(即传统与现代)、中与外(即自我创新与外向借鉴)的关系上犯下片面的、极端的错误,并对中国文化的现代建设与发展造成思想理论上的困惑与干扰。在近年来的一系列讲话中,习近平总书记以历史经验为依据,从实现中华民族伟大复兴的时代需要高度对弘扬中华优秀传统文化作出很多重要论述。在 2016 年 5 月 17 日举行的哲学社会科学工作座谈会上的讲话中,习近平提出了"不忘本来,吸收外来,面向未来"③的观点和表述,其后不久在中国文联十大、中国作协九大开幕式的讲话中他又再次重申了这一表述,将"不忘本来"作为文化建设的出发点与固有根基。在党的十九大报告里他又明确提出中国特色社会主义文化建设要"坚守中华文化立场"④。习近平有关中华优秀传统文化的论述,体现了我们党在文化建设思路上的某种调整与转变,体现了在文化发展战略中对民族自身传统文脉的再确认。如果说中国特色社会主义的道路自信、理论自信、制度自信要以高度的文化自信为支撑的话,那么文化自信的建立则要以对于自身优秀传统文化的认同为内在依据。

---

① 毛泽东:《为中国戏曲研究院题词》,《毛泽东论文艺》,人民文学出版社 1992 年版,第 86 页。

② 毛泽东:《关于"古为今用,洋为中用"的批示》,《毛泽东论文艺》,人民文学出版社 1992 年版,第 119 页。

③ 习近平:《在哲学社会科学工作座谈会上的讲话》,人民出版社 2016 年版,第 16 页。

④ 习近平:《决胜全面建成小康社会 夺取新时代中国特色社会主义伟大胜利——在中国共产党第十九次全国代表大会上的报告》,人民出版社 2017 年版,第 41 页。

当前,文化建设中重视传统文化的地位,已经不再成为一个认识上的问题,然而在如何进行优秀传统文化的继承和发扬上,的确存在不少认识上的偏差和具体做法上的问题。比如有人把优秀传统文化的继承和发扬等同于文化遗产的保护、"非遗"的申请,觉得做一点遗产保护的工作,或者花力气为某种文化遗存或非物质文化遗产争取一个名头一个冠名就是继承和发扬了;更有地方为了发展旅游增进 GDP,而不惜血本上马了许多大型复古型工程,这类工程究竟有益民生还是劳民伤财暂且不论,就文化而言则是做了许多假古迹,以致在做假古迹时甚至连原有真的文化遗存也给彻底毁坏掉了,在当代中国各地旅游,可看到这种东西简直比比皆是。这类认识和做法显然是简单的、片面的,甚至是错误的。传统文化遗存的保护、"非遗"的申请,当然都是有其必要性的,是弘扬传统文化的一个方面的工作,但不是全部,甚至不一定是最重要的部分,文化传承和当代文化的繁荣绝不是简单保存、复活传统文化就可以做到、做好的。习近平总书记指出:"我们要善于把弘扬优秀传统文化和发展现实文化有机统一起来,紧密结合起来,在继承中发展,在发展中继承。"[①]"在继承中发展,在发展中继承",应该是我们弘扬优秀传统文化的一个基本理论遵循。同时,习近平总书记还进一步指出,"要处理好继承和创造性发展的关系,重点做好创造性转化和创新性发展"[②],要在"坚持古为今用、以古鉴今"原则下"努力实现传统文化的创造性转化、创新性发展"。[③] 把"创造性转化、创新性发展"作为重点,这就指明了弘扬传统文化的具体路径和工作抓手。对此,全社会尤其是从事文化管理与实施工作的部门和有关人士应该形成明确的认识,并以此来校正以往和当下在弘扬传统文化方面形成的一切认识上的以及实践上的偏差和误区,以便在文化建设上少走弯路,不走错路。

文艺对弘扬优秀传统文化具有不可替代的重要作用

中华优秀传统文化历史悠久、博大精深,绵延中华历史数千年,渗透并体

---

① 习近平:《努力实现传统文化创造性转化、创新性发展》,《习近平谈治国理政》第二卷,外文出版社 2017 年版,第 313 页。

② 习近平:《培育和弘扬社会主义核心价值观》,《习近平谈治国理政》,外文出版社 2014 年版,第 164 页。

③ 习近平:《努力实现传统文化创造性转化、创新性发展》,《习近平谈治国理政》第二卷,外文出版社 2017 年版,第 313 页。

现在中华历史创造的方方面面，而文艺（包括各种文学形式和各门类艺术在内）是其中最为耀眼的明珠，优秀的中华文艺构成了中华优秀传统文化的重要部分，甚至可以说是主体部分或核心部分。因此，我们今天谈弘扬中华优秀传统文化，不可忽略了文艺。文艺对弘扬中华优秀传统文化有其重要的不可替代的作用。

文艺对弘扬中华优秀传统文化之所以具有重要作用，是因为从历史的角度看，文艺作为传统文化的主体或核心部分，保留着对于中华文化的历史记忆。优秀传统文化涵育、凝聚起的民族精神不仅在中华民族其他类型的精神文化创造形式中得以体现，更是一直在文艺中得到绚丽灿烂、精致动人的传承。中华文艺有着富有民族特色的艺术韵致与美学精神，而沛然其魂魄、活现其灵魂的正是优秀传统文化中的民族精神。正如习近平总书记所指出的："中华民族精神，既体现在中国人民的奋斗历程和奋斗业绩中，体现在中国人民的精神生活和精神世界中，也反映在几千年来中华民族产生的一切优秀作品中，反映在我国一切文学家、艺术家的杰出创造活动中。"[①]正因为文艺与文化在表现民族精神方面具有同构性，所以弘扬中华优秀传统文化就不能忽略、脱离开文艺而进行。中国当代的诸多文学和艺术类型，比如传统诗词、传统戏曲、传统绘画和书法、传统民族舞蹈等，不仅其自身的表现形式就来自传统或是从传统延续下来的，而且其精神文化基因也与传统有着割舍不断、分离不开的血脉关联，中国传统文化中很多优秀的价值理念和传统美德，诸如崇高伟大、历久不衰的爱国主义精神，厚德载物、民胞物与的仁爱精神，自强不息、奋斗不止的进取精神，以及磊落坦荡、浩气长存的人生胸襟与风骨气节等，都在这样一些传统艺术中得以传承、得以发扬光大。因而，在一定意义上可以说，弘扬这些艺术传统也就是在弘扬传统文化。

文艺对弘扬中华优秀传统文化所具有的重要作用，还可以从传统文化延续的角度来看。文艺作为传统文化的主体或核心部分，能够以其对时代生活的敏感、回应和反映、创造，为传统文化增添新的历史内容，为其生命活力的勃发和延续提供新的力量。传统文化之所以成为传统，在于它具有历史延续性，也就是其文化精神能在一个延展的时空维度中保有生命活力，不具有延续性就意味着文化生命力的丧失，传统便不复为传统。而使传统文化具有历史延续性的最主要的方法便是使其与时俱进地获得新的发展。我国南北朝时期的著名文论家刘勰在《文心雕龙》里将传统在不断创新中延续生命力的

① 习近平：《在中国文联十大、中国作协九大开幕式上的讲话》，人民出版社 2016 年版，第 6～7 页。

机制称为“通变”，“通”是文化发展过程中先后传承的一面，“变”则是就其日新月异的创新变化而言。就二者的关系，刘勰提出了“参五因革，通变之数”“变则其久，通则不乏”等著名论断，这是对文化发展中继承与革新关系的一个至为深刻的辩证概括。也正是在这种历史认识的基础上，习近平总书记提出中华文明延续着我们国家和民族的精神血脉，既需要薪火相传、代代守护，也需要与时俱进、推陈出新。为此，当代文化创造要“既向前看、准确判断中国特色社会主义发展趋势，又向后看、善于继承和弘扬中华优秀传统文化精华”，同时“要加强对中华优秀文化的挖掘和阐发，使中华民族最基本的文化基因与当代文化相适应、与现代社会相协调，把跨越时空、超越国界、富有永恒魅力、具有当代价值的文化精神弘扬起来”。[①] 应该说，要真正落实总书记提出的这个延续中华文明的文化创造任务，实现中华文化的良性“通变”机制，文艺能够发挥很好的作用，这不仅是因为传统文艺精神与传统文化精神具有同构性，文艺很容易与传统文化相结合，实现古今文化之“因”与“通”，也因为文艺在各种文化形式中“最能代表一个时代的风貌，最能引领一个时代的风气”[②]，所以当代文艺的创造能够为传统文化增添新的时代内容，使传统的内涵得以丰富和拓展，从而在新的历史语境之下，引领传统文化因时而变、乘势而为，获得新的生机与活力，并得以延续下去。

文艺对弘扬中华优秀传统文化不仅有其重要作用，而且其作用还具有不可替代性。优秀传统文化作为中华民族数千年历史创造的精神结晶，体现于过往历史的社会物质生活和精神文化活动的方方面面，在当今时代的社会生活与活动的各领域也都有其表现。因此，继承和弘扬优秀传统文化可以经由多种多样的领域、途径与方法，一切有益之举都是值得肯定和支持的。但是，一切其他的领域、途径与方法都不能代替文艺活动的形式和方法，文艺以其特有的情感性、形象性、想象性，在表现传统文化生活、阐释传统文化精神、讲述传统文化故事方面有着不可替代的审美属性和传播优势。没有其他任何一种文化传承形式和方法能像文艺那样将传统文化生活表现得绚丽多姿、波澜壮阔，将传统文化精神阐释得精细入微、博大精深，将传统文化故事讲述得生动活现、真挚动人。因而，文艺对优秀传统文化的继承和弘扬最具有入人也深、化人也速的效果。就此而言，在继承和弘扬优秀传统文化中忽略文艺的作用，把弘扬传统和发展文艺看成两码事，只知道在别的方面用力，而不会

---

① 习近平：《在哲学社会科学工作座谈会上的讲话》，人民出版社 2016 年版，第 16、17 页。

② 习近平：《在文艺工作座谈会上的讲话》，人民出版社 2015 年版，第 5 页。

借助文艺来发力，这在思想认识上有偏颇，在实际做法和成效上也可能抓了芝麻而丢了西瓜。

在传统文化的创造性转化与创新性发展中文艺大有作为

伴随着中华民族伟大复兴的梦想，当代中国正迎来文化建设的新高潮，而正是因为文艺对弘扬中华优秀传统文化具有不可替代的重要作用，其在传统文化的创造性转化与创新性发展中可以扮演一个重要的角色，从而在当代文化繁荣发展中绽放属于自己的美丽与辉煌。

如前所述，习近平总书记强调在传统文化的继承和创造性发展的关系中，重点要做好创造性转化和创新性发展，这也是当代文艺应该承担的文化职责。就文艺创造而言，所谓传统文化的创造性转化，一方面可以表现为充分利用当代各种文学和艺术形式，把存在于人们的日用起居之中，特别是古代文化遗存和典籍中的思想观念、价值理念、道德理想、人性美德等，从需要理性思辨才能认识的抽象的观念概念变为形象具体可以感知体验的审美形式，转化为丰富生动的文艺题材和人物、文艺故事和语言，从而“让收藏在禁宫里的文物、陈列在广阔大地上的遗产、书写在古籍里的文字都活起来”[①]；另一方面传统文化的创造性转化则是指在当代文艺创作中对传统的思想观念和精神理念在吸取精华、剔除糟粕的基础上作出批判性的选择和改造。而所谓传统文化的创新性发展就是根据时代的需要和发展，为传统文化中具有价值的思想观念和精神内容增添新的内容，赋予当代新质，使其由旧趋新、由旧变新甚至脱胎换骨以新代旧、革故鼎新。可见，无论是创造性转化，还是创新性发展，当代文艺都是可以在其中大显身手、大有作为的。

以上只是从概括的意义上谈文艺的作为，事实上，文艺在传统文化的创造性转化与创新性发展中的作用可以从当代文化发展中一些至为重要的方面和角度得以体现。首先，就是当代核心价值观的建构方面。文化的首要价值在于以精神力量化人，塑造人们的精神灵魂，为国家民族举精神旗帜、立精神支柱、建精神家园，这一切都离不开文艺。在当代中国，最需要高举的就是社会主义核心价值观这面旗帜，这是因为“核心价值观是一个民族赖以维系的精神纽带，是一个国家共同的思想道德基础”[②]，社会主义核心价值观的建

① 习近平：《提高国家文化软实力》，《习近平谈治国理政》，外文出版社2014年版，第161页。

② 习近平：《在文艺工作座谈会上的讲话》，人民出版社2015年版，第22页。

构对弘扬中国精神、凝聚中国力量具有头等重要的作用。社会主义核心价值观有两个核心成分:一是以爱国主义为核心的民族精神,一是以改革创新为核心的时代精神。作为社会主义核心价值观中最深层、最根本、最永恒的部分,爱国主义是中华民族历久弥新的民族精神,也是历代文艺创作常写常新的主题。因此当代的文艺创作书写爱国主义的题材、讴歌爱国主义的英雄,是在举社会主义核心价值观的精神旗帜,巩固其固有的根本,也是对优秀传统文化的最好继承与转化。同时,文艺创作反映改革开放的时代生活,讴歌改革创新的时代精神,同样是在举社会主义核心价值观这面精神旗帜,不过这是在为中华民族的创造性历史发展立传,是在为传统文化的创新性发展增添新的时代内容与精神内涵。由此可见,当代文艺在高扬社会主义核心价值观的精神旗帜时,事实上也就是在为传统文化的创造性转化和创新性发展做出自己的努力,贡献自己的力量。

其次,是在中华传统美德的传承方面。中华民族是一个极其具有道德感、极其重视道德伦理的民族,在数千年历史创造活动中形成了独特的思想理念和道德规范,诸如崇仁爱、重民本、守诚信、讲辩证、尚和合、求大同等思想,以及自强不息、敬业乐群、扶正扬善、扶危济困、见义勇为、尊长爱幼、孝老爱亲等传统美德。这些传统思想理念和道德规范具有超越时代、永不褪色的价值,依然需要在今天的时代予以传承和弘扬。然而改革开放以来,在经济大潮的冲击以及各种错误思潮的影响之下,自 20 世纪 90 年代起整个社会出现了引人注目的所谓“道德滑坡”现象,一些人唯利是图、为所欲为,善恶不分、美丑不辨,不讲规范、缺少底线,浑浑噩噩、穷奢极欲,败坏了社会风气,对整个社会的和谐发展造成了极大的危害。这种状况更加显示了中华优秀传统美德的价值,也催发了弘扬优秀传统美德的紧迫社会需求。正是在这一历史境况之下,我们党不仅在政治领域刮起了空前的反腐风暴,而且在文化建设中特别重视思想道德建设问题。习近平总书记在文艺工作座谈会上的讲话中要求文艺家把优秀的中国精神作为社会主义文艺的灵魂,“要通过文艺作品传递真善美,传递向上向善的价值观,引导人们增强道德判断力和道德荣誉感,向往和追求讲道德、尊道德、守道德的生活”[①],以使中华民族一代接一代追求真善美的境界,永远健康向上,永远充满希望。在党的十九大报告中,他又强调要深入实施公民道德建设工程,推进社会公德、职业道德、家庭美德、个人品德建设,激励人们向上向善、孝老爱亲,忠于祖国、忠于人民。应该说,中国当代文艺在表现中华传统美德、营造全社会崇德向善的氛围、积聚

① 习近平:《在文艺工作座谈会上的讲话》,人民出版社 2015 年版,第 25 页。

社会正能量方面已经取得了不少成绩，这是应予肯定的。但是，相对于全社会尚没有根本好转的"道德滑坡"和习总书记的上述要求来说，当代文艺在这一方面还应该做得更好，这也是当代文艺可以大有作为之处。

再次，是中华文化的对外传播方面。伴随着我国综合国力的日渐强大和人类命运共同体的建构，中华文化"走出去"日渐成为一种现实的需求。在当今时代，国家之间的竞争和交往，不仅是讲政治、经济和军事等方面的硬实力，而且非常注重文化上的软实力。中华文化要"走出去"，也必须具有软实力，而深沉悠久的中华优秀传统文化是中华民族的突出优势，也正是我们最深厚的文化软实力。中华优秀传统文化在处理人与自然的关系、人与社会的关系、人与自我的关系以及国家之间的关系等方面，都总结和积淀下了丰富的生活智慧，这些生活智慧凝聚了中华传统文化的精华，不仅在古代和现代给予中华民族以精神支撑和生存滋养，对处于命运共同体的当代世界各国人民来说也有其参考借鉴意义，其对外的国际传播，能够增强中国文化的软实力。正是在这个意义上，习近平总书记指出："提高国家文化软实力，要努力展示中华文化独特魅力。"①由于世界各国人民在历史沿革、文化创造、社会制度、生活习性特别是语言文字等方面各有不同，文化的交流对话、互识互鉴会存在相当程度上的隔膜与困难，而文艺则能以人们喜闻乐见、感同身受的形式将中华优秀传统文化的思想理念和独特魅力较好地传播出去。事实上，在近年来的对外文化传播中，文艺一直走在前列，甚至像孔子学院这样的世界性文化建设项目，文艺也发挥着重要的引力作用。随着人类命运共同体的建构日益走向深化，文艺必将在中华优秀文化包括传统文化的世界传播中占据愈加重要的位置，为增强中国文化的软实力发挥更多更大的作用。

（原载《百家评论》2018 年第 6 期）

---

① 习近平：《提高国家文化软实力》，《习近平谈治国理政》，外文出版社 2014 年版，第 161 页。

第四辑

守正创新:时代境遇中的文论创新

超脱与执着

——记狄其骢教授

世界上有各式各样的学者。各式各样的学者以其各式各样的品德与学风引人注目。对我们几位弟子来说,狄其骢先生令人难忘之处,是他为人的超脱与治学的执着。或许这就是狄先生在人生中的独特境界吧?

大千世界充满了太多的诱惑太多的风雨,人生之旅也面临着太多的抉择太多的考验。几十年来,狄先生自在做人,不涉是非旋涡,远离名利仕宦,这不可谓不超脱;为祖国文艺学研究事业的发展,他殚精竭虑,矢志不渝,这不可谓不执着。狄先生曾几次对我讲起他 1962 年在北大进修期间承蒙朱光潜和宗白华两位先生悉心指导的美好时光。朱先生做人严谨真诚,为学孜孜以求,他强调要多读书多思考,以扎实的哲学根底和丰厚的知识储备滋养探求艺术真理的思辨头脑;宗先生性情飘逸,儒雅有致,他强调要多欣赏多感受,以此充实人生修身养性。对于朱、宗二位先生的教诲,狄先生常引以为幸为荣。而熟悉他的人,也都不难从其气质和学术个性中感受到两位美学前辈人品与学风的影响。

风格就是人,文品即人品。狄先生性情娴静,不慕荣利,为人温厚坦诚,不会虚情假意。这些品德也显现于其文风之中。他从不做超时文章,也不写应酬式广告式的评论;他忠实于艺术真理,绝不背叛自己的艺术感受和理性思考发违心之论。1984 年,青年作家矫健的中篇小说《老人仓》发表后,博得了评论界的普遍好评。狄先生却在作品讨论会上发言并著文敏锐地指出作品的艺术表现离作者的审美意图还存有很大差距,作品引人注目的成功的地方,正是掩盖了作者最初的艺术追求的失败之处。唱的虽是反调,却赢得了作者本人的首肯。矫健心悦诚服地称之为“点中要害”之论。狄先生著书为文的严肃认真、精益求精,也是学术界公认的。在仅凭作品数量众多即可为作者带来收入、声望和地位的情况下,他却芳心自持不为所动,从不粗制滥造,唯学术质量是求。无论书稿还是论文,他都是一遍又一遍地修改、充实,一次又一次地“违约”,迟迟不放其“出笼”。他就像充满爱心的父母,总想让出门远行的儿女多带上一点东西。看到多少有点名气甚至毫无名气的学者一本又一本地炮制“新作”，我们私下里不免觉得先生过于认真。然而，每当我们委婉地劝说他及早放稿“出笼”时，他却总是说：“不急。书稿写出来，总得自己满意才行。”

超脱成就了狄先生的执着。他淡于名利，对自己所从事的文艺学研究事业却有着深深的挚爱，对艺术真理有着始终不渝的追求。这种挚爱和追求化为对艺术之美的深切领悟，化作对艺术本性的深刻理解。他的文章质朴真诚犹如其人，无哗众取宠之意，无华而不实之辞，缜密的思路、透辟的说理、有力的文字，蕴含着醇厚的诗意和新颖的创见。诗情与理性的交融构成了先生文章的显著特色。这种特色赋予他的文章以魅力以力量。他在文艺理论研究领域攻克难关，搏击风浪，就像竞技场上不急不躁、作风稳健的优秀竞技手，不玩花拳绣腿，招招式式皆动真格，也不轻易出击，一出手就击中对方要害部位，从而得分取胜。

狄先生的学术建树一开始就处于一个较高的起点。其处女作《关于形象思维问题》是在 1957 年下乡锻炼时于劳动空隙写成的，时年他才 24 岁。该文提出了“艺术是形象思维”的定义，并对构成艺术实质的两个因素——思维性与形象性的辩证关系作了透彻的阐述，证明了形象思维不是形象加思维，也不是思维加形象，而是形象化了的思维、思维化了的形象。文章在当时颇具声誉的《新建设》杂志 1958 年 5 月号刊出，至今仍然是各种形象思维研究资料选编本的主要选文之一。“文化大革命”后，狄先生将自己多年来于孤独、沉寂中的思考变成了一篇篇具有深度和力度的文章，从 1978 年至 1983 年，先后在《文史哲》《文艺报》《文艺论丛》等杂志发表了《形象思维散论》《关于作家选择题材的自由——一个被“四人帮”搞乱了的问题》《略论文艺真实性的特点》《现实主义和自然主义在真实性问题上的区别》《艺术创作中的情感问题》等专论。这些专论为新时期文艺领域的拨乱反正和理论深化作出了一定的贡献。这一时期，他还针对学术界某些人对马克思主义创始人文艺思想的贬抑，先后发表了《倾向 真实 典型——读恩格斯的两封信》(《文史哲》)和《马克思恩格斯艺术理论体系》(《文苑纵横谈》)，对马克思主义美学奠基者的文艺思想体系以及构成这一体系的关键性问题作了既实事求是又富有独到见解的阐发。

德国哲学家费希特在《论学者的使命》中说过，真正的学者应当尽力而为，发展他的学科，只要他活着，就应该不断地推动他的学科前进。因此，“学者要忘记他刚刚做了什么，要经常想到他还应当做些什么。谁要是不能随着他所走过的每一步而开阔他的活动的视野，谁就止步不前了”。狄先生就是这样一位真正的学者。他的超脱与执着决定了他从不会满足于自己已经取得的成果和已经达到的认识，从不认为自己已经完成了自己的职责，他有不少论文和学术观点被一些综合性或专业性的学术书刊收录和转引，但他从未自满自足、故步自封；他长期从事文艺理论和马列文论的教学与科研工作，在马克思主义哲学和文艺学方面有着深厚的功底，但他并不坐井观天，死守一隅。在超越自我、超越现状中走向文艺学理论建构的新境界，才是他的追求。因此，他始终密切注视着文艺学研究的每一个新进展新动向，并像蜜蜂酿蜜一样不断从各个相关学科中吸取有益于文艺学建设的新成果新信息。1984年以来，在文艺学研究形成了多元竞争的新格局，新思潮新见解新学科新方法纷呈迭起的情况下，许多与狄先生同龄的学者由于学术观念老化和思维心态僵化，渐渐与新生代学者产生了隔膜，以致产生了学术心理上的不适应感。狄先生非但没有陷入这种窘境，反而及时调整了自己的主攻方向，在文艺学研究上又步入了一个新天地。从1985年起，他先后推出了《比较文学特性初探》《开放性和可比性——比较文学略论》和《中西诗学比较探源》等专论，集中对比较文学的学科性质和中西基本艺术观念的差异作了论说，匠心独具，颇多创见，赢得了海内外学术界的称赏。

自1986年起，狄先生还连续参加了由国家教委组织的三届全国高校文艺学研讨会，并分别在会上宣讲随后又发表了《关于文艺学的改革问题》《文艺理论的多元化境况》和《面向新的综合——探讨文艺理论发展的趋向和问题》三篇论文。这组论文探讨了我国文艺学研究的改革、现状和未来趋向问题。在许多研究者醉心于多元化格局而另一些人仍固守着一元化传统不作让步的情况下，狄先生则提出了多元化应该也必须与一元化辩证统一的观点，并预言我国文艺学研究的未来将是在经由多元化的学科分化之后走向新的综合，在新的综合中创建新的理论、新的学派。以上三篇论文再加上体现同一写作意图的《冲击和命运——察看现实主义的生命力》，见解新颖，论说透辟，视野开阔，切合实际，已经引起文艺学界不少同志的格外关注。

狄先生今年56岁，其学者生涯已跋涉进入生命的金秋。据我所知，他积多年潜心研究之功的专著《文艺学问题》和由他主编的《马克思恩格斯艺术哲学》均将于年内交稿出版。他所承担的国家教委重点科研项目《创作心理学》已完成了初稿。他主编的一本《文艺学新论》也正在编写中。此外，他还承接了一个国家社会科学基金课题“文学中的人道主义与现实主义”。这一切无疑表明先生的治学已跨入了收获的季节。

然而，更多的收获即意味着更多的勤奋更多的困苦。尼采说过，“生命也许只是思想家的一种体验”。而在困惑苦恼中孕育创造的激情，在苦思苦索中体验生命的充实，也许就是“学者”二字本来应有的含义吧！

（原载《文学评论家》1989年第5期）

沉思于浪漫之旅

——青年评论家王光东印象

光东喜酒，尤喜与朋友共饮。三五好友相聚同酌，感动你的不是他那酒逢知己千杯少的酣畅淋漓，而是他醉眼蒙眬之际却怕你喝醉主动为你代酒，临别又恐你出事非要送你一程的那份毫无虚矫的自然纯真之情。唯真情最动人也最暖人。于是乎，你就会肯定这是一位值得以心相交的真朋友。这样的朋友无须每日都做“与朋友交而不信乎?”的自我反省功课，却经得起你永远的信赖。

在文学的世界里漫游，光东崇尚的也是“自然纯真”这四个字。进入自然，在自然中挥洒生命寻求和谐，是光东神往的人生境界，也是他崇尚的艺术之美。光东所理解的自然，既是指在世俗社会之外那个人类由其获得生命源泉和人生启迪的澄明自在世界，也是指那种乐乎天命顺乎性情云无心以出岫鸟倦飞而知还的自由生命状态。在现代社会中，从人们久已惯居的世俗樊笼里返归自然，总是与某种形式的抗俗勇气和浪漫情怀相联结的。相对于世俗而言，浪漫不尽是想入非非的梦幻，追求自然也是一种浪漫。对此，光东有其深切的理解。正是基于这种理解，自然和浪漫便自然而然地成为光东文学批评语汇中极具美学深蕴的两个关键性术语。他从郭沫若充盈着个性解放精神的浪漫呼号中，发见出情感之真中蕴含着的自然与生命的内在联系；从张炜对自然与生命关系的动人艺术展现中，体察到一种浪漫的柔情，以及在这种柔情中绵延着的对于生命的真诚的爱和对人世间的不幸与苦难的深切痛苦忧思与社会批判精神；从新写实小说生活呈现的原色魅力中，看到了浪漫精神和青春梦想的破碎，看到了旷达心态支配下对现实的认同和难于承受生命之重的悲凉与无奈。可以说，在光东已经发表、出版的几十篇文章和数本著作里，从人类的生存困境和终极关怀角度探讨自然与浪漫对于生命存在和人性完善的意义，构成了其批评思情的主导流向。正是对自然和浪漫的沉思与阐释，成就了光东独特的人生思考和艺术思考，并赋予其评论文字以动人的激情和哲理的深度。

光东是用了全身心全人格来体验生命体验艺术的。因此,他的批评文字就如同他的做人,如同他所喜爱的文学作品,于纯真自然中显露出一派清水出芙蓉天然去雕饰的洒脱自由风度。他的许多论著对评论对象的剖析都既能入乎其内又能出乎其外,行文则飞扬飘洒,舒卷自如,行于所当行,止于所当止,全然是率性而作的文字,不隔不黏畅达明快而又洞彻精辟别具会心,每每令读者顿生观其文欲见其人的意念。

在一个普遍唯实唯利的年代,将人生价值的实现定位在对文学的沉思上,这种生存选择本身就带几分浪漫。然而,浪漫的情怀永远年轻,青春与美是相通的。沉思的心灵永不孤独永不枯燥,因为它拥有生活,拥有澄明美丽的艺术世界。对于自己的选择,光东不仅无悔,而且自信,在沉思中挥洒生命,同样可以挥洒出一片辉煌!

(原载《山东青年报》1993 年 3 月 9 日)

对山东文艺理论与批评的反思和展望

文艺理论与批评是构成文艺活动不可缺少的一翼，只有这一翼与构成文艺活动另一翼的文艺创作比翼齐飞、协同发展时文艺事业才有真正繁荣。因而，值此世纪转换之际，在我们规划和展望21世纪山东文艺事业美好前景的时候，不能不对山东文艺理论与批评的兴盛与发达抱有一份期望。在新的世纪里，山东的文艺理论研究与批评工作者能够为社会主义审美文化、为有中国特色马克思主义文艺理论与批评现代形态的构建作出何种贡献，从而使山东的文艺理论与批评在全国乃至世界文论研究与批评的大格局中占有什么样的地位，是我们现在就应该加以认真思考和对待的一个重大问题。

不过，像任何文化和学术事业的发展都有其时间上的连续性一样，文化和学术事业的未来也不是搭筑于空中的楼阁，而是建立在既往的发展和今天的现状基础之上的。

我们知道，具有悠久历史文化传统的齐鲁大地，是一片有着丰富的文艺理论与批评遗产的沃土。以孔子、孟子为主要代表的儒家文艺观念曾作为正宗文艺观，统治了中国封建时代2000多年的历史。此外，中国古代最杰出的文学理论家、创造了“体大思周”文艺理论体系的刘勰，以及神韵诗说的倡导者王士祯等，都诞生于这片沃土。他们以自己冠绝一时的理论创造，在中国古代文艺理论与批评的史册上写下了光辉的一页，至今依然成为新时代文艺理论研究与批评难以逾越、需要不断从中吸取营养的理论范式和范本。正是在这样一片沃土之上，20世纪山东的文艺理论与批评伴随着民族的自强与新生，走过了具有鲜明时代印记的成长历程。大致说来，山东现代文艺理论与批评经历了如下三个发展阶段。

20世纪上半叶是山东现代文艺理论与批评的初创期。由于自19世纪中叶以后，随着现代化进程的启动，中国的政治、经济以及文化和文艺事业一直在向北京、上海这样一些中心城市转移，因而，像其他处于中心之外的边缘地区一样，山东无论在政治、经济还是文化、文艺事业方面，都没有处于领导潮流的地位，20世纪头二三十年活动于文艺理论与批评领域的大家王国维、梁启超、蔡元培等，无一出自山东。在20世纪初现代美学、文艺学和批评的“众声喧哗”中基本上听不到发自山东的声音。这种状况至20世纪30年代初期开始发生变化。由于在五四运动之后，从山东逐渐走出了一批在全国较有影响的作家，如杨振声、王统照、王思玷、李广田、臧克家等，同时20世纪20年代末至抗日战争爆发之前，一批在新文学创作中卓有成就的外省籍作家相继来到青岛的国立山东大学和济南的齐鲁大学等任教，因而不仅山东的文学创作此时在全国文坛上呈现出一道亮丽的风景，山东的文艺理论研究与批评也渐渐地酝酿出了一个小气候。著名作家老舍先生1930年至1934年在齐鲁大学文学院任教时，曾经编印过《文学概论讲义》，这是中国现代文艺理论史上较早编著的文学概论教材之一，至今仍有其教学参考价值。此外，老舍、杨振声、闻一多、梁实秋、洪深等，除从事创作活动之外，还分别在齐鲁大学、国立山东大学等校开设了“文艺批评”“近代文艺批评”“小说作法”“世界名著”“大学戏剧”等课程，开展了古典文学、新文学史和现代戏剧等方面的研究，并不时撰写评论，参与新文学的批评活动。其中的不少课程和研究工作，如老舍、杨振声分别开设的“小说作法”，闻一多的唐诗研究和《诗经》研究，都是开风气之先，并取得了公认的成就。不过，受抗战和学潮等因素的影响，不仅上述外省籍名家大多在山东没待多长时间便先后离去，山东籍名家如较早进行新文学史研究的杨振声和三四十年代在文学理论研究和文学评论中卓有成就的李广田也都先后出走山东。因此，在20世纪上半叶，山东的文艺理论研究与文艺批评虽说取得了一定的成就，但从全国比较来看，这种成就还是有限的，不仅没有形成自己的理论和批评学派，甚至谈不上有多少特色。

中华人民共和国的成立，为中国文学艺术事业的发展翻开了新的一页，山东的文艺理论研究与批评也进入了一个新的历史时期。从1949年到“文化大革命”开始前这17年间，可以看作山东文艺理论与批评形成基本格局和规模的时期。与前一时期不同，此期文艺理论研究与批评活动的承担主体已经不是著名的作家，而是相关领域的专家。此一时期，由山东大学、山东师范大学等教学单位组成的一批著名文学史专家如冯沅君、陆侃如、高亨、萧涤非、田仲济等，在中国古代文学史和中国现代文学史的研究上取得了堪称国内一流的成就。与此同时，作为文艺研究基础的一般美学、文艺理论研究和文学批评也取得了相当的成绩，在全国具有重要地位。仅以山东大学为例，中华人民共和国成立之初，著名文艺美学家吕荧担任中文系主任，率先在全国讲授文艺学课程并研究美学，美学家、当代鲁迅研究的开创者之一华岗和现代批评大家成仿吾先后出任山东大学的校长。在五六十年代的美学大讨论和形象思维问题的讨论中，吕荧、周来祥、狄其骢诸位先生积极参与，各成一家之说，吕荧先生成为当时美在主观派的代表人物。孙昌熙、狄其骢等主编的《文艺学新论》是我国当代文艺学教材建设最早的代表性成果之一。陆侃如、牟世金、孙昌熙等先生的古代文论研究，尤其是《文心雕龙》和《诗品》研究也取得了很大的成就。在这一时期，山东大学的文艺美学学科以其出色的教学和研究成绩成为全国文艺美学学科的一个重镇，并为国家培养了李希凡、蓝翎、杜书瀛、王善忠、朱狄、李準、邢煦寰、任孚先等一大批美学、文艺学和文艺批评方面的著名专家和学者。山大之外，山东师范大学等单位也培养了一批日后成为山东以至全国文艺理论与批评界主要学术骨干的著名人才。尽管当时的一些理论研究和文学批评成果带有那个时代特有的某些"左"的印记，但山东文艺理论与批评在这 17 年中所取得的成绩和在全国所具有的重要影响是不能抹杀的，也是得到了学界承认的。当时所形成的基本学术结构和学科建设格局为山东相关领域此后的发展奠定了基础。

然而，由于极左思潮愈演愈烈所导致的"文化大革命"的爆发，五六十年代山东文艺理论与批评的良好发展势头被阻隔、中断了。十年"文化大革命"动乱期间，山东的文艺理论研究基本上处于一片空白，文艺批评活动虽然还有一点，但显然已远离了正常的轨道，在总体上成为错误的政治斗争和政治批判的附庸工具。粉碎"四人帮"之后，像全国文坛一样，山东的文艺理论与批评也迎来了新的春天，伴随着改革开放的历史进程，走进了第三个发展阶段。在 70 年代末 80 年代初，山东的文艺理论研究与批评工作者与全国同行一道，一方面对极左政治和极左思潮影响下形成的一些错误的文艺观念展开批判，将马克思主义文艺理论的一些科学的观念从以往错误的阐释和实践中解放出来，把长期以来被搞乱搞混了的一些理论问题和理论关系正本清源、厘清弄正，恢复马克思主义文艺理论的本来面目和固有生命活力；一方面以很大的力度，对"文化大革命"以及此前极左思潮盛行期间被错误批判和封杀的作家作品进行平反和再评价工作，从而为文艺领域的拨乱反正工作作出了积极的贡献。仅就文艺理论研究而言，当时在文艺与政治关系，现实主义问题，形象思维问题，文艺与人性、人情、人道主义的关系等等问题的讨论中，都有山东理论家的参与和声音。进入 80 年代中期以后，随着西方各种观念和理论的涌入与激荡，像全国一样，山东的文艺理论与批评也逐渐开始打破长期以来形成的旧有格局，渐次演进到一种多元竞争、多样发展的态势。如果说在文艺创作领域，特色鲜明的"鲁军"已成为全国文坛备受关注的一个方面军的话，那么在文艺理论与批评领域，"鲁军"的实力与影响同样不容低估，两支"鲁军"互依互靠、互补互动，共同营构出山东文艺事业繁荣发展的大好局面。这一时期，五六十年代走上学术舞台并已成名的老一代学者成为新时期山东学界和批评界的带头人，他们将多年的学术积累发为著述，成果更厚重，思想更成熟，在全国学界更具影响力；而七八十年代以后步入学界和文坛的一批年轻的新锐则成长为基本骨干，他们在坚持马克思主义思想指导下，大胆探索，勇于创新，以新的理论视点，发现新问题，提出新见解，探究新命题，为山东文艺理论和批评注入了新的生机和活力。至此，山东的文艺理论研究与批评不仅队伍更强大、更齐整，在全国文坛的声音更强劲，而且在发展中也形成了自己愈益显明、不可替代的实力和特色。

新时期山东文艺理论与批评的特色可以用三句话概括，即主导与多样并存，传统与现代互补，守持与开放互动。与全国文坛相比，山东的文艺理论研究与批评更加尊重中国古代尤其是现代以来形成的文论传统，敢于守持经实践检验为正确的理论和观念，与文艺创作中的"主旋律"倡导相呼应，坚持马克思主义文艺理论与批评观念的指导地位及其在文论形态建构中的主导地位。这具体表现在：(1)山东文艺理论界在马列文论、毛泽东文艺思想、邓小平文艺思想的研究方面，卓有成绩，成为全国马克思主义文艺理论研究的一个重镇。(2)山东的文艺研究工作者注重基础理论研究和基础学科建设，在美学、文艺学、文艺美学、中国古代批评理论等学科领域取得了丰硕成果，形成了自己的特色、优势乃至学派，为有中国特色马克思主义美学和文艺学当代形态的建构提供了理论支撑。(3)山东的文艺研究和文艺评论工作者坚持马克思主义历史观点与美学观点相统一的批评原则的指导，对中国文学史以及具体的文艺思潮、文艺现象、重要的作家和作品等，进行了有效的研究和批评，发表、出版了大量具有学术理论价值和实际指导意义的论著，为清理、借鉴古代文艺遗产和繁荣新时期文艺事业作出了贡献。然而，尊重传统不应囿于传统，敢于守持不能流入僵化，坚持主导并不排斥多样。在尊重传统、敢于守持、坚持主导的同时，山东的文艺理论研究与批评工作者也能够以一种开放的心态，大胆吸取中外尤其是西方现代一切对我有用的理论资源，在坚持马克思主义文艺理论观念的主导性的前提下，倡导和鼓励理论与批评的多样化追求与创新性努力，并且在不突破政治阈限的前提下，对观念上的多元化态势也能持一种理解和宽容的心态。山东近年来形成的以年轻新锐为主体的批评群体，在观念与方法上都越来越带有"先锋"的意味，并且得到了老一辈学者的鼓励，这正说明山东的这支文艺理论与批评队伍并不是保守、僵化，只会固守传统的。对多样化和创新性的追求不仅突出地表现在年轻一代身上，也表现在老一辈学者和批评家身上。五六十年代走上学术舞台的中老一辈学者，近十年来都在努力地吸取着新的知识营养，开阔着自己的学术视野，调整着自己的研究思路，从方法到观念上争取实现新的突破。他们之所以至今能够成为山东学界的领军人物，与这种自觉的追求是分不开的。近年来，山东的多位全国著名学者率先开展了审美文化理论、大众审美文化和审美教育学的研究，一些年轻学者则涉足后现代文学理论以及文学叙事学、文学语言学、审美人类学、文化批评学以及传统文论的现代转化等具有前沿性的学术领域和理论课题，这正体现了山东学界开拓创新的意识。应该说，主导与多样并存、传统与现代互补、守持与开放互动的学术格局和特色的形成，既使得山东文艺理论研究与批评整体上显出一种沉稳、厚重，有自持力和主体性的品格，又不至于陷入保守和僵化，能够在不同理论、观点和学术思路的并存、互补与互动中保持具有理论生成性的学术生态，保持队伍内部必要的学术张力，借此而为理论与批评不断的创新和发展提供内在的动力。

以上是一个简要而概括的回顾。应该说，山东现代文艺理论与批评在20世纪走过的道路充满了曲折，但也取得了值得加以总结甚至在某些方面可以引以为豪的成就。

当然，回顾历史，实事求是地分析与总结以往的成就和局限，只是探讨山东文艺理论与批评事业跨世纪发展的一个前提和基础，山东未来文艺理论与批评事业的发展，应有自己的独特具体性，对未来的规划和设计绝不能大而化之，而必须具有自己明确的思路。一方面视野要扩大，一方面思路要具体，只有把这二者有机地结合起来才会形成一个很好的规划和思路。

社会主义精神文明建设是一项博大精深的系统工程，涉及思想文化领域的方方面面，社会主义审美文化的建设就是这一宏大系统工程中不可或缺的一个重要组成部分，而文艺理论研究与文艺批评则属于社会主义审美文化建设的一项最为基础性和动力性的工作。近年来，山东省也提出了建设文化大省的战略构想，这就为山东文化事业的发展包括文艺理论与批评事业的发展提供了新的历史性的机遇。从领导干部到研究工作者都应该很好地抓住这一机遇。从领导者的角度来说，在制定社会文化发展规划时要给予文艺理论与批评在文化艺术事业中一个高的定位，并采取切实的措施给予支持和激励。从文艺研究与文艺批评工作者自身来说，要充分认识到自己所从事的理论工作的重要性，认识到自己所肩负的历史使命和责任，要知难而进，有一种为发展山东的文艺理论研究与批评事业而献身的精神。山东的文艺理论研究与批评工作者要给予自己的研究工作这样一个目标定位：坚持以马克思主义的科学世界观和方法论以及邓小平理论和江泽民"三个代表"重要思想的论述为指导，科学地揭示文学艺术的时代特征和审美特性，深入分析和研究文学艺术发展的历史规律，特别是应对和解决当前文艺运动中的种种矛盾和重大理论与实践问题，建立一个面向现代化、面向世界、面向未来的，民族的、科学的文艺理论与批评体系，为社会主义审美文化特别是文学艺术事业的繁荣和发展提供强有力的思想保证和理论支持。山东的文艺理论与批评工作者应同全国的同行一道，充分地最大限度地发挥自己的创造潜力，为这一目标的实现贡献力量；而负有领导责任的同志也应该明确这一目标，并努力开展工作，推动这一目标的实现，使自己和部门的工作前进有方向，措施有保证。

为了实现上述目标，结合山东的具体情况，在新的世纪里山东的文艺理论研究与批评事业应做好如下几个方面的工作。

第一，进一步强化马克思主义文艺理论和文艺学、美学、批评学、文艺史学的基础理论研究。基础理论研究是整个文艺研究工作的根基所系，能够为文艺创作和文艺批评提供思想上的规范和指导。没有基础理论研究成果所提供的规范和指导，欲求文艺创作和批评健康、有序地发展也是不可能的。而在这一方面，山东学界有自己的优势和特色，有很强的实力。山东应该通过一定的形式和措施，如成立山东省文艺理论学会，加强省作协理论批评委员会的工作等，把这方面的力量整合起来，摆脱以往学者单兵作战或各个单位各自为战的状况，以集体的力量有组织地规划和承担重大研究课题，协同攻关，共同把山东的文艺基础理论研究推向一个更新、更高的境界和水平。

第二，注重人才培养，加强队伍建设。事业的发展以人才的培养为基础，没有人才，事业后继无人，任何美好的构想都要落空。就目前的状况看，扶持文艺评论工作，培养文艺评论人才，加强评论队伍建设，显得尤为需要和紧迫。如前所述，山东的文艺创作，包括文学、影视、戏剧及其他门类的创作在全国颇有成绩和影响，然而我们现有的文艺评论队伍却不尽如人意。文学评论还好一点，几位老一辈评论家尚时有新论，新一代评论家也有几位在全国崭露头角，产生了一定的影响，而影视、戏剧以及音乐、绘画等其他艺术门类，却很少有全国性影响的评论家产生。像影视，基本上是靠业余评论者在勉强支撑局面。这种状况与山东文艺创作的发展是极不相称的，与创作的发展形不成有益的互动关系，难以满足人民大众和文艺创作工作者对批评的现实需求。山东既是一个经济大省，也要成为一个文化大省、文艺大省，这已成为全省上下的共识。而文化要大起来、文艺要大起来，批评也必须大起来，一头大一头小，一头高一头低，山东的文化和文艺事业就会像一只跛脚的鸭子，难以跑得起来，飞得起来。因此，如何培养和扶持年轻评论家，组合起一支人多势众、力量雄厚的评论队伍已成为山东的当务之急。

第三，尊重学术自由，鼓励学术创新，为文艺理论与批评的良性发展营造自由、舒畅的学术环境。文艺理论研究与批评是具有自由属性的创造性精神劳动，而由于我们国家的政体和指导思想使然，这种精神劳动必须以人民大众精神文化方面的客观需求为动力，以社会主义审美文化的建设目标为取向，以马克思主义的观念和方法为指导，其自由属性是在这种前提设定之下来实现的。因此，自由不是无边际的放纵，不能以自由的名义而与上述的动力、取向和指导逆向运思、背道而驰。但是，也绝不应把上述前提设定变成束缚精神创造的教条框框和僵化规范，不能以政治代替学术，不能以急功近利的现实政策和工作需要干扰学术的自由发展。这方面我们已经吃过足够的苦头，有过惨痛的教训，再也不能重蹈覆辙了。学术的生命在于创新，而学术创新又需要有学术自由为前提和保证，这是已被学术发展史反复证明了的基本道理。应该说，山东近年来的学术环境是比较好的，以行政命令和长官意志干预甚至压制学术自由的情况很少见到了，各级领导和主管部门尊重研究者的学术个性和学术选择，倡导和鼓励学术创新，为文艺研究与批评工作者营造了一个比较宽松的环境。在新的世纪里，如何进一步贯彻“百花齐放、百家争鸣”的学术与文艺发展方针，把尊重知识、尊重人才、尊重学术自由、鼓励学术创新，由领导者的主观认识变成一种有章可循的制度、措施，也是一个需要认真对待和解决的问题。尤其是在像山东这样一个传统积淀比较深厚，又在文化上处于边缘地带，不能领导潮流、占据主导话语地位的省份，倡导和鼓励创新就显得更加有其必要性了。

第四，制定发展规划，采取切实措施，为山东文艺理论研究与批评事业的发展提供制度上的保证。山东的文艺主管部门，在制定21世纪的长远发展目标时，应该对山东未来的文艺理论与批评事业有一个目标构想和规划，同时要逐步提出并落实目标构想和规划的具体措施。目标可以分大目标和小目标，大目标已如上述，就小目标来说，我们可不可以提创建山东自己的美学学派、文艺理论学派、文学史学派和批评学派？应该说，提出这样的目标是有根据的，也是有可能实现的。目标要高瞻远瞩，要有纲举目张的统领作用，而措施则要具体，要便于实施，且施而即见成效。远的不说，就近期山东文艺理论与批评的发展来说，似可有针对性地采取如下一些切实可行的措施：(1)增大省人文社会科学研究规划中文艺理论研究与批评立项的比例和经费支持的力度；(2)把“刘勰文艺评论奖”的评奖工作制度化、规范化，明确奖项的级别，落实获奖者的相关待遇（如作为评省级拔尖人才的条件）；(3)想办法恢复《文学评论家》或新创办一个文艺理论与批评类的刊物，为山东的文艺研究者和批评家提供一个发表成果的主阵地；(4)在条件具备时，推动成立“山东省文艺理论学会”和“山东省文艺评论家学会”，通过这类群众性学术团体来聚合队伍，组织相关学术活动；(5)每年在省委宣传部、省文联、省作协和驻济高校的领导、组织和参与下，有计划有目的性地举办全省性甚至全国性和国际性相关理论、批评和创作学术研讨会，以活跃学术气氛，推动山东相关文艺事业的繁荣和发展。以上几个方面，都是我们有条件也有能力做到和做好的。

总之，山东的文艺理论与批评有着悠久的历史传统、丰厚的学术积累和较强的人才队伍，只要领导重视，目标明确，措施到位，就一定能够在新的世纪里发扬优势，克服局限，再创辉煌，为有中国特色社会主义审美文化事业大厦的建设增添一份新的光彩！

（原载《建设山东文化大省论集》，山东文艺出版社 2001 年 1 月出版）

开放视野·实践品性·问题意识

——新时期文艺理论研究的宏观审视

改革开放新时期以来的文艺理论研究构成了百多年来中国现代性文艺理论的一个重要阶段，取得了一系列引人瞩目的学术成就，为新时期文艺创作与批评的繁荣发展提供了坚实有力的理论支撑。撇开一个个具体的理论成果和研究领域不论，仅从宏观角度来看，新时期文艺理论与此前阶段的研究状况相比，凸显出极为鲜明的三大时代性特征，这就是开放视野的确立、实践品性的回归和问题意识的强化。这三大特征的历时性延展与共时性同构，从不同侧面展示出新时期文艺理论研究的学术追求和精神风貌。尽管新时期文艺理论研究尚存在这样或那样的问题，但这三大特征所显示出来的总体状况却代表了新时期文艺理论的发展主流和主导状态，是应该予以充分关注和肯定的。

开放视野的确立

改革开放的历史进程为新时期文艺理论提供了观念变革的现实动因和思想创新的历史舞台，也自然而然地以其时代性的烙印模塑了新时期文艺理论学术研究的开放性特征。

自19世纪末20世纪初至今，百多年来的中国现代性文艺理论历史地走过了三个时段：19世纪末至20世纪二三十年代是第一个时段。此一时期，在国门洞开、西学东渐、中西文化交汇与碰撞的时代境遇之下，基于对历史"进步"与学术"进步"的追求，当时的文艺理论研究，在思想来源上是多元化的，在研究心态上是开放性的，其学术研究在整体格局上呈现出众声喧哗、多元共生的态势。这种格局的形成一方面造成了对中国古典文艺美学的反判乱局，推动了中国文艺理论现代性身份的建立，同时也由于其无主调性而难以形成具有较大现实影响的划时代的规约性、权威性理论范本。20世纪20年代后期到新时期历史进程启动之前是第二个时段。在这一时期，伴随着中国历史局势的演化和革命文艺运动的发展，俄苏化的马克思主义文艺理论逐渐在中国传播与发展起来，1949 年之后，以毛泽东文艺思想为主体的中国化马克思主义文艺理论更是在文艺领域取得了一元化的统治地位。中国现代性文艺理论的这一历史演进，不仅标志着以马克思主义为指导思想的国家意识形态在文艺领域的成功建构，而且在 1949 年前后对指导和推动革命文艺与新型社会主义文艺的发展起到了巨大的规范和引导作用。无可讳言的是，这种一元化的发展格局也造成了诸多理论缺陷和弊端，尤其是逐渐养成了唯我独尊、闭合排他的思维习性，众多的理论研究者不仅对马克思主义的文艺理论观念作教条化、机械化的理解，而且对马克思主义之外的其他文论系统均采取批判与拒斥的态度，从而导致理论研究的思想僵化、心态封闭以及理论功用的政治化、工具化。作为中国现代性文艺理论发展的第三个时段，新时期文艺理论就是在对第二时段发展的缺陷和弊端的反思基础上起步的，并在反思中逐渐打破前一个时期养成的封闭性格局而走向了开放性的发展。

择要言之，新时期文艺理论研究的开放性体现在三个方面。一是在中外文艺理论关系上，向国外文艺理论开放。新时期的中国文艺理论界对国外文艺理论尤其是西方现当代文艺理论怀有极大的热情，致使对西方现当代文艺理论的研究成为新时期文坛上的一道亮丽的理论风景线，西方文论资源的借用和吸取也成为新时期文艺理论发展的一个重要动力因素。在某种意义上说，新时期文艺理论之“新”，与西方现当代文艺理论的引进有着直接的因缘和关联。二是在马克思主义与非马克思主义文艺理论的关系上，向非马克思主义文艺理论开放。随着思想解放的进程加快，中国的马克思主义文艺理论研究也在摆脱以往养成的非经典勿视、非权威不从的僵化心态和观念先见，在建设马克思主义文艺理论当代形态的主动追求中，不仅重新思考、阐释与发掘经典马克思主义文艺理论的思想观念和理论资源，而且努力汲取国外各种“新克思主义”甚至马克思主义之外的一切文艺理论研究的优秀成果，为中国当代马克思主义文艺理论研究注入了新鲜的血液，使其真正具有了当代的品格。三是在当代文论建设与古代文论的关系上，向古代文论的优秀传统开放。回顾既往，中国古代文论在中国现代性文论的建构中一直处于边缘化状态。新时期以来，随着日益加速的全球化进程将民族性问题置于理论研究的前沿，同时由于对文艺理论研究“中国特色”的自觉追求，文论建设的民族性以及“古代文论的现代转换”等理论吁求和理论运作，逐渐将古代文论研究从边缘召唤到中心来，作为当代文艺理论研究中的重要一极而重新获得理论生机和当代价值。应该说，正是这三重的开放，造成了新时期文艺理论研究的多元化和文艺观念的多样性，使之具有了包容、综合、阔大的学术气度与气象。同时，新时期文艺理论研究的开放性又不是无主调的，而是以马克思主义为思想主导、以理论建构的“中国特色”或“民族性”为主体追求的。这种有主导、有主体的开放性追求也与中国现代性文艺理论第一个发展时段的无主导性开放有着根本的不同。

实践品性的回归

新时期改革开放的一个重要观念支撑就是实践是检验真理的唯一标准。这一逐渐为全社会所认同的观念也深刻地影响到文艺界，成就了文艺理论研究中实践品性的回归。

从本原意义上讲，任何真正科学的思想观念和理论话语都是来源于实践，又服务于实践的。文艺理论亦复如此。但是，1949 年后相当长的一段历史时期内，中国学界却越来越淡化乃至遗忘了文艺理论的实践品性。由于当时特殊的政治环境，文艺理论研究与批评者或是自觉地与占统治地位的政治权威认同，使文艺理论研究沦为政治意识形态以至政治人物的驯服工具，或是退守书斋回到本本与经典，使文艺理论研究成为膜拜经典、迷信教条、只会注经与解经的活动，围绕少数几个经典文论家和几个既定的理论观念作貌似学理化的抽象演绎，而无论前者还是后者都有一个共同的特征，就是脱离文艺实践的历史脉动与发展趋向。这样的理论研究或是以其粗暴的政治干预造成对文艺事业的伤害，或是变成与实践无关的自言自语，从而被社会生活和文艺实践边缘化。改革开放的历史进程和文化境遇，使大量新的艺术审美和社会人生问题滋生和涌现出来，而先前形成的文艺观念和研究范式又不能对之作出切实有效的解释，因而转向文艺实践，从对现实文艺实践的时代思考中发展文艺理论，便成为研究者的一种必然选择。

在新时期文艺起步之初，当伤痕文学、反思文学和改革文学以其对于民族伤痛的历史触摸和改革大业的深情展望而汇入拨乱反正、思想解放的时代转型与思想潮流之中的时候，文艺理论与批评也以其对于真实性、典型性、倾向性等传统理论命题与观念的重新思考和对人情、人性、人道主义的理性呼唤，与文艺家们一道在社会上掀起了一个又一个“轰动效应”。之后，无论是西方现代派文学观念与作品在中国的引进和摹仿，先锋派文艺创作的实验和新写实主义文学创作的潮动，还是大众媒体的发展与大众流行文艺的崛起，都在文艺理论研究中激起了应有的反响，文艺理论家们力求在新的时代境遇和理论基点上，以尽可能开放的学术视野和包容性的学术立场，对之作出有效的理论阐释和有益的理论指导。进入 20 世纪 90 年代以来，伴随着经济全球化的发展和中外文化与文艺交流的日益频繁,以及消费主义文化的跨国界弥漫与扩散,现实的文艺实践又将一些更具世界性蕴含的本土化、民族性问题推到了研究者面前。后殖民理论的传播,文化研究的崛起,网络文学的理论探索,日常生活审美化与文艺学边界扩容问题的争鸣,文化身份认同与文论民族性关系问题的研讨等等,皆可视为文艺理论研究对文艺实践的新境遇和新问题的时代性回应。可以说,实践观念的确立和实践品性的回归,使新时期文艺理论比之前的文艺理论研究具有了极为鲜明的现实指向和时代特征,为新时期文艺理论带来了诸多方面的积极促动和历史性变化。首先,新时期文艺理论研究打破了 1949 年后相当长一段时期内从经典文本和理论教条出发的研究取向,把发展着的文艺实践作为理论生长的基点,将学术创新置于文艺实践的基础之上,使文艺理论重新回到了正确的发展轨道之上。其次,新时期文艺理论以对生动、多样的新时期文艺实践的理论总结和升华,实现了文艺实践的多元化、多样性发展和文艺观念的多元化、多样性建构的对应性与协同性发展。与文艺实践在表现形态和观念取向上的多元化、多样性拓展相匹配,新时期文艺理论研究视野开放、心态自由、思想多元、观念多样,真正进入百家争鸣的发展时期,而这种百家争鸣的理论态势又是与文艺实践上的百花齐放相辅相成、交相辉映的。再次,新时期文艺理论的发展动因来自文艺实践,是文艺实践的总结和升华,所以在一定程度上对现实的文艺实践有着更为切合实际的理论解释力度和直接有力的干预成效。这与此前的文艺理论研究用一成不变的理论观念甚至文艺教条解释和规范千差万别的文艺实践有着很大的不同,同时其对新时期文艺实践的干预与此前借助政治权力施行的干预也有着根本性的区别,新时期的理论干预不具有政治权力授封的强制性,而是本身就来自文艺实践的理论与文艺实践之间平等与互动的对话,这种对话有其现实的亲和性、协商性、针对性和实际有效性。

问题意识的强化

新时期文艺理论的第三个显著特征是问题意识的觉醒和强化。1949 年后相当一段时期内一统化的现实政治体制,造成了一体化的学术研究格局、一律化的思想观念取向和同一化的理论思维模式,从而使研究者们在文艺理论研究的诸多方面形成了高度的认同,这种高度的认同遏制了创造性思维的发展,也以一种集体无意识的社会心理机制压抑了研究主体问题意识的产生。这种状况自然是不利于理论创新的。

由于先前形成的以哲学反映论为基础、以现实主义为圭臬的反映论文艺观与新时期多元化、多样性发展的文艺实践越来越疏离，旧有的理论对发展着的文艺实践越来越失去其解释的有效性，于是新时期的文艺理论研究便自然而然地转向了对旧有理论系统的反思，在反思中发现问题，并提出新的理论解释和理论观点，以促成旧有理论的自身改造和新理论的创造。如果从基本文学观念嬗变的角度回顾一下新时期文艺理论研究就不难看出，在最初的拨乱反正时期，文艺理论研究主要集中在对被极左文艺思潮搞乱了的几个基本理论命题和理论关系问题的重新认识和阐发上，如写真实问题、文艺与政治的关系问题等。这之后，人们又针对先前的文艺反映论机械地非辩证地认识主观与客观的关系、文艺创造与生活反映的关系，提出了文学主体性问题以及艺术反映的能动性问题。再之后，文艺理论界又针对传统的文艺反映论和意识形态论忽视文艺活动特殊性的偏颇，从传统的艺术形象说转向了对文艺活动的情感性、审美性的分析和思考。与此同时，还有一些研究者针对以往文艺理论研究过多地注重从反映或认识的角度看待文艺本性的偏向与不足，相继在文艺理论研究中引入了价值论、生产论的维度。新近一段时期，围绕文艺是否可以定义为审美意识形态问题的论争，则是 20 世纪 70 年代末 80 年代初文艺与上层建筑关系问题的论争以及其后展开的文艺与意识研究关系问题的论争的一个延续。这些不同时期的观念创新与学术争鸣凸显出不同时期文艺理论界不同的问题意识。

问题意识的觉醒和强化在新时期的文艺理论研究中体现为许多方面，若从文艺理论体系建构的宏观层面上来归纳，主要可以梳理为这样几个方面。一是对于文艺理论哲学基础问题的再思考。就占主导地位的马克思主义文艺理论研究而言，以往主要是以马克思主义的哲学反映论或辩证唯物主义的认识论为基础，而在新时期以来的文艺理论研究中，马克思主义的历史唯物主义理论以及以历史唯物主义为基础的哲学实践论和生产论越来越受到人们的关注和重视，同时还有一些学者试图将现代西方哲学的某些思想观念整合到马克思主义哲学之中，提出文艺理论研究的哲学基础还应引入存在论或生存论的哲学维度等。二是对文艺本质问题的再思考。传统的文艺本质观将文艺视为社会生活的反映，新时期文艺理论则在反映论之外又提出了自由象征说、审美情感说、审美反映论、审美意识形态论、艺术生产论、社会意识形式论等多种观点和学说。这些不同的文艺观念从不同的视角和层面上丰富、拓展和深化了对文艺本质的认识，也从不同的学术理路上启发了学界对这一问题的进一步理论探索。三是对基本文艺理论问题和基本文艺理论关系的再思考与再设定。20 世纪五六十年代成形的文艺理论教科书和研究论著，基本上局限于文艺是生活的反映以及文艺与生活的关系、文艺的社会作用等几个有限的理论命题和理论关系。然而在新时期的文艺理论研究中，由于文艺实践多元、多样的发展所提出来的现实理论问题越来越多，也由于文艺理论研究者自主独立思考的空间日益扩大，呈现于文艺理论研究中的理论命题与理论关系也日渐多样和丰富起来，每一种稍成系统的理论派别和理论学说中，几乎都会形成一些与众不同的理论命题和理论关系，即便是与其他派别和学说相同的理论命题和理论关系也会注入不同的观念内涵，作出不同的理论阐释。可以说，正是哲学基础、主导观念和基本理论命题与理论关系设定上的多元化和多样性，为新时期文艺理论不同学派和学说的理论建构提供了基础，也造成了不同学派与观念之间相互碰撞与激荡的热闹与活跃局面，这种局面是思想解放所催生的新时期文艺理论研究活力迸发的时代精神的象征，也是新时期文艺理论研究开放性发展和理论创新的具体表现。

（原载《文艺报》2008 年 6 月 12 日）

狄其骢文艺学研究的理论贡献与学术意识

在中国当代文艺学研究的学术历程中，已故著名文艺理论家狄其骢先生占有重要位置。狄其骢先生是江苏溧阳人，1933 年生，1956 年于山东大学中文系毕业后留校任教，1993 年由国务院学位委员会遴选为文艺学专业博士生导师，1997 年 6 月因罹患癌症不幸去世。狄先生终其一生都是在校园里度过的，作为一个学院知识分子，他为人温厚坦诚、淡泊名利，为学则锐意进取、孜孜以求，人品学品皆给学界留下了良好的口碑和风范。历时性地纵观先生一生的学术历程，从大学毕业到"文化大革命"爆发之间的 10 年，是其在形象思维和艺术性等具体问题的研究上以强劲的学术冲力赢得学界瞩目从而成为山东大学文艺学团队重要一员的时期；从"文化大革命"结束到病逝前的 20 年，则是其走向文艺学研究的更高起点和更为阔大的境界，并作为学科带头人之一将山东大学的文艺学研究推向国内学界前列的时期。而共时性地研读其一生的学术业绩，则大体上可以区分为文艺基本理论研究、比较文学元理论研究、马克思主义文艺理论的经典释读和当代形态建设、文艺学改革和教材建设的探索与实践四个方面，这些不同方面的理论研究和成就，既体现出他对学术真理的执着追求，也凸显出一个真正的理论家由思维心态、价值取向和方法选择等方面凝聚而成的自觉学术意识。

文艺基本理论研究的问题意识

作为一门研究文艺现象的理论学科，文艺学首先需要在文艺基本理论上形成问题视域并取得学术突破。一定程度上说，文艺学（其他理论亦复如此）的发展就是基本理论研究中新、旧问题交相更替的历史，而它在现实文艺发展进程中是否有作用有力量，很大程度上也要看其是否抓住了问题，对问题的掌握有多少深度与广度。因此，对文艺学研究来说，问题意识必不可少。在 1993 年出版的《文艺学问题》一书的后记里，狄其骢先生写道："1979 年以来，我为文艺学硕士生开讲文艺理论专题课，取名为'文艺学问题'。课程所讲的专题内容随着实际的发展不断有所更新,开始是对十年动乱后文艺学问题的反思,后来进入对改革文艺学和建构马克思主义文艺学问题的探讨。课程所讲的专题形式基本是三段结构:'问题的来龙去脉'、'问题的关键所在'、'问题的思索探讨'。讲述较为铺陈,后来提出为论文发表出来的,大都取自'问题的思索探讨'。"[①]由此可见,狄先生的学术研究完全是以问题意识为思维聚焦点的。

对于真正的文艺学研究来说,具有自觉的问题意识,只是进入理论之思的一个主体条件,更重要的是你抓住的必须是真正的文艺问题,尤其是与文艺的本质特征相关的大问题,文艺理论研究成就的大小与此有关。狄先生的治学之路是从向真而大的文艺问题发起冲击开始的。其处女作也是其成名作《关于形象思维问题》写于 1957 年,该文针对当时形象思维讨论中的一些成见和问题,明确肯定了"艺术是形象思维"的定义,并对构成艺术实质的两个因素——思维性与形象性的辩证关系作了透彻的阐述,认为思维性是艺术的实质,揭示的是艺术与其他社会意识形态的共同性质,形象性是艺术的特殊性,揭示的是艺术区别于其他社会意识形态的个性,艺术的思维性借由形象性表现出来;形象思维是一个有机的完整的概念,它不是形象加思维,也不是思维加形象,而是形象化了的思维,思维化了的形象;形象思维的过程,乃是思维化(对认识对象本质特征的抽象概括)和形象化(给选择和改造的生活内容以个性和生命)辩证统一的复杂过程。在此基础上,该文还对形象思维与日常思维和逻辑思维的关系作了辩证论析。该文在当时颇具声誉的《新建设》杂志 1958 年 5 月号上刊出,后被收入多种形象思维研究资料选编之中,至今仍然是形象思维研究的重要参考文献之一。

循着对于艺术特性问题的研究思路,20 世纪 60 年代初期,狄先生又分别在《文史哲》等刊发表了论艺术性、文学典型以及世界观与创作的关系等方面的研究论文。其中《试论艺术性的概念》一文特别值得关注。该文针对当时苏联和国内学界一些理论家首先从艺术反映生活的真实性和思想内容方面来论定艺术性的见解,明确提出艺术性是文艺的特性,是文艺区别于其他意识形态的总的标志,艺术性的特征是反映生活的形象性。由此,他进一步指出:"从文艺创作本身来讲,艺术性的概念,是个有关艺术形式的概念。文艺创作中的艺术性问题,是个如何创造高度形象性的艺术形式的问题。"[②]基于艺术性关乎艺术形式的见解,该文强调不能混淆内容与形式的区别,只看到

① 狄其骢:《文艺学问题》,山东大学出版社 1993 年版,第 366 页。

② 狄其骢:《试论艺术性的概念》,《山东大学学报》1961 年第 3 期。

内容对形式的决定作用，而看不到形式的相对独立性，并着重论述了艺术技巧和艺术感染力在达成艺术性上的重要性。可以想见，在20世纪60年代那个谈论形式即有可能被扣上“形式主义”帽子的语境里，该文阔论形式和技巧是需要几分理论勇气的，而文章对艺术性问题的层层论析，尤其是将艺术感染力引入艺术性的界定之中，以及对技巧与技术关系的辩证，确实显示了独立的识见。

“文化大革命”动乱结束后，狄先生将自己多年来于孤独、沉寂中的思考变成了一篇篇具有深度和力度的文章。其中有些文章是对“文化大革命”前理论思考的继续。如在《形象思维散论》一文中，狄先生在反驳否定形象思维论的观点时，不再一般地谈论艺术思维的形象性，而是进一步从人类思维的起源、特点以及创作的过程各个方面阐发了想象在形象思维中的重要地位和作用，得出“形象的诞生，是思维的结果，也是想象的结果”，形象思维“是思维与想象的结合，抽象力与想象力的结合”的认识结论。① 该文还指出，由于思维和形象结合的特点，形象思维也就派生出另外两个特点：一是伴随着情感活动，二是允许虚构。稍后一点发表的《艺术创作中的情感问题》一文，紧承上文进一步探讨了艺术创作中的情感问题。该文从艺术占有对象的方式进而由艺术对象的性质论证了艺术创作为什么需要情感的问题，认为艺术的对象是活生生的整体，是以人为中心的充满生机的社会和自然界，艺术对象的整体性和艺术方式的形象性，决定了作家需要有敏锐的知觉和充沛的情感，因为艺术对象的感性特点，只有通过作家的知觉感受和情感体验才能占有。在艺术创作中，情感不仅是创作的动力，而且是创作的内容和能力。论文还从动力作用、提炼作用、结构作用和移入作用四个方面分析了情感在创作中的作用。②

当然，狄先生此期的论文，更多的则是基于文艺领域的拨乱反正和理论深化的需要所作出的新的思考。“写真实”曾经是一个被极左文艺思潮否定的命题，新时期之初，文艺界普遍要求恢复“写真实”在文艺创作尤其是现实主义创作中的地位，然而在艺术真实与生活真实、生活真实与生活事实等等的关系上却存在着各种混乱、不同的认识。基于此种状况，狄先生先后撰写了《略论文艺真实性的特点》《现实主义和自然主义在真实性问题上的区别》等文，阐明文艺的真实不是刻板地消极地反映生活的真实，而是作家创造性认识生活的结晶，文艺真实性的生命在于它反映生活的现实性、新颖性和

---

① 参见狄其骢：《形象思维散论》，《文史哲》1978年第2期。

② 参见狄其骢：《艺术创作中的情感问题》，《文史哲》1981年第3期。

独创性。在此基础上,他从艺术真实与生活真实、生活真实与生活事实以及对人的真实和人的本质认识上的分歧诸方面,论证了现实主义和自然主义在文艺真实性问题上的分野。随后,狄先生的思考自然而然地由艺术真实性问题转向了现实主义文艺问题,先是于80年代初期,依据对恩格斯给敏·考茨基和玛·哈克奈斯的两封著名文艺书信的解读,写下了《倾向 真实 典型——读恩格斯的两封信》一文,对以真实为核心的现实主义文艺的三个基本概念的内涵及其相互关系作了深入的阐发。80年代后期,面对现实主义文艺在大量传入的西方现代派文艺和新兴起的通俗文艺浪潮的双重冲击下轰动效应风光不再的境况,狄先生又以敏锐的时代感知和学术理性写下了《冲击和命运——察看现实主义的生命力》这篇在当时极具重量和影响的文章。该文从宏观上分析了来自浪漫主义运动、来自现代主义和来自苏联在斯大林逝世及其错误被揭发后所形成的"解冻"浪潮对现实主义的三次强烈冲击,同时阐发了现实主义在不断的冲击和危机中通过不断的自我调适和变化得以存活和再生的活力和流向,认为现实主义是人类审美创造的基本方式,"从历史发展来看,现实主义总是在冲击中更新和发展的。它有解决问题和排除危机的内在机制,它能调整与现实的审美关系,更新自身的内在结构和功能,以适应发展着的社会需要。这就是现实主义创作方法的本质所在"①。这两篇文章可以说既是对艺术真实问题的深化与拓展,也是在文坛面临西方各种文艺思潮的冲击和文艺观念的引进而变得六神无主的境遇下,对一种艺术精神的坚守。古人有"文章合为时而著"的优良传统,狄先生这些基于艺术实践的发展所提出的时代性问题的回应文章,正是这种优良传统的当代传承。

学科拓展的创新意识

随着西方各种理论观念、研究方法和文艺思潮的引进,20世纪80年代中期,中国文艺学界不仅迎来了观念解放、方法更新、术语爆炸的一波波浪潮,于文艺理论研究的学科形态方面也在改变着过去那种由社会政治取向甚至是由庸俗社会学主导的封闭、单调的格局,开始了学科结构破局的萌动和研究领域拓展的尝试,文艺心理学、文艺社会学、文艺文化学、比较文学、比较诗学等等新兴学科应时而生。这种新的学科形态和研究领域的拓展,是文艺学研究学术自觉的结果,也是学术创新的体现。在这个学科拓展、学术创新的新潮涌动中,狄其骢先生以开放的心态面对蜂拥而至的西方新学,吸取和融

---

① 狄其骢:《冲击和命运——察看现实主义的生命力》,《文史哲》1988年第3期。

合其中各种有价值的观念和方法，对自己已有的知识结构作出了丰富、充实、调整、改进，并相应地调整了自己的学科方向，在文艺学研究上又进入一个新天地、新境界。

此一时期狄先生在学科方向上的自觉调整主要体现在两个方面：一是对于文艺心理学的研究，二是对于比较文学和比较诗学的研究。在前一方面，狄先生承担了一项原国家教委的重点科研项目“创作心理学研究”，并已完成书稿写作，且列入了山东教育出版社的出版计划。只是由于当时狄先生正忙于《文艺学新论》教材的写作和出版，加之他惯有的学术审慎，认为其中有的部分尚需再加修改，这部书稿的出版很遗憾地搁置下来了。这部书稿的内容，狄先生曾为其研究生系统讲过，从内容设置和研究取向上看，是其之前对文艺创作心理如艺术思维、艺术情感等问题思考的深化和系统化，从其所借鉴的心理学知识来看，已经远远超过了当时有的知名学者仅以国内学者曹日昌的普通心理学教科书为理论指导的文艺心理学研究，而是广泛汲取和融会了各种当代心理学与生理学的最新研究成果和方法。同时，他也不赞成孤立绝缘地以纯心理学的知识解决复杂的文艺心理问题，尤其不同意当时有些学者仅仅以当代西方心理学尤其是欧美的人本主义心理学为研究心理问题之圭臬的做法，认为文艺心理是艺术活动主体与社会历史文化互动互融的结晶，主张充分注意和借鉴苏联社会文化学派心理学研究的成果。这些看法和理论资源的选择，使其文艺心理学研究显示出与众不同的面貌。

在学科拓展方面，狄先生更为人知的是对比较文学和比较诗学的研究。80年代中期，狄先生连续推出了《比较文学特性初探》《开放性和可比性——比较文学略论》和《中西诗学比较探源》等颇具学术含量的专论，集中对比较文学的学科性质和中西基本艺术观念的差异等具有“元理论”性质的问题作了论说，文心独具，颇多创建，赢得了海内外学界的称赏。这些文章的主要理论价值，一是从世界文学的发展和比较文学自身的发展两方面论证了比较文学的两大特性：开放性和可比性。关于开放性，他指出：“比较文学本身，可以说是一门开放型的学科，这不仅表现为它的诞生是适应了世界文学发展的开放潮流，而且表现在它自身的发展过程，也是一个开放过程。”[①]关于比较性，他强调比较文学成为一门独立学科，在于它有比较性的对象和比较性的方法。从文学史的研究中发现、寻找到比较性的对象、材料，形成和确定具有可比性的课题是比较文学研究的基础，“它要求从材料的异同中，发现和揭示出

① 狄其骢：《开放性和可比性——比较文学略论》，《文学评论家》1985年第1期（创刊号）。

内在的联系，并把它提高到总体上来认识，这才是比较文学研究的目的"①。二是提出并探讨了比较文学的比较价值和自由度问题。关于比较价值，他主要从比较对象角度论证了价值何来与价值所指两个问题。他指出，并不是把不同的材料罗列一通就会产生价值，只有客体具有可比性并且能够实现比较目的的研究才有价值。而文学研究的关联价值是多方面的，有美学价值、政治价值、伦理价值、实用价值等等，"比较价值，应该是美学价值"②。脱离开美学价值，算不得比较文学。关于比较文学的自由度，他主要从比较方法的角度，从具有客观性质的比较性结构对象的自由性质，以及研究主体参与研究对象的发现和现实化的能动性和自由两个方面作出了论证，认为"方法的比较性，使比较文学能适应世界的可比性，自由结构比较性对象，充分发挥比较能动性，从比较中探索文学现象的深层内蕴"③。

《中西诗学比较探源》是狄先生又一篇引人注目的研究论文。在20世纪八九十年代的中西诗学和美学比较中，论者大多套用日本著名美学家今道友信关于西方的古典艺术理论是模仿即再现，东方的古典艺术理论是写意即表现，艺术概念的历史，西方是从再现到表现，东方是从表现到再现，这是在同时展开的一种逆现象的观点。④ 狄先生通过对作为中西诗学的比较源头、比较基因的言志说和模仿说的严谨考证、分析和比较，彻底颠覆了这种人云亦云的流行成见。他指出，"言志"说所言之志包含三个层次的内容：一是个人之志即所谓情，二是社会之志即所谓理，三是宇宙之志即所谓道，完全不具有西方文艺复兴以来的表现说"自我表现"的内涵，"言志说和表现说是有实质性的差异的。表现说是在个人与社会对立的基础上，实现自我，表现自我，自我表现的无限自由，是创作追求的理想；而言志说是在个人与社会统一的前提下，实现社会的理想"⑤。基于此种认识，狄先生概括比较了言志说与表现说六个方面的不同。进而，他又分析指出，言志说和模仿说都生成于古代奴隶制社会，历史因素相同，尽管"模仿说与言志说相比，一个是面向自然，是外

---

① 狄其骢：《开放性和可比性——比较文学略论》，《文学评论家》1985 年第 1 期（创刊号）。

② 狄其骢：《开放性和可比性——比较文学略论》，《文学评论家》1985 年第 1 期（创刊号）。

③ 狄其骢：《比较文学特性初探》，《文史哲》1985 年第 2 期。

④ 参见[日]今道友信：《关于美》，鲍显阳、王永丽译，黑龙江人民出版社 1983 年版，第 74～75 页。

⑤ 狄其骢：《中西诗学比较探源》，《文史哲》1986 年第 3 期。

向的，一个是面向自身，是内向的，但异途同归，都追求人与自然，人与社会的统一”[①]。由于这种一致，两种理论都主张艺术创造中物与我、理与情要和谐统一。所以，言志说与模仿说倒是具有内涵方面的一致性。在中国诗学史上，“只是到了晚明，李贽、汤显祖、袁氏三兄弟为代表的‘情真’说一派，才与言志说相对立，而开始具有近代诗学中的表现性质”[②]。该文不囿于流行的权威之见，洋溢着锐意进取的创新意识，为中西诗学的比较研究做了奠基性的工作，并确立了一个诗学比较的范本。

马克思主义文论研究的主义意识

马克思主义文艺理论研究是狄其骢先生学术生涯中又一个用力甚深、成就骄人的领域。他在这一领域的研究努力可以概括为两个方面：一是对马克思主义经典文论的科学释读，二是对马克思主义文艺学的当代建构。无论释读还是建构，都体现着一种鲜明突出的主义意识，即所释读的对象是马克思主义的，所建构的观念是马克思主义的，所运用的方法要体现马克思主义方法论的要求，而理论研究的最终目的也是坚持和发展马克思主义文艺理论。

对马克思主义经典文论的释读首先体现在为开展马列文论教学而由他领衔的《马克思主义经典文论选读》教材的编著上。在该教材的绪论里，狄先生针对马克思主义经典文论不像文学概论那样具有完整的理论系统，只是一篇篇具有针对性的、与一定具体对象相关联的理论文本的特点，提出了对经典文论的三种科学释读方法：历史地读而不教条抽象地读，整体地读而不断章取义地读，实践地读而不脱离现状地读。所谓历史地读，“就是要把它放在一定的历史背景中去读，不要脱离产生文论的历史基础，要掌握文论的历史特点”；所谓整体地读，“就是要把经典作家的文论放在一定的理论背景中去读，不脱离产生文论的马克思主义理论基础，要掌握文论的理论特点”；所谓实践地读，“是把经典文论放到我们的现状中来理解和把握，判断它的当代意义，它在实践发展中的意义”。[③] 狄先生在这里对经典文论特点的概括以及释读方法的阐发是对教学来讲的，并且在选读教材的编写中得到了很好的贯彻，同时这些概括和阐发也作为基本方法论原则贯彻于其经典释读文章之

---

① 狄其骢：《中西诗学比较探源》，《文史哲》1986年第3期。

② 狄其骢：《中西诗学比较探源》，《文史哲》1986年第3期。

③ 狄其骢：《马克思主义经典文论选读·绪论》，山东大学出版社1991年版，第5、6～7页。

中。其中，《〈在延安文艺座谈会上的讲话〉的现代意义》一文甚为典型。该文分析论证了《讲话》将文艺的根本问题由文艺的意识形态性转为文艺为什么人服务的巨大意义，认为“为什么人的问题，实质是个文艺意识形态性的问题，但毛泽东不是从关于意识形态的理论思考中提出为什么人的问题，而是从意识形态的建设实践中提出来的，这是马克思主义意识形态理论的创造性的发展”[①]，体现了马克思主义的实践人学。这一转变的意义还在于从文艺与政治的外在关系进入文艺(作家和作品)与读者的内在关系，从读者的主体性来审视文艺，开拓了文艺理论的对象范围和视野，加深了对文艺的认识和理论体系的完整性。比较而言，“在文艺的意识形态理论中，着重的是文艺的社会功能，读者只是意识形态审美教育的对象，而当文艺的根本问题重点转向为什么人为读者时，着重的是社会对文艺的社会功能，读者成了服务对象，是对文艺施加影响的主体。这一转变，不能不说是马克思主义文艺理论的创新”[②]。该文是国内较早阐发《讲话》马克思主义读者理论思想的论文之一，体现了对经典文论的卓识新见。

狄先生对马克思主义文艺学的建构努力表现在两个方面：一是对马克思主义文艺观念体系的探索和整合，二是对马克思主义文艺理论当代形态建设的思考。对马克思主义文艺观念体系的架构，狄先生不同意国内有些学者仅仅从结构形式的完整性与否看待一种理论的体系性，从而用“断简残篇”论来否定马克思主义文艺理论的体系性，他指出：“一种艺术哲学理论是否形成体系，其根本条件并不在结构形式的完整，而决定于其艺术理论的内在的统一，正是这种理论的内在统一性构成理论的体系，标志出理论的深度和创见。”[③]据此，他指出，马、恩的艺术理论虽分散为对各个文艺问题的格言式的论述，但有自己的体系精神，并因之使各个观点之间有着内在的统一性。对马克思主义经典文艺理论的体系精神，狄先生一是着重于马克思主义世界观尤其是历史唯物主义观点和方法的贯通，认为经典文论归属马克思主义的理论整体，“它是历史唯物主义在审美和艺术中的具体体现，历史唯物主义贯穿在分散的各个艺术观点中，使其有内在的统一性，组成特定的艺术理论体系”[④]；一是着重于其核心观念即审美理想的内在凝聚，认为马克思主义的审美理想是

① 狄其骢：《〈在延安文艺座谈会上的讲话〉的现代意义》，《文史哲》1992年第3期。

② 狄其骢：《〈在延安文艺座谈会上的讲话〉的现代意义》，《文史哲》1992年第3期。

③ 狄其骢、谭好哲：《艺术哲学的革命——论马克思恩格斯艺术哲学的体系特征和审美理想》，《文学评论》1991年第3期。

④ 狄其骢：《文艺学问题》，山东大学出版社1993年版，第114页。

社会理想、人的理想和美的理想的三重组合，在历史发展和社会实践的基础上将三者最终统一起来，是马克思主义文艺美学思想的重要观点和方法。马克思主义经典文论包含着多方面的理论内容和观点，“贯穿这众多方面内容和观点的主线，就是马恩的审美理想。审美理想是马恩艺术哲学理论的核心观念或灵魂，它构成和显示出理论的整体统一性和逻辑连贯性”[①]。从世界观的理论整体性和审美理想的内在贯通性的双重视角来阐发马克思主义经典文论的体系性，在国内学界属于首创。狄先生主编的专著《马克思恩格斯艺术哲学》就是以此为思想指导而写成的。该书获得山东省社会科学优秀成果一等奖和全国马列文艺论著研究会首届优秀论著成果奖，被学界誉为新时期马克思主义文论研究的代表性成果，当属实至名归。

关于马克思主义文艺理论当代形态的建设，狄先生也有着自己的特殊思考。当代形态建设的提法，始于20世纪80年代中期，但是当时的论者大多将思考中心放在如何吸取当代西方人文社科和文学艺术的理论与方法来丰富、补充、拓展经典文论方面，强调的是当代形态对经典形态的突破和超越。对此，狄先生则认为，理论体系既是个整体，也是个过程。从其作为一个过程的角度来看，马克思主义文艺理论当代形态建设确有其必然与必要，在一定意义上说，“不能满足时代对文艺理论的需求，在当代激烈的意识形态的斗争中就会被击败”[②]。但是，当代形态建设不是马克思主义与非马克思主义的趋同，不是超越意识形态的非意识形态化，它本身就是一种意识形态的建设，不存在一个普遍适用的标准和原则，中国的马克思主义文艺理论当代形态建设不能沿袭西方马克思主义那种反经典传统的发展模式，而要把经典形态与当代形态视为同一种马克思主义文艺理论发展过程中的两个阶段，在发扬马克思主义文艺理论基本精神的前提下正确处理好坚持和发展的关系、经典形态和当代形态的关系。这种当代形态的建设思路是“主义”的坚守，也是与时俱进的，是马克思主义文艺理论发展的正道。

文艺学改革与教材建设的综合意识

在经历了西方新思潮新理论的大规模引进以及观念的变革、方法的更新

---

① 狄其骢、谭好哲：《艺术哲学的革命——论马克思恩格斯艺术哲学的体系特征和审美理想》，《文学评论》1991年第3期。

② 狄其骢：《马克思主义文艺理论建设的当代形态》，《高校理论战线》1992年第6期。

和学科的膨胀与分化之后，文艺理论研究在20世纪80年代中后期进入一个多样而又繁杂、博采而又混乱的多元化学术格局。如何看待这种多元化的格局？多元化之后中国文艺理论又该如何走？走往何处？这些问题，在八九十年代转换之际，成为一些有担当意识的学人不得不面对与思考的课题，文艺学的改革问题继80年代初期的改革呼声之后再度成为一个话题。

就此境况与话题，狄其骢先生于1989年接连发表了两篇文义相续、颇具影响的重头文章。一篇为《文艺理论的多元化境况》，该文首先从中西文化学术发展的历史出发分析了文化学术多元繁荣与一元化发展的关系，而后分析了文艺理论的多元化境况对于打破旧有的纯一的理论秩序和思维方式的时代必然与价值意义，最后对多元化将如何发展作了展望，指出在多元化境况中，各种文艺理论都有同等的生存和发展权利，但其中又必有自由竞赛、生存斗争，各种文艺理论都应该在这种竞赛和斗争中求得自己的发展，马克思主义文艺理论亦复如此。① 接下来的另一篇文章《面向新的综合——探讨文艺理论发展的趋向和问题》承接上文的基本观点，进一步分析指出，多元化后的文艺理论出现各种理论相互疏远和隔阂的趋向，这是应该解决的一个问题。文艺理论的多元发展的关键不在量而在质，不在分化而在综合，综合是分化的深入。正处中西文化碰撞交汇中的文艺理论，主要的发展模式将是从综合中创建。而文艺理论的综合创建，也是个现代化的问题。现代文艺理论重心的转移不是理论建构原则向主体论转移，而是理论对象的研究侧重点向主体能动性的转移，这是理论综合的现代化也就是文艺学的改革必须重视的问题。② 由此可见，走综合创建之路，就是狄先生对多元化境况中文艺理论该如何走下去的一个回答。

狄先生对文艺学改革问题的上述思考和认识，在其文艺学教材编写中得到了很好的贯彻与再阐发。1959年，山东大学中文系文艺理论教研室出版过一部在当时较有影响的《文艺学新论》，当时甚为年轻的狄先生是三位编著者之一。1990年起，以狄先生为主，带着两位年轻学者，又编著了一部书名依旧而结构内容全新的《文艺学新论》，1994年由山东教育出版社出版。这部新的教材由狄先生提出编著“意图”和全书四编的章节大纲，并撰写了前言和后记。前言对教材的编著原则、架构方式、建设目标作了清晰明了、新意迭出的

① 参见狄其骢：《文艺理论的多元化境况》，《山东大学学报》(哲学社会科学版)1989年第1期。

② 参见狄其骢：《面向新的综合——探讨文艺理论发展的趋向和问题》，《文史哲》1989年第2期。

阐述。编著原则被确定为“出新不出格”。出新，重点在新事实的探索，就是要拓宽旧有教材的事实视野，冲破旧有教材的事实禁区，这就要求对一切有价值的事实材料和理论采取开放和宽容的态度；但是，开放和宽容绝不是对一切事实的兼容并蓄，理论是有自己的倾向和主体性的，这就要求对事实具有自己的选择和综合，在主体视野和事实视野的融合中，在主体对事实的同化和顺应中建构新的主体视野。因此，具体到教材编写来说，“所谓出新，就是出马克思主义文艺学之新，也就是建构马克思主义文艺学的新视野”①。出新的目的应该是使马克思主义文艺学比之前更为充实丰富、焕然一新。但是，如果取得了兼容并蓄的增值，却模糊了马克思主义理论的真面目，甚至容蓄了与之格格不入的东西，这就不是出新，而是出格了。这里的“格”，就是“马克思主义文艺学的本色”，亦即前面所言的体系精神。可见，这个“出新不出格”的编著原则与狄先生所坚持的问题意识、创新意识和主义意识是一致的。

由于教材是对事实的认识和概括，所以在架构方式上，教材的结构体系（理论结构）就应以对象结构为依据，教材的理论结构要能够对文学现象和文学活动作出认识、理解和解释。文艺学的理论结构是由概念组成的体系，但是，“概念体系的组建，并非单纯的逻辑整理工作，而是一项以对象结构为依据、以马克思主义文艺学出新为目的的认识建构活动”②。具体到教材整体构架的设计，这部教材采取对对象的动态理解来替代过去的静态理解，系统性理解替代整体性理解。依据对文学活动的动态理解，教材的结构以文学活动的三大环节——文学作品、文学创作、文学交流为主要构件。而为了理解和解释文学活动是什么，在三大活动构成的三编之前又加了一编总论，三编是微观而总论是宏观，三编是文学经验总结而总论是艺术哲学概论，三编是总论的理论基础和实证，而总论是三编的理论升华和灵魂，这就使教材的理论结构的系统性大为加强。

前言的最后部分以“走向综合一体化”作为建设目标，也就是理论追求的思路和方向。这是对前述《面向新的综合》一文基本观点的再阐述，但在思想的表达上更为明确。在这里，狄先生把新的综合称为“综合一体化”，并对其内涵与外延作了明确表述。从内涵上讲，一体化是指汲取、批判、改造各种理论价值的综合活动，“这种综合一体化，从内在性质看，就是马克思主义化，从外在形式看，就是体系化、科学化”。从外延上讲，“综合一体化，大体上说有

---

① 狄其聰：《文艺学新论・前言》，山东教育出版社 1996 年版，第 4 页。

② 狄其聰：《文艺学新论・前言》，山东教育出版社 1996 年版，第 6 页。

三种类型，即结构性一体化、层次性一体化、材料性一体化”[①]。结构性一体化，是全局性的综合一体化，是全书四大编即总论编与三大分论编的总体结构的一体化，总论自身要有理论的综合一体化，还要把总论的观点贯穿到三大分论编即文学活动三大环节的分论中；层次性一体化就是把一些不同的甚至对立的概念，在统一命题下一体化，成为解释这一命题的一个方面一个层次的概念；而材料性一体化则是把那些不能做结构性一体化综合而又觉得有综合的理论价值和需要的材料，作为一种参照和借用材料，在分析提炼的基础上最后作出自己的综合判断。三种类型的一体化就将性质上的马克思主义化、马克思主义的体系化、科学化落到了实处。

《文艺学新论》在使用中颇受学生欢迎，也得到学界好评，多次再版，荣获第三届国家教委优秀教材二等奖。2009 年，经修改之后，又作为普通高等教育“十一五”国家级规划教材，以《文艺学通论》之名由高等教育出版社出版。该教材的成功绝非偶然，从根本上讲是源于狄先生精深的学术造诣和思考。狄先生所做的上述三个方面的阐述，是其长期文艺学教学经验的总结和升华，也是其学术思想学术意识的体现和阐发，因而不仅对新的文艺学教材编写有具体的借鉴价值，对文艺学理论研究也有重要的启迪意义。就当下和未来的中国文艺学研究而言，“出新不出格”的学术创新原则依然有其指导意义，“综合一体化”的理论建设目标仍是诱人的追求方向。

最后，应该说明的是，本文出于论文结构的方便，从狄先生不同方面的理论活动和成果来彰显其学术意识，并不意味着这些学术意识只是与不同方面的研究和努力相关联，事实上本文所阐发的这四种学术意识是有机综合地渗透于其各个方面的努力和成就之中的。对于后来的研究者来说，狄先生在不同领域所取得的理论建树，他所提出的观点、解决的问题、作出的论断，至今有着相当的真理性内容，依然值得学习和借鉴，而他在毕生的学术追求与拓展中所体现出的有所担承有所守持的学者精神，所贯通的上述各种学术意识，或许更具有启示价值，学术的进步、学术薪火的传承，有赖于这种学者精神和学术意识所提供的内在支撑！

（原载《文史哲》2011 年第 5 期）

① 狄其骢：《文艺学新论·前言》，山东教育出版社 1996 年版，第 11 页。

中国当代马克思主义文艺理论研究的一面大旗

今天，我主要想表达两层心意。第一层心意就是感激、感谢，这又包含两个层面：一是代表山东大学文艺美学研究中心、文艺学学科，对陆先生长期以来给予我们学科和中心持之以恒、坚定不移的支持，表示最衷心的谢意。我们中心从2000年成立至今，陆先生一直支持我们。我们的老校长曾繁仁老师本来也要来参加这个会议，但是不巧，他要去厦门大学参加一个生态会议，还要作一个主题发言，便向陆老师请了假，把他的祝贺信提前发过来了。总而言之，陆老师对我们这个学科的发展，倾注了心血，帮助我们做了非常多的工作，点点滴滴我们都记在心头。同时，还要表达我个人对陆老师由衷的感激和感恩之情。我不是陆老师的亲学生，但是我认为我看陆老师的书，听陆老师的教诲，不比他的很多学生少。我从大学毕业以后就从事马列文论教学和研究，可以说在学术刚起步的时候，就是看陆老师和他们这一代很多从事马列文论和文艺理论研究的学者的论著，一步一步地走过来的。陆先生早期的《艺术真实论》等著作，还有《审美主客体》，都是我反复读过的书。我个人的成长也得到陆先生多方面的支持。陆先生对中国学术界的贡献很重要的一个方面，就是他奖掖后进，我们在座的许多人肯定都有与我相同的感受。

第二层心意是要表达我对陆先生学术上的敬意。从学术的角度上讲，对陆先生的学术每个人在心中都有不同的评价，但是无论怎么评价，陆先生都是中国当代马克思主义文艺理论研究的一面旗帜，这一点是大家共同的看法。对陆先生的学术，我感受比较深的有如下四个方面。

第一，是对马克思主义始终如一的坚守。前不久，山东大学举行110周年校庆，我们出了一个专号，梳理老一代学者的学术遗产，请一些专家教授来写老一代的学者。我写了我的老师狄其骢先生，其中有一条提到狄其骢先生的主义意识，他有一个观点就是学术要追求创新，但“出新不出格”，他这个“格”就是马克思主义的基本理论观念和方法。在马克思主义的基础上创新，我觉得这是狄先生——他和陆先生是好朋友——他们这一代学者的共同理论遵循，从中非常突出地体现了对马克思主义的坚守。这种主义的坚守非常不容易，尤其是中国近三十多年来，社会风云变幻，世界风云变幻就更大了。看一看中国的学术界，其实转向的相当不少，很多人今天研究这个，明天研究那个，今天信奉这种主义，明天又倒向那种主义，正所谓“城头变幻大王旗”，很多学者在不断变换自己的旗帜。可是，陆先生却能始终如一地坚持马克思主义文学理论。正如上午陶东风老师所说，陆老师始终有个底线，我对这一点非常赞同。这是我对陆先生至为敬仰的第一个方面。我认为一个人做学术就跟做人一样，不能像变色龙一样变来变去，你变来变去，别人就看不出你的真面目了，这就是你没有坚守，你对学术没有诚心。你没有坚守，没有学术的诚心，你做出来的学术，别人怎么能当真呢？

第二，就是陆先生对学术的大境界的追求。陆先生经常讲学术有大道理和小道理之分，大道理管小道理。陆先生在他治学的这几十年当中，都比较注重大道理，比如说对文学本身、对文学研究方法、对文学思潮、对文学观念等的宏观思考。当然研究领域大，也不一定就能达到学术成就大这个境界。我认为，陆老师不仅思考这些大的学术问题，同时在这些大的学术问题上又取得了大的进展，所以他达到了学术上的一种大境界。比如说文学本质论，中国这30年来对文学本质的探讨，除去新近有一些所谓反本质主义的思路和论断之外，基本上大家还是认为文学需要作本质化的探讨。这种本质探讨，从最初的反映论观念，到后来的人本论观念、审美论观念，一直到本体论观念等等的转换，持续不断。能够在宏观的大理路上把这些观念很好地加以综合的不是很多，我觉得陆先生做到了。他对文学理论问题的基本梳理与研究，是建立在他所谓的历史意识、人学观念以及美学观念这样三个大的层面上，即建立在基本理论观念的支撑上，然后用这些基本理论层面的综合为支撑，向里一层层开掘。因而，他在学术上是达到了他所提倡的宏观、辩证、综合、创新这样一种大的学术追求的。

第三，我觉得陆先生是非常富有现实情怀的学者。所谓现实情怀并不意味着我们每天要对现实发发牢骚，今天抨击抨击这个东西，明天抨击抨击那种现象。文学理论研究，就是要关注社会和文学现实的进程，关注现实进程中的矛盾和问题。陆先生始终如一地关注文学思潮问题，用马克思主义文学理论研究所取得的理论成果来作为支撑，分析、解剖、梳理、辨识当代文学思潮。他在这方面所做的工作是大家有目共睹的，出了好几本书，中国的、外国的思潮，他都梳理过，这就使得他的学术接地气。他不是在纯粹的思辨领域天马行空地作自己的思辨，“躲进小楼成一统”，不管文学界的春夏秋冬。他是关注文学的进程的，他用这样一种切入角度，体现了一个理论家对现实文学进程的干预。他坚信文学理论对现实是要有所干预的，他就是这样来体现他的现实关怀的。

第四，陆先生在马克思主义文艺理论教学方面作出了杰出贡献。他主编的《马克思主义文论选讲》多年来是高校马列文论课程选用的最基本的教材，或者说是最主要的教材，获过教育部的一等奖。另外，他主编过《马克思主义文艺学概论》，厚厚的一大本，也是许多高校选用的教材。可以说，国内其他的马克思主义文艺理论教材，它们的基本典范就来自陆先生主编的《马克思主义文论选讲》。这些年来，中央开展马克思主义理论研究和建设工程重点教材编写工作，他又积极地参与了，并且作为主要成员，在其中发挥了非常重要的作用。他先是参与了《文学理论》的编写，现在正作为首席专家主持《马克思主义文艺理论》的编写。在这个过程当中，我们看到了陆先生为马克思主义文学理论教学所付出的心血和努力。他试图把中外马克思主义文艺理论研究的最新成果和过去已有的定论性的经典性的东西，很好地融入教材的写作当中，这就为中国文学理论教学奠定了一个很好的基础。

从这四个方面来看，我认为陆先生确确实实是中国当代马克思主义文学理论研究的一面旗帜，而且是一面大旗。为此，作为晚辈，我们不能不对他表示一种由衷的敬意。不少人从事了一辈子的学术，取得了一点点成就就翘尾巴。难得的是，陆先生一辈子不断地出成就而且出大成就，也没见他在什么场合，即使是在最私底的场合，有高高在上或者盛气凌人、自以为了不起的表现。陆先生总是和大家，包括与我们这些晚辈学者，非常平等地探讨各种学术问题，这是一个学者的境界、胸怀和学术人格的体现。马克斯·韦伯说，在学术领域，一个学术上立不起来的人谈不上学术人格。中国传统也讲学术与道德的统一，而事实上往往不一定统一。然而在我看来，陆先生很好地体现了一个学者的学术人格，体现了学术和道德的统一，永远值得我们好好学习。

（原系2011年10月29日在中国人民大学举行的“马克思主义文艺理论研讨暨陆贵山教授学术生涯五十周年并文集出版座谈会”上的发言，根据录音整理而成）

崇敬与期待

今天有幸参加全国艺术学科建设论坛暨张道一先生从教六十周年暨艺术学思想研讨会,我感到无比的高兴和激动。应该说我是带着深深的崇敬之情来参会的,在这里真诚地向大会和先生表达三种心意和感情。

第一,是向张道一先生表示由衷的祝贺之情!张先生是全国艺术学科的领头人,是中国当代艺术学学科建设的奠基性人物之一。他在学术上取得的成就前面的发言人已经作了充分的评价和肯定,我作为一个晚辈听了这些评价和肯定之后,为张先生60年来始终如一地从事自己所热爱的艺术学科研究的执着精神所感动。他所取得的成就在全国艺术学科、在中国当代艺术学领域是最典型的,我作为后辈学生应该向先生表示我衷心的感激和深深的敬意!

第二,我想表达对先生学术的崇敬之情。张先生60多年来孜孜不倦地从事艺术学科的研究,取得了突出的成就。我想谈一下我从先生学术研究中所学到的东西,主要归结为三个方面。首先,我认为张道一先生为中国艺术学学科的建设奠定了坚实、踏实的文化学的基础。众所周知,艺术是文化的一种重要形式,是文化的一种重要的表达领域和载体,它本身和文化有扯不断的关联。文化从现代意义上来讲包括物质文化和精神文化,在以往的文化学的研究当中,不少学者容易把物质文化和精神文化分离开来,把艺术归结为精神文化,在该强调精神和物质关联的时候却忘掉了中间性地带。张先生提出文化是由一元到多元的观点,强调工艺美术这样的艺术形式首先就是一种本元形态的文化,这种本元形态的文化从人类早期的活动到今天持续延绵几千年,这样的文化是一切文化形式生长的根,是一种本源,这就为我们艺术学科的探讨奠定了很好的基础,使得我们能够把民间艺术和工艺美术这样一些和人类日常生活、日常起居等等密切相关的生活形式纳入艺术学科研究的范围和领域之中,而且奠定了非常踏实的基础。这是非常了不起的贡献,艺术学的研究应该从这样的一个基点上去迈开我们前进的步伐。其次,我认为张先生的学术开启了一个中西结合、古典和现代结合得很好研究路径。张先生的学术研究非常注重从中国自身传统艺术的经验当中来升华理论,他不是简单地把西方的艺术理论拿过来套用我们的艺术现实。他本身是一名艺术家，他从自己切身的艺术经验、艺术体验出发，广泛地研究中国博大精深的各方面的艺术领域和成就，所以他的艺术理论在学理的探讨上有根基、有民族性。同时，张先生又不囿于自己民族性这一个观察视野，他对学术的研究广泛吸取了现代美学、哲学、生物学、考古学、教育学等等理论观念和方法，以此切入他所研究的对象和领域，使得他的学术理论有一种非常强的现代感。这样一种研究思路是值得我们好好研究、总结、学习的。再次，张先生的学术研究具有强烈的社会情怀、人生情怀，这突出表现在他对艺术教育持续不断的呼吁中。张道一先生的艺术教育思想非常博大、全面，其中最令人印象深刻的就是本科艺术教育学制设置上的探索，就是四年艺术教育，一年要打基础，两年要攻专业，还有一年要加强文化修养。这不是简单的数字划分，而是体现了一种观念。我对加强文化修养这一点感同身受。中国的艺术教育尤其是近二三十年来的艺术教育，表面上看来非常繁荣，但是不可否认，这种繁荣与高考制度有很大关系，往往是不能学理科甚至文科的学生去搞艺术。艺术应该是最聪明、最有各方面潜力的学生去致力的事业，应该是精英教育，但是现行的教育体制和目前其他方面的情况造成了我们的艺术教育轻视文化而较偏向于技能。张先生针对这种现象提出加强文化修养，这跟他的艺术观念是相通的，也是非常具有针对性的，体现了他的社会情怀、人生情怀。

第三，我想表达一种期待的情感。现代文学研究学科和现代艺术研究学科都是发源于西方，很多人认为“文学学科”是 1842 年德国学者提出来的，而有些学者认为“艺术学科”是 1845 年德国学者海特纳在《反思辨的美学》一文里面提出来的概念，然后经过德国格罗塞等学者沿袭下来，把艺术学科从德国人比较擅长的一般美学研究当中独立出来。中国艺术学学科的建立也是一件现代性的事情。在西学东渐以后的 100 多年中，现代学科发展的进程使我们的文学和艺术研究都得到了长足的发展，但是我们受苏联学科体制划分的影响，把艺术学科归结在文学门类之下，长久以来在一定程度上影响了艺术学科的发展。所以，今年国务院学位委员会正式把艺术学科从文学的门类独立出来，变成一个与文学并列的学科门类，这是艺术发展实际的需要，是文化繁荣发展的需要，也是艺术学科学术研究的需要。我期待艺术学界能够进一步认识艺术学的学科特性，使得艺术的繁荣发展有更好的理论支持。艺术学学科独立出来之后，艺术的研究能够更好地围绕艺术本身的门类、对象去做更加有针对性的研究。同时，文学和艺术尽管是不同的门类，但中外艺术理论中经常讲“诗是有声画，画是无声诗”，“建筑是凝固的音乐，音乐是流动的建筑”，这说明各种艺术形式之间是有相通性的。尤其是电影、电视、网络等现代新媒体的发展加剧了艺术的综合，使其成为不同于原有意义上传统门类分化的形式，原来分化、分散的艺术形式在新媒体中得到了综合，这种综合使得文学和传统的艺术形成一种新的不同既往的研究对象。在这个过程中，对文学、艺术不同的门类之间共同规律的研究是必不可少的。文学理论和艺术理论、文学学科和艺术学科分开，可以使我们的研究更有针对性，门类更明确，但是两者之间在交叉融合中对人类文艺创造的共同规律进行研究也势在必行。在这方面，张先生的研究也给我们树立了很好的榜样。

最后，我想再次祝贺张道一先生健康长寿，岁月不老，艺术青春和学术青春永在！

（原为在山东工艺美术学院“2011 全国学科建设论坛暨张道一先生从教六十年及艺术学思想研讨会”上的发言，根据录音整理而成；原载《设计艺术》2011 年第 6 期）

吕荧先生的人格精神与学术思想

百余年来山东大学人文学术的天幕上，闪耀着众多明亮的星辰，吕荧先生是其中令人仰望而又难以忘怀的一颗。先生1915年11月25日生于安徽省天长县(今天长市)新何庄一个书香之家，原名何佶，曾用名何云圃，笔名倪平、吕荧等。1935年考入北京大学史学系，读书时积极参加抗日爱国的“一二·九”运动，七七事变后流亡武汉，1939年赴昆明西南联大复学，1941年毕业后任中学教师。1946年至1949年初先后执教于贵州大学与台湾师范学院。1949年4月离开台湾经香港到达北平，7月出席中华全国文学艺术工作者代表大会，并加入全国文协。1950年10月受聘山东大学中文系教授，11月接替调任山东省文化局局长的王统照兼文史系主任，1951年3月担任文史分开后的中文系主任。1952年春末因文艺学教学风波中无端受到批判而离开山大。1954年3月加入中国作家协会。1955年，经胡乔木建议被聘为《人民日报》文艺部顾问。1955年6月受胡风集团案牵连被隔离审查长达一年之久，此后长期在家养病。1966年“文化大革命”爆发后，被以“反革命分子”影响社会治安罪名收容强制劳动，1969年3月5日在冻饿中含冤病亡于北京清河劳改农场。吕荧先生是著名的左翼文艺理论家、翻译家和美学家，一生多病、多难，却始终不改“真”而“纯”的艺术理想和求真爱美的人生操守，纯正做人，倾心治学，在动荡困顿的岁月里留下了大量文学翻译、文艺理论和美学研究论著。其至真至纯的人格精神、成就斐然的文学译著和独树一帜的美学探求，已成为当代学术薪火相传中一份重要思想遗产。

一、至真至纯的人格精神

中国学术历来崇尚学问与道德的统一，主张文品即人品，但是出于种种历史的原因和人性分裂所致，无论古今，学问与道德、文品与人品不相统一的情况不胜枚举，非常多见。1949年之后至“文化大革命”结束这段时期内，由于极左政治思潮愈演愈烈，正直为人者往往难以自保，文人的精神人格急剧萎缩与颓败的情况便越发普遍,以至于"文化大革命"结束后许多良心未泯的文人一直为是否应该自我忏悔的精神苦恼所纠缠。然而,吕荧先生不存在这种情况,假如能够活到"文化大革命"之后,他也不会有此苦恼。他是一个文艺追求与人生追求高度统一,从而在当代文坛上显示出卓尔不群的精神气质与个性的人物。在《人的花朵》里论诗的本质时,吕荧先生指出:"诗,人的生活与情感底融合的交流,人的理知与想象底凝结的晶体;人底真挚,人底单纯。"[①]在《诗的真实》一文中论述荷马史诗时,他又写道:"在他的时代,这个诗人完成了巨大的真实","在这样的真实背后站立着的,是一个和这真实同样巨大的,山一样的人。这个人把真实提高到诗"。[②]"真"与"纯"是吕荧先生的文艺理想,也是他的人生追求,至真至纯就是其人格精神的最好概括。

吕荧先生做人的"真"与"纯"体现于他的真诚真率、重友情重义气,也体现于他的爱憎分明、刚正不阿。他不虚伪不矫情,不投机取巧,不圆滑世故,他磊落正直,清纯如水。他 5 岁丧母,由乳母张氏抚养。由于自小失去母爱,且年轻时就患上胃病、肺病、神经衰弱等多种疾病,身体清瘦虚弱,生活自理能力差,养成其孤僻孤傲的个性,一生爱情生活和家庭生活迭经挫折。但也正因如此,他一生都渴望着真爱真情,在家庭破离亲情不再之后,而特别地看重了与朋友们的友情,他与胡风、冯雪峰、聂绀弩、楼适夷、骆宾基、邵荃麟、萧军、碧野等诸多大家名家保持终生的友谊,无论风雨如何变幻,甚至自己被强制收容劳动改造期间,还经常念叨着冯雪峰等朋友的名字,挂念着他们的安危。这其中与胡风的关系更是一个显证。他从 1937 年因向胡风主编的著名文学杂志《七月》投稿而开始与其建立联系,此后在学术上、生活上得到胡风多方的提携、帮助和指导,与其结为终生的朋友。在胡风"反革命集团"冤案事发前后,他没有像当时许多的人那样迎合政治潮流,对之横加批判、无情打击,也没有像胡风有的朋友那样为求自保,对之反戈一击、落井下石,而是继续保持与胡风的联系,经常去看望胡风及其家人,送去一个朋友的关心和温暖。1954 年,先生翻译的普希金名著《叶甫盖尼·奥涅金》校改本由人民文学出版社出版,当时胡风的政治处境已经非常不好,初译本中本有胡风译的三节诗,有人在背后猜测,这次他一定会把那几节删去,然而先生不仅没有删去,还特别在《校改后记》里交代说:"初译本中胡风同志译的三节诗(第六章十五节、十六节、三十八节),仍然保存,这使我的粗劣的译文添了光彩。"胡风夫人梅志曾就此写道:"在当时的情况下,他如果删去那几节,是完全可以谅

---

① 吕荧:《人的花朵》,新新出版社 1948 年版,第 1 页。

② 吕荧:《文学的倾向》,上海书报杂志联合发行所,1950 年,第 168 页。

解的。而他敢于留下它，敢于写上这几句话，倒使我们吃惊和感动了。胡风看后，手里捧着书，轻声地叹气：‘唉！这个吕荧，真是……’后面没说出的话一定是‘真傻，真太认真，真太重情义……’”①不仅如此，吕荧先生甚至“不识时务”地试图公开为胡风进行辩护。1955年5月25日，全国文联主席团和作协主席团在北京举行700余人参加的扩大会议，声讨“胡风反革命集团”，在滔滔批判声浪之中，他竟主动向主持会议的郭沫若要求发言，当众提出胡风的问题不是政治问题，而是思想认识问题，胡风不是反革命。结果遭到斥责围攻，在一片嘘声中被赶下台。为此，他一度被定性为胡风集团的反动分子，并经最高人民检察院批准进行隔离审查。经长达一年之久的审查之后，其大脑神经受到严重摧残，健康状况恶化，随后长期养病在家。虽然如此，解除审查之后的吕荧先生仍不断关心着胡风的命运，常去看望梅志，盼望胡风早日从狱中出来。在那严酷恶劣的政治环境之下，在那灾难当头人人避之唯恐不及的时刻，吕荧先生的所作所为，显示出弥足珍贵的人性良知和朋友情谊。

能够体现吕荧先生个性气质的另一个典型事例是他供职山大时发生的一场关于文艺学教学问题的风波。吕荧先生的美学和文艺理论素养高，理论概括力强，对中外历史、文化与文学尤其是俄苏文学与中国现代文学有较深研究，授课内容理论联系实际，加上表达能力很好，对培养学生很用心，在大学讲课一直甚受好评。他在贵州大学历史系任副教授时，讲授“西洋通史”“西洋文化史”“从文艺复兴到法国革命”，同时兼教英语系的课程，学生们称赞听他的课是“一清如水，学习上的享受”。在山东大学任教时，他主讲“文艺学”“俄罗斯文学”“俄罗斯文学史”等课程。他的一位学生赵淮青后来这样追述其讲课风采：“记得那天，吕先生穿了一身深灰色凡尔丁中山装，面庞清癯、白皙，戴一副深褐色近视眼镜，让人一看就想起瞿秋白的容貌来。他显得有点羸弱，春暖时节，那双黑色高筒布棉鞋还未能脱下来。他微微颔首向大家致意，并不开口，转身在黑板上写下‘文艺学’三个大字，苍劲有力……几堂课下来，同学们发现，吕先生讲课实在非同寻常，内容丰富，条理井然，分析透彻，见解精辟，他有自己的理论系统，有扎实的文史哲功底，且能深入浅出地表达，教学水平堪称一流。同学们还发现，这位先生讲课不苟言笑，庄重沉稳，自有一种风度翩翩的动人处。消息很快传开了，文学院的历史系、外文系的学生也来听课，教室内外人挤得满满当当，只好迁到理学院一个大教室去

---

① 梅志：《人的花朵——记吕荧与胡风》，晓风主编：《我与胡风》（上），宁夏人民出版社2003年版，第92页。

上课。”[①]当年的许多山大毕业生都讲过听吕荧先生讲课要提前去争抢座位的经历。然而，可能是由于个性较强，工作中敢想敢干、勇于负责得罪了人，而且对当时学生过多地参与政治活动影响正常学习表露过担忧，对来自原华东大学有些领导的“左”的做法有看法，对有关领导说过“我们可不能误人子弟啊”之类的话，在山大仅一年多一点时间，他就被卷进了一场深受伤害的教学风波。1951 年 11 月，突然在《文艺报》5 卷2 期(11 月 10 日)上的“关于高等学校文艺教学中的偏向问题”通栏标题下，发表了山东大学中文系办公室干事张祺《离开毛主席的文艺思想是无法进行文艺教学的》来信。这封据说“是有人背后指使并经过有关领导研究和过目的”[②]“来信”，揭发吕荧先生在“文艺学”教学中有严重偏离实际和教条主义的倾向，不重视《在延安文艺座谈会上的讲话》的指导作用，看不起来自解放区的新文学作品，盲目崇拜西欧和俄罗斯名著等等。这封“来信”在学校内引起了极大震动。“来信”一发表，“时任山东大学副教务长的一位领导要求吕荧检查，要中文系学生对吕荧开展批判，系党支部书记积极到各班进行动员，要求同学写小字报，开小组讨论会。甚至有人在班上提出：谁不参加批判吕荧，是对党的号召的态度问题，党团员要受到批评甚至受到严厉处分的”[③]。为此，吕荧先生在校内与有关领导就文艺学教学应该如何开展作过一些交谈和解释，并在次年 1 月 25 日的《文艺报》上刊出了给编辑部的自我辩护信，说张祺没去听过文艺学的课，他所引的课堂上的有些话与原意正好相反，还有一些话自己根本没有讲过，表明自己的文艺学教学不是采取“教条主义态度”，而是尽力运用马克思主义的立场和方法来解释文艺现象，尽管在运用过程中不是那么熟练和全面。此外，一些有正义感的学生“出于气愤，将那期《文艺报》撕得粉碎”，有的“联名写信给《文艺报》，指出张祺的信纯属道听途说，捕风捉影，断章取义，片面歪曲，要求澄清事实”[④]。但是，这一切都无济于事。《文艺报》在刊登吕荧辩护信的“编辑的话”中，批评他“缺乏自我批评的精神”，采取了“不正确的态度”。经过一番准备，学校还在大礼堂召开了一次文学院全体师生参加的批判大会。尽管在华岗校长的干预下，会场横幅上的“批判”二字被取消，改成“文艺学教学思想讨论会”，但基调仍然是批判，发言的师生明显站在《文艺报》和张祺一边。随

---

① 赵淮青：《吕荧：他没有坟墓，更没有碑》，《山东大学报》2004 年 9 月30 日。

② 许志杰：《美学家吕荧之死》，《齐鲁晚报》2005 年 12 月 31 日。

③ 田钢：《吕荧先生离开山东大学的前前后后》，《山东大学报》2012 年4 月 25 日。

④ 田钢：《吕荧先生离开山东大学的前前后后》，《山东大学报》2012 年4 月 25 日。

后，2月25日的《文艺报》，发表了由这次讨论会形成的4篇批评文章。[①] 这种上纲上线、根本不听解释的无理、武断批评，致使先生极为愤慨，痛苦无奈之下，拂袖而去，先到上海新文艺出版社，后受冯雪峰邀请到北京人民文学出版社从事译著工作，虽经求贤若渴、对之极为赏识的华岗校长亲笔致函挽留规劝，终未归来。从此，山大失去了一位好老师。

在那个经常黑白颠倒的特殊历史时期，吕荧先生的至真至纯使之显得很另类。由于其"真"和"纯"，他在一些人眼里倔强孤傲、特立独行，在另一些人眼里不谙世情、不懂屈伸。其实，从他主动地卷进胡风集团事件和被动地成为教学风波的主角来看，常人眼中的这些看法正体现出他刚强正直、宁折不弯的品格与风骨，其坚守学术真理、维护人格尊严的人生勇气和浩然正气，在当代中国文坛上投射出一道令人震颤的光芒！正如有的论者指出的，吕荧先生关于胡风的公开发言，表明在一个病态的语境中，还有知识分子发出了属于自己的声音。在某种意义上说，这一个人的声音是对那个时代知识分子集体荣誉的一种挽回。又如有的学者所言，在那个知识分子自相践踏、一败涂地的年代，他的存在，为这个苦难的民族挽回了一点点尊严。梅志先生在其纪念文章中曾深情地说"他是一个好人，一个一生追求真善美的人，人的花朵"[②]，著名作家骆宾基也称他是"我们民族的花朵"[③]。以花喻人，真是贴切中肯的感念和评价。的确，吕荧先生就是一朵由至真至纯的人格精神养育出的不朽的人的花朵、民族的花朵！

二、成就斐然的文学译著

吕荧先生中学期间即开始学写诗歌和散文，1935年考入北京大学史学系后曾参加进步文艺团体"浪花社"，1938年流亡武汉时参加了"中华全国文艺界抗敌协会"成立大会。大学毕业后，他虽然主要在学校和出版社等部门工作，但其一生的命运却与文学结下不解之缘。1938年他在《七月》杂志上发表

---

① 4篇文章包括被认为"中毒"较深的两位《文艺学》课代表李希凡、吕家乡在压力下写的两篇自我检讨性批评文章，《文艺报》根据张祺几次通讯整理的一篇短文，文学院吴富恒院长的一篇讨论稿。李、吕的两篇检讨文章，还发表在1952年《文史哲》第8期上，题目分别为《批判我的教条主义脱离实际文艺学习》《我在文艺学习中走了弯路》，同期还发表了《逃兵赶快归队》的短文，把吕荧去上海称为"逃兵"。

② 梅志：《人的花朵——记吕荧与胡风》，晓风主编：《我与胡风》（上），宁夏人民出版社2003年版，第104页。

③ 转引自《吕荧文艺与美学论集》，上海文艺出版社1984年版，第539页。

小说《北中国的炬火》(署笔名倪平)，1949 年上海书报杂志联合发行所出版诗集《火的云霞》，其中收录了他 1934 年至 1943 年间的诗作 24 首。由此可见其文学创作的起步时间是比较早的。在刚刚踏入文坛之初，他也在另外的方面爆发着自己的文学潜力，这就是文学评论和翻译。早在 1936 年 10 月，他就写好了《论艺术方法上的鲁迅》，1937 年 3 月又写了《田间与抒情诗》，1937 年 4 月他把这两篇文章寄给胡风征求批评意见。根据胡风的意见，前一篇在 1940 年被改写成《鲁迅的艺术方法》，后一篇即是《人的花朵》(艾青、田间合论)中论及田间诗的那部分的雏形。据梅志回忆，当时胡风认为，吕荧自己写诗是成不了大诗人的，因为他要不热情过火，要不又写得太冷。他自己也承认不会控制感情。或许是受这个评价的影响，再加上其最初的几篇翻译和评论文章得到胡风的指导并顺利发表所获得的鼓励，其文学之路此后主要转向了评论、翻译和美学研究。1940 年，他在《七月》杂志上先后连续发表了文论译文《叙述与描写》(G. 卢卡契作)和《普世庚论草稿》(M. 高尔基作)，以及文学评论《人的花朵》(艾青、田间合论)和《鲁迅的艺术方法》等文，这年秋天还开始翻译普世庚即普希金的《叶甫盖尼·奥涅金》。这些译作、著作使之在翻译和诗论方面崭露头角，从此奠定了其左翼翻译家和文艺理论家的地位。

自《叙述与描写》的译文发表后，先生开始在著述中署名吕荧，取荧字“有一分热，发一分光”的意思。诚如其名字一样，为了在新文学的事业中发出人生的热和光，即使是在厄运当头以至身陷囹圄、被敌视所包围被恐怖撕裂着内心的时候，他也矢志不渝，不改初衷。梅志回忆说，胡风事件后相见时，“每次都听他说道：‘我要修改我的文章’，‘我要写美学方面的文章’，‘我要翻译普列汉诺夫’，‘我要翻译莎士比亚’。”[①]在劳改农场时的难友姜葆琛在他写的那篇描述先生强制劳改时期悲惨境况的令人寒战的回忆文章中也写道：“吕荧只有一个箱子，虽不大，却很沉。有一次，他打开来，取出了一包包的蜡烛和一架旧的英文打字机，除此，箱内什么都没有了。后来我们相处日久，互相取得了信任，吕荧说：‘坐牢也要工作的，带点蜡烛准备夜间写文章……’他甚至还肯于告诉我，箱子夹层里藏着他的美学著作和尚未刊印的《莎士比亚十四行诗集》的译稿。”[②]这就是吕荧先生，他分明就是一个文学殉道者，一个不屈的精神战士。可叹的是，即使这样一点微薄的希望，也被严酷的现实毁灭了。他在农场被视为“疯子”，从“队长”到歹徒都拿他开心：凌辱、谩骂，甚至

① 梅志：《人的花朵——记吕荧与胡风》，晓风主编：《我与胡风》(上)，宁夏人民出版社 2003 年版，第 103 页。

② 姜葆琛：《冬天的回忆——记美学家吕荧之死》，《人民日报》1983 年5 月 27 日。

殴打，几乎天天发生。有些小流氓骗走了他的蜡烛，扒手偷走了他的夹鼻眼镜，“队长”则把他的打字机“存”起来，他想要写作的愿望终于化为泡影，已译好的《莎士比亚十四行诗集》手稿也遗失了。虽然有此不堪回首的一幕，令人感到欣慰的是，吕荧先生在30余年动荡困顿的岁月里还是留下了许多的文学著述。先生在外语学习上用力甚劲，精通俄语、英语、德语，文学译著颇丰，从1943年至1957年先后共出版文学作品和文学理论译著8部，包括卢那卡尔斯基著《普世庚论》、普希金著《叶甫盖尼·奥涅金》、吉尔波丁著《普世庚传》、卢卡契著《叙述与描写》、列宁著《列宁论作家》、列宁著《列宁与文学问题》、莎士比亚著《仲夏夜之梦》、普列汉诺夫著《论西欧文学》。有的译著多次再版。先生于文学翻译一丝不苟，精益求精。比如他在翻译《叙述与描写》时不仅参考了许多书，还拜托胡风找资料，在半年多长的时间内多次与胡风通信讨论，最后托人对照英文原文才定稿。胡风在将该文刊发于《七月》所写的《校完小记》中写道：“在译者的意思是要我校对原文看一遍，但因为忙乱，也因为英语程度实在不高明，只好拜托了W君。他看了以后说对译文很佩服，虽然有几处觉得应加商酌，但也想不出更好的译法。译者的认真是可以看得出来的，单就那注释，也就花了不少的工夫。”[①]此后吕荧先生还为翻译《叶甫盖尼·奥涅金》而积劳成疾。他的这些译著，属于现代新文学先驱鲁迅等人早就在做的那种“盗取天火”的工作，意在为中国新文学的建设提供借鉴和营养，且有两个明显的特点：一是作品翻译注重经典名著；二是文论翻译聚焦于马克思主义文论，列宁、普列汉诺夫的经典地位自不必说，卢卡契是20世纪马克思主义文论的代表人物之一，曾被美国当代文论史学大家韦勒克誉为20世纪四大文艺理论名家之一，卢那卡尔斯基和高尔基是苏联十月革命前后的著名革命文学家，也是著名的马克思主义文论家。因此，这些译著对于优秀文学经典的继承和传播，对于中国现代文艺理论的建设，其意义是不言自明的。

文学翻译之外，吕荧先生在文艺理论方面所取得的成绩也不可小看。在这一方面，他先后出版论文集4部：《人的花朵》，1945年以“泥土社”名义在重庆自费出版，同年由重庆星火出版社出版，1947年在上海由新新出版社再行出版，次年再版；《关于工人文艺》，1952年由上海新文艺出版社出版；《文学的倾向》，1950年由上海书报杂志联合发行所出版；《艺术的理解》，1958年由作家出版社出版。这些论文集所收录的文章都是结合中外文学创作的实际和具体作品而展开的，其中的许多文章，如《人的花朵》中对鲁迅、艾青、田间、曹

① 转引自梅志：《人的花朵——记吕荧与胡风》，晓风主编：《我与胡风》（上），宁夏人民出版社2003年版，第80页。

禺的评论，《文学的倾向》里对文学与真实、文学与政治、现实主义与自然主义及其关系的论述，《关于工人文艺》对解放后新兴工人文艺的成就与问题的分析，《艺术的理解》中对革命新文艺创作中公式主义、概念化有害倾向的关注，以及各文集中对欧洲经典作家和文学的研究，都从不同视角不同层面上点画出中国新文学前行的印记，也体现出一个具有创作经验和深厚马克思主义文艺理论造诣的研究者对于文艺的真知灼见。李希凡在回忆与悼念文章中曾经写道："吕先生是使我对文艺理论产生浓烈兴趣的启蒙的导师。他那深邃而优美的文论，他的知识广博、逻辑严谨的文艺理论教学，在解放初期偏处青岛的山东大学，曾经怎样吸引了我们这些求知如渴的青年呵！"又评价他的讲课说："他讲授的文艺学，在那时就已有了系统的理论体系，贯穿着鲜明的马克思主义观点，例证、分析，都出自他自己的研究心得和体会，这些都是我们从当时已有的一些文艺理论教材中难得见到的。"[①]其实，这也正是先生文章写作的一个特点。那么，吕荧先生"系统的理论体系"以及这个体系的核心主导观念又是什么呢？简要回答的话，这个体系就是现实主义。其现实主义理论体系包含着对文艺社会本质与作用的思考，包含着对文艺与现实的关系、文艺与政治的关系、文艺中的现实主义与自然主义的关系、文艺中的继承与创新的关系、现实主义创作与世界观的关系以及新文艺发展方向等众多基本理论问题的论析，而贯穿所有问题的核心主导文艺观念即是真实。前面已经指出，在其评论艾青和田间诗歌创作的成名作《人的花朵》(1940)一文中，他就把"真"与"纯"作为诗(文学)的本质；稍后，在《曹禺的道路》(1943)中又说："戏剧的诗也正如真正哲学的诗，它必需真实，无比的真实。""诗由真实而来，失去了真的，也失去了诗。"[②]在《艺术与政治》(1946)里他又写道："只有通过真实，血肉的真实，艺术家才能表现人物，社会，历史，时代，表现思想，精神，力，真理。艺术也才能获得生命。"[③]可以说，吕荧先生是现实主义文艺真实性观念的坚定捍卫者和深刻阐发者。

吕荧先生捍卫和阐发的艺术真实，有其充实的思想内容在内。这个"真"包含着作家主观情感上的真诚、真挚，更包括——确切地说首先是指作家对客观生活现实理智认识上的真实，他说："具现着现实的'真'与'纯'，获得了个性的风格与艺术的完成的诗人，他的诗篇将为人们所传诵，他的诗中所抒

① 李希凡：《回忆与悼念——编后记》，《吕荧文艺与美学论集》，上海文艺出版社1984年版，第546、546～547页。

② 吕荧：《人的花朵》，新新出版社1948年版，第144、151页。

③ 吕荧：《文学的倾向》，上海书报杂志联合发行所，1950年，第25页。

写的个人的感情和事象，正反映着某一时代某一社会某一阶层的智慧者底情感与理知；这一切与他的诗篇一同，永生在诗的世界与人的世界里面。在这一意义上说，诗人是人的花朵。”①这种真实，也和基于某种生物学或抽象的社会观念而客观描摹生活事象之偶然性的自然主义文学不同，要求深入事物的内部，“透过事物的表象把握本质，创造‘典型环境中的典型人物’，因为不这样就不能够表现真实的现实”②。在把握本质的同时，现实主义的艺术真实还要求在理知和情感深深地透入现实的运动过程中，揭示出现实的运动和发展，以实践的姿态介入现实的战斗，既表现现实，又变革现实，“这也是为什么新现实主义必须结合革命的浪漫主义的原因”③。而艺术的真实性也不排斥艺术的想象活动，想象之于艺术，不但容许，而且是必要的。不过，有真实的想象，也有空虚的想象，前者是现实的抽象，后者只是观念的抽象。“真实的想象深化而且提高现实，空虚的想象浮华而且模糊现实。我们只有经过前面一种想象，才能达到一切方生和未生的事物。”④可见，艺术的真实性，包含着艺术精神上的现实主义属性，也包含着思想内容和艺术思维上的规定。事实上，真实不仅是吕荧先生的文艺观念，也是其开展文艺研究和评论的标准。比如，谈到 2.5 万年前冰鹿人的艺术时他写道：“我们可以想一想在这些作品里，令我们觉得灿然惊人的，那是什么？是古？不是。是美？不是。是什么？——那是真实。”⑤原始艺术如此，后来时代一切伟大的艺术，荷马的史诗，莎士比亚的戏剧，等等，其魅力之源首先都在于真实。基于这种认识，他在《论〈奥涅金〉》里由衷地赞颂“普希金的纯朴、真实、深刻的诗”具有“诗的真实”，是“在人的真实，诗人的现实生活中完成”⑥的诗，又热情地赞扬新中国的工人文艺创作“完全摆脱了形式主义自然主义的老套……真实具体地表现出了生活和劳动的内容的本质”，并由其“爽直、质朴、真实”而预感到“创作真的

---

① 吕荧：《人的花朵》，新新出版社 1948 年版，第 2 页。

② 吕荧：《论现实主义》，《文学的倾向》，上海书报杂志联合发行所，1950 年，第 125 页。

③ 吕荧：《论现实主义》，《文学的倾向》，上海书报杂志联合发行所，1950 年，第 115 页。

④ 吕荧：《关于表现新事物》，原载《文学的理解》，引见《吕荧文艺与美学论集》，上海文艺出版社 1984 年版，第 14 页。

⑤ 吕荧：《艺术散记》，原载《文学的理解》，引见《吕荧文艺与美学论集》，上海文艺出版社 1984 年版，第 56 页。

⑥ 吕荧：《论〈奥涅金〉》，原载《文学的理解》，引见《吕荧文艺与美学论集》，上海文艺出版社 1984 年版，第 337 页。

文艺的时候到了"[1];也正是基于同样的认识,他在《曹禺的道路》里赞扬曹禺的戏剧具有戏剧的动作和紧张,有卓越的精思、才力和技巧,又批评其观念化的创作倾向,导致其创作缺乏现实的真实,因而缺乏诗的素质。可见,吕荧先生的文艺观念建构和他的文艺研究与评论是一体两面、相生共进的,从不同的侧面彰显出其作为文艺理论家的丰厚与沉实。如前所述,先生对马克思主义文艺理论翻译用力甚多,对马克思主义经典文论家的相关思想是非常熟悉的。恩格斯在 1888 年 4 月写给英国女作家玛·哈克奈斯的信中,曾夸赞女作者的小说具有"现实主义的真实性",并明确地提出"现实主义的意思是,除细节的真实外,还要真实地再现典型环境中的典型人物";该信还将现实主义作家巴尔扎克与自然主义作家左拉相对比,认为巴尔扎克"是比过去、现在和未来的一切左拉都要伟大得多的现实主义大师",也谈到巴尔扎克的现实主义创作方法使其违反自己的阶级同情和政治偏见,"是现实主义的最伟大胜利之一"[2]等等。在《叙述与描写》中,卢卡契根据恩格斯的思想,从叙述与描写两种创作方法的角度进一步论析了现实主义与自然主义的分野,认为现实主义具有"表现生活过程的真实运动的能力",而自然主义的观察与描写的方法丧失了这种能力,"削弱并缩小了,因而不适当地反映了资本主义的现实"。[3]从以上引证和其他大量文章中,不难看出先生的文艺观与这些经典论著的思想联系。再譬如,他较早发表的研究托尔斯泰《战争与和平》的论文结语写道:"托尔斯泰的艺术——真实,否定了他的哲学。这是现实主义底伟大的胜利之一。"[4]论文的研究方法甚至用语分明受到恩格斯致玛·哈克奈斯信的影响。此外,对真实性的强调也是中国新文学运动的一个传统。五四文学革命运动时期,鲁迅先生就曾期望中国作家中能出几个睁了眼睛看人生的凶猛闯将,冲出"瞒和骗的大泽","取下假面,真诚地,深入地,大胆地看取人生并且写出他的血和肉来",从而开辟出"一片崭新的文场"。[5] 所以,先生对艺术真实性问题的理论建构和批评实践,不仅是对马克思主义文艺理论也是对现代新文学传统的现代传承和发展。

---

① 吕荧:《关于工人文艺》,新文艺出版社 1952 年版,第 11、5 页。

② 《恩格斯致玛·哈克奈斯》,《马克思恩格斯选集》第四卷,人民出版社 1995 年版,第 682、683、684 页。

③ 《卢卡契文学论文集》(一),中国社会科学出版社 1980 年版,第 77 页。

④ 吕荧:《论〈战争与和平〉的艺术·历史·哲学》,《人的花朵》,新新出版社 1948 年版,第 190 页。

⑤ 鲁迅:《坟·论睁了眼看》,《鲁迅全集》第一卷,人民文学出版社 2005 年版,第 255 页。

三、独树一帜的美学探求

由于秉持真实论的文艺观，吕荧先生论文艺通常将内容的了解置于形式的了解之先，把真放在美之前，但这并不表明他忽视文艺的形式，不讲艺术的美，而只是表明他在内容与形式、真与美的关系上有自己的理解，正如他在《艺术散记》里所论："原始的现实主义创作，单纯而且朴素地表现着艺术生命与社会生活的关系，艺术的真和美的根源。在艺术上，美的境界源于真实的境界，源于生活的境界。"又说："只有善的艺术和真的艺术，为人民大众的幸福而战斗，以表现现实为内容的艺术，才能完成美的创造，获得它的光辉的生命。"[①]诚如梅志所言，他是懂诗的。不单是诗，他也懂小说、懂戏剧、懂艺术，分外爱美。这从他对艾青和田间的诗歌创作、曹禺的戏剧创作以及莎士比亚、托尔斯泰、普希金等等经典作品的艺术分析中即可看出。他平素讲究穿着，很有风度，即使身处惨境，依然不忘对美的欣赏。姜葆琛在回忆中写道："记得我们的囚室门前是一片苗圃和稻田。田畦上有株盛开白花的茨菇，他的任务是看苗，他就绕着那株白花转，一转就是几小时，有时和花讲话，不断地称赞着：'真美啊！真美！'傍晚时候，微风吹拂着他那零散的衣衫，他拄着一根柳条，远处逆光看去，俨然是一幅当代的'屈子行吟图'。"[②]他不仅懂得艺术中的美，珍惜生活中的美，而且将对美的理性思考凝聚为美学的探讨，在当代美学研究中成就了一家之言、一派之说。

20 世纪五六十年代，美学研究曾经掀起过一股热潮，被学界称为美学大讨论。美学大讨论中，形成了四派有代表性的观点：或认为美是一种意识形态性的主观评价，是人的一种观念；或坚持美与主观评价无关，而与事物存在的客观属性和条件有关，美在物本身；或主张美既与客观存在条件有关，又跟人的主观心意状态有关，是主观与客观的统一；或强调美既是客观的，又必须具有社会性，是客观性与社会性的统一。吕荧、蔡仪、朱光潜、李泽厚分别是这四派观点的公认代表。相比于其他三派的代表人物，吕荧先生的美学论文不多，总共只有 5 篇，按发表时间分别为《美学问题——兼评蔡仪教授的〈新美学〉》，1953 年《文艺报》16、17 期；《美是什么》，1957 年 12 月 3 日《人民日报》；《美学论原——答朱光潜教授》，《哲学研究》1958 年第 3 期；《再论美学问

---

① 吕荧：《艺术散记》，原载《文学的理解》，引见《吕荧文艺与美学论集》，上海文艺出版社版 1984 年版，第 58、65 页。

② 姜葆琛：《冬天的回忆——记美学家吕荧之死》，《人民日报》1983 年5 月 27 日。

题——答蔡仪教授》,1958年11月完稿,没有单独发表;《关于"美"与"好"》,1962年9月16日《人民日报》。其中,前4篇结为一集,1959年8月以《美学书怀》为名由作家出版社出版。5篇文章后来全部收入《吕荧文艺与美学论集》。吕荧先生的美学研究是美学大讨论的产物,具有很强的"讨论"特点,也就是论辩性,收入《美学书怀》中的4篇文章都是在与其他各派代表人物的论战、辩难中写就的。虽然文章不多,而且由于过早病亡,没有机会使自己的观点在"文化大革命"结束之后的新时期得到进一步的发展,更没有形成系统的专著,但是他的文章观点鲜明,逻辑自洽,独树一帜,无愧于一派之代表的学界评价。吕荧先生的美学研究着重于解决美的社会本质问题。在《美学问题》里他首次提出:"美是物在人的主观中的反映,是一种观念。"由于观念都是社会性的,所以美是一种观念,即美是一种社会观念,一种社会意识。"美是人的一种观念,而任何精神生活的观念,都是以现实生活为基础而形成的,都是社会的产物,社会的观念。"[①]在《美学论原》里他又说:"无论是美的概念或美的观念,都不是人'先天的'具有的,都是人在现实生活中形成的,都是客观现实的反映,都是社会存在决定的社会意识,所以美也是社会意识之一。"[②]对美的本质的这种界定,首先肯定了美的观念本身就是一种客观存在的社会现象。"作为社会意识形态之一的美的观念,它是客观的存在的现象;但是是在一定的社会生活中和历史条件下的客观的存在的现象……美的观念因时代、因社会、因人、因人的生活所决定的思想意识而不同。"[③]其次是肯定了美的生活属性,这一点下面再论。再次,美的观念虽以主观反映的形式存在,但并非纯主观的,具有客观性,"人的观念是主观的,但是它是客观决定的主观,人的社会生活,社会存在决定的社会意识。在这一意义上它也有客观性"[④]。基于这些认识,他明确指出:"美的本质是它的现实性,社会性。"[⑤]比较来看,在强调美的本质的客观性与社会性方面,吕荧先生其实与李泽厚为代表的一派是相同的,只不过李泽厚的言说常以"美"而论,吕荧先生的言说常以"美的观念"而论罢了。而且,在美学大讨论四派代表人物中,吕荧先生与李泽厚都极为推崇"美是生活"的命题,不是没有原因的。李泽厚1958年所作《论美是生活及其他》中写道:"美是什么?'美是生活。'车尔尼雪

---

① 《吕荧文艺与美学论集》,上海文艺出版社1984年版,第416页。

② 《吕荧文艺与美学论集》,上海文艺出版社1984年版,第454页。

③ 《吕荧文艺与美学论集》,上海文艺出版社1984年版,第416页。

④ 《吕荧文艺与美学论集》,上海文艺出版社1984年版,第495页。

⑤ 《吕荧文艺与美学论集》,上海文艺出版社1984年版,第513页。

夫斯基这一观点，恐怕仍是迄今较好的简明看法。这个看法鲜明地反对了唯心主义，坚持了唯物主义；它肯定美存在于现实生活之中，艺术只是现实生活的反映和复制。其实，我们以前所一再强调的所谓美的客观性、美是客观存在，主要的意思，也就在此。”[1]实际上，吕荧先生也正是在同样的意义上肯定这一命题的。

如果撇开参与讨论的各方在概念使用、观念解释和逻辑论证一些具体问题上的差异和纠缠不论，从宏观层面上分析与其他各派代表人物的理论差异，美是人的观念说有三个方面最值得注意：首先，与当时大多数参与讨论者仅仅从认识论角度论述美学问题不同，吕荧先生敏锐而又明确地认识到美的本质的探讨不能囿于哲学认识论一隅，指出“美作为一种社会意识，要明确美是什么，需要从本质论、认识论、实践论三方面进行研讨”[2]。基于三者之间的区分，他依据马克思《〈政治经济学批判〉序言》里所表述的社会存在决定社会意识、经济基础决定上层建筑的历史唯物论观点，从社会生活的客观性、现实性角度论证了美的本质；依据列宁的哲学反映论关于人的观念是客观世界的反映的思想，提出并论证了美的认识须由感性认识（美感）上升为理性认识（美的概念、观念），在人的认识中美的感觉和美的概念、观念是同一的，而这种上升和统一的过程全部是在现实的个人生活和社会生活中实现的；依据马克思的《1844 年经济学—哲学手稿》（以下简称《手稿》）、《〈政治经济学批判〉导言》，恩格斯的《自然辩证法》和列宁的《哲学笔记》等著作中有关的“实践论”观点，从人类生活实践的角度探讨了美的意识的起源和发展，证明从狩猎时代到农耕时代再到此后的阶级社会，人类的审美意识、审美观念以及对于客观存在事物美与丑的评价是历史地形成与变化着的，并强调马克思《手稿》中关于“人也按照美的规律来塑造物体”（吕荧先生译文“人也是按照美的诸规律而创造的”——引者按）的话，“是在实践论的意义上而言的”[3]。吕荧先生很重视这三论之间的区分。他从美学史的角度指出，康德的哲学只有认识论和实践论而没有本质论，普列汉诺夫仅限于美的本质论，克罗齐、朱光潜都用认识论代替本质论。在与蔡仪论争时，他明确指出：“在马克思主义理论中，马克思的意识论是本质论，列宁的反映论是认识论。此为两大基本论点，互相关连，但是不能混同。”并说：“我在《美学问题》中云：‘美是物在人的主观中的反映，是一种观念。’这里包含着两个论点，列宁的反映论（认识论）和马

---

① 李泽厚：《美学论集》，上海文艺出版社 1980 年版，第 100 页。

② 《吕荧文艺与美学论集》，上海文艺出版社 1984 年版，第 456 页。

③ 《吕荧文艺与美学论集》，上海文艺出版社 1984 年版，第 510 页。

克思的意识论(本质论)。'美是物在人的主观中的反映'为认识论的论点,'美是一种观念'为本质论的论点。"①可惜,由于当时背景下强大的认识论视域的遮蔽,这些富有卓见的观点并没有得到论战对手的重视。其次,与前一个方面相连,吕荧先生从对美的本质的现实性、社会性规定出发,在大讨论中首先重新阐发了车尔尼雪夫斯基"美是生活"的命题。他认为"美是生活"的观点到今天仍具有活生生的意义,是我们更向前进的起点,并进一步论证说:"美是生活本身的产物,美的决定者,美的标准,就是生活。凡是合于人的生活概念的东西,能够丰富提高人的生活,增进人的幸福的东西,就是美的东西。美不是超现实的,超功利的,无所为而为的。美随历史和社会生活本身的变化和发展而变化发展,并且反作用于人的生活和意识。"②从"美是生活"的观点出发,他还一再说明美和善一样,都是社会的观念,有其基于生活功利的内在联系。为此,他还专门写了《关于"美"与"好"》一文,阐明美与好(善)是生活中的问题,不是推理上的问题,"离开了人的生活而谈美与好的人,是无法说明美与好的",并指出人们在社会生活里通常是把美与好当作同义语,二者有很密切的关系,"平常所说的'美',显然是从'好'('善')发展而来的"③。可以说,对"美是生活"命题的这种阐发,是建立在社会生活本体论基础之上的,是对当时侧重于概念推理,也就是抽象地谈论问题的研究倾向的反拨。再次,吕荧先生尝试在人类社会生活实践中论证美和美的观念的历史生成,打破由于纠缠于唯物论和唯心论的哲学立场的分野而在心与物、美感与美的人为二分上所造成的种种理论困境。在《美是什么》中,他以恩格斯《自然辩证法》和显然来自马克思《手稿》的"人化的自然"说,证明"人化的自然"是人的劳动和社会历史的产物,"自然美本身有它一定的社会内容,自然美也就是一种社会美"④,美的观念是社会历史的产物;在《再论美学问题》中他又大段引证《手稿》里的话,由"人化的自然之结果"来证明"辩证唯物论者不仅认为美的意识、美的观念具有社会的历史的内容,而且认为美的感觉、美感或快感也是如此。因为人的感官和感觉本身就是社会的历史的产物"⑤。在当代,吕荧先生是较早从《手稿》寻找理论依据从事美学探讨的学人之一。他引证和阐发《手稿》的思想,实质上是想在社会生活本体论的基础上,以实

① 《吕荧文艺与美学论集》,上海文艺出版社 1984 年版,第 485、486 页。
② 《吕荧文艺与美学论集》,上海文艺出版社 1984 年版,第 436～437 页。
③ 《吕荧文艺与美学论集》,上海文艺出版社 1984 年版,第 531、534 页。
④ 《吕荧文艺与美学论集》,上海文艺出版社 1984 年版,第 404 页。
⑤ 《吕荧文艺与美学论集》,上海文艺出版社 1984 年版,第 505 页。

践为中介证明美的观念与对事物美与丑的评价其实是历史进程中的一体两面，从历史维度来看，并不是先有一个客观的审美对象摆在那里，然后才产生审美意识和观念。当时的论战对手批评他不讲美的客观性只讲主观因而是唯心主义的，这本身就是囿于认识论立场而不是从本质论或社会生活本体论看问题。正是基于对美的本质问题的上述理解和自己解决这一问题的特殊思路和理论立场，他批评朱光潜先生建立在物甲（物本身）、物乙（物的形象）区分基础上的“美是主观与客观的统一”说仍然不脱克罗齐的“形象直觉”说，来源于康德主观唯心主义的哲学和美学；他尤其批评蔡仪先生的“美在客观说”脱离人的社会生活，从抽象的事物属性条件寻找美的本质，走向了机械唯物主义的形而上学，在唯物论的前提下发展了唯心论的美学，其“美是典型”的观点排除了马克思的意识论，其美的观念是客观事物的美的映象之反映的观点修正了列宁的反映论。这些论辩性的批评论文，既抓住了对方的理论弱点，也从人、己观点的对比中凸显了论者自己的观点和立场，闪现着思想活力和论辩智慧，读之畅快淋漓，思之启示良多。

历史有情，岁月不老。吕荧先生人格纯真刚正，其为人也值得缅怀，而其学术嘉会学林，其成就亦足以沾溉后学。于今观之，吕荧先生的文艺学思想和美学探索虽然不可否认地带有时代的局限性，比如其文艺学思想过于专注现实主义，其美学研究的理论资源主要来自马克思主义经典思想家和俄国19世纪的革命民主主义美学，但是其中的许多观点在今天看来不仅有其超越时人之处，有其理论独特性，在当下和今后的文艺学、美学研究和观念建构中仍然具有重要的启示价值。他的现实主义文艺观反对作家以漠不关心的超然态度对待现实，强调文艺家要在理知和情感上深深地透入现实的运动过程，以实践的姿态介入现实生活的战斗，做现实的变革者、创造者，这不仅是对当时的机械反映论文艺观的超越，对当下那些沉湎于小我之中、缺乏历史责任的作家来说也不啻为当头棒喝。他强调美的本质的思考不能囿于哲学认识论一隅，需要从本质论、认识论、实践论三方面进行探讨，特别是他通过对车尔尼雪夫斯基“美是生活”命题的再阐发，试图以马克思《1844年经济学—哲学手稿》中的自然人化观念为依据，在社会生活本体论的基础上，从人类社会生活实践论证美和美的观念的历史生成，打破由于唯物论和唯心论的哲学分野而在心与物、美感与美的二元分离上所造成的种种理论困境，敏锐地认识和触及到20世纪五六十年代美学大讨论中的理论误区以及走出误区的可能路径，这在当时还是不为人所理解的另类理论观点和声音，而新时期以来的许多美学研究者却正是沿着这样的认识思路和努力方向走过来的。可以说，吕荧先生不仅是当代美学大讨论富有建树的积极参与者和新时期美学人不在场而思想在场的实际影响者,而且他将审美问题与人类的社会生活和实践历史地联结起来,从而使美学永远葆有人类生活气息亦即人学意蕴的学术理路和研究取向,在今后的美学研究中也是不会过时的。

(原载《文史哲》2013 年第 1 期)

朱德发先生的学术贡献与学术精神

山东师范大学有两位老先生，对我有着长期的教诲和关爱。虽然我不是他们的嫡系授业弟子，但在我的心目当中他们就和我的亲老师没有区别。一位是文艺理论学科的李衍柱先生，另一位就是中国现当代文学学科的朱德发先生。

在我的印象当中，朱德发先生真正是著作等身，他的科研成果数量，我们这些学界后辈绝大多数人一辈子恐怕都望尘莫及。在文坛上，一个作家写几百万字甚至几千万字是不稀奇不少见的；而一个像朱先生这样做纯学术研究的人，能够如此高产，而且每本书都有着沉甸甸的分量，岁月流逝之后，放在学术史上基本不过时，这样的现象就太稀奇太少见了。朱先生不仅有骄人的学术成就，而且在其学术历程和学术成就中展现出一种令人敬佩的学者人格和学术精神。学界对学术研究的评价，过去往往看中的是一个学者做了什么做成了什么，其实一个学者怎么做学术，他在做这个学术当中体现着什么样的价值情怀、什么样的人格魅力、什么样的学术精神，也是非常重要的。

就学术研究成果而言，朱德发先生几十年来致力于文学史的书写，年届八十依然走在学科前沿，是学界公认的学科领军性人物之一。他的文学史书写，不仅具有澄明真实、返归现场的历史还原能力，堪称现代文学史研究大家，而且具有很强的理论建构意识，也是文学史理论和批评理论大家。出于我自己做文艺理论研究的缘故，拜读朱先生的著作，印象深刻之处可能还不是他关于现代文学的一些具体的流派、一些具体的人物、一些具体的史实方面的认识，而更多的是那种宏观的理论架构能力、那种内容沉实笔力雄健的思辨力量，以及在理性思辨当中彰显出来的学术思想、学术精神。这些给我留下深刻印象的东西对我启发更多，对我思考如何做学术，特别是如何做好自己的理论研究，起到的作用更大。

朱德发先生不仅在学术研究上成果丰硕、自成大家，而且是一位成绩卓著的人文教育家。在中国现代文学研究学科，山东师范大学是一个重镇。这里有着非常强的研究队伍，而且这个队伍对于学科的发展起了非常大的作用,其影响不仅仅在山东,也辐射到了全国各地。山师大现代文学学科能够走到今天,取得扬名学界的不凡成就,某种意义上应该说朱先生居功至伟。众所周知,山师大的现代文学学科由田仲济先生开创,而自田先生 2002 年去世以后的这些年里,主要是朱先生带领这个学科向前冲向前走。直至近日,这个学术团队的真正主帅与核心还是朱先生。他不仅自己以学术为生命,孜孜以求地致力于学术的开拓和创新,而且用心用力地培养学生、奖掖后进,他的弟子很多且很有成就,很多成为学科领域的骨干甚至中坚力量。在当代中国,教育机构林立,教书先生很多很多,但像朱先生这样能够培养和带动起一个有影响的学术群体、一个比较强大的学术团队的人文教育家则实在太少了。所以,今天我们来评价朱先生的学术贡献,除去他的学术成就之外,他作为人文教育家的一面也极为突出,不能忽视。

以上就是我对朱德发先生一些直观的看法。对于朱先生的总体学术贡献和学术地位,我没有评价的资格,作为一个晚辈、一个后学,我觉得在朱先生身上有如下三个方面的东西值得我们后辈学人好好学习并发扬光大。

第一就是朱德发先生勤奋认真、严谨踏实、以学术为生命的敬业精神和治学态度,以及着眼问题之大、成就学术之大的学术抱负。朱先生这一代人事实上经历的运动很多,我们可以看到和他同辈的很多人都是因为经历运动太多,遭遇人生波折太多,从而荒废了学业,失去了走向成功的机运。人就是这样,有的时候就是因为波动太大,想得太多,心就散了,什么也做不好做不成。但朱先生几十年如一日地甘坐冷板凳,不畏清苦和寂寞地潜心向学,每一个时期都有著作出版,这的确非常了不起。山东人民出版社今年年初出版的 10 卷本《朱德发文集》,洋洋 350 余万字,仅从数量之巨上就已经表明了他的成就之大,当然其中也体现了他治学的勤奋认真。朱先生认真治学的态度,其实在很多场合中都有表现。比如,朱先生曾是山东作协主席团的成员,也经常参加山东文学艺术界的作品研讨会,他每次参会都使我深有感触。我们很多年轻一些的与会者由于工作头绪忙乱,有时候参会就是临时看看作品,然后上去讲一通,当然讲得时间不会太长。而朱先生呢,他每一次开会,都是认认真真地看材料,然后认认真真地发言。我们有的时候开玩笑,说朱先生很谦虚,因为他参会时常说,我准备得不充分,就少讲一会吧,但基本上没有半个小时之内打住的。那说明他看了材料,他有话可讲啊,这种认真的态度,体现了一个真正的学者的基本素质。

当然,对一个优秀的学者来说,不光要有勤奋认真、严谨踏实的治学态度,还要有学术的眼光、学术上的抱负和追求。朱先生就是如此,他的研究不琐细、不零打碎敲、不碎片化,可以说他的每一部著作研究的都是中国现代文学中重要的史实问题，重要的作家、作品和思潮、流派现象，以及现代中国文学理论建构、理论批评的重大问题。打个比方来说，学术研究就好像部队打仗，只是打游击战，打一枪换一个地方，对于取得最后的胜利来说是不够的，而且很难有大的战果，要打胜仗取得大战果，就要有些人去打阵地战、攻坚战。对于一个学科的发展来说，确实要这样。而朱先生就是能打阵地战和攻坚战的人，他就真正是这个学科领域的主力军。朱先生在其10卷本文集"代弁言一"《现代中国文学研究三十余载有感》中自言，文学史研究要从问题意识出发，从传统史识的束缚中突出重围，还原历史的真实，而"还历史一个真实面目，仅有突围的勇气和胆识是不够的，尚需有点攻坚的韧性和吃苦的耐性"。正因为朱先生的学术研究着眼于问题之"大"者，眼界高，视野阔，又有"攻坚的韧性和吃苦的耐性"，所以他才能成就自己的学问之大，成为现代文学研究界的一位领军性人物。

第二就是朱德发先生敢于领风气之先、不断超越他人和自己的学术开拓精神。在上述"代弁言一"中，朱先生把自己的学术研究宗旨定位为"探讨真理，创新趋优，言说真话"。他的文学研究，不盲从流行的观念和结论，不照搬套用现成的公式和思路，强调一切从原始资料出发，从问题意识出发，力求从传统史识的束缚中突出重围，在问题意识中建构研究对象，这体现了追求真理、言说真话的本色，也体现了创新趋优、开拓超越的精神。不过，这种超越不仅是对于他人的，也是对于自己的。朱先生是以五四文学研究而成名成家的，但这种研究不是一次性的，而是随着时间的延伸得到了不断的深化、拓展，其10卷本文集中集中涉及五四文学史的就有一部《五四文学初探》、一部《中国五四文学史》和一部《五四文学新论》。先后以3本书研究同一个对象，绝对不是简单的重复，从中可以看到著者在新的语境和研究视域中对于研究对象的新认识、新看法、新建构。由五四文学史的研究，朱先生又将自己的视野贯通、拓展到整个的中国现当代文学以至于整个的中国文学。先是出版《二十世纪中国文学流派论纲》；20世纪80年代中期学界强调文学主体性以后，他又出版《主体思维和文学史观》；现代性、世界性的问题成为一个理论研究的问题和视角以后，朱先生又出版《世界性视野中的现代中国文学》和《穿越现代文学的多维时空》两部著作，对世界性视野中的现代中国文学的一系列问题作了探讨，而且是古今中外多时空、多维度的研究；以这些研究为基础，朱先生又走向现代文学史书写理论和古今文学贯通问题的研究，相继出版《现代文学史书写的理论探索》和《古今文学通论》。

由朱先生的上述著作可以看出，他的确一直走在学界前列，其一系列成果都是领风气之先的。把朱先生的论著按时间顺序先后排列开来，恰恰就历史地呈现了中国现代文学研究包括中国当代学术发展的一个基本线索。从他的每一本书中,我们都可以看到,这个时期,学术界最领风气之先的人在考虑什么问题,它有一种历史的高度和思想的深度。学术要创新,就要这样。几十年就研究一个作家或一个流派,当然也有必要性,也能做得很深很好,但是对一个学科来说,要不断进步就必须不断开辟新领域,拓展新视野,研究新问题,而这就需要有朱先生这种能够不断开拓创新的学者,就要有这种跨越一峰又一峰、一峰更比一峰高的执着向上的追求。学科的发展,需要术业有专攻的专家,需要有许多投身于一个个具体领域之中的专门之才,也需要有通才能力的大家开疆拓土,这样学科内容才能更丰广更深厚,才能具有更阔大更高远的气象和境界。

第三就是朱德发先生诲人不倦、奖掖后学、扶持新人的育人精神。如前所述,在山师大现代文学研究队伍的形成和学术影响力的扩散过程当中,朱先生起了很大的作用,而且这种作用不仅体现在他自己的学术研究上,也体现在他对后辈学人的精心培养和热心指导上。朱先生一生追求自由,追求学术真理,把不断开拓学术的新境界作为自己的精神自救,这是其学术精神的核心。同时,他也真正把学术视为天下的公器,力求让更多年轻学人看重这一公器,并按照思想自由的原则运用好这一公器,使他们在学术中拥有自己的思想,找回真正的自我,他把这称为与学术“自救”相对应的“他救”。正是基于这种认识,朱先生特别重视对年轻学人的培养,为此倾注了极大的心血。朱先生 10 卷本文集中的第 8 卷为序评集,序评对象主要为年轻学人的论著。从中可以看到,他对年轻一辈的每一部论著,无论是其亲学生还是外面学人的,都是认认真真地去分析去点评,平等地从学术角度出发去探讨涉及的相关问题,对年轻一辈的关爱之情奖掖之意以及对中国学术繁荣发展的殷殷期待每每溢于言表,令读者先为朱先生自己那一腔燃烧着的学术热情所感动。且不说朱先生的其他学术研究,仅仅从这些序评之中,其为真理而学术、视学术为生命的学者人格便显露无遗。这种点燃自己照亮别人的蜡烛精神,甘为人梯抬举后学的无私之举,显示了一个对学术真理负责、对学科队伍建设负责的前辈学者的胸襟、情怀和境界,透出了可敬与可爱的人格魅力。与朱先生相比,我们虽然是学生一辈,但我们这一代人也一直在这支学术研究队伍的行列中前进,现在也都成为带学生的。我们要反思,我们是不是有着朱先生这样一种对学生的热情热心,我们是不是像他那样尽心尽力,我们是否能够赢得学生们对我们就像我们对朱先生一样的尊敬和爱戴。如果每一位学者都能像朱先生这样对待学术,对待后进学人,那么中国的学术事业就一定会人才辈出、前景无限,如滚滚江河奔流不息。

还是在上述“代弁言一”里，朱德发先生自述：“通过对五四文学的生命体验与理性感悟，使我的文化人格里注入了人文精神与科学精神，增强了‘诚’与‘爱’的人性内涵，提升了真善美和谐统一的审美境界，激起了学术生命的爆发力。”这段自述表明朱先生的文学研究是继承了鲁迅先生为代表的五四文学的启蒙精神，其奉献于学术的最终目的和全部动力来源于从五四启蒙精神中汲取的人道、民主与科学的精魂。他之所以数十年不懈不止地致力于学术研究，激情永在，乐在其中，不知老之将至，正缘于五四文学的精魂凝聚为其内在的生命情怀和人格力量。今天，在经历了后现代主义文化思潮解构一切传统和价值的文化风雨之后，有追求有抱负的当代学人应该能够从朱先生的这一自述中领悟到人文学者的人格情怀和人文学术的正道真义：人文精神与科学精神的统一，是人文学者的必备素质，而真善美的价值追求则是人文学术永恒的主题和普世的标准。这种人格情怀和正道真义，是我们应该向往和追求的。

（原系 2014 年 9 月 24 日在“朱德发及山师学术团队与现代中国文学研究”学术研讨会上的发言，根据录音整理而成；发表于《时代文学》2015 年第 3 期）

根底 情怀 自信

——童庆炳先生的学术风采与启示

尊敬的各位师长、各位学界同仁,大家好。非常感谢北师大文艺学研究中心邀请我参加童先生的学术思想座谈会暨《童庆炳文集》的首发式。我是带着非常崇敬的心情来参加这样一次会议的。从上午到现在很多师长和同仁都讲了和童先生的交往。作为一个后学,我不是童先生的弟子,但我和童先生的交往很早,始于 1987 年上半年的一次学术拜访活动。1987 年是我在职研究生毕业那一年,因为硕士论文做的是文艺心理学方面的题目,而童先生大家都知道是新时期以来较早做文艺心理学研究的几位学者之一,当时初稿已经完成了,有了时间出去访学,我就和几个同门师兄弟外出拜访了三位先生,包括童先生,还有北京大学的金开诚先生和当时在郑州大学的鲁枢元先生。回去以后,我在《文史哲》杂志社任编辑的一位同学听说我出去访问了这些有名的学者,而文艺心理学当时还是很红火的一个学科,就督促我把访学的记录整理出来作为一个访谈录发表了。从那之后,可以说最近 30 年当中,各种各样的学术会议,和童先生的接触就更多了。中央实施的马克思主义理论研究和建设工程重点教材编写工作启动之后,我和几位年轻的学者也有幸被诸位首席专家看中而遴选进《文学理论》写作班子中,童先生是首席专家中的牵头人,实际就是主编,如果他不认可我自然进不了。自进入《文学理论》写作班子,前后四五年,与童先生的接触更加多了。所以,我可以说还是与童先生近距离接触过,1987 年在他家里面,参与《文学理论》写作期间以及最近一些年的会议中,都多次近距离地现场聆听过童先生的教诲,他为人的风采、他治学的特色,都给我留下一些深切的印象和体会。

我觉得关于先生的为人和学术思想,今天会标上标出的三个方面很到位。童先生的确是一个师者,一个学者,也是一位仁者。刚才诸位先生已经做了很好的总结,我不想过多地谈先生在学术上的成就。师生之间的深情,童先生的弟子也比我谈得更深刻。我想着重谈的是,作为一个学者,我们能够从童先生这里学到什么。我个人认为，童先生的学问对于我来说有三个方面值得好好去学习：

第一，我认为童先生的学术是有根底的学术。大家知道，在我们当今的文学理论、美学研究领域，由于“学者”这个名称可以泛化理解，所以“学者”满天下，到处都是。但我认为一个真正能够称为学者，具有学者本色的人，首先要有“学”，而且其“学”还要有根底。没有根底的“学者”我们见多了，而童先生的学术是有根底的。我认为他的根底有两个方面：其一，童先生对中国传统的文艺思想、文论有很多方面的研究，有非常精到的阐发。他对《文心雕龙》、李贽的“童心说”的研究我们都非常熟悉，对中国古代文体学思想也多有整理研究和继承借鉴。在中国当代文艺理论的研究中，我们看到有很多学者是碎片化的，有的光搞古代文论，有的光搞马列文论，有的光搞西方文论。而童先生以中国传统学术为根底来整合各种各样的资源。他做了很多教材性的建设，这些教材性的建设如果只有一方面的资源肯定是不可以的。所以他的根底，他对中国传统文艺思想、文论思想的继承，是应该引起我们当代学界关注的。他不单是一位当代文论的研究学者，中国传统文论在今天怎么转化也是可以从他身上获得一个解剖案例的。其二，童先生非常关注文学实践。文学理论实际上是不能够完全游离于文学实践之外的，可是这种游离于实践之外的理论我们见得太多了。学界很多人往往只是满足于把从国外拿来的东西，甚至从古代文论研究当中拿过来的东西，放到我们今天的文学理论研究格局当中去，就想让它生根开花结出果实，其实这很不接地气。而童先生是当代文论界比较少有的几位理论家，他以高度关注的心态去跟踪文艺创作实践，自己还从事创作。文学理论的根应该深植于文学实践当中，这是我的一个基本看法。从这个意义上讲，他的学术也是有根基的。

第二，我觉得童先生的学术是有情怀的学术。其情怀体现在三个方面：一个方面是体现于他的文学之爱上。他能把自己一生的事业选择在研究文学上，没有一种对文学的爱，那是不可想象的。第二个方面，他对文学理论学科的爱。童先生不是简单的独善其身的研究理论的学者，他是北师大的学科带头人，是文艺学研究中心的主任，还是我们全国各种各样学会的主要负责人，中国文艺理论学会、中国中外文艺理论学会、美学学会等。他在中国当代文艺学、美学的学科建设领域是起领导作用的，他把他的智慧贡献给了我们整个的学科，所以他的贡献和意义不止于北师大，而是全国性的。第三个方面，就是对学人的爱。童先生对弟子的爱，他的弟子已经说了很多了。童先生身上很好地体现了中国传统“老吾老以及人之老，幼吾幼以及人之幼”的观念，他爱他的学生、关心自己的学生，其实他也关心学术界其他的人。童先生不是光自己家的孩子是好孩子而别人家的孩子都不行那种人。因为对文学的爱，对文学理论的爱，对从事这个领域的学者——大大小小学者的爱，所以成就了他的大情怀，这种大情怀成为支撑其理论的内在血脉。我们看到他的文章是有温度的，不像有的人干巴巴讲很多教条的道理，正如刚才刘俐俐老师说的那样，他说话的语气，有时候听起来是温情脉脉的，是有温情存在的。

第三，童先生对学术有一种自信。我们看童先生的文章和著作，明显能感到他不是一个谈到理论问题就很含糊的人，他对自己所谈论的理论问题往往是很自信的。我们在开学术会议的时候，也有这个感觉。他这种自信当然不是一种自负的表现。他的学术是有根底的，是有情怀的，同时他又是一个在学术研究领域讲学理的人。我们跟着他参与《文学理论》教材编写的时候，他反复讲我们的教材一定要有学理。我想这个学理是支撑他的自信的一个很重要的东西。就是说，他自己写的东西、他思考的东西不是胡说八道，他是坚持在一定学理的基础上看问题的，所以他就会有一种理论自信。记得有一次在济南开了一个教育部的教学指导委员会的会议，议论到《文学理论》教材建设问题。童老师编的教材比较多，谈话间童老师就说到他已经编了多少多少种教材了。南京大学赵宪章老师打趣他，问他："童老师你的意思就是说我们没法再接着编教材了，都编不过你了，是不是？"回想一下，从这个对话可以看出，童老师对于他编过的教材，在当时那个场合里谈论教材编写的问题，的确是以自信的、舍我其谁的口吻谈的。"你要再去编一个教材是不是能够超过我过去编的教材？"他的话确实有这个意思在里面。这就是自信，而这种自信是建立在他深厚的学术根底与坚实的学理基础之上的。

当下的中国，都在讲文化的自觉和自信问题，我们的确要从自觉走向自信。上午钱中文先生谈到了童先生学术研究的"自觉"问题，我觉得他的这种自觉是他自信的原因，他的自觉又是建立在文学理论学科要讲究学理这个深切的认识基础上的。因为他的自觉所以有了他理论的自信。一个理论家，一个中国文学理论界的领军性人物，如果他对自己的理论都不自信，今天讲否定昨天的，明天讲又否定今天的，自己否定来否定去，那中国文学理论再过几十年，还能留下什么呢？所以，正是从这种自信出发，我们就可以理解童先生在一些文学理论问题的争鸣当中，为什么那么敢于陈述自己的观点，敢于从自己的认识角度拨乱反正、相互争辩。我觉得这种精神值得我们发扬。中国文学理论界，不要怕有更多自信的先生，不要怕这种自信的先生参与中国文学理论界的争鸣，自信的学者越多，争鸣越多，我们中国文学理论就会发展得更好。

以上就是我们今天在这里纪念童先生，从我个人说应该学习他的几个方面。谢谢大家。

（原系 2015 年 12 月 26 日在北京师范大学举行的“童庆炳先生学术思想座谈会暨《童庆炳文集》首发式”上的发言，根据录音整理而成）

新时代语境下中国文论研究的若干新变

习近平总书记于2014年10月15日在北京主持召开文艺工作座谈会上发表的重要讲话,为新时代中国特色社会主义文艺发展指明了方向。近年来,中国当代文艺坚持与时代同步伐、以人民为中心、用精品奉献人民、用明德引领风尚,艺术风貌随时婉转,精神气象愈益宏阔,在繁荣文化、培根铸魂中发挥着越来越大的历史作用。与此同时,中国当代文艺理论研究也与世推移,迎时而进,在思想创新和理论格局上展现出新的追求和气象。尽管文论研究由于有其自身的思维惯性和传统论阈,其变化不像文艺创作领域那样广泛而显著,但其中的变化也是学界中人可以明显感受到的。综合各类国家社会科学研究基金的立项、全国性学术会议的学术议题,特别是学界的具体研究成果来看,近年来中国当代文论研究的新变在整体态势上主要可以总结为如下五个方面。

习近平重要文艺论述成为一个研究热点

习近平《在文艺工作座谈会上的讲话》,连同2016年11月30日在中国文联十大、中国作协九大开幕式上的讲话,2019年3月4日看望参加政协会议的文艺界社科界委员的讲话及其涉及文艺方面的其他诸多讲话,构成了习近平新时代中国特色社会主义思想中有关文艺问题的重要论述。这些重要论述立足于当今世界尤其是中国当代社会和文艺实践的深刻变革,系统回答和论述了新时代一系列重大文艺理论与实践问题,包含着极为丰富的理论内容,是马克思主义中国化的最新理论成果。文论界对这一最新理论成果展开研究,既是马克思主义文艺理论自身丰富发展的内在需要,也是中国当代文艺事业发展获得思想指导的时代需求。正是基于这一内外需求,近年来学界围绕习近平重要文艺论述的理论内容、精神内涵、时代创新、历史地位、指导作用等问题进行了多方面、全方位的研究,形成了很多有价值的理论成果。

对习近平重要文艺论述的研究中,有两个方面特别值得注意:一是对以人民为中心的创作导向的研究。习近平强调要坚持以人民为中心的创作导向，坚持以精品奉献人民，把人民置于文艺活动的中心，既是文艺为人民服务方针的必然要求，也在理论上体现了对文艺活动的本体性、文艺的社会意识形态属性的再思考与理论深化。就文艺的本体而言，人民中心论可以说是人民为历史创造者这一历史唯物主义理论的延伸；就文艺的意识形态性而言，人民中心论则在马克思主义文艺理论内部实现了由历史生活向人民群众、由阶级性向人民性的拓展与位移。二是对文艺与时代关系问题的研究。习近平强调文艺要进行无愧于时代的创造，要求文艺家一方面要把握时代脉搏，聆听时代声音，坚持与时代同步伐，承担记录、书写、讴歌新时代的使命，为时代画像、为时代立传、为时代明德，深刻反映时代生活及其巨大变化，一方面要做时代风气的先觉者、先行者、先倡者，承担以文化人、以文育人、以文培元的使命，用明德引领风尚。这就在文艺社会价值和功能的把握上实现了认识功能、审美功能与教育功能的统一，而且将以往片面强调文艺的政治教化转到以艺术审美创作明德育人、培根铸魂上来。这两方面的研究和深度阐发，深化了对文艺活动的本体性、意识形态性以及社会价值和功能的认识，为当代文论体系化构建确立了核心观念，构筑了思想基础。

此外，还有许多学者围绕习近平治国理政思想与其文艺论述的关系、习近平文艺论述与中国当代文艺现状和发展的关系、文艺与文化传承以及国际文化传播中中国形象的塑造的关系、文艺与社会主义核心价值观构建的关系等问题展开了富有理论意蕴的研讨，既丰富了对习近平文艺论述的理论认识，也拓展了当代文论研究的理论视域。

有中国特色文论话语体系构建成为自觉追求

党的十八大以后，习近平总书记不仅在诸多重要讲话中强调和论述了文化自信、理论自信问题，而且于 2016 年 5 月 17 日的《在哲学社会科学工作座谈会上的讲话》里，明确提出“着力构建中国特色哲学社会科学，在指导思想、学科体系、学术体系、话语体系等方面充分体现中国特色、中国风格、中国气派”的目标。在这一目标的导引下，近年来文艺理论界日渐增强了文论话语体系构建的主体自觉，并围绕这一话题作了许多理论研讨，《文学评论》等众多报刊还为此发表了讨论专题或开辟了研讨专栏。

除去对文论话语体系构建的路径、原则、方法等一般性问题的讨论之外，在这一讨论中形成的一个主要的共识，就是中国艺术精神、美学精神和文论传统应该作为一个重要资源加以认真对待并发扬光大，其中“中华美学精神”

的讨论是一个热点。围绕习近平《在文艺工作座谈会上的讲话》中的有关论述和强调，学界发表了许多有关“中华美学精神”“中华审美风范”的研讨论著。自 20 世纪 90 年代文论界提出古代文论的现代转换以来，中国艺术精神、美学精神和文论传统的研究开始有了一个大致的但尚嫌笼统的方向性导引，而习近平有中国特色学科体系、学术体系、话语体系构建的上述要求，则将近年来的研究导向一个更为自觉的目标追求，这就是将传统艺术精神、美学精神和文论资源的整理、发觉、研究纳入当代文论话语体系构建中来重新考量和认识，在创造性转换和创新性发展中激活传统，赋予传统以新的价值、意义和生命，在当代的发展中延续和延伸传统。

在重新审视和研究中国古代文论传统、现代新文论传统的基础上，近年来学界还相继较大规模地开展了改革开放新时期以来中国当代文论研究界领军性人物如钱中文、童庆炳、胡经之、陆贵山、王元骧等学术思想的研究，这类研究将中国文论的传统合理地由古代延伸到当代，是当代文论话语体系构建应该开展的一个基础性研究工作。不知古无以言今，而撇开当代文论已有的学术积累来谈论当代文论话语体系构建显然也是行不通的，当代文论话语体系构建只能在当代学人的学术积累基础上展开和实现。

西方文论和美学及其中国影响受到重新审视

长期以来，西方文论和美学也是中国现当代文艺理论研究的一个重要资源。不过，总体而言，以往对西方文论和美学的接受往往呈现两极分立的态势，或者是像 1949 年后一段时期那样，对之整体采取批判的、拒斥的态度，或者是像新时期以来许多人所作的那样，一味采取赞赏的、认同的态度。前一种态度实质上导致外来资源不能真正为我所用，造成自身理论内容的贫乏与僵化；后一种态度则导致外来资源代替了自己的创造，造成话语主体性的丧失和外来话语的理论“殖民”。与这两种极端的态度不同，新近几年的研究更多地以一种平等的、对话的姿态出现，尤其是基于中国话语体系构建的主体性自觉，质疑、批判的声音在增强，但又不是为质疑、批判而质疑、批判，目的在于更好地选择、鉴别，更好地拿来、取用，真正吸取对自己有用的东西，活化为自己的话语创造。

围绕张江“强制阐释论”“公共阐释论”所形成的学术讨论热点，是近年来西方文论和美学研究心态变化的一个突出表征。“强制阐释论”的研讨使人们觉悟到西方文论和美学的不足与错误不仅仅存在于个别理论人物、理论学说、理论学派之中，而可能是总体上就存在理论生成路线与方法上的错误；

“公共阐释论”则启示中国学界，当代文论话语构建可以在自己的概念术语和思想路径的设定中进行。这方面的理论探讨与进展改变了新时期以来学界总体上以仰视的心态对西方文论和美学追“新”逐“后”，以至满足于以套用各种外来理论解释中国文艺现实、以对西方学人亦步亦趋的模仿替代自我创造的旧有格局，同时没有回到更早前那种对西方文论和美学一味采取批判、拒斥的态度，而是强调在身份平等的前提下与外来理论对话，进而在主体自觉基础上进行自我理论创新。显然，这对于中国当代文论文化生态的建设，对于增强中国当代文论话语体系构建的理论自觉与自信，都是很有助益的。

对西方文论和美学接受心态的变化还体现在另一个方面，就是对西方马克思主义文论和美学的研究在心态和格局上也有所调整和变化。心态调整表现在对法兰克福学派、伯明翰文化研究学派以及詹姆逊和伊格尔顿等为代表的传统上所谓西方马克思主义文论和美学的评价愈显积极正面；格局变化表现在原东欧国家的马克思主义美学以及各种“后”马克思主义文论和美学也引起越来越多的引介和关注。这方面的调整和变化拓展了学界对马克思主义文论和美学历史形态丰富性的认识，有助于马克思主义文论研究的深化和当代形态的理论构建。

面向历史和文艺现实，理论的实践属性得到新的发扬

在 20 世纪末和新世纪初的很长一段时期内，人们对于中国文论研究和批评有过一种批评，就是对于变化发展中的社会和文艺现实及其存在问题，批评往往“缺席”，而理论则“不及物”“不接地气”。文艺创作中的不足、问题、偏差以至热衷于去思想化、去价值化、去历史化、去中国化、去主流化的种种乱象，急切地呼吁着整个社会要高度重视和加强文艺评论和文论研究工作。这种状况，近年来有了很大改观。可以看到，批评开始在场了，不仅对于那些有明显思想倾向问题和艺术审美缺陷的作品，就是对于一些一定范围和程度上受到追捧的作品，学界都敢于批评了。而文论研究也开始及物，比较接地气了。《人民日报》从 2014 年1 月起连续推出的“文学观象”专栏是一个标志性理论事件。该专栏围绕文学与历史、道德、人民、生活、市场、传媒等等的关系，直面当下的文学现状，申明在重大和基本文艺理论问题上的立场与观点，并大胆率直地批评种种不良现象，在当下的理论批评界开了新生面，发挥了新能量，产生了积极广泛的社会影响。

近年来文艺理论研究及物化、接地气的表现形态是多方面的，除去对社会和文艺发展中的一些新变化、新作品、新现象作出直接理论回应之外，学界

还对关乎文艺总体演变以及与社会和文化发展大局相关联的一些较为重大的理论性问题给予了较多关注与研讨。就文艺总体演变而言，对于互联网技术和新媒体与文艺发展的关系关注尤甚，成果颇多。网络文艺、数字艺术研究持续升温，人工智能与文艺的关系也开始受到关注并引起极大研究兴趣，不少研究者对文艺信息数码化、文字书籍图像化、艺术创作与接受网络化、日常生活审美化和文艺审美浅表化等给当代文艺乃至社会文化带来的重大变化作出了比较新颖而有启发的思考与探讨。

就与社会和文化发展大局的关联而论，伴随着全球化时代人类命运共同体的建构和中国文化"走出去"的时代课题，文学艺术作品的中国形象塑造、中国价值传达以及如何传达中国声音、讲好中国故事等问题，也越来越多地成为文艺理论研究和批评的话题，从而不断拓展着中国文论的研究视域，丰富着其理论内涵。

文论创新方法和路径上的探索意识进一步增强

应该指出，当今时代，世界大势在变，中国社会在变，文学艺术本身也在发生着日新月异的变化，文艺理论研究发生变化，乃是理论运行的应有态势，此正所谓"文变染乎世情，兴废系乎时序"（南朝梁刘勰《文心雕龙·时序》）。同时，这种变化也是多方面、多方位的，实不能一一列举。除上述几个方面之外，近年来我国文论研究在创新方法和路径上的探索意识进一步增强，也是值得关注的一点，这又主要表现在两个方面。

一是受西方学界特别是伯明翰文化研究学派威廉斯等人的影响，关键词研究日渐成为文论致思的新路径，以关键词立项的科研项目、发表出版的论著成果越来越多。应该说，关键词研究的兴起并受到一些学者的热捧有其相当的理论合理性和必然性，因为具有标识性的概念、术语是话语体系构建的基本要素，能够彰显理论的基本含义和思想取向，同时又便于作个案性、专门性理论问题的构成分析和历史呈现，可以说适应了话语体系建设走向学理化、专业化、精细化的内在要求。恩格斯曾在《资本论》1886 年英文版序言中指出："一门科学提出的每一种新见解都包含着这门科学的术语的革命。"这扼要点明了术语革命对于科学发展的重大意义，也正可以表明关键词研究对文论创新可能具有的价值。

二是由于许多文艺问题在当今时代形势下呈现出的极大复杂性和研究难度，特别是各级社科基金项目加大设立重大项目和重点项目数量和支持力度的推动，重大文艺理论问题的协同攻关越来越多，并成为文论研究的一种新趋向，这就在学术研究的科研体制、组织方式、思想集成等方面走出了新路，也提出了不少新的挑战。

总之，近年来中国当代文艺理论研究的新变化既是应对时代和文艺之变的产物，也是文论自身追求创新的表现，为新时代中国文艺理论的繁荣发展开启了一个很好的局面。将这一局面持续下去，不断创新，不断进步，中国文艺理论将会有一个更为美好的前景，走向与变革中的伟大时代相称的新高度新境界。

（原载《文艺报》2019 年 11 月 4 日）